SCIENCE FICTION

Herausgegeben
von Wolfgang Jeschke

Von **Bruce Sterling** erschien in der Reihe
HEYNE SCIENCE FICTION & FANTASY:

Spiegelschatten · 06/4544
Schismatrix · 06/4556
Inseln im Netz · 06/4702
Zikadenkönigin · 06/4709
Schwere Wetter · 06/5490
Der Staubozean · 06/5491
Heiliges Feuer · 06/6361
Brennendes Land · 06/6381

BRUCE STERLING

Brennendes Land

Roman

Aus dem Amerikanischen von
NORBERT STÖBE

Deutsche Erstausgabe

WILHELM HEYNE VERLAG
MÜNCHEN

HEYNE SCIENCE FICTION & FANTASY
Band 06/6381

Titel der amerikanischen Originalausgabe
DISTRACTION
Deutsche Übersetzung von Norbert Stöbe
Das Umschlagbild ist von Jürgen Rogner

Umwelthinweis:
Dieses Buch wurde auf chlor- und
säurefreiem Papier gedruckt.

Redaktion: Wolfgang Jeschke

Erstausgabe 1998 by Bantam Books,
a division of Random House Inc., New York
Mit freundlicher Genehmigung des Autors
und Thomas Schlück, Literarische Agentur, Garbsen
(# 61 253)

http://www.heyne.de
Deutsche Erstausgabe 6/2001
Printed in Germany 4/2001
Umschlaggestaltung: Nele Schütz Design, München
Technische Betreuung: M. Spinola
Satz: Schaber Satz- und Datentechnik, Wels
Druck und Bindung: Elsnerdruck, Berlin

ISBN 3-453-18774-1

1

Seinem Laptop zufolge sah Oscar sich das Video über die Unruhen in Worcester bereits zum einundfünfzigsten Mal an. Das ruckelige Acht-Minuten-Video war derzeit sein bevorzugtes Meditationsobjekt. Die Bilder waren körnig, aufgenommen von einer Überwachungskamera in Massachusetts.

Die Presse sprach in diesem Zusammenhang von den ›Worcester-Unruhen vom 1. Mai '42‹. Oscars professioneller Einschätzung zufolge hatte der Vorfall vom 1. Mai die Bezeichnung ›Unruhen‹ nicht verdient, denn er war zwar von extremer Destruktivität geprägt, jedoch in keinerlei Hinsicht aufrührerisch gewesen.

Die ersten Bilder zeigten für Massachusetts typische Passanten. Worcester war seit jeher eine ziemlich harte und hässliche Stadt, doch wie viele andere Gebiete im alten industriellen Nordosten auch hatte Worcester in letzter Zeit aufgeholt. Niemand in der Menge zeigte Anzeichen von Aggression oder Empörung. Keinerlei Vorgänge, welche die Aufmerksamkeit der Behörden oder der verschiedenen Formen automatischer Überwachung erregt hätten. Das waren ganz normale Passanten. Eine Schlange von Bankkunden vor einem Geldautomaten. Ein haltender Bus, aus dem Fahrgäste ausstiegen.

Dann wurde das Getriebe auf der Straße ganz allmählich dichter. Es waren mehr Menschen in Bewegung. Und auch wenn es nicht gleich auffiel, so hatten doch immer mehr Leute Koffer, Rucksäcke oder übergroße Taschen dabei.

Oscar wusste genau, dass diese so normal wirkenden Leute Teil einer Verschwörung waren. Was wirklich seine Bewunderung hervorrief, war ihre gute Kleidung, ihr unauffälliges, lässiges Verhalten. Obwohl sie eindeutig nicht aus Worcester, Massachusetts, stammten, verkörperte jeder Einzelne auf seine Art das Bild, das die Öffentlichkeit von Worcester hatte. Sie alle waren Ebenbilder und Doppelgänger, unheimliche, brillante Fälschungen, Fremde, die Böses im Sinn hatten, ohne dass es einem auf den ersten Blick aufgefallen wäre.

Sie passten in keines der geläufigen demografischen Profile von Unruhestiftern, Kriminellen oder gewalttätigen Radikalen. Sicherheitsmaßnahmen, die bei ihnen gegriffen hätten, hätten alle Stadtbewohner erfasst.

Oscar vermutete, dass es sich um radikale Prolos handelte. Um Dissidenten, Autonome, Zigeuner, Angehörige der Freizeitgewerkschaft. Diese Annahme schien vernünftig, denn ein Viertel der amerikanischen Bevölkerung war arbeitslos. Über die Hälfte der Bevölkerung ging keiner traditionellen Beschäftigung mehr nach. Die moderne Wirtschaft brachte nicht mehr viele Erwerbsmuster hervor, welche die Zeit der Menschen in Anspruch nahmen.

Die Millionen Entwurzelten stellten ein unerschöpfliches Reservoir für Sekten, Prologangs und Straßenbanden dar. Große Banden waren heutzutage eine ganz alltägliche Erscheinung, doch diese Versammlung hier war kein Mob. Dies war auch keine gewöhnliche Straßengang oder Miliz, denn die Leute grüßten einander nicht. Offenbar wurden weder Befehle ausgegeben noch entgegengenommen, es gab keine Farb- oder Handzeichen, keine erkennbare Hierarchie. Die Leute schienen sich nicht zu kennen.

Tatsächlich – Oscar war dies erst nach wiederholtem Studium des Videos aufgefallen – nahmen sie einander nicht als Angehörige derselben Gruppe wahr. Weiterhin vermutete er, dass viele von ihnen – vielleicht die meisten – gar nicht wussten, was sie als nächstes tun würden.

Dann auf einmal brach Hektik aus. Auch beim einundfünfzigsten Mal war es immer noch verblüffend anzusehen.

Rauchbomben explodierten, hüllten die Straße in Nebel. Taschen, Koffer und Rucksäcke wurden geöffnet, und deren Besitzer zückten ein bislang unsichtbares Arsenal von Bohrern, Bolzenschneidern und Wagenhebern. Sie marschierten durch den wogenden Nebel und machten sich ans Werk, als ob sie täglich Banken demolierten.

Ein brauner Lieferwagen fuhr im Schritttempo vorbei, ein Lieferwagen ohne Nummernschilder. Während er die Straße entlangfuhr, blieben alle anderen Fahrzeuge stehen. Keines von ihnen würde sich je wieder in Bewegung setzen, denn die Schaltungen waren von einem hochfrequenten elektromagnetischen Impuls zerstört worden, der keineswegs zufällig auch die finanzielle Hardware der Bank lahmgelegt hatte.

Der braune Lieferwagen fuhr davon und kam nicht mehr zurück. Er wurde kurz darauf durch einen großen, amtlich wirkenden Abschleppwagen ersetzt. Der Abschleppwagen rumpelte über das Pflaster, hakte sich beim Geldautomaten ein und riss den gepanzerten Automaten mitsamt eines Schwalls von Mauersteinen aus der Wand. Zwei zufällige Passanten zurrten den Geldautomaten energisch mit Bungeeseilen fest. Der Abschleppwagen nahm daraufhin noch die geparkte Limousine eines Bankangestellten auf den Haken, dann fuhr er weg.

Jetzt sah man den Arm eines jungen Mannes in Nahaufnahme. Eine kräftige braune Hand drückte einen Knopf, worauf die Linse der Überwachungskamera mit Farbe besprüht wurde. Damit endete das Video.

Nicht aber der Überfall. Die Angreifer hatten die Bank nicht bloß ausgeraubt. Sie hatten alles fortgeschleppt, was nicht niet- und nagelfest war, einschließlich der Überwachungskameras, der Teppiche, der Stühle, der Beleuchtungskörper und Sanitärinstallationen. Die Verschwörer hatten die Bank vorsätzlich *bestraft*, aus Gründen, die nur sie selbst oder ihre unbekannten Anführer kannten. Sie hatten Türen mit Superkleber verklebt, Fensterscheiben zerschlagen, Strom- und Datenleitungen durchtrennt, stinkende Toxine in die Hohlräume in den Wänden gekippt, die Waschbecken und Abflüsse mit Beton gefüllt. Binnen acht Minuten hatten sechzig Menschen das Gebäude so gründlich ruiniert, dass man es nur noch abreißen konnte.

Die behördliche Untersuchung hatte weder zur Verurteilung, noch zur Ergreifung oder auch nur Identifizierung eines der ›Rädelsführer‹ geführt. Als man die Worcester Bank genauer unter die Lupe nahm, kamen zahlreiche schwerwiegende Unregelmäßigkeiten ans Licht. Der Skandal führte schließlich zum Rücktritt dreier Politiker des Staates Massachusetts und zur Verhaftung vierer Bankmanager sowie des Bürgermeisters von Worcester. Der Bankskandal von Worcester war daraufhin im Wahlkampf zum US-Senat zu einem wichtigen Thema avanciert.

Dieser Vorfall war wirklich bemerkenswert. Er umfasste Organisation, Beobachtung, Entscheidungen und Ausführung. Verantwortlich für die brutale Unternehmung war offenbar irgendein neuer Machtfaktor. Irgendjemand hatte dies alles aufs Sorgfältigste geplant und durchgeführt, aber wie? Wie hatten die Drahtzieher sich der Loyalität der vielen Mittäter versichert? Wie hatte man sie angeworben, sie ausgebildet, gekleidet, bezahlt, transportiert? Und was noch verwunderlicher war – wie kam es, dass sie nach der Tat alle Schweigen bewahrten?

Oscar Valparaiso hatte einmal geglaubt, Politik sei mit einem Schachspiel vergleichbar. Mit einem Schachspiel, so wie er es kannte. Mit Bauern, Springern und Damen, mit Machtzentren und Strategien, schwarzen und weißen Feldern. Die Beschäftigung mit dem Video hatte ihn eines Besseren belehrt. Das Phänomen, welches das Video zeigte, war keine Schachfigur. Es stand auf dem öffentlichen Schachbrett, das ja, doch es war weder ein Turm noch ein Läufer. Es war ein glitschiger Tintenfisch, ein Bienenschwarm. Es war eine neue Wesenheit, die ihrer eigenen Logik folgte und sich anschließend in die stillen Zwischenräume einer stark vernetzten und zunehmend zersplitterten Gesellschaft flüchtete.

Oscar seufzte, klappte den Laptop zu und blickte durch den Bus. Seine Wahlkampfhelfer lebten schon seit dreizehn Wochen in dem Bus, inmitten der langsam ansteigenden Müllflut. Sie hatten gesiegt, und nun fiel der Druck des anstrengenden Wahlkampfs allmählich von ihnen ab. Alcott Bambakias, ihr ehemaliger Auftraggeber, war als neuer Senator von Massachusetts gewählt. Oscar hatte ihm den Sieg errungen. Jetzt war die Kampagne ad acta gelegt.

Gleichwohl lebten noch immer zwölf Angestellte im Bus des Senators. Sie schnarchten in ihren Kojen, spielten Poker auf Klapptischen, trampelten auf großen, promiskuitiven Wäschehaufen herum. Hin und wieder wühlte einer in den Schränken nach etwas Essbarem.

Oscars Ärmel piepste. Er zog ein Stofftelefon hervor und brachte es geistesabwesend in Form. »Okay, Fontenot«, sagte er ins Mikrofon.

»Wollen Sie heute noch im Labor ankommen?« fragte Fontenot.

»Das wäre schön.«

»Was ist Ihnen das wert? Es gibt da ein Problem mit einer Straßensperre.«

»Die wollen uns erpressen, hab ich recht?« sagte Oscar und runzelte die Stirn unter seinem tadellos frisierten Haar. »Sie verlangen rundheraus ein Bestechungsgeld? Ist es wirklich so einfach?«

»Nichts ist mehr einfach«, sagte Fontenot. Der Sicherheitschef erging sich nicht in resignativem Sarkasmus. Er benannte lediglich eine Tatsache des modernen Lebens. »Das ist was anderes als die üblichen Straßenblockaden. Wir haben es hier mit der United States Air Force zu tun.«

Oscar ließ diese Neuigkeit einsinken. Sonderlich ermutigend klang sie nicht. »Und warum blockiert die Air Force einen Bundeshighway?«

»Hier in Louisiana läuft schon immer einiges anders«, meinte Fontenot. Im dünnen Lautsprecher des Telefons schwoll fernes Hupen zu einem Crescendo an.

»Oscar, ich glaube, Sie sollten sich das ansehen. Ich kenne Louisiana. Ich bin hier geboren und aufgewachsen, aber dafür fehlen mir die Worte.«

»Ist gut«, sagte Oscar. »Bin gleich da.« Er stopfte das Telefon in den Ärmel. Er kannte Fontenot jetzt seit über einem Jahr, doch eine solche Einladung hatte er von ihm noch nicht erhalten. Fontenot forderte niemals andere Leute auf, die Risiken zu teilen, die sein Beruf mit sich brachte; dies wäre seinem Berufsverständnis als Bodyguard zuwidergelaufen. Oscar brauchte man nicht zweimal zu bitten.

Er stellte den Laptop ab und erhob sich. »Leute, hört mal her, es gibt hier ein Problem! Vor uns liegt wieder mal eine kleine Straßensperre.« Laute Unmutsäußerungen. »Fontenot kümmert sich drum. Jimmy, stellen Sie die Alarmanlage an.«

Der Fahrer hielt am Straßenrand und schaltete die eingebauten Schutzvorrichtungen ein. Oscar warf einen Blick aus dem Fenster. Eigentlich hatte der Wahlkampfbus keine Fenster. Von außen betrachtet war der Bus hermetisch verschlossen. Bei den großen Innenfenstern handelte es sich um Displays, verkabelt mit Außenkameras, welche die Umgebung ständig überwachten. Bambakias' Wahlkampfbus zeichnete grundsätzlich alles auf Video auf. Im Notfall wurden die Beobachtungen gespeichert, katalogisiert und über Satellit in ein tief in den Rocky Mountains gelegenes Archiv übertragen. So eine Art Bus war das.

Im Moment beobachtete der Bus zwei hohe, grüne Wände aus düsteren Pinien und einen Stacheldrahtzaun mit morschen Pfosten. Sie hielten am Interstate Highway 10, zehn Meilen hinter dem gespenstisch anmutenden postindustriellen Städtchen Sulphur, Louisiana. Als der Bus durch Sulphur hindurchgerast war, hatte das Team mit Beklommenheit auf den Anblick reagiert. Im dichten Winternebel wirkte die Cajun-Stadt wie eine riesige Ölraffinerie, durchsetzt mit Grashütten und zerbeulten Wohnwagen.

»Ich steige aus«, verkündete Oscar, »und schaue mich mal um.«

Donna, seine Imageberaterin, brachte ihm ein Frackhemd. Oscar nahm seidene Hosenträger, Hut und seinen Mailänder Trenchcoat entgegen.

Während ihm die Stylistin in die Schuhe half, musterte Oscar seine Leute. Ein bisschen Action und frische Luft würden ihnen guttun. »Wer möchte sich mit der U.S. Air Force anlegen?«

Jimmy de Paulo sprang vom Fahrersitz hoch. »Hey, Mann, ich bin dabei!«

»Jimmy«, sagte Oscar mit sanfter Stimme, »das geht nicht. Sie müssen den Bus fahren.«

»Schon klar«, meinte Jimmy und ließ sich wieder auf den Sitz plumpsen.

Moira Matarazzo richtete sich widerwillig in ihrer Koje auf. »Gibt es irgendeinen *Grund*, weshalb ich mitkommen sollte?« Moira war als Wahlkampfsprecherin monatelang den Kameras ausgesetzt gewesen. Jetzt hatte die normalerweise tadellos gekleidete Moira wirres Haar, rissige Lippen und pelzige Augenbrauen und trug einen zerknitterten Baumwollpyjama. Das böse Funkeln ihrer vom Champagner verquollenen Augen hätte selbst eine Mokassinschlange abgeschreckt. »Wenn es unbedingt sein muss, komme ich mit, aber ich sehe einfach keinen *Grund* dafür«, jammerte Moira. »Straßenblockaden sind manchmal *gefährlich.*«

»Dann solltest du auf jeden Fall mitgehen.« Bob Argow hatte gesprochen, der Systemadministrator. Bobs eisiger Tonfall machte unmissverständlich klar, dass er kurz vor der Explosion stand. Seit der Siegesfeier in Boston hatte Bob unablässig getrunken. Damit angefangen hatte er in der freudigen Erleichterung, und während die

Meilen vorbeirollten und sich die Flaschen systematisch leerten, war er in eine klassische posttraumatische Depression verfallen.

»Ich begleite Sie, Mr. Valparaiso«, ließ sich Normander-Praktikant vernehmen. Wie üblich beachtete ihn niemand.

Die zwölf Wahlkämpfer standen nach wie vor auf der Gehaltsliste und verbrauchten Bambakias' letztes Kampagnengeld. Offiziell nahmen sie gerade ihren hochverdienten ›Urlaub‹. Diese großzügige Geste war typisch für Alcott Bambakias, doch war dies auch dazu gedacht, die Wahlkampfmannschaft langsam aus der Nähe des neugewählten Senators zu entfernen. In seinem ultramodernen Hauptquartier in Cambridge war der charismatische Milliardär derzeit damit beschäftigt, eine völlig neue Mannschaft um sich zu versammeln, den Washingtoner Stab, der ihm beim Regieren helfen sollte. Nach monatelanger hektischer, aufopferungsvoller Teamarbeit hatte man die Wahlkämpfer mit einem Scheck und einem warmen Händedruck verabschiedet.

Oscar Valparaiso war Bambakias' politischer Berater gewesen. Zudem hatte er den Wahlkampfeinsatz geleitet. Nach dem Wahlsieg hatte er mühelos eine neue Stelle gefunden. Nachdem im Hintergrund rasch ein paar Hebel in Bewegung gesetzt worden waren, hatte Oscar beim Wissenschaftsausschuss des US-Senats als politischer Berater angeheuert. Senator Bambakias würde diesem Ausschuss bald angehören.

Oscar hatte Ziele, einen Auftrag, Optionen, taktisches Geschick, eine Zukunft. Den anderen Mitgliedern des Wahlkampfteams gingen diese Dinge ab. Oscar war sich dessen bewusst. Er kannte diese Menschen nur allzu gut. In den vergangenen achtzehn Monaten hatte er sie eingestellt, sie bezahlt, sie geleitet, ihnen gut zugeredet, sie zu einem Team zusammengeschweißt. Er hatte Büros für sie angemietet, ihre hohen Ausgaben überwacht, ihnen Titel zugewiesen, ihren Zugang zum Kandidaten geregelt und bei finanziellen Problemen und romantischen Verwicklungen geschlichtet. Zu guter Letzt hatte er sie alle zum Sieg geführt.

Oscar war noch immer ein Machtzentrum, daher hielt sich seine Mannschaft instinktiv in seinem Kielwasser. Sie befanden sich ›im Urlaub‹, alle miteinander Politprofis, die darauf warteten, dass sich irgendetwas ergab. Der Korpsgeist in Oscars Gefolge aber war ebenso widerstandsfähig wie ein Glückskeks.

Oscar ergriff die braunrote Schultertasche und steckte nach reiflicher Überlegung eine kleine nichttödliche Sprühpistole hinein. Yosh Pelicanos, Oscars Majordomus und Stellvertreter, reichte ihm eine prallvolle Geldkarte. Pelicanos war sichtlich müde und nach den langen Siegesfeiern noch etwas verkatert, trotzdem aber voll auf dem Posten. Als zweiter Mann hinter Oscar legte Pelicanos Wert darauf, sich stets als verlässlich zu erweisen.

»Ich komme mit«, murmelte Pelicanos, während er nach seinem Hut suchte. »Ich muss mich bloß noch anziehen.«

»Du bleibst hier, Josh«, erwiderte Oscar gelassen. »Wir sind fern der Heimat. Du behältst den Bus im Auge.«

»Ich hol mir einen Kaffee«. Pelicanos gähnte und schaltete automatisch die Satellitennachrichten ein, was zur Folge hatte, dass ein Busfenster von einem Datenschwall ausgelöscht wurde. Er machte sich auf die Suche nach seinen Schuhen.

»*Ich* begleite Sie!« beharrte Norman strahlend. »Na los, Oscar, nehmen Sie mich mit!« Norman-der-Praktikant war der letzte vom Wahlkampf übriggebliebene Laufbursche. Zuvor hatten ganze dreizehn Praktikanten Bambakias' Wahlkampftruppe angehört, doch die anderen unbezahlten Freiwilligen waren in Boston zurückgeblieben. Norman-der-Praktikant jedoch, ein Collegestudent vom MIT, hatte sich nicht abschütteln lassen, sondern unablässig weitergerackert, wobei er sich auf schier übermenschliche Weise verausgabte. Die Wahlkampfcrew hatte ihn mehr aus Gewohnheit denn aufgrund einer bewussten Entscheidung mit in die ›Ferien‹ genommen.

Die Tür öffnete sich mit einem scharfen pneumatischen Zischen. Zum ersten Mal nach der Durchquerung von vier Staaten traten Oscar und Norman ins Freie. Nachdem sie Hunderte von Stunden im Fahrzeug zugebracht hatten, betraten sie den Erdboden, als setzten sie den Fuß auf einen fremden Planeten. Oscar registrierte mit leichtem Erstaunen, dass das Bankett mit Tonnen von zerbrochenen Muschelschalen bedeckt war.

Das hohe Unkraut am Straßenrand war plattgedrückt vom Wind und bräunlich grün. Der Wind kam von Osten und wehte Schwefelgeruch heran – bioindustriellen Gestank. Ein Gestank wie von einer monströsen Brauerei, die mit genmanipulierten Zutaten arbeitete: wie von überzüchteter Hefe, die frischgemähtes Gras umwandelte. Silberreiher entfernten sich in V-Formation unter dem bedeckten Himmel. Es war Ende November 2044, und der Südwesten Louisianas bereitete sich halbherzig auf den Winter vor. Wer aus Massachusetts stammte, bekam davon nicht viel mit.

Norman hob ein Motorrad vom Träger am Heck des Busses. Die Motorräder waren in Cambridge, Massachusetts, entworfen und hergestellt worden und mit Gewerkschaftsabzeichen, Sicherheitswarnungen und Softwarehinweisen beklebt. Es sah Bambakias ähnlich, Motorräder zu kaufen, die mehr Elektronik eingebaut hatten als ein Langstreckenflugzeug.

Norman befestigte den Beiwagen und überprüfte die Batterie. »Keine Tricks«, warnte ihn Oscar, kletterte in den Beiwagen und legte sich den Hut auf den Schoß. Sie setzten die Schaumstoffhelme auf, dann fädelten sie sich hinter einem Plattformwagen mit Elektromotor auf den Highway ein.

Wie immer fuhr Norman wie ein Verrückter. Norman war jung. Er war noch nie ein Fahrzeug ohne automatische Steuerung und Gleichgewichtssysteme gefahren. Er fuhr ohne körperliche Anmut, als versuchte er, mit den Beinen Algebra zu betreiben.

Die Dämmerung senkte sich allmählich auf die Pinien herab. An der Ostseite der Brücke über den Sabine River staute sich der Verkehr auf zwei Kilometern Länge. Oscar und Norman flitzten übers Bankett, wobei der Beiwagen mit cybernetischer Gewandheit die Muschelschalen zermalmte. Die Insassen der im Stau gefangenen Wagen übten sich in stoischer Gelassenheit. Die großen Transportfahrzeuge – gespenstisch aussehende Biochemietanklaster und schmierige, übelriechende Fischtransporter – wendeten bereits. Straßenblockaden waren bedauerlicherweise an der Tagesordnung.

Die Tourismusbehörde von Louisiana unterhielt am Flussufer, unmittelbar an der Staatsgrenze, ein Informationszentrum für Touristen. Es handelte sich um ein rührend hässliches Gebäude im historischen Vorbürgerkriegsstil mit weißen Säulen.

Ein riesiger mattschwarzer Armeehubschrauber hockte auf seinen Kufen neben dem Highway, ein zutiefst grotesker mechanischer Wächter. Der schwarze Hubschrauber beleuchtete die Straße mit blendend hellen bläulichen Scheinwerfern. Die gewaltige Maschine war mit den skelettartigen Waffen der Luftwaffe gespickt. Die alten Luft-Boden-Waffen waren so wahnsinnig kompliziert und archaisch, dass sich ihre Funktionsweise Oscars Begreifen entzog. Waren das nun Pfeilschleudern? Teilchenbeschleuniger? Oder vielleicht Strahlenkanonen? Die Waffen wirkten wie eine albtraumhafte Mischung aus Neunaugenzähnen und Nähmaschinen.

Im blendend hellen Scheinwerferlicht des Hubschraubers hielten blauuniformierte Luftwaffenangehörige die Fahrzeuge an, welche Louisiana verlassen wollten. Die Insassen, texanische Touristen zumeist, wirkten angemessen eingeschüchtert.

Die Soldaten führten eine raffinierte Erpressung durch. Sie holten weiße Kühlboxen aus Dreirädern mit Faltdach und Tretantrieb hervor und konfrontierten die Reisenden mit deren Inhalt.

Norman-der-Praktikant studierte Ingenieurwissenschaft. Er riss seinen bewundernden Blick von den furchteinflößenden Waffen des Hubschraubers los. »Ich habe eher eine Art Party erwartet, wie bei den coolen Motorradzigeunern, die uns in Tennessee aufgehalten haben«, bemerkte Norman. »Vielleicht sollten wir uns besser aus dem Staub machen.«

»Da ist Fontenot«, entgegnete Oscar.

Fontenot winkte sie zu sich herüber. Sein Fortbewegungsmittel, ein gedrungenes, elektrisch angetriebenes Geländefahrzeug, hockte über dem Straßengraben. Der Sicherheitsbeauftragte trug einen langen gelben Regenmantel und dreckbespritzte Jeans.

Es war beruhigend, Fontenot zu sehen. Fontenot hatte für den Secret Service gearbeitet und war in Sicherheitsfragen ein alter Hase. Fontenot kannte mehrere amerikanische Präsidenten persönlich. Als er sein linkes Bein verloren hatte, war er für einen Ex-Präsidenten als Bodyguard tätig gewesen.

»Die Air Force ist gegen Mittag eingeflogen«, setzte Fontenot sie ins Bild, stützte sich auf die gepolsterte Stoßstange seines Geländefahrzeugs und senkte das Fernglas. »Haben Klebstoffbomben und Schaummittel abgeworfen. Dazu kommen die Sperrelemente und der Stacheldraht.«

»Ist wenigstens der Straßenbelag noch heil?« fragte Norman.

Fontenot strafte Norman mit herzlicher Nichtbeachtung. »Die Spur mit den Wagen aus Texas kann problemlos passieren, Fahrzeuge mit Nummernschildern aus Louisiana werden durchgewinkt. Widerstand gab es keinen. Die Reisenden aus anderen Bundesstaaten plündern sie aus.«

»Das klingt plausibel«, meinte Oscar. Er nahm den Helm ab, kämmte sich mit einem Taschenkamm und setzte den Hut auf. Dann stieg er behutsam aus dem Beiwagen, wobei er darauf achtete, sich nicht die Schuhe schmutzig zu machen. Das Ufer des Sabine River war in Louisiana ein einziger Sumpf.

»Warum tun sie das?« fragte Norman.

»Sie brauchen das Geld«, antwortete Fontenot.

»Wie?« meinte Norman. »Die Air Force?«

»Der Luftwaffenstützpunkt bekommt kein Geld mehr vom Staat, um seine Stromrechnungen zu begleichen. Entweder sie zahlen, oder das E-Werk stellt die Versorgung ein.«

»Die ständige Zwickmühle«, setzte Oscar hinzu.

Fontenot nickte. »Die Unionsregierung will den Stützpunkt schon seit Jahren auflösen, aber Louisiana ist in der Angelegenheit stur. Daher hat ihn der Kongress vergangenen März aus den Notstandsverordnungen rausgenommen. Als wäre eine ganze Luftwaffenbasis einfach in einem Erdloch verschwunden.«

»Schlimm. Wirklich schlimm. Das ist *furchtbar*!« sagte Norman. »Weshalb lässt der Kongress nicht ordnungsgemäß darüber abstimmen? Ich meine, es kann doch nicht so schwer sein, eine Militärbasis zu schließen?«

Fontenot und Oscar wechselten vielsagende Blicke.

»Norman, Sie bleiben besser hier und passen auf unsere Fahrzeuge auf«, meinte Oscar freundlich. »Mr. Fontenot und ich möchten mit den Militärs mal ein ernstes Wörtchen reden.«

Oscar schritt neben dem humpelnden Ex-Geheimagenten an der Schlange entlang. Bald darauf waren sie außer Nomans Hörweite angelangt. Es tat gut, sich in der frischen Luft zu bewegen, wo man kaum abgehört werden konnte. Oscar fand, dass sich die besten Unterhaltungen immer dann ergaben, wenn keine Abhörvorrichtungen in der Nähe waren.

»Wir könnten sie einfach bezahlen, wissen Sie«, meinte

Fontenot milde. »Das ist schließlich nicht die erste Straßenblockade, der wir unterwegs begegnet sind.«

»Ich hoffe doch, die Befürchtung, die Soldaten könnten auf uns schießen, ist grundlos?«

»Ach, die Air Force wird bestimmt nicht auf uns schießen.« Fontenot zuckte die Achseln. »Darum geht es nicht. Das ist rein politisch.«

»Unter anderen Umständen hätte ich sie ausgezahlt«, sagte Oscar. »Wenn wir den Wahlkampf verloren hätten, zum Beispiel. Aber wir haben nicht verloren. Wir haben gewonnen. Der Senator ist im Amt. Daher geht es jetzt ums Prinzip.«

Fontenot nahm den Hut ab, verteilte das Fett, das dieser absonderte, auf der Stirn und setzte den Hut wieder auf. »Es gibt noch eine andere Möglichkeit. Ich habe eine Alternativroute ausgeknobelt. Wir könnten umkehren und über den Highway 109 Richtung Norden fahren, dann würden wir das Labor in Buna bis Mitternacht erreichen. Das würde uns eine Menge Ärger ersparen.«

»Gute Idee«, meinte Oscar, »aber schauen wir uns erst mal um. Ich glaube, ich wittere hier ein Thema. Der Senator sucht ständig nach neuen Themen.« Die Insassen der haltenden Autos starrten finster zu ihnen heraus. Fontenot konnte leicht als Einheimischer durchgehen, Oscar hingegen zog misstrauische und neugierige Blicke auf sich. Nur sehr wenige Leute im Südwesten Louisianas kleideten sich wie Angehörige der Politikerkaste.

»Das Thema stinkt jedenfalls zum Himmel«, pflichtete Fontenot ihm bei.

»Der hiesige Gouverneur ist eine ausgeprägte Persönlichkeit, nicht wahr? Eine solches Schauspiel … Eigentlich sollte er bessere Möglichkeiten kennen, die Unionsregierung zu provozieren.«

»Green Huey ist wahnsinnig. Aber das entspricht der Mentalität der Leute. Der Notstand, die Haushaltskrise –

das ist hier unten kein Witz. Die Menschen sind hier sehr aufgebracht.«

Am Rande des vom Hubschrauber ausgeleuchteten Straßenabschnitts blieben sie stehen. Ein Lieutenant der Air Force unterhielt sich gerade durchs offene Wagenfenster mit einem texanischen Ausflüglerpärchen. Der Lieutenant war eine junge Frau; sie trug einen gepolsterten blauen Fliegeranzug und eine Schutzweste und hatte einen technisch raffinierten Flughelm am Webgürtel befestigt. Das mit Displays zugepflasterte Helminnere tickte und blitzte geschäftig.

Der Texaner musterte sie misstrauisch durchs Fahrerfenster. »Was gibt's?« knurrte er.

»Die Air Force bietet heute Backwaren an, Sir. Wir haben Maisbrot, Muffuleta-Sandwiches, Croisssants, Krapfen ... Wie wär's mit Zichorienkaffee? Ted, haben wir noch Kaffee übrig?«

»Habe gerade eine frische Kanne gemacht«, verkündete Ted lautstark und öffnete eine dampfende Klappe des Dreiradgefährts. Ted war schwer bewaffnet.

»Was meinst du?« wandte sich der Fahrer an seine Frau.

»Krapfen sind immer mit Puderzucker bestreut, da macht man alles schmutzig«, antwortete die Texanerin undeutlich.

»Wie viel kosten denn ... äh ... vier Croissants und zwei Tassen Kaffee? Mit Sahne?«

Die Soldatin murmelte etwas von ›freiwilligem Beitrag‹. Der Fahrer zückte die Brieftasche und reichte ihr schweigend eine Kreditkarte. Die Soldatin schob die Karte durch den Leseschlitz des tragbaren Scanners, wobei sie das Paar um eine beträchtliche Summe erleichterte. Dann reichte sie das Gebäck und den Kaffee durchs Wagenfenster. »Gute Fahrt«, sagte sie und winkte den Wagen weiter.

Das Pärchen fuhr los und beschleunigte heftig, sobald der Wagen außer Schussweite war. Die Soldatin blickte auf ein Anzeigegerät und winkte drei Wagen durch, die alle Nummernschilder aus Louisiana hatten. Dann stürzte sie sich auf das nächste Opfer.

Fontenot und Oscar schritten an den blendenden Scheinwerfern des Hubschraubers vorbei und wandten sich zum Touristenzentrum. Brusthoher, funkelnder Stacheldraht umgab das Gebäude. Die Fenster waren mit Folie verklebt. Militärische Satellitenantennen durchstießen das Dach. An der Tür stand ein bewaffneter Wachposten.

Der Wachposten verwehrte ihnen den Eintritt. Die Militärpolizeiuniform des jungen Mannes war eigentümlich zerknittert – offenbar hatte er sie aus der Tiefe eines muffigen Matchsacks hervorgeholt. Der Mann musterte sie: ein gut gekleideter Politiker in Begleitung seines Bodyguards. Gewiss nichts Ungewöhnliches. Der junge Soldat überprüfte sie mit einem Stabdetektor, ohne Oscars Vollplastik-Spraypistole zu bemerken, dann sprach er Oscar an. »Ihr Ausweis, Sir?«

Oscar reichte ihm eine funkelnde Chipkarte mit dem Siegel des Senats.

Kurz darauf wurden sie in das Gebäude geleitet. Im Empfangsraum hielten sich zwei Dutzend bewaffnete Männer und Frauen auf. Die Besatzer hatten die Möbel an die Wand gerückt und bewachten sämtliche Fenster und Eingänge. Durch die Decke drang gedämpftes Rumpeln und Knirschen, als wäre der Dachboden von riesenhaften, bewaffneten Waschbären bewohnt.

Die Angestellten des Touristenzentrums hielten sich noch immer im Gebäude auf. Die Mannschaft bestand aus gut gekleideten Südstaatenladies im mittleren Alter, mit adrett frisiertem und mit Schleifen verziertem Haar, hübschen Röcken und Schuhen mit flachen Absätzen. Man hatte die Damen weder festgenommen noch offiziell eingesperrt, sondern sie lediglich in eine Ecke des verdunkelten Büros gedrängt. Verständlicherweise machten sie eine gestressten Eindruck.

Der befehlshabende Offizier war sturzbetrunken. Oscar und Fontenot wurden vom Presseoffizier begrüßt. Auch der PR-Mann war blau.

Das Büro war mit tragbarem Militärgerät, einem überquellenden Schrank voller Formulare, Uniformen und flackernden Bildschirmen vollgestopft. Es roch nach verschüttetem Whiskey; der befehlshabende Offizier, vollständig bekleidet einschließlich der polierten Schuhe, lag auf einer khakifarbenen Pritsche. Der mit Visier und Rangabzeichen ausgestattete Helm verbarg sein Gesicht zur Hälfte.

Der Presseoffizier, ein stämmiger, uniformierter Veteran mit ergrauendem Haar und vernarbten Wangen, machte sich gerade an einem Computerterminal zu schaffen. Dicke Stränge faseroptischer Kabel gingen davon aus.

»Womit kann ich Ihnen helfen, Gentlemen?« sagte der Presseoffizier.

»Ich muss einen Bus durch die Sperre bringen«, sagte Oscar. »Einen Wahlkampfbus.«

Der Offizier blinzelte, wobei sich die Augenlider zeitlich versetzt hoben und wieder senkten. Seine Stimme schwankte nicht, obwohl er stark betrunken war. »Möchten Sie uns nicht ein paar Backwaren abkaufen?«

»Ich würde Ihnen den Gefallen gerne tun, aber unter den gegebenen Umständen würde es vielleicht ein wenig …« – Oscar zögerte – »unsensibel wirken.«

Der Presseoffizier tippte mit Oscars funkelnder Ausweiskarte auf den Rand seines Arbeitstisches. »Na ja, vielleicht überlegen Sie es sich ja noch, Mister. Es ist ein weiter Weg zurück nach Boston.«

Fontenot mischte sich ein. Fontenot schlug einen ruhigen, vernünftigen Ton ein, um die Lage zu entspannen. »Wenn Sie Ihre Aktionen für etwa eine halbe Stunde aussetzen, würde sich der Stau auflösen. Unser Bus könnte problemlos weiterfahren …«

»Das wäre eine Möglichkeit«, meinte der Offizier. Eine

der Bildschirmanzeigen stabilisierte sich, und es ertönte eine triumphierende, kriegerische Fanfare. Der PR-Mann besah sich das Resultat. »Ah ... Sie sind der Sohn von Logan Valparaiso!«

Oscar nickte und unterdrückte ein Seufzen. Man konnte sich darauf verlassen, dass ein gutes Suchprogramm die Privatsphäre durchlöcherte, doch wie weit der Angriff ging, ließ sich im Voraus nicht sagen.

»Ich kannte Ihren Vater!« verkündete der Presseoffizier. »Ich habe ihn mal interviewt, als er im Remake von *El Mariachi* mitspielte.«

»Was Sie nicht sagen.« Der Computer hatte ihnen eine gemeinsame Ebene eröffnet. Es war ein billiger Trick, ein Party-Trick, doch wie viele andere psychologische Winkelzüge funktionierte er recht gut. Auf einmal waren sie keine Fremden mehr.

»Wie alt ist Ihr Dad jetzt eigentlich?«

»Logan Valparaiso ist leider '42 gestorben. Nach einem Herzanfall.«

»Das ist wirklich schade.« Der Offizier schnippte bedauernd mit seinen Wurstfingern. »Er hat in ein paar tollen Actionfilmen mitgespielt.«

»Mein Vater hat es zuletzt etwas ruhiger angehen lassen«, meinte Oscar. »Er hat mit Immobilien gehandelt.« Sie logen beide. Die Filme waren zwar recht populär, aber sehr schlecht gewesen. Die Immobiliengeschäfte hatten der Geldwäsche im Auftrag von Hintermännern aus Hollywood gedient: emigrierte kolumbianische Mafiosi.

»Könnten Sie die Sperrung nicht vorübergehend für uns aufheben?« fragte Fontenot mit sanfter Stimme.

»Ich will Ihnen was verraten«, sagte der Mann. Die Bildschirmanzeigen waren noch immer in Bewegung, doch das war nicht mehr von Bedeutung. Sie tauschten Klatschgeschichten aus, kleine Vertraulichkeiten. Wer einen Filmstar zum Vater hatte, den erschoss man nicht. »Wir haben den Einsatz so gut wie abgeschlossen.«

Oscar hob die Brauen. »Ach. Das hört man gerne.«

»Ich führe bloß noch ein paar Aufklärungsscans durch … Wissen Sie, das Problem bei der Infoware ist nicht, in die Systeme *hinein* zu kommen. Vielmehr geht es darum, ohne größeren Schaden wieder *heraus* zu kommen. Wenn Sie sich also noch ein wenig gedulden würden, dann packen wir zusammen und verschwinden, ehe Sie sich's versehen.«

Der befehlshabende Offizier ächzte in seinem Vollrausch und schlug auf die Pritsche ein. Der Presseoffizier eilte an die Seite seines Vorgesetzten und rückte fürsorglich die raue Decke und das aufblasbare Kissen zurecht. Als er zurückkam, brachte er eine Flasche Bourbon mit, die er unter der Pritsche hervorgezogen hatte. Er schenkte sich geistesabwesend einen Schluck in einen Pappbecher ein und schaute auf einen der Bildschirme.

»Was haben Sie gesagt?« meinte Oscar.

»Aufklärung. Das ist der Schlüssel zu einem reibungslosen Einsatzablauf. Wir haben Überwachungsdrohnen über dem Highway stationiert und überprüfen die Daten der Fahrzeughalter. Die Daten geben wir in diese Datenbank ein, überprüfen die Bonität und erstellen Kundenprofile, picken die Leute heraus, von denen zu erwarten ist, dass sie ohne großes Aufhebens bereit sind, einen großzügigen finanziellen Beitrag zu leisten …« Der Offizier schaute hoch. »Man könnte es auch als alternative, dezentralisierte Besteuerung bezeichnen.«

Oscar sah Fontenot an. »Ist das wirklich möglich?«

»Klar, machbar ist es schon«, antwortete Fontenot. Er hatte für den Secret Service gearbeitet. Der Geheimdienst kannte sich mit diesen Dingen aus.

Der PR-Mann lachte bitter. »So nennt der Gouverneur das gerne … Schauen Sie, das ist ganz normaler Infokrieg, wie wir ihn auch in Übersee ständig führen. Wir fliegen ein, zerstören lebenswichtige Computersysteme und erreichen das Einsatzziel mit null oder nur geringen Verlusten. Dann müssen wir verschwinden, auf und davon, und schon ist die Sache vergessen. Bitte umblättern.«

»Ja«, sagte Fontenot. »Wie bei der zweiten Panamakrise.«

»Hey«, meinte der Offizier stolz. »Ich war bei der zweiten Krise dabei! Das war ein klassischer Computerkrieg! Wir haben das dortige Regime allein dadurch gestürzt, dass wir den Datenfluss unterbrochen haben. Keine Toten! Kein einziger Schuss wurde abgefeuert!«

»Es ist immer gut, wenn es keine Toten gibt.« Fontenot krümmte knarrend seine Beinprothese.

»Musste die Arbeit beim Nachrichtendienst anschließend leider aufgeben, weil ich aufgeflogen war. Aber das ist eine lange Geschichte.« Ihr Gesprächspartner trank aus dem Pappbecher und machte ein todtrauriges Gesicht. »Möchten Sie einen Bourbon?«

»Aber sicher doch!« antwortete Oscar. »Vielen Dank!« Er nahm einen randvoll mit gelbem Schnaps gefüllten Pappbecher in Empfang und tat so, als kostete er davon. Oscar trank niemals Alkohol. Er hatte schon mehrfach miterlebt, wie der Alkohol Menschen auf qualvolle Weise zugrunde gerichtet hatte.

»Wann genau wollen Sie sich zurückziehen?« fragte Fontenot und nahm seinen Pappbecher mit munterem Eisenhower-Grinsen entgegen.

»Ach, um neunzehn Uhr. Vielleicht. So hat sich der Kommandant jedenfalls heute morgen geäußert.«

»Ihr Kommandant scheint sehr müde zu sein«, meinte Oscar.

Diese Bemerkung ärgerte den PR-Mann. Er setzte den Bourbon ab und musterte Oscar. Seine Augen glichen Austernschalen. »Yeah. Das stimmt. Mein Vorgesetzter ist müde. Er hat seinen Diensteid gebrochen, und er raubt US-Bürger aus, die Leute, auf die er vereidigt wurde. Sowas kann einen schon müde machen.«

Oscar hörte aufmerksam zu.

»Der Kommandant hatte keine Wahl, wissen Sie. Entweder er zieht diese Sache durch, oder er schaut zu, wie seine Leute in den Unterkünften verhungern. Es ist kein Geld mehr da. Es gibt kein Benzin, keinen Sold, keine Ausrüstung, *nichts*. Und das bloß deshalb, weil Ihr Hurensöhne in Euren Seidenanzügen es nicht schafft, den Haushalt zu verabschieden.«

»Mein Mann ist gerade erst nach Washington gegangen«, sagte Oscar. »Geben Sie uns eine Chance.«

»*Mein* Mann ist ein dekorierter Offizier! Er war bei Panama Drei, Irak Zwo und in Ruanda dabei! Er ist kein gottverdammter Politiker – er ist ein Nationalheld! Und jetzt brechen die Bundesstaaten auseinander, und der Gouverneur ist durchgeknallt, und er ist immer noch Kommandant und wird anschließend seinen Kopf hinhalten müssen. Wenn alles vorbei ist, wird er dafür büßen müssen. Die Untersuchungskommission wird ihn zerreißen.«

Oscar ließ sich nicht aus der Ruhe bringen. »Eben deshalb muss ich nach Washington.«

»Für welche Partei arbeiten Sie?«

»Senator Bambakias wurde mit einer relativen Stimmenmehrheit von achtunddreißig Prozent gewählt«, sagte Oscar. »Er fühlt sich keiner Parteidoktrin verpflichtet. Er zieht Wähler aller Parteien an. »

Der PR-Mann schnaubte. »Ich will wissen, welcher Partei Sie angehören.«

»Den Demokraten.«

»Du meine Güte.« Der Mann neigte den Kopf und schwenkte die Hand. »Gehen Sie nach Hause, Yankee. Leben Sie.«

»Wir gehen gleich«, sagte Fontenot und setzte den Pappbecher ab, ohne davon getrunken zu haben. »Können Sie uns zufällig ein gutes Restaurant hier in der Gegend empfehlen? Ein Cajun-Lokal, meine ich? Wir sind zu zwölft.«

Der junge Wachposten an der Tür salutierte freundlich, als sie aus dem Touristenzentrum traten. Oscar steckte den Ausweis sorgfältig in die Brieftasche aus glattem Leder. Er wartete, bis sie außer Hörweite des Postens waren. »Er mag ja sturzbetrunken sein, aber über die hiesigen Restaurants weiß er jedenfalls Bescheid.«

»Mit sowas kennen Journalisten sich aus«, erwiderte Fontenot. »Wissen Sie was? Ich *kenne* den Burschen. Ich bin ihm schon mal begegnet, im Battledore in Georgetown. Er speiste gerade mit dem Vizepräsidenten. An seinen Namen kann ich mich ums Verrecken nicht mehr erinnern, an sein Gesicht aber schon. Er war mal ein bekannter Auslandskorrespondent, ein hohes Tier in den alten TV-Kabelnetzen. Das war, bevor er als Infokriegsagent geoutet wurde.«

Oscar ließ die Neuigkeit einsinken. Als politischer Berater kannte er natürlich viele Journalisten. Außerdem war er einer Reihe von Agenten begegnet. Journalisten hatten im Spiel der Macht sicherlich ihren Nutzen, Agenten aber hielt er für eine deformierte und nicht sehr kluge Subspezies des politischen Beraters. »Haben Sie unsere kleine Unterhaltung eben zufällig aufgezeichnet?«

»Ja«, sagte Fontenot. »Das mache ich meistens. Zumal wenn ich mir sicher bin, dass mein Gegenüber ebenfalls mitschneidet.«

»Sie sind ein guter Mann«, sagte Oscar. »Die Highlights der Unterhaltung würde ich gern zusammenfassen und an den Senator weiterleiten.«

Oscars und Fontenots Verhältnis während des Wahlkampfs war von höflichem Respekt gekennzeichnet gewesen. Fontenot war doppelt so alt wie Oscar, gerissen und paranoid, stets gewissenhaft darauf bedacht, die körperliche Unversehrtheit des Kandidaten zu gewährleisten. Jetzt, da der Wahlkampf unbeschadet überstanden war, wirkte Fontenot wesentlich lockerer als zuvor. Er machte den Eindruck, als habe er gerade einen Anfall von Offenheit. »Darf ich Ihnen einen kleinen Rat geben? Sie brauchen mir nicht zuzuhören, wenn Sie nicht möchten.«

»Sie wissen doch, dass ich stets auf Ihren Rat höre, Jules.«

Fontenot sah ihn an. »Sie wollen in Washington Bambakias' Stabschef werden.«

Oscar zuckte die Achseln. »Das habe ich nie abgestritten, oder?«

»Sie sollten besser im Ausschuss bleiben. Sie sind ein aufgeweckter Bursche, und ich glaube, Sie könnten in Washington einiges zu Wege bringen. Ich habe miterlebt, wie Sie die hoffnungslosen Trottel in der Mannschaft wie Elitesoldaten behandelt haben, und da wusste ich, dass Sie mit einem Senatsausschuss ebenso gut zurechtkommen würden. Und es muss einfach etwas passieren.« In Fontenots Blick lag aufrichtiger Schmerz. »Amerika ist auf dem absteigenden Ast. Wir bekommen's nicht in den Griff. Verdammt noch mal, *schauen Sie sich doch mal um!* Unser Land ist am Ende.«

»Ich möchte Bambakias helfen. Er hat gute Ideen.«

»Bambakias kann gute Reden halten, aber er hat nicht einen Tag innerhalb der Umgehungsstraße gewohnt. Er weiß nicht mal, was das bedeutet. Er ist Architekt.«

»Er ist ein sehr kluger Architekt.«

Fontenot grunzte. »Er wäre nicht der Erste, der Intelligenz mit politischer Klugheit verwechselt.«

»Also, ich glaube, letztlich beruht der Erfolg des Senators auf seinen Helfern. Auf der Senatsmannschaft, auf den Leuten, mit denen er sich umgibt. Auf seinem Team.« Oscar lächelte. »Hören Sie, nicht ich habe Sie eingestellt. Das war Bambakias. Er trifft gute Personalentscheidungen. Alles, was er braucht, ist eine Chance.«

Fontenot stellte den gelben Mantelkragen hoch. Es hatte zu nieseln angefangen.

Oscar breitete die manikürten Hände aus. »Ich bin gerade mal achtundzwanzig. Mir fehlen die nötigen Referenzen, um Stabschef eines Senators zu werden. Außerdem werde ich mit der Berufung in den Wissenschaftsausschuss alle Hände voll zu tun haben.«

»Außerdem«, äffte Fontenot ihn nach, »haben Sie da noch ein kleines persönliches Problem.«

Oscar blinzelte. Jedesmal, wenn dieses Thema angesprochen wurde, erfasste ihn Schwindel. Natürlich wusste Fontenot genau über sein ›kleines persönliches Problem‹ Bescheid. Es gehörte zu Fontenots Aufgabenbereich, über derlei Dinge informiert zu sein. »Das werden Sie doch hoffentlich nicht gegen mich verwenden wollen.«

»Nein.« Fontenot senkte die Stimme. »Ich könnte es tun. Ich bin ein alter Mann, ich bin altmodisch. Aber ich habe gesehen, wie Sie arbeiten, daher weiß ich es jetzt besser.« Er stampfte mit der Beinprothese auf den Boden. »Das ist nicht der Grund, weshalb ich Sie verlasse, Oscar. Aber ich gehe fort. Der Wahlkampf ist vorbei, Sie haben gewonnen. Sie haben einen großen Sieg errungen. Ich habe schon bei vielen Wahlkämpfen mitgemacht, aber Ihrer war vielleicht der schönste, den ich jemals erlebt habe. Trotzdem will ich in die Bayous zurück, es ist an der Zeit, mich aus dem Geschäft zurückzuziehen. Endgültig. Ich werde Ihren Konvoi unbeschadet nach Buna bringen, und dann bin ich weg.«

»Ich respektiere Ihre Entscheidung, wirklich«, sagte Oscar. »Doch es wäre mir lieber, Sie blieben uns erhalten – zumindest eine Zeit lang. Die Mannschaft respektiert Ihr Urteil. Und es könnte sein, dass wir in Buna auf Ihre Erfahrung angewiesen sind.« Oscar holte tief Luft, dann redete er mit größerem Nachdruck weiter. »Ich habe das mit den Jungs und Mädels im Bus noch nicht besprochen, aber ich habe mich über die Lage in Buna kundig gemacht. Und unser heutiges Ziel, der nette texanische Ferienort – also, ich habe eher den Eindruck, dass dort eine größere Krise auf uns wartet.«

Fontenot schüttelte den Kopf. »Für größere Krisen bin ich nicht zuständig. Ich freue mich aufs Altenteil. Ich werd angeln, ein wenig jagen. Ich besorg mir im Bayou eine Hütte mit einem Ofen und 'ner Bratpfanne und will nie wieder was mit dem gottverdammten Netz oder irgendwelchen Telefonen zu tun haben.«

»Ich würde mich entsprechend erkenntlich zeigen«, schmeichelte Oscar. »Bloß noch einen Monat, einverstanden? Die vier Wochen bis zu den Weihnachtsferien. Sie stehen weiterhin auf der Gehaltsliste, solange Sie bei uns bleiben. Notfalls verdoppele ich Ihr Gehalt. Ein zusätzlicher Monatslohn.«

Fontenot wischte das Regenwasser von der Hutkrempe. »Das könnten Sie arrangieren?«

»Na ja, ich könnte das Geld nicht aus dem Wahlkampffonds nehmen, aber Pelicanos würde das für uns regeln. In diesen Dingen ist er ein wahrer Zauberer. Zwei Monatsgehälter für einen Monat Arbeit. Und zwar zu den Bedingungen, wie sie in Boston üblich sind. Das wäre schon die Anzahlung auf Ihre Hütte.«

Fontenot wurde schwach. »Also, da müsste ich drüber nachdenken.«

»Sie hätten die Wochenenden frei.«

»Wirklich?«

»Drei freie Tage am Wochenende. Schließlich suchen Sie ja eine neue Bleibe.«

Fontenot seufzte. »Tja ...«

»Audrey und Bob würde es nichts ausmachen, sich ein bisschen umzuhören. Die beiden sind Weltklasse bei der Recherche und schlagen hier bloß die Zeit tot. Weshalb sollten Sie sich mit der Haussuche befassen? Die könnten Ihnen ein Traumhaus organisieren und einen seriösen Grundstücksmakler noch dazu.«

»Verdammt. So hab ich die Sache noch nicht betrachtet. Aber Sie haben recht. Das wäre viel wert für mich. Es würde mir eine Menge Ärger ersparen. Also gut, ich mach's.«

Sie schüttelten sich die Hände.

Sie waren mittlerweile bei ihren Fahrzeugen angelangt. Norman-der-Praktikant war jedoch nirgends zu sehen. Mit quietschender Prothese kletterte Fontenot auf die eingebeulte Motorhaube seines Geländefahrzeugs und machte Norman schließlich mit dem Fernglas ausfindig.

Norman unterhielt sich mit mehreren Air-Force-Angehörigen. Sie standen dicht zusammengedrängt unter dem Schrägdach eines Picknicktisches aus Beton, von dem ein Holzsteg in die mit Zypressen bestandenen Tiefen des Sumpflandes am Rande des Sabine River führte. »Soll ich ihn holen?« fragte Fontenot.

»Ich hole ihn«, sagte Oscar. »Ich habe ihn mitgenommen. Sie können Pelicanos anrufen und die Crew informieren.«

Junge Leute stellten in Amerika eine kleine Minderheit dar. Wie die meisten Minderheiten neigten sie zur Fraternisierung. Norman war noch im richtigen Alter fürs Militär. Er lehnte an der graffitibeschmierten Dachstütze und redete heftig auf die Soldaten ein.

»... radardurchlässige Drohnen mit Röntgenlasern!« sagte Norman abschließend.

»Also, vielleicht haben wir ja welche, vielleicht aber auch nicht«, meinte ein junger Mann in blauer Uniform.

»Hör mal, das weiß doch inzwischen jeder, dass ihr die habt. Das ist genau wie mit diesen Satelliten, die aus dem Orbit Nummernschilder erkennen können – das ist ein alter Hut, die gibt es schon seit zig Jahren. Worauf ich hinaus will, ist Folgendes: Weshalb *schnappt* ihr euch nicht einfach den Gouverneur von Louisiana, wo ihr doch die technischen Möglichkeiten dazu habt? Ortet seinen Konvoi mittels Drohnen und folgt ihm. Wenn ihr seht, dass er seinen Wagen mal verlässt, schnappt ihr ihn euch einfach.«

Eine junge Frau ergriff das Wort. »Wir sollen uns Gouverneur Huguelet ›schnappen‹?«

»Ihr sollt ihn ja nicht umbringen. Das wäre zu auffällig. Ihn *verdampfen*, meine ich. Den Burschen einfach *ver-*

dampfen! Schuhe, Anzug, alles! Man würde glauben, er … ihr wisst schon … er sei in irgendeinem Hotel damit beschäftigt, einer Nutte die Füße zu beknabbern.«

Die Air-Force-Leute brauchten eine Weile, um sich eine Meinung zu bilden. Der Vorschlag hatte sie offenbar irritiert. »Mit einem fliegenden Röntgenlaser kann man niemanden verdampfen.«

»Wenn er abstimmbar wäre, ginge es schon.«

»Abstimmbare Freie-Elektronen-Laser sind nicht radardurchlässig. Außerdem benötigen sie höllisch viel Energie.«

»Dann solltet ihr vielleicht vier oder fünf Flugkörper überlappend feuern lassen. Außerdem, wer braucht denn noch unförmige, veraltete freie Elektronen, wo es doch Quantenlöcher gibt? Quantenlöcher sind hervorragend abstimmbar.«

»Tut mir leid, wenn ich die Unterhaltung störe«, sagte Oscar. »Norman, wir werden im Bus gebraucht.«

Das Air Force-Mädchen starrte Oscar an, ließ seine Erscheinung vom makellosen Hut bis zu den glänzenden Schuhen auf sich wirken. »Was ist das denn für einer?«

»Na ja … er arbeitet beim US-Senat.« Norman lächelte strahlend. »Ein guter Freund von mir.«

Oscar legte ihm sanft die Hand auf die Schulter. »Wir müssen allmählich los, Norman. Wir haben gerade einen Tisch in einem Cajun-Restaurant reservieren lassen.«

Norman folgte ihm bereitwillig. »Ob ich dort wohl was trinken darf?«

»*Laissez les bon temps roulez*«, entgegnete Oscar.

»Das sind nette Kids«, erklärte Norman. »Ich meine, sie blockieren zwar die Straße und alles, aber im Grunde sind das doch richtig nette amerikanische Kids.«

»Das sind amerikanische Militärangehörige, die sich der Straßenräuberei schuldig machen.«

»Ja. Das stimmt. Das ist schlimm. Das ist wirklich schlimm. Wissen Sie was? Die sind in der militärischen Denkweise verhaftet, deshalb handeln sie unpolitisch.«

Sie überquerten die Grenze von Texas in tiefer, nebliger Nacht. Die Crew war vollgestopft mit frittierten Shrimps und gebackenem Alligatorschwanz, hinuntergespült mit endlosen Runden von Hurricanes und glühheißem Kaffee mit Brandy. Die Speisekarte in den Cajun-Lokalen war von epischem Umfang. Für Touristenbusse gab es sogar Ermäßigung.

Es war eine hervorragende Idee gewesen, dort einzukehren. Oscar spürte, dass sich die Stimmung seiner kleinen Mannschaft grundlegend geändert hatte. Die Crew hatte wirklich Spaß gehabt. Man hatte ihnen wiederholt gesagt, dass sie sich im Staate Louisiana befänden, doch nun spürten sie diesen Umstand auch in ihrem mächtig aufgepeppten Kreislauf.

Das hier war nicht mehr Boston. Das war nicht mehr das dicke Ende der Massachusetts-Kampagne. Sie befanden sich in einem Zwischenstadium und standen vielleicht, wenn man nur fest genug daran glaubte, am Anfang von etwas Besserem. Oscar war mit seinem Leben im Reinen. Sein Leben verlief nicht in normalen Bahnen, bot ihm aber äußerst interessante Herausforderungen. Nun wandte er sich der nächsten Herausforderung zu. Was sollte ihm schon passieren? Zumindest waren sie jetzt alle gesättigt.

Abgesehen von Jimmy, dem schwer beschäftigten Fahrer, der extra dafür bezahlt wurde, dass er sich nicht besinnungslos betrank, war nur noch Oscar im Bus wach. Oscar war zumeist der Letzte, der einschlief, und der Erste, der morgens aufwachte. Oscar schlief überhaupt nur wenig. Seit dem Alter von sechs Jahren schlief er nachts für gewöhnlich nur etwa drei Stunden.

Als kleines Kind hatte er in den langen Stunden des Wachseins einfach still dagelegen und sich überlegt, wie er mit den verrückten Kapriolen seiner Hollywood-Adoptiveltern umgehen sollte. Den Malstrom aus finanziellen Krisen, Drogen und Berühmtheit zu überleben, hatte großen Weitblick erfordert.

Auch später hatte Oscar sich die Nachteulenstunden zu Nutze gemacht: zunächst beim Studium der Betriebswirtschaft, dann bei dem Biotech-Start-up, wo er seinen langjährigen Buchhalter und Finanzberater Yosh Pelicanos und auch seine zuverlässige Terminplanerin und Sekretärin Lana Ramachandran kennen lernte. Nach dem Verkauf seiner ersten Firma hatte er die beiden behalten, auch in den Jahren des Booms an der Route 128 im Silicon Valley. Die Wirtschaft kam Oscars Begabungen und Neigungen entgegen, gleichwohl war er alsbald in die Parteipolitik übergewechselt. Eine erfolgreiche und innovative Kampagne zur Wahl des Bostoner Stadtrats ließ Alcott Bambakias auf ihn aufmerksam werden. Darauf war der Wahlkampf zum US-Senat gefolgt. Die Politik war sein neues Betätigungsfeld. Die Herausforderung. Das, worum es ihm ging.

Und deshalb war Oscar mitten in der Nacht wach und arbeitete. Im Allgemeinen beendete er den Tag mit Tagebuchaufzeichnungen, einer Zusammenfassung der getroffenen Entscheidungen und wichtiger Vorkommnisse. Heute formulierte er sorgfältig Anmerkungen zu dem Audiotape, das Fontenot von den Highway-Banditen der Air Force aufgenommen hatte. Er schickte die Datei Alcott Bambakias, verschlüsselt und mit dem Zusatz ›persönlich und vertraulich‹ versehen. Er hatte keine Ahnung, ob diese Momentaufnahme des modernen Chaos in Louisiana die sprunghafte Aufmerksamkeit seines Arbeitgebers fesseln würde. Trotzdem war es unbedingt notwendig, den Fluss der Nachrichten und Ratschläge übers Netz aufrecht zu erhalten. Nicht in der Nähe des Senators zu sein, mochte sich noch in mancherlei Hinsicht als nützlich erweisen, doch von ihm vergessen zu werden, wäre gleichbedeutend mit beruflichem Selbstmord gewesen.

Oscar sammelte sich und sandte eine freundliche Email an seine Freundin Clare, die in seinem Haus in Boston lebte. Er studierte und aktualisierte seine persönlichen Dateien. Er überprüfte und addierte die Ausgaben des heutigen Tages. Er machte einen Eintrag ins Tagebuch.

Er hatte schon viele Rückschläge erlitten, doch einer Herausforderung, bei der die Gefahr einer vollständigen Niederlage bestanden hätte, war er noch nicht begegnet.

Er klappte zufrieden den Laptop zu und legte sich schlafen. Er zuckte, wälzte sich umher. Schließlich setzte er sich auf und klappte den Laptop wieder auf.

Zum zweiundfünfzigsten Mal studierte er das Video von den Worcester-Unruhen.

Der Wissenschaftler trug karierte Bermudashorts, ein verwaschenes gelbes T-Shirt, Riemensandalen und keinen Hut. Oscar war gern bereit, sich mit den unbekleideten, knochigen Beinen und sogar mit dem altmodischen Bart ihres Führers abzufinden. Doch es war schwer, jemanden ernst zu nehmen, der keinen Hut trug.

Das fragliche Tier war dunkelgrün, sehr sehnig und hatte ein Fell. Dies war ein Binturong, ein ehemals in Südostasien beheimatetes Säugetier, das in der Wildnis seit langem ausgestorben war. Dieses Exemplar war an Ort und Stelle im Buna National Collaboratory geklont worden. Herangewachsen war es in der modifizierten Gebärmutter einer Kuh.

Der geklonte Binturong hing an der Unterseite einer Parkbank und klammerte sich an den Holzlatten fest. Er leckte mit seiner langen, gesprenkelten Zunge an der abblätternden Farbe. Der Binturong war etwa so groß wie eine volle Golftasche.

»Ihr Exemplar ist erstaunlich zahm«, sagte Pelicanos höflich, den Hut in der Hand.

Der Wissenschaftler schüttelte den bärtigen Kopf. »Ach, als ›zahm‹ würden wir die Tiere hier im Laboratorium nicht unbedingt bezeichnen. Das Tier ist nicht wild, aber die Bezeichnung ›zutraulich‹ wäre fehl am Platz.«

Der Binturong ließ sich auf den Boden hinab und stapfte mit seinen kleinen bärenartigen Tatzen durchs üppige Gras.

Das Tier schnüffelte an Oscars Lederschuhen, hob angewidert die spitze Schnauze und summte wie ein siedender Wasserkessel. Aus der Nähe sah man es noch deutlicher. Der Binturong war mit dem Wiesel verwandt.

Ein großes, in Bäumen kletterndes Wiesel. Mit einem behaarten Greifschwanz. Außerdem stank er.

»Es sieht so aus, als hätten wir Bedarf für einen Binturong«, sagte Oscar lächelnd. »Wickeln Sie die Tiere in braunes Packpapier?«

»Wenn Sie wissen möchten, wie wir das Testexemplar zu Ihrem Freund, dem Senator, schaffen wollen ... Also, das wickeln wir über bestimmte Kanäle ab.«

Oscar zog die Brauen hoch. »›Kanäle‹?«

»Sie wissen schon ... Senator Dougal lässt sowas von seinen Leuten erledigen ...« Ihr Führer wirkte auf einmal schuldbewusst und nervös, als hätte er den Kaffeesatz getrunken. »Hören Sie, ich arbeite bloß im Labor, darüber weiß ich wirklich nicht Bescheid. Sie sollten die Leute von den Spin-offs fragen.«

Oscar faltete den laminierten Taschenplan des Buna National Collaboratory auseinander. »Und wo finde ich diese ›Spin-offs‹?«

Der Mann tippte auf Oscars Plastikplan. Seine Hände waren fleckig von Chemikalien, der Daumen hübsch grün gefärbt. »Die Spin-offs befinden sich in dem Gebäude, das Sie zur Linken gesehen haben, als Sie durch die Hauptschleuse fuhren.«

Oscar betrachtete den klein gedruckten Plan mit zusammengekniffenen Augen. »Das Archer Parr Institut für kompetitive Verstärkung?«

»Ja, genau, die Spin-offs.«

Oscar schaute hoch und drückte die Hutkrempe zurecht, um sich vor der texanischen Sonne zu schützen. Ein System miteinander verwobener Streben durchschnitt den Himmel wie das Exoskelett einer riesigen Kieselalge. Die fernen Streben waren aus massivem Beton und dienten als Halterung für Plastikgewächshausscheiben von der Größe eines Hockeyplatzes. Das staatliche Labor war zu einer Zeit gegründet und erbaut worden, als man die Genmanipulation für so gefährlich wie Atomkraftwerke gehalten hatte. Die Kuppel des

Buna National Collaboratory vermochte Tornados, Wirbelstürmen, Erdbeben und selbst dem massivem Einsatz von Bomben zu trotzen. »Ich war noch nie in einer abgeschlossenen Umgebung, die so groß gewesen wäre, dass man eine Karte braucht, um sich darin zu orientieren«, sagte Oscar.

»Man gewöhnt sich dran.« Ihr Führer zuckte die Achseln. »Man gewöhnt sich an die Leute, die hier drinnen leben, und selbst an das Kantinenessen ... Das Labor wird zur zweiten Heimat, wenn man nur lange genug dabei ist.« Der Mann kratzte sich im Bart. »Von Osttexas, das außerhalb der Schleusen liegt, kann man das nicht behaupten. Viele Leute gewöhnen sich nie daran.«

»Es ist wirklich nett von Ihnen, dass Sie uns den Tierbestand zeigen«, meinte Pelicanos. »Ich nehme an, Sie sind sehr beschäftigt.«

Der Zoologe griff eifrig zum Handy, das er am Gürtel trug. »Soll ich die Dame von der PR-Abteilung anrufen?«

»Nein«, sagte Oscar zuvorkommend, »nachdem sie die Freundlichkeit hatte, uns an Sie weiterzureichen, glaube ich, dass wir auch allein hinausfinden.«

Der Wissenschaftler schwang sein veraltetes, klobiges staatseigenes Handy, das mit grünen Fingerabdrücken verschmiert war. »Möchten Sie vielleicht lieber fahren? Ich könnte Ihnen einen Buggy rufen.«

»Wir möchten uns ein wenig die Beine vertreten«, zierte sich Pelicanos.

»Sie haben uns sehr geholfen, Dr. Parkash.« Oscar hatte ein hervorragendes Namensgedächtnis. Dabei gab es eigentlich keinen speziellen Grund, sich unter den zweitausend staatlich angestellten Forschern und den vielen beigeordneten Handlangern, Werbefritzen, Mitarbeitern und dem übrigen Gefolge ausgerechnet den Namen Dr. Averill Parkash zu merken. Oscar wusste jedoch, dass er sich die Namen, Gesichter und Dossiers des Personals in kurzer Zeit einprägen würde. Das war beinahe schon eine Obsession. Er konnte einfach nichts dagegen machen.

Ihr Führer entfernte sich Richtung Veterinär-Verwaltungszentrum, begierig darauf, wieder in sein enges, schmutziges kleines Büro zurückzukehren. Oscar winkte ihm lächelnd zum Abschied.

Parkash rief ihm noch etwas zu. »In der Nähe liegt eine ausgezeichnete Weinbar! Gegenüber dem Fließ-NMR und dem Gerätelager!«

»Danke für die Empfehlung! Vielen Dank!« Oscar machte auf dem Absatz kehrt und wandte sich zur nächsten Baumgruppe. Pelicanos folgte ihm eilig.

Bald darauf befanden sie sich in der Deckung der Bäume. Oscar und Pelicanos folgten einem gewundenen, morastigen, mit Torfmoos bewachsenen Pfad, der durch einen zusammengestoppelten Dschungel führte. Das Labor verfügte über riesige botanische Gärten – darunter sogar kleinere Wälder – mit seltenen Exemplaren. Mit vom Aussterben bedrohten Exemplaren. Die aus einer Umwelt stammten, die auf Grund der Klimaveränderung, des ansteigenden Meeresspiegels und der mit einer Weltbevölkerung von 8,1 Milliarden Menschen einhergehenden Verstädterung längst ausgestorben war.

Die Pflanzen und Tiere waren allesamt geklont. In den Tiefen der festungsartigen Keller des dem Laboratorium zugehörigen Zentrums für den Schutz des Genoms lagerten Zehntausende genetischer Proben, die man aus allen Erdteilen zusammengetragen hatte. Die kostbare DNS wurde in funkelnden Kolben mit flüssigem Stickstoff gelagert, sicher verwahrt in einem bürokratischen Labyrinth endloser, von Maschinen angelegten Kalksteingewölben.

Hin und wieder hielt man es für ratsam, ein paar Proben aufzutauen und ausgewachsene Organismen heranzuzüchten. Auf diese Weise vergewisserte man sich, dass die genetischen Daten noch nutzbar waren. Die entstandenen Lebewesen waren zumeist auch recht fotogen. Die

Klone waren bei der Öffentlichkeitsarbeit von Nutzen. Jetzt, da die Biotechnik das hermetische Reich der Geheimwissenschaft verlassen hatte und industriell nutzbar gemacht wurde, war der Zoo des Labors beste Werbung.

Die riesigen unterirdischen Gewölbe standen bei den Opfern des hiesigen Tourismus stets ganz oben auf der Besucherliste, Oscar jedoch hatte die kafkaeske Enge als bedrückend empfunden. Der Dschungel hingegen gefiel ihm. Natürliche Wildnis langweilte ihn zumeist, doch diese rationale, urbanisierte Taschenausgabe von Natur übte den Reiz des Modernen aus. Die stubenreinen Gewächse mit ihren Saftsammlern und Hormonspendern funkelten wie Weihnachtsbäume. Bäume und Büsche badeten wie betrunkene Touristen im Licht der Pflanzenstrahler.

Der taschengerechten Karte zufolge befanden Oscar und Pelicanos sich nun in einem Mischdschungel, der an das Veterinärtechnische Labor, das Labor für Atmosphärenchemie, das Veterinär-Verwaltungszentrum und ein ganz spezielles Gebäude grenzte, das für die Müllverarbeitung zuständig war. Keines dieser weitläufigen Gebäude war aus dem Innern des eingetopften Waldes hervor zu sehen – die brutalen, festungsartigen Türme des Hochsicherheitstrakts natürlich ausgenommen. Dieser gigantische Sperrbezirk bildete den zentralen Stützpfeiler der Kuppelanlage. Die glasierten zylindrischen Gebilde waren von jeder Stelle innerhalb der Kuppel aus zu sehen und glänzten, als bestünden sie aus edlem Porzellan.

Die Wahrscheinlichkeit, dass es in dem künstlichen Wald Abhörvorrichtungen gab, war eher als gering zu veranschlagen. Solange sie in Bewegung blieben, konnten sie sich ungestört unterhalten.

»Ich habe schon befürchtet, wir würden diesen Widerling überhaupt nicht mehr los«, meinte Pelicanos.

»Möchtest du mir etwas sagen, Yosh?«

Pelicanos seufzte. »Ich möchte wissen, wann wir wieder zurückfahren.«

Oscar lächelte. »Wir sind doch gerade erst angekommen. Magst du die Texaner nicht? Sie sind jedenfalls sehr zuvorkommend.«

»Oscar, du hast zwölf Leute mitgebracht. Die haben nicht genug Schlafgelegenheiten hier.«

»Aber ich brauche zwölf Leute. Ich brauche mein ganzes Team. Ich möchte mir alle Optionen offen halten.«

Pelicanos knurrte überrascht, als ein stachliges Tier mit Hufen – vielleicht eine Art Tapir? – den Weg querte. Seltene Tiere wie Erdferkel oder Zebus liefen auf dem Gelände frei herum. Zumeist tappten sie wie unter Drogen stehende heilige Kühe friedlich auf den Straßen und in den Gartenanlagen umher.

»Du hast nach Beendigung des Wahlkampfs für ein paar Extras gesorgt«, sagte Pelicanos. »Na ja, Bambakias kann sich das gewiss leisten, und die Leute haben sich über die Geste gefreut. Wahlkampfhelfer sind jedoch von Natur aus Zeitarbeiter. Du brauchst sie einfach nicht mehr. Du brauchst keine zwölf Leute, um einen Ausschussbericht zu erarbeiten.«

»Aber sie machen sich nützlich! Weißt du ihre Dienste nicht zu schätzen? Wir haben einen Bus, einen Fahrer, eigene Sicherheitsleute, wir haben sogar eine Masseuse! Wir leben in Saus und Braus. Außerdem ist es egal, ob sie die Beine hier langmachen oder anderswo.«

»Das ist keine Antwort.«

Oscar sah ihn an. »Du erstaunst mich, Yosh … Sandra fehlt dir.«

»Ja«, räumte Pelicanos ein. »Meine Frau fehlt mir.«

Oscar schwenkte die Hand. »Dann nimm dir am Wochenende drei Tage frei. Flieg nach Beantown. Das hast du verdient, und wir können es uns leisten. Triff dich mit Sandra. Vergewissere dich, wie es ihr geht.«

»Also gut. Ich glaub, ich mach's. Ich fliege hin und

treffe mich mit Sandra.« Pelicanos' Miene hellte sich auf. Oscar sah, wie sich seine Stimmung hob; die Freude schlug über ihm zusammen wie eine kleine Welle. Seltsam, aber Pelicanos war glücklich. Obwohl sich seine Frau seit neun Jahren in einem Sanatorium für Geisteskranke befand.

Pelicanos war ein ausgezeichneter Organisator, ein guter Finanzberater und ein nahezu genialer Buchhalter, während sein Privatleben eine bodenlose Tragödie darstellte. Oscar fand dies äußerst interessant. Es sprach ein grundlegendes Element seiner Persönlichkeit an, seine brennende Neugier für Menschen und die Taktik und Strategie, mittels derer man sich ihr Wohlverhalten sichern konnte. Yosh Pelicanos schritt scheinbar durchs Leben wie jeder andere auch, während er gleichzeitig ein tonnenschweres Geheimnis mit sich herumschleppte. Pelicanos wusste wirklich, was Hingabe und Loyalität bedeuteten.

Oscar selbst hatte mit Hingabe und Loyalität nicht viel am Hut, hatte diese Eigenschaften aber bei anderen schätzen gelernt. Pelicanos war nicht zufällig am längsten von allen sein Mitarbeiter.

Pelicanos senkte die Stimme. »Aber bevor ich aufbreche, Oscar, möchte ich dich um einen kleinen Gefallen bitten. Ich muss wissen, was du vorhast. Sei offen zu mir.«

»Du weißt doch, dass ich keine Geheimnisse vor dir habe, Yosh.«

»Versuch's noch mal.«

»Also gut.« Oscar schritt unter einem hohen grünen Torbogen aus gefiederten Farnwedeln mit rosa Blüten hindurch. »Die Sache ist die: Politik macht mir Spaß. Das Spiel liegt mir.«

»Das hört man gerne, Boss.«

»Du und ich, wir haben gerade unseren zweiten Wahlkampf abgeschlossen und unseren Mann in den Senat gehievt. Das ist eine große Leistung. Ein Senatssitz ist nach allen gängigen Maßstäben sehr hoch zu veranschlagen.«

»So ist es. Und weiter?«

»Und zum Lohn für all unsere Mühen befinden wir uns wieder im politischen Dschungel.« Oscar entfernte einen übel riechenden Zweig von seiner Sakkoschulter. »Glaubst du wirklich, Bambakias hätte Bedarf für ein gottverdammtes ausgestorbenes Tier? Neulich hat mich um sechs Uhr morgens der neue Stabschef angerufen. Er meinte, die Frau des Senators interessiere sich für meinen gegenwärtigen Auftrag, und ich solle ihr doch bitte ein exotisches Tier mitbringen. Bloß hat nicht sie mich angerufen – und auch nicht Bambakias –, sondern Leon Sosik.«

»Stimmt.«

»Der Bursche will mich fertigmachen.«

Pelicanos nickte vielsagend. »Sosik weiß ganz genau, dass du scharf auf seinen Job bist.«

»Ja. Das weiß er. Daher vergewissert er sich, ob ich auch tatsächlich meine Zeit am Arsch der Welt absitze. Und dann besitzt er die Unverschämtheit, mir obendrein noch diesen kleinen Auftrag aufzuhalsen. Sosik hat dabei nichts zu verlieren. Wenn ich ihm die Bitte abschlage, bin ich der Dumme. Wenn ich's vermassele oder in Schwierigkeiten gerate, macht er mich deswegen fertig. Und wenn ich Erfolg habe, heimst er die Meriten ein.«

»Mit Grabenkämpfen kennt Sosik sich aus. Der hat viele Jahre auf dem Capitol Hill zugebracht. Sosik ist ein Profi.«

»Ja, das ist er. Und wir sind seiner Meinung nach blutige Anfänger. Diesen Kampf aber werden wir gewinnen. Weißt du wie? Es wird genau so laufen wie beim Wahlkampf. Zunächst dämpfen wir die Erwartungen, damit alle glauben, wir hätten hier keine Chance. Und dann sind wir in einem solchen Maße erfolgreich – und übertreffen die in uns gesetzten Erwartungen so gewaltig –, dass wir unsere Gegner einfach hinwegfegen.«

Pelicanos lächelte. »Typisch Oscar.«

Oscar reckte den Zeigefinger. »Und so sieht der Plan aus. Wir finden heraus, wer hier am Drücker sitzt und was diese Leute wollen, und kommen ihnen in die Quere. Wir versetzen unsere Leute in Aufregung und diese Leute in Unruhe. Und am Ende manövrieren wir jeden aus, der uns aufhalten will. Wir treiben sie in die Ecke und stürzen uns aus völlig unerwarteten Richtungen auf sie, und wir machen einfach immer damit weiter und rammen sie in Grund und Boden!«

»Hört sich an wie 'ne große Sache.«

»Ja, schon, und deswegen habe ich auch so viele Leute mitgebracht. Sie haben bewiesen, dass sie auf politischer Ebene zusammenarbeiten können. Sie sind erfinderisch, sie sind clever, und jeder Einzelne von ihnen schuldet mir eine Menge Gefallen. Glaubst du, es könnte klappen?«

»Das fragst du mich?« sagte Pelicanos und breitete die Arme aus. »Verdammt, Oscar, ich mache gerne mit. Das weißt du doch.« Und er gestattete sich ein kurzes, glückliches Auflachen.

Die alten Unterkünfte des Labors boten wenig Annehmlichkeiten. Schlafraum war knapp, da das staatliche Labor zahllose wissenschaftliche Vagabunden, Vertragspartner und verschiedene exotische Spielarten parawissenschaftlicher Bürokraten beherbergte. Die Unterkünfte waren in einem zweistöckigen, in Leichtbauweise errichteten Gebäude untergebracht und mit Gemeinschaftsbädern und -küchen ausgestattet. Die Einrichtung bestand aus regierungsbraunen Pappmöbeln und ein paar bunt zusammengewürfelten Laken und Handtüchern. Die Türschlösser wurden mit Ausweiskarten des Labors geöffnet. Wahrscheinlich legten die smarten Karten und die smarten Türschlösser für die hiesigen Sicherheitsleute ein Dossier über das Kommen und Gehen der Gäste an.

Unter dem riesigen, aus rautenförmigen Elementen zusammengesetzten Kuppeldach gab es kein Wetter. Das ganze gewaltige Gebilde war im Wesentlichen eine Intensivstation mit beweglichen Blenden, hellen Lampen und riesigen Zeolith-Luftfiltern, in der ständig das Summen der tief in der Erde verborgenen Generatoren zu hören war. Die Biotechlabors waren wie Festungen konstruiert. In den Unterkünften hingegen gab es keine massiven Wände, Dächer oder nennenswerte Isolierung. Dort war es eng und laut.

Daher erledigte Donna Nunnez ihre Näh- und Stopfarbeiten auf einer Holzbank vor der Abteilung für Sicherheit am Arbeitsplatz. Donna hatte ihren Nähkorb und mehrere Kleidungsstücke des Teams mitgebracht. Oscar hatte seinen Laptop dabei. Er arbeitete nicht gern auf dem Zimmer, denn er spürte, dass es verwanzt war.

Die Abteilung für Sicherheit am Arbeitsplatz säumte mit acht weiteren Gebäuden die zentrale Ringstraße, in deren Mitte die glänzenden Porzellanwälle des Hochsicherheitstrakts lagen. Der Hochsicherheitstrakt war umgeben von großen Versuchsfeldern mit genmanipulierten Saatpflanzen: Salzwasser aufnehmendes Sorghum und schnell wachsender Reis sowie mehrere Genkreuzungen von Blaubeeren. Die kreisförmigen Felder wiederum waren umgeben von einer kleinen zweispurigen Straße. Diese Ringstraße war die Hauptverkehrsstraße innerhalb der Kuppel, daher bot es sich an, hier zu sitzen und die seltsamen Angewohnheiten der Einheimischen zu beobachten.

»Die stinkenden, lausigen Unterkünfte machen mir wirklich nichts aus«, bemerkte Donna freundlich. »Es ist so hübsch unter der Kuppel und riecht so gut. Wenn wir wollten, könnten wir hier auch im Freien wohnen. Wir könnten nackt herumlaufen wie die Tiere.«

Donna streckte die Hand aus und tätschelte einem Tier den Kopf. Oscar musterte das Tier, das seinen Blick furchtlos erwiderte, die hervorquellenden schwarzen

Augen so eindrucksvoll leer wie eine Alphabettafel, wie man sie für spiritistische Sitzungen verwendet. Der Entwilderungsprozess, ein Spinn-off der florierenden Hirnforschung des Labors, hatte dazu geführt, dass die hiesigen Tiere in einen Zustand eigentümlicher Gleichgültigkeit eingetreten waren.

Dieses Exemplar wirkte so munter und gesund wie eine Plastikfigur aus einem Corn-Flakes-Karton; die Stoßzähne waren kariesfrei, der Borstenpelz wirkte weich wie Schaumspeise. Gleichwohl konnte Oscar sich des Gefühls nicht erwehren, dass das Tier ihn mit Freuden töten und verspeisen würde. Dies war offenbar der Primärimpuls des Tieres. Es fehlte ihm lediglich an der nötigen Entschlusskraft, ihn auch in die Tat umzusetzen.

»Wissen Sie zufällig, was das für ein Tier ist?« fragte Oscar.

Donna streichelte dem Tier vorsichtig die längliche, runzlige Schnauze. Es grunzte verzückt und streckte seine widerliche graue Zunge hervor. »Vielleicht ein Schwein?«

»Also, was immer es sein mag, es mag mich jedenfalls. Es folgt mir schon den ganzen Vormittag. Es ist nett, finden Sie nicht? Es ist hässlich, aber hübsch-hässlich … Die Tiere hier tun niemandem etwas. Man hat irgendwas mit ihnen angestellt. Mit ihrem Gehirn.«

»Ja, sicher.« Oscar drückte eine Taste. Lautlos glich das Gerät eine lange Liste der Bestellungen der Forschungseinrichtung mit den allgemein zugänglichen texanischen Haftbefehlen der letzten fünf Jahre ab. Die Resultate waren äußerst aufschlussreich.

»Werden Sie ein exotisches Tier für Mrs. Bambakias erwerben?«

»Anfang nächster Woche. Pelicanos ist in Boston. Fontenot ist zusammen mit Bob und Audrey auf Haussuche … Im Moment versuche ich gerade, ein wenig Ordnung in ein paar Laborakten hinein zu bekommen.« Oscar zuckte dieAchseln.

»Soll ich Ihnen was sagen? Ich mochte Mrs. Bambakias. Sie war so elegant und immer nett zu mir. Ich dachte schon, sie würde mich nach Washington mitnehmen. Aber dort passe ich einfach nicht hin.«

»Weshalb denn nicht?« Oscar tippte heftig auf eine Taste und aktivierte eine Suchmaschine, welche bei einem bundesstaatlichen Koordinierungszentrum in Baton Rouge die Informationen über kürzlich erfolgte Gnadenerlasse des Gouverneurs von Louisiana heraussuchte.

»Na ja … Ich bin zu alt, wissen Sie. Ich habe zwanzig Jahre lang bei einer Bank gearbeitet. Ich habe erst nach der Hyperinflation mit dem Schneidern angefangen.«

Oscar markierte vier Treffer für weitere Nachforschungen. »Ich finde, Sie verkaufen sich zu billig. Meines Wissens hat Mrs. Bambakias niemals Ihr Alter erwähnt.«

Donna schüttelte bedauernd ihren ergrauenden Kopf. »Die jungen Frauen verstehen heutzutage viel mehr von der New Economy. Sie sind für Imagedienste ausgebildet. Sie mögen Teamarbeit; sie mögen es, die Dame des Hauses anzukleiden, sie zu frisieren und ihr die Schuhe anzuziehen. Die machen als Hausangestellte richtig Karriere. Lorena Bambakias wird bestimmt Empfänge geben. Da braucht sie Leute, die es verstehen, sie für Washington und Georgetown angemessen zu kleiden.«

»Aber Sie sorgen doch auch für unsere Kleidung. Schauen Sie doch nur, wie wir im Vergleich zu den Leuten hier gekleidet sind.«

»Das verstehen Sie nicht«, sagte Donna geduldig. »Diese Wissenschaftler laufen herum wie Penner, weil sie es sich leisten können.«

Oscar musterte einen Angestellten, der mit heraushängendem Hemd auf einem Fahrrad vorbeifuhr. Seine bloßen Füße steckten in kaputten Schuhen. Kein Hut. Seine Frisur war fürchterlich. Es konnte kein Zufall sein, wenn jemand so herumlief.

»Ich verstehe, was Sie meinen«, sagte Oscar.

Donna war in Geständnislaune. Oscar hatte dies gespürt. Er legte Wert darauf, zur Stelle zu sein, wenn seine Untergebenen in Geständnislaune waren. »Das Leben ist schon komisch«, meinte Donna und seufzte ironisch. »Als meine Mutter mir das Nähen beigebracht hat, habe ich's gehasst. Ich ging aufs College, ich hätte mir niemals träumen lassen, dass ich mal als Imageberaterin schneidern würde. In meiner Jugend hat niemand Wert auf Maßanfertigung gelegt. Mein Ex-Mann hätte mich ausgelacht, wenn ich ihm einen Anzug geschneidert hätte.«

»Wie *geht* es Ihrem Ex-Mann, Donna?«

»Er glaubt immer noch, dass richtige Arbeit von neun bis fünf geht. Er ist ein Idiot.« Sie stockte. »Außerdem wurde er entlassen und ist pleite.«

Inmitten der genetisch veredelten Saatpflanzen waren Männer und Frauen in weißen Schutzanzügen aufgetaucht. Sie schwenkten glänzende Aluminiumsprühstäbe, funkelnde, verchromte Scheiben und Hightech-Hacken aus Titan.

»Hier gefällt es mir«, sagte Donna. »Es war wirklich nett vom Senator, uns hierher zu schicken. Es ist hier viel hübscher, als ich dachte. Die Luft riecht so ungewöhnlich, ist Ihnen das schon aufgefallen? Wenn es hier nicht so viele Penner in Shorts gäbe, würde ich gern hier wohnen.«

Oscar stellte eine Verbindung zu den 2029er Protokollen des Senatsausschusses für Wissenschaft und Technik her. Die sechzehn Jahre alten Bände mit den Ausschussprotokollen enthielten sämtliche Unterlagen über die Gründung des Buna National Collaboratory. Oscar war sich ziemlich sicher, dass seit Urzeiten niemand mehr Einblick in die Unterlagen genommen hatte. Sie waren randvoll mit längst vergessenen wertvollen Informationen. »Es war ein schwerer Wahlkampf. Da haben wir uns ein wenig Entspannung verdient. Sie ganz bestimmt.«

»Ja, der Wahlkampf hat mich erschöpft, aber es hat sich gelohnt. Wir haben wirklich gut zusammengearbeitet; wir waren gut organisiert. Wissen Sie, ich arbeite gern in der Politik. Ich gehöre zur Generation der Fünfzig- bis Siebzigjährigen, daher hatte ich nicht viel vom Leben. Nichts ist so geworden, wie ich's erwartet hatte … Die Wirtschaft ist zusammengebrochen, und die Netzwerke haben alles aufgesaugt. Aber in der Politik, da hat man einen ganz anderen Eindruck. Man ist nicht bloß ein Blatt im Wind. Ich hatte wirklich das Gefühl, endlich einmal die Welt zu verändern. Anstatt von der Welt verändert zu werden.«

Oscar blickte sie freundlich an. »Sie haben gute Arbeit geleistet, Donna. Sie sind ein Schatz. Wenn man auf so engem Raum beieinander lebt wie wir, wenn man so viel Stress hat und so unter Druck steht, dann ist es gut, wenn man jemanden im Team hat, der so ausgeglichen, so vernünftig ist. So philosophisch, könnte man sogar sagen.« Er lächelte einnehmend.

»Warum sind Sie so gut zu mir, Oscar? Wollen Sie mich feuern?«

»Keineswegs! Ich möchte, dass Sie bei uns bleiben. Zumindest noch einen Monat. Ich weiß, das ist nicht sonderlich verlockend, denn eine so tüchtige Frau wie Sie findet sicherlich leicht eine längerfristige Anstellung. Aber Fontenot bleibt auch bei uns.«

»Tatsächlich?« Sie blinzelte. »Weshalb?«

»Pelicanos, Lana Ramachandran und ich werden schwer schuften … Es gibt hier jede Menge zu tun für Sie. Natürlich wird es nicht so hektisch und anstrengend zugehen wie während des Wahlkampfs, aber das Erscheinungsbild ist doch immer noch wichtig für uns. Sogar hier. Vielleicht sogar gerade hier.«

»Ich könnte schon noch ein Weilchen bei Ihnen bleiben«, meinte Donna gelassen, »aber ich bin nicht von gestern. Da müssen Sie mir schon mehr sagen.«

Oscar klappte das Notebook zu und stand auf. »Donna, Sie haben Recht. Wir sollten ernsthaft miteinander reden. Was halten Sie von einem kleinen Spaziergang?«

Donna schloss den Nähkorb und erhob sich. Sie kannte Oscar mittlerweile recht gut und war froh, an einem seiner vertraulichen Spaziergänge teilzunehmen. Oscar war gerührt von ihrem umsichtigen Verhalten – sie blickte sich immer wieder über die Schulter um, als fürchtete sie, von finsteren Männern in schwarzen Trenchcoats verfolgt zu werden.

»Also, es ist so«, sagte Oscar sachlich. »Wir haben den Wahlkampf gewonnen, und zwar mit Leichtigkeit. Alcott Bambakias ist aber gleichwohl ein Neuling, ein politischer Außenseiter. Auch wenn er demnächst den Amtseid schwören wird, fehlt es ihm nach wie vor an Einfluss und Glaubwürdigkeit. Er muss sich solche Themen aussuchen, bei denen er etwas ausrichten kann.«

»Ja, natürlich.«

»Er ist ein Architekt, mit innovativen Großprojekten kennt er sich aus. Daher liegen ihm Themen aus den Bereichen Wissenschaft und Technik.« Oscar legte eine Pause ein. »Und natürlich die Stadtplanung. Aber die Wohnungsbeschaffung ist derzeit nicht unser Problem.«

»Sondern dieses Labor.«

Oscar nickte. »Genau. Donna, ich weiß, dass es ziemlich prosaisch erscheinen mag, in einem riesigen, luftdicht abgeschlossenen Genlabor zu arbeiten. Verglichen mit dem Niederländischen Kalten Krieg und den Katastrophen in den Rockies ist das hier ein ruhiger Senatsjob. Jedenfalls handelt es sich um eine größere staatliche Einrichtung. Anfangs hat das Labor recht gut gearbeitet: zahlreiche grundlegende Fortschritte auf dem Gebiet der Biotechnik, ein paar gute Starthilfen für die amerikanische Industrie, zumal die Firmen in Louisiana. Aber diese glorreichen Zeiten sind Vergangenheit, und jetzt ist das hier ein staatlich subventionierter Selbstbedienungsladen. Provisionen, Bestechung, Günstlingswirtschaft … Ich weiß gar nicht, wo ich anfangen soll.«

Donna wirkte erfreut. »Das klingt so, als *hätten* Sie bereits angefangen.«

»Na ja … Offiziell arbeite ich für den Wissenschaftsausschuss des Senats. Formal bin ich nicht mehr Bambakias unterstellt. Aber das hat der Senator so arrangiert. Er weiß, dass das Labor mal genau unter die Lupe genommen werden muss. Unser Auftrag besteht also darin, ihm die nötigen Informationen für eine grundlegende Reform zu beschaffen. Wir sollen den Grundstein legen für seinen ersten gesetzgeberischen Erfolg.«

»Ich verstehe.«

Als sie einem Okapi auswichen, fasste Oscar sie zuvorkommend beim Ellbogen. »Ich will damit nicht sagen, dass es leicht für uns werden wird. Es könnte sogar unangenehm werden. Hier geht es um einflussreiche Kreise. Um geheime Pläne. Der Augenschein trügt. Aber wenn es leicht wäre, könnte jeder diese Aufgabe erledigen. Dann bräuchte man dazu keine so begabten Leute wie uns.«

»Ich bleibe.«

»Gut! Das freut mich.«

»Es freut mich, dass Sie mich eingeweiht haben, Oscar. Und wissen Sie was? Ich glaube, ich sollte es Ihnen gleich sagen. Ihr persönliches Vergangenheitsproblem – Sie sollten wissen, dass mich die ganze Angelegenheit nie gestört hat. Keinen Moment lang. Ich meine, ich habe mir die Sache durch den Kopf gehen lassen, und dann habe ich sie abgehakt.«

Es war kaum anzunehmen, dass man sich an den Telefonen am Kinderspielplatz zu schaffen gemacht hatte, daher hatte Fontenot es so arrangiert, dass Oscar die Anrufe des Senators dort entgegennahm. Oscar beobachtete eine Gruppe Kinder, die auf dem Dschungelspielplatz kreischte wie eine Affenhorde.

Fontenot verband ein geheimdiensterprobtes Verschlüsselungsgerät mit dem bonbonfarbenen Mundstück des an der Wand befestigten Telefons.

»Sie werden eine kleine Verzögerung bemerken«, sagte Fontenot zu Oscar. »In Boston hat man Vorsorge gegen eine Überwachung getroffen.«

»Wie steht es mit den hiesigen Behörden? Geht von ihnen Gefahr aus?«

»Waren Sie schon mal auf der hiesigen Polizeiwache?«

»Nein, noch nicht.«

»Ich schon. Vielleicht haben sie ja vor zehn Jahren die Sicherheit ernst genommen. Jetzt könnte man die ganze Anlage mit einem Besenstiel zum Einsturz bringen.« Fontenot hängte den bunten Hörer in die Plastikhalterung, dann wandte er sich um und musterte die umhertollenden Kinder. Wie ihre Eltern waren auch sie barhäuptig und ungepflegt und trugen grell bunte, schlecht sitzende Kleidung. »Nette Kinder.«

»Hm.«

»Hatte leider nie so recht Zeit dafür …« Fontenots umwölkter Blick zeugte von verborgenem Schmerz.

Das Telefon läutete. Oscar nahm ab. »Ja?«

»Oscar.«

Oscar straffte sich ein wenig. »Ja, Senator.«

»Schön, Ihre Stimme zu hören«, sagte Bambakias. »Ich habe Ihnen vor einer Weile ein paar neue Files geschickt, aber das ist nicht das Gleiche.«

»Nein, Sir.«

»Ich möchte Ihnen dafür danken, dass Sie mich auf die Zustände in Louisiana aufmerksam gemacht haben. Für die Aufzeichnungen, die Sie mir geschickt haben.« Bambakias' Stimme schwang sich in die Höhe, als stünde er vor einem Rednerpult. »Die Straßenblockade. Die Air Force. Erstaunlich, Oscar. Empörend!«

»Jawohl, Sir.«

»Das ist ein Riesenskandal! Einfach unglaublich! Diese Leute tragen Uniform und stehen im Dienste der Vereinigten Staaten!« Bambakias holte rasch Luft, dann wurde seine Stimme noch lauter und eindringlicher. »Wie, zum Teufel, sollen wir uns der Loyalität der Männer und Frauen versichern, die gelobt haben, das Land zu verteidigen, wenn wir sie auf zynische Weise als Spielfiguren in einem billigen, schmutzigen Machtkampf benutzen? Wir haben sie praktisch dazu verdammt, zu verhungern, im Dunkeln zu erfrieren!«

Fontenot hatte sich zu den Kindern an der Wippe gesellt. Er hatte Weste und Hut ausgezogen und half einem quirligen Dreijährigen, auf den Sitz zu klettern. »Senator, heutzutage verhungert niemand mehr. Bei den niedrigen Nahrungsmittelpreisen ist das nahezu unmöglich. Außerdem werden sie im tiefen Süden wohl kaum erfrieren.«

»Sie haben mich nicht richtig verstanden. Der Stützpunkt erhält keine Gelder mehr. Er hat seine rechtliche Grundlage verloren. Glaubt man dem Ausschuss für den Notstandshaushalt, existiert der Stützpunkt gar nicht mehr! Man hat ihn einfach aus den Akten gestrichen. Mit dem Federstrich eines Bürokraten hat man politische Unpersonen aus diesen Leuten gemacht!«

»Das stimmt allerdings.«

»Oscar, das ist ein wichtiges Thema. Amerika hat Höhen und Tiefen durchlaufen, das streitet niemand ab, aber wir sind immer noch eine Großmacht. Und so darf eine Großmacht mit ihren Soldaten nicht umspringen. Dafür gibt es keine Entschuldigung. Das ist grotesk, das ist kompletter Wahnsinn. Und wenn das Beispiel nun Schule macht? Wollen wir etwa, dass die Army, die Navy und die Marines über die Bürger herfallen – die *Wähler* –, bloß damit sie ihren Lebensunterhalt bestreiten können? Das ist Meuterei! Das ist Banditentum! Das grenzt an Landesverrat!«

Oscar wandte sich von den kreischenden Kindern ab. Er wusste ganz genau, dass Straßenblockaden an der Tagesordnung waren. Ständig wurden im ganzen Land Straßen und Wege gesperrt. Straßenblockaden wurden nicht mehr als ›Straßenraub‹ betrachtet, sondern stellten eine geduldete Form des zivilen Widerstands dar. Straßenblockaden waren der alltägliche Ausdruck von

Problemen, wie sie ganz ähnlich auf dem Informationshighway existierten: Übertragungsstörungen, Überflutung mit unerwünschter Mail und Verweigerung von Serviceleistungen. Dass nun auch die Air Force daran beteiligt war, stellte lediglich die exotische Spielart einer alltäglichen Praxis dar.

Andererseits hatte Bambakias' Rhetorik eindeutig ihre Vorzüge. Sie war kraftvoll und schwungvoll. Sie war deutlich und zitierbar. Sie war vielleicht etwas weit hergeholt, aber ausgesprochen patriotisch. Einer der großen Vorzüge der Politik als Kunstform bestand darin, dass sie von der Realität weitgehend abgekoppelt war.

»Senator, was Sie da sagen, hat eine Menge für sich.«

»Danke«, sagte Bambakias. »Wir können in dieser skandalösen Angelegenheit natürlich nicht viel tun, gesetzgeberisch gesprochen. Schließlich bin ich noch nicht offiziell im Amt und werde erst Mitte Januar den Amtseid leisten.«

»Tatsächlich?«

»Ja. Daher halte ich eine moralische Geste für angebracht.«

»Aha.«

»Zumindest – das ist ja wohl das wenigste – sollte ich meine Solidarität mit unseren geplagten Soldaten unter Beweis stellen.«

»Ja?«

»Morgen Vormittag halte ich hier in Cambridge eine Online-Konferenz ab. Lorena und ich beabsichtigen, in den Hungerstreik zu treten. Solange bis der Kongress sich bereit erklärt, unsere Männer und Frauen in Uniform zu ernähren, werden auch meine Frau und ich hungern.«

»Ein *Hungerstreik*?« sagte Oscar. »Das ist ein sehr radikaler Schritt für einen gewählten Politiker.«

»Sie werden doch wohl nicht von mir erwarten, dass ich in den Hungerstreik trete, *nachdem* ich das Amt übernommen habe«, erklärte Bambakias vernünftig. Er senkte die Stimme. »Hören Sie, wir halten das für machbar. Wir haben im Büro in Washington und in der Parteizentrale in Cambridge darüber diskutiert. Lorena meint, nachdem wir uns ein halbes Jahr lang bei diesen Wahlkampfessen gemästet haben, wären wir so dick wie Schweine. Wenn dieser Schritt überhaupt Erfolg haben kann, dann ist das der richtige Moment.«

»Stünde das« – Oscar wog seine Worte sorgfältig ab –, »stünde das denn auch im Einklang mit der Würde des Amtes?«

»Hören Sie, ich habe den Wählern niemals Würde versprochen. Ich habe ihnen Ergebnisse versprochen. Washington verliert an Einfluss, und was man dort auch probiert, macht alles bloß noch schlimmer. Wenn wir diesen Hundesöhnen im Notstandsausschuss nicht die Initiative aus der Hand nehmen, kann ich mich auch ebenso gut zur dekorativen Bücherstütze erklären. Und das ist nicht das, was ich wollte.«

»Ja, Sir«, sagte Oscar. »Das weiß ich.«

»Es gibt da eine Rückzugsoption … Falls der Hungerstreik zu keinem Ergebnis führt, könnten wir einen Konvoi in Bewegung setzen und auf eigene Faust eine Rettungsaktion durchführen. Wir fahren nach Louisiana runter und versorgen den Luftwaffenstützpunkt mit Nahrung.«

»Sie meinen so etwas ähnliches wie unsere Bauaktionen während des Wahlkampfs.«

»Ja, diesmal aber landesweit. Wir machen die Aktion über den Parteiapparat und das Netz bekannt, mobilisieren unsere Aktivisten und sammeln uns in Louisiana. Landesweit, Oscar. Bautrupps, Leute vom Katastrophenschutz, Wohltätigkeitsorganisationen, Demonstranten, alles. Die ganze Latte.«

»Das gefällt mir«, sagte Oscar. »Das gefällt mir sogar sehr. Das ist visionär.«

»Ich wusste, dass Ihnen das zusagen würde. Halten Sie das für eine glaubwürdige Rückzugsdrohung?«

»Aber ja«, antwortete Oscar ohne Zögern. »Sicher. Man weiß, dass Sie sich so etwas leisten können. Ein großer Protestmarsch ist sicherlich glaubwürdig. Ein promilitärischer Protest, das klingt prima. Aber ich würde Ihnen gern etwas zu bedenken geben, wenn Sie es hören möchten.«

»Gewiss doch.«

»Der Hungerstreik ist sehr gefährlich. Dramatische moralische Gesten sind starker Tobak. Die locken die Haie hervor.«

»Das ist mir klar und macht mir keine Angst.«

»Lassen Sie es mich so formulieren, Senator. Sie und Ihre Frau sollten besser richtig hungern.«

»Das geht schon in Ordnung«, sagte Bambakias. »Das ist machbar. Wir haben jahrelang gehungert.«

Wie die meisten Einrichtungen der amerikanischen Regierung wurde auch das Buna National Collaboratory von einem zehnköpfigen Verwaltungsrat geleitet, dem Dr. Arno Felzian vorstand, der Direktor des Laboratoriums. Die Angehörigen des Verwaltungsrats leiteten jeweils eine der neun Abteilungen.

Aufgrund des Gesetzes zur Wahrung der Transparenz fanden die wöchentlichen Sitzungen öffentlich statt. ›Öffentlich‹ bedeutete, dass die Sitzungen an eine Netzadresse übertragen wurden. Gleichwohl hatte auch die traditionelle Auffassung von Öffentlichkeit in Buna noch ihre Gültigkeit. Die Laborangestellten nahmen häufig persönlich an den Sitzungen teil, zumal wenn sie damit rechneten, dass irgendeinem Pechvogel der Kopf gewaschen würde.

Oscar hatte sich dafür entschieden, persönlich an allen Verwaltungsratssitzungen teilzunehmen. Er beabsichtigte nicht, sich formell vorzustellen oder sich in die Angelegenheiten des Verwaltungsrats einzumischen. Er nahm vor allem deshalb teil, um gesehen zu werden. Um sicherzustellen, dass seine Anwesenheit auch bemerkt wurde, brachte er den Netzadministrator Bob Argo und die Oppositionsrechercheurin Audrey Avizienis mit.

Der Versammlungsraum lag im ersten Stock des Medienzentrums, gegenüber einer Fußgängerbrücke, die vom Hauptverwaltungsgebäude herüberführte. Der Raum war 2030 für öffentliche Sitzungen errichtet und mit ansteigenden Sitzreihen, einer ordentlichen Akustik und jeder Menge Kameras ausgestattet worden.

Das Labor konnte jedoch auf eine wechselvolle Geschichte zurückblicken. Das Netzzentrum war während der heftigen internen Auseinandersetzungen im Jahre 2031 geplündert und teilweise niedergebrannt worden. Der zerstörte Versammlungsraum war während der darauf folgenden, von staatlichen Behörden durchgeführten Hexenjagd und der Finanzskandale ein wenig vernachlässigt worden. Im Jahre 2037, als das Labor die ständigen Finanzkrisen allmählich überwunden hatte, wurden einige Reparaturen durchgeführt, was die Funktionsfähigkeit teilweise wieder herstellte. Die Reparaturfirmen hatten die Brandstellen überkleistert und den Saal ein wenig aufgepeppt. Jetzt war der Raum ein Miniaturdschungel hübscher Topfpflanzen.

Die Bühne war voll funktionsfähig und mit schallschluckenden Wandplatten, Deckenscheinwerfern, einem Tisch in Standardausführung und Stühlen ausgestattet. Die automatischen Kameras funktionierten. Die Verwaltungsratsmitglieder kämpften sich lustlos durch die Tagesordnung. Im Moment ging es gerade um den Austausch der defekten Rohrleitungen in einer der Cafeterias. Der Leiter des Abteilung für Verträge & Beschaffung hatte das Wort. In klagendem Ton las er die Reparaturkosten von einer Liste ab.

»So schlimm habe ich es mir nicht vorgestellt«, flüsterte Argow.

Oscar justierte energisch den Bildschirm seines Laptops. »Bob, ich möchte Ihnen etwas zeigen.«

»Das ist ja furchtbar.« Argow beachtete ihn nicht.

»Bevor ich herkam, war mir gar nicht bewusst, welchen Schaden wir angerichtet haben. Die menschliche Rasse, meine ich. Was wir der Welt alles zugefügt haben. Wenn man's recht bedenkt, ist es ein einziger Horror. Wissen Sie, wie viele Tierarten in den vergangenen fünfzig Jahren ausgestorben sind? Das ist eine Katastrophe epischen Ausmaßes.«

Audrey beugte sich hinter Oscars Rücken vor. »Du hast versprochen, mit dem Trinken aufzuhören, Bob.«

»Ich bin so nüchtern wie ein Richter, du Ekel! Während du dir im Wohnheim die Nase am Bildschirm plattgedrückt hast, habe ich mich in den Parkanlagen umgesehen. Die Giraffen. Die gelben Krallenaffen. Alle ausgelöscht in einem Holocaust! Wir haben das Meer vergiftet, wir haben die Regenwälder niedergebrannt und in Ackerland verwandelt, und wir haben das Wetter durcheinander gebracht. Und das alles im Namen des modernen Lebens, hab ich Recht? Im Namen von acht Milliarden psychotischen Medienfreaks!«

»Also«, meinte Audrey eingeschnappt, »du bist gerade der Richtige, dich darüber zu ereifern.«

Argow zuckte theatralisch zurück. »Recht so! Reib mir's unter die Nase! Also, ich weiß sehr gut, dass ich Teil des Problems bin. Ich habe mein Leben damit verschwendet, Netzwerke in Gang zu halten, während die Welt um mich her vor die Hunde ging. Und das gilt auch für dich, Audrey. Wir sind beide schuldig, aber im Unterschied zu dir habe ich die Wahrheit jetzt erkannt. Die Wahrheit ist mir wirklich zu Herzen gegangen.« Argow klopfte sich auf seine Tonnenbrust.

Audreys raue Stimme wurde ölig. »Also, ich an deiner Stelle würde mir nicht so viele Vorwürfe machen. Du bist nicht gut genug in deinem Job, um eine wirkliche Bedrohung darzustellen.«

»Nehmen Sie's leicht, Audrey«, sagte Oscar nachsichtig.

Audrey Avizienis war eine professionelle Oppositionsrechercheurin. Hatte sie erst einmal Witterung aufgenommen, wurde es für ihre Gegner gefährlich. »Hören Sie, wir sind miteinander hergekommen, und ich tue meinen verdammten Job. Aber dieser Witzbold ist eine große, scheinheilige Nervensäge. Glaubt er etwa, ich wüsste die Natur nicht zu schätzen, bloß weil ich eine Menge Zeit im Netz verbringe? Ich weiß eine ganze Menge über Vögel und Bienen und Schmetterlinge und Kohlpflanzen und überhaupt.«

»Ich«, murmelte Argow, »weiß bloß, dass die Welt kaputt geht und dass wir in diesem dämlichen Gebäude herumsitzen, während sich diese Bürokratentrottel endlos über ihre Abwasserprobleme auslassen.«

»Bob«, sagte Oscar ruhig, »Sie übersehen da was.«

»Und das wäre?«

»Es ist wirklich so schlimm, wie Sie sagen. Es ist sogar noch schlimmer. *Viel* schlimmer. Die Leute hier – die sind für diese Forschungseinrichtung verantwortlich. Also stehen Sie jetzt an vorderster Front. Na schön, Sie sind schuldig, aber wenn Sie sich nicht zusammenreißen, werden Sie noch schuldiger werden. Denn jetzt sind wir am Drücker, und damit stehen auch Sie in der Verantwortung.«

»Oh«, machte Argow.

»Also nehmen Sie sich zusammen.« Oscar klappte den Laptopbildschirm hoch. »Schauen Sie sich das mal an. Sie auch, Audrey. Sie sind beide Systemoperatoren, und ich möchte Ihre Meinung hören.«

Argow richtete seine eulenhaft funkelnden Augen auf den Bildschirm. Eine limonengrüne Ebene mit massigen, rötlichen Bergen. »Äh … ja, das habe ich schon mal gesehen. Das ist … äh …«

»Das ist eine algorithmische Landschaft«, sagte Audrey mit Nachdruck. »Eine Visualisierungskarte.«

»Ich habe das Programm soeben von Leon Sosik erhalten«, sagte Oscar. »Das ist Sosiks Simulationskarte für aktuelle Themen. Die Berge und Täler stellen die gegenwärtigen politischen Trends dar. Die Presseberichterstattung, das Feedback der Wählerschaft, das Spendenaufkommen der Lobby, Dutzende von Faktoren, die Sosik in den Simulator eingespeist hat ... Aber schauen Sie her. Ich vergrößere mal diesen Bereich ... Sehen Sie die große gelbe Amöbe, die auf dem purpurfarbenen Flecken sitzt? Das ist die gegenwärtige Position, die Senator Alcott Bambakias in der Öffentlichkeit einnimmt.«

»Was?«, sagte Argow skeptisch. »Es geht schon bergab mit ihm?«

»Nein, nicht mehr. Er bewegt sich vielmehr *bergauf.*« Oscar klickte zweimal. »Dieser khakifarbene Höhenzug steht für militärische Angelegenheiten ... Jetzt gehe ich in der Simulation mal zwei Wochen zurück und lasse sie bis zu Bambakias' Pressekonferenz von heute morgen laufen ... Sehen Sie, wie er das Thema quasi durchdringt und dann auf einmal einen Satz nach vorn macht?«

»Wow!« machte Audrey. »Raffinierte altmodische Computergrafiken mochte ich schon immer.«

»Das ist doch Mist«, grummelte Argow. »Diese hübsche Simulation bedeutet noch lange nicht, dass Sie Einblick in die politischen Realitäten haben. Oder in irgendeine Realität.«

»Okay, das ist nicht die Realität. Das weiß ich, das ist mir klar. Aber wenn es nun doch funktioniert?«

»Na ja«, meinte Argow nachdenklich, »selbst das hilft uns nicht viel weiter. Das ist das Gleiche wie mit der Aktienanalyse. Selbst wenn man eine funktionierende Charttechnik hat, so ist der Vorteil doch nur von kurzer Dauer. Schon bald haben alle die gleichen Analysetools, und dann wirkt sich der Vorteil nicht mehr aus. Man steht wieder am Anfang. Bloß dass jetzt alles viel, viel komplizierter geworden ist.«

»Danke für die Ausführungen, Bob. Ich werde mich bemühen, mir das zu merken.« Oscar zögerte. »Audrey, was glauben Sie, warum Leon Sosik mir das Programm geschickt hat?«

»Vermutlich wollte er sich dafür erkenntlich zeigen, dass Sie ihm per Luftfracht den Binturong geschickt haben«, sagte Audrey.

»Vielleicht hat er gedacht, er könnte Sie damit beeindrucken«, meinte Argow. »Oder aber er ist so alt und daneben, dass er das Zeug wirklich für neu hält.«

Oscar schaute vom Bildschirm hoch. Die neun Leute auf dem Podium waren plötzlich verstummt. Sie sahen ihn an.

Der Direktor und dessen neun Funktionäre machten vorübergehend den Eindruck, als stünden sie unter einem Bann. Im Scheinwerferlicht wirkten sie wie einem Gemälde von Rembrandt entsprungen. Oscar kannte sie alle dem Namen nach – Oscar vergaß nie einen Namen –, doch einstweilen hatte er die neun Funktionäre unter den Bezeichnungen ›Verwaltung‹, ›Datenverarbeitung und Kommunikation‹, ›Verträge und Beschaffung‹, Finanzdienstleistungen‹, ›Personal‹, ›Informationsgenetik‹, ›Ausrüstung‹ und ›Biomedizin‹ abgespeichert. Dazu kam noch der alberne Gauner von der Abteilung für ›Arbeitsschutz und Sicherheit‹ mit dem Bürstenschnitt. Jetzt hatten sie ihn bemerkt und – dies wurde Oscar auf einen Schlag klar – fürchteten sich vor ihm.

Sie wussten, dass er die Macht hatte, ihnen zu schaden. Er war in ihren Elfenbeinturm eingedrungen und beurteilte ihre Arbeit. Er kam von draußen, er schuldete ihnen nichts, und sie alle waren schuldig.

Oscar hatten die Blicke von Fremden noch nie etwas ausgemacht. Seine Eltern waren berühmt gewesen. Aufmerksamkeit sprach etwas in Oscar an, eine tief verborgene, dunkle psychische Wesenheit. Von Natur aus war er nicht grausam – doch er wusste, dass es Momente im Spiel gab, da direkte, ursprüngliche Einschüchterung gefordert war. Einer dieser Momente war jetzt gekommen. Oscar schaute vom Bildschirm hoch und bedachte die Leute auf dem Podium mit seinem tödlichen Ich-weiß-alles-Blick.

Der Direktor zuckte zusammen. Er tastete nach der Tagesordnung und ging zum drängenden Thema der Qualitätssicherung in der Abteilung für Technologietransfer über.

»Oscar«, flüsterte Audrey.

Oscar lehnte sich beiläufig zu ihr hinüber. »Ja?«

»Was geht hier vor? Weshalb starrt Greta Penninger Sie so an?«

Oscar blickte wieder zum Podium. Es war ihm noch gar nicht aufgefallen, dass ihn die ›Abteilung für Ausrüstung‹ anstarrte, doch es stimmte. Alle hatten ihn angestarrt, Greta Penninger aber hatte nicht damit aufgehört. Ihr blasses, schmales Gesicht wirkte geistesabwesend und eindringlich, wie das einer Frau, die eine Wespe am Fenster beobachtet.

Oscar erwiderte ernst Dr. Greta Penningers Blick. Ihre Blicke trafen sich. Dr. Penninger, die ihr dunkles Haar als Pferdeschwanz trug, kaute nachdenklich am Ende eines Bleistifts, das gelbe Holz mit spinnenartigen Chirurgenfingern umklammernd, deren Knöchel blau hervortraten. Sie schien fünf Meilen weit durch ihn hindurchzusehen. Nach einer Weile klemmte sie sich den Bleistift hinters Ohr und richtete ihren klaren Blick wieder auf ihren großen Notizblock.

»Greta Penninger«, sagte Oscar versonnen.

»Die langweilt sich wirklich«, meinte Argow.

»Finden Sie?«

»Ja. Die ist nämlich mit Haut und Haar Wissenschaftlerin. Sie ist berühmt. Diese Verwaltungsscheiße langweilt sie zu Tode. Mich langweilt sie auch zu Tode, und dabei arbeite ich nicht mal hier.«

Audrey zauberte rasch Greta Penningers Akte auf den Laptop. »Ich glaube, die mag Sie.«

»Wie kommen Sie darauf?« fragte Oscar.

»Sie sieht ständig zu Ihnen her und nestelt an ihrem Haar herum. Ich glaube, sie hat sich auch einmal die Lippen geleckt.«

Oscar lachte leise auf.

»Hören Sie, ich mache keine Witze. Sie ist ledig, und Sie sind neu hier. Warum sollte sie sich nicht für Sie interessieren? Mir ginge es genauso.« Audrey klickte sich tiefer in den Oppo-File hinein. »Sie ist erst sechsunddreißig, wissen Sie. Sieht nicht übel aus.«

»Sie *sieht* übel aus«, versicherte ihr Argow. »Schlimmer als du meinst.«

»Nein, wenn sie sich ein wenig Mühe geben würde, wäre sie okay. Ihr Gesicht ist ein wenig schief, und sie vernachlässigt ihr Haar«, konstatierte Audrey unbarmherzig. »Aber sie ist groß und schlank. Sie könnte sich hübsch kleiden. Donna würde was aus ihr machen.«

»Ich glaube, Donna hat auch so schon genug zu tun«, wandte Argow ein.

»Danke, ich habe schon eine Freundin«, sagte Oscar. »Aber da Sie schon mal den Bildschirm hochgeklappt haben; was macht Dr. Penninger eigentlich so?«

»Sie ist Neurologin. Systemische Veterinärneurologin. Sie hat mal einen hoch dotierten Preis bekommen für eine Arbeit mit dem Titel ›Radiobindende Pharmacokinetik‹.«

»Dann arbeitet sie also immer noch in der Forschung?« fragte Oscar. »Seit wann ist sie in der Verwaltung tätig?«

»Ich sehe mal nach«, meinte Audrey und machte ein paar Eingaben. »Sie arbeitet jetzt seit sechs Jahren in Buna ... Sechs Jahre an diesem Ort, man glaubt es kaum. Kein Wunder, dass sie so zappelig wirkt ... Offenbar leitet sie die Ausrüstungsabteilung seit vier Monaten.«

»Sie langweilt sich *wirklich*«, sagte Oscar. »Ihre Arbeit langweilt sie. Das ist sehr interessant. Notieren Sie das, Audrey.«

»Wirklich?«

»Ja. Gehen wir essen.«

Oscar hatte einen Busausflug arrangiert, ein Picknick für einen Teil seiner Mannschaft. Dies diente dazu, die fadenscheinige Fiktion aufrecht zu erhalten, sie seien ›im Urlaub‹, außerdem befreite es sie vorübergehend aus dem dichten Überwachungsnetz und half ihnen, zumindest zeitweise den psychischen Druck der Laborkuppel abzulegen.

Sie fuhren mit dem Wahlkampfbus zu einem Rastplatz nahe dem heruntergekommenen Nationalpark, der ›Große Wildnis‹ genannt wurde. Die Große Wildnis nahm ein erstaunlich großes Gebiet von Texas ein, das dem Ackerbau und der Besiedlung irgendwie entgangen war. Die Bezeichnung ›unberührte Wildnis‹ wäre nicht ganz zutreffend gewesen, denn die Klimaveränderungen hatten dem Park stark zugesetzt; für Besucher aus Massachusetts aber stellte das riesige Gebiet eine angenehme Abwechslung dar.

Es war bedeckt und diesig, geradezu nasskalt, aber es war angenehm, überhaupt einem Wetter ausgesetzt zu sein. Der böige Wind, der im Wildnis-Park wehte, war nicht unbedingt als ›frische Luft‹ zu bezeichnen – die Luft im Osten von Texas war nicht annähernd so frisch wie die Kunstatmosphäre im Labor –, doch sie wies eine breite Palette von Gerüchen auf, den Duft einer Welt, die von einem Horizont umgeben war. Außerdem hatten die Ausflügler Fontenots großen transportablen Gasherd mitgebracht, um sich warm zu halten. Fontenot hatte den Herd gebraucht bei einer Cajun-Metzgerei in Mamou erstanden. Der Herd bestand aus zerlegten Ölfässern, verrußten Blechverkleidungen und Propangasbrennern mit Messingdüsen. Er sah aus, als sei er von betrunkenen Mardi-Gras-Typen zusammengesetzt worden.

Es tat gut, fernab des Labors zu plaudern und ein paar Telefonate zu tätigen. Wanzen waren heutzutage billig – während Handys weniger kosteten als ein Sixpack Bier, waren Abhörvorrichtungen so billig wie Konfetti. Eine billige Wanze aber war bestimmt nicht in der Lage, Daten sechzig Meilen weit bis nach Buna zu übertragen.

Und eine teure Wanze wäre Fontenots teuren Scannern nicht entgangen. Somit konnten sie sich ungestört unterhalten.

»Also, was macht das neue Haus, Jules?«

»Es wird, es wird«, antwortete Fontenot zufrieden. »Sie sollten mich mal besuchen kommen. Wir könnten eine Ausfahrt mit meinem nagelneuen Boot machen. Uns ein wenig amüsieren, wie in den guten alten Zeiten.«

»Das wäre nett«, log Oscar taktvoll.

Fontenot gab kleingehacktes Basilikum und Zwiebel in die Einbrenne, dann rührte er alles mit einem Schneebesen durcheinander. »Würde es Ihnen was ausmachen, mal die Kühlbox aufzumachen?«

Oscar erhob sich von der Box und klappte sie auf. »Was brauchen Sie?«

»Die Eischtern.«

»Wie bitte?«

»Aischtern.«

»*Was?*«

»Er meint die Austern«, erklärte Negi Estabrook.

»Ach so«, sagte Oscar. Er nahm einen eisgekühlten Beutel mit Muscheln aus der Box.

»Das Ganze wird gemischt und ordentlich heiß gemacht,« wandte Fontenot sich in seinem breitesten und ausgesprochen herrischen Cajun-Dialekt an Negi. »Noch ein Klacks von der Pfeffersoße. Den kann die Suppe noch gut vertragen.«

»Ich kann Suppe kochen, Jules«, verkündete Negi genervt. »Ich habe Ernährungswissenschaft studiert.«

»Aber nicht die *Cajun*-Küche, Mädel.«

»Cajun ist keine schwierige Küche«, meinte Negi geduldig. Negi war sechzig Jahre alt, und Fontenot war der Einzige in der Mannschaft, der es wagen durfte, sie ›Mädel‹ zu nennen. »Cajun ist im Grunde eine ganz altmodische französische Bauernküche. Mit viel zu viel Pfeffer. Und Schweineschmalz. Mit jeder Menge ungesundem Schweineschmalz.«

Fontenot schnitt eine Grimasse. »Habt ihr das gehört? Sie macht das absichtlich, um mich in meinen Gefühlen zu verletzen.«

Negi lachte. »Bestimmt nicht!«

»Wissen Sie«, sagte Oscar, »ich hatte neulich eine gute Idee.«

»Heraus mit der Sprache«, meinte Fontenot.

»Unsere Unterbringung im Labor ist unerträglich. Und in Buna gibt es auch nichts Gescheites. Buna ist nicht mal eine richtige Stadt; nichts als Gewächshäuser, Blumenzüchter, schmutzige kleine Hotels, ein bisschen heruntergekommene Leichtindustrie. In Buna gibt es einfach keine passende Unterbringungsmöglichkeit, wo wir Besucher empfangen könnten, zum Beispiel einen Senatsausschuss. Deshalb sollten wir unser eigenes Hotel aufmachen.«

Fred Dillen, der für Hausmeisterarbeiten und die Wäsche zuständig war, setzte sein Bier ab. »Unser eigenes *Hotel*?«

»Warum nicht? Wir ruhen uns jetzt seit zwei Wochen in Buna aus. Wir haben wieder Atem geschöpft. Es wird allmählich Zeit, dass wir uns reorganisieren und etwas bewirken. Wir können ein Hotel aufmachen. Das liegt eindeutig im Bereich unserer Mittel und Möglichkeiten. Schließlich war das unsere beste Wahlkampftaktik. Die anderen Kandidaten haben Versammlungen abgehalten, Fototermine veranstaltet und sich bemüht, auf die Medien einzuwirken. Alcott Bambakias aber hat eine Wahlkampfmeute zusammengebracht und für dauerhafte Unterbringung gesorgt.«

»Wollen Sie damit sagen, wir sollten ein Hotel eröffnen, um Gewinn zu machen?« fragte Fred.

»Also, vor allem zu unserer eigenen Bequemlichkeit, aber auch um des Profits wegen. Die Baupläne und die Software bekommen wir von Bambakias' Firma. Mit den Bauarbeiten kommen wir schon klar, und was am besten ist, wir verfügen tatsächlich über die nötigen Fertigkeiten, um ein Hotel erfolgreich zu *betreiben*. Wenn man's recht bedenkt, ist ein Wahlkampfbus im Grunde ein mobiles Hotel. In diesem Fall aber bleiben wir vor Ort, während die Leute zu uns kommen. Und dann werden sie uns bezahlen.«

»Mann«, sagte Fred. »Das ist wirklich um drei Ecken rum gedacht …«

»Ich halte es für machbar. Ihr könnt alle die gleiche Rolle weiterspielen, die ihr während des Wahlkampfes inne hattet. Fred, Sie kümmern sich um die Wäsche und um die Zimmer. Corky ist für die Gäste und den Empfang zuständig. Rebecca für das physische Wohlbefinden und hin und wieder eine Massage. Jeder hat seinen Platz, und notfalls stellen wir vorübergehend eben ein paar Einheimische ein. Und wir verdienen Geld damit.«

»Wie viel Geld?«

»Ach, das obere Marktsegment sollte eigentlich recht großzügig sein. Ich habe im Labor schon millionenschwere Vertragspartner gesehen, die Tür an Tür mit Postdocs und Doktoranden eingepfercht waren. Das ist einfach unnatürlich.«

»Heutzutage nicht mehr«, räumte Negi ein.

»Das ist eine prima Marktlücke. Yosh regelt das Finanzielle. Lana kümmert sich um die Baubehörde von Buna. Um Interessenkonflikten aus dem Weg zu gehen, lassen wir alles über eine Bostoner Firma laufen. Und wenn wir hier fertig sind, verkaufen wir das Hotel einfach. Bis dahin haben wir eine ordentliche Unterkunft und ein stetiges Einkommen.«

»Das habe ich schon zehnmal miterlebt«, sagte Ando ›Corky‹ Shoeki. »Ich hab sogar dabei mitgeholfen. Ich kann mich trotzdem noch nicht damit anfreunden. Mit der Vorstellung, dass ein Haufen Branchenfremder eine dauerhafte Unterkunft errichten soll, meine ich.«

»Ich gebe zu, dass die distributierte Realisierung auf manche Leute noch immer abschreckend wirkt. Bambakias ist damit sehr reich geworden, aber hier unten ist es noch neu. Mir gefällt die Vorstellung, so etwas im Osten von Texas zu versuchen. Damit beweisen wir den Einheimischen, aus welchem Holz wir geschnitzt sind.«

»Also«, meinte Fred bedächtig, »so sehr ich mir auch den Kopf zerbreche, fällt mir kein Grund ein, weshalb wir Oscars Vorschlag nicht in die Tat umsetzen sollten.«

»Ihr seid alle kluge Leute«, sagte Oscar. »Nennt mir einen Grund, der dagegen spricht.« Er zog sich in den Bus zurück, um den anderen Gelegenheit zu geben, die Sache zu diskutieren. Hätte er ihnen alles haarklein dargelegt, hätte er ihnen bloß den Spaß verdorben.

Er hängte seinen Hut auf. »Na, Moira«, sagte er, »wie läuft die große Aktion?«

»Oh, prima«, antwortete Moira und schwenkte auf ihrem Drehstuhl herum. Seit der Senator in den Hungerstreik getreten war, sah Moira wieder viel besser aus. Moiras seelisches Wohlbefinden war den Gezeiten des Medientrubels unterworfen. »Die Werte des Senators gehen ab wie eine Rakete. Siebzig Prozent, fünfundsiebzig. Und der Rest sind vor allem Unentschlossene!«

»Phänomenal.«

»Alcotts Blutzuckerwerte im Netz zu veröffentlichen – das war brillant. Die Leute loggen sich rund um die Uhr ein, um ihm beim Hungern zuzusehen! Bei Lorena das Gleiche. Lorena hat große Zustimmung unter den Frauen. Seit Mittwoch war sie auf zehn Glamour-Sites vertreten. Die Leute lieben ihre Wasser-und-Brot-Diät, sie können einfach nicht genug davon kriegen!«

»Wie ist die Lage bei der Basis? Haben die Notstandsausschüsse wegen der Luftwaffenbasis schon was Sinnvolles unternommen?«

»Oh«, sagte Moira, »so weit bin ich noch nicht … Ich … äh … ich dachte, Audrey würde sich darum kümmern.«

»Okay«, brummte Oscar.

Moira führte die Fingerspitzen ans gepuderte Kinn. »Alcott … er ist wirklich etwas *Besonderes*. Ich habe schon viele Reden von ihm gehört, aber der Auftritt im Krankenhauspyjama, mit dem Apfelsaft ... Er hat bloß neunzig Sekunden gedauert, aber das war ein Drama, das ging unter die Haut, pures Gold. Die Aufrufe der Standardsite waren zunächst nicht so berauschend, aber das Chat- und Downloadaufkommen war gewaltig. Alcott positioniert sich *weit* hinter der ideologischen Frontlinie. Vom Rechten Traditionsblock hatte er noch *nie* eine solche Zustimmung, aber selbst die schwenken jetzt um. Wissen Sie was, wenn Wyoming nicht gerade in Flammen stünde, wäre das *die* politische Story. Jedenfalls für diese Woche.«

»Wie läuft es eigentlich in Wyoming?«

»Ach, das Feuer ist viel schlimmer geworden. Der Präsident ist dort.«

»Der alte oder Two Feathers?«

»Two Feathers natürlich. Für den alten interessiert sich keine Sau mehr, der ist erledigt, eine lahme Ente. Ich weiß, Two Feathers ist noch nicht vereidigt, aber die Leute können dem Durchhänger nach der Wahl nichts abgewinnen. Die Leute haben es halt eilig.«

»Stimmt«, sagte Oscar kurz angebunden. Moira erzählte ihm da nichts Neues.

»Oscar ...« Moira blickte ihn flehentlich an. »Soll ich ihn bitten, mich nach Washington mitzunehmen?«

Oscar breitete schweigend die Arme aus.

»Er braucht mich. Er braucht eine Sprecherin.«

»Das kann ich nicht entscheiden, Moria. Sie müssten sich an seinen Stabschef wenden.«

»Könnten Sie bei Leon Sosik nicht ein gutes Wort für mich einlegen? Sosik scheint Sie sehr zu mögen.«

»Darüber reden wir noch«, sagte Oscar.

Die Bustür wurde aufgerissen. Norman-der-Praktikant streckte seinen zerzausten Kopf ins Innere und rief: »Das Essen ist fertig!«

»Oh, prima!« sagte Moira und sprang auf. »Exotische Cajun-Meeresfrüchte, gut, gut, gut!«

Oscar setzte den Hut auf, zog das Jackett an und folgte

ihr nach draußen. Fontenot teilte voller Genugtuung große Portionen brauner Brühe aus. Oscar stellte sich hinten an. Man reichte ihm einen Pappteller und einen biologisch abbaubaren Löffel.

Oscar besah sich die heiße, ölige Suppe und dachte sorgenvoll an Bambakias. Das PR-Team in Cambridge hatte mit der Überwachung des hungernden Senators unbestreitbar gründliche Arbeit geleistet: Blutdruck, Puls, Körpertemperatur, Kalorienverbrauch, Darmkollern, Speichelfluss – an der Authentizität des Hungerstreiks gab es nicht den geringsten Zweifel. Der Körper des Senators war zu einer öffentlichen Angelegenheit geworden. Wann immer Bambakias einen Schluck Apfelsaft trank, schlugen im ganzen Land die Monitoranzeigen aus.

Oscar setzte sich neben Negi an einen Picknicktisch. Er musterte den Inhalt seines randvollen Löffels. Er hatte ernsthaft in Betracht gezogen, heute abend nichts zu essen. Das wäre eine noble Geste gewesen. Aber das sollte ruhig jemand anders machen.

»Blutgefäßdichtung in einem Teller«, bemerkte Negi voller Wonne.

Oscar kostete von der Suppe. »Dafür lohnt es sich zu sterben«, meinte er.

»Ich bin so alt«, klagte Negi und pustete auf den Löffel. »Damals, als ich noch Tattoos und Piercings hatte, setzten einem die Leute zu, wenn man Fett aß und sich sinnlos betrank. Da kannte man natürlich noch nicht die schreckliche Wahrheit über die Vergiftung mit Psdeudo-Östrogen.«

»Tja«, meinte Oscar kameradschaftlich, »zumindest haben die Seuchenkatastrophen mit diesem Diäten- und Fitnesswahn Schluss gemacht.«

»Reichen Sie mir mal das Brot, Norman«, sagte Rebecca. »Ist das richtige Butter? Gute Butter? Wow!«

Ein Leichtflugzeug flog über sie hinweg. Der winzige Motor knatterte energisch, was sich anhörte, als trommelte jemand mit den Fingernägel auf einer Snaredrum herum. Das Flugzeug machte einen erschreckend zerbrechlichen Eindruck. Mit der gespenstisch anmutenden, computerdesignten Auftriebsoberfläche ähnelte es dem Papierflugzeug eines Kindes, zusammengebastelt aus ausgeschnittenen Papierteilen, Eisstielen und Klebeband. Die Fügelränder liefen in fedrige Bänder und lange Drachenschwänze aus. Man hatte den Eindruck, das Fluggerät werde durch schiere Willenskraft in der Luft gehalten.

Dann tauchten drei ähnliche Flugzeuge auf und glitten knapp über die Baumwipfel hinweg. Sie wirkten wie Raubvögel, die Ausschau hielten nach Forellen. Die Piloten trugen Handschuhe und Schutzbrillen und waren so vermummt, dass sie menschlichen Sackballen ähnelten.

Einer der Piloten löste sich aus der Formation, das Flugzeug senkte sich ab wie ein herabfallendes Blatt, dann umkreiste es den am Straßenrand abgestellten Bus. Es war, als würde man von einem Heuballen umschwirrt. Der Pilot winkte ihnen zu, machte mit der beschuhten Hand die Geste des Essens, dann entfernte er sich in östlicher Richtung.

»Luftnomaden«, sagte Fontenot blinzelnd.

»Sie fliegen nach Osten«, bemerkte Oscar.

»Green Huey ist bei den Freizeitgewerkschaften sehr beliebt.« Fontenot setzte den Teller ab, erhob sich und ging zum Bus, um nach den Geräten zu sehen. Er machte ein Gesicht, als wollte er ernstlich arbeiten.

Oscars Mannschaft wandte sich wieder dem Essen zu. Alle aßen nun schweigend und mit größerer Konzentration. Niemand brauchte das Offensichtliche auszusprechen, nämlich dass bald weitere Nomaden eintreffen würden.

Fontenot kam aus dem Bus, wo er sich Verkehrsmeldungen angehört hatte. »Kann sein, dass wir bald weiter müssen«, sagte er. »Die Regulatoren haben sich im Alabama-Cushatta-Reservat gesammelt und kommen jetzt hier durch. Die hiesigen Prolos sind nicht unbedingt harmlos.«

»Also, wir sind hier ebenfalls fremd, wissen Sie«, sagte Negi. Negi hatte lange Zeit auf der Straße gelebt, damals, als die Obdachlosen noch keine Handys und Laptops gehabt hatten.

Zehn Minuten später trafen zwei Nomandenscouts mit einem Motorrad mit Beiwagen ein. Sie waren gekleidet, als ob es Winter wäre. Sie trugen Wickelröcke, gestreifte Ponchos und weite, grobe Umhänge, die mit prachtvollen Firmenlogos des zwanzigsten Jahrhunderts bestickt waren. Ihre Haut glänzte von einer dicken, isolierenden Fettschicht. Die Beine steckten bis zur Wadenmitte in einer stiefelartigen Plastiksubstanz, die nach PVC aussah.

Die Scouts hielten an und kamen herüber. Es waren schweigsame, stolze Leute, die ihre Netzkameras dabeihatten. Der Fahrer verzehrte gerade einen großen, quadratischen Brocken Kunstnahrung, der aussah, als bestünde er aus komprimiertem Luzernenmus.

Oscar winkte sie näher. Offenbar gehörten sie nicht den legendären Regulatoren an. Dies waren texanische Straßenwanderer, in ihrer Art weit weniger fortschrittlich als die Prolos aus Louisiana. Diese Leute sprachen bloß spanisch. Das Spanisch, das Oscar als Kind erlernt hatte, war mehr als bloß eingerostet, und Donna Nunez war nicht in der Nähe. Dafür verstand Rebecca Pataki ein paar Brocken Spanisch.

Die Nomaden äußerten sich bewundernd über den Wahlkampfbus. Sie boten ihnen Gemüseriegel an. Oscar und Rebecca lehnten den Nomadenfraß höflich ab und boten ihnen stattdessen Muschelsuppe an. Die Nomaden schluckten vorsichtig den Rest der heißen Suppe und ließen sich ausführlich über den Geschmack aus. Als die tierischen Fette in ihren Blutkreislauf übergingen, wurden sie umgänglicher. Sie erkundigten sich nonchalant nach Metallschrott: Nägel, Eisen, Kupfer? Corky Shoeki, der Majordomus und Recyclingexperte, gab ihnen ein paar leere Büchsen.

Oscar wunderte sich sehr über die Laptops der Nomaden. Sie benutzten keine Standardtastaturen, sondern hatten die Buchstaben QWERTYUIOP durch andere Zeichen ersetzt. Diese Burschen tippten nicht einmal wie normale Menschen. Aus irgendeinem Grund beunruhigte dies Oscar mehr als der Umstand, dass diese Nomanden mexikanische Illegale waren.

So gemächlich, als hätten sie alle Zeit der Welt, was ja auch tatsächlich der Fall war, fuhren die beiden schließlich weiter. Der Verkehr war so gut wie eingeschlafen. Die Leute hatten Wind davon bekommen, dass die Regulatorenhorde unterwegs war, und mieden die Straßen. Zwei Polizeiwagen fuhren mit Blaulicht, aber ohne Sirene vorbei. Die Nomadenstämme hatte keine Angst vor der Polizei. Sie waren zu zahlreich, um verhaftet zu werden, und im Übrigen hatten die Prolos ihre eigene Polizei.

Die Vorhut des Regulatoren-Konvois traf ein. Trucks und Busse mit Plastikkarosserien, die sich mit etwa dreißig Meilen pro Stunde bewegten, um Kraftstoff zu sparen und die Motoren zu schonen. Dann kam die Hauptsache, die technische Basis der Nomaden. Tieflader und Tanklaster, beladen mit Erntemaschinen, Komprimierern, Zerkleinerungsmaschinen, Schweißgeräten, Walzen, Fermentationspfannen, Rohren und Ventilen. Sie ernährten sich von Gras, vom Unkraut am Straßenrand und Hefekulturen. Die Frauen trugen Röcke, Schals und Schleier. Horden von Kindern, deren energiegeladene Körper mit bunten Perlen und Federn geschmückt waren.

Oscar beobachtete fasziniert das Schauspiel. Das waren keine Dropouts aus dem Nordosten, die am Existenzminimum ihr Dasein fristeten und von billigen Nahrungsmitteln und öffentlicher Unterstützung lebten. Das waren Menschen, die sich zu einem Stamm zusammengeschlossen hatten und unbeirrt ihren Weg gingen. Sie waren ein System überdrüssig geworden, das ihnen nichts zu bieten hatte, und daher hatten sie einfach ihr eigenes erfunden.

Nach dem Picknick räumte die Mannschaft auf. Fontenot wählte eine Rückfahrtroute aus, auf der sie von dem auf Wanderschaft begriffenen Stamm nicht aufgehalten werden würden. Fontenot würde sie eskortieren; den zerbeulten Cajun-Ofen hatte er an sein elektrisch angetriebenes Geländefahrzeug angekoppelt. Selbst wenn sie von einer Horde Regulatoren eingekeilt werden sollten, hätten sie in der Metallhülle ihres Wahlkampfbusses doch nichts zu befürchten. Sollte der unwahrscheinliche Fall eintreten, würden sie sich einfach dem Konvoi anschließen.

Plötzlich vermeldete Oscars Handy einen persönlichen Anruf. »Oh, Oscar«, neckte ihn Rebecca. »Das Handy sprüht schon wieder Funken.«

»Ich habe den Anruf erwartet«, sagte Oscar. »Entschuldigen Sie mich.« Er trat hinter das Heck des Busses, während die anderen weiter packten.

Seine Freundin Clare aus Boston war dran. »Wie geht's dir, Oscar?«

»Gut. Alles in allem läuft es nicht schlecht. Es ist sehr interessant. Was tut sich so zu Hause? Du fehlst mir.«

»Alles in Ordnung«, sagte Clare. Zu rasch.

Er verspürte einen winzigen Stich. Mach dir keine Sorgen, dachte er. Zieh keine voreiligen Schlüsse. Das ist nicht irgendeine, das ist Clare. Das ist Clare, das ist machbar.

Oscar hätte seine Besorgnisse am liebsten ausgesprochen. Das aber wäre sehr dumm gewesen. Lieber drum rum reden. Soll sie doch die Eröffnung machen. Sei witzig, sei charmant. Plaudere ein wenig. Finde ein unverfängliches Thema. Doch es wollte ihm um's Verrecken keins einfallen.

»Wir haben ein Picknick gemacht«, platzte er heraus.

»Das klingt toll. Ich wünschte, ich wäre bei dir.«

»Ich wünschte das auch«, sagte er. Auf einmal hatte er eine Idee. »Wie sieht's aus? Kannst du herkommen? Wir haben hier einiges vor, das würde dich bestimmt interessieren.«

»Ich kann im Moment nicht nach Texas fliegen.«

»Du hast doch bestimmt von dem Luftwaffenstützpunkt in Louisiana gehört? Der Senator befindet sich im Hungerstreik. Ich habe hier ausgezeichnete Informanten. Das ist eine prima Story, du könntest herkommen und vor Ort recherchieren.«

»Ich glaube, dein Freund Sosik hat die Story bereits ausgewalzt«, sagte Clare. »Ich befasse mich nicht mit Bostoner Politik. Nicht mehr.«

»Was?« Er war verblüfft. »Wie das?«

»Ich habe vom Netz einen neuen Auftrag bekommen. Ich soll in die Niederlande gehen.«

»In die Niederlande? Und was sagst du dazu?«

»Oscar, ich schreibe über Politik. Wie sollte ich das Angebot, nach Den Haag zu gehen, da abschlagen? Es herrscht kalter Krieg, das ist ein Traumjob. Das ist der Durchbruch für mich, mein bislang größter Karrieresprung.«

»Und wie lange würdest du in Übersee bleiben?«

»Also, das hängt davon ab, wie gut ich bin.«

Oscar schwirrte der Kopf. »Das freut mich. Ich möchte natürlich auch, dass du weiterkommst. Aber … die diplomatische Lage … die Niederländer sind so provokant. So radikal.«

»Natürlich sind sie radikal, Oscar. Ihr Land geht unter. Wenn Amerika unter dem Meeresspiegel läge, wären wir ebenfalls Extremisten. Die Niederländer haben so viel zu verlieren, sie stehen wirklich mit dem Rückem zum Deich. Deshalb sind sie ja im Moment so interessant.«

»Du sprichst nicht mal niederländisch.«

»Die sprechen dort alle englisch, weißt du.«

»Die Niederländer sind militant. Sie sind gefährlich. Sie stellen verrückte Forderungen an die Amerikaner, sie können uns nicht ausstehen.«

»Ich bin Journalistin, Oscar. Es gehört zu meinem Job, mich nicht so leicht zu fürchten.«

»Dann willst du es also wirklich tun«, folgerte Oscar mit schwerer Zunge. »Du willst mich verlassen, hab ich recht?«

»So würde ich es nicht ausdrücken ...«

Oscar starrte blicklos auf das Heck des Busses. Auf einmal kam ihm die glatte Karosserie fremdartig und abstoßend vor. Der Bus hatte ihm sein Heim gestohlen und die Frau im Schlafzimmer. Der Bus hatte ihn gekidnapped. Er wandte ihm den Rücken zu und näherte sich ziellos dem dichten texanischen Wald. »Nein«, sagte er. »Ich weiß schon. Es geht um die Arbeit. Um deine Karriere. Ich habe damit angefangen. Ich habe einen wichtigen Job angenommen und dich verlassen. Hab ich recht? Ich habe dich allein gelassen, und ich bin immer noch nicht wieder bei dir. Ich bin weit weg von dir und weiß nicht, wann ich wiederkomme.«

»Also, das hast du gesagt, nicht ich. Aber es stimmt.«

»Dann darf ich dir wirklich keine Vorwürfe machen. Andernfalls wäre ich ein Heuchler, nicht wahr? Wir wussten beide, dass es dazu kommen könnte. Wir haben einander keine Versprechungen gemacht.«

»Das stimmt.«

»Es war eine Beziehung.«

»Ich *mochte* die Beziehung.«

»Sie war gut, findest du nicht? Sehr gut sogar, in Anbetracht der Umstände.«

Clare seufzte. »Nein, Oscar, das darfst du nicht sagen. Sag das nicht, das wäre nicht fair. Es war mehr als nur gut. Es war großartig, es war einfach perfekt. Ich meine, du hast mir so viel gegeben. Du hast nie versucht, mich zu beeinflussen, und du hast mich kaum jemals angelogen. Du hast mich bei dir wohnen lassen. Du hast mich deinen reichen und einflussreichen Freunden vorgestellt. Du hast meine Karriere unterstützt. Du hast mich nie angebrüllt. Du warst ein wahrer Gentleman. Brillant. Ein Traumpartner.«

»Das ist lieb von dir.« Er fühlte sich ganz wund.

»Es tut mir aufrichtig Leid, dass ich es nicht geschafft habe … du weißt schon … über diese Geschichte hinweg zu kommen.«

»Ja«, sagte Oscar bitter. »Das ist mir nicht neu.«

»Das ist – das ist halt eine dieser ewigen Tragödien. So etwas wie mein Minderheitsstatus als Weiße.«

Oscar seufzte. »Clare, ich glaube nicht, dass du wegen deiner weißen Hautfarbe schon mal diskriminiert worden bist.«

»Nein, das Leben ist hart, wenn man einer Minderheit angehört. Es ist einfach so. Ich meine, gerade du solltest doch wissen, was das bedeutet. Ich weiß, du kannst nichts für deine Herkunft, aber trotzdem … Ich meine, das ist einer der Gründe, weshalb ich den Job in den Niederlanden angenommen habe. So viele amerikanische Weiße kehren nach Europa zurück … Dort sind meine Leute, verstehst du? Dort liegen meine Wurzeln. Ich glaube, das würde mir irgendwie helfen.«

Oscar bekam kaum mehr Luft.

»Ich habe ein richtig mieses Gefühl, Schatz, als hätte ich dich hängen lassen.«

»Nein, so ist es besser«, sagte Oscar. »Es tut sehr weh, aber es schmerzt weniger, als wenn sich die Beziehung dahinschleppen würde und wir uns gegenseitig etwas vormachten. Lass uns Freunde bleiben.«

»Weißt du, vielleicht komme ich ja wieder. Du brauchst nichts zu überstürzen. Du brauchst nicht gleich alles über den Haufen zu schmeißen. Ich bin's doch, deine Clare. Hier geht's nicht um Politik.«

»Lass uns einen klaren Schlussstrich ziehen«, sagte er

mit fester Stimme. »Das ist am besten für uns. Für uns beide.«

»Also gut. Ich glaube, ich verstehe dich. Leb wohl, Oscar.

»Es ist vorbei, Clare. Leb wohl.« Er legte auf. Dann schleuderte er das Handy in den Wald.

»Alles geht schief«, sagte zum schmutzigen rotgrauen Himmel. »Was ich auch anpacke, alles geht schief!«

Oscar zog Klebeband von einer gelben Rolle ab und wickelte es um einen Betonblock. Er schwenkte einen Handscanner über dem Block und aktivierte das Klebeband. Es ging auf ein Uhr morgens zu. Der Wind, der aus dem finsteren Pinienwald wehte, war feucht und unangenehm, doch Oscar arbeitete angestrengt, und das garstige Wetter war ihm gerade recht.

»Ich bin ein Eckstein«, verkündete der Betonblock.

»Schön für dich«, knurrte Oscar.

»Ich bin ein Eckstein. Bewegen Sie mich fünf Schritte nach links.«

Oscar überging die Bemerkung und umwickelte rasch noch sechs weitere Blöcke mit Klebeband. Über jedem Stein schwenkte er den Scanner, dann trug er den letzten Block beiseite, um die nächste Reihe abzuschließen.

Als er die beschuhten Hände darum legte, warnte ihn der Stein: »Bauen Sie mich noch nicht ein. Nehmen Sie erst den Eckstein.«

»Klar«, meinte Oscar. Das Bausystem beherrschte ein sehr begrenztes Fachvokabular. Bedauerlicherweise hörte das System nicht sonderlich gut. Die in das Sprechband eingebetteten winzigen Mikrofone waren weit weniger effektiv als die daumennagelgroßen Lautsprecher. Gleichwohl fiel es schwer, einem Betonblock, der mit solcher Gewandheit und Autorität sprach, die Antwort schuldig zu bleiben. Die Betonblöcke hörten sich an wie Franklin Roosevelt.

Bambakias hatte dieses Bausystem entwickelt. Wie viele Entwicklungen des Architekten war auch dieses System sehr funktional, steckte dabei aber voller Manieriertheiten. Oscar hatte volles Vertrauen zu dem System, ein pragmatischer Glaube, der auf Erfahrung gründete. Oscar hatte auf vielen von Bambakias' Baustellen wie ein Maultier geschuftet. Bislang hatte noch niemand Alcott Bambakias' Vertrauen gewonnen oder in seinen engsten Kreis Eingang gefunden, ohne dass er sich zuvor krumm gemacht hätte.

Körperliche Arbeit war das A und O in Bambakias' intellektuellem Salon. W. Alcott Bambakias hatte zahlreiche unorthodoxe Überzeugungen, doch ganz vorne rangierte der unbedingte Glaube, dass Speichellecker und schlechte Künstler leicht ermüdeten. Wie viele Angehörige der modernen Oberschicht neigte auch Bambakias zu großzügigen Gesten und schleuderte gerne Golddukaten unters Volk. Seine Großzügigkeit zog Parasiten an, doch der ›Sommersoldaten und Schönwetterpatrioten‹, wie er sie nannte, entledigte er sich dadurch, dass er ihnen wiederholt äußerste köperliche Anstrengungen abverlangte. »Das macht Spaß«, verkündete Bambakias dann mit einem breiten Grinsen und krempelte sich die maßgeschneiderten Hemdsärmel hoch. »Da bekommen wir Ergebnisse zu sehen.«

Bambakias war kein Tagelöhner. Er war ein reicher Intellektueller, und seine Frau war eine bekannte Kunstsammlerin. Und aus eben diesen Gründen empfand das Paar ein perverses Vergnügen dabei, sich in der Öffentlichkeit Blasen und Sehnenzerrungen zuzuziehen und dabei zu schwitzen wie die Schweine. Das gefurchte, aber angenehme Gesicht des Architekten strahlte vor Noblesse-oblige wie ein Hundert-Watt-Strahler, wenn er in seinen Edeloveralls und mit Rückenstütze zu Werke ging. Seine elegante Gemahlin schleppte mit masochistischem Vergnügen Baumaterial, wobei ihre wie gemeißelt wirkenden Gesichtszüge die grimmige Entschlossenheit eines bügelnden Supermodels widerspiegelten.

Oscar war in Hollywood aufgewachsen. Das Poseurhafte bei den Bambakias hatte ihn nie gestört. Die Markenanzüge mit passendem Hut und Cape, die maßgeschneiderten Kleider, die glamourösen Wohltätigkeitsveranstaltungen in Boston – derlei Dinge übten auf Oscar eine wohltuend heimelige Wirkung aus. Das Konstruktionssystem machte es auf jeden Fall wieder wett. Das System spiegelte keine falschen Tatsachen vor – es funktionierte tadellos. Beliebig viele Leute konnten mitmachen. Das System bot für jeden Platz. Es war sowohl ein Netzwerk als auch ein Lebensstil, es gründete in digitaler Kommunikation und mündete in die steinharte Realität von Wänden und Böden. Es war trostreich, mit einem solchen System zu arbeiten, denn es löste seine Versprechen ein und führte stets zu Ergebnissen.

Das texanische Hotel beispielsweise war eine rein virtuelle Konstruktion, lauter Einsen und Nullen, eingeschlossen in einem Chip. Gleichwohl strebte das Hotel heftig danach, Wirklichkeit zu werden. Es würde sehr schön werden, und es war bereits sehr smart. Es vermochte sich mit gutem Zureden aus einem Haufen Rohmaterial zu konkretisieren. Es würde ein gutes Hotel werden. Es würde der Gegend und der Stadt gut tun. Es würde Wind und Regen abhalten. Menschen würden darin wohnen.

Oscar schleppte den selbsternannten Eckstein zur Südwand. »Hier gehöre ich her«, erklärte der Stein. »Bedecken Sie mich mit Mörtel.

Oscar nahm eine Kelle zur Hand. »Ich bin das Werkzeug für den Mörtel«, piepste die kleine Kelle fröhlich. Oscar beschmierte die raue Oberfläche des Steins mit dicker grauer Paste. Eigentlich war dies kein richtiger Mörtel, aber das Polymer war ebenso billig und funktionierte viel besser, deshalb hatte man die Bezeichnung beibehalten.

Oscar wuchtete den Betonblock auf die hüfthohe Mauer. »Nach rechts«, drängte der Block. »Nach rechts, nach rechts, nach rechts ... Nach links ... Wieder zurück ... Drehen Sie mich, drehen, drehen, drehen ... Gut! Und jetzt scannen Sie mich.«

Oscar hob den Scanner an der Plastikschnur hoch und schwenkte ihn über dem Block. Der Scanner überprüfte die Positionierung des Blocks, dann piepste er zufrieden.

Oscar war bereits seit zwei vollen Stunden mit Mauern beschäftigt. Er war einfach mitten in der Nacht zur Baustelle marschiert, hatte sich eingeloggt, das System gebootet und dort weitergemacht, wo die Mannschaft am Abend aufgehört hatte.

Diese spezielle Wand durfte nicht mehr viel höher werden. Schon bald müssten sie sich um die Installationsarbeiten kümmern. Oscar hasste das Verlegen von Rohren, das stets die meisten Probleme bereitete. Die-Installationsarbeiten waren eine uralte Technik, kein Plug-and-Play, niemals so leicht wie alles, was mit Computern zu tun hatte. Wenn es an die Installationen ginge, würde Bambakias' Konstruktionssystem klugerweise passen. Alle höheren Funktionen würden solange erlöschen, bis die Rohre verlegt waren.

Oscar nahm den Hut ab und presste sich die beschuhten Hände auf die eiskalten Ohren. Morgen würde er bestimmt Rückenschmerzen und Muskelkater haben. Dies wäre aber eine seiner kleineren Sorgen.

Oscar trat unter einen paraboloiden Scheinwerfer, um nach den Versandkisten voller Installationsmaterial zu suchen. Der Scheinwerfer schwenkte auf der Stange herum, der Lichtkegel folgte Oscars Schritten. Er kletterte auf eine mächtige Kabelrolle, um sich einen Überblick zu verschaffen.

Der Lichtkegel stieg mit ihm in die Höhe und fiel auf das zertrampelte Wintergras. Auf einmal bemerkte Oscar einen Fremden, eingemummt in eine dick gefütterte Jacke und mit einem Wollhut auf dem Kopf. Der Fremde stand unter einer Pinie auf dem geborstenen Gehsteig und blickte durch den Sicherheitszaun aus orangefarbenem Plastik.

Bambakias' Baustellen zogen stets Neugierige an. Nur wenige Neugierige aber kamen um ein Uhr morgens, in

Dunkelheit und Kälte. Aber anscheinend gab es sogar im kleinen Buna ein Nachtleben. Wahrscheinlich war der Bursche bloß betrunken.

Oscar legte die beschuhten Hände trichterförmig um den Mund. »Möchten Sie mir vielleicht helfen?« Das war die übliche Einladung auf Bambakias' Baustellen. Das gehörte zum Spiel. Es war erstaunlich, wie viele selbstlose, tatkräftige Freiwillige sie auf diese Weise dauerhaft angeworben hatten.

Der Fremde zwängte sich unbeholfen durch eine Lücke im orangefarbenen Maschendrahtzaun und trat ins Scheinwerferlicht.

»Willkommen auf der Baustelle unseres zukünftigen Hotels! Waren Sie schon einmal hier?«

Stummes Kopfschütteln.

Oscar kletterte von der Kabelrolle hinunter. Er hob eine Schachtel mit vakuumisolierten Handschuhen auf und brachte sie dem Fremden. »Probieren Sie die mal an.«

Der Fremde – eine Frau – zog die bloßen, spinnenartigen Hände aus den Jackentaschen. Oscar blickte überrascht in das vom Hut beschattete Gesicht. »Dr. Penninger! Guten Morgen.«

»Mr. Valparaiso.«

Oscar wählte ein geschmeidiges, extra-großes Paar aus, dessen biegsame Plastikfinger mit Noppen besetzt waren. Er hatte an diesem Abend nicht mit Gesellschaft gerechnet, geschweige denn mit einem hochrangigen Mitglied des Verwaltungsrats. Es verblüffte ihn, Greta Penninger unter diesen Umständen zu begegnen, doch es hätte keinen Sinn gehabt zu zögern. »Probieren Sie die Handschuhe mal an, Doktor … Sehen Sie das gelbe Band an den Knöcheln? Das sind Lokalisierer, damit das Konstruktionssystem ständig über die Position Ihrer Finger Bescheid weiß.«

Dr. Penninger zog die Handschuhe an, verdrehte die schmalen Handgelenke wie ein Chirurg beim Händewaschen.

»Sie brauchen einen Helm, eine Rückenstütze und Schuhkappen. Knieschützer wären auch nicht schlecht. Wenn es Ihnen recht ist, logge ich Sie jetzt in das System ein.«

Oscar suchte eine Weile in den Ausrüstungsstapeln und zog einen Helm und Schuhkappen mit Klettverschluss hervor. Greta Penninger legte beides wortlos an.

»Gut so«, sagte Oscar. Er reichte ihr eine Plastikschnur mit einem kugelschreiberförmigen Handscanner daran. »Und jetzt, Doktor, möchte ich Sie mit unserer Bauphilosophie bekannt machen. Wie Sie sehen, ist unser System sehr flexibel und simpel. Der Computer weiß zu jedem Zeitpunkt über die Position jeder einzelnen markierten und initialisierten Komponente Bescheid. Das System verfügt zudem über komplette Algorithmen, um das Gebäude aus Einzelteilen zusammenzufügen. Es gibt zahllose Wege, zum Ziel zu gelangen, daher kommt es vor allem darauf an, die gemeinsamen Anstrengungen zu koordinieren und den Überblick zu wahren. Dank der verteilten, parallelen Montagerechner …«

»Entschuldigen Sie, aber ich hab's schon kapiert. Ich haben Ihnen zugeschaut.«

»Oh.« Oscar verkniff sich weitere Bemerkungen. Er schob seinen Plastikhelm in den Nacken und musterte sein Gegenüber. Sie scherzte nicht. »Dann kümmern Sie sich um den Mörtel, während ich die Blöcke schleppe. Kommen Sie damit zurecht?«

»Sicher.«

Dr. Penninger machte sich daran, mit der geschwätzigen Kelle das Bindemittel aufzutragen. Die einzelnen Komponenten plapperten munter vor sich hin, während Dr. Penninger schwieg und das Arbeitstempo durch ihre Mithilfe mehr als verdoppelte. Dr. Penninger legte sich richtig ins Zeug. Es war mitten in der Nacht, kein Mensch war unterwegs, es war einsam, windig und knapp über Null Grad, doch die Wissenschaftlerin machte wirklich Ernst. Sie schuftete wie ein Pferd. Wie ein Dämon.

Bei Oscar gewann die Neugier Oberhand. »Weshalb sind Sie um diese Zeit hergekommen?«

Dr. Penninger richtete sich auf, die Kelle in der noppenumschlossenen Hand. »Jetzt habe ich gerade frei. Ich bin immer bis um Mitternacht im Labor.«

»Ich verstehe. Also, ich freue mich über Ihren Besuch. Sie sind eine gute Arbeiterin. Danke für Ihre Hilfe.«

»Keine Ursache.« Sie musterte ihn forschend durch den Scheinwerferkegel hindurch. Hätte er sie attraktiv gefunden, wäre ihm der Blick prickelnd vorgekommen.

»Sie sollten uns mal tagsüber besuchen, wenn die ganze Mannschaft bei der Arbeit ist. Die Koordination der Einzelkomponenten und die Teamarbeit sind der Schlüssel zur verteilten Realisierung. Das Gebäude entsteht an mehreren Stellen zugleich, als ob es kristallisierte. Das ist ein interessanter Anblick.«

Sie führte die beschuhte Hand ans Kinn und musterte die Mauer. »Meinen Sie nicht, jetzt wären bald die Installationen fällig?«

Oscar war überrascht. »Seit wann beobachten Sie mich schon?«

Ihre Schultern hoben sich kurz unter der dicken Jacke. »Das sieht man doch.« Oscar wurde bewusst, dass er sie enttäuscht hatte. Sie hatte mit einer intelligenteren Bemerkung gerechnet.

»Machen wir eine Pause«, sagte er. Oscar war sich bewusst, dass er es mit Greta Penningers phänomenalem IQ nicht aufnehmen konnte. Er hatte sich natürlich über ihren Werdegang kundig gemacht; Dr. Greta Penninger hatte stets bestechende Noten erzielt und als Beste abgeschnitten. Gleichwohl war Intelligenz vielgestaltig. Er war sich ziemlich sicher, sie durch einen Themenwechsel ablenken zu können.

Er trat hinter die unregelmäßige Mauer aus Betonblöcken, wo unter einer aufgespannten Plastikplane in einem alten Fass ein Feuer brannte. Er hatte Rückenschmerzen. Vielleicht hatte er sich zu viel zugemutet.

»Gedörrtes Cajun-Rindfleisch? Die Mannschaft ist ganz wild auf das Zeug.«

»Gern. Warum nicht.«

Oscar reichte ihr einen Streifen höllisch scharf gewürztes Fleisch, grub seine Zähne in einen weiteren schwärzlichen Fleischbrocken. Er schwenkte eine Hand. »Im Moment sieht es hier chaotisch aus, aber stellen Sie sich mal vor, wie es fertig aussehen wird.«

»Ja, das kann ich mir vorstellen ... Ich hätte nie gedacht, dass Ihr Hotel so elegant werden würde. Ich hätte einen Fertigbau erwartet.«

»Aber das *ist* ein Fertigbau. Die Pläne werden bloß vom Rechner an die örtlichen Gegebenheiten angepasst. Daher ist das fertige Gebäude stets ein Original. Aus dem Stapel Träger dort drüben wird in Kürze das Schutzdach vor dem Eingang entstehen .... Der Innenhof kommt hierhin, wo wir gerade stehen, und unmittelbar hinter der Eingangsloggia liegt dann die Pergola .... In den beiden langgestreckten Flügeln werden die Gästezimmer und der Speisesaal untergebracht, im ersten Stock die Bibliothek, verschiedene Balkons und der Wintergarten.« Oscar lächelte. »Ich hoffe doch, Sie werden uns mal besuchen, wenn wir hier fertig sind. Sich ein Zimmer mieten. Ein Weilchen bleiben. Gut essen.«

»Ich glaube, das kann ich mir nicht leisten.« Mit umwölkter, düsterer Miene.

Was in aller Welt hatte die Frau nur vor? Im bläulichen Lichtschein wirkten Dr. Penningers weit auseinanderliegende schokoladebraune Augen unterschiedlich groß ... aber das war vielleicht eine optische Täuschung, hervorgerufen durch die eigentümlichen Lichtverhältnisse, ihre ungezupften Brauen und die Spannung, die an ihren Augenlidern abzulesen war. Sie hatte ein großes, kantiges Kinn, eine vorspringende Oberlippe mit einem auffallenden Grübchen, einen langen, sehnigen Hals und machte den Eindruck, als sei sie seit sechs Jahren nicht mehr an der Sonne gewesen. Sie wirkte ausgesprochen eigenwillig, wie eine ausgeprägte Persönlichkeit. Und bei näherem Hinsehen verstärkte sich dieser Eindruck eher noch.

»Sie wären selbstverständlich mein Ehrengast«, erwiderte er. »Ich möchte Sie nämlich einladen.«

Das funktionierte. In Dr. Penningers hutgewärmtem Kopf machte es Klick. Plötzlich hatte er ihre ungeteilte Aufmerksamkeit. »Warum haben Sie mir Blumen geschickt?«

»Buna ist eine gute Stadt für Blumen. Ich wusste, dass Sie nach den Sitzungen einen Blumenstrauß brauchen würden.« Roter Mohn, Petersilie und Mistelzweige – er vermutete, dass sie den Blumencode kannte. Aber vielleicht lebte sie ja auch so weltabgewandt, dass sie nicht einmal einen Blumencode zu deuten verstand. Nun, das wäre auch nicht weiter schlimm gewesen. Es war eine sehr geistreiche Botschaft gewesen, aber vielleicht hatte es ja auch Vorteile, wenn sie ihr entgangen war.

»Warum haben Sie mir diese Mails mit den vielen Fragen geschickt?« Dr. Penninger ließ nicht locker.

Oscar legte den Rest des gepfefferten Fleischbrockens weg und breitete die Arme aus. »Ich brauche ein paar Antworten. Ich habe Sie bei den langen Sitzungen studiert. Sie haben mir wirklich gefallen. Sie waren die Einzige, die ihre Beiträge auf den Punkt gebracht hat.«

Sie musterte das abgestorbene Gras zu ihren Füßen. »Die Sitzungen sind unglaublich öde, finden Sie nicht?«

»Ja, das stimmt.« Er lächelte dreist. »Anwesende natürlich ausgenommen.«

»Die Sitzungen sind schlimm. Richtig schlimm. Sie sind fürchterlich. Ich hasse Verwaltungsarbeit. Alles, was damit zusammenhängt.«

Sie blickte auf, das eigentümliche Gesicht von Abscheu verzerrt. »Wenn ich so dasitze und dem Geplapper zuhöre, habe ich das Gefühl, das Leben entgleitet mir.«

»Hmmm!« Oscar schenkte aus einer ramponierten Kühlbox zwei Becher ein. »Hier, probieren Sie mal dieses sportliche Pseudozitronengetränk.« Er zog eine zusammengefaltete Plane ans Feuerfass, darauf bedacht, sich nicht zu verbrennen. Er setzte sich.

Dr. Penninger ließ sich achtlos auf die Knieschoner fallen. »Ich kann nicht mal mehr richtig *denken*. Sie lassen es einfach nicht zu. Ich bemühe mich, bei diesen Sitzungen wach zu bleiben, aber es geht einfach nicht. Sie lassen nicht zu, dass ich irgendetwas ausrichte.« Sie probierte vorsichtig von dem gelben Gesöff in dem biologisch abbaubaren Becher, dann stellte sie den Becher ins Gras. »Dabei hab ich mir so viel Mühe gegeben, der Himmel ist mein Zeuge.«

»Wie hat es Sie eigentlich in den Verwaltungsrat verschlagen?«

»Ach«, stöhnte sie, »es wurde halt eine Stelle frei. Nachdem Senator Dougal gescheitert war, musste der für die Geräte Verantwortliche zurücktreten … Der Verwaltungsrat hat mich wegen dem Nobelpreisunsinn gefragt, und das Neuro-Team meinte, ich müsse den Posten annehmen. Wir brauchen die Laborausrüstung. Die halten uns zu kurz, die begreifen einfach nicht, dass wir bestimmte Dinge brauchen. Sie *wollen* uns nicht einmal verstehen.«

»Das wundert mich eigentlich nicht. Mir ist aufgefallen, dass die Buchhaltung des Labors nicht den staatlichen Anforderungen genügt. Offenbar hat es bei der Beschaffung Unregelmäßigkeiten gegeben.«

»Ach, das ist nicht mal die halbe Wahrheit«, sagte sie.

»Nein?«

»Nein.«

Oscar beugte sich auf der zusammengefalteten Plane langsam vor. »Und was ist die ganze Wahrheit?«

»Das kann ich Ihnen nicht sagen«, meinte sie und schlang mürrisch die Arme um die Schienbeine. »Und zwar weil ich nicht weiß, weshalb Sie das wissen wollen. Oder was Sie mit Ihrem Wissen anfangen würden.«

»Also gut«, sagte Oscar und richtete sich wieder auf.

»Das verstehe ich. Sie sind sehr vorsichtig und korrekt. Ich an Ihrer Stelle würde mich genauso verhalten.« Er erhob sich.

Die Rohrleitungen bestanden aus laminiertem PVC von der Farbe getrockneten Tangs. Berechnet und hergestellt worden waren sie in Boston, und sie machten einen ebenso komplizierten Eindruck wie ein chinesisches Puzzle, das sich nur mit großem Rechenaufwand verstehen ließ.

»Sie sind geschickt mit dem Mörtel, aber die Installationen sind wirklich schwierig«, sagte Oscar. »Ich würde Ihnen keinen Vorwurf machen, wenn Sie jetzt gehen würden.«

»Ach, das macht nichts. Ich muss erst wieder um sieben im Labor sein.«

»Wann schlafen Sie überhaupt?«

»Ach, ich brauche nicht viel Schlaf. Etwa drei Stunden reichen mir.«

»Merkwürdig. Ich brauche auch nicht viel Schlaf.« Er kniete neben der Kiste mit den Installationsteilen nieder. Dr. Penninger drückte ihm eine Blechschere in die Hand, mit dem Griff voran.

»Danke.« Er schnitt drei schwarze Packbänder durch. »Ich bin froh, dass Sie gekommen sind. Ich hatte hier einen schweren Stand, ganz allein bei einem Gruppenprojekt. Aber die Arbeit hat eine therapeutische Wirkung auf mich.« Er stemmte den Deckel der Kiste ab und warf ihn beiseite. »Ich habe es nämlich meistens schwer in meinem Beruf.«

»In Ihren Akten steht was anderes.« Sie hatte die Arme verschränkt. Der Wollhut war ihr in die Stirn gerutscht.

»Dann haben Sie also ein paar Nachforschungen über mich angestellt.«

»Ich bin sehr neugierig.« Sie zögerte.

»Schon gut, das tut heutzutage doch jeder. Ich war schon als Kind eine Berühmtheit. Mein Leben ist gut dokumentiert, daran bin ich gewöhnt.« Er lächelte säuerlich. »Wenngleich Sie sich durch eine flüchtige Netzrecherche wohl kaum einen umfassenden Eindruck von meiner einnehmenden Persönlichkeit verschaffen können.«

»Wäre ich so flüchtig vorgegangen, wäre ich jetzt wohl kaum hier.«

Oscar schaute überrascht hoch. Sie erwiderte unerschrocken seinen Blick. Sie hatte nach Plan gehandelt. Sie verfolgte bestimmte Absichten. Sie hatte sich alles vorher auf Millimeterpapier zurechtgelegt.

»Wollen Sie wissen, weshalb *ich* mitten in der Nacht auf der Baustelle bin, Dr. Penninger? Meine Freundin hat mich verlassen.«

Sie ließ diese Information einsinken. Die Rädchen in ihrem Kopf drehten sich so rasch, dass er sie beinahe schwirren hörte. »Ach«, sagte sie. »Das ist bedauerlich.«

»Sie hat unser Haus in Boston verlassen, sie hat mich sitzen gelassen. Sie geht in die Niederlande.«

Ihre Brauen hoben sich unter der Krempe. »Ihre Freundin ist zu den Niederländern übergelaufen?«

»Nein, nicht übergelaufen! Sie hat dort einen Job angenommen, sie ist Journalistin. Jedenfalls ist sie fort.« Er blickte in die Kiste voller Installationsmaterial. »Das war ein schwerer Schlag für mich, das hat mich umgehauen.«

Der Anblick des Durcheinanders von Holzteilen und Rohren, die in dem billigen Plastiknest lagen, erfüllte Oscar mit wahrhaft existenziellem Ekel. Er richtete sich auf. »Wissen Sie was? Es war ganz allein meine Schuld. Das kann ich nicht leugnen. Ich habe sie vernachlässigt. Wir haben beide unsere Karriere verfolgt. Sie war unter den Berühmtheiten an der Ostküste zu Hause; solange wir noch gemeinsame Interessen hatten, waren wir ein gutes Paar ...« Er hielt inne und versuchte, ihre Reaktion einzuschätzen. »Soll ich Sie wirklich damit belasten?«

»Wieso nicht? Ich verstehe das. Manchmal klappt es einfach nicht. Liebe und Wissenschaft ... ›Die Chancen stehen gut, aber was ist der Lohn?‹« Sie schüttelte den Kopf.

»Ich weiß, dass Sie ledig sind. Haben Sie denn niemanden?«

»Nichts Dauerhaftes. Ich bin ein Workaholic.«

Oscar fand diese Informationen ermutigend. Mit vom Ehrgeiz Besessenen empfand er eine instinktive Verbundenheit. »Ich möchte Sie was fragen, Greta. Wirke ich einschüchternd auf Sie?« Er fasste sich an die Brust. »Mache ich anderen Leuten Angst? Bitte seien Sie offen.«

»Soll ich wirklich offen sein?«

»Ja.«

»Man sagt mir immer, ich sei zu offen.«

»Nur zu, ich kann's vertragen.«

Sie reckte das Kinn. »Ja, Sie wirken einschüchternd. Die Leute sind vor Ihnen auf der Hut. Niemand weiß, was Sie wirklich von uns wollen oder was Sie im Labor überhaupt treiben. Wir rechnen alle mit dem Schlimmsten.«

Er nickte wissend. »Das ist ein Wahrnehmungsproblem, wissen Sie. Ich tauche bei Ihren Sitzungen auf und habe eine kleine Mannschaft mitgebracht, und schon brodelt die Gerüchteküche. Aber eigentlich sollte niemand Angst vor mir haben – weil ich einfach nicht wichtig genug bin. Ich bin bloß ein Senatsangestellter.«

»Ich habe an Anhörungen des Senats teilgenommen. Und ich habe von anderen Anhörungen gehört. Dabei geht es bisweilen ziemlich rau zu.«

Er rückte ein Stück näher an sie heran. »Also gut – ja, es könnte sein, dass man in Washington eines Tages ein paar harte Fragen stellen wird. Aber diese Fragen werde nicht ich stellen. Ich verfasse lediglich die Berichte.«

Sie zeigte sich davon unbeeindruckt. »Wie war das eigentlich mit dem Air Force-Skandal in Louisiana? Hatten Sie damit nicht eine Menge zu tun?«

»Was, damit? Das ist doch bloß Politik! Man sagt, ich hätte die Senatorenwahl beeinflusst – aber Einfluss ist was anderes. Bis ich Alcott Bambakias begegnet bin, war ich lediglich für den Stadtrat tätig. Der Senator ist der Mann mit Ideen und einer Botschaft. Ich war bloß der Wahlkampftechniker.«

»Hmmm. Mit Technikern kenne ich mich aus. Ich kenne nicht viele Techniker, die Multimillionäre sind wie Sie.«

»Ach, *das* … Ja, ich bin wohlhabend, aber verglichen mit dem, was mein Vater in seiner Glanzzeit besessen hat, oder mit dem Vermögen des Senators … Ich habe Geld, aber von wahrem Reichtum würde ich nicht sprechen. Ich kenne richtig reiche Leute, aber ich spiele einfach nicht in deren Liga.« Oscar nahm ein langes grünes Rohr aus der Kiste, betrachtete mit sorgenvoller Miene die Kniestücke, dann legte er es wieder hinein. »Es wird windig … Ich habe keine Lust mehr weiterzumachen. Ich glaube, ich gehe zurück zur Kuppel. Vielleicht ist ja noch jemand auf, und wir können eine Runde pokern.«

»Ich bin mit dem Wagen da«, sagte sie.

»So.«

»Wer dem Verwaltungsrat angehört, der bekommt auch einen Wagen. Wenn Sie wollen, nehme ich Sie mit.«

»Das wäre nett. Schalten Sie die Automatik aus und lassen Sie mich steuern.« Er nahm den Helm und die Knieschützer ab. Er legte die gepolsterte Arbeitsjacke ab und stand nun hutlos im langärmligen Hemd da; der kalte Wind schnitt in die Feuchte seiner Achselhöhlen. Er schaltete die Alarmanlage ein, dann gingen sie zum Auto.

Auf dem Gehsteig blieb er stehen. »Warten Sie einen Moment.«

»Ja?«

»Wir scheinen ja ganz gut miteinander auszukommen. Aber es könnte sein, dass Ihr Wagen verwanzt ist.«

Sie strich sich das windzerzauste Haar aus der Stirn und schaute skeptisch drein. »Warum sollte man mich abhören?«

»Weil es so billig und so leicht ist. Also beantworten Sie mir bitte eine Frage, bevor wir einsteigen. Seien Sie ganz offen. Wissen Sie über mein persönliches Vergangenheitsproblem Bescheid?«

»Ihr *Vergangenheitsproblem*? Ich weiß, dass Ihr Vater Flmschauspieler war ...«

»Tut mir leid. Ich hätte das Thema nicht ansprechen dürfen. Ich bin heute wirklich unmöglich. Es war nett, dass Sie heute Abend die Baustelle besucht haben, aber Sie haben mich auf dem falschen Fuß erwischt. Ich sollte Sie damit nicht behelligen. Sie gehören dem Verwaltungsrat an, und ich arbeite für den Senat ... Hören Sie, wenn unsere Lebensumstände anders wären ... Und wenn wir wirklich Zeit für unsere persönlichen Probleme hätten ...«

Sie zitterte. Sie war groß und mager und richtiges Wetter nicht mehr gewohnt; sie hatte in Dunkelheit und Kälte schwer gearbeitet, und jetzt war ihr kalt. Der schneidende Nachtwind zerrte an seinen Ärmeln. Auf einmal fühlte er sich eigentümlich zu ihr hingezogen. Sie war zu groß, sie war zu mager, sie war schlecht gekleidet und hatte ein merkwürdiges Gesicht und eine schlechte Haltung, sie war acht Jahre älter als er. Sie hatten nichts gemeinsam wie andere Leute, eine Beziehung wäre von Anfang an zum Scheitern verurteilt gewesen. Mit ihr eine Beziehung einzugehen, das wäre so gewesen, als ließe er sich mit einem seltenen Tier auf der anderen Seite des Maschendrahtzauns ein. Vielleicht war das der Grund, weshalb er sie so gerne berührt hätte. »Doktor, ich weiß Ihre Gesellschaft zu schätzen, aber ich halte es für besser, wenn Sie allein zurückfahren. Wir sehen uns bei den Verwaltungsratssitzungen wieder. Ich möchte noch eine Menge wissen.«

»Sie werden doch wohl nicht von mir erwarten, dass ich nach allem, was Sie gesagt haben, allein wegfahre. Jetzt *muss* ich es wissen. Steigen Sie ein.«

Sie öffnete die Wagentür, und sie zwängten sich beide

hinein. Es war ein schlichter Kleinwagen, ein Laboratoriumswagen, der natürlich keine Heizung hatte. Ihr Atem schlug sich an den Scheiben nieder.

»Ich glaube, eigentlich wollen Sie es gar nicht wissen. Das ist eine ziemlich seltsame Geschichte. Eine schlimme Geschichte. Schlimmer als Sie meinen mögen.«

Sie rückte den Hut zurecht und hauchte sich auf die Finger. »Diese Dinger haben niemals eine Heizung. Weil man damit nicht aus der Kuppel hinausfahren soll. Gleich wird's warm. Erzählen Sie mir doch einfach, was Sie glauben erzählen zu können. Dann entscheide *ich*, ob ich mehr erfahren möchte.«

»Also gut.« Er zögerte. »Um mit dem Anfang anzufangen, ich bin ein Adoptivkind. Logan Valparaiso war nicht mein leiblicher Vater.«

»Nein?«

»Nein, er hat mich im Alter von drei Jahren adoptiert. Wissen Sie, damals arbeitete Logan gerade an einem internationalen Thriller über illegale Adoptionsfarmen. Adoptionsfabriken. Das war damals ein großer Skandal. Das ganze Ausmaß der Hormon- und Pestizidvergiftung wurde allmählich bekannt. Viele Männer waren unfruchtbar. Daher boomte der Adoptionsmarkt. Der Markt für Fruchtbarkeitskliniken natürlich auch. Die Nachfrage war plötzlich riesig, und das wurde von allerlei unappetitlichen Leuten, von Quacksalbern, Profiteuren und Mitläufern ausgenutzt …«

»Ich erinnere mich gut daran.«

»Plötzlich gab es viele Offshore-Babyfarmen, Embryofarmen. Die Leute waren erfinderisch. Das war ein ziemlich gutes Thema für einen Actionfilm. Also schlüpfte mein Dad in die Rolle eines Law-and-Order-Guerillas. Er spielte einen knallharten Burschen mexikanischer Abstammung, der Abtreibungskliniken in die Luft jagt, von der Regierung angeheuert wird und schließlich im Auftrag des Geheimdienstes Embryofarmen zerstört …«

Jedesmal, wenn er diese Geschichte erzählte, schwang

sich seine Stimme zu einem hasserfüllten, winselnden Klageton empor. Und dies passierte auch jetzt, während die Wagenfenster allmählich beschlugen. Unbeabsichtigt ging er von seiner gewohnten schnellen Sprechweise zu etwas Extremerem über, einer Art von chronischem Geschnatter. Darauf musste er wirklich mal genauer achten. Er *achtete* darauf, er beobachtete sich, so gut er es vermochte, aber er konnte einfach nichts dagegen tun. »Ich will mich wirklich nicht weiter über den Film auslassen, aber ich musste ihn mir als Kind etwa vierhundertmal ansehen … Dazu die ganzen Schnellkopien und geschnittenen Szenen … Jedenfalls identifizierte Logan sich stark mit seiner Rolle, und er und seine dritte Frau hatten damals eine gute Beziehung, wie es mit Logans Ehen eben so ging. Und so verfiel er darauf, aus Gründen der persönlichen Entwicklung sowie als PR-Gag ein echtes Opfer einer richtigen Embryofabrik zu adoptieren.«

Dr. Penninger hörte schweigend zu.

»Und dieses Kind war ich. Die Eizelle, der ich entstamme, wurde auf dem Unfruchtbarkeitsschwarzmarkt verkauft und landete schließlich in einer kolumbianischen Embryofabrik. Die Fabrik gehörte der Mafia, das heißt, man kaufte oder stahl menschliche Eizellen, befruchtete sie und bot sie dann zu Schwarzmarktpreisen zur Implantation an. Doch es gab Qualitätsprobleme. Die gesundheitliche Probleme für die Kundinnen nach sich zogen. Ganz zu schweigen von den Gerichtsverfahren und ethischen Auseinandersetzungen, wenn mal jemand was ausplapperte. Also fingen die Gauner an, fertige Produkte in gemieteten Gebärmüttern herzustellen, um die Kinder nach der Geburt auf konventionellere Weise adoptieren zu lassen … Diese Geschäftsidee funktionierte aber auch nicht. Die Leihmütter waren einfach zu langsam, und es waren viele einheimische Frauen beteiligt, die sie verraten oder erpressen oder sich dagegen sträuben konnten, das Kind nach der Geburt abzugeben. Daher beschlossen sie, die Embryos in vitro zu züchten.

Sie besorgten sich eine Reihe von Retorten, doch sie waren nicht besonders gut darin, denn zu dem Zeitpunkt hatten sie bereits das meiste Arbeitskapital verloren. Gleichwohl bekamen sie genug Klondaten aus Experimenten mit Säugetieren in die Hand, um einen ernsthaften Versuch mit menschlichen Zellen zu starten. Und so bin ich zur Welt gekommen.«

»Ich verstehe.« Sie setzte sich gerade hin, legte die Hände auf den Lenker und holte tief Luft. »Bitte fahren Sie fort, das ist wirklich hochinteressant.«

»Also, sie versuchten, mich und die anderen Produkte zu verkaufen, aber die Geschäftskosten waren einfach zu hoch, und die Fehlerrate war gewaltig, und dann brach auch noch der Markt zusammen, als sich herausstellte, dass sich die Spermaschäden der unfruchtbaren Männer billiger beheben ließen. Als das Testikelproblem behoben war, war die Luft aus dem Babymarkt raus. Ich war noch kein Jahr alt, als man sie an die Weltgesundheitsbehörde verpfiff, und dann stürmte eine europäische Blauhelmbrigade das Gelände und schloss die Anlage. Wir wurden alle konfisziert. Ich landete in Dänemark. Das sind meine frühesten Erinnerungen, dieses dänische Waisenhaus … Ein Waisenhaus mit angeschlossener Klinik.«

Er hatte diese Geschichte schon viele Male erzählt, weit häufiger, als es ihm recht war. Mittlerweile konnte er sie herunterrasseln, doch gegen das damit einhergehende Grauen und das Lampenfieber kannte er noch immer kein Gegenmittel. »Die meisten Produkte schafften es einfach nicht. Man hatte uns bereits geschädigt, als wir retortenreif gemacht wurden. In Kopenhagen wurde ich einer Genanalyse unterzogen, und es stellte sich heraus, dass man den größten Teil der Introns von der zygoten DNS entfernt hatte. Sie haben sich nämlich gedacht, das Produkt würde sich in der Retorte als widerstandsfähiger erweisen, wenn sie überflüssige DNS aus dem menschlichen Genom herausschneiden würden … Die Labortypen waren alle Medizinstudenten ohne Studienabschluss oder aus dem Gesundheitsdienst entlassen worden. Außerdem waren sie ständig high von synthetischem Kokain, mit dem die südamerikanische illegale Genindustrie ebenfalls Geschäfte machte …«

Er räusperte sich und bemühte sich, langsamer zu sprechen. »Aber um wieder auf meine persönliche Geschichte zurückzukommen, da war dieser dänische Blauhelmkommandant, der den Einsatz in Kolumbien geleitet hatte, und der wurde schließlich oberster technischer Berater bei dem Film meines Vaters. Der dänische Kommandant und mein Vater wurden Trinkkumpane auf dem Set, und als mein Vater seinen Adoptionswunsch erwähnte, dachte sich der Däne natürlich: ›Warum nicht eins der Kinder, die ich befreit habe?‹ Und er setzte in Kopenhagen ein paar Hebel in Bewegung. Und so bin ich in Hollywood gelandet.«

»Ist das alles auch wahr?«

»Ja.«

»Dürfte ich Sie ins Labor mitnehmen und eine Gewebeprobe entnehmen?«

»Hören Sie, Gewebe ist bloß Gewebe. Zum Teufel mit dem Gewebe! Die Wahrheit ist umfassender als mein Gewebe. Die Wahrheit ist, dass es Vorurteile gegen solche wie mich gibt. Ich verstehe das nur zu gut. Ich kann problemlos einen Wahlkampf organisieren, aber ich glaube nicht, dass ich mich selber wählen würde. Weil ich nicht wüsste, ob ich mir trauen könnte. Ich bin wirklich *anders*. In meiner DNS sind große Teile nicht einmal menschlichen Ursprungs.«

Er breitete die Arme aus. »Ich möchte Ihnen ein paar Beispiele nennen. Ich schlafe nicht. Ich habe ständig leicht erhöhte Temperatur. Ich bin schnell herangewachsen – und das nicht bloß deshalb, weil ich meine Kindheit auf der Schnellspur von L. A. verbracht habe. Ich bin jetzt achtundzwanzig, die meisten Leute halten mich für Mitte dreißig. Ich bin steril – ich werde niemals eigene Kinder haben –, und ich hatte dreimal Leberkrebs. Zum

Glück kann man Krebs mittlerweile gut behandeln, aber ich nehme noch immer angiogene Inhibitoren und Wachstumsblocker und muss dreimal monatlich Antitumorpillen schlucken. Was die anderen acht Kinder betrifft, die mit mir zusammen befreit wurden – fünf von ihnen sind in jungen Jahren an Organkrebs gestorben, und die anderen drei … also, die sind Dänen. Drei identische dänische Frauen mit – lassen Sie es mich mal so ausdrücken – einem sehr problematischen Privatleben.«

»Sind Sie sicher, dass Sie das alles nicht erfunden haben? Das ist eine faszinierende Geschichte. Haben Sie wirklich eine erhöhte Körpertemperatur? Haben sie sich jemals einer Positronentomografie unterzogen?«

Er blickte sie nachdenklich an. »Also, Sie nehmen das wirklich gut auf. Ich meine, die meisten Leute, denen ich diese Geschichte erzähle, durchlaufen eine Art Schockstadium …«

»Ich bin keine Medizinerin, und die Genetik ist nicht mein eigentliches Arbeitsgebiet. Aber Ihre Geschichte schockiert mich nicht. Sie erstaunt mich natürlich, und ein paar Dinge würde ich wirklich gern im Labor bestätigen, aber …« Sie suchte nach dem richtigen Ausdruck. »Vor allem bin ich fasziniert.«

»Wirklich?«

»Das war ein grundlegender Verstoß gegen die wissenschaftliche Ethik. Ein Verstoß gegen die Helsinki-Konvention sowie gegen mindestens acht weitere Regeln für den Umgang mit Menschen. Sie sind offenbar ein sehr tapferer und tüchtiger Mensch, sonst hätten Sie diese Kindheitstragödie nicht so gut überwunden und wären nicht so erfolgreich gewesen.«

Oscar schwieg. Auf einmal brannten ihm die Augen. Er hatte schon viele unterschiedliche Reaktionen auf sein Vergangenheitsproblem erlebt. Vor allem Reaktionen von Frauen – weil er meistens nur bei Frauen gezwungen war, alles zu beichten. Eine Geschäftsbeziehung ließ sich beginnen und beenden, ohne sich zu outen; eine sexuelle Beziehung nicht. Er war mit allen möglichen Reaktionen vertraut. Bestürzung, Entsetzen, Spott, Mitgefühl oder auch nur ein Achselzucken oder Kopfschütteln. Gleichgültigkeit. Meistens machte ihnen die Wahrheit auf lange Sicht zu schaffen.

Noch nie aber hatte eine Frau so reagiert wie Greta Penninger.

Oscar ging mit seiner Sekretärin Lana Ramachandran im Park hinter den schrägen weißen Mauern der Genfragmentierungsklinik spazieren. Der Park grenzte an die Angestelltenwohnungen, daher hielten sich hier auch Kinder auf. Aufgrund des ständigen Geschreis konnte man sich hier unterhalten, ohne befürchten müssen, abgehört zu werden.

»Schicken Sie ihr keine Blumen mehr ins Wohnheim«, sagte Oscar. »Sie ist nie dort. Sie schläft so gut wie nie.«

»Wo soll ich sie dann hinschicken?«

»Ins Labor. Dort hält sie sich meistens auf. Und drücken wir ruhig ein wenig auf die Tube – Schluss mit den Stiefmütterchen und Zinnien. Nehmen wir lieber gleich Tuberosen.«

»Noch keine Tuberosen!« meinte Lana erschrocken.

»Sie wissen schon, was ich meine. Außerdem braucht sie etwas zu essen. Sie ernährt sich nicht richtig – das sehe ich. Und später kleiden wir sie neu ein. Aber da müssen wir uns erst heranarbeiten.«

»Aber wie sollen wir überhaupt an sie *herankommen*? Dr. Penninger arbeitet im Hochsicherheitstrakt«, sagte Lana. »Das ist Gefahrenzone 4, mit eigenen Schleusen. Und die Wände sind zweieinhalb Meter dick.«

Er zuckte die Achseln. »Tauchen Sie die Blumen in flüssigen Stickstoff. Schweißen Sie sie in Plastik ein. Was immer nötig ist.«

Seine Sekretärin stöhnte. »Oscar, was *ist* mit Ihnen? Haben Sie den Verstand verloren? Es kann Ihnen mit dieser Frau doch unmöglich ernst sein. Ich kenne Ihren Typ mittlerweile recht gut, und sie ist überhaupt nicht Ihr Typ. Außerdem habe ich mich ein wenig umgehört – Dr. Penninger ist *niemandes* Typ. Sie werden sich bloß eine Enttäuschung einhandeln.«

»Okay, vielleicht habe ich ja einen Narren an ihr gefressen.«

Lana litt sichtlich Qualen. Sie wollte nur das Beste für ihn. Sie war ziemlich humorlos, dafür aber sehr tüchtig. »Sie sollten das nicht tun. Das ist nicht klug. Sie sitzt im Verwaltungsrat, sie trägt hier Verantwortung. Und Sie gehören dem Überwachungsausschuss des Senats an. Das ist ein Interessenkonflikt.«

»Das ist mir egal.«

Lana wusste nicht mehr weiter. »Warum tun Sie das? Ich kann einfach nicht begreifen, wie Sie mit der Journalistin zusammenleben konnten. Sie hat über den Wahlkampf berichtet! Man hätte da einen großen Skandal draus machen können. Und davor diese verrückte Architektin … und davor dieser Nichtsnutz aus der Stadtverwaltung von Boston. Das ist ja schon zwanghaft.«

»Hören Sie, Lana, seit Sie mich kennen, wissen Sie auch, dass mein Liebesleben problematisch ist. Ich habe moralische Grundsätze. Ich weigere mich, mit jemandem aus dem Team etwas anzufangen. Verstehen Sie? Das wäre schlimm, das wäre sexuelle Belästigung am Arbeitsplatz, so etwas ähnliches wie Inzest. Aber hier stehe ich, und die Vergangenheit ist Vergangenheit. Greta Penninger hat hier Karriere gemacht, sie kennt sich hier richtig gut aus. Außerdem langweilt sie sich, und ich weiß, dass ich ihr nahe kommen kann. Wir haben eine Menge gemeinsam. Ich glaube, wir könnten einander helfen.«

»Ich geb's auf! Männer werd ich nie verstehn. Sie *wissen* überhaupt nicht, was Sie wollen, hab ich Recht? Selbst wenn das Glück unmittelbar vor Ihnen stünde und um Ihre Aufmerksamkeit betteln würde, wüssten Sie nicht, was Sie damit anfangen sollten.«

Lana war zu weit gegangen. Oscar sammelte sich und blickte sie finster an. »Hören Sie, Lana, wenn Sie ein Glück für mich finden, das wirklich zu mir passt – ich betone, zu *mir* –, dann schreiben Sie mir ein Memo. Okay? Und in der Zwischenzeit regeln Sie das bitte mit den Blumen.«

»Also gut, ich werd's versuchen«, sagte sie. »Ich werde mein Bestes tun.« Lana war jetzt wütend auf ihn, daher stolzierte sie in den Park davon. Da war nichts zu machen. Lana würde sich schon wieder fangen. Das tat sie immer. Der Umgang mit ihm lenkte sie von ihren eigenen Problemen ab. Oscar schlenderte weiter, pfiff ein wenig vor sich hin, betrachtete den durchbrochenen Himmel. Über der wohlriechenden Luftblase der Kuppel jagten harmlose graue Wolkenfetzen dahin. Er warf den Hut hoch, den er in der Hand hielt, und fing ihn an der scharfen, tadellosen Krempe auf. Seine Aussichten hellten sich allmählich wieder auf. Er machte einen Bogen um eine Ansammlung seltener Azaleen, um einer schlummernden Antilope auszuweichen.

Diesen Laborpark hatte er zu seinem persönlichen Büro erkoren. Den Bus benutzte er nicht mehr, denn es war davon auszugehen, dass man sich große Mühe geben würde, ihn zu verwanzen. Außerdem würden sie den Bus sowieso bald in Boston abliefern müssen. Das ging schon in Ordnung – eigentlich war es bereits höchste Zeit. Es hatte keinen Sinn, sich von geborgter Ausrüstung abhängig zu machen. Weg mit dem alten Bus, hinein ins brandneue Hotel. Die Mannschaft zusammenhalten, das Knowhow sichern. Die Herde in Bewegung halten. Es ging voran, es war machbar.

Fontenot trat aus dem blühenden Buschwerk hervor und bemerkte ihn sogleich. Oscar wunderte sich ein wenig, dass Fontenot so pünktlich war. Offenbar entspannte sich die Lage auf den Straßen von Louisiana allmählich.

Der Sicherheitsexperte trug einen Strohhut, Weste,

Jeans und schwarze Gummistiefel. Er wirkte mehr im Einklang mit sich denn je.

Sie schüttelten sich die Hände, blickten sich gewohnheitsmäßig nach Beschattern und Lauschern um und glichen ihre Schritte einander an.

»Sie bekommen viel Anerkennung wegen des Luftwaffendebakels«, sagte Fontenot. »Das Thema hält sich in den Nachrichten. Wenn der Druck weiter zunimmt, kommt es irgendwann zu einer Explosion.«

»Ach, das war doch alles Sosiks Idee. Das ist eine Rückzugsposition des Senators. Sollte es zur Katastrophe kommen, kann der erfahrene Stabschef den unbesonnenen jungen Wahlkampfberater schnell vom Sockel stürzen.«

Fontenot musterte ihn skeptisch. »Also, ich hab nicht bemerkt, dass man Sie unter Druck gesetzt hätte, als Sie die beiden großen Interviews gegeben haben … Ich begreife nicht, woher Sie die Zeit genommen haben, sich so gründlich über die Stromausfälle und die politischen Verhältnisse in Louisiana zu informieren.«

»Stromausfälle sind ein hochinteressantes Thema. Die Bostoner Medien sind wichtig. In der Beziehung bin ich sentimental.« Oscar verschränkte die Hände hinter dem Rücken. »Ich gebe zu, es war nicht sehr taktvoll, Louisiana öffentlich als ›Schicksalsschwester Amerikas‹ zu bezeichnen. Aber es ist wahr.«

Fontenot konnte dies nicht abstreiten. »Oscar, ich hatte ziemlich viel mit dem Bau meines neuen Hauses zu tun. Aber Sicherheit ist kein Teilzeitjob. Sie zahlen mir immer noch Gehalt, während ich Sie habe hängen lassen.«

»Wenn Ihnen das Sorgen bereitet, weshalb helfen Sie dann nicht ein wenig beim Hotelbau mit? Das Hotel kommt hervorragend an. Die Einwohner von Buna sind begeistert.«

»Nein, hören Sie zu. Da wir schon bald für immer auseinander gehen werden – und diesmal ist es mir ernst –, hab ich mir gedacht, ich mache mal einen umfassenden

Sicherheitscheck. Und ich habe auch schon ein paar neue Erkenntnisse. Sie haben ein Sicherheitsproblem.«

»Ach, ja?«

»Sie sind dem Gouverneur von Louisiana zu nahe getreten.«

Oscar schüttelte heftig den Kopf. »Hören Sie, der Hungerstreik hat nichts mit Gouverneur Huguelet zu tun. Huguelet war nie das Thema. Es geht um den hungernden Luftwaffenstützpunkt und die Notstandsausschüsse auf Unionsebene. Wir haben öffentlich kaum ein Wort gegen Green Huey gesagt.«

»Der Senator nicht. *Sie* schon. Und zwar mehrfach.«

Oscar zuckte die Achseln. »Okay, mit dem Gouverneur können wir offenbar nicht viel anfangen. Der Typ ist ein windiger Demagoge. Aber wir pushen das Thema nicht. Was den Skandal betrifft, so sind wir momentan Hueys taktische Verbündete.«

»Seien Sie doch nicht naiv. Green Huey denkt anders als Sie. Er ist kein umgänglicher Politiker, der taktische Absprachen mit der Opposition trifft. Huey steht immer im Mittelpunkt seines Universums. Also sind Sie entweder für oder gegen ihn.«

»Weshalb sollte Huey sich ohne Not Feinde machen? Das wäre politisch unklug.«

»Huey macht sich immer Feinde. Das macht ihm Spaß. Das gehört mit zu seinem Spiel. So war es schon immer. Mag sein, dass Huey ein smarter Politiker ist, aber manchmal verhält er sich wie ein Ein-Mann-Schlägertrupp. Das hat er gelernt, als er in Texas für Senator Dougal gearbeitet hat.«

Oscar runzelte die Stirn. »Dougal ist mittlerweile von der Bildfläche verschwunden. Er ist erledigt, Geschichte. Wäre Dougal nicht in der Entziehungsklinik, säße er wahrscheinlich im Kittchen.«

Fontenot blickte sich unwillkürlich misstrauisch um. »Solange Sie sich in einem Gebäude aufhalten, das Dougal erbaut hat, sollten Sie nicht solche Sprüche klopfen.

Das Labor war immer Dougals Lieblingsprojekt. Und was Huey angeht, der hat hier gearbeitet. Sie wandeln auf Hueys Spuren. Als er noch Stabschef des Senators war, hat er die Leute hier so in die Mangel genommen, dass es ein paar Knochenbrüche gab.«

»Okay, sie haben die Anlage hier gebaut, aber dabei ging's nicht koscher zu.«

»Andere Politiker sind auch korrupt und bauen keine solche gottverdammte Anlage. Osttexas und Südlouisiana haben irgendwann die Köpfe zusammengesteckt und sich ein dickes Stück aus dem Kuchen herausgeschnitten. Aber das ist nichts Neues. In diesem Teil des Landes ging es schon immer betrügerisch zu. Mit einer sauberen Regierung wüssten die Leute hier gar nichts anzufangen. Der alte Dougal ist am Ende tief gefallen, aber so ist Texas eben. Texas ist eigensinnig, Texas dreht seine Leute gern ein wenig durch den Fleischwolf, bevor es sie unter die Erde bringt. Jedenfalls hat Huey eine Menge von Dougal gelernt und vermeidet es, Dougals Fehler zu wiederholen. Huey ist jetzt Gouverneur von Louisiana, er bestimmt, wo's langgeht, er ist der Boss, der Schamane. Huey hat eigens zwei Senatoren abgestellt, die ihm die Schuhe putzen. Sie machen Huey in Boston schlecht – aber Huey sitzt gerade mal dort drüben in Baton Rouge. Und Sie legen sich mit ihm an.«

»Also gut. Ich verstehe, was Sie meinen. Reden Sie weiter.«

»Oscar, ich habe gesehen, wie Sie ein paar schlaue Sachen mit dem Netz angestellt haben, Sie sind ein junger Bursche und mit dem Netz groß geworden. Aber Sie haben nicht alles gesehen, was ich gesehen habe, deshalb will ich's Ihnen mal ausführlich erklären.«

Sie schlugen einen Bogen um eine wild wuchernde Bougainvillea. Fontenot sammelte sich. »Okay. Stellen wir uns mal vor, Sie wären ein netzaktiver Bösewicht, spezialisiert auf Computerkampfführung. Und Sie hätten eine Suchmaschine, die Sie über alle öffentlichen Erwähnungen Ihres Idols, des Gouverneurs Etienne-Gaspard Huguelet, auf dem Laufenden hält. Hin und wieder tritt Ihrem Freund mal jemand auf die Füße. Dann wird der Name des Betreffenden registriert und gespeichert und erhält eine fortlaufende Bewertung. Sobald der Name eine gewisse Ärgernisstufe erreicht, löst das Programm automatische Reaktionen aus.« Fontenot rückte seinen Strohhut zurecht. »Die Reaktion besteht darin, Mails mit der Aufforderung zu verschicken, diesen Burschen zu erledigen.«

Oscar lachte. »Das ist mir neu. Das ist wirklich verrückt.«

»Ja, schon. Darum geht's ja gerade. Wissen Sie, Extremisten, Paranoiker und antisoziale Nieten, die im Netz ausgesprochen umtriebig sind, gab es schon immer … Beim Secret Service haben wir schon vor langer Zeit herausgefunden, dass das Netz eine wahre Fundgrube ist. Verrückte, gewalttätige Menschen neigen dazu, irgendwelche Hinweise, Spuren oder Signale zu hinterlassen, bevor sie zuschlagen. Im Laufe der Jahre haben wir einen Haufen psychologischer Profile zusammengetragen und einige Gemeinsamkeiten festgestellt. Wenn man weiß, wonach man suchen muss, kommt man einigen dieser Burschen allein aufgrund ihrer Netzaktivitäten auf die Spur.«

»Klar. Benutzerprofile. Demographische Analyse. Statistische Berechnungen. Das mache ich ständig.«

»Es ist schon eine ganze Weile her, dass wir diese Profilschnüffler programmiert haben, und sie haben sich als recht nützlich erwiesen. Dann aber hat das Außenministerium den Fehler gemacht, die Software an unzuverlässige Verbündete weiterzugeben …« Fontenot blieb unvermittelt stehen, als ein gefleckter Jaguarindi unter einem Busch hervorkam, sich streckte, gähnte und an ihnen vorüberschlenderte. »Problematisch wurde es, als die Profilschnüffler in die falschen Hände gerieten … Für derartige Schutzsoftware gibt es nämlich unterschiedliche Anwendungen. Bösewichter können sie dazu verwenden, umfangreiche Mailinglisten mit den Namen gefährlicher Verrückter anzulegen. Die Verrückten mittels Netzanalyse ausfindig zu machen, das ist leicht. Etwas schwieriger ist es schon, sie dazu zu bewegen, aktiv zu werden. Aber wenn man auf zehn- oder zwölftausend zurückgreifen kann, dann sind das eine Menge Fische, und einer wird schon anbeißen. Wenn ihnen jemand einredet, ein bestimmter Typ verdiene den Tod, dann könnte der Betreffende durchaus zu Schaden kommen.«

»Wollen Sie damit sagen, Gouverneur Huguelet habe mich auf eine schwarze Liste gesetzt?«

»Nein, Huey nicht. Jedenfalls nicht unmittelbar. So blöd ist der nicht. Ich will damit sagen, dass irgendjemand irgendwo vor Jahren eine Software entwickelt hat, die Green Hueys Gegner *automatisch* auf schwarze Listen setzt.«

Oscar nahm den Hut ab und strich sich sorgfältig das Haar glatt. »Ich wundere mich ein wenig, dass ich davon noch gar nicht gehört habe.«

»Wir vom Geheimdienst wollen nicht, dass das in die Öffentlichkeit gelangt. Wir tun unser Bestes, dagegen anzugehen – wir haben während der dritten Panamakrise ein ganzes Nest von Bösewichtern ausgenommen … aber wir können nicht jeden Netzserver in Übersee überwachen. Es bleibt uns nicht viel mehr übrig, als unsere eigenen Informanten zu überwachen. Wir überprüfen sie, schauen nach, ob sie per E-mail aufgefordert werden, jemanden umzubringen. Schauen Sie sich mal diesen Ausdruck an.«

Sie suchten sich eine hübsche Holzbank. Ein kleines Mädchen in einem Trägerkleid saß darauf und streichelte geduldig ein exotisches Wiesel, machte aber nicht den Eindruck, als hätte es gegen die Gesellschaft von Erwachsenen etwas einzuwenden. Oscar las den Text sorgfältig zweimal durch.

Der Text wirkte weder sonderlich bedrohlich noch intellektuell, was ihn nicht wunderte. Vielmehr war er ungehobelt und banal. Es berührte ihn unangenehm, seinen Namen in einer so plumpen Hetzschrift zu finden. Er nickte, reichte Fontenot das Papier zurück. Sie lächelten beide, verabschiedeten sich von dem Mädchen, indem sie sich an die Hüte tippten, und gingen weiter.

»Das ist hohles Pathos!« sagte Oscar, sobald sie außer Hörweite des Mädchens waren. »Das ist Junkmail von einem Massenmailer. Ich habe schon richtig raffinierte Massenmails gesehen, die kriegen manchmal ganz anständige Werbung hin. Aber das ist reine Kettenmailware. Das Programm beherrscht nicht mal die Interpunktion!«

»Der Zielgruppe der gewaltbereiten Paranoiker fallen die Fehler vielleicht nicht einmal auf.«

Oscar ließ sich das durch den Kopf gehen. »Was glauben Sie, wie viele von diesen Mails verschickt wurden?«

»Vielleicht ein paar tausend? In den Files des Geheimdienstes sind über dreihunderttausend potenziell gefährliche Personen verzeichnet. Ein cleveres Programm würde natürlich nicht jedesmal jeden Einzelnen von ihnen anmailen.«

»Klar.« Oscar nickte versonnen. »Und was ist mit Bambakias? Besteht für ihn ebenfalls Gefahr?«

»Ich habe dem Senator die Lage geschildert. Man wird die Sicherheitsmaßnahmen in Cambridge und Washington verschärfen. Allerdings glaube ich, dass Sie wesentlich gefährdeter sind als er. Sie sind dichter dran, Sie machen mehr Wirbel, und man kommt viel leichter an Sie heran.«

»Hm. Ich verstehe. Danke, dass Sie mich darauf hingewiesen haben, Jules. Ihre Ausführungen haben einiges für sich, wie immer. Was raten Sie mir also?«

»Ich rate Ihnen, mehr auf Ihre Sicherheit zu achten. Halt das Übliche. Durchbrechen Sie die tägliche Routine. Suchen Sie Orte auf, wo man nicht mit Ihnen rechnet. Halten Sie für den Notfall einen sicheren Unterschlupf parat. Achten Sie auf Fremde, auf jeden, der ihnen hinterherschnüffelt oder ihnen auf die Nerven geht. Meiden Sie nach Möglichkeit Menschenmengen. Außerdem brauchen Sie einen Bodyguard,«

»Dafür habe ich keine Zeit. Ich habe hier zu viel zu tun.«

Fontenot seufzte. »Sowas bekommen wir ständig zu hören … Oscar, ich habe fast zwanzig Jahre lang für den Geheimdienst gearbeitet. Das ist ein ganzes Arbeitsleben, wir machen dort unsere Arbeit wie andere Leute auch. In der Öffentlichkeit hört man nicht viel vom Secret Service, aber man ist dort sehr rührig. Man hat die CIA dichtgemacht, man hat vor Jahren das FBI aufgelöst, den Secret Service aber gibt es schon seit fast zweihundert Jahren. Er bleibt bestehen. Weil die Gefahr bestehen bleibt. Personen des öffentlichen Lebens bekommen Morddrohungen. Und zwar ständig. Ich habe schon Hunderte von Morddrohungen gesehen. Die sind bei Berühmtheiten an der Tagesordnung. Einen tatsächlichen Mordanschlag habe ich allerdings nie miterlebt. Hab mein ganzes Berufsleben lang aufgepasst und darauf gewartet, aber es ist nie, niemals dazu gekommen. Bis dann eines Tages die Autobombe explodiert ist. Dabei verlor ich mein Bein.«

»Ich verstehe.«

»Sie müssen sich damit abfinden. Das ist eine Realität. Es ist real, und Sie müssen sich darauf einstellen, ohne sich dadurch in Ihrer Arbeit behindern zu lassen.«

Oscar schwieg.

»Der Himmel hat eine andere Farbe, wenn Ihnen bewusst ist, dass man Sie erschießen könnte. Die Dinge haben einen anderen Geschmack. Es setzt einem zu, man fragt sich irgendwann, ob es das überhaupt wert ist. Aber wissen Sie was, trotz alledem ist die Gesellschaft nicht böse oder gewalttätig.« Fontenot zuckte die Achseln. »Wirklich nicht. Nicht mehr. Als ich anfing, war Amerika wahrhaft gewalttätig. Eine extrem hohe Kriminalitätsrate, verrückte Drogenbanden, die automatischen Waffen waren spottbillig und leicht zu bekommen. Jämmerliche, wütende, bedauernswerte Menschen. Menschen, die einen tiefen Groll mit sich herumschleppten, Menschen voller Hass. Das war eine seltsame Zeit damals. Die Menschen strengen sich nicht sonderlich an, wenn ihnen bewusst ist, dass sich ihr Leben binnen einer Woche komplett umkrempeln kann. Das Leben hat dann keinen Sinn mehr, heute aber sind die meisten Amerikaner, zumal die Armen, wesentlich *zufriedener* als damals. Sie mögen ohne jede Orientierung sein, wie unser Senator gerne sagt, aber sie sind nicht niedergedrückt und verzweifelt. Sie stochern einfach bloß herum. Lassen sich treiben. Hängen herum. Wissen nicht, was sie mit sich anfangen sollen.«

»Mag sein.«

»Wenn Sie sich eine Weile bedeckt halten, löst sich das Problem von selber. Irgendwann gehen Sie nach Boston oder Washington, wenden sich anderen Themen zu, gehen Huey aus dem Weg. Die automatischen Mailings sind wie Stacheldraht, lästig, aber dumm. Die Programme verstehen nicht mal, was drinsteht. Wenn Sie erst einmal eine Nachricht von gestern sind, werden die Computer Sie einfach vergessen.«

»Ich habe die Absicht, noch eine ganze Weile aktuell zu bleiben, Jules.«

»Dann sollten Sie aber lernen, so zu leben wie andere Berühmtheiten auch.«

Oscar war entschlossen, sich von den alarmierenden Neuigkeiten nicht demoralisieren zu lassen. Er fuhr mit der Arbeit am Hotel fort, das traumhafte Fortschritte machte, wie es bei einem Bauwerk von Bambakias üblich war. Die ganze Mannschaft packte an; alle waren von Bambakias' Ideologie angesteckt, daher wollten sie sich den Spaß um nichts in der Welt entgehen lassen.

Seltsamerweise machte die Arbeit tatsächlich Spaß,

und zwar auf ganz eigene Weise; die Leiden der anderen zu teilen, bereitete eine Menge Schadenfreude. Das System registrierte jeden einzelnen Handgriff und verhinderte so, dass man seine Freunde für sich arbeiten ließ. Die verteilte Realisierung machte Spaß in dem Sinne, wie Sportlerteams Spaß hatten. Balkone entstanden, Torbögen und Säulen wuchsen in die Höhe, das ungeordnete Durcheinander kristallisierte zu geordnetem Raum. Es war, als kämpfe man sich mit Seilen und Steigeisen einen Berghang empor, um plötzlich voller Dankbarkeit die wunderschöne Aussicht zu genießen.

Gewisse Arbeiten zogen unweigerlich faszinierte Zuschauer an: das Anziehen der Spannkabel beispielsweise, die ein loses Durcheinander von Blöcken in einen massiven Wall verwandelten, der die nächsten dreihundert Jahre überdauern würde. Bambakias' Bauteams genossen diese theatralischen Effekte sehr. Bei langweiligen Arbeiten übertrieben sie um der Zuschauer willen. In den hervorstechenden Momenten aber waren sie so konzentriert und cool bei der Sache wie die Jazzmusiker des zwanzigsten Jahrhunderts.

Oscar war ein politischer Berater. Das Publikum zu würdigen, gehörte zu seinem Job. Angesichts einer Zuschauermenge empfand er ähnlich wie ein Farmer beim Anblick seiner gedeihenden Wassermelonen. Jetzt, da er befürchten musste, dass eine der Wassermelonen auf ihn schießen würde, fiel es ihm allerdings schwerer, seine gewohnte Begeisterung heraufzubeschwören.

Natürlich war ihm der Gedanke an seine persönliche Sicherheit nicht neu; während des Wahlkampfs hatten alle gewusst, dass es zu Zwischenfällen kommen und dass der Kandidat Schaden nehmen könnte. Der Kandidat mischte sich unters Volk, und einige Leute waren halt von Natur aus gewalttätig oder verrückt. In Massachusetts hatte es tatsächlich ein paar hässliche Vorkommnisse gegeben: lästige Zwischenrufer, verbohrte Protestierer, kotzende Betrunkene, Taschendiebe, Ohnmachtsanfälle, Drängeleien. Das lästige Drumherum, das gute Sicherheitsmaßnahmen so unverzichtbar machte wie Sicherheitsgurte oder Feuerlöscher in Flugzeugen. In neunundneunzig von hundert Fällen waren die für die Sicherheit aufgewendeten Ausgaben und die investierte Mühe vergebens. Im hundertsten Fall war man heilfroh, dass man so umsichtig gewesen war.

Die Reichen waren heutzutage ständig auf Sicherheit bedacht. Bodyguards gehörten ebenso wie Hausverwalter, Köche, Sekretäre, Systemadministratoren und Imageberater zur Grundausstattung der Oberschicht. Eine gut organisierte Mannschaft und die entsprechenden Sicherheitsvorkehrungen wurden von reichen Leuten einfach erwartet; ohne eine Mannschaft wurde man nicht ernst genommen. Dies alles hatte durchaus seinen Sinn.

Die Vorstellung aber, von einer Kugel durchbohrt zu werden, war etwas anderes.

Nicht die Vorstellung zu sterben belastete ihn. Oscar konnte sich problemlos vorstellen zu sterben. Vielmehr stieß ihn die damit einhergehende Sinnlosigkeit ab. Der Umstand, dass sein Spielbrett von einem Psychotiker umgestoßen wurde, von einem Regelverletzer, der nicht einmal begriff, worum es überhaupt ging.

Bei einem Spiel zu verlieren, das konnte er verstehen. Oscar konnte sich beispielsweise vorstellen, in einen größeren politischen Skandal verwickelt und beschissen, in die Wüste geschickt, ausgestoßen, entehrt, gemieden und vergessen zu werden. Dann wäre er eine Unperson. Für andere untragbar. Dass dieser Fall eintrat, konnte Oscar sich gut vorstellen. Das gab dem Spiel eine gewisse Würze. Ein garantierter Sieg war schließlich kein Sieg mehr.

Doch er wollte nicht erschossen werden. Daher stellte Oscar die Mitarbeit am Projekt ein. Dies war ein betrübliches Opfer, denn er hatte die Fertigstellung des Hotels mit großer Anteilnahme verfolgt und die zahlreichen Möglichkeiten, die Vorurteile der rückständigen Texaner zu erschüttern, wahrhaft genossen. Sich die Scharen der Neugierigen als ein Gemenge von potenziellen Feinden vorzustellen, bedrückte ihn jedoch. Worauf zielten die Fadenkreuze? Die ständige morbide Beschäftigung mit dem Thema Attentat verhalf Oscar zu der Überzeugung, dass er selbst einen hervorragenden Attentäter abgegeben hätte – klug, geduldig, diszipliniert, entschlossen und schlaflos. Diese schmerzhafte Entdeckung setzte seinem Selbstverständnis arg zu.

Er setzte seine Leute von der Entwicklung in Kenntnis. Rührenderweise zeigten sie sich besorgter um seine Sicherheit als er selbst.

Er zog sich ins Laboratorium zurück, denn dort war es viel sicherer für ihn. Im Gefahrenfall würden die Sicherheitsbeamten den Alarm für entlaufene Tiere auslösen, dann wären alle Durchgänge so fest verschlossen wie ein Banktresor.

Unter Glas war es sicherer für Oscar – doch er fühlte sich, unter Druck, von unsichtbaren Mächten in seiner Freiheit eingeschränkt. Eine Möglichkeit zum Gegenangriff aber war ihm geblieben. Er versenkte sich aggressiv in seinen Laptop. Er selbst, Pelicanos, Bob Argow und Audrey Avizienis arbeiteten gemeinsam an der Erstellung einer Indizienkette.

Senator Dougal und seine texanische Cajunmafia Schweinefleisch fressender alter Kumpane waren zunächst sehr pflichtbewusst gewesen. Mit ihrer anfänglichen Bescheidenheit war indes Schluss, als sie sich über die Grenzen des Staates Texas hinaus in die großen Geldwaschanlagen der Casinos von Louisiana vorarbeiteten. Später flossen die Gelder in Form großzügiger Wahlkampfspenden und auf den Namen von Ehefrauen und Neffen eingetragenen Zweitwohnungen unerfindlicher Herkunft zurück.

Im Laufe der Jahre aber war die Finanzlage des Landes angespannt und chaotisch geworden. Während die Hyperinflation tobte und große Industrien platzten wie angepiekste Luftballons, fiel es zunehmend schwerer, den Anschein zu wahren. Die Spuren zu verwischen, war mühselig und lästig geworden. Der Senator hielt nach wie vor seinen schützenden Arm über das Labor, und das ehrenhafte Anliegen, der Wissenschaft voran zu helfen und gefährdeten Tierarten ein Zuhause zu geben, vermittelte noch immer den meisten Amerikanern ein zutiefst unkritisches Gefühl von Warmherzigkeit und Großzügigkeit. Die Arbeit im Laboratorium ging weiter – während sich in seinem Schatten die Fäulnis ausbreitete, bei den Mauscheleien der Gerätebeschaffung und der Ausschreibungen, ein kleines Universum der Provisionszahlungen und Bestechungen. Untergeordnete politische Verbündete wurden auf obskure, aber lukrative Posten gehievt und etwa mit der Zuständigkeit für die Parkplätze, die Installationen oder die Wäsche bedacht. Veruntreuung war wie Alkoholismus. Es fiel schwer, wieder davon loszukommen, und wenn einen niemand zur Verantwortung rief, zeigten sich bald die ersten geplatzten Äderchen.

Oscar hatte den Eindruck, ausgezeichnete Fortschritte zu machen. Sein Handlungsrahmen erweiterte sich ständig.

Dann tauchte der erste Selbstmordattentäter auf.

Oscar wurde von einer Angehörigen des Sicherheitsdienstes angesprochen. Es handelte sich um eine Beamtin mittleren Alters, die einer kleinen bundesstaatlichen Polizeieinheit mit der Bezeichnung ›Buna National Collaboratory Security Authority‹ angehörte. Sie berichtete Oscar, soeben sei von Muskogee, Oklahoma, ein Mann eingetroffen, der erfolglos gegen die Südschleuse gehämmert und drohend einen folienverschweißten Karton geschwungen habe, von dem er behauptete, er enthalte eine ›Super-Reflex-Granate‹.

Oscar suchte den Verdächtigen in seiner Zelle auf. Der prospektive Attentäter wirkte verwahrlost und desorientiert und befand sich in dem Zustand grauenhafter kosmischer Verwirrung, wie er geistig Schwerkranken zu eigen ist. Oscar verspürte jähes, unerwartetes Mitleid mit ihm. Ihm war auf den ersten Blick klar, dass der Mann keine bösen Absichten hatte. Der arme Kerl war durch den unaufhörlichen Beschuss mit verlogener Massenmail zu seinem plumpen Attentatsversuch getrieben worden. Oscar war dermaßen schockiert, dass er unwillkürlich verlangte, man möge den Mann freilassen.

Die Polizisten waren allerdings so klug, seinem Wunsch nicht nachzukommen. Sie hatten bereits die Secret Service-Niederlassung in Austin informiert. In Kürze würden Spezialagenten eintreffen, Mr. Spencer eingehend verhören und ihn diskret fortschaffen.

Am nächsten Tag tauchte ein weiterer unheilbarer Spinner auf. Dieser Gentleman, ein gewisser Mr. Bell, ging schlauer vor. Er versuchte, sich in einer LKW-Ladung von Transformatoren zu verstecken. Der Fahrer bemerkte, wie er unter einer Plane hervorkroch, und rief den Sicherheitsdienst. Es entspann sich eine wilde Verfolgungsjagd, bis man den blinden Passagier schließlich in einer Pflanzung von seltenem Sumpfgras entdeckte, wo er noch immer eine selbstgefertigte Schwarzpulverpistole umklammert hielt.

Der dritte Vorfall war bei weitem der schlimmste. Als man Mr. Anderson in einem Müllcontainer entdeckte, brüllte er etwas von fliegenden Untertassen und dem Schicksal der Konföderation und bearbeitete seine Arme mit einem Rasiermesser. Das viele Blut war schockierend und machte Oscars Lage unhaltbar.

Mittlerweile war klar, dass er einen sicheren Unterschlupf benötigte. Und der sicherste Ort innerhalb der Laboratoriumskuppel war natürlich der Hochsicherheitstrakt.

Der Hochsicherheitstrakt wirkte von innen weit weniger beeindruckend als die hoch aufragende, porzellanweiße Einfriedung. Der Hochsicherheitstrakt stellte eine äußerst merkwürdige Umgebung dar, da sämtliche Einrichtungsgegenstände so konstruiert waren, dass sie der Hochdruckreinigung mit überhitztem Wasserdampf standzuhalten vermochten. Die Innenausstattung bestand aus porenlosem Plastik, Arbeitsflächen aus säureresistenter weißer Keramik, Metallrohrstühlen und körnigem Antirutsch-Bodenbelag. Der Hochsicherheitstrakt wirkte zutiefst fremdartig und alltäglich zugleich. Schließlich war dies kein Feenland und kein Raumschiff, sondern bloß ein Ort, wo Menschen unter streng definierten Bedingungen und bei höchster Sauberkeit hochspezialisierte Arbeiten ausführten. Bereits seit fünfzehn Jahren wurde hier gearbeitet.

Im Umkleideraum, der gleichzeitig auch als Schleuse diente, bat man Oscar, seine Straßenkleidung abzulegen. Stattdessen legte er einen Wegwerflaborkittel aus Papier an, Handschuhe, eine bauschige Haube, eine Gesichtsmaske und sockenlose Reinraumschuhe, die an den Knöcheln dicht abschlossen. Greta Penninger, die sich zu seiner inoffiziellen Führerin ernannt hatte, schickte ihm einen Laboranten, der ihm zur Hand ging.

Dr. Penninger unterstand ein geräumiger Trakt mit mehreren Laborräumen inmitten eines hell erleuchteten Labyrinths, das als Abteilung für rechnergestützte neurologische Forschung bezeichnet wurde. Auf einer Plastiktür stand GRETA V. PENNINGER, FORSCHUNGSLEITERIN, und hinter der Tür lag ein hell erleuchteter Operationssaal. Meterlange weiße Tische. Sicherheitsbodenbelag. Trockengestelle. Sicherheitsfolie. Lösungsmittel. Waagen, Abzüge, Bechergläser in allen möglichen Größen. Pipetten. Zentrifugen. Chromatographen. Und zahlreiche Geräte, deren Funktion im Dunkeln blieb.

Oscar wurde von Dr. Albert Gazzaniga, Gretas Majordomus, in Empfang genommen. Gazzaniga hatte den typischen ›Labor-Blick‹, durchdringend und gleichzeitig eigentümlich diffus, etwa wie ein Squashspieler im Nirwana. Gazzaniga verbrachte sein Arbeitsleben in Reinraumkleidung und entspannte sich draußen in verrottenden Turnschuhen und Shorts. Er wirkte eifrig, aufrichtig und naturverbunden. Er war einer der wenigen Laboratoriumsangestellten, die sich als Anhänger der Demokraten zu erkennen gaben. Die meisten Laborleute waren eher langweilige, wirrköpfige Anhänger der Linken und entweder Mitglied der Sozialdemokraten oder der Kommunisten. Nur selten traf man jemanden, der genügend Mumm und Energie aufbrachte, eine fundierte reformerische Position einzunehmen.

»Wo steckt eigentlich Dr. Penninger?«

»Ach, Sie müssen sie schon entschuldigen, sie führt gerade einen Versuch durch. Sobald sie fertig ist, kommt sie her. Glauben Sie mir, wenn Greta sich konzentrieren will, lässt man sie am besten in Ruhe.«

»Schon gut. Das verstehe ich.«

»Das heißt nicht, dass sie Sie nicht ernst nehmen würde. Sie hat großes Verständnis für Ihre Lage. Wir hatten hier auch schon Probleme mit Extremisten. Mit Tierrechtlern, Vivisektionsspinnern ... Ich weiß, wir Wissenschaftler führen im Vergleich zu Euch Politikern ein sehr behütetes Leben, aber deswegen sind wir noch lange nicht von gestern.«

»Das habe ich auch nicht angenommen, Albert.«

»Mir persönlich tut es sehr leid, dass Sie diese Unannehmlichkeiten haben. Es ist mir wirklich eine Ehre, Ihnen behilflich zu sein.«

Oscar nickte. »Ich weiß Ihre Anteilnahme zu schätzen. Es ist nett von Ihnen, dass Sie mich aufnehmen. Ich werde mich bemühen, bei der Laborarbeit nicht im Weg zu sein.«

Dr. Gazzaniga führte ihn über einen Gang, vorbei an sieben Laboranten in Schutzanzügen, die mit ihren Petrischalen beschäftigt waren. »Sie glauben doch hoffentlich nicht, in Gretas Labor ginge es gefährlich zu. In diesem Labor haben wir uns noch nie mit gefährlichen Projekten befasst. Die Reinraumkleidung dient bloß dazu, die Bakterienkulturen vor Verunreinigungen zu schützen.«

»Ich verstehe.«

Gazzaniga hob unter seinem baumwollfreien Laborkittel die Schultern. »Die ganze Abschreckungstaktik hinsichtlich der Gentechnik – die riesigen Türme, die Katakomben, die Schleusen, diese gewaltige versiegelte Kuppel – ich nehme an, damals war das politisch vernünftig, heute aber ist es bloß altmodisch. Mit Ausnahme einiger weniger der Geheimhaltung unterliegenden militärischen Anwendungen hat das Laboratorium schon vor Urzeiten damit aufgehört, sich mit überlebensfähigen Bazillen zu beschäftigen. Im Hochsicherheitstrakt gibt es nichts, was Ihnen schaden könnte. Die Gentechnik ist heutzutage ein sehr gut beherrschbares Anwendungsgebiet, sie ist mittlerweile fünfzig Jahre alt. Was die Bakterien angeht, so verwenden wir lediglich an Extremtemperaturen adaptierte Stämme. Solche aus vulkanischer Umgebung. Sehr effizient, rascher Stoffwechsel, viele Nutzanwendungen, außerdem vollkommen sicher. Unterhalb von 90 Grad Celsius funktioniert ihr Stoffwechsel nicht. Sie ernähren sich von Schwefel und Wasserstoff, beides Stoffe, die im menschlichen Blutkreislauf nicht vorkommen. Außerdem sind alle unsere Stämme doppelt sicher. Selbst wenn man darin baden würde – also, es könnte sein, dass man sich verbrüht, aber man würde sich weder infizieren noch das Risiko eingehen, dass es zum Austausch genetischen Materials kommt.«

»Das klingt sehr beruhigend.«

»Greta ist ein Profi. Mit der Laborarbeit nimmt sie es sehr genau. Nein, es ist mehr als das – im Labor ist sie eine Leuchte. Sie ist äußerst stark in rechnergestützter Hirnforschung, verstehen Sie mich nicht falsch – aber Greta ist besessen von der praktischen Laborarbeit. Mit STM-Sonden kann niemand so gut umgehen wie sie. Und wenn wir statt dieser Steinzeit-Rotorenscheiße ihre Hände für die thixotropen Zentrifugen verwenden könnten, dann würde hier wirklich die Post abgehen.«

Gazzaniga war jetzt ganz in seinem Element. Er vibrierte geradezu vor leidenschaftlicher Hingabe. »Gemessen in Veröfflichungen pro Arbeitsstunde ist dies das produktivste Labor in Buna. Wir haben das Know-how, und Gretas Laborteam braucht sich vor niemandem zu verstecken. Wer weiß, wozu wir imstande wären, wenn wir nur ordentliches Arbeitsgerät bekämen. Die Hirnforschung macht im Moment einen großen Sprung nach vorn, so wie die Genetik vor vierzig oder die Computer vor achtzig Jahren. Allein der Himmel ist die Grenze.«

»Was machen Sie nun genau?«

»Also, allgemeinverständlich ausgedrückt …«

»Vergessen Sie's, Albert. Sagen Sie mir einfach, woran Sie hier arbeiten.«

»Also, vor allem verfolgen wir die Ergebnisse der Arbeiten weiter, die mit dem Nobelpreis ausgezeichnet wurden. Dabei ging es um Aufmerksamkeitsmodulationen verursachende neurochemische Gradienten. Dies war der größte neurokognitive Durchbruch seit Jahren, daher bietet sich uns jetzt ein weites Arbeitsfeld. Karen arbeitet dort drüben an Phasenmodulation und Frequenzspitzen. Yung-Nien ist die Kognitionsspezialistin des Teams, sie beschäftigt sich mit stochastischer Resonanz und reaktiver Modulation. Und Serge dort drüben ist unser Rezeptor-Mechaniker, er forscht über das Aufnahmevermögen dendritischer Transformatoren. Die übrigen Leute sind größtenteils Postdocs, aber wenn jemand bei Greta Penninger arbeitet, weiß man nie. Das Labor ist weltberühmt. Es ist unser Aushängeschild. Wenn sie einmal fünfzig oder sechzig ist, werden selbst ihre jüngsten Koautoren eigene Neurolabors leiten.«

»Und woran arbeitet Dr. Penninger?«

»Warum fragen Sie sie das nicht selbst?« Greta war eingetroffen. Gazzaniga zog sich taktvoll zurück.

Oscar äußerte sein Bedauern darüber, sie bei der Arbeit gestört zu haben.

»Ach, das macht doch nichts«, erwiderte Greta fröhlich. »Die Zeit nehme ich mir. Ich glaube, das ist die Sache wert.«

»Das ist sehr freundlich von Ihnen.«

»Ja«, sagte sie.

Oscar blickte sich in ihrem Labor um. »Es ist seltsam, dass wir uns an einem solchen Ort begegnen ... Ich sehe, dass Ihnen diese Umgebung zusagt, aber was mich angeht, so schwingt da bei mir einiges mit ... Können wir hier ungestört reden?«

»Mein Labor wird nicht abgehört. Hier wird alles zweimal die Woche sterilisiert. Ein Abhörgerät würde nicht unbemerkt bleiben.« Als sie seine Skepsis bemerkte, überlegte sie es sich anders. Sie schaltete einen Rührer ein, der mit beruhigendem Getöse zu arbeiten begann.

Oscar fühlte sich gleich viel wohler. Sie waren noch immer fremden Blicken ausgesetzt, doch der Lärm würde zumindest verhindern, dass man sie belauschte. »Wissen Sie, wie ich Politik definiere, Greta?«

Sie sah ihn an. »Ich weiß, dass die Politik Wissenschaftlern eine Menge Schwierigkeiten macht.«

»Politik ist die Kunst, unterschiedliche menschliche Bestrebungen miteinander zu versöhnen.«

Sie dachte einen Moment darüber nach. »Ja, und?«

»Greta, ich will offen zu Ihnen sein. Ich brauche ein paar vernünftige Leute, die bereit wären, bei der anstehenden Senatsanhörung auszusagen. Die üblichen Figuren aus dem höheren Managment reichen da nicht mehr aus. Ich brauche Menschen, die aus eigener Erfahrung wissen, was hier vorgeht.«

»Warum fragen Sie ausgerechnet mich? Weshalb fragen Sie nicht Cyril Morello oder Warren Titche? Die haben jede Menge Zeit für politische Aktivitäten.«

Oscar war auf Morello und Titche bereits aufmerksam geworden. Ohne sich dessen so recht bewusst zu sein, waren die beiden die Anführer der Basis des Laboratoriums. Cyril Morello war der stellvertretende Leiter der

Personalabteilung, ein Mann, der durch seine sinnlosen, karriereschädlichen Aktionen das Vertrauen der Beschäftigten gewonnen hatte. Warren Titche war der Vorzeigeradikale des Labors, ein polternder Eiferer, der für Fahrradständer und Speisepläne kämpfte, als bedeute ein Scheitern den nuklearen Holocaust.

»Ich bitte Sie nicht um eine Beschwerdeliste. Sowas habe ich bereits. Mit geht es vielmehr darum ... ja, wie soll ich mich ausdrücken? – Um den Clou, das große Ganze. Den Durchblick. Die Botschaft. Im Wissenschaftsausschuss sitzen drei frischgebackene Senatoren. Die weitblickende Erfahrung des langjährigen ehemaligen Vorsitzenden, des texanischen Senators Dougal, geht ihnen ab. Jetzt werden die Karten in Washington vollkommen neu gemischt.«

Greta sah verstohlen auf die Uhr. »Glauben Sie wirklich, dies würde irgendetwas ändern?«

»Ich will Nägel mit Köpfen machen. Ich möchte Ihnen eine simple Frage stellen. Angenommen, Sie könnten die Unionspolitik bestimmen und sich jeden Wunsch erfüllen. Lassen Sie Ihrer Phantasie mal freien Lauf. Was wollen Sie?«

»Oh.« Auf einmal zeigte sie Interesse. »Also, ich glaube ... ich würde wollen, dass die amerikanische Wissenschaft wieder so wird wie zu ihren besten Zeiten. Das war die Kommunistenära, die Zeit des Kalten Krieges. Wenn man damals einen guten Vorschlag hatte und bereit war, sich dafür einzusetzen, konnte man sich einer komfortablen, langfristigen staatlichen Finanzierung so gut wie sicher sein.«

»Das genaue Gegenteil des gegenwärtigen Albtraums«, half Oscar nach. »Endloser Papierkrieg, schlechte Finanzierung, sinnlose Ethikschikanen ...«

Greta nickte reflexhaft. »Es ist kaum zu glauben, wie tief wir gesunken sind. Früher wurden die Mittel aufgrund der Beurteilung von Fachleuten aus der wissenschaftlichen Gemeinde verteilt. Damals gab es keine Almosen seitens des Kongresses im Austausch gegen innenpolitische Vorteile. Heutzutage verbringen die Wissenschaftler vierzig Prozent ihrer Zeit damit, um die Fleischtöpfe herumzuschleichen. In der guten alten Zeit war das wissenschaftliche Leben sehr direkt. Die gleiche Person, die Mittel bewilligte, packte auch selber mit an und brachte ihre eigenen Ergebnisse zu Papier. Wissenschaft war ein richtiges Handwerk. Veröffentlichungen wurden von drei, vier Coautoren verfasst – nicht von riesigen Gruppen, denen sechzig bis achtzig Leute angehören, wie es heute die Regel ist.«

»Also geht es vor allem ums Geld«, sagte Oscar schmeichelnd.

Sie beugte sich energisch vor. »Nein, das Problem liegt viel tiefer. Die Wissenschaft des zwanzigsten Jahrhunderts war vollkommen anders organisiert. Es herrschte Einverständnis zwischen Regierung und Wissenschaftsgemeinde. Eine Art Frontmentalität. Das war die Zeit des Goldrauschs. Die Nationale Wissenschaftsstiftung. Die nationale Gesundheitsbehörde. Die NASA. Die ARPA, zuständig für Zukunftstechnologien. Und die Wissenschaftsbehörden hielten ihre Ideale hoch. Wundermedikamente, Kunststoffe, neue Industrien ... die Menschen sind zum Mond geflogen, ganz wörtlich genommen!«

Oscar nickte. »Sie haben wahre Wunder bewirkt«, sagte er. »Das klingt nach kontinuierlicher Arbeit.«

»Klar, damals gab es sichere Jobs«, sagte Greta. »Der Besitzstand war gewahrt. Kennen Sie überhaupt den veralteten Ausdruck ›Besitzstand‹?«

»Nein«, sagte Oscar.

»Es war zu schön, um von Dauer zu sein«, meinte Greta. »Die Unionsregierung kontrollierte das Budget, aber das Wissen ist global. Denken Sie bloß mal ans Internet – anfangs war das ein rein wissenschaftliches Netzwerk, dann aber ist es explodiert. Heutzutage können sich Stämme in der Serengeti unmittelbar über chinesische Satelliten einloggen.«

»Dann war es mit dem Goldenen Zeitalter also vorbei, als der Kalte Krieg endete?« fragte Oscar.

Greta nickte. »Als wir gesiegt hatten, wollte der Kongress die amerikanische Wissenschaft auf nationale Konkurrenz ausrichten, um uns fit für den globalen Wettbewerb zu machen. Das aber war nicht gut für uns. Wir hatten nie eine Chance.«

»Warum nicht?« fragte Oscar.

»Nun, die Grundlagenforschung bringt zwei wirtschaftliche Vorteile mit sich: intellektuelles Wissen und Patente. Um die Investitionen in die Forschung und Entwicklung wieder reinzuholen, braucht man ein Gentleman's Agreement, das den Investoren die Exklusivrechte an ihren Erfindungen zuerkennt. Die Chinesen aber haben sich noch nie viel um das Recht auf geistiges Eigentum geschert. Wir haben sie deswegen solange unter Druck gesetzt, bis schließlich ein richtiger Handelskrieg ausbrach und die Chinesen uns zwangen, Farbe zu bekennen. Sie machten das gesamte englischsprachige geistige Eigentum über ihr Satellitennetzwerk für jedermann frei zugänglich. Sie verschenkten unseren Besitz, und das bedeutete unseren Bankrott. Daher hat die Grundlagenforschung ihren ökonomischen Unterbau dank der Chinesen mittlerweile verloren. Wir zehren jetzt allein von unserem Prestige, und das ist ein zu schmaler Grat, um sein Leben darauf zu gründen.«

»Auf die Chinesen einzuprügeln ist aus der Mode«, sagte Oscar. »Wie wär's mit den Niederländern?«

»Ja, die angepasste Technologie der Niederländer ... Die Niederländer haben jede einzelne Insel, jede Küste, jedes unter dem Meeresspiegel liegende Gebiet auf der Welt aufgesucht und mit dem Deichbau Milliarden verdient. Sie haben eine gegen uns gerichtete Allianz der Inseln und tief liegenden Staaten geschmiedet, sie kommen uns in jeder internationalen Arena in die Quere ... Sie wollen die globale Forschung den ökologischen Erfordernissen anpassen. Sie wollen keine Zeit und kein

Geld für Dinge wie Neutrinos oder Raumschiffe verschwenden. Die Niederländer sind sehr lästig.«

»Der Zweite Kalte Krieg steht nicht auf der Agenda des Wissenschaftsausschusses«, sagte Oscar. »Wenn wir dies zu einer Frage der nationalen Sicherheit machen würden, könnte es aber dazu kommen.«

»Was würde das schon nützen?« Greta hob die Schultern. »Kluge Menschen sind zu großen Opfern bereit, wenn man sie an Problemen arbeiten lässt, die sie wirklich interessieren. Aber wenn man sich ständig nur militärisch verwertbare Ergebnisse abpressen soll, dann ist man nichts weiter als ein dressierter Affe.«

»Das ist gut!« sagte Oscar. »Genau das hatte ich mir erhofft – einen offenen Meinungsaustausch.«

Sie kniff die Augen zusammen. »Soll ich wirklich offen sein, Oscar?«

»Nur zu.«

»Was hat uns das Goldene Zeitalter gebracht? Die Öffentlichkeit kam mit den Wundern nicht zurecht. Zuerst kam das Atomzeitalter, aber das war gefährlich und produzierte giftige Abfälle. Dann das Zeitalter der Raumfahrt, das verlief bald im Sande. Dann kam das Informationszeitalter, doch es stellte sich heraus, dass die wahren Renner der Netzwerke soziale Zerrüttung und Softwarepiraterie sind. Es ist noch nicht lange her, da hat die amerikanische Wissenschaft das Zeitalter der Biotechnik eingeläutet, und als Renner entpuppte sich die Produktion kostenloser Nahrung für Nomaden! Und jetzt dämmert das kognitive Zeitalter herauf.«

»Und was wird es uns bringen – Ihr brandneues kognitives Zeitalter?«

»Das weiß niemand. Wenn wir vorher wüssten, was dabei herauskommt, dann wäre dies keine Grundlagenforschung.«

Oscar blinzelte. »Lassen Sie uns eines klarstellen. Sie widmen Ihr Leben der Hirnforschung, können uns aber nicht sagen, was uns das bringen wird?«

»Das *kann* ich nicht. Das lässt sich nicht beurteilen. Die Gesellschaft ist ein zu komplexes Phänomen, auch die Wissenschaft ist zu komplex. Wir haben in den vergangenen hundert Jahren so unglaublich viel dazugelernt … Das Wissen ist fragmentiert und hochspezialisiert, die Wissenschaftler wissen immer mehr über immer weniger … Man kann keine wohlbegründeten Aussagen über die sozialen Folgen des wissenschaftlichen Fortschritts machen. Wir Wissenschaftler wissen einfach nicht mehr, was wir wissen.«

»Sie sind wirklich offen, das muss man Ihnen lassen. Sie räumen das Feld und überlassen die politischen Entscheidungen den willkürlichen Annahmen der Bürokraten.«

»Willkürliche Annahmen funktionieren auch nicht.«

Oscar rieb sich das Kinn. »Das hört sich schlimm an. Richtig schlimm. Das klingt hoffnungslos.«

»Dann male ich vielleicht zu schwarz. Die Wissenschaft ist sehr lebendig – auch in den vergangenen zehn Jahren haben wir einige Entdeckungen von historischer Bedeutung gemacht.«

»Nennen Sie mir ein paar«, sagte Oscar.

»Zum Beispiel wissen wir jetzt, dass sich achtzig Prozent der Biomasse unter der Erde befinden.«

Oscar zuckte die Achseln. »Okay.«

»Wir wissen, dass es im Weltraum lebende Bakterien gibt«, fuhr Greta fort. »Sie müssen zugeben, dass das eine große Entdeckung war.«

»Sicher.«

»Es gab in diesem Jahrhundert einige große medizinische Fortschritte. Die meisten Krebsarten haben wir besiegt. Wir haben Aids geheilt. Wir können Pseudo-Östrogen-Schäden behandeln. Wir können Kokain- und Heroinabhängigkeit mit einer Spritze heilen.«

»Schade, dass das nicht auch bei Alkoholikern funktioniert.«

»Wir können beschädigte Nerven regenerieren. Manche Laborratten sind mittlerweile bereits intelligenter als Hunde.«

»Ja, und dann ist da noch das kosmische Drehmoment«, sagte Oscar. Beide lachten, als ob es unvorstellbar gewesen wäre, das kosmische Drehmoment auch nur für einen Augenblick zu vergessen.

»Lassen Sie mich die Perspektive wechseln«, sagte Oscar. »Erzählen Sie mir vom Laboratorium. Auf welchem Gebiet liegt die Hauptkompetenz von Buna – welchen einzigartigen und unersetzlichen Nutzen hat diese Anlage für Amerika?«

»Nun, da wäre zunächst einmal unser Genarchiv. Dafür sind wir weltberühmt.«

»Hmmm«, machte Oscar. »Ich muss zugeben, dass es sehr schwierig und kostspielig war, diese vielen seltenen Exemplare zu sammeln. Aber könnte man die Gene mit moderner Technik nicht kopieren und irgendwo anders aufbewahren?«

»Aber das hier ist der naheliegendste Verwahrungsort. Wir haben hier sichere Aufbewahrungskeller. Und eine gigantische Schutzkuppel.«

»Brauchen Sie *wirklich* eine Schutzkuppel? Die Gentechnik ist heutzutage doch sicher und einfach.«

»Ja, schon, aber sollte Amerika jemals eine für biologische Kampfstoffe der Klasse IV geeignete Anlage brauchen, so haben wir sie hier.« Greta stockte. »Außerdem haben wir hier erstklassige landwirtschaftliche Forschungseinrichtungen. Die Oberschicht isst noch immer Getreide. Und sie liebt auch unsere seltenen Tiere.«

»Reiche essen *natürliches* Getreide«, warf Oscar ein.

»Unsere Biotechabteilung hat ganze Industrien ins Leben gerufen«, beharrte Greta. »Schauen Sie sich nur mal an, wie wir Louisiana umgestaltet haben.«

»Ja«, sagte Oscar. »Meinen Sie, ich sollte diesen Umstand bei der Senatsanhörung hervorheben?«

Greta schaute betreten drein.

Oscar nickte. »Ich will ebenso offen zu Ihnen sein,

Greta, wie Sie zu mir. Ich möchte Ihnen schildern, was Sie im Kongress zu gewärtigen haben werden. Das Land ist pleite, und Ihre Verwaltungskosten explodieren. Sie haben hier über zweitausend Angestellte, welche die Staatskasse belasten. Sie selbst erzielen keinerlei Einkünfte – abgesehen davon, dass Sie mit seltenen Kuscheltieren das Wohlwollen flüchtiger Berühmtheiten gewinnen. Hier stehen keine wichtigen militärischen oder nationalen Interessen auf dem Spiel. Biotech ist nicht mehr revolutionär, sondern alltäglich geworden, ein alter Hut. Was also haben Sie in letzter Zeit für uns getan?«

»Wir schützen und wahren das Naturerbe des Planeten«, sagte Greta. »Wir sind Bewahrer.«

»Ich bitte Sie. Sie sind Gentechniker, mit Natur hat das nichts zu tun.«

»Senator Dougal hatte nichts daran auszusetzen, dass staatliche Gelder nach Texas flossen. Die Senatsvertreter von Texas haben uns immer unterstützt.«

»Dougal ist Geschichte«, sagte Oscar. »Wissen Sie, wie viele Zyklotrone Amerika einmal hatte?«

»Zyklotrone?« wiederholte Greta.

»Teilchenbeschleuniger, eine Art primitiver, riesiger Elektronenröhre«, sagte Oscar. »Das waren gewaltige, teure, prestigeträchtige staatliche Forschungsstätten, und sie alle gibt es nicht mehr. Ich würde gern für diese Einrichtung kämpfen, aber Sie müssen mir zwingende Gründe nennen. Wir brauchen harte Fakten, die auch der Laie versteht.«

»Was soll ich Ihnen sagen? Wir sind keine PR-Experten. Wir sind bloß einfache Wissenschaftler.«

»Geben Sie mir *irgendetwas* in die Hand, Greta. Sie können nicht erwarten, Ihren Fortbestand allein auf bürokratische Trägheit zu gründen. Sie müssen die Öffentlichkeit überzeugen.«

Greta dachte angestrengt nach. »Wissen besitzt einen inhärenten Wert, auch dann, wenn man es nicht zu Geld machen kann«, sagte sie. »Selbst dann, wenn man es nicht *anwenden* kann. Wissen ist ein absoluter Wert. Die Suche nach der Wahrheit ist essentiell. Sie ist ein wesentlicher Bestandteil der Zivilisation. Wissen braucht man auch dann noch, wenn Wirtschaft und Regierung längst zum Teufel gegangen sind.«

Oscar ließ sich das durch den Kopf gehen. »›Wissen bringt einen besser durch Zeiten ohne Geld, als Geld einen durch Zeiten ohne Wissen bringt.‹ Wissen Sie, da könnte schon etwas daran sein. Mir gefällt das Zitat. Es ist aktuell.«

»Der Staat *muss* uns unterstützen, sonst wird es Huey tun! Green Huey hat Verständnis für uns, er weiß, was wir hier tun. Wir werden Huey in die Hände fallen.«

»Dieses Argument kann ich nachvollziehen«, sagte Oscar.

»Zumindest verdienen *wir* uns unseren Unterhalt«, sagte Greta. »Man könnte das Ganze vielleicht als Arbeitsbeschaffungsmaßnahme bezeichnen. Vielleicht sollte man uns alle für verrückt erklären und die Laborarbeit als Gruppentherapie deklarieren. Oder man wandelt die Anlage zum Nationalpark um!«

»Jetzt lassen Sie Ihren Einfällen freien Lauf«, sagte Oscar. »Das ist ausgezeichnet.«

»Worum geht es *Ihnen* eigentlich?« fragte Greta plötzlich.

»Die Frage ist berechtigt.« Oscar lächelte einnehmend. »Man könnte sagen, dass Sie mich bei unserer ersten Begegnung für sich gewonnen haben.«

Greta machte große Augen. »Sie erwarten doch wohl nicht, dass ich Ihnen glaube, Sie wollten unsere Haut retten, bloß weil Sie mit mir flirten. Nicht, dass ich was dagegen hätte. Aber wenn ich Sie becircen muss, um eine staatliche Forschungseinrichtung mit Millionenetat zu retten, dann ist es noch schlechter um das Land bestellt, als ich dachte.«

Oscar lächelte. »Ich kann flirten und gleichzeitig arbeiten. Das Gespräch war sehr erhellend für mich, sehr nützlich. Beispielsweise wie Sie sich das Haar hinters linke Ohr gestreift haben, als Sie sagten ›Vielleicht sollte man uns alle für verrückt erklären und die Laborarbeit als Gruppentherapie deklarieren.‹ Das war ein wundervoller Moment – da ist mitten in einer staubtrockenen politischen Diskussion ein kleiner persönlicher Funke aufgeflackert. Das hätte sich gut vor der Kamera gemacht.«

Sie starrte ihn an. »So denken Sie also über mich? So sehen Sie mich also? Sie meinen es wirklich ernst.«

»Aber natürlich. Ich möchte Sie näher kennen lernen. Ich möchte Sie verstehen. Ich lerne hier eine Menge. Die Regierung hat mich hergeschickt, verstehen Sie, und ich bin hier, um Ihnen zu helfen.«

»Und ich möchte *Sie* näher kennen lernen. Sie werden das Labor erst dann wieder verlassen, wenn ich Ihnen ein paar Blutproben abgenommen habe. Außerdem möchte ich eine Positronentomografie und Reaktionstests mit Ihnen machen.«

»Sehen Sie, wir haben wirklich eine Menge gemeinsam.«

»Abgesehen davon, dass ich noch immer nicht begreife, weshalb Sie das tun.«

»Ich kann Ihnen gerne sagen, wo meine Loyalitäten liegen«, sagte Oscar. »Ich bin Patriot.«

Sie machte ein verdutztes Gesicht.

»Ich bin nicht in Amerika geboren. Eigentlich wurde ich überhaupt nicht *geboren*. Aber ich arbeite für unsere Regierung, weil ich an Amerika glaube. Wir spielen eine einzigartige Rolle in der Welt.«

Oscar schlug mit der flachen Hand auf den Labortisch. »Wir *haben die Zukunft erfunden*! Wir haben sie *aufgebaut*! Und wenn die anderen sie ein wenig besser gestaltet oder vermarktet haben als wir, dann haben wir eben etwas noch Erstaunlicheres erfunden. War Phantasie gefragt, so hatten wir sie. War Unternehmungsgeist gefragt, so hatten wir ihn. Waren Wagemut und sogar *Rücksichtslosigkeit* gefragt, so hatten wir sie – wir haben die Atombombe nicht bloß gebaut, wir haben sie auch *eingesetzt*! Wir sind keine frömmelnden, wehleidigen, rot-grünen Europäer, die versuchen, die Welt so sicher zu machen, dass man sie mit Boutiquen zupflastern kann! Wir sind kein Haufen konfuzianischer Sozialwissenschaftler, die am liebsten zusehen würden, wie die Massen für die nächsten zweitausend Jahre Baumwolle ernten! Wir sind eine Nation von kosmischen Mechanikern!«

»Trotzdem sind wir pleite«, sagte Greta.

»Weshalb sollte es mich scheren, wenn Ihr Clowns kein Geld verdient? Ich bin von der Regierung! Wir *drucken* das Geld. Ich will mal etwas klarstellen. Ihr habt die Wahl. Entweder Ihr legt die Hände in den Schoß wie Primadonnen, und alles, was Ihr aufgebaut habt, geht den Bach runter. Oder Ihr hört auf, Euch zu ängstigen und zu ducken. Ihr könnt Euch gemeinsam am Riemen reißen, Ihr könnt wieder stolz auf Euch sein. Ihr könnt Eure Zukunft in die eigenen Hände nehmen und diese Einrichtung zu dem machen, was sie eigentlich sein sollte. Ihr könnt Euch organisieren.«

4

Im Hochsicherheitstrakt war Oscar vor Anschlägen sicher. Die Belästigungen durch irgendwelche Verrückten beeinträchtigten allerdings seine Tätigkeit. Die Gerüchte breiteten sich unter den Angestellten ebenso rasch aus wie ein Feuer an Bord eines Raumschiffs. Die Menschen gingen ihm aus dem Weg; er war ein Problem; er stand unter einem Fluch. Unter diesen Umständen hielt Oscar es für geraten, sich taktvoll zu entfernen. Er legte sich einen Rückzugsplan zurecht.

Oscar brachte den Wahlkampfbus in die Werkstatt des Laboratoriums. Er ließ den Bus als Einsatzwagen für Unfälle mit gefährlichen Materialien lackieren. Der Vorschlag ging auf Fontenot zurück, denn der listenreiche Ex-Agent war ein Meister der Verstellung. Fontenot erklärte, nicht einmal Straßenblockierer würden einen knatschgelben Rettungsbus aufhalten. Die Laborpolizisten waren erleichtert darüber, dass Oscar sich aus ihrem Zuständigkeitsbereich entfernte, daher stellten sie die erforderliche Warnfarbe und die Klebebuchstaben bereitwillig zur Verfügung.

Oscar fuhr vor dem Morgengrauen ohne Vorankündigung und Fanfare mit dem umlackierten Wahlkampfbus durch eine Schleuse. Nur die notwendigsten Mitarbeiter nahm er mit: Jimmy de Paulo, den Fahrer; Donna Nunez, die Stylistin; Lana Ramachandran, die Sekretärin; und als Passagier Moira Matarazzo.

Moira verließ die Mannschaft als Erste. Moira war Pressesprecherin; Moira war ausschließlich visuell und verbal orientiert. Das mit dem Hotelbau von Hand einhergehende transzendente Vergnügen hatte sie nie so recht verstanden. Außerdem fand sie die hermetische

Welt des Laboratoriums, eine Welt, deren merkwürdige Bewohner ihren Interessen keinerlei Bedeutung beimaßen, zutiefst abstoßend. Moira hatte gekündigt und wollte nach Boston zurückkehren.

Oscar unternahm keinen ernsthaften Versuch, Moira zum Bleiben zu bewegen. Er hatte eingehend darüber nachgedacht und wollte das Risiko, sie bei sich zu behalten, nicht eingehen. Moira langweilte sich mittlerweile tödlich. Er wusste, dass er ihr nicht mehr vertrauen konnte. Gelangweilte Menschen waren einfach zu verwundbar.

Oscars Ausflug sollte dazu dienen, seine politischen Ziele zu erreichen und gleichzeitig die bewaffneten Verrückten abzuschütteln. Er beabsichtigte, unerkannt und unangemeldet durch Louisiana und Washington DC zurück nach Boston zu fahren, wo er rechtzeitig zu Weihnachten einzutreffen gedachte – während er übers Netz ständig Kontakt mit seiner Mannschaft in Buna hielt.

Oscar plante, zunächst in Holly Beach, Louisiana, Halt zu machen. Holly Beach war eine an der Golfküste gelegene Ansammlung wackliger Pfahlbauten, eine von Hurrikans heimgesuchte Region, die sich selbst leichtfertig als ›Cajun Riviera‹ bezeichnete. Fontenot hatte bereits für Oscars Visite vorgesorgt, das Städtchen erkundet und unter fremdem Namen ein Strandhaus gemietet. Fontenot zufolge, der sie dort erwartete, war Holly Beach so heruntergekommen, dass es dort nicht einmal Netzzugang gab; stattdessen begnügte man sich mit Handys, Satellitenschüsseln und Gasgeneratoren. Mitte Dezember – mittlerweile schrieb man den 19. – war der Küstenort so gut wie ausgestorben. Es war unwahrscheinlich, dass sie in Holly Beach von Paparazzi gefilmt oder von verrückten Attentätern belästigt werden würden.

Oscar hatte dort ein Stelldichein mit Greta Penninger arrangiert.

Im Anschluss an diese Strandidylle beabsichtigte Oscar, nach Washington weiterzufahren, wo er von seinen Kollegen aus dem Senatsausschuss bereits sehnsüchtig erwartet wurde. Wenn er den Ratten vom Capitol Hill gebührend gehuldigt hätte, wollte er in nördlicher Richtung nach Cambridge weiterfahren und den Wahlkampfbus in der Zentrale der Demokratischen Partei von Massachusetts abliefern. Bambakias wollte den Wahlkampfbus der Partei schenken. Endlich stand es dem Senator, stets ein beherzter Förderer der Partei, frei, seine Investition abzuschreiben.

In Boston angekommen, wollte Oscar seine Verbindung zum Senator erneuern. Außerdem hätte er Gelegenheit, nach Hause zu fahren und seine Angelegenheiten neu zu ordnen. Um das Haus machte er sich große Sorgen. Clare war mittlerweile nach Europa abgereist, und es war zu gefährlich, das Haus leerstehen zu lassen. Oscar wollte Moira anbieten, den Haussitter zu spielen, während sie in Boston nach einem neuen Job Ausschau hielt. Oscar war weder mit der Situation im Haus noch mit Moira glücklich, doch mit beiden musste irgendetwas geschehen. Da lag es nahe, das eine mit dem anderen zu verknüpfen.

Die Zeit verstrich rasch auf der ersten Etappe in den Südwesten Louisianas. Oscar hatte Jimmy gebeten, Musik anzustellen, und während Moira in ihrer Koje in einem Liebesroman schmökerte, vertrieben Oscar, Lana und Donna sich die Zeit damit, Greta Penningers großes Potenzial zu erörtern.

Oscar legte bei diesem Thema keine Zurückhaltung an den Tag. Das wäre auch zwecklos gewesen. Es hatte keinen Sinn, seine Affäre vor der eigenen Mannschaft zu verheimlichen. Auch über Clare hatten sie bestimmt von Anfang an Bescheid gewusst. Von Greta waren sie vielleicht nicht gerade begeistert, aber jedenfalls hatten sie etwas, um sich das Maul darüber zu zerreißen.

Bei dem Gespräch drehte es sich auch um Politik. Greta Penninger galt insgeheim als aussichtsreichste Kandidatin für den Direktorenposten des Laboratoriums. Seltsamerweise schienen die Wissenschaftler nicht wahrhaben zu wollen, dass ihr Direktorenposten wackelte. Die Wissenschaftler waren sich über ihre eigene Lage offenbar nicht ganz im klaren – sie sprachen lieber von ›Konsensentscheidungen‹ oder vielleicht vom ›Nachfolgeprozess‹ – bloß nicht von ›Politik‹. Doch es ging um Politik. Das Laboratorium brodelte von einer Form der Politik, die ihren eigenen Namen nicht auszusprechen wagte.

Das sollte nicht heißen, dass die Wissenschaft selbst Politik gewesen wäre. Wissenschaftliche Erkenntnisse waren von politischer Ideologie grundlegend verschieden. Die Wissenschaft war ein intellektuelles System, das objektive Daten über die Natur des Universums hervorbrachte. Die Wissenschaft enthielt falsifizierbare Hypothesen, reproduzierbare Ergebnisse und rigorose experimentelle Bestätigung. Wissenschaftliche Erkenntnisse waren ebenso wenig ein politisches Konstrukt wie das Element an Stelle 79 des Periodensystems.

Was die Menschen jedoch mit Wissenschaft anfingen, war ebenso politisch wie ihr Umgang mit Gold. Oscar hatte viele faszinierende Stunden auf das Studium der wissenschaftlichen Gemeinde und ihres merkwürdig orthogonalen Machtgefüges verwandt. Die eigentliche wissenschaftliche Arbeit kam ihm bedrückend verschroben und mühsam vor, während ein kompliziertes politisches Arrangement stets einen großen Reiz auf ihn ausübte.

Ein Wissenschaftler, der oft zitiert wurde und zahlreiche Entdeckungen vorzuweisen hatte, verfügte über politische Macht. Er hatte eine Reputation und besaß Einfluss. Folglich fand er in der wissenschaftlichen Gemeinde Gehör. Er bestimmte die Tagesordnung, wählte die Teilnehmer von Dienstbesprechungen aus, ordnete Beförderungen an, zeichnete Dienstreisen ab und beriet sich mit Kollegen. Weil er bereits vor der offiziellen Veröffentlichung Kenntnis von neuen Forschungsergebnissen erhielt, konnte er mühelos die Spitzenposition wahren. Ein solcher Wissenschaftler hatte keine Armee, keine Polizei und keine Schmiergeldkasse; auf leise, aber effiziente, wissenschaftliche Art und Weise aber hatte er die Basisressourcen der Gesellschaft fest in der Hand. Er vermochte den Fluss der Möglichkeiten nach Belieben umzulenken. Er war ein Spieler.

Geld war in der Wissenschaft per se von untergeordneter Bedeutung. Auf Wissenschaftler, die allzu unverhohlen zweckgebundenen Mitteln nachjagten oder um größere Zuschüsse katzbuckelten, fiel ebenso ein Makel wie auf Politiker, die verstohlen die Rassenkarte ausspielten.

Das System funktionierte offenbar. Es war sehr alt und hatte zahlreiche Schlupflöcher. Diese Schlupflöcher konnte man ausnutzen. Und das Laboratorium hatte sich bislang noch nie über einen längeren Zeitraum hinweg der Aufmerksamkeit eines Wahlkampfteams erfreut, dem lauter Spezialisten angehörten.

Der gegenwärtige Direktor, Dr. Arno Felzian, befand sich in einer schwierigen Lage. Felzian war seinerzeit zwar mäßig erfolgreich in der Genforschung tätig gewesen, hatte den Direktorenposten aber seiner Willfährigkeit gegenüber Senator Dougal zu verdanken. Marionettenregimes gediehen solange, wie das Imperium überdauerte, doch waren die fremden Unterdrücker erst einmal verschwunden, wurden ihre ehemaligen Verbündeten alsbald als Kollaborateure beschimpft. Senator Dougal, der langjährige Gönner des Laboratoriums und offizielle Strippenzieher, war mit Pauken und Trompeten untergegangen. Allein auf sich gestellt, wusste Felzian nicht mehr, was er mit sich anfangen sollte. Er war ein sprunghafter, zappeliger Jasager, dem der Souffleur abhanden gekommen war.

Den gegenwärtigen Direktor loszuwerden, war der logische erste Schritt. Ohne soliden Nachfolgeplan hatte das allerdings nur wenig Sinn. In der kleinen Welt des

Laboratoriums würde der Fortgang des Direktors ein Vakuum hinterlassen, das alles aufzusaugen drohte, was nicht niet- und nagelfest war. Wer sollte den Platz des Direktors einnehmen? Die Mitglieder des Verwaltungsrats boten sich als Kandidaten an, doch das waren korrumpierte Opportunisten genau wie der Direktor. Zumindest lag diese Einschätzung bei jedem, der für den Direktorenposten infrage kam, nahe.

Oscar und seine Berater stimmten darin überein, dass es im gegenwärtigen Machtgefüge eine zentrale Bruchstelle gab: Greta Penninger. Sie gehörte dem Verwaltungsrat bereits an, was ihren Anspruch legitimierte und ihr eine Art Machtbasis verlieh. Und sie hatte eine noch unerschlossene Anhängerschaft – die eigentlichen Wissenschaftler des Laboratoriums. Es gab dort Forscher, die seit langem in ihrer Arbeit eingeschränkt waren und sich nach Kräften bemühten, relevante Laborergebnisse zu erzielen, während sie von der realen Welt nach Möglichkeit keine Notiz nahmen. Diese Forscher hatten sich jahrelang bedeckt gehalten, während die offizielle Korruption an ihrer Moral, ihrem Ehrgefühl und ihrem Auskommen zehrte. Falls das Laboratorium überhaupt reformierbar war, musste die Reform von den Wissenschaftlern ausgehen.

Oscar war optimistisch. Er war Demokrat, Anhänger einer Reformpartei, und er glaubte an die Wirksamkeit von Reformen. Als Gruppe waren die Wissenschaftler gewissermaßen noch jungfräulich; sie stellten ein unerschlossenes politisches Potenzial dar. Sie waren ein ausgesprochen seltsamer Haufen, doch sie waren weit zahlreicher, als er je vermutet hätte. Im Laboratorium wimmelte es von ihnen. Als ob die Wissenschaft alle die aufgesaugt hätte, die zu intelligent waren, um einer praktischen Tätigkeit nachzugehen. Ihre selbstlose Hingabe an ihre Arbeit war ihm ein Rätsel.

Oscar hatte sich von seinem anfänglichen Erstaunen bald erholt. Nach einem Monat eingehender Nachforschungen hatte er begriffen, dass dies gar nicht so schwer zu verstehen war. Es stand einfach nicht genug Geld zur Verfügung, um normale Menschen so gut zu bezahlen, dass sie so hart wie Wissenschaftler arbeiteten. Ohne das belebende Element des verschrobenen Idealismus einer gesellschaftlichen Randgruppe wäre das Wissenschaftssystem schon vor Jahrhunderten zusammengebrochen.

Er hatte erwartet, dass sich staatlich bezahlte Wissenschaftler mehr oder weniger wie Staatsbeamte verhalten würden. Stattdessen hatte er eine vergessene Welt entdeckt, eine Hightech-Osterinsel, wo ein Volk sanftmütiger Außenseiter riesige und ein wenig sinnlose intellektuelle Statuen erschuf.

Auch Greta Penninger gehörte diesem kleinen Volk an, dem Hochintelligenzler-Kopf-in-den-Wolken-Proletariat. Unglücklicherweise redete und kleidete sie sich auch entsprechend. Trotzdem war Greta wirklich vielversprechend. Mit einer kompletten Überarbeitung, mit neuer Garderobe, verbessertem Diskussionsstil, einem Thema, einer Tagesordnung, ein paar Argumenten und einer klugen Hintermannschaft würden sich ihre Mängel beheben lassen.

Zu dieser Einschätzung gelangte Oscars Team nach reiflicher Überlegung. Während sie die Lage erörterten, spielten Oscar, Lana und Donna Poker. Poker war genau das richtige Spiel für Oscar. Beim Pokern verlor er nur selten. Seinen Mitspielern kam nie in den Sinn, dass er auf Grund seines relativen Reichtums ungestraft verlieren konnte. Oscar spielte absichtlich gerade so gut, dass es spannend blieb. Dann überreizte er sein Blatt, verlor haushoch und gab vor, über seinen Verlust tief betrübt zu sein. Die glücklichen Gewinner strichen ihren Gewinn ein und schütteten von der Warte des Siegers ihr Mitgefühl über ihn aus. Sie waren so zufrieden mit sich und dermaßen überzeugt von seinem rührenden Mangel an Cleverness und Tücke, dass sie ihm alles verziehen.

»Es gibt da noch ein Problem«, sagte Donna, geschickt die Karten mischend.

»Und das wäre?« fragte Lana, eine Pistazie knuspelnd.

»Der Wahlkampfleiter sollte nicht mit der Kandidatin schlafen.«

»Sie ist keine richtige Kandidatin«, wandte Lana ein.

»Ich schlafe nicht mit ihr«, meinte Oscar.

»Aber er wird«, sagte Donna.

»Teilen Sie aus«, drängte Oscar.

Donna gab die Karten aus. »Vielleicht ist es ja in Ordnung. Bloß ein Versuch. Er kann nicht hier bleiben, und sie kann nicht weg. Eine Romeo-und-Julia-Geschichte, ohne dieses schreckliche Ende.«

Oscar ging nicht darauf ein. »Ihr Einsatz, Lana.« Lana legte einen halben Euro auf den Tisch. Sie pokerten immer um Euro-Bargeld. Es war auch amerikanisches Geld im Umlauf, billiges Plastikgeld, aber die meisten Leute wollten kein amerikanischen Bargeld mehr annehmen. Jetzt, da das amerikanische Geld nicht mehr frei konvertierbar war, konnte man es nicht mehr recht ernst nehmen. Außerdem waren die größeren Scheine verwanzt.

Corky, Fred, Rebecca Pataki und Fontenot erwarteten sie bereits in Holly Beach. Unterstützt vom Team mit seinen Online-Katalogen hatten sie sich rührende Mühe mit dem gemieteten Strandhaus gegeben. Sie hatten sechsundneunzig Stunden Zeit gehabt, das heruntergekommene Haus in Ordnung zu bringen. Von außen war es unverändert: knarrende Treppen, geteerte Holzpfeiler und Veranden mit salzzerfressenem Bretterboden. Eine gelbe Käseschachtel mit Flachdach.

Im Innern der elenden Holzhütte aber gab es nun kleine Teppiche, geschmackvolle Vorhänge, behagliche Ölöfen, richtige Federkissen und geblümte Tapeten. Dazu zahlreiche Annehmlichkeiten, wie man sie unterwegs zu schätzen wusste: Duschhauben, Seife, Handtücher, Rosen, Bademäntel, Pantoffel. Lorena Bambakias hätte sich dadurch nicht täuschen lassen, trotzdem verstanden Oscars Mitarbeiter ihr Handwerk; sie hatten das Haus dem Zustand der Verwahrlosung entrissen.

Oscar stieg ins Bett und schlief fünf Stunden, eine lange Zeit für ihn. Er erwachte erfrischt und energiegeladen. Im Morgengrauen verzehrte er einen Apfel aus dem kleinen Kühlschrank und ging anschließend am Strand spazieren.

Es war windig und kalt, doch die Sonne ging gerade über dem stahlgrauen Golf von Mexiko auf und übergoss die Welt mit winterlicher Klarheit. Der Strand machte nicht viel her. Nachdem der Meeresspiegel in den vergangenen fünfzig Jahren um mehr als einen halben Meter angestiegen war, bot der unregelmäßige braune Küstenstreifen keinen schönen Anblick mehr. Der Ort, wo sich die Siedlung ursprünglich befunden hatte, lag nun im Wasser. Die Häuser hatte man auf einer ehemaligen Kuhweide neu aufgebaut. Zurückgeblieben war ein Netzwerk geborstenen Straßenpflasters, das von der Brandung überspült wurde.

Viele andere Siedlungen am Rande des Kontinents waren nicht so glimpflich davongekommen. Ständig wurden an amerikanischen Stränden Plankenwege, Teile von Kaianlagen und selbst komplette Häuser angespült.

Oscar schlenderte an einer Ansammlung zerknautschten Aluminiums vorbei. Das viele Treibgut erfüllte ihn mit wohliger Melancholie. Er hatte noch keinen Strand betreten, der nicht bedeckt gewesen war mit verrosteten Fahrrädern, vollgesogenen Sofas, pittoreskem, vom Sand blankgescheuertem medizinischem Abfall. Seiner Ansicht nach klagten Eiferer wie die Niederländer viel zu sehr über die Folgen des ansteigenden Meeresspiegels. Wie alle Europäer waren die Niederländer in der Vergangenheit verhaftet, unfähig, sich mit den neuen globalen Realitäten pragmatisch zu arrangieren.

Bedauerlicherweise ließ sich der gleiche Vorwurf auch gegen die Vereinigten Staaten erheben. Oscar sann über seine ambivalenten Gefühle nach, während er sorgfältig den Brandungsschaum von seinen polierten Schuhen streifte. Oscar betrachtete sich als amerikanischen Patrioten. In der Tiefe seines kalten, schweigenden Herzens war er der amerikanischen Politik so zugetan, wie sein Beruf und seine Kollegen es eben zuließen. Oscar respektierte und schätzte die archaische Förmlichkeit des US-Senats. Der Clubcharakter des Senats übte einen starken Reiz auf ihn aus. Die gemächlichen Debatten, die Garderoben, die Verfahrensregeln, der personalisierte, präindustrielle Sinn für Würde … Er glaubte, eine perfekte Welt müsse ganz ähnlich organisiert sein wie der US-Senat. Ein gefestigtes Reich alter Fahnen und dunkler Holztäfelung, wo in einer Festung gemeinsamer Werte verantwortungsvolle, kluge Debatten geführt wurden. Oscar betrachtete den US-Senat als starkes, würdevolles Gebäude, von tüchtigen politischen Architekten erbaut, um zu überdauern. Wären die Umstände günstiger gewesen, hätte er sich mit Freuden des Systems bedient.

Oscar aber war ein Kind seiner Zeit und wusste daher, dass ihm dieser Luxus verwehrt war. Er wusste, dass es seine Pflicht war, sich den gegenwärtigen politischen Realitäten zu stellen und sie zu meistern. Und die Realität sah so aus, dass die elektronischen Netzwerke die alte Ordnung innerlich ausgehöhlt hatten, ohne eine neue Ordnung an ihre Stelle zu setzen. Die erschreckende Geschwindigkeit der digitalen Kommunikation, die damit einhergehende Einebnung der Hierarchien, der Aufstieg der netzbasierten Zivilgesellschaft und der Verfall der industriellen Basis hatten die amerikanische Regierung überfordert.

Mittlerweile gab es sechzehn größere Parteien, unterteilt in widerstreitende Lager, geprägt von internen Grabenkriegen, von Überläufern und Säuberungen. Es gab Städte in Privatbesitz mit Millionen ›Kunden‹, die herzlich wenig auf das Gesetz gaben. Es gab mafiöse Preiskartelle, Geldwaschanlagen und grüne Tauschringe. Es gab Gesundheitsorganisationen in der Hand von verrückten Organhändlerbanden, bei denen jeder Quacksalber, der in der Lage war, sich ein Chirurgieprogramm herunterzuladen, komplizierte medizinische Techniken anwenden durfte. Vollkommen ortsungebundene Netzmilizen zapften alle möglichen Informationen ab. Im amerikanischen Westen gab es abtrünnige Counties, wo sich ganze Städte an Nomandenstämme verkauft hatten und einfach von der Landkarte verschwunden waren.

In Neuengland gab es Stadtzusammenschlüsse, die über mehr Rechenleistung verfügten als früher die ganze US-Regierung. Kongressangestellte bildeten unabhängige Gruppen. Die Exekutive verzettelte sich in endlosen Grabenkriegen mit zahllosen Dienststellen, die alle ausgezeichnet informiert, sehr aktiv im Netz und daher vollkommen unfähig waren, eine realistische Tagesordnung aufzustellen und sich auf ihre Aufgaben zu konzentrieren. Die Nation war verrückt nach Meinungsumfragen, die noch nie so zynisch manipuliert worden waren wie derzeit – die geringsten Anlässe brachten verbissene, auf einem einzigen Thema beruhende Bündnisse hervor und zogen zahllose automatisierte Klagen nach sich. Die konfuse Steuergesetzgebung hatte jede Verbindung zur Realität verloren, wurde vom E-Commerce gewohnheitsmäßig umgangen und von den Bürgern nur zähneknirschend geduldet.

Während der inländische Konsens immer weiter schwand, richteten die Notstandsausschüsse im Gefolge des verlorenen Wirtschaftskriegs mit China ein beispielloses Chaos an. Mit der offiziellen Erklärung des Notstands trat der Kongress seine ureigenen Rechte an einen Überbau angeblich zu schnellerem Handeln befähigter Exekutivausschüsse ab. Dieser verzweifelte Schritt hatte der alten Verfahrensweise lediglich eine neue übergestülpt. Das Land hatte jetzt zwei nationale Regierungen, die ursprüngliche, zögerliche, nur unvollständig verdrängte legale Regierung und die sprunghaften, immer schriller klingenden Verlautbarungen der Notstandscliquen.

Auch Oscar hatte hinsichtlich mancher Verfahrensweisen der Demokraten Bedenken, hielt das Parteiprogramm im Wesentlichen aber für vernünftig. Zunächst einmal galt es, die Notstandsausschüsse in die Schranken zu verweisen und aufzulösen. Sie waren von der Verfassung her nicht legitimiert; sie hatten kein unmittelbares Wählermandat; sie verstießen gegen grundlegende Prinzipien der Gewaltenteilung; sie ließen sich nicht richtig zur Rechenschaft ziehen; und vor allem waren sie durch und durch korrupt. Die Notstandsausschüsse schafften es einfach nicht, das Land erfolgreich zu regieren. Da sie emsig um die verschiedenen Interessengruppen bemüht waren, erfreuten sie sich zeitweise einiger Beliebtheit, doch je länger der Notstand andauerte, desto näher rückten sie einem in Zeitlupe ablaufenden Staatsstreich und der Übernahme der Macht.

Wenn die Ausschüsse entmachtet und die Notstandsverordnung außer Kraft gesetzt wären, wäre es an der Zeit, die Beziehungen zwischen Unionsregierung und Bundesstaaten zu reformieren. Die Dezentralisierung war einfach zu weit gegangen. Was früher einmal zu größerer Flexibilität geführt hatte, bewirkte nun heillose Konfusion. Man musste eine verfassunggebende Versammlung einberufen und Schluss machen mit dem Territorialprinzip bei der Volksvertretung. Man musste einen vierten Regierungszweig ins Leben rufen, der auf nichtgeografischen Netzwerken beruhte.

Nach diesen größeren Reformen wäre die Bühne bereitet, um endlich die wahren Probleme des Landes anpacken zu können. Dies musste ohne Bosheit, ohne Hast und ohne abstoßende Attacken gegen die alte Parteigarde vonstatten gehen. Oscar glaubte, dass dies möglich sei. Die Lage war schlimm … sehr schlimm … auf den Außenstehenden musste sie geradezu hoffnungslos wirken. Gleichwohl verfügte die amerikanische Gesellschaft noch immer über große Kreativitätsreserven – falls es gelang, das Land wieder zu einen und in die richtige Richtung zu führen. Ja, es stimmte, die Nation war auseinandergebrochen, doch auch andere Länder hatten den Zusammenbruch ihrer Währung und den Niedergang ihrer Industrie miterleben müssen. Dieser Zustand war erniedrigend, aber vorübergehender Natur und daher auch zu überstehen. Im Grunde genommen war Amerikas vollständige Niederlage im Wirtschaftskrieg im Vergleich zu Flächenbombardements oder einer Invasion durch ausländische Mächte von eher untergeordneter Bedeutung.

Das amerikanische Volk musste sich damit abfinden, dass Software ökonomisch wertlos geworden war. Das war unfair, ungerecht, aber eine Tatsache. In mancherlei Hinsicht musste Oscar den Chinesen wegen ihres klugen Schachzugs, das gesamte englischsprachige Wissen übers Netz kostenlos zugänglich zu machen, Anerkennung zollen. Die Chinesen hatten nicht einmal die Landesgrenzen überschreiten müssen, um der amerikanischen Wirtschaft den Boden unter den Füßen wegzuziehen.

In gewisser Weise konnte man diese brutale Konfrontation mit der analogen Realität Chinas als einen Segen betrachten. Oscars Ansicht nach war Amerika von der mühevollen Rolle der letzten Supermacht und des Weltpolizisten auf Dauer überfordert gewesen. Als amerikanischer Patriot war Oscar es recht zufrieden, eine Zeit lang die Soldaten anderer Länder in Särgen heimkehren zu sehen. Die Pflichten eines Weltpolizisten standen nicht im Einklang mit dem amerikanischen Nationalcharakter. Ordentliche, penible Völker wie die Schweizer und die Schweden gaben gute Polizisten ab. Amerika stand die Rolle des Weltfilmstars viel besser. Oder die des tequilabenebelten Profi-Bowlingspielers. Oder die des Bühnenkomikers mit dem beißenden Humor. Amerika war alles andere als eine trübsinnige, langweilige Nation von Offizieren mit sozialem Verantwortungsbewusstsein.

Oscar machte auf dem braun geriffelten Sandstrand kehrt und ging den Weg zurück, den er gekommen war. Es tat ihm gut, einmal unerreichbar zu sein; den Laptop und selbst die Telefone aus seinen Ärmeln und Taschen hatte er im Wahlkampfbus zurückgelassen. Für einen Politprofi war es wichtig, hin und wieder zum Tagesgeschäft auf Abstand zu gehen und Ordnung und Perspektive in seine Gedanken und seine Intuition zu bringen. Oscar nahm sich nur selten Zeit für diese lebenswichtigen Momente – sollte er irgendwann einmal hinter Gittern landen, bliebe ihm noch Zeit genug, seine persönliche Philosophie zu entwickeln. Heute aber, in dieser vergessenen Welt des Sandes, des Windes, der Wogen und des kühlen Sonnenscheins, nahm er sich Zeit zum Nachdenken, und er spürte, wie gut es ihm tat.

Ein inwendiger Druck hatte sich bei ihm aufgebaut. In den vergangenen dreißig Tagen hatte er eine Menge in Erfahrung gebracht, hatte Unmengen ausgedruckter Daten geordnet, um die Angelegenheit zu beschleunigen, ohne dass er bereits eine weiterreichende Perspektive entwickelt hätte. Sein mit Daten vollgestopfter Kopf ähnelte einem Durcheinander von Felsblöcken. Er war nervös, angespannt, abgelenkt und wurde zunehmend gereizt.

Vielleicht war dies einfach die Durststrecke zwischen zwei Frauen.

Greta wurde im Laufe des Vormittags erwartet. Negi hatte einen wundervollen Lunch mit verschiedenen Meeresfrüchten für sie vorbereitet. Greta aber verspätete sich. Das Team speiste ausgiebig im Bus, ließ die Korken knallen und hielt die Fassade aufrecht, scherzte sogar über Gretas Nichterscheinen. Als Oscar hinausging, hatte sich seine Stimmung jedoch merklich verdüstert.

Er ging ins Strandhaus hinüber, um dort auf Greta zu warten, doch die Räume, die zuvor einen zwar etwas anrüchigen, aber doch einnehmenden Eindruck gemacht hatten, wirkten auf einmal nur noch schäbig. Warum machte er sich selbst etwas vor und unternahm solche Anstrengungen, ein Liebesnest zu imitieren? Richtige Liebesnester waren für die Liebenden voll wahrer Bedeutung, voller Dinge, die auf authentischen emotionalen Widerhall trafen. Voller Kleinigkeiten und alberner Andenken etwa, hier eine Feder, dort eine Muschel, ein Strumpfhalter, gerahmte Fotos, ein Ring. Ganz etwas anderes als diese gemieteten Vorhänge, dieses gemietete Bett, diese verräterisch neuen keimfreien Zahnbürsten.

Er setzte sich aufs quietschende Messingbett und blickte sich im Zimmer um, und auf einmal stellte sich die Welt für ihn auf den Kopf. Er hatte sich darauf eingestellt, charmant und geistreich zu sein, er hatte sich so darauf gefreut, aber sie kam nicht. Sie hatte ihn durchschaut. Sie war zu smart, um zu kommen. Er war allein in diesem kleinen, hässlichen Haus, schmorte im eigenen Saft.

Eine Stunde verstrich mit quälender Langsamkeit, und er war froh, dass sie nicht gekommen war. Er war froh um seiner selbst willen, denn es war dumm gewesen, sich eine Beziehung mit dieser Frau vorzustellen, aber er war auch froh um ihretwillen. Er war ein Raubtier, ein eiskalter Verführer. Er fühlte sich nicht niedergeschmettert durch ihre Zurückweisung, sah sich aber nun in einem realistischeren Licht. Er war ein Wesen der zitternden Spinnfäden und des funkelnden Chitins. Klug von der grauen Motte, zu Hause zu bleiben.

Er sah seinen Weg jetzt deutlich vor sich. Er würde nach Washington zurückkehren, den Ausschussbericht verfassen und weiter seine Arbeit tun. An seinen ersten Senatsauftrag würde niemand große Erwartungen richten. Für eine vernichtende Analyse der Laboratoriumszustände war das vorliegende Material mehr als ausreichend. Wenn das nicht drin war, dann konnte er immer noch die positiven Aspekte des Laboratoriums herausstellen: die Auswirkungen der Biotech-Spinoffs auf die regionale Wirtschaft beispielsweise. Er könnte den zukünftigen Glamour des nächsten großen Durchbruchs hinausposaunen: die industrielle Hightech-Nutzung der Neurowissenschaft. Was immer sie hören wollten.

Er konnte sich in eine Karriereratte verwandeln, in einen Politiktrottel. Diese bildeten einen großen, sich immer weiter vermehrenden Stamm. Er würde immer mehr kostbare Energie auf immer abgehobenere, langweiligere Themen verwenden. Er würde nie wieder einen politischen Wahlkampf organisieren, und er würde sicherlich keine politische Macht aus eigenem Recht erringen, aber wenn er nicht als politischer Wasserträger ausbrannte, würde er schon sein Auskommen finden. Vielleicht würde er ja am Ende mit einem Kabinettsposten belohnt oder mit einer Gastprofessur auf seine alten Tage …

Er trat ins Freie, denn im Strandhaus hielt er es nicht mehr aus. Die Bustür stand offen, doch der Mannschaft konnte er jetzt nicht vor die Augen treten. Er ging zum einzigen Lebensmittelladen in Holly Beach, einem drollig heruntergekommenen Gebäude mit unbehandelten Bodenbrettern und alten Fischernetzen an den Deckenbalken. An einer Wand stand ein deckenhohes Regal mit allerlei Tinneff. Fischermützen als Souvenirs. Angelschnur und Plastikköder. Getrocknete Alligatorköpfe, gespenstisch anmutender Schnickschnack aus Tilandsien und Koskosschalen. Billige raubkopierte Musikkassetten – es ärgerte ihn zutiefst, dass niederländische Musik jetzt so populär war. Wie schaffte es ein in jeder Hinsicht untergehendes Land mit einer winzigen, alternden Bevölkerung nur, bessere Popmusik hervorzubringen als die Vereinigten Staaten?

Er wählte ein Paar billiger Strandsandalen aus, ein im Grunde unnötiger Spontankauf. Hinter der Theke wartete ein dunkelhaariges halbwüchsiges Mädchen, eine Einheimische. Sie langweilte sich und fühlte sich in dem kalten, menschenleeren Laden einsam, und sie schenkte ihm ein strahlendes Lächeln, ein Hallo-Fremder-Lächeln.

Sie trug einen unförmigen Pullover und ein geblümtes Unterhemd aus billiger genmanipulierter Baumwolle, aber sie war gutmütig und hübsch. Auf einer merkwürdigen Parallelspur wurden von den Enttäuschungen des Tages entstellte sexuelle Phantasien wach. *Ja, junge Frau aus den Bajous, ich bin wirklich ein gutaussehender Fremder. Ich bin intelligent, reich und mächtig. Vertrau mir, ich kann dich von hier fortbringen. Ich kann dir die Augen öffnen für die große, weite Welt, dich in die vergoldeten Korridore des Luxus und der Macht entführen. Ich kann dich kleiden, ich kann dich lehren, dich nach meinem Willen formen, dich vollkommen ummodeln. Du brauchst nichts weiter zu tun, als …* Sie konnte nichts für ihn tun. Sein Interesse schwand.

Er verließ den Laden mit den in einer Papiertüte verpackten Sandalen und schritt die sandigen Straßen von Holly Beach entlang. Das Städtchen war dermaßen schäbig, dass es einen dekadenten Charme besaß, ähnlich wie ein Stück Treibgut. Im Sommer mochte Holly Beach auf seine Art durchaus interessant sein: Familien in Strohhüten, die sich im alten französischen Dialekt der akadischen Einwanderer unterhielten, tätowierte Männer, die sich an Grillgeräten zu schaffen machten, Arbeiter von den Ölplattformen auf Urlaub, die mit einem Schleppnetz irgendetwas Ledriges, Knochenloses fingen. Ein gefleckter Hund folgte ihm, schnüffelte an seinen Fersen. Nachdem er wochenlang mit Wickelbären und Karibus zusammengelebt hatte, war es merkwürdig, einem Hund zu begegnen. Vielleicht sollte auch er sich ein exotisches Tier anschaffen. Das war groß in Mode, außerdem wäre es eine nette Erinnerung an seinen Aufenthalt gewesen. Sein persönliches Genspielzeug. Einen munteren Fleischfresser. Irgendein Tier mit großen dunklen Flecken.

Er gelangte zum ältesten Haus des Städtchens. Es war so alt, dass es nicht hatte verlegt werden müssen, als der Meeresspiegel stieg; es stand schon seit Jahrzehnten am selben Platz. Die Hütte war früher einmal weit entfernt vom Strand gewesen, nun aber lag sie ganz nah am Wasser. Sie wirkte eigentümlich provisorisch, als wäre sie an Wochenenden von jemandes Schwiegersohn zusammengezimmert worden.

Stürme, Sand und die gnadenlose südliche Sonne hatten die verschiedenen Schichten billiger Farbe abgeschliffen, doch die Hütte war noch immer bewohnt. Oder sie war vermietet. Irgendjemand lebte ständig darin. Er entdeckte einen eingebeulten Briefkasten und eine vom Sand abgescheuerte Satelittenschüssel auf dem Metalldach, von der ein durchtrenntes Kabel nach unten führte. Drei hohe, splittrige Holzstufen, halb zugedeckt von feuchtem Sand, führten zu der an verrosteten Angeln befestigten Tür hinauf. Die Schwelle aus sandgestrahltem Holz mochte etwa sechzig Jahre alt sein und sah aus, als hätte sie schon sechshundert hinter sich.

Im winterlichen Nachmittagslicht übte die dunkle Holzmaserung eine faszinierende Wirkung auf ihn aus. Alte braune Nagellöcher. Weißer Möwenkot. Er hatte das deutliche Gefühl, dass hier ein sehr alter Mensch lebte. Alt, blind, schwach, ohne Anhang, die Familie verschwunden, das Ende der Geschichte.

Er legte die Handfläche zärtlich auf das sonnenwarme Holz. Das Wissen strömte auf ihn über, und auf einmal kostete er den Vorgeschmack seines eigenen Todes. Genau so würde es sein: Einsamkeit und heitere Gelassenheit. Kaputte Stufen, zu hoch, um sie jemals zu erklettern. Die Sichel der Sterblichkeit würde ihn treffen und nichts zurücklassen als leere Kleidungsstücke.

Erschüttert kehrte er raschen Schritts zum gemieteten Strandhaus zurück. Greta erwartete ihn. Sie trug eine graue Kapuzenjacke und hatte eine Reisetasche dabei.

Oscar eilte ihr entgegen. »Hallo! Tut mir leid! Haben Sie mich verpasst?«

»Bin gerade erst angekommen. Es gab Straßenblockaden. Ich konnte Sie nicht anrufen.«

»Das macht doch nichts! Kommen Sie rein, drinnen ist es warm.«

Er geleitete sie die Treppe hoch und durch die Tür. Greta blickte sich skeptisch um. »Es ist heiß hier drinnen.«

»Ich bin sehr froh, dass Sie gekommen sind.« Er freute sich wie wahnsinnig, sie zu sehen. Beinahe wären ihm die Tränen gekommen. Er zog sich in die scheußliche Kochnische zurück und schenkte sich aus dem Hahn ein Glas rostrotes Wasser ein. Er trank einen Schluck, fasste sich wieder. »Möchten Sie etwas trinken?«

»Ich wollte bloß ...« Greta seufzte und nahm mit unfehlbarer Sicherheit auf dem hässlichsten Möbelstück des Raumes Platz, einem Klappstuhl mit Segeltuchbezug. »Ach, schon gut.«

»Sie haben nicht zu Mittag gegessen. Kann ich Ihren Mantel haben?«

»Eigentlich wollte ich gar nicht kommen. Aber ich will aufrichtig sein ...«

Oscar setzte sich in der Nähe des Ofens auf den Boden und zog einen Schuh aus. »Wie ich sehe, sind Sie aufgeregt.« Er zog den anderen Schuh aus und schlug die Beine übereinander. »Das macht nichts, ich verstehe das sehr gut. Es war eine weite, schwierige Fahrt, unsere Situation ist schwierig. Ich freue mich einfach, dass Sie gekommen sind, das ist alles. Es macht mich glücklich, Sie zu sehen. Sehr glücklich. Ich bin gerührt.«

Sie schwieg und musterte ihn wachsam.

»Greta, Sie wissen, dass ich Sie gern habe. Nicht wahr? Das ist mein Ernst. Wir beide harmonieren miteinander. Ich weiß nicht genau warum, aber ich will es herausfinden. Ich möchte, dass Sie froh darüber sind, hergekommen zu sein. Wir sind endlich mal allein, das ist ein großes Privileg für uns, nicht wahr? Lassen Sie uns über alles sprechen, die Karten auf den Tisch legen. Lassen Sie uns gute Freunde sein.«

Sie hatte Parfüm angelegt. Sie hatte eine Reisetasche dabei. Sie hatte vorübergehend kalte Füße bekommen, doch ansonsten sah alles gut aus.

»Ich möchte Sie verstehen, Greta. Ich *kann* Sie verstehen, wissen Sie. Ich glaube, ich verstehe Sie schon ein wenig. Sie sind eine sehr kluge Frau, viel klüger als die meisten Menschen, aber Sie sind auch scharfsichtig und sensibel. Sie haben viel erreicht in Ihrem Leben, aber es steht Ihnen niemand zur Seite. Ich weiß, dass es so ist. Und das ist traurig. Wenn Sie mich lassen, werde ich Ihnen zur Seite stehen.« Er senkte die Stimme. »Ich kann Ihnen nicht die üblichen Versprechungen machen, weil wir keine gewöhnlichen Leute sind. Aber wir würden großartige Freunde sein. Vielleicht sogar ein Liebespaar. Warum nicht? Die Chancen stehen gegen uns, aber deswegen ist es noch lange nicht aussichtslos.«

Es war sehr still. Er hätte an Musik denken sollen.

»Ich glaube, Sie brauchen jemanden. Sie brauchen jemanden, der Verständnis für Ihre Interessen hat, einen Fürsprecher. Die Menschen schätzen Sie nicht um Ihrer Taten willen. Die Menschen benutzen Sie für ihre eigenen kleinmütigen Zwecke. Sie sind sehr tapfer und hingebungsvoll, aber Sie müssen sich aus Ihrem Panzer befreien. Sie können sich nicht andauernd zurücknehmen und höflich sein. Sie können sich nicht ständig diesen Dummköpfen anpassen, die sind nicht würdig, den Saum ihrer Schuhe zu küssen. Den Saum Ihres Gewandes. Ihres Laborkittels, meine ich.« Er atmete stockend ein. »Sagen Sie mir einfach, was Sie brauchen.«

»Ich habe mich in Ihnen getäuscht«, sagte sie. »Ich dachte, Sie würden über mich herfallen.«

»Nein, natürlich werde ich nicht über Sie herfallen.« Er lächelte.

»Hören Sie auf zu lächeln. Sie halten mich für naiv, nicht wahr? Ich bin nicht naiv. Hören Sie mir zu. Ich habe einen Körper, ich habe Hormone. Ich bin ein sexueller Mensch. Hören Sie, ich habe mich dort unter diesen Kameras zu Tode gelangweilt, ich war unruhig, ich wurde allmählich wahnsinnig, und dann tauchen *Sie* auf. Sie tauchen auf und wollen etwas von mir.«

Sie erhob sich. »Wenn Sie es unbedingt wissen wollen, werde ich Ihnen sagen, was ich so dringend brauche. Ich brauche einen Mann, der kaltblütig und frei verfügbar ist, der nicht viel Aufhebens macht. Er muss mich seinerseits auf diese vollkommen direkte, offensichtliche Weise begehren. Sie aber sind nicht die Art Mann, die ich brauche. Überhaupt nicht.«

Die Stille dröhnte.

»Ich hätte Ihnen dies alles schon eher sagen sollen, bevor ich hergefahren bin und diese ganze Mühe auf mich genommen habe. Beinahe wäre ich auch nicht gekommen, aber ...« Sie nahm erschöpft wieder Platz. »Also, es war ehrlicher, Ihnen dies alles ins Gesicht zu sagen, auf einen Rutsch.«

Oscar räusperte sich. »Kennen Sie Go? Go-bang? *Weichi,* wie die Chinesen sagen.«

»Ich habe davon gehört.«

Oscar stand auf und holte seine Reisetasche. »Senator Bambakias hat es mir beigebracht. Für sein Team ist es von essentieller Bedeutung, es entspricht unserer Denkweise. Wenn Sie sich also mit Politikern einlassen und etwas erreichen wollen, dann sollten Sie dieses Spiel auf der Stelle erlernen.«

»Sie sind wirklich ein seltsamer Mann.«

Er klappte ein mit rechtwinklig angeordneten Linien bedecktes Spielbrett auf und stellte zwei Schalen mit schwarzen und weißen Steinen daneben. »Setzen Sie sich zu mir auf den Teppich, Greta. Wir machen es wie die Asiaten.«

Sie ließ sich im Schneidersitz in der Nähe des Ölofens nieder. »Ich spiele nicht um Geld.«

»Dabei geht es nicht um Geld. Geben Sie mir Ihre Jacke. Gut. Das ist auch kein Schach. Das ist keine mechanisierte Schlacht nach westlicher Manier, in die man sich kopfüber stürzt. So etwas gibt es nicht mehr. Hier geht es um Netzwerke und Territorien. Man spielt auf dem Liniengitter – man setzt die Steine auf die Schnittpunkte. Wenn die Steine des Gegners vollständig umzingelt sind, kann man sie schlagen, aber das ist eher nebensächlich. Es geht nicht darum, Steine zu schlagen. Es geht um die Leere. Man kämpft um die leeren Stellen im Gitterwerk.«

»Um das Potenzial.«

»Genau.«

»Der Spieler mit dem größten Potenzial gewinnt.«

»Sie haben das doch schon einmal gespielt.«

»Nein, hab ich nicht. Aber das liegt ja auf der Hand.«

»Sie spielen Schwarz«, sagte er. Mit scharfem Klicken setzte er mehrere schwarze Steine aufs Brett. »Bevor wir anfangen, zeige ich Ihnen, wie's geht. Sie setzen jeweils einen Stein. Die Steine beziehen Kraft aus ihrer Verknüpfung, aus dem Netzwerk, dem sie angehören. Und die einzelnen Gruppen müssen Augen haben, leere Augen. Das ist das Entscheidende.« Er umzingelte die schwarze Gruppe mit weißen Steinen. »Ein Auge allein reicht nicht aus, denn das könnte ich mit einem Zug blenden und damit die ganze Gruppe schlagen. Ich könnte die Gruppe vollständig umzingeln, einen Stein in die Mitte setzen, das Auge blenden und die komplette Gruppe schlagen, und zwar so. Mit zwei Augen aber – sehen Sie? – wird die Gruppe unschlagbar. Dann lebt sie.«

»Auch dann, wenn man sie vollständig umzingelt.«

»Genau.«

Sie zog die Schultern hoch und starrte aufs Brett. »Ich glaube, ich verstehe, weshalb Ihr Freund dieses Spiel mag.«

»Ja, es hat viel mit Architektur zu tun … Na schön, machen wir ein Übungsspiel.« Er entfernte die Steine vom Brett. »Sie sind Anfängerin, daher bekommen Sie neun Steine Vorgabe.«

»Das ist eine ganze Menge.«

»Das macht nichts, denn ich werde Sie trotzdem schlagen.« Mit den Fingerspitzen setzte er den ersten weißen Stein.

Sie spielte eine Weile. »*Atari*«, sagte er.

»Sie brauchen das nicht ständig zu wiederholen, ich sehe auch so, dass meine Gruppe bedroht ist.«

»Das ist eben so üblich.«

Sie spielten weiter. Oscar geriet ins Schwitzen. Er stand auf und drehte die Heizung herunter.

Er setzte sich wieder. Die Spannung zwischen ihnen hatte sich verflüchtigt. Sie waren ganz aufs Spiel konzentriert. »Sie werden mich schlagen«, verkündete Greta. »Sie kennen all diese fiesen Tricks in den Ecken.«

»Allerdings.«

Sie schaute hoch und sah ihm in die Augen. »Aber ich kann die Tricks lernen, und dann brechen schwere Zeiten für Sie an.«

»Ich weiß schwere Zeiten zu schätzen. Ich liebe Herausforderungen.«

Er gewann mit dreißig Punkten Vorsprung. »Sie lernen schnell. Lassen Sie uns eine ernsthafte Partie spielen.«

»Räumen Sie das Brett noch nicht leer«, sagte Greta. Sie betrachtete ihre Niederlage voller Genugtuung. »Die Muster sind so elegant.«

»Ja. Und sie sind jedesmal anders. Jedes Spiel hat seinen eigenen Charakter.«

»Die Steine erinnern mich an Nervenzellen.«

Er lächelte sie an.

Sie begannen eine neue Partie. Oscar spielte mit großem Ernst. Poker spielte er aus sozialen Gründen, doch eine Go-Partie nahm er niemals auf die leichte Schulter. Er spielte gut. Er war ein begabter Spieler, klug, geduldig und voller Finten, aber Gretas Spielweise war außergewöhnlich. Sie machte zwar Anfängerfehler, wiederholte sie aber niemals und zeigte außergewöhnliches Spielverständnis.

Diesmal gewann er mit neunzehn Punkten Vorsprung, jedoch bloß aufgrund seiner Skrupellosigkeit.

»Das ist wirklich ein schönes Spiel«, sagte sie. »So modern.«

»Es ist dreitausend Jahre alt.«

»Tatsächlich?« Greta stand auf und streckte sich, wobei ihre Kniegelenke laut knackten. »Ich könnte jetzt einen Drink vertragen.«

»Nur zu.«

Sie holte eine eckige Flasche mit blauem niederländischem Gin aus der Reisetasche.

Oscar ging in die Kochnische und entfernte die sterile Verpackung von zwei nagelneuen Bistrogläsern. »Möchten Sie den Schnaps mit Orangensaft verdünnen?«

»Nein, danke.«

Er schenkte sich Orangensaft ein und brachte ihr das leere Glas. Erstaunt beobachtete er, wie sie sich mit laborgeübter Sorgfalt drei Fingerbreit reinen Gin einschenkte.

»Etwas Eis? Ist alles da.«

»Danke, ist schon in Ordnung. »

»Hören Sie, Greta, Sie dürfen keinen reinen Gin trinken. Das führt geradewegs in den gesundheitlichen Ruin.«

»Von Wodka bekomme ich Kopfschmerzen. Tequila schmeckt mir nicht.« Sie setzte die gespitzte Oberlippe an den Rand des Glases und nahm einen tiefen Schluck. Dann schüttelte sie sich. »Uff! Sie trinken überhaupt nicht?«

»Nein. Und Sie sollten auch ein bisschen kürzer treten. Unverdünnter Gin tötet haufenweise Gehirnzellen ab.«

»Gehirnzellen töte ich um mein Leben gern, Oscar. Spielen wir.«

Sie begannen die dritte Partie. Der Schnaps hatte irgendetwas in ihrem Kopf gelockert, und sie spielte wie der Teufel. Er kämpfte, als gelte es sein Leben. Er konnte sich nur mit Mühe behaupten.

»Neun Steine Vorgabe sind zu viel«, sagte er. »Wir sollten uns auf sechs beschränken.«

»Sie gewinnen schon wieder, nicht wahr?«

»Vielleicht mit etwa zwanzig Steinen Vorsprung.«

»Fünfzehn. Aber wir brauchen die Partie nicht jetzt zu Ende zu spielen.«

»Nein.« Er hielt einen weißen Stein zwischen den Fingerspitzen. »Wir brauchen nicht zu Ende zu spielen.«

Er langte übers Brett. Er berührte sie ganz sanft unter dem Kinn. Sie sah ihn überrascht an, und er streichelte zärtlich an ihrem Kiefer entlang. Dann beugte er sich langsam vor, bis sich ihre Lippen berührten.

Ein gehauchter Kuss. Leicht wie Eiderdaunen. Er legte ihr die Hand in den Nacken und beugte sich weiter vor. Der scharfe Geschmack des Gins versengte seine Zunge.

»Gehen wir ins Bett«, sagte er.

»Das ist nicht sehr einfallsreich«, erwiderte sie.

»Ich weiß, aber lass es uns trotzdem tun.«

Sie erhoben sich vom Boden. Sie gingen zum Messingbett hinüber und legten sich hinein.

Es war der schlechteste Fick seines Lebens. Zögernder, ängstlicher, analytischer Sex. Sex ohne die Glut animalischer Hingabe. Die mit dem Akt einhergehende schlichte, befreiende Lust wurde im Vorhinein entwertet, während die postkoitale Zerknirschung und das Bedauern wie zwei geifernde Voyeure neben dem Bett dräuten. Das Ganze versandete eher, als dass sie fertig wurden.

»Das Bett ist sehr wackelig«, meinte sie höflich. »Es quietscht fürchterlich.«

»Ich hätte ein neues kaufen sollen.«

»Man kann doch nicht für eine Nacht ein neues Bett kaufen.«

»Ich kann nichts daran ändern; morgen fahre ich nach Washington weiter.«

Sie setzte sich in den zerschlissenen Laken auf. Ihre porzellanweißen Schultern waren von einem Netzwerk bläulicher Äderchen durchzogen. »Was wirst du denen in Washington sagen?«

»Was soll ich denn sagen?«

»Die Wahrheit.«

»Du sagst immer, es ginge dir um die Wahrheit, Greta. Weißt du auch, was es bedeutet, sie zu erlangen?«

»Selbstverständlich strebe ich nach Wahrheit. Mir geht es immer um die Wahrheit. Um jeden Preis.«

»Na schön, dann will ich dir ein paar Wahrheiten sagen.« Er verschränkte die Hände hinter dem Kopf, holte tief Luft und blickte an die Decke. »Das Laboratorium wurde von einem durch und durch korrupten Politiker erbaut. Als das Raumfahrtprogramm eingestellt wurde, verlor Texas viele Arbeitsplätze. Das digitale Zeitalter hatte man weitgehend verschlafen. Deshalb gab man sich große Mühe, in der Biotechnik Fuß zu fassen. Der Osten von Texas war freilich denkbar schlecht geeignet für den Bau eines Genlabors. Man hätte es in Stanford oder Raleigh bauen sollen oder an der Route 128. Dougal überzeugte nun die Verantwortlichen, das Labor im Niemandsland zu bauen, tief im Pinienwald. Dabei scheute er auch vor Panikmache nicht zurück. Er beschwatzte den Kongress, eine riesige, luftdicht abgeschlossene Sicherheitskuppel mit allen möglichen Sicherheitsvorkehrungen zu bauen, damit er die Taschen einer Clique von Zulieferern für den militärischen Bereich füllen konnte, die vom Geldsegen abgeschnitten und dringend auf Regierungsaufträge angewiesen waren. Und die Leute liebten ihn dafür. Sie wählten ihn wieder und wieder, obwohl er überhaupt keine Ahnung von Biotechnik hatte. Die Einwohner von Osttexas waren einfach zu rückständig, um eine Genindustrie aufzubauen, und daran vermochten auch massive Geldzuwendungen seitens der Regierung nichts zu ändern. Daher wanderten alle Spin-offs über die Staatsgrenze und landeten in den Taschen von Dougals Intimfreund und Gefolgsmann, einem skrupellosen Demagogen aus dem Cajun-Land. Green Huey ist ein Populist der übelsten Sorte. Er glaubt wirklich, die Gentechnik gehöre von Rechts wegen in die Hände von kaum des Lesens kundigen Sumpfbewohnern.«

Er sah Greta an. Sie hörte ihm zu.

»Daher hat Huey vorsätzlich – und ich muss zugeben,

dass er dabei eine gewisse Genialität an den Tag gelegt hat – die besten Entdeckungen des Labors in Plug-and-Play-Rezepte umgemünzt, die selbst ein zwölfjähriges Kind anwenden könnte. Er hat in Louisiana mehrere stillgelegte Ölraffinerien übernommen und brodelnde gentechnische Hexenkessel daraus gemacht. In Louisiana darf jeder ungestraft mit der DNS herumpfuschen. Und weißt du was? Die Louisianer sind außergewöhnlich gut darin. Sie haben sich auf die Gentechnik gestürzt wie die Bisamratten ins Wasser. Auf dem Gebiet sind sie richtige Naturtalente. Sie lieben sie! Sie lieben Huey für das, was er ihnen gegeben hat. Huey hat ihnen eine neue Zukunft eröffnet, und sie haben ihn zum König gemacht. Die Macht hat ihn um den Verstand gebracht, er regiert den Staat vor allem auf Grund von Verordnungen. Niemand wagt es, ihn zur Rechenschaft zu ziehen.«

Greta war blass geworden.

»Die Texaner haben Dougal nie abgewählt. So etwas würden die Texaner niemals tun. Es ist ihnen egal, wie sehr er sie bestohlen hat, er ist ihr Schutzherr, ihre Trutzburg, ihr Gottvater, er hat alles für Texas getan, und das reicht ihnen. Er hat gesoffen, bis die Leber schlapp machte, und konnte am Ende keine Entscheidungen mehr treffen. Dougal ist also endlich weg von der Bühne. Aber weißt du auch, was das für euch bedeutet?«

»Was denn?« fragte sie.

»Es bedeutet, dass die Party vorbei ist. Der Unterhalt dieser riesigen Gurkenkonstruktion verschlingt ein Vermögen, viel mehr, als dem wahren Nutzen der Anlage entspricht, und das Land ist pleite. Wer heutzutage genetische Forschung betreibt, tut dies zu niedrigen Kosten und in ganz normalen Gebäuden. Und zwar in einem anderen Wahlkreis.«

»Aber die Tiere«, sagte sie. »Die gentechnischen Anlagen.«

»Das ist das Tragische dabei. Man kann eine bedrohte Tierart nicht durch Klonen retten. Ich gebe zu, es ist besser, als dass sie vollständig ausgelöscht wird und für immer verloren geht. Aber das sind Kuriositäten, Sammlerstücke für die Superreichen. Eine lebende Spezies, das ist nicht bloß der DNS-Code, sondern die ganze Bandbreite einer großen, frei lebenden Population plus die erworbenen Verhaltsweisen, die Beutetiere und die natürlichen Feinde, und dies alles in einer natürlichen Umgebung. Auf Grund des Klimawandels aber *gibt* es keine natürliche Umgebung mehr.«

Als er sich aufsetzte, quietschten die Bettfedern. »Das Klima ist im Fluss. Man kann nicht ganze Biotope unter luftdichten Kuppeln einschließen. Heutzutage gedeihen vor allem zwei Pflanzenarten: genmanipuliertes Getreide und schnell wachsendes Unkraut. Daher gibt es so viel Bambus und Kudzu auf der Welt, und das hat nichts mit dem vom Aussterben bedrohten Frauenschuh zu tun und seiner kostbaren Ökonische auf irgendeinem gottverlassenen Berg. Politisch gestehen wir uns dies nur ungern ein, denn es bedeutet, das ganze Ausmaß unserer Verbrechen gegen die Natur anzuerkennen, aber dies ist die ökologische Realität. Das ist die Wahrheit, die du von mir hören wolltest. Das ist die Realität. Unmengen von Geld für die Bewahrung einiger Humpty-Dumpty-Eier auszugeben, das ist nichts weiter als eine gut gemeinte Geste.«

»Und das wirst du den Senatoren sagen.«

»Das habe ich nicht damit gemeint.« Oscar seufzte. »Ich wollte bloß aufrichtig zu dir sein.«

»Was willst du den Senatoren stattdessen sagen?«

»Was ich will? Ich will dich. Ich möchte, dass du auf meiner Seite stehst. Ich will deine Situation verbessern, und ich möchte, dass du mir hilfst und mich berätst.«

»Nein, danke, ich habe mein eigenes Team.«

»Nein, du hast gar nichts. Du hast eine äußerst kostspielige Forschungseinrichtung, die eine Leihgabe ist. Und du hast in Washington mit Leuten zu tun, die imstande sind, einen Luftwaffenstützpunkt abzuschreiben und darüber auch noch zu lachen. Nein, wenn ich mir dein Spiel aus deiner Perspektive anschaue, dann sehe ich zwei realistische Optionen. Zum einen kannst du vor dem Großreinemachen aussteigen. Such dir einen anderen Posten, vielleicht an einer Universität, und sei es in Europa. Wenn du es geschickt anstellst, könntest du deine Lieblingsdoktoranden und Lieblingsreagenzglasspüler bestimmt mitnehmen.«

Greta schaute finster drein. »Und Option Nummer zwei?«

»Verschaff dir Macht. Ein Präventivschlag. Übernimm das Laboratorium und rotte diese korrupten Hurensöhne mit Stumpf und Stiel aus. Mach reinen Tisch, setz dich an die Spitze der Entwicklung und lass frischen Wind herein.« Oscar stützte sich auf einen Ellbogen auf. »Wenn du im richtigen Moment durch die richtigen Quellen etwas durchsickern lässt und alles richtig machst und den richtigen Dreh hinbekommst, dann kannst du die ganzen Trittbrettfahrer loswerden und die meisten Leute retten, die ordentliche Arbeit leisten. Das Spiel ist sehr riskant und wahrscheinlich nur schwer zu gewinnen, und du würdest dir eine Unmenge Feinde fürs Leben machen. Das Ganze hätte aber auch sein Gutes: Wenn du selbst im Labor alles auf den Kopf stellst, dann wird der Kongress so darüber staunen, dass er sich nicht dazu durchringen wird, die Einrichtung dicht zu machen. Wenn du eine gute Presse bekommst und wenn denen dein Stil gefällt, dann werden sie dich vielleicht sogar unterstützen.«

Greta ließ sich erschöpft aufs Kissen niedersinken. »Hör mal, ich möchte einfach meine Laborarbeit tun.«

»Das ist keine Option.«

»Die Arbeit ist sehr wichtig.«

»Das weiß ich, aber das ist einfach keine Option.«

»Im Grunde glaubst du an gar nichts, hab ich Recht?«

»Das stimmt nicht«, widersprach er leidenschaftlich. »Ich glaube, dass kluge Menschen, die zusammenarbeiten, die Welt verändern können. Ich weiß, du bist sehr klug, und wenn wir zusammenarbeiten, kann ich dir vielleicht helfen. Wenn du nicht mitmachst, dann bist du ganz auf dich allein gestellt.«

»Ich bin nicht hilflos. Ich habe Freunde und Kollegen, die mir vertrauen.«

»Das ist gut. Dann seid ihr eben gemeinsam hilflos.«

»Nein, es ist nicht gut. Weil du nämlich mit mir schläfst. Und weil du sagst, dass du alles zerstören willst, wofür ich arbeite.«

»Aber das ist die Wahrheit! Wäre es besser, wenn ich mit dir schliefe und dir nicht sagte, was vor sich geht? Daran habe ich durchaus gedacht. Ich habe es bloß nicht über mich gebracht.«

»Ich bin dafür nicht die Richtige. Ich hasse die Verwaltungsarbeit. Ich kann mir keine Macht verschaffen. Darin bin ich nicht gut.«

»Greta, sieh mich an. Ich könnte es dir *beibringen*. Verstehst du? Ich organisiere Wahlkämpfe, ich bin ein Experte. Das ist mein Job.«

»Wie schrecklich das klingt.«

»Wir können es schaffen. Jedenfalls dann, wenn du zulässt, dass wir dich beraten und dir helfen. Mein Team und ich, wir haben einen Architekten, der bei den Meinungsumfragen auf gerade mal fünf Prozent kam, zum Senator von Massachusetts gemacht. Euer trauriges kleines Goldfischglas hat Leute wie uns noch nicht erlebt.«

»Tja …« Sie seufzte. »Da muss ich drüber nachdenken.«

»Gut. Tu das. Ich werde eine Weile fort sein. In Washington, Boston … Lass es dir ernsthaft durch den Kopf gehen.« Ihm knurrte der Magen. »Nach dem vielen Gerede bin ich überhaupt nicht müde. Du etwa?«

»Gott, nein.«

»Ich habe einen Mordshunger. Gehen wir essen. Du bist doch mit dem Wagen da, nicht wahr?«

»Mit einer Schrottkarre. Mit Verbrennungsmotor.«

»Fahren wir in die Stadt. Ich lade dich ein. Wir gehen aus und machen ein wenig die Stadt unsicher.«

»Bist du verrückt? Das kannst du nicht machen. Die Verrückten sind hinter dir her.«

Er winkte ab. »Ach, was soll's. So kann man doch nicht leben. Wozu wäre das gut? Außerdem besteht hier kaum ein Risiko. Es bräuchte schon eine größere Geheimdienstaktion, um uns in diesem Nest aufzuspüren. In einem beliebigen Restaurant bin ich hier viel sicherer als in Washington oder Boston. Das ist unsere einzige gemeinsame Nacht. Lass uns tapfer sein. Wagen wir es, glücklich zu sein.«

Sie zogen sich an, traten ins Freie und stiegen in den Wagen. Greta startete ihn mit einem Metallschlüssel. Der Motor grollte unangenehm. Dann klingelte Gretas Handy.

»Geh nicht ran«, sagte Oscar.

Sie hörte nicht auf ihn. »Ja?« Sie lauschte, dann reichte sie das Handy Oscar. »Für dich.«

Fontenot war dran. »Was, zum Teufel, machen Sie da?«

»Sie sind noch wach? Wir fahren essen.«

»Natürlich bin ich wach! Ich war in dem Moment wach, als Sie das Haus verlassen haben. Sie können nicht aus Holly Beach raus, Oscar.«

»Hören Sie, es ist mitten in der Nacht, niemand weiß, wo wir sind, wir sitzen in einem Mietwagen und suchen uns wahllos eine Stadt aus.«

»Sie wollen essen? Wir bringen Ihnen was. Und wenn Sie von irgendeinem Dorfsheriff angehalten werden? Dann wird Ihr Name ins Polizeinetz eingespeist. Glauben Sie, es wäre lustig, wenn sich ein Yankee mit Green Huey anlegt? Wachen Sie auf, Mann.«

»Sollte das geschehen, beschwere ich mich bei der amerikanischen Botschaft.«

»Sehr komisch. Nehmen Sie Vernunft an, okay? Ich

habe das mit Holly Beach arrangiert, und leicht war es nicht. Wenn Sie jetzt ausscheren, kann ich die Verantwortung nicht übernehmen.«

»Fahr los«, wandte Oscar sich an Greta. »Jules, ich schätze Ihre Professionalität. Das tue ich wirklich, aber es muss sein, und für Diskussionen bleibt keine Zeit.«

»Na schön«, knurrte Fontenot. »Fahren Sie auf dem Highway nach Osten, ich hänge mich an Sie dran.«

Oscar unterbrach die Verbindung und reichte Greta das Handy zurück. »Hattest du schon mal einen Bodyguard?«

Sie nickte. »Einmal. Nachdem bekannt geworden war, dass ich den Nobelpreis bekommen sollte. Zusammen mit Danny Yearwood. Als die Neuigkeit heraus war, bekam Danny ständig Drohungen von den Tierrechtlern ... *Mich* hat damals niemand bedroht, das war typisch. Alle stürzten sich auf Danny. Wir teilten uns den Nobelpreis, aber ich machte die ganze Laborarbeit ... Während der Pressekonferenz wurden wir bewacht, aber die Typen warteten einfach ab. Später fielen sie vor dem Hotel über Danny her und brachen ihm beide Arme.«

»Ach.«

»Ich dachte immer, die Gegner der Experimente mit Fötalgewebe wären die wahren Verrückten. Die Tierrechtler brachen meistens bloß in Labors ein und befreiten die Tiere.«

Sie blickte wachsam in den Scheinwerferkegel hinaus, das Lenkrad mit beiden Händen umklammernd. »Danny war sehr großzügig, was die Urheberschaft anging. Er setzte meinen Namen bei der Veröffentlichung an die erste Stelle – es war meine Arbeitshypothese, ich erledigte die Laborarbeit, also war das nur gerecht, aber er war wirklich ein Engel. Er hat unermüdlich für mich gekämpft, er ließ nicht zu, dass man mich überging. Er hat sich nach Kräften darum bemüht, dass meine Arbeit anerkannt wird, und dann fielen sie über ihn her und schlugen ihn zusammen, und mich haben sie überhaupt nicht beachtet. Seine Frau hasste mich bis aufs Blut dafür.«

»Was macht Dr. Yearwood jetzt? Wie kann ich ihn erreichen?«

»Ach, der ist ausgestiegen. Er hat der Wissenschaft den Rücken gekehrt und ist jetzt im Bankgeschäft.«

»Du machst Witze. Er ist im Bankgeschäft? Er hat den Nobelpreis für Medizin bekommen.«

»Ach, seit dem schwedischen Bestechungsskandal zählt der Nobelpreis nicht mehr so viel ... Einige Leute meinen, Danny und ich, eine Frau in den Zwanzigern, hätten den Preis vor allem deshalb bekommen, weil die ihre weiße Weste demonstrieren wollten. Mir ist es egal, ich arbeite einfach gern im Labor. Es gefällt mir, die Hypothese einzukreisen. Ich mag die ganze Vorgehensweise, das Formale daran. Ich mag die Strenge und die Integrität. Ich hab's gern Schwarz auf Weiß, klipp und klar formuliert. Das ist Wissen. Wissen für die Ewigkeit.«

»Du liebst deine Arbeit wirklich, Greta. Meine Hochachtung.«

»Es ist sehr schwer. Wenn man berühmt wird, kann man einfach nicht mehr in Ruhe arbeiten. Man steigt in der Hierarchie auf, man wird aus dem Labor hinausbefördert, es gibt zahllose dumme Ablenkungen. Auf einmal geht es gar nicht mehr um Forschung. Es geht nur noch darum, dass die Kinder der Postdocs zu essen haben. Das ganze moderne System der Wissenschaft ist bloß noch ein Schatten dessen, was es im goldenen Zeitalter einmal war – während des Ersten Kalten Krieges. Aber ...« Sie seufzte. »Ich weiß nicht. Persönlich kam ich eigentlich ganz gut zurecht. Anderen ist es viel schlimmer ergangen.«

»Zum Beispiel?«

»Da gab es mal diese Frau, Rita Levi-Montalcini. Weißt du über sie Bescheid?«

»Hilf mir auf die Sprünge.«

»Sie hat ebenfalls den Nobelpreis bekommen. Sie war

Jüdin, lebte in den dreißiger Jahren des zwanzigsten Jahrhunderts in Italien. Eine Neuro-Embryologin. Die Faschisten waren hinter ihr her, und sie versteckte sich in einer Dorfhütte. Sie bastelte Sektionswerkzeug aus Draht und experimentierte mit Hühnereiern ... Sie hatte kein Geld, sie durfte sich nicht in der Öffentlichkeit blicken lassen, und die Regierung hatte es praktisch auf ihr Leben abgesehen, aber sie brachte trotzdem Ergebnisse zustande, bedeutsame Ergebnisse ... Sie überlebte den Krieg und kam mit dem Leben davon. Sie flog nach Amerika, wo man ihr einen wichtigen Laborposten gab, und dort beendete sie ihr Leben mit neunzig Jahren als berühmte Hirnforscherin von Weltformat. Genau darum geht es.«

»Soll ich eine Weile fahren?«

»Tut mir leid, dass ich weinen muss.«

»Schon gut. Fahr rechts ran.«

Sie stiegen in der Dunkelheit aus und wechselten die Plätze. Oscar fuhr los, und die Reifen knirschten über das mit Muschelschalen bestreute Bankett. Es war lange her, dass er selbst am Steuer gesessen hatte. Er fuhr sehr vorsichtig, denn er wollte keinen Unfall bauen. Es wurde allmählich interessant. Der Sex war ein Debakel gewesen, aber Sex war nicht die Hauptsache. Er drang allmählich zu Greta durch. Darauf kam es an.

»Du darfst nicht zulassen, dass man mein Labor zerstört, Oscar. Ich weiß, das Labor wurde seinem Anspruch niemals gerecht, aber es ist etwas Besonderes und sollte nicht zerstört werden.«

»Das sagt sich so leicht. Vielleicht wäre es sogar machbar. Aber wie entschlossen bist du, für deine Ziele zu kämpfen? Wie hoch ist dein Einsatz? Was bist du bereit zu opfern?«

Abermals klingelte ihr Handy. Sie nahm den Anruf entgegen. »Schon wieder dein Freund«, sagte sie. »Er möchte, dass wir in ein Lokal mit Namen Buzzy's gehen. Er hat für uns Plätze reserviert.«

»Mein Freund ist wirklich ein prima Goldschatz.«

Sie fuhren nach Cameron hinein und fanden das Restaurant. Das Buzzy's war ein Musiklokal gehobenen Anspruchs mit gutem Touristenpublikum, und es hatte lange geöffnet. Die Musiker spielten ein klassisches Streichquartett. Typische angloamerikanische Ethnomusik. Es war erstaunlich, wie viele Anglos in der boomenden Klassikszene tätig waren. Weiße hatten offenbar ein angeborenes Talent für strenge, lineare Musik, dem die weniger problembehafteten ethnischen Gruppen nur wenig entgegenzusetzen hatten.

Fontenot hatte sie als Mr. und Mrs. Garcia angemeldet. Sie bekamen einen hübschen Tisch zugeteilt, nicht weit von der Küche und in praktischer Nähe zur Bar, wo eine Gruppe texanischer Touristen in Abendkleidung sich inmitten des Messings und der Spiegel um den Verstand soffen. Es gab Stoffservietten, Silberbesteck, eine aufmerksame Bedienung, Speisekarten auf englisch und französisch. Die Atmosphäre war angenehm, und es wurde noch behaglicher, als Fontenot eintraf und an einem Tisch in der Nähe des Eingangs Platz nahm. Es war beruhigend, einen Bodyguard zu haben, der hellwach und nüchtern alle eintretenden Gäste in Augenschein nahm.

»Ich habe Appetit auf Fisch«, verkündete Oscar. »Hummer wäre auch gut. Habe keinen vernünftigen Hummer mehr gegessen, seit ich aus Boston fort bin.«

»Écrevisse«, sagte Greta.

»Was ist das?«

»Oben auf Seite zwei. Eine hiesige Spezialität, solltest du unbedingt mal probieren.«

»Klingt großartig.« Er winkte den Ober heran und gab die Bestellung auf. Greta verlangte Hühnersalat.

Greta wendete den Stiel des Weinglasses zwischen den Fingern, in das er Mineralwasser eingeschenkt hatte, um weiterem Gin vorzubeugen. »Oscar, wie soll es weitergehen? Ich meine, mit uns beiden.«

»Ach, unsere Beziehung ist rein technisch betrachtet

unmoralisch, aber solange man die Dinge auseinanderhält, macht das nichts. Du nimmst deine Arbeit wieder auf, und ich fahre an die Ostküste. Wenn ich zurückkomme, können wir diskret etwas arrangieren.«

»So macht man das in deinen Kreisen?«

»Wenn es funktioniert ... Es wird allgemein akzeptiert. Sagen wir, wie beim Präsidenten und seiner Geliebten.«

Sie hob die Brauen. »Leonard Two Feathers hat eine Geliebte?«

»Nein, nein, der doch nicht! Ich meine den alten Knacker, der offiziell noch immer im Amt ist. Er hatte eine Freundin – Pamela Sowieso, der Nachname tut nichts zur Sache ... Sie wird solange warten, bis er nicht mehr im Amt ist. Dann lässt sie sich das Enthüllungsbuch, das Parfüm, die Reizwäsche und die ganzen anderen Nebenrechte lizensieren ... In dieser Währung wird sie bezahlt.«

»Und was hält die First Lady davon?«

»Ich glaube, sie denkt so darüber wie alle First Ladies. Sie hat geglaubt, sie würde mitregieren, und dann musste sie vier lange Jahre lang zusehen, wie die Notstandsausschüsse ihren Mann in aller Öffentlichkeit in die Enge trieben und aufspießten wie einen Frosch. Das ist die wahre Tragödie. Weißt du, politisch konnte ich mit dem Mann nichts anfangen, aber das alles mit anzusehen, war quälend für mich. Als er das Amt übernahm, wirkte der alte Bursche ganz in Ordnung. Er war zweiundachzig, aber in der Partei der amerikanischen Einheit sind alle alt, der ganze rechtsprogressive Block ist überaltert ... Das Amt hat ihn zerbrochen, so ist das. Es hat ihm in der Öffentlichkeit die alten Knochen gebrochen. Ich schätze, man hätte ihn wegen seiner Geliebten, diesem Uraltthema, outen können, aber der Präsident hatte auch so schon genug Probleme, da war es völlig unnötig, sein Sexleben zu ruinieren.«

»Davon habe ich nichts gewusst.«

»Die Leute wussten Bescheid. Irgendjemand weiß immer Bescheid. Die Mitarbeiter. Der Secret Service. Das heißt aber nicht, dass man sie dazu bringen kann, die Sache auch publik zu machen. Netzwerke sind ein ganz besonderer Fall. Sie sind niemals einheitlich und uniform, sondern stets unberechenbar. Es gibt bestimmt irgendwelche Halunken, die Videomaterial über den Präsidenten und Pamela haben. Vielleicht tauschen sie's ja gegen ein paar Paparazzi-Fotos von Hollywoodstars ein. Das ist bedeutungslos. Mein Vater, der Filmschauspieler, wurde ständig geoutet, aber stets wegen irgendwelcher idiotischer Kleinigkeiten – einmal wurde er geoutet, weil er einen Typ im Poloclub niedergeschlagen hatte, aber niemals wegen seiner Mauscheleien mit Gangstern. Verrückte, die Zeit haben, können im Netz eine Menge seltsamer Dinge in Erfahrung bringen. Aber egal, wie viel sie erfahren, sie bleiben doch immer bloße Verrückte. Das sind keine Spieler, die zählen einfach nicht.«

»Und ich bin auch keine Spielerin und zähle deshalb nicht.«

»Das solltest du nicht so ernst nehmen. Keiner von euch hat jemals gezählt. Senator Dougal war euer Spieler. Euer Spieler ist jetzt nicht mehr da, das heißt, ihr habt das Spielbrett nicht besetzt. Das ist die politische Realität.«

»Ich verstehe.«

»Aber du kannst wählen. Du bist eine Staatsbürgerin. Du hast eine Stimme. Das ist wichtig.«

»Ja.«

Sie lachten.

Sie aßen Consommé. Dann brachte der Ober das Hauptgericht.

»Riecht herrlich«, sagte Oscar. »Wo ist mein Hummerlätzchen? Die Zange? Oder der Hammer?« Er betrachtete sein Gericht eingehender. »Warte mal. Was stimmt mit meinem Hummer nicht?«

»Das ist deine Écrevisse.«

»Was ist das eigentlich?«

»Ein Flusskrebs.«

»Was ist mit den Zangen? Der Schwanz sieht so eigenartig aus.«

»Das ist eine Züchtung. Natürliche Flusskrebse sind bloß sieben Zentimeter lang. Man hat sie genetisch verändert. Das ist eine hiesige Spezialität.«

Oscar starrte das gekochte Krustentier inmitten der Beilage aus gelbem Reis an. Das Gericht war ein riesiger genetischer Mutant. Die Proportionen stimmten einfach nicht. Er wusste nicht, was er davon halten sollte. Er hatte schon zahlreiche gentechnisch veränderte Nahrungsmittel verspeist: Maiskörner vom halben Durchmesser seines Arms. Extradicke Zucchinis, schmackhaften Brocco-Blumenkohl, kernlose Äpfel, alles mögliche ohne Kerne … Das hier aber war ein genmanipuliertes Tier, das man bei lebendigem Leib gekocht und in einem Stück serviert hatte. Es wirkte bizarr, vollkommen unwirklich. Es ähnelte einem hummerförmigen Luftballon.

»Riecht herrlich«, wiederholte er.

Gretas Handy klingelte.

»Können wir denn nicht in Ruhe essen?« sagte Oscar.

Sie schluckte einen Mund voll essiggesättigten Hühnersalat. »Ich schalte das Handy ab«, sagte sie.

Oscar stupste versuchsweise eines der zahlreichen Hilfsbeine des Krebses an. Das gekochte Bein brach säuberlich wie ein Zweig ab, sodass man einen weißen Fleischrand sah.

»Zier dich doch nicht so«, meinte sie, »wir sind hier in Louisiana, okay? Steck dir den Kopf in den Mund und saug den Saft heraus.«

Die Musik brach unvermittelt ab, mitten im Satz. Oscar schaute hoch. Im Eingang standen einige Polizisten.

Es waren Polizisten des Bundesstaates, Männer mit flachkrempigen Hüten, Kopfhörern und Pistolen im Halfter. Sie drängten ins Restaurant. Oscar blickte rasch zu Fontenot hinüber, der mit verärgerter Miene diskret auf sein Handy tippte.

»Verzeihung«, sagte Oscar, »dürfte ich mir mal dein Handy borgen?«

Er schaltete Gretas Handy wieder ein und durchlief die erstaunlich komplizierte Anmeldeprozedur. Die Cops hatten sich im mittlerweile verstummten Publikum verteilt und sämtliche Ausgänge besetzt. Hinter der Bar standen Cops, ein Cop stand beim Küchenchef, andere Cops verschwanden lautlos in der Küche, vier Cops stiegen die Treppe hoch. Cops mit Laptops, Cops mit Videokameras. Drei Cops unterhielten sich mit dem Geschäftsführer.

Dann ertönte das Tuckern eines Helikopters, der auf der Straße landete. Als der Rotorenlärm verstummte, schrien plötzlich alle. Die darauf folgende Stille war sehr eindrucksvoll.

Zwei Kleiderschränke von Bodyguards in Zivilkleidung betraten das Restaurant, gefolgt von einem kleinen, rotgesichtigen Mann in Hausschuhen und purpurrotem Pyjama.

Der rotgesichtige Mann stürmte ins Restaurant, schlitterte auf den Pantoffeln über die Bodenfliesen. »HALLO ALLERSEITS!« Seine Stimme dröhnte wie eine Kesselpauke. »ICH bin's!« Er schwenkte die Arme, wobei sich die Pyjamajacke öffnete und einen behaarten Bauch enthüllte. »Bitte entschuldigt die Störung! Was sein muss, muss sein! Entspannt euch! Alles unter Kontrolle!«

»Hallo, Gouverneur!« rief jemand. »Hey, Huey!« schrie ein anderer Gast, als hätte er sich ein Leben lang nach dieser Gelegenheit gesehnt. Die Gäste grinsten plötzlich, wechselten erfreute Blicke, rückten die Stühle zurück, strahlten. Sie hatten wirklich Glück. In ihr tristes kleines Leben war ein wenig Farbe eingekehrt.

»Dann wollen wir mal sehen, was die Jungs in der Küche zu bieten haben!« kreischte der Gouverneur. »Wir werden heute abend richtig gut für euch sorgen, Leute!

Das Essen geht auf meine Kosten! Klaro? Boozoo, du kümmerst dich drum! Auf der Stelle.«

»Yessir«, sagte Boozoo, einer der Bodyguards.

»Einen KAFFEE!« dröhnte Huey. Er war klein, hatte aber die Schultern eines Footballspielers. »Einen *doppelten* Kaffee! Es ist spät, also tut einen ordentlichen Schuss rein. Eine Mokkatasse. Ach was, eine gottverdammte richtige Tasse. Bringt mir jemand gleich zwei Tassen? Oder soll ich die ganze Nacht warten? Verdammt noch mal, riecht's hier gut! Amüsiert ihr euch auch gut, Leute?«

Die Gäste johlten.

»Beachtet mich gar nicht!« brüllte Huey und zog beiläufig die Pyjamahose hoch. »Hab in Baton Rouge nichts Anständiges gekriegt, da musste ich herfliegen, um was gegen meinen knurrenden Magen zu unternehmen.« Er stapfte zielsicher ins Restaurant und näherte sich wie ein Schlachtschiff Oscars Tisch. Vor Oscar und Greta blieb er unvermittelt stehen, mit zuckenden Händen, die Stirn mit Schweißperlen besetzt. »Clifton, einen Stuhl.«

»Yessir«, sagte der zweite Bodyguard. Clifton riss einen Stuhl hoch, als schnappe er sich eine Baguette, und schob ihn seinem Boss energisch unter das Gesäß.

Jetzt waren sie zu dritt. Aus der Nähe ähnelte das Gesicht des Gouverneurs einem Vollmond; aufgedunsen, leuchtend und voller kleiner Krater. »Hallo, Etienne«, sagte Greta.

»Hallo, *petite*!« Zu Oscars Verdruss begannen sie sogleich eine Unterhaltung. Ihr Französisch war gespickt mit Idiomen.

Oscar sah zu Fontenot hinüber. In Fontenots Blick lag eine zweibändige Lektion in umsichtigem Verhalten. Oscar schaute wieder weg.

Ein Ober kam mit dem Kaffee angetrabt. Der Kaffee wurde serviert in einem hohen Glas, mit Schlagsahne und einem Schuss Bourbon. »Ich sterbe vor Hunger«, verkündete Huey mit gedämpfterer, weniger an die Öffentlichkeit gewandter Stimme. »Einen netten Schlammkäfer haben Sie da, mein Sohn.«

Oscar nickte.

»Ich liebe Schlammkäfer«, sagte Huey. »Geben Sie mir mal die Buttersoße.« Er krempelte sich die Pyjamaärmel hoch, streckte seine Schaufelhände aus und drehte den Schwanz des Krebses unter lautem Knacken ab. Er bog den Schwanz, stülpte das weiße, dampfende Fleisch nach außen. »*C'est bon,* mein Sohn!« Er stopfte sich den Krebsschwanz in den Mund, grub die Zähne hinein und zerrte am Fleisch. »Das ist wirklich GUT! So sollte ich die Bostoner Hummer zerreißen! Her mit der Speisekarte. Mein Yankee-Freund, der Seifenvertreter hier, will was bestellen. Der Küchenchef soll sich warm anziehen.«

Ihr Tisch war mittlerweile umringt von Obern. Sie drängten sich durch die Reihen der Polizisten, brachten Wasser, Sahne, Servietten, Butter, warmes Brot, Schälchen mit kalter Soße. Sie brannten darauf, Huey zu bedienen, machten sich gegenseitig die Ehre streitig. Einer reichte Oscar die Speisekarte.

»Bringen Sie dem Mann einen Reiseintopf«, kommandierte Huey und schnipste die Karte mit seinen dicken roten Fingern weg. »Bringen Sie ihm zwei Shrimp-Jambalayas. Große, gute Shrimps. Wir brauchen hier ein paar Riesenshrimps, der Kinderstar wirkt reichlich mager. Mädchen, du musst was Richtiges essen, nicht bloß Salat. Hühnersalat allein nährt eine Frau nicht. Sagen Sie doch mal, Oscar. Ein Mann *muss essen,* stimmt's?«

»Stimmt, Gouverneur.«

»Ihr Freund *isst nicht*!« Huey zerdrückte die rote Zange des Krebses zwischen den Daumen. »Mr. Bombast. Mr. Architekt. Sowas geht mir auf den Geist! Wenn ich bloß an ihn und seine hübsche Frau denke, wie sie da oben im Norden ihren gottverdammten Apfelsaft nuckeln. Das raubt mir nachts den Schlaf!«

»Tut mir leid zu hören, dass Ihnen das Sorgen bereitet, Exzellenz.«

»Sagen Sie Ihrem Freund, er soll nicht so viel grübeln. Sie werden nicht erleben, dass ich Leib und Leben vernachlässige, bloß weil der kleine Mann in Boston nicht zu Potte kommt. Yankees wie Sie haben wir ständig hier unten. Sie finden Geschmack am süßen Leben, und dann denken sie nicht mehr daran, im Trüben zu fischen. Hungrige Jungs brauchen Aufheiterung.«

»Er wird essen, wenn Ihre Soldaten essen, Sir.«

Huey starrte ihn an, mutwillig kauend. »Also, Sie können ihm von mir ausrichten – und zwar heute noch –, dass ich sein kleines Problem beheben werde. Ich verstehe seinen Standpunkt. Hab's kapiert. Er kann die gottverdammten Kameras und seinen Apfelsaft für sich behalten, denn ich werde ihm einen Gefallen tun. Ich werde vorausschauende Maßnahmen ergreifen, um die infrastrukturellen Probleme dieses Herrn zu beheben.«

»Ich werde dafür sorgen, dass der Senator Ihre Botschaft erhält, Sir.«

»Sie glauben wohl, ich mache Witze, Mr. Valparaiso? Sie glauben, ich scherze mit Ihnen?«

»Das würde mir niemals einfallen, Exzellenz.«

»Das ist gut. Das ist sehr gut. Wissen Sie was? Ich mochte die Filme Ihres Vaters.« Huey blickte sich über die Schulter um. »WO BLEIBT DIE MUSIK?« blaffte er. »Sind die Musiker etwa BESOFFEN? Die Band soll spielen!«

Die Musiker nahmen eilig ihre Plätze ein und stimmten ein Menuett an. Der Gouverneur trank schlürfend einen Schluck Kaffee, dann machte er sich wieder über den Riesenkrebs her. Er riss beide Zangen ab und verzehrte das Fleisch, dann saugte er mit allen Anzeichen von Genugtuung den scharf gewürzten Saft aus dem Kopf.

Die Ober servierten Teller mit Cajun-Spezialitäten. Oscar begutachtete das dampfende Festmahl. Er hatte nur selten so wenig Appetit gehabt.

»Was ist mit dir, Schätzchen?« fragte Huey unvermittelt. »Du bist so schweigsam heute.«

Greta schüttelte den Kopf.

»Du solltest wissen, was dieser Seifenvertreter vorhat, nicht wahr? Dougal ist aus dem Rennen, die Demokraten sind drin, jetzt muss das Geld woanders herkommen. Was meinen Sie? Ein hübsches kleines Labor an der Route 128? Das wär doch was.«

»Er macht nicht viele Versprechungen«, murmelte Greta.

»Das sollte er auch nicht, denn er kann den Bostoner Zaster nicht verteilen. Ich habe zwei Jungs im Senat, die ihm endlos zusetzen werden. Ich habe das gottverdammte Laboratorium *gebaut*! *Ich*! Ich weiß, was es wert ist. In Baton Rouge verabschieden wir im Geldbeschaffungsausschuss einfach ein neues Gesetz. Eine große Erweiterung fürs ›Bio Bayou‹. Vielleicht wird mein Labor nicht so groß wie Ihres, aber es braucht auch nicht groß zu sein, wenn man nicht alle möglichen raffgierigen Bakterienjockeys in sämtlichen fünfzig Staaten durchfüttern muss. Ich kenne den verdammten Unterschied zwischen Hirnforschung und diesen Hurensöhnen, die Grashüpfer katalogisieren. Das wissen Sie doch, oder?«

»Ja, das weiß ich, Etienne.«

»Es ist eine himmelschreiende Schande, dass Sie die Förderanträge in fünffacher Ausfertigung ausfüllen müssen. Eine Frau wie Sie braucht *freie Hand*! Nehmen wir mal an, Sie beschäftigen sich mit … mit der Blockade der Aufnahme von Methylspiropedirol durch die Dopaminrezeptoren der adrenergen Nerven außerhalb des Streifenhügels. Mag für einen Laien komisch klingen, macht aber den Unterschied zwischen geistiger Gesundheit und Schizophrenie aus. Ich möchte den gewählten Politiker sehen, der die Worte auch nur aussprechen kann! Aber das ist schwer im Kommen. Erst digital … dann biologisch … und jetzt kognitiv. Das ist sonnenklar. Sie glauben, wir sitzen hier in Akadien herum, die einzigen amerikanischen Einwanderer, die jemals einer ethnischen Säuberung unterworfen wurden, und schauen zu, wie ein Haufen großkopferter Fachidioten versucht, uns AUSZUBOOTEN? Uns verdammt noch mal AUSZUBOOTEN? Ins Auge geschissen, Schwester!«

»Mit Bewusstseinsforschung habe ich nichts zu tun, Etienne. Ich bin bloß Neuraltechnikerin.«

»Sie haben den Nobelpreis für Ihre Entdeckung der zellulären Grundlagen der Wahrnehmung bekommen, und Sie wollen behaupten, Sie beschäftigten sich nicht mit dem Bewusstsein?«

»Ich befasse mich mit Neuronen und Zellen der Neuroglia. Nicht aber mit dem Bewusstsein. Das ist kein wissenschaftlicher Begriff. Das ist Metaphysik.«

»Sie sehen den Wald vor lauter Bäumen nicht. Das ist doch keine Metaphysik, wenn es vor Ihnen auf dem Tisch sitzt und einen Apfel im Mund hat. Hören Sie, wir kennen einander schon eine ganze Weile. Sie kennen doch den alten Huey, nicht wahr? Sie sind Hueys Freund, Sie können alles von ihm haben. Was immer Sie sich wünschen!«

»Ich will bloß in meinem Labor arbeiten.«

»Eben! Her mit den Spektrografen! Was wollen Sie haben, luftdichte Arbeitsbedigungen? In einer Meile Tiefe haben wir Schwefel- und Salzminen, Höhlen, die größer sind als das Stadtzentrum von Baton Rouge. Machen Sie dort unten, was Sie wollen! Versiegeln Sie hinter sich die Türen. Wissenschaft, die unerforschte Grenze, Schätzchen! Etwas Besseres kann Ihnen niemand bieten! Unterschreiben Sie nie wieder ein Gutachten zur Bewertung der Folgen! Forschen und veröffentlichen Sie, mehr verlange ich gar nicht! Forschen und veröffentlichen Sie einfach.«

Oscar und Greta kehrten um vier Uhr morgens zum Strandhaus zurück. Von der Veranda aus schauten sie zu, wie die Scheinwerfer der aus sechs Wagen bestehenden Polizeieskorte kehrtmachten und in der Dunkelheit verschwanden.

Das von Fontenot alarmierte Team hatte das Haus in der Zwischenzeit sorgfältig bewacht. Niemand hatte es betreten und durchsucht. Das immerhin war ein Trost. »Unglaublich, dass die Leute ihm die Hände geküsst haben«, sagte Oscar.

»Es waren bloß drei.«

»Sie haben ihm die Hände geküsst! Sie haben geweint und ihm die Hände geküsst!«

»Er hat für die Einheimischen einiges zum Besseren gewendet«, meinte Greta gähnend. »Er hat ihnen wieder Hoffnung gemacht.« Sie ging mit der Reisetasche ins Bad und schloss hinter sich die Tür.

Oscar betrat die Kochnische. Er öffnete den Kühlschrank. Seine Hände zitterten. Huey hatte ihn nicht geknackt. Er hatte nicht die Beherrschung verloren, doch er war entsetzt über Hueys Reaktionsschnelligkeit und den unerwarteten Preis, den er dafür hatte entrichten müssen, dass er im Einflussbereich des Gouverneurs leichtsinnig ein Risiko eingegangen war. Geistesabwesend nahm er einen Apfel aus dem Kühlschrank. Dann ging er ins Wohnzimmer und nahm in dem scheußlichen Lehnstuhl Platz. Gleich darauf stand er wieder auf. »Es wimmelte nur so vor bewaffneten Idioten, und die Leute haben ihm die Hände geküsst!«

»Der Gouverneur braucht Bodyguards, er lebt gefährlich«, sagte Greta hinter der Badezimmertür. »Oscar, weshalb hat er dich als ›Seifenvertreter‹ bezeichnet?«

»Ach, das. Das war die erste Firma, für die ich gearbeitet habe. Eine Biotech-Firma. Wir haben Emulgatoren für Geschirrspülmittel hergestellt. Die Leute machen sich oft falsche Vorstellungen. Sie glauben, Biotech müsse immer etwas Besonderes sein. Seife aber ist ein gängiger Konsumartikel. Wenn man die Herstellungskosten um fünf Prozent senken kann, rennen einem die Firmenaufkäufer die Türen ein …« Er verstummte. Greta putzte sich die Zähne, hörte gar nicht zu.

Als sie aus dem Bad kam, trug sie ein Nachthemd aus

weißem Flanell. Es reichte ihr bis auf die Knöchel und hatte eine kleine pastellfarbene Scheife am Ausschnitt. Sie nahm einen kompakten Luftfilter aus der Reisetasche.

»Allergien?« fragte Oscar.

»Ja. Die Luft außerhalb der Kuppel ... na ja, draußen riecht es immer so komisch.« Sie schaltete den Filter ein. Er summte laut.

Oscar vergewisserte sich, dass die Fenster geschlossen und die Vorhänge zugezogen waren. Seine Gefühle ihr gegenüber hatten in der Zwischenzeit unbemerkt einen turbulenten Wandel vollzogen. Die Begegnung mit dem Gouverneur hatte ihn innerlich aufgewühlt. Jetzt war er erregt, erfüllt von aufgestauter Emotion. Leidenschaftlich, aggressiv und besitzergreifend. Er war krank vor Eifersucht. »Willst du darin schlafen?«

»Ja. Nachts kriege ich immer kalte Füße.«

Oscar schüttelte den Kopf. »Du wirst nicht darin schlafen. Und wir gehen auch nicht ins Bett. Diesmal nehmen wir den Boden.«

Sie besah sich den Boden. Er war bedeckt mit einem hübschen Webteppich. Sie sah Oscar an und errötete bis über beide Ohren.

Kurz nach Sonnenaufgang erwachte er. Er hatte auf dem Teppich geschlafen. Greta hatte ihn mit dem Bettlaken und der Decke zugedeckt. Sie saß am Schreibtisch und machte Eintragungen in ihr Notebook.

Oscar musterte bedächtig die Wasserflecken an der Decke. Er hatte sich die Kniescheiben am Teppich wundgescheuert. Der Rücken tat ihm weh. Unter seiner Hüfte trocknete ein feuchter Fleck. Zum erstenmal seit Wochen war er mit sich wahrhaft im Reinen.

5

Hätte Fontenot nicht Erkundigungen eingeholt und den Weg geebnet, wäre Oscar nicht so leicht vorangekommen. Die Straßen in Alabama wurden vom Besucherverkehr der verrückten christlichen Revival-Shows verstopft, die ihr Motto ›Dem Geist neues Leben einhauchen‹ mit Gospel-Raves im 200-Beats-pro-Minute-Rhythmus feierten. In Tennessee wurde Oscar durch mexikanische Wanderarbeiter behindert, die mit Hacke und Schaufel die wuchernden Kudzupflanzen bekämpften. Oscar genoss die relative Sicherheit eines angeblich gefährliche Biotechladung befördernden Busses, doch es waren Situationen denkbar, da auch das nichts mehr nützen würde.

Während Lana, Donna und Moira sich im Bus jedoch langweilten und häufig gereizter Stimmung waren, war Ocar niemals müßig. Solange er seinen Laptop und Netzzugang hatte, stand ihm die ganze Welt offen. Er kümmerte sich um seine Finanzen. Er studierte die Dossiers seiner Kollegen vom Wissenschaftsausschuss. Er tauschte lockere E-mails mit Greta aus. Greta schrieb gerne E-mails. Zumeist berichtete sie von ihrer Arbeit – alles drehte sich bei ihr um die Arbeit –, doch mittlerweile verstand er bereits ganze Absätze von dem, was sie schrieb.

Auf den Heckfenstern des Busses liefen ständig die Nachrichten. Mit besonderem Interesse verfolgte Oscar alles, was mit Bambakias' Hungerstreik in Verbindung stand.

Der Skandal schlug hohe Wellen. Als Oscar die Vororte Washingtons erreichte, befand sich der Luftwaffenstützpunkt in Louisiana im Belagerungszustand.

Die Stromversorgung hatte man längst unterbunden,

da keine Zahlungen mehr erfolgten. Die Flugzeuge hatten keinen Treibstoff mehr. Die verzweifelten Unionssoldaten tauschten gestohlene Ausrüstungsgegenstände gegen Nahrung und Schnaps ein. Desertionen waren an der Tagesordnung. Der Kommandant hatte unter Tränen ein Videogeständnis abgelegt und sich erschossen.

Green Huey hatte die Geduld verloren. Er rückte an, und er meinte es ernst. Einen Luftwaffenstützpunkt mit bundesstaatlichen Truppen anzugreifen, wäre zu gewagt und direkt gewesen. Stattdessen heuerte der Gauner Guerillas an.

Huey hatte das Vertrauen der Prolonomaden dadurch gewonnen, dass er ihnen sicheren Unterschlupf gewährte. Er erlaubte ihnen, in zahlreichen von der Unionsregierung zu kontaminierten Sperrzonen erklärten Gebieten zu lagern. Diese vergessenen Gebiete waren mit petrochemischen Rückständen und den Hormonhaushalt beeinflussenden Pestiziden verunreinigt und daher für menschliche Besiedlung ungeeignet. Die Prolohorden dachten anders darüber.

Prolos sammelten sich bedenkenlos überall dort, wo der Arm der Behörden nicht hinreichte. Wenn die vernetzten Prolos nicht ständig von den Behörden behelligt wurden, vereinigten sie sich und wurden frech. Wenngleich sie durch gezielte Aktionen leicht zerstreut werden konnten, sammelten sie sich anschließend wieder wie ein Mückenschwarm. Mit ihren Erntemaschinen und Bioreaktoren konnten sie ganz am Anfang der Nahrungskette ansetzen. Sie hatten kein Interesse an der etablierten Ordnung und kannten sich genau aus mit den infrastrukturellen Schwächen der Gesellschaft. Mit ihnen war nicht gut Kirschen essen.

Nomadenprolos gediehen nicht in dicht besiedelten Gebieten wie Massachusetts, wo sie mittels Videoüberwachung und den Suchmaschinen der Polizei relativ leicht auszumachen und unter Kontrolle zu halten waren. Green Huey aber war nicht aus Massachusetts.

Die dort geltenden Verhaltensregeln waren ihm vollkommen gleichgültig. Die ökologisch vergifteten Gebiete Louisianas waren für die Prolos ideal. Die Sperrgebiete dienten auch als Reservate, denn sie kamen mit chemischen Giften leichter zurecht als mit der Anwesenheit von Menschen. Nach jahrzehntelangem subtropischem Wachstum waren die vergifteten Gebiete Louisianas ebenso undurchdringlich wie Sherwood Forest, der Wald, der einmal Robin Hood als Versteck gedient hatte.

Hueys Lieblingsprolos stammten aus Louisiana und waren auf Grund des gestiegenen Meeresspiegels und der durch Hurrikans und vom unberechenbaren Mississippi hervorgerufenen Überschwemmungen heimatlos geworden. In den Tiefen des ruinierten Landes hatten sie eine ganz andere Ordnung herausgebildet als die verstreuten Dissidenten der Ostküste. Die Louisianer bildeten eine mächtige, ehrgeizige, florierende Gegengesellschaft, mit eigener Kleidung, eigenen Gebräuchen, eigener Polizei, eigener Wirtschaft und eigenen Medien. Aus diesem Grund hatten sie sich zum Herren über die weniger gut organisierten Dissidenten, Wanderarbeiter und Angehörigen der Freizeitgewerkschaften aufgeschwungen. Man nannte sie die Regulatoren.

Der Dschungelkrieg in den Sümpfen Louisianas begünstigte Hueys Regulatorenhorden wie der Guerillakrieg die Maoisten der Vergangenheit. Jetzt hatte Huey einen Netzkrieg entfesselt, und in dessen Folge brach eine gedämpfte Hölle über den Luftwaffenstützpunkt herein.

Das traurige am amerikanischen politischen Disput war, dass die europäischen Medien am eingehendsten und exaktesten darüber berichteten. Oscar machte einen europäischen Satellitenkanal ausfindig, der eine Pressekonferenz aus Louisiana übertrug, veranstaltet von einer Fanatikerin namens Ooney Bebbels, die sich als ›stellvertretende Befehlshaberin des Regulatorenkommandos‹ bezeichnete.

Die Guerillaanführerin trug eine schwarze Skimaske, verdreckte Jeans und einen weiten Pullover. Sie stolzierte vor den lauschenden Journalisten auf und ab und schwang ein gefiedertes schwarzes Offiziersstöckchen und eine Fernsteuerung. Die Propagandaveranstaltung fand in einem großen aufblasbaren Zelt statt.

»Werfen Sie einen Blick auf das Display. Haben Sie schon alle eine Kopie des Dokuments vorliegen? Bruder Lump-Lump, beam den French-Boys da hinten noch ein paar Regierungsakten rüber! Okay! Ladies und Gentlemen, dieses Dokument ist eine amtliche Liste der amerikanischen Luftwaffenstützpunkte. Sie können sich die Budgetzahlen auch selbst vom Ausschussserver runterladen, wenn Sie mir nicht glauben. Schauen Sie sich die offiziellen Zahlen an. Die fragliche Basis existiert nicht einmal.«

»Aber, Ma'am«, wandte ein Journalist ein, »wir sehen den Stützpunkt doch über Livekamera.«

»Dann sollten Sie wissen, dass es sich um herrenloses Gebiet handelt. Niemand ist dafür zuständig, es gibt keinen Treibstoff, kein fließendes Wasser, keine Nahrungsmittel. Das ist kein Luftwaffenstützpunkt mehr. Sehen Sie hier irgendwelche Flugzeuge rumfliegen? Das einzige, was hier fliegt, sind Ihre Helikopter. Und unsere harmlosen Ultraleichtflugzeuge. Sie sollten also alle Fehlinformationen über eine so genannte bewaffnete Belagerung ad acta legen. Das ist pure Desinformation. Wir sind unbewaffnet. Wir brauchen bloß Unterkünfte. Wir sind Heimatlose, die für den Winter ein Dach über dem Kopf brauchen. Dieses große, herrenlose Gebiet hinter dem Stacheldraht ist ideal für uns. Deshalb warten wir hier vor den Toren, bis man unsere Menschenrechte achtet.«

»Wie viele Kämpfer haben Sie in die Schlacht geschickt, Ma'am?«

»Keine ›Kämpfer‹, das sind bloß *Personen*. Bislang neunzehntausenddreihundertundzwölf. Wir sind optimistisch. Unsere Moral ist ausgezeichnet. Wir erhalten von überall her Zulauf.«

Ein britischer Journalist erhielt das Wort. »Es wurde berichtet, Sie hätten illegale elektromagnetische Impulskanonen in Ihren Guerillalagern.«

Die stellvertretende Kommandantin schüttelte ungeduldig den von der Skimaske bedeckten Kopf. »Hören Sie, Impulswaffen können wir nicht ausstehen, die legen unsere Laptops lahm. Wir verurteilen Impulsangriffe. Eventuelle Impulsangriffe aus unseren Reihen sind Provokateuren zuzuschreiben.«

Der britische Journalist, schick herausstaffiert mit gebügelten Khakihosen, wirkte ziemlich skeptisch. Die Briten hatten mehr Kapital in den USA angelegt als jede andere Nation. Das spezielle anglo-amerikanische Verhältnis weckte noch immer tiefe Gefühle, zumal dann, wenn es um Kapitalerträge ging. »Wie steht es mit den Anti-Personen-Waffen, die Sie in Stellung gebracht haben?«

»So kann man das nicht nennen. Das sind Grenzsicherungsanlagen. Sie dienen der Sicherheit größerer Menschenansammlungen. Wir haben hier viele Leute versammelt, deshalb müssen wir Sicherheitsmaßnahmen ergreifen. Auf welche Weise? Mit Stacheldraht? Ja, natürlich! Schlagstöcke mit Adhäsionsgiften, ja klar, die haben wir schon immer. Schaumbarrikaden und Tränengas, klar, das ist alles ein alter Hut, das kann man überall kaufen. Was noch? Superkleber? Ja, sicher, von *dem* Zeug haben wir ein paar Tanklastwagen voll. Superkleber herzustellen ist kinderleicht.«

Ein deutscher Korrespondent ergriff das Wort. Er hatte eine ganze Mediencrew mitgebracht, zwei Bänke voll europäischer alter Hasen, die vor optischem Präzisionsgerät nur so strotzten. Die Deutschen waren das reichste Volk auf Erden und hatten die höchst ärgerliche Angewohnheit, stets besonders erwachsen und verantwortungsbewusst aufzutreten. »Weshalb zerstören Sie die

Straßen?« fragte der Deutsche und rückte seine Designersonnenbrille zurecht. »Ist das nicht ökonomisch kontraproduktiv?«

»Mister, die Straßen sind zum Untergang verurteilt. Das staatliche Straßenaufsichtsamt hat sie auf dem Gewissen. Teer verschmutzt die Umwelt. Daher räumen wir den Straßenbelag im Dienst der Öffentlichkeit ab. Teer besteht aus Kohlenwasserstoffen, daraus lässt sich Treibstoff gewinnen. Und das Öl brauchen wir, damit unsere kleinen Kinder nicht erfrieren. Okay?«

Oscar drückte die Stummtaste und stellte den Ton ab. »Hey, Jimmy«, rief er, »wie viel Sprit haben wir noch?«

»Reicht noch eine Weile«, antwortete Jimmys Stimme.

Oscar sah zu den Kojen hinüber. Lana, Donna und Moira schliefen. Der Bus wirkte auf einmal wie eine halb geleerte Sardinenbüchse. Die Mannschaft schrumpfte immer mehr. Die meisten Leute hatte er in Texas zurücklassen müssen, und nun fehlten sie ihm. Es fehlte ihm, sich um sie zu sorgen, sie aufzumuntern und anzuspornen. Es fehlte ihm, sie scharf zu machen und auf ein verwundbares Ziel zu hetzen.

Moira war fest entschlossen zu gehen, doch es fiel ihr nicht leicht. Fontenot war endgültig von der Bildfläche verschwunden; Handy und Laptop hatte er in einen Sumpf geworfen. Jetzt lebte er in seiner neuen Hütte und fuhr mit dem Boot angeln. Bambakias' Wahlkampfteam war das Beste gewesen, was er je aufgebaut hatte, und nun gehörte es der Vergangenheit an und zerstreute sich in alle Richtungen. Diese Erkenntnis erfüllte Oscar mit tiefer, irrationaler Sorge.

»Was halten Sie davon?« rief er zu Jimmy nach vorn.

»Hören Sie, ich fahre«, entgegnete Jimmy vernünftig. »Ich kann nicht fahren und gleichzeitig auf die Nachrichten achten.«

Oscar ging nach vorn und senkte die Stimme. »Ich meinte die Nomaden, Jimmy. Ich weiß, dass Sie schon Erfahrungen mit denen gemacht haben. Ich wüsste halt gern, was Sie von dieser Entwicklung halten. Eine Regulatoren-Guerilla, die einen Luftwaffenstützpunkt stranguliert.«

»Jetzt, wo alle schlafen, wollen Sie mit mir reden, wie?«

»Sie wissen doch, dass ich immer Wert auf Ihren Beitrag gelegt habe. Sie haben eine ganz eigene Sichtweise.«

Jimmy seufzte. »Hören Sie, Mann. Ich leiste keinen ›Beitrag‹. Ich fahre bloß den Bus. Ich bin Ihr Busfahrer. Lassen Sie mich fahren.«

»Nur zu, fahren Sie! Ich wüsste bloß gern ... ob Sie die Nomaden für eine ernste Bedrohung halten.«

»Klar sind die eine erste Bedrohung ... Sicher. Ich meine, bloß weil jemand ein Nomade ist und Zugang zu einem Reputationsserver hat und Gras frisst und dieses ganze komische Biozeugs zusammenbraut ... Deswegen ist er noch lange nichts Besonderes.«

»Nein.«

»Trotzdem sind ein paar von den Typen sehr ernst zu nehmen, weil, na ja, es könnte passieren, dass man sich irgendwann mal mit so einem heimatlosen Looser anlegt, der völlig abgerissen und durchgeknallt wirkt, und dann stellt sich heraus, dass er überall superharte Netzfreunde hat, und aus blauem Himmel passieren einem auf einmal seltsame Sachen ... Aber Scheiße, Oscar, das brauche ich Ihnen doch nicht zu erzählen. Mit den Power-Netzwerken kennen Sie sich doch aus.«

»Sicher.«

»Sie beschäftigen sich doch selbst damit, auf diese Weise haben Sie Ihrem Kandidaten zum Sieg verholfen.«

»Hmmm.«

»Sie sind ständig auf Achse. Sie sind selbst ein Nomade, genau wie die. Sie sind ein Anzug-Nomade. Die meisten Leute, die Sie treffen – und die nicht genau wissen, was wir machen – halten Sie für einen richtig gefährlichen Burschen, Mann. Vielleicht sind ein paar von den nomadischen Netzgöttern ja gefährlicher als Sie, aber viele sind's bestimmt nicht. Mann, Sie sind *reich.*«

»Geld ist nicht alles.«

»Ach, kommen Sie! Hören Sie, ich bin nicht smart genug, um mit Ihnen zu reden, okay?« Jimmy zuckte gereizt die Achseln. »Sie sollten sich lieber schlafen legen. Die andern schlafen auch alle.« Jimmy las eine Anzeige ab und packte das Steuer.

Oscar wartete schweigend.

»Wenn's sein muss, kann ich achtzehn Stunden am Tag fahren«, meinte Jimmy schließlich. »Macht mir nichts aus. Scheiße, mir gefällt's. Aber Ihnen brauche ich bloß zuzuschauen, und schon werd ich müde. Allein schon vom Zugucken schlaffe ich ab. Mit Ihnen kann ich nicht mithalten. Ich spiele nicht in Ihrer Liga. Ich bin ein ganz normaler Typ, okay? Ich will keine staatlichen Wissenschaftsstützpunkte erobern. Ich bin bloß ein Arbeiter aus Boston, Mann. Ich bin Busfahrer.«

Jimmy schaute auf den über Kopfhöhe angebrachten Scanner und holte tief Luft. »Ich werd diesen Bus für Sie nach Boston zurückfahren, und dann bin ich fertig mit Ihnen. Okay? Dann mache ich erstmal Pause. Ich meine, ich will wirklich mal ausspannen. Ich brauche Erholung, genau das. Ich werd eine Menge Bier trinken und zum Bowling gehen, und wenn ich Glück habe, find ich jemanden fürs Bett. Aber mit Politikern geb ich mich nicht mehr ab.«

»Sie wollen wirklich das Team verlassen, Jim?« fragte Oscar. »Einfach so?«

»Sie haben mich zum Busfahren angeheuert, Mann! Können Sie's nicht dabei belassen? Das ist ein Job! Ich führe keinen Kreuzzug.«

»Sie sollten nichts überstürzen. Ich bin sicher, wir würden schon einen anderen Platz für Sie finden.«

»Nee, Mann. Sie *haben* keinen Platz für mich. Oder überhaupt für Typen wie mich. Weshalb gibt es denn jetzt Millionen Nomaden? Sie haben keine *Jobs*, Mann!

Sie sind euch scheißegal! Ihr habt keine Verwendung für sie! Ihr könnt sie nicht *gebrauchen*! Ihr braucht sie einfach nicht. Überhaupt nicht. Okay? Und deshalb brauchen sie euch auch nicht. Okay? Sie sind es leid, darauf zu warten, dass ihr ihnen eine Perspektive bietet. Deshalb bauen sie sich ihr eigenes Leben auf, aus dem Zeug, das überall herumliegt. Glauben Sie, die Regierung schert sich um sie? Die Regierung kann doch nicht mal die eigene Luftwaffe bezahlen.«

»Ein besser organisiertes Land hätte Verwendung für alle seine Bürger.«

»Mann, darum geht es ja gerade – sie sind *viel* besser organisiert als die Regierung. Organisation ist das einzige, was sie haben! Sie haben kein Geld, keinen Job und kein Dach über dem Kopf, aber sie sind *organisiert*, Organisation haben sie im Überfluss. Verstehen Sie, Mann, die sind genau wie Sie. Sie und Ihr Wahlkampfteam, Sie sind viel besser organisiert als diese Dinosaurierbeamten, die das Laboratorium leiten. Sie können das Ding jederzeit übernehmen, okay? Ich meine, genau das werden Sie auch tun! Sie werden das Ding übernehmen. Ob's denen passt oder nicht. Sie wollen es haben, deshalb nehmen Sie sich's.«

Oscar schwieg.

»Das wird mir am meisten fehlen, Mann. Dabei zuzuschauen, wie Sie Ihren nächsten Zug machen. Zum Beispiel, wie Sie dieses verrückte Wissenschaftlerhuhn eingespannt haben. Mann, das war brillant. Ich hab's einfach nicht über mich gebracht, zu gehen, bevor Sie bei dem Wissenschaftlerhuhn gepunktet hatten. Sie kriegen immer Ihren Willen.« Jimmy lachte. »Sie sind ein Genie! Ich bin kein Genie, okay? Das ist einfach nicht mein Ding. Es ist zu anstrengend.«

»Ich verstehe.«

»Hören Sie auf, sich so viele Sorgen zu machen, Mann. Wenn Sie sich Sorgen machen wollen, dann denken Sie an Washington. Morgen kommen wir dort an, und wenn der Bus heil wieder aus der Stadt herauskommt, dann bin ich heilfroh, Mann.«

Der Himmel über Washington, DC, wurde ständig von Drohnen verdunkelt. Es gab auch eine Menge Helikopter, denn die Behörden hatten keine Kontrolle über die Straßen mehr. Große Gebiete der Landeshauptstadt waren ständig unpassierbar. Dissidenten und Protestler hatten den öffentlichen Raum in Besitz genommen.

Die gewaltlose Verweigerung hatte in Washington strategisch und taktisch ein bislang unerhörtes Ausmaß erreicht. Die funktionsfähigen Bezirke waren in Privatbesitz und wurden von Monitoren und zahllosen Privatschlägern bewacht, während man andere Gebiete den Anwohnern überlassen hatte. Die ideologische Ausrichtung der Besatzer war höchst unterschiedlich, doch während sie mit der Regierung ein prekäres Gleichgewicht hergestellt hatten, hassten sie einander bis aufs Blut. Dupont Circle, Adams-Morgan und das Gebiet östlich des Capitol Hill wiesen Mordraten auf, die beinahe an die des zwanzigsten Jahrhunderts heranreichten.

In vielen Gegenden Washingtons hatte sich die Einteilung in Straßen und Gebäude schlichtweg aufgelöst. Ganze Stadtviertel waren an die Protestler gefallen, die ihre eigene Kanalisation und ihre eigenen Wasserleitungen und Stromgeneratoren installiert hatten. Die Straßen waren ständig verbarrikadiert und wurden von Tarnnetzen und schmutzigen Plastikplanen verdeckt.

Besonders erwähnenswert unter den Washingtoner Autonomen waren die Gruppen, die sich als ›Marsianer‹ bezeichneten. Frustriert aufgrund der jahrelangen bemühten Gleichgültigkeit gegenüber ihren heftigen Beschwerden, verhielten sich die Marsianer nun so, als existierte die Regierung nicht mehr. Die Marsianer betrachteten das ganze Gebiet von Washington, DC, als Rohmaterial.

Ihre Bautechniken waren ursprünglich von einer

Gruppe übereifriger prospektiver Marssiedler entwickelt worden.

Diese längst von der Bildfläche verschwundenen Weltraumfreaks, eine einfallsreiche und fanatische Gruppierung, hatten zahlreiche billige und einfache Techniken entwickelt, die es kleinen Gruppen von Astronauten ermöglichen sollten, die atmosphärelosen, eiskalten Wüsten des Roten Planeten zu besiedeln. Die Menschheit war nie bis zum Mars vorgedrungen, doch mit dem endgültigen Zusammenbruch der NASA waren die Kolonisierungspläne für den Mars öffentlich geworden.

Die Pläne gerieten in die Hände fanatischer Protestler. Sie gruben sich tief in das morastige Flussbett des Potomac ein, pressten Wasser aus dem Erdreich, formten Ziegel daraus und bauten endlose Gewölbe, Tunnel und Kivas, halb unterirdisch gelegene Lehmbauten, wie sie von den Hopi-Indianern benutzt worden waren. Die Radikalen stellten fest, dass selbst der kargste Flecken Erde im Vergleich zu den luflosen Wüsten des Mars ein wahres Füllhorn war. Alles, was auf dem Mars funktioniert hätte, funktionierte auf einer verlassenen Straße oder einem aufgegebenen Parkplatz hundertmal besser.

Der Erfindungsreichtum der NASA trug nun erstaunliche Früchte, und auf den Straßen von Washington entstanden zahlreiche Marssiedlungen. Slums aus komprimiertem Erdreich, zu betreten über labyrinthische Schleusen, klebten wie Wespennester an den Wänden von Gebäuden. In der Nähe von Union Station gab es drei Stockwerke hohe Abraumhalden, und selbst in Georgetown rumpelte es hin und wieder im Erdreich.

Die meisten Marsianer waren Anglos. Tatsächlich gehörten sechzig Prozent der Einwohner Washingtons dieser bedrängten Minderheit an. Die Verwaltung, berüchtigt für ihre Korruption, wurde von militanten Anglos beherrscht. Die ethnischen Bosse machten regen Gebrauch von ihrer traditionellen Begabung für Betrug, Hacking und Schreibtischverbrechen.

Obwohl er sich in Washington nicht auskannte, wusste Oscar doch, dass man gut beraten war, die Stadt nicht unvorbereitet zu betreten. Als er ausstieg, zog sich seine Mannschaft mit dem Bus sogleich in die relative Sicherheit Alexandrias zurück. Oscar ging zwei Blocks weit zu Fuß, über einen permanenten Straßenmarkt, wo Blumen, Medaillen, Armreifen, Aufkleber, Fahnen, Kassetten und Weihnachtsgeschenke feilgeboten wurden.

Er erreichte sein Ziel unbehelligt und in guter Verfassung. Sodann stellte er ohne große Überraschung fest, dass das Regierungsgebäude Hausbesetzern in die Hände gefallen war.

Oscar wanderte durch die Lobby, vorbei an Metalldetektoren und einem zyklopenhaften Gesichtserkennungsgerät. Der Portier der Besetzer war ein älterer Schwarzer mit kurz geschorenem Kraushaar und einer Fliege. Er reichte Oscar ein ID-Armband.

Das Computersystem überwachte nicht nur Oscars Bewegungen, sondern auch alles andere in dem Gebäude: Möbel, technische Geräte, Werkzeug, Küchenutensilien, Kleidungsstücke, Schuhe, Haustiere und natürlich die Hausbesetzer selbst. Die Detektorelemente waren so klein wie Apfelsinenkerne und so robust wie Nägel, sodass man sie unbemerkt an allem befestigen konnte, was von Interesse war.

Aufgrund der universellen Markierungen war der Inhalt des Gebäudes im Wesentlichen vor Diebstahl geschützt. Zudem erleichterten sie es, den staatlichen Besitz zu vergesellschaften. Da der Ort, der Zustand und die Herkunftsgeschichte eines jeden Gegenstands registriert waren und jederzeit abgerufen werden konnten, waren sie leicht zu finden. Zudem wurde es Schnorrern schwer gemacht, das Gemeineigentum zu entwenden oder zu missbrauchen. Wenn alles funktionierte, galt der digitale Sozialismus als billigere und praktischere Alternative zum Privateigentum.

Diese Technik hatte allerdings eine Nebenwirkung: sie

machte das Leben eines jeden Einzelnen zu einer quasi öffentlichen Angelegenheit. Auf den Gängen des Gebäudes spielten Kinder – dem Durcheinander nach zu schließen, *wohnten* sie sogar dort. Die Kinder waren ebenfalls markiert und mit Mikrofonen ausgestattet, und sie waren umgeben von einem Durcheinander farbcodierter Spielzeuge, deren Position registriert war.

Oscar bahnte sich einen Weg durch eine Ansammlung von Dreirädern und aufblasbaren Tieren hindurch, dann fuhr er mit einem vollgestopften Aufzug in den zweiten Stock hoch. Hier roch es stark nach indischen Gerichten – nach Curry, Papadams, vielleicht auch nach Hühnermasala. Dem Geruch nach zu schließen, wurden hier auch lebende, computerüberwachte Hühner gehalten.

Die Doppeltür des Zimmers 358 öffnete sich vertrauensvoll auf seine Berührung hin. Oscar trat in ein Künstleratelier, in einen kahlen, übelriechenden Raum, der aus verkohlten Büroeinheiten zusammengesetzt war. Die abgebrannten Büros wiesen unheimliche Hinterlassenschaften auf: ein Gitterwerk verkohlten Fußbodenbelags und die tropfenden Stalagmiten geschmolzener Kunststoffterminals. Jedenfalls hatte das Büro einen neuen Besitzer gefunden. Nun stand darin eine lange, selbstgebaute Werkbank aus verbolzten Eisenbahnschwellen, umgeben von gestapeltem Autoschrott, ausgedrückten Klebstofftuben und kurzen, dicken Metallstangen. Der Betonboden hallte unter Oscars Füßen.

Offenbar befand er sich im falschen Raum.

Sein Handy klingelte. »Hallo?«

»Bist du's wirklich?« fragte Greta.

»Natürlich bin ich das – ganz persönlich.«

»Nicht der Telefonsexdienst?«

»Nein. Ich lasse meine Privatgespräche über den Sexdienst laufen. Die haben ein enormes Gesprächsaufkommen, das ist ein guter Schutz gegen Überwachung. Und sollte tatsächlich jemand die Gespräche unter die Lupe nehmen, würde man annehmen … Aber lassen wir die technischen Details. Jedenfalls können wir uns über eine unverschlüsselte Leitung gefahrlos unterhalten.«

»Wenn du es sagst.«

»Lass uns reden, Greta. Sag mir, wie's dir geht. Erzähl mir alles.«

»Bist du wohlbehalten in Washington angekommen?«

Oscar drückte zärtlich das Stoffhandy. Es war, als hielte er ihr Ohr in seiner Hand. Auf einmal machte es ihm nichts mehr aus, dass er sich hoffnungslos verlaufen hatte und offenbar im falschen Gebäude war.

»Mir geht's prima. Schließlich ist das der Ort, wo ich Karriere mache.«

»Ich mache mir Sorgen, Oscar.« Eine lange Pause. »Ich … ich könnte vielleicht später am Tag nach Boston fliegen. Dort findet ein Seminar über Hirnforschung statt. Vielleicht könnte ich mir etwas Zeit abknapsen.«

»Wunderbar! Du solltest unbedingt nach Boston fliegen. Ich zeige dir mein Haus.« Eine lange, knisternde Pause.

»Klingt interessant …«

»Tu es. Das ist genau das, was wir brauchen. Es würde uns gut tun.«

»Ich muss dir etwas Wichtiges sagen …«

Er überprüfte rasch den Akkustand, dann drückte er sich das Handy wieder ans Ohr. »Na los, erzähl's mir, Greta.«

»Ich weiß nicht, wie ich das erklären soll … Es ist bloß … Ich bin so durcheinander und … Ich bin so begeistert und …« Erwartungsvolle Stille.

»Na los«, drängte er. »Red's dir von der Seele.«

Sie senkte die Stimme zu einem vertraulichen Geflüster. »Es geht um meine Amyloidfibrillen …«

»Um was?«

»Um meine Fibrillen. Es gibt zahlreiche Hirnproteine, die in vivo Amyloidfibrillen bilden. Obwohl sie ganz unterschiedliche Sequenzen bilden, polymerisieren sie doch alle in der gleichen Metastruktur. Die konformative Faltung hat mir Sorgen bereitet. Große Sorgen.«

»Tatsächlich? Eine Schande.«

»Aber dann habe ich mich gestern mit den GDNF-Adeno-Botenstoffen beschäftigt und eine neue amyloidogene Variante auf die Botenstoffe gepfropft. Eben habe ich mit dem Elektrosprayspektrometer die Masse bestimmt. Und sie translatieren, Oscar. Sie sind alle enzymatisch aktiv und bilden intakte Disulfidbindungen aus.«

»Es ist wundervoll, dir zuzuhören.«

»Sie translatieren in vivo! Das ist ein viel schonenderer Eingriff als die plumpe, altmodische Gentherapie. Das war der kritische, limitierende Faktor; man brauchte eine billige Methode für die Übertragung. Aber wenn wir das mit den Amyloiden und auch mit Dopamin und neurotrophen Faktoren schaffen … Ich meine, all diese Informationen auf lebendes Hirngewebe zu transferieren … Also, was *das* bedeutet, brauche ich dir wohl nicht zu erklären.«

»Nein, nein«, versicherte ihr Oscar, »auf *dem* Gebiet bin ich firm, glaub mir.«

»Bellotti und Hawkins verwenden freilich autosomale Amyloidose, deshalb könnte es sein, dass sie weiter sind als ich. Und jetzt halten sie im AMAC in Boston einen Vortrag.«

»Dann solltest du *unbedingt* nach Boston fliegen«, sagte Oscar, »es kommt gar nicht infrage, dass dir ein Schmarotzer wie Bellotti zuvorkommt! Ich regle alles für dich, jetzt gleich. Mach dir wegen der Reisespesen keine Sorgen. Mein Team wird dir einen Flug nach Boston buchen. Im Flugzeug hast du Zeit, an deiner Präsentation zu feilen. Wir besorgen dir eine Suite im Tagungshotel und lassen dir das Essen aufs Zimmer bringen, um Zeit zu sparen. Du solltest die Gelegenheit beim Schopfe packen, Greta. In dem Labortrubel kommst du doch nicht zum Nachdenken.«

Der Vorschlag schien ihr zu gefallen. »Also …«

Die Tür zum Raum 358 ging auf, und eine Schwarze in einem quietschenden, motorbetriebenen Rollstuhl kam hereingefahren. Ihr Haarschopf war schmutziggrau,und sie hatte mehrere grüne Plastikmülltüten dabei.

»Ich verstehe, worum es geht«, sagte Oscar ins Handy, während er sich vorsichtig von der Tür entfernte. »Boston ist genau das Richtige.«

»Hallo!« sagte die Frau im Rollstuhl und schwenkte die Hand. Oscar verdeckte das Mikofon des Handys und nickte höflich.

Die Schwarze sprang aus dem Rollstuhl hoch, schaltete ihn ab und hielt die Tür auf. Drei Weiße stürmten in den Raum, bekleidet mit Overalls, Stiefeln und zerfledderten Strohhüten. Das Haar hatten sie blau gefärbt, im Gesicht hatten sie die Kriegsbemalung der Nomaden, und alle trugen Sonnenbrillen. Der eine hatte eine gewaltige Schubkarre voller Kabel und Flachbildschirme dabei, die anderen beiden schleppten große khakifarbene Werkzeugkästen.

»Glaubst du wirklich, die Fibrillen sind heiß genug?« wollte Greta wissen.

»Fibrillen sind extrem heiß.«

Die Frau mit dem Rollstuhl nahm die scheußliche Perücke ab, unter der ordentlich geflochtenes Haar zum Vorschein kam. Dann schüttelte sie den zerlumpten Kaftan ab. Darunter war sie mit einem marineblauen Rock, blauer Weste, Seidenbluse und Strümpfen bekleidet.

Die drei Techniker machten sich daran, auf der vom Schweißen versengten Werkbank ein Konferenznetzwerk zu installieren.

»Ich bin Oscar Valparaiso«, verkündete Oscar. »Ich gehöre dem Ausschuss an.«

»Sie kommen zu früh«, sagte die Frau. Aus einem der Müllbeutel holte sie einen Mehrfachstecker und ein neues Paar Schuhe hervor.

»Ich freue mich auf einen Neuanfang.« Oscar sprach

wieder ins Handy. »Okay. Okay. Ist gut. Ich freue mich, dass es klappt. Lana und ich werden uns um alles kümmern. Bis dann.« Er knüllte das Handy zusammen und stopfte es sich in den Ärmel.

»So«, sagte er laut. »Und wie heißen Sie?«

»Chris«, antwortete die Frau und strich sorgfältig eine Naht glatt. »Ich bin der Ausschuss-Sysop.« Sie lächelte. »Bloß der Sysop.«

»Und das ist Ihr Team?«

»Ich habe kein Team. Ich bin eine Angestellte der Besoldungsgruppe 5. Die Männer sind Netz-Subunternehmer, sie wohnen hier. Dieser Versammlungsraum ist schon ein wenig seltsam … Ich meine, wir sind jahrelang im Dirksen Senate Building zusammengekommen. Aber das Übergangsteam des Präsidenten hat unsere alten Büros requiriert. Daher befindet sich der Wissenschaftsausschuss des Senats gegenwärtig in einer Art Übergangszustand zwischen zwei dauerhaften Unterbringungen.«

»Ich verstehe.«

»Dieser Raum war vom Raumverteilungsserver als leerstehend gemeldet worden, deshalb hat man ihn uns zugeteilt. Das Problem dabei ist, dass das ganze Gebäude seit drei Jahren besetzt ist, obwohl es immer noch auf dem Server geführt wird. Und wir sind kein Notstandsausschuss, wir können das Gebäude nicht per Gerichtsbeschluss räumen lassen. Wir stehen zu weit unten in der Hierarchie, um eine Zwangsräumung veranlassen zu können.«

»Na ja, wenigstens ist der Raum hübsch groß«, sagte Oscar freundlich.

»Das stimmt!« Sie lächelte ihn an.

»Und wir beide, das ist ja schon was für den Anfang. Ihre Rollstuhlverkleidung ist übrigens wirklich gut.«

»Bei den Straßensperren und den ständigen Ausweiskontrollen erweist sie sich jedenfalls als ausgesprochen nützlich.«

»Wie ich sehe, sind Sie eine waschechte Washingtonerin, Chris.«

»Ja, so bin ich – südliche Effizienz und nördlicher Charme.« Chris stupste einen ihrer Helfer an. »Nein, das ist der Monitorausgang! Der Stecker ist sechzehnpolig, okay? Lassen Sie mich das machen!« Sie wandte sich an den zweiten Mann. »Holen Sie den Router aus dem Beutel. Den Router und einen Gummischrubber. Und einen Divot. Zwei Datendivots. Nein, nicht den! Geben Sie mir den grünen.«

Oscar war ganz bezaubert von ihr. »Haben Sie die Metallskulpturen gemacht?«

»Die sind von meinem Freund. Er bewacht den Raum für uns, weil er seinen Arbeitsplatz jederzeit verlassen kann.« Sie sah auf. »Das ist wie Multitasking, verstehen Sie?«

»Ich *liebe* Multitasking.« Oscars zweites Handy klingelte. Er nahm es aus der Westentasche. »Was? Ja, Lana, buchen Sie ihr einen Flug nach Boston. Für die AMAC-Konferenz. Nein, ich weiß nicht, was die Abkürzung bedeutet. Machen Sie einfach eine Suchanfrage.«

»Wo ist der Mediator? Holen Sie die Schallwände«, meinte Chris. Sie musterte ihn von der Seite.

»Melden Sie sie für die ganze Konferenz an«, sagte Oscar, trat einen Schritt näher und hob effektheischend die Stimme. »Yosh soll sich darum kümmern. Und denken Sie ans Essen. Sie isst gern thailändisch. Burmesisch? Burmesisch ist auch gut, aber denken Sie an ihre Allergien.«

»Das läuft über DMAC? In der Vierzehnten ist ein DMAC-Mast. Mal sehn, ob er arbeitet.«

»DMAC arbeitet«, mischte Oscar sich ein. »Mein Handy läuft über DMAC.« Er schaltete wieder um. »Lana, buchen Sie ihr ein Zimmer im Konferenzhotel. Achten Sie auf Luftfilter. Und auf Blumen. Jeden Tag frische Blumen.«

»Haben Sie den Kompressor auf DNC eingestellt?« fragte Chris, ohne Oscar aus den Augen zu lassen. »Man kann den Router nicht laden ohne CMV. Ist das der EDFA? Nehmen Sie den Paketschrubber.«

»Buchen Sie das Zimmer für einen Tag«, sagte Oscar. »Für zwei Tage. Ja. Nein. Ja. Okay. Danke.« Er knüllte das Handy zusammen.

»Nein, wackeln Sie mal dran«, sagte Chris. »Es liegt am Kabel.«

»Es liegt immer am Kabel«, meinte Oscar.

Auf den Bildschirmen baute sich flackend ein Testbild auf. »Prima«, sagte Chris. »Wir sind drin. Wo ist die Imageverbesserung?«

»Habe keine dabei«, brummte der Subunternehmer. »Davon haben Sie nichts erwähnt.«

»Ich wusste nicht, dass der neue Mann leibhaftig anwesend sein würde.«

»Ich komme auch ohne Imageverbesserung zurecht«, warf Oscar ein. »Ich habe mein eigenes Make-up dabei.«

Chris gewährte ihm einen kostbaren Moment ihrer Aufmerksamkeit. »Sie sind sehr konservativ, Mr. Valparaiso.«

»Make-up ist ein wichtiger Bestandteil von Mr. Valparaisos Erbe.« Sie hatten die gleiche Wellenlänge. Sie verstanden sich hervorragend auf nonverbaler Ebene. »Wo sind die anderen alle, Chris? Ich dachte, wir wollten uns heute hier treffen.«

Chris straffte sich erschöpft. »Ja, das Transparenzgesetz schreibt öffentliche Sitzungen vor, aber das ist kein Senatstreffen. Das ist bloß eine Mitarbeitersitzung. Hier sind keine Mitglieder einer gesetzgebenden Körperschaft anwesend.«

»Ich dachte, bei Mitarbeitersitzungen trifft man sich persönlich.«

»Eigentlich ist das eher eine informelle Online-Besprechung.«

Oscar runzelte wohldosiert die Stirn. »In meinem Terminkalender ist die Sitzung ausdrücklich als persönliches Treffen vorgemerkt.«

»Also, während der Übergangsphase sind wir gezwungen, Zugeständnisse zu machen … Hören Sie, ich weiß, das klingt albern. Aber die Stabsangehörigen gehen nur ungern in ein Gebäude wie dieses. Sie haben die Bezeichnung ›Sitzung‹ gewählt, damit die Zeit berechnet wird. In Wirklichkeit handelt es sich bloß um eine Besprechung.« Sie lächelte bescheiden. »Ich bin bloß der Sysop, wissen Sie. Mein Fehler ist das nicht.«

»Es ist mir schon klar, dass das nicht Ihr Fehler ist, Chris. Aber wenn es bloß um eine Besprechung geht, dann wird man das Ganze nicht ernst nehmen. Dann kommen wir zu keinen Ergebnissen.«

»Auch bei einer Besprechung kann man zu Ergebnissen kommen.«

»Aber ich *will* keine Besprechung. Wenn wir unverbindlich fachsimpeln wollten, könnten wir das auch bei ein paar trockenen Martinis tun.«

Die Tür ging auf. Drei Männer und eine Frau traten in den Raum. »Das ist Mr. Nakamura«, sagte Chris erleichtert. »Der kann Ihnen bestimmt weiterhelfen.«

Nakamura blieb stehen, las vierzig Sekunden lang den Bildschirm seiner Sekretärin ab, machte sich über Oscars Identität und seine Akte kundig. Dann trat er mit ausgestreckter Hand energisch vor. »Schön, dass Sie wieder da sind, Oscar! Wie war die Rückreise?«

»Angenehm.«

»Wo ist Ihr Team?« Nakamura blickte sich in dem schwarz verkohlten Raum um. »Keine Mitarbeiter?«

»Ich habe einen sicheren Tourenbus. Deshalb habe ich mein Team dort zurückgelassen und mich absetzen lassen.«

Nakamura blickte seine beiden Bodyguards an, die den Raum mit kleinen Handscannern nach Abhörvorrichtungen absuchten.

»Ein sicherer Tourenbus. Ich wünschte, Sie hätten *mich* angerufen. Dann wäre ich mit Ihnen mitgefahren und hätte nicht diese beiden Schläger anheuern müssen.«

Oscar fühlte sich durch diese offenkundige Lüge geschmeichelt. »Es wäre mir eine Freude gewesen, Sir.«

»Ich bin ein altmodischer Mensch«, erklärte Nakamura. »Der Kongress bezahlt mich, deshalb komme ich gern zur Arbeit.« Nakamura war der dienstälteste Stabsangehörige. Er hatte eine erstaunliche Anzahl von Säuberungen, Skandalen und Senatsumwälzungen überlebt – selbst wiederholte Feldzüge und Head-Hunting-Attacken seitens der Notstandsausschüsse.

Nakamura gehörte dem Rechten Traditionsblock an und war Mitglied bei den Wirtschaftsliberalen. Die WiLis hatten einen Wähleranteil von zwölf Prozent, mehr als ihre Juniorpartner, die Christlich Demokratische Union und die Antifeministische Frauenpartei. Oscar hielt die Politik der WiLis für grundlegend falsch, doch zumindest waren sie konsequent in ihren Fehlern. Die WiLis waren Spieler.

Nakamura berührte Oscar an der Schulter, ein politisches Abtasten. »Ich bin gespannt auf Ihren Bericht über das Labor in Buna, Oscar. Sie waren dort bestimmt sehr fleißig.«

»Wir leben in schwierigen Zeiten, Sir.«

»Ein Grund mehr, während der Übergangszeit der neuen Administration auf Stabilität zu achten.«

»Ich bin völlig Ihrer Meinung«, konterte Oscar. »Kontinuität und eine starke Hand bei der Verwaltung des Laboratoriums wären gegenwärtig ausgesprochen hilfreich. Umsicht. Keine übereilten Schritte.«

Nakamura nickte reflexhaft, dann runzelte er die Stirn. Oscar fürchtete bereits, er habe den Bogen überspannt. In den Datenbanken waren öffentliche Auftritte Nakumaras aus zwanzig Jahren gespeichert. Oscar hatte sich die Mühe gemacht, seine Sprachmuster analysieren, bewerten und ordnen zu lassen. Nakamura verwendete besonders gern die Begriffe ›Umsicht‹ und ›Kontinuität‹ in Verbindung mit ›hilfreich‹ und ›eine starke Hand‹, mit neuerdings stark ansteigender Tendenz. Nakamura verbal zu imitieren war ein billiger Netz-Trick, doch wie die meisten solcher Tricks funktionierte er zumeist.

Acht weitere Personen betraten den Raum. Es handelte sich um die Ausschussangehörigen Namuth und Mulnier mit einem Gefolge von sechs Mitarbeitern, die Pizzas, Kaffee und Falafel dabei hatten. Der appetitanregende Duft des Fastfood verdrängte den Brandgeruch.

Nakamura nahm dankbar ein Pita-Sandwich entgegen. Jetzt, da sich der scheußliche Raum mit bekannten Gesichtern gefüllt hatte, fühlte sich der leitende Angestellte sichtlich wohler. »Namuth und Mulnier sind in Ordnung«, murmelte er. »Angestellte, die sich die Mühe machen, persönlich an einer Besprechung teilzunehmen … die sind meistens in Ordnung.«

»Eine Frage, Sir – ist das nun eine Besprechung oder eine Sitzung?«

Nakamura kaute und schluckte mit gequälter Miene. »Nun, bei einer richtigen *Sitzung* müssten selbstverständlich Vertreter der gesetzgebenden Körperschaft anwesend sein. Oder zumindest deren leitende Mitarbeiter, die Stabschefs beispielsweise. Dann gibt es da noch die Ausschuss*treffen* und die *Anhörungen* des Ausschusses und der Unterausschüsse, im Allgemeinen in Anwesenheit vereidigter Zeugen und aller Beteiligten … Der Trend geht in der modernen Legislative jedenfalls dahin, die Gesetzentwürfe und die Ausarbeitung des Haushalts den Ausschüssen zu überlassen. Senatsanhörungen sind inzwischen auf Mittler angewiesen und stark formalisiert. Das hat zur Folge, dass die Mitarbeiter der Ausschüsse eigene Sitzungen abhalten müssen. Zudem ist es notwendig, außer den formellen Sitzungen auch noch solche Besprechungen abzuhalten.«

Nakamura betrachtete sein in sich zusammenfallendes Sandwich und stopfte mit der Fingerspitze ein paar Bambussprossen hinein. »Wir bezeichnen diese Zusammenkunft als Sitzung, damit wir Spesen und Reisekosten erstattet bekommen. Und um besser geschützt zu werden.

Wie Sie bemerkt haben werden, ist das Gebäude äußerst unsicher.«

Als er sicher war, dass Nakamuras Lippen zum Stillstand gekommen waren, beugte Oscar sich leicht vor. »Ich weiß, dass wir solange, bis der Senat zusammentritt, keine formellen Anhörungen abhalten können. Als neuer Mitarbeiter möchte ich mich der Herausforderung erst dann stellen, wenn ich besser im Bilde bin. Offen gesagt hoffe ich darauf, dass Sie mir hilfreich unter die Arme greifen und die Kontinuität sicherstellen werden.«

Nakamura quittierte diese Bemerkung mit anmutigem Kopfnicken.

»Ich habe mir das Laboratorium angeschaut und Meinungen gesammelt ... Seit Dougals Missgeschick brodelt dort die Gerüchteküche. Die Moral ist schwankend.«

»›Schwankend‹?«

»Ich glaube, die Lage würde sich wieder stabilisieren, wenn aus Washington beruhigende Signale kämen.«

Nakamura beäugte seine Kollegen. Namuth und Mulnier schütteten Eiskaffee in sich hinein, tippten nachlässig gegen Bildschirme und beachteten sie nicht weiter. Oscar, der Namuth und Mulnier nach eingehendem Studium ihrer Akte abgeschrieben hatte, wunderte dies nicht.

Nakamura war aus härterem Holz geschnitzt. »Was werden Sie vorschlagen?«

»Ich glaube, wir sollten dem gegenwärtigen Direktor das Vertrauen aussprechen. Ein Zeichen der Unterstützung seitens des Senatsausschusses – das könnte bei ihm Wunder wirken.«

Nakamura legte das Sandwich weg. »Also, das geht nicht.«

»Wieso nicht? Wir müssen etwas unternehmen. Die Autorität des Direktors bröckelt merklich. Sollte die Lage außer Kontrolle geraten, ist das Labor paralysiert.«

Nakamuras Miene verdüsterte sich. »Junger Mann, Sie haben nie mit Senator Dougal zusammengearbeitet. Ich schon. Die Vorstellung, wir könnten einem seiner Jasager quasi eine Blankovollmacht ausstellen … und das ausgerechnet jetzt, da die neue Administration die Arbeit aufnimmt … Nein, das geht nicht.«

»Sie sagten, in der gegenwärtigen Situation würden Sie Wert auf Kontinuität legen.«

»Ich habe nicht gesagt, dass die Kontinuität von *uns* ausgehen sollte.«

»Na schön«, sagte Oscar und nahm mit gespielter Enttäuschung die vorbereitete Rückzugsposition ein, »vielleicht sollte ich meine Erwartungen zurückschrauben. Direktor Felzian befindet sich in einer schwierigen Lage. Was genau können wir für den Mann tun? Ohne Dougals Unterstützung ist seine Stellung gefährdet. Man könnte ihn denunzieren. Man könnte eine offizielle Untersuchung veranlassen. Er könnte sogar angeklagt werden.«

»Angeklagt?« Nakamura verdrehte die Augen. »Aber gewiss nicht in Texas!«

»Er könnte in Louisiana angeklagt werden. So viele seltene Tiere sind auf dem Sammlermarkt verschwunden … Seltene Tiere geben fotogenes Beweismaterial ab … Der Gouverneur von Louisiana ist ein hochinteressanter Fall. Die Gerichte tanzen nach seiner Pfeife. Das ist wirklich nicht der passende Zeitpunkt, bei einem staatlichen Labor Uneinigkeit und Schwäche zu zeigen.«

»Junger Mann, Sie sind Gouverneur Huguelet offenbar noch nie begegnet …«

»Doch, Sir, das bin ich. Ich habe vergangene Woche mit ihm zu Abend gespeist.«

Nakamura fiel die Kinnlade herab. »Was Sie nicht sagen.«

»In diesem Winkel der Erde fällt es schwer, ihm nicht über den Weg zu laufen. Er hat sich mir gegenüber mit großer Offenheit über seine Absichten geäußert.«

Nakamura seufzte. »Das würde Huey nicht wagen.«

»Weshalb sollte er davor zurückschrecken, ein staatliches Labor zu zerstören, wenn er bereits einen Luftwaffenstützpunkt belagert?«

Nakamura runzelte verärgert die Stirn.

Oscar senkte die Stimme noch weiter. »Huey unterstützt seit jeher die Gentechnik und die Hirnforschung. Das Labor bietet genau das, was er braucht. Die Talente, die Daten und die Proben. Außerdem war Huey an der Gründung des Labors maßgeblich beteiligt. In der dortigen alten Garde hat er noch viele Verbündete. Es liegt auf der Hand, welchen Kurs er verfolgen wird.«

»Aber er hat den staatlichen Einfluss dort immer voll und ganz unterstützt. Es ist ja nicht so, dass wir das Laboratorium *vergessen* hätten. Wir haben es nicht verlegt. Wir sind nicht wie diese Gauner im Notstandsauschuss.«

Oscar schwieg. Dann zuckte er die Achseln. »Bin ich etwa maßlos? Ich schlage lediglich die *kleinste* Maßnahme vor, mit der wir den Status quo erhalten könnten. Ist der Ausschuss der Meinung, dass wir mit dem Status quo *unzufrieden* sind?«

»Nein, natürlich nicht. Nun ja ... einige schon. Andere nicht.«

Oscar zeigte sich angemessen skeptisch. »Sie sind sich doch im Klaren darüber, dass dies meine erste Anstellung bei diesem Ausschuss ist. Es macht mir nichts aus, wenn ich heute allein dastehe.«

»Sicher nicht.«

»Ich möchte mich nicht in Szene setzen. Ich bin ein Teamarbeiter.«

»Gewiss.«

Oscar berührte Nakamura sachte am Arm. »Sie glauben doch hoffentlich nicht, mir würde es Spaß machen, in dem Ausschuss isoliert zu werden. Ich hätte auch auf dem Hill sein können, im Zentrum der Macht, anstatt mich sechs Wochen lang in einer luftdichten Kuppel einsperren zu lassen. Ich werde heute meinen Zwischenbericht vorlegen, aber sollte man mich nach Texas zurückschicken, ohne dass im Ausschuss Einvernehmen über die weitere Vorgehensweise besteht, werde ich das sehr krumm nehmen. Ist das unvernünftig von mir?«

»Nein. Das ist nicht unvernünftig. Ich habe Verständnis für Ihre Lage. Ob Sie's glauben oder nicht, ich war auch einmal ein junger Angestellter.«

»Sir, der Bericht wird nicht sehr amüsant ausfallen. Zumal was die finanziellen Schlußfolgerungen betrifft. Die Lage könnte dort außer Kontrolle geraten. Es könnten sogar äußerst schwerwiegende Probleme auftreten. Am billigsten und einfachsten wäre es, das Labor zu schließen und Green Huey die Überreste aufsammeln zu lassen.«

Nakamura zuckte zusammen.

Oscar ließ nicht locker. »Aber die Entscheidung darüber liegt nicht bei mir. Und sie fällt *sicherlich* nicht in meinen Verantwortungsbereich. Sollte etwas von meinem Bericht durchsickern und Folgen zeitigen, dann möchte ich nicht, dass man hinterher sagt, ich verfolgte persönliche Ziele. Oder Senator Bambakias habe in dieser Angelegenheit unredliche Absichten. Ich habe guten Glaubens gehandelt und mich um Objektivität bemüht. Ich betrachte es als meine Aufgabe, dem Ausschuss Fakten vorzulegen. Aber sollte irgendwas passieren, dann will ich deswegen nicht gekreuzigt werden.«

Oscar hob die Hand, mit der Handfläche nach vorne weisend. »Ich will meinen Kollegen damit keine Boshaftigkeit unterstellen! Ich erwähne bloß eine Binsenwahrheit – es ist stets am einfachsten, den Neuen auflaufen zu lassen.«

»Ja, das stimmt«, sagte Nakamura. »Sie haben die Situation gut erfasst. Aber Sie sind nicht der einzige Neue im Team.«

»Nein?«

»Nein. Dem Wissenschaftsausschuss gehören drei neue Senatoren an, und alle haben ihre Mitarbeiter mitgebracht. Und die beiden anderen Neuen haben es bislang nicht für nötig befunden, auch nur zu einer einzigen

Besprechung persönlich zu erscheinen. Sie loggen sich von ihren Penthousewohnungen in Arlington ein, wo sie damit beschäftigt sind, ihren Vorgesetzten in den Arsch zu kriechen.«

Oscar runzelte die Stirn. »Das ist unprofessionelles Verhalten.«

»Das sind keine Profis. Man kann sich nicht auf sie verlassen. Auf mich ist Verlass und auf Mulnier. Mulnier ist zwar nicht mehr der Gleiche wie vor zehn Jahren – aber wenn Sie aufrichtig zu mir sind, wenn Sie es gut meinen und wenn Sie sich hundertprozentig für den Ausschuss einsetzen, also, dann haben Sie Rückendeckung. Darauf gebe ich Ihnen mein Wort.«

»Mehr verlange ich gar nicht.« Oscar trat einen Schritt zurück. »Ich bin froh, dass wir zu einer Übereinkunft gelangt sind.«

Nakamura sah auf die Uhr. »Bevor wir heute anfangen, möchte ich Ihnen sagen, Oscar, dass Ihr persönliches Problem hier kein Thema ist. Solange ich diesem Ausschuss vorsitze, kommt das Thema nicht auf den Tisch.«

Bambakias' Haus lag in der New Jersey Avenue, südlich des Capitol Hill. Oscar traf dort ein, als sich gerade ein Medienteam verabschiedete. Die New Jersey Avenue wurde ständig überwacht. In dieser Gegend kam es nur selten zu Zwischenfällen, und die städtische Infrastruktur war noch intakt. Das Haus war ein historisches Bauwerk, über zweihundert Jahre alt. Es war zu klein für das Ehepaar Bambakias und ihren großen Mitarbeiterstab, aber Lorena Bambakias war Innenarchitektin in einer überbevölkerten Welt. Sie war es gewohnt, Kompromisse zu schließen.

Als Wahlkampfprofi hatte Oscar es sich zum Prinzip gemacht, sich niemals mit der Person anzulegen, die mit dem Kandidaten schlief. Die Gattin des Kandidatin spielte beim Wahlkampf notwendigerweise eine wichtige Rolle. Lorena war die geborene Spielerin, für gewöhnlich aber fügsam. Sie war fügsam, solange man ihren Ratschlägen ungeteilte Aufmerksamkeit zuteil werden ließ und solange sie wusste, dass sie ein starkes Blatt in Händen hielt. Jeder, der über Oscars persönliches Problem Bescheid wusste, glaubte, er verfüge über einen tödlichen Trumpf. Das war in Ordnung. Bislang hatte er Lorena noch in keine Situation gebracht, in der sie das Bedürfnis verspürt hätte, ihren tödlichen Trumpf auszuspielen.

Aufgrund des Hungerstreiks leuchteten Lorenas Augen, und ihre olivfarbene Haut war so straff und glatt, dass sie beinahe wie laminiert wirkte. Lorena war keine Aristokratin – sie war die Tochter des Geschäftsführers einer Ladenkette für Gesundheitsnahrung aus Cambridge –, doch ihre Magerkeit und das exquisite Video-Make-up verliehen ihr die unirdische Ausstrahlung eines Porträts von Gainsborough.

Geschwächt vom Fasten ruhte sie auf einem Sofa mit gedrechselten Armlehnen und gelbem Seidenbezug.

»Es ist schön, dass Sie sich die Zeit für einen Besuch nehmen, Oscar«, sagte Lorena und räkelte sich ein wenig. »Wir haben nur selten Gelegenheit, miteinander zu sprechen.«

»Das Haus ist wundervoll«, sagte Oscar. »Ich bin gespannt, wie es aussieht, wenn es fertig ist.«

»Ach, das ist halt mein Job«, erwiderte Lorena. »Ich wünschte, ich könnte sagen, es wäre wirklich aufregend – aber das ist bloß ein Design-Job wie andere auch. Ich trauere dem Wahlkampf hinterher.«

»Wirklich? Das ist nett von Ihnen.«

»Es war so aufregend, sich *unters Volk* zu mischen. Zumindest haben wir damals richtig gegessen. Aber jetzt … na ja, jetzt sind wir Entertainer. Wir spielen Senator und Gemahlin, und wir müssen sechs lange Jahre in diesem elenden Dreckloch leben, und wir planen, die High Society aufzurollen.« Sie schaute sich im Empfangszimmer um, musterte die pfirsichfarbenen Wände mit dem nachdenklichen Blick eines Automechanikers. »Mein eigener Geschmack geht in die Richtung der Transzendenten Moderne, aber das Haus halte ich im Föderationsstil. Eine Menge Hepplewhite ... schwarzes Walnussholz ... Sekretäre und Esszimmerstühle mit Wappenlehne. Es gab ein paar gute Sachen in der Periode, wenn man von dem geschmacklosen Neoklassisismus Abstand nimmt.«

»Eine ausgezeichnete Wahl.«

»Ich will hier eine Atmosphäre schaffen, die verbindlich und ansprechend wirkt. Sehr zurückhaltend, im Stil der amerikanischen Republik, aber weder kitschig noch im Kolonialstil. Eher im Bostonstil, verstehen Sie? Aber nicht *zu viel* davon. Keine Unabhängigkeitspolitik, kein Paul Revere, keine Boston Tea Party. In einer solchen Lage muss man Kompromisse machen. Man muss Opfer bringen. Man kann nicht alles auf einmal haben. Eleganz bedeutet Zurückhaltung.«

»Ja, natürlich.«

»Ich beabsichtige, meinen Binturong zurückzugeben.«

»O nein«, sagte Oscar. »Doch nicht Stickley, den Binturong.«

»Ich weiß, Sie haben sich große Mühe gegeben, mir Stickley zu besorgen, und er ist auch wirklich ganz reizend. Aber ich habe hier in Washington einfach keinen Platz, ein seltenes Tier auszustellen. Ein frei zugängliches Terrarium, das wäre nett gewesen, und ich hatte auch schon gute Ideen dazu. Aber ein Tierklon passt einfach nicht hierher. Ja, wirklich. Er passt nicht in die Periode. Er lenkt ab.«

»Also, machbar ist das schon«, meinte Oscar umsichtig. »Ich glaube, bislang hat noch niemand ein Tier ans Laboratorium *zurückgegeben*. Das wäre eine nette Geste.«

»Ich habe an einen *kleinen* Klon gedacht. Vielleicht eine Fledermaus oder ein Maulwurf oder ... Nicht, dass mir Stickley keinen Spaß gemacht hätte. Er benimmt sich sehr gut. Aber wissen Sie was? Er ist irgendwie seltsam.«

»Das liegt an dem Hirnimplantat, das man ihm im

Labor verpasst hat«, sagte Oscar. »Es dreht sich alles um die Aggressivität, das Fressen und die Ausscheidung. Wenn man diese drei Verhaltensweisen unter Kontrolle hat, kann man in Frieden mit wilden Tieren zusammenleben. Zum Glück ähneln sich diese tief verwurzelten Verhaltensmuster bei den meisten Säugetieren.«

»Ich nehme an, das gilt auch für Menschen.«

»Ja, natürlich.« Oscars Handy klingelte. Er schaltete es höflich aus.

»Die neurale Steuerung der Essgewohnheiten ist jedenfalls weit entwickelt«, sagte Lorena. »Ich nehme gegenwärtig Appetitzügler ein. Die wirken auch übers Gehirn.«

»Die Hirnforschung ist im Moment ein heißes Thema.«

»Ja. Neurowissenschaft klingt sehr attraktiv.«

Sie berichtete ihm, was sie über Greta wusste. Natürlich wusste Lorena über Greta Bescheid. Auch über Clare war sie im Bilde gewesen. Clare hatte nämlich für eine gute Berichterstattung gesorgt. Daher stand Lorena eher auf Clares Seite. Eigentlich aber musste sie ein Einsehen haben. Schließlich hatte Clare ihn verlassen …

Lorenas Handy klingelte. Sie nahm den Anruf entgegen. »Ja? Wie? O je. Du meine Güte. Und wie hat Alcott die Nachricht aufgenommen? Ach du meine Güte. Das ist sehr betrüblich. Sind Sie auch ganz sicher? Wirklich? Ist gut. Vielen Dank.« Lorena zögerte einen Moment. »Möchten Sie vielleicht mit Oscar Valparaiso darüber sprechen? Wir trinken gerade Tee miteinander. Nein? Also, dann.« Sie unterbrach die Verbindung.

»Das war Leon Sosik, unser Stabschef«, erklärte sie und steckte das Handy in den weit geschnittenen Ärmel. »Im Hungerstreik gibt es eine neue Entwicklung.«

»Ja?«

»Es geht um die Luftwaffenbasis. Ein Feuer ist dort ausgebrochen. Irgendein Gift wurde freigesetzt. Der ganze Stützpunkt wird evakuiert.«

Oscar drückte den Rücken gegen die geschwungene Mahagonilehne. »Hab ich richtig gehört, der Stützpunkt wird evakuiert?«

»Die Unionstruppen ziehen sich zurück. Sie rennen um ihr Leben. Natürlich rücken jetzt diese abscheulichen Prolos nach, sie klettern einfach über den Zaun.« Lorena seufzte. »Das bedeutet, es ist vorbei. Das ist das Ende. Aus und Schluss.« Sie schwenkte die Beine auf den Boden, setzte sich auf und presste sich das schlanke Handgelenk gegen die Stirn. »Gott sei Dank.«

Oscar streifte sich übers frisch frisierte Haar. »Mein Gott, wie geht es jetzt weiter?«

»Machen Sie Witze? Mann, ich werde etwas *essen*.« Lorena nahm eine Glocke vom Servierwagen und läutete. Eine Angestellte tauchte auf – Oscar hatte sie noch nie gesehen. »Elma, bringen Sie mir Teekuchen. Nein, lieber ein paar Petits Fours und Erdbeeren mit Schokolade. Und bringen Sie mir … ach, was soll's, bringen Sie mir ein großes Sandwich mit Roastbeef.« Sie blickte Oscar an. »Möchten Sie auch etwas?«

»Schwarzer Kaffee und Nachrichten wären nett.«

»Gute Idee.« Sie hob die Stimme. »System?«

»Ja, Lorena«, antwortete der Hauscomputer.

»Bitte schick den Bildschirm runter.«

»Ja, Lorena, sofort.«

»Für ein Full-Service-Team ist hier kein Platz«, meinte Lorena entschuldigend. »Deshalb habe ich vieles automatisiert. Das System ist noch im Babystadium, es ist noch ganz neu und dumm. Ganz gleich, wie viel Mühe man sich gibt, ein wirklich smartes Haus gibt es nicht.«

Ein Fernsehschrank aus Walnussholz kam die mit Teppich ausgelegte Treppe herunterspaziert.

»Ein hübscher Schrank«, sagte Oscar. »Reaktive Möbel im Föderationsstil habe ich noch nie gesehen.«

Am Fuß der Treppe verharrte der Fernseher und ließ die räumlichen Gegebenheiten auf sich wirken. Nach einer kurzen Denkpause krümmten zwei Stühle die geschwungenen Beine und machten spinnengleich Platz. Lorenas Couch vollführte einen Tangoschritt. Der Servierwagen rollte mit einer kleinen Melodie beiseite. Der Fernseher baute sich so vor Oscar und Lorena auf, dass sie gute Sicht hatten.

»Du meine Güte, das ist ja *alles* reaktiv«, sagte Oscar. »Ich hätte schwören können, die Stuhlbeine wären aus Holz.«

»Sie *sind* aus Holz. Allerdings handelt es sich um spezialbehandeltes Lignin.« Lorena zuckte die Achseln. »Stil hin oder her, ich möchte schließlich nicht wie ein Barbar leben.« Als sie den Arm hob, löste sich eine vergoldete Fernbedienung aus der Wand und flog ihr in die Hand. Sie warf Oscar die Fernbedienung zu. »Würden Sie navigieren? Suchen Sie gute Nachrichten. Mir liegt das nicht so.«

»Rufen Sie noch mal Sosik an und fragen Sie ihn, was *er* gerade sieht.«

»Oh. Ja, natürlich.« Sie lächelte schwach. »Man sollte nicht surfen, wenn man einen Piloten hat.«

Hueys PR-Team hatte sich der Angelegenheit bereits angenommen. Ein Umweltbeauftragter des Bundesstaates Louisiana verbreitete die offizielle Version von der ›Katastrophe‹. Ihm zufolge hatte der ›aufgegebene Luftwaffenstützpunkt‹ die Sicherheitsbestimmungen vernachlässigt. Ein Feuer sei ausgebrochen und habe auf ein Lager mit nichttödlichen Aerosolen übergegriffen. Es handele sich um Panik verbreitende Desorientierungsmittel. Die ungiftigen und geruchlosen Stoffe dienten der Räumung von Dritte-Welt-Straßen von Aufständischen. Schnitt zu einem Sanitätszelt mit zitternden, geistig verwirrten Soldaten, die in Kontakt mit den psychotropen Aerosolen gekommen waren. Einheimische wiesen ihnen Pritschen zu und verteilten Decken und Beruhigungsmittel. Die Soldaten bekamen offenbar die denkbar beste Versorgung.

Oscar trank einen Schluck Kaffee. »Unglaublich.«

»Ich nehme an, dieses Schauspiel hat mit der Realität vor Ort nur wenig zu tun«, sagte Lorena mit vollem Mund.

»Irgendeine Verbindung muss es geben. Huey ist zu schlau, um das alles bloß zu arrangieren. Er hatte Agenten im Stützpunkt. Irgendjemand hat Feuer gelegt und die Basis mit ihren eigenen Waffen ausgeschaltet. Das war Sabotage. Huey hat die Geduld verloren, und da hat er sie vergiftet.«

»Er hat Unionstruppen vorsätzlich Giftgas ausgesetzt.«

»Mag sein, aber das wird man ihm schwerlich nachweisen können.«

»Ich kann nachvollziehen, dass Leute einem in den Rücken fallen«, sagte Lorena und verschlang eine Schokoladenerdbeere. »Was ich nicht begreife, ist, wenn sie einem von vorne das Messer in den Bauch rammen. Das ist pures Mittelalter.«

Sie schauten aufmerksam zu und zappten weiter, wenn Sosik den Nachrichtenkanal wechselte. Die Europäer hatten hervorragende Luftaufnahmen von maskierten Prolos, die in den Stützpunkt eindrangen. Den Regulatoren machten die Aerosole anscheinend nichts aus.

Die Nomaden verschwendeten keine Zeit. Eine endlose Lastwagenkolonne fuhr in den Stützpunkt hinein – offenbar handelte es sich um große, umgebaute Tankwagen. Die Laster wurden von organisierten Arbeitsgruppen beladen. Die Prolos plünderten den Stützpunkt mit der dezentralisierten Effizienz von Ameisen, die eine tote Spitzmaus verspeisten.

»Ich möchte mal eine Vorhersage treffen«, sagte Oscar. »Morgen wird der Gouverneur seiner Besorgnis Ausdruck verleihen. Er wird Truppen entsenden, um ›die Ordnung wiederherzustellen‹. Die Soldaten werden den Stützpunkt abriegeln – nachdem die Prolos ihn leergeräumt haben. Wenn Washington nachfragt, was mit den Waffen passiert ist, sind sie längst fortgeschafft, und den Gouverneur trifft keine Schuld.«

»Weshalb tut Huey etwas so Verrücktes?«

»Er findet das ganz vernünftig. Er wollte den Stützpunkt einsacken. Als Gegenleistung für neugeschaffene Arbeitsplätze, als staatlichen Zuschuss. Die Notstandsausschüsse aber haben ihm die Unterstützung gestrichen. Sie haben ihn reingelegt und ausgebootet. Huey erträgt es nicht, gedemütigt zu werden, daher hat er sich zur Eskalation entschlossen. Erst die räuberischen Straßenblockaden. Dann die Stromausfälle. Dann die Belagerung durch Stellvertreter. Er hat die Schrauben systematisch angezogen, Schritt für Schritt. Und da ihn das alles nicht weiterbrachte, hat er sich einfach den ganzen Stützpunkt unter den Nagel gerissen.«

»Aber diese dreckigen Prolos können doch keinen Luftwaffenstützpunkt betreiben. Dazu ist seine ganze kleine Miliz nicht in der Lage.«

»Das stimmt, aber jetzt hat er die *Daten*. Modernste Flugelektronik, Chips, Software, Einsatzpläne und dergleichen … Das ist militärisch von allerhöchstem Wert. Sollte ihn die Regierung unter Druck setzen, stehen ihm ganz neue Möglichkeiten offen.«

»Oh. Ich verstehe.«

»Glauben Sie mir, das hat er alles bedacht. So ist er eben.«

Ein Roastbeefsandwich mit Senf, Garnierung und Sahnekartoffeln wurde gebracht. Lorena lächelte höflich, als sich die mit einer Schürze bekleidete Bedienstete in die Küche zurückzog. Sie hob eine Scheibe krustenloses Roggenbrot ab, betrachtete es eingehend und legte es mit zitternden Fingern wieder weg. »Alcott wird toben. Wir haben alles getan, um das zu verhindern.«

»Ich weiß.«

»Wir haben einfach nicht genug Aufmerksamkeit erregt. Wir haben einen riesigen PR-Rummel veranstaltet und standen kurz davor, die Partei zu sammeln und den

Stützpunkt zu belagern. Huey war einfach zu schnell für uns. Alcott ist noch nicht mal vereidigt! Und nach seiner Amtseinführung haben wir es immer noch mit den Notstandsausschüssen zu tun. Von der Opposition ganz zu schweigen. Außerdem ist die Unionsregierung schlichtweg pleite .... Es sieht schlimm aus, Oscar. Wirklich schlimm.«

»Morgen fliege ich nach Boston. Wir denken uns etwas Neues aus. Der Hungerstreik ist jetzt beendet, aber dieser Schachzug hat mir nie so recht gefallen. Keine Bange. Sie müssen erst einmal wieder zu Kräften kommen. Das Spiel ist noch längst nicht aus.«

Sie blickte ihn dankbar an. Während sie das Sandwich verspeiste, sah er weiter Nachrichten.

Schließlich stellte sie den Teller weg und lehnte sich mit funkelnden Augen auf dem Sofa zurück. »Wie war Ihre erste Ausschusssitzung, Oscar? Ich habe ganz vergessen, Sie danach zu fragen. Waren Sie brillant?«

»Um Himmels willen, nein. Die können es nicht ausstehen, wenn man brillant ist. Dann schalten sie auf stur. Ich habe einfach solange meine Fakten und Zahlen runtergebetet, bis es ihnen langweilig wurde und sie abschalteten. Mittlerweile hatte der Vorsitzende die Stimmrechte eingesammelt. Als ich ihn dann um seine Hand bat, reichte er mir den kleinen Finger. Mehr als den kleinen Finger wollte ich gar nicht. Somit war die Sitzung ein voller Erfolg für mich. Ich habe jetzt nahezu freie Hand.«

Sie lachte. »Sie sind mir ein Schlingel!«

»Es hat keinen Zweck, brillant zu sein, wenn es einen nicht weiterbringt. Der Senator hat mit dem Hungerstreik einen brillanten Mediencoup gelandet, aber jetzt sollte Alcott lernen, langweilig zu sein. Romantiker sind brillant, Künstler sind brillant. Politiker wissen, wann Langeweile gefordert ist.«

Lorena nickte nachdenklich. »Da haben Sie wohl Recht. Sie werden sich gut um Alcott kümmern, nicht wahr? Sie verstehen ihn. Sie konnten ihn immer zur Vernunft bringen. Sie können ihn aufmuntern, wenn er niedergeschlagen ist.«

»Sie sind doch nicht etwa deprimiert, Lorena?«

»Nein, ich bin nicht deprimiert. Ich bin bis zum Hals mit Diätpillen vollgestopft. Aber Alcott ist anders als ich. Er nimmt sich alles zu Herzen. Er neigt zu Depressionen. Ich kann im Moment nicht bei ihm sein. Und wenn er deprimiert ist, steht ihm der Sinn nach Sex.«

Oscar schwieg erwartungsvoll.

»Es war leichtsinnig von Leon Sosik, sich von Alcott zum Hungerstreik überreden zu lassen. Alcott hat zahllose Einfälle, aber ein besserer Stabschef würde ihm die dummen Ideen ausreden. Und wenn Sie, Oscar, Moira, dieses kleine Flittchen, nach Boston mitnehmen, während ich nicht da bin, dann wäre das ebenfalls sehr dumm von Ihnen.«

Seit er in jedem einzelnen Wahlbezirk auf Stimmenfang gegangen war, kannte Oscar Boston wie seine Westentasche. Verglichen mit anderen amerikanischen Städten war Boston vernünftig, zivilisiert und aufs Gemeinwohl bedacht. Boston hatte viele Vorzüge. Einen funktionsfähigen Haushalt. Ruhige, prachtvolle Parks. Bedeutende Museen, ausgestattet und unterhalten von Menschen mit einem Sinn für kulturelle Kontinuität. Sehenswerte Plastiken aus mehreren Jahrhunderten. Lebendige, kommerzielle Theater. Restaurants mit Kleidervorschrift. Gegenden mit echter Nachbarschaft und Kneipen.

Natürlich gab es auch in Boston weniger begünstigte Gegenden; die Combat Zone, den halb überschwemmten Küstenstreifen … doch wieder zu Hause zu sein, vermittelte Oscar vorübergehend das Gefühl von Gnade. Den Malstrom von Los Angeles hatte er nie vermisst, und was das bedauernswerte alte Washington anging, so vereinte es die Langeweile Brüssels mit dem Wahnsinn von Mexiko City. Osttexas war natürlich völlig abwegig.

Allein schon der Gedanke, dorthin zurückzukehren, verursachte ihm Kopfschmerzen.

»Ich werde den Wahlkampfbus vermissen«, sagte Oscar. »Der Verlust tut weh. Das ist, als hätte ich eine ganze Gruppe Go-Steine verloren.«

»Könnten Sie sich nicht einen eigenen Bus kaufen?« fragte Moira, während sie mit ihren frisch lackierten Nägeln den fotogenen Mantelkragen richtete.

»Klar könnte ich mir einen Wahlkampfbus leisten, wenn man die Dinger mit ungelernten Arbeitskräften aus Betonblöcken zusammensetzen würde«, erwiderte Oscar. »Bislang ist das noch keinem gelungen. Und jetzt habe ich auch noch den guten alten Jimmy verloren.«

»Das ist kein großer Verlust. Jimmy ist ein Looser. Ein rückgratloser Versager von der Southside ... es gibt zahllose Jimmies auf der Welt.«

Moira rammte die bloßen Hände in die Tasche und schnupperte die eiskalte Luft. »Ich habe zu viel Zeit mit Ihnen verbracht, Oscar. Ich musste monatelang in Ihrer nächsten Nähe leben. Ich begreife nicht, weshalb ich immer noch zulasse, dass Sie mir Schuldgefühle einreden.«

Oscar wollte sich nicht von ihr provozieren lassen. Sie hatten den Bus an der Parteizentrale der Demokraten abgeliefert und unternahmen nun einen friedlichen Winterspaziergang zu seinem Haus in der Back Bay, den er sehr genoss. »Ich rede Ihnen keine Schuldgefühle ein. Ich verurteile Sie keineswegs. Ich war stets kooperativ und für Sie da. Oder etwa nicht? Ich habe nie ein Wort zu Ihnen und Bambakias gesagt.«

»Doch, das haben Sie! Sie haben Ihre großen schwarzen Augenbrauen hochgezogen.«

Oscar ertappte sich dabei, wie er die Brauen hob, und senkte sie sogleich wieder ab. Streit war ihm zuwider. Ein Streit brachte stets das Schlimmste in ihm zum Vorschein. »Hören Sie, das ist nicht meine Schuld. *Er* hat Sie eingestellt, nicht ich. Ich wollte Ihnen bloß auf taktvolle

Weise klarmachen, dass Sie da eine Nummer abgezogen haben, die sich letztendlich als destruktiv erweisen musste. Das hätte Ihnen eigentlich klar sein müssen.«

»Ja, das wusste ich.«

»Das mussten Sie auch wissen! Eine Wahlkampfsprecherin, die Sex mit einem verheirateten Senator hat. Wie, um Himmels willen, sollte das gutgehen?«

»Also, *Sex* war es eigentlich nicht …« Moira wand sich unbehaglich. »Und damals war er auch noch nicht Senator! Als ich mich mit Alcott eingelassen habe, war er Außenseiterkandidat mit fünf Prozent Zustimmung. Sein Team bestand aus einem Haufen verschrobener Looser, und sein Manager war ein junger Spund, der noch nie einen Wahlkampf auf Landesebene geführt hatte. Die Lage war aussichtslos. Aber ich habe trotzdem bei ihm angeheuert. Ich mochte ihn einfach, so war das. Er hat mich durch seinen Charme gewonnen. Ich hielt ihn für einen naiven, brillanten, charmanten Typ. Er hat ein gutes Herz. Ja, wirklich. Er ist viel zu gut für einen gottverdammten Senatorenposten.«

»Dann sollte er das Rennen also verlieren, hab ich Recht?«

»Ja. Er sollte das Rennen verlieren, dann hätte ihn die Schlampe fallengelassen. Und irgendwie hab ich mir vorgestellt, dass ich dann auf ihn warten würde.« Moira fröstelte. »Hören Sie, ich *liebe* ihn. Ich habe wirklich hart für ihn gearbeitet Ich habe mich in ihn verliebt. Ich habe alles für ihn gegeben. Ich habe einfach nicht geglaubt, dass es mal so kommen würde.«

»Das tut mir leid«, sagte Oscar. »Dann ist es wirklich meine Schuld. Ich habe Ihnen nicht ausreichend klargemacht, dass ich wirklich vorhatte, den Mann in den Senat zu bringen.«

Moira verstummte, als sie sich einen Weg durch das Fußgängergewühl auf der Commercial Avenue bahnten. Die Bäume waren kahl und abweisend, doch die Weihnachtseinkäufer waren wie toll, eingemummt in Hüte,

Jacken und Snow Boots, umgeben von einer Unzahl funkelnder Lichter.

Nach einer Weile sprach Lorena weiter. »Diese Seite von Ihnen bekommen die Leute nur selten zu sehen, nicht wahr? Unter dem Anzug sind Sie ein gemeiner, sarkastischer Bastard.«

»Moira, ich war immer aufrichtig zu Ihnen. Immer gerade heraus. Ich hätte nicht aufrichtiger sein können. Sie sind es, die fortgeht. Aber ihn verlassen Sie nicht. Er hat Ihnen nie gehört. Sie werden ihn auch niemals bekommen. Er gehört nicht zu Ihnen. Sie verlassen *mich*. Sie verlassen mein Team. Sie werden abtrünnig.«

»Was sind Sie, ein Land? Machen Sie mal halblang! Ich werde nicht ›abtrünnig‹.« Moira funkelte ihn an. »Lassen Sie mich gehen! Lassen Sie mich ein normaler Mensch sein! Dieser Hang zum Kontrollieren ist ja krankhaft bei Ihnen. Sie brauchen Hilfe.«

»Hören Sie auf, mich zu provozieren. Sie sind kindisch.«

Sie bogen auf die Marlborough Street ein. Hier war er zu Hause, hier wohnte er. Jetzt war es an der Zeit, einen neuen Ansatz zu probieren. »Hören Sie, Moira, es tut mir wirklich Leid, dass Sie so für den Senator empfinden. Wahlkämpfe sind anstrengend, bisweilen bringen sie Leute dazu, verrückte Dinge zu tun. Aber der Wahlkampf liegt jetzt weit hinter uns, und Sie müssen Ihren Standort neu bestimmen. Wir beide waren gute Freunde, wir haben einen großartigen Wahlkampf gemacht, und wir sollten jetzt nicht zu Feinden werden. Seien Sie vernünftig.«

»Ich bin nicht vernünftig. Ich bin verliebt.«

»Denken Sie drüber nach. Ich weiß, dass Sie nicht mehr zum Team gehören, das akzeptiere ich auch, aber ich könnte Ihnen doch einiges leichter machen. Ich habe Ihnen angeboten, mietfrei bei mir zu wohnen. Habe ich da nicht wie ein Freund gehandelt? Wenn Sie sich Sorgen machen wegen eines neuen Jobs, können wir mit der hiesigen Vertretung der Demokraten bestimmt etwas arrangieren. In der wahlkampffreien Zeit könnten Sie einen Parteiposten übernehmen. Und wenn wieder Wahlkampf ist, hey, Sie waren schließlich Bambakias' Pressesprecherin! Das ist ein großes Plus beim nächsten Mal, das spricht für Sie. Sie brauchen bloß Ihr Höschen anzulassen.«

»Dafür hasse ich Sie.«

»Das ist doch nicht Ihr Ernst.«

»Doch, ist es. Sie sind *widerlich*. Diesmal sind Sie zu weit gegangen. Ich hasse Sie wirklich.«

»Ich meine es nur gut mit Ihnen! Hören Sie, seine Frau weiß Bescheid. Wenn Sie sich unbedingt Feinde machen wollen, nun, dann haben Sie da einen richtig großen Fisch an Land gezogen. Die betrogene Gattin ist über Sie im Bilde.«

»Na und? Das weiß ich doch.«

»Sie ist die Frau des Senators, und sie ist über Sie im Bilde. Wenn Sie ihr noch mal in die Quere kommen, wird sie Sie zerquetschen wie ein Insekt!«

Moira lachte auf. »Was könnte sie mir schon anhaben? Mich erschießen?«

Oscar seufzte. »Sie wird Sie wegen Ihrer lesbischen Collegeaffäre outen.«

Moira war erstaunt und verletzt. »Leben wir etwa noch im zwanzigsten Jahrhundert? Das interessiert doch niemanden mehr!«

»Sie wird es durchsickern lassen. Sie wird es gekonnt durchsickern lassen. Darauf versteht sich niemand so gut wie Lorena. Sie wird bei irgendeiner hochklassigen Veranstaltung der Capitol-Presse Bescheid geben, und dann wird man Sie bloßstellen wie einen Vampir in der Sonne.«

»Ach ja? Also, ich habe Verbindungen zur Presse, und wenn sie mich outet, dann oute ich *Sie*! Sie und Ihre scheißgeniale Freundin.« Lorena reckte ihm einen rot lackierten Fingernagel entgegen. »Ha! Sie können mir nicht drohen, Sie manipulativer Drecksack. Es ist mir *scheißegal*, was aus mir wird! Aber Ihnen werd ich vors Schienbein treten! Sie sind ja gar kein Mensch! Sie haben ja nicht mal einen Geburtstag! Ich werde Sie und Ihre spotthässliche Freundin bloßstellen, damit das mal klar ist, und wenn ich mit Ihnen fertig bin, wird sie die Reue tagen … ach, Scheiße, ich meine, wird sie den Tag bereuen, an dem sie Sie kennen gelernt hat.«

»Das ist doch pathetisch«, sagte Oscar. »Sie haben sich verrannt!«

»Ich bin stark.« Moira reckte das Kinn. »Die Liebe hat mich stark gemacht.«

»Was reden Sie denn da? Sie haben den Mann seit sechs Wochen nicht mehr gesehen.«

In ihren Augen funkelten Tränen des Triumphs. »Wir tauschen E-mails aus!«

Oscar stöhnte. »Aha. Also, *dem* werden wir bald einen Riegel vorschieben. Sie sind ja völlig irrational! Ich kann nicht zulassen, dass Sie mich erpressen und die Karriere des Mannes ruinieren, den ich ins Amt gebracht habe. Das ist unverantwortlich! Zum Teufel mit Ihnen! Tun Sie, was Sie nicht lassen können.«

»Ich werde es tun! Ganz bestimmt. Ich werde Sie vernichten.«

Oscar blieb unvermittelt stehen. Moira stapfte weiter, dann machte sie auf dem Absatz kehrt und funkelte ihn an.

»Hier wohne ich.« Oscar zeigte auf das Haus.

»Oh.«

»Möchten Sie nicht reinkommen? Trinken wir Kaffee. Ich weiß, so eine Affäre tut weh. Aber Sie werden darüber hinwegkommen. Konzentrieren Sie sich einfach auf etwas anderes.«

»Wofür halten Sie mich eigentlich, für eine Wachspuppe?« Sie versetzte ihm einen Schubs. »Sie Schwein.«

Auf der anderen Straßenseite krachte es. Oscar achtete nicht darauf. Er hatte noch einen Trumpf im Ärmel.

Wenn es ihm gelang, sie ins Haus zu bugsieren, würde sie sich hinsetzen und weinen. Und dann würde sie alles beichten. Die Krise würde vorbeigehen. Sie würde darüber hinwegkommen.

Ein weiteres lautes Krachen. Aus dem überwölbten Eingang flog ein Steinbrocken heraus. »Verdammt!« sagte er. »Sehen Sie sich mal das Haus an!«

Ein weiteres Krachen. »Oh«, machte Moira. Die Handtasche war ihr von der Schulter gerissen worden. Sie hob sie auf und starrte sie an. Die Handtasche war durchlöchert. Sie drehte sich um und blickte über die Straße. »Er hat auf mich geschossen!« sagte sie. »Er hat in die Handtasche geschossen!«

Auf der anderen Straßenseite stand ein grauhaariger alter Mann mit einem Handwagen. Er schoss auf sie mit einer Pistole. Er war jetzt deutlich zu sehen, denn die Straßenlaternen, alarmiert vom Detonationsgeräusch, hatten herumgeschwenkt und hüllten ihn in blendendes Licht.

Zwei fledermausähnliche Polizeidrohnen lösten sich von einer Parksäule. Sie stießen wie schwarze Scherenschnitte auf ihn herab, und als sie an ihm vorbeiflogen, kippte er um.

Oscar öffnete die Tür. Er sprang hindurch, kam wieder hervorgerannt, packte Moira beim Handgelenk und zerrte sie ins Haus. Er schlug die Tür hinter ihnen zu.

»Sind Sie verletzt?« fragte er.

»Er hat meine Handtasche getroffen!«

Sie zitterte heftig. Oscar untersuchte sie. Schenkel, Rock, Hut, Jacke. Keine Einschusslöcher, kein Blut.

Plötzlich bekam Moria weiche Knie und sackte zusammen. Auf der Straße ertönte Sirenengeheul.

Oscar hängte sorgfältig den Hut auf und setzte sich kameradschaftlich auf den Boden, die Arme um die Knie gelegt. Es war wundervoll, wieder zu Hause zu sein; das Haus war alt und verstaubt, aber der Geruch war vertraut und tröstlich. »Alles okay, es ist vorbei«, sagte er.

»Die Straße ist sehr sicher. Die Polizeidrohnen haben ihn sich geschnappt. Ich stelle mal eben die Haussteuerung an, dann schaue ich draußen nach.«

Moira war ganz grün im Gesicht.

»Moira, es ist alles in Ordnung. Ich bin sicher, man hat ihn geschnappt. Haben Sie keine Angst. Ich bleibe bei Ihnen.

Keine Antwort. Sie war völlig verängstigt. Auf ihrer Unterlippe haftete ein kleiner Speicheltropfen.

»Das tut mir wirklich leid«, sagte er. »Der Anschlag ist auf die Hetze im Netz zurückzuführen. Das ist das Gleiche wie im Laboratorium. Eigentlich hätte ich mir denken können, dass diese Verrückten mein Haus überwachen würden. Hätte ich Fontenot dabei gehabt, wäre das nicht passiert.«

Moira kippte nach hinten und bumste mit dem Kopf gegen die Wandtäfelung. Oscar streckte die Hand aus und klopfte mit den Knöcheln gegen die massive Haustür. »Kugelsicher«, erklärte er. »Wir sind hier in Sicherheit, alles in Ordnung. Ich brauche bloß einen neuen Sicherheitsbeauftragten. Ich hätte gleich einen einstellen sollen. Ich habe die falschen Prioritäten gesetzt. Tut mir Leid ...«

»Mir ist schlecht!« jammerte sie. »Ich werd gleich ohnmächtig!«

»Ich hole Ihnen was. Brandy? Eine Magentablette?«

An der Tür würde mehrmals laut geklopft. Moira schreckte zurück und verlor dabei einen Schuh. »O mein Gott! Nein! Nicht aufmachen!«

Oscar schaltete die Videoüberwachung ein. Auf dem Bildschirm sah man ein funkelndes Polizeimotorrad und eine Bostoner Polizistin mit Rangabzeichen, Helm und blauer Wolljacke. Oscar drückte auf den Knopf der Sprechanlage. »Kann ich Ihnen helfen, Officer?«

Die Polizistin sah auf den Bildschirm ihres Notepads. »Spreche ich mit Mr. Valparaiso?«

»Ja, Officer.«

»Bitte machen Sie auf. Polizei.«

»Dürfte ich bitte Ihre Dienstmarke sehen?«

Die Polizistin zeigte eine holografische Ausweiskarte vor, die sie als Sergeant Mary Elizabeth O'Reilly auswies.

Oscar öffnete die Tür, die gegen Moiras Kniescheibe stieß. Moira zuckte heftig zusammen und rappelte sich mit geballten Fäusten hoch.

»Bitte kommen Sie herein, Sergeant O'Reilly. Danke, dass Sie so rasch gekommen sind.«

»Ich war gerade in der Gegend«, sagte die Polizistin und trat ein. Sie schwenkte den behelmten Kopf und nahm die Diele auf Video auf. »Gibt es Verletzte?«

»Nein.«

»Die Überwachung hat die Projektile geortet. Offenbar hat man auf Sie gezielt. Ich habe mir die Freiheit genommen, die Aufzeichnungen zu überprüfen. Sie und diese Frau hatten einen Streit.«

»Das ist nicht ganz zutreffend. Ich bin Senatsangestellter, und es handelt sich um einen Mordversuch.« Oscar deutete auf Moira. »Unser so genannter Streit war rein privater Natur.«

»Würden Sie mir bitte Ihren Ausweis zeigen.«

»Natürlich.« Oscar zückte die Brieftasche.

»Nein, nicht Sie, Mr. Valparaiso. Ich meine die hier nicht wohnhafte Weiße.«

Moira tastete reflexhaft nach der Handtasche. »Er hat in die Tasche geschossen ...«

Oscar versuchte es mit sanfter Überredung. »Aber der Ausweis ist doch bestimmt noch drin? Sie müssen der Bitte der Sicherheitsbeamtin nachkommen. Sie müssen ihr den Ausweis zeigen.«

Moira starrte ihn mit geröteten Augen an. »Sie sind ja komplett wahnsinnig. Sie sind *komplett* wahnsinnig!«

Oscar wandte sich an die Polizistin. »Ich bürge für sie, Officer. Sie heißt Moira Matarazzo, sie ist mein Gast.«

»So können Sie nicht reagieren!« kreischte Moira. Sie

versetzte ihm einen Schubs, drückte gegen seine Schulter. »Er wollte sie *umbringen*!«

»Aber der Schuss ging daneben.«

Moira schwenkte beidhändig die Handtasche und drosch auf ihn ein. »Zeigen Sie gefälligst Angst, Sie Blödmann! Zeigen Sie Angst, wie ich! Reagieren Sie *normal*!«

»Schluss damit«, sagte die Polizistin befehlend. »Hören Sie auf, ihn zu schlagen.«

»Sind Sie denn ganz aus Eis? Das ist unmöglich! So schnell kann niemand reagieren!« Sie schlug wieder mit der Handtasche auf ihn ein. Oscar wich zurück und hob schützend die Arme vors Gesicht.

»Schluss damit«, sagte die Polizistin in einem Ton, der keinen Widerspruch duldete. »Hören Sie auf, ihn zu schlagen.«

»Sie ist hysterisch«, keuchte Oscar. Er wich einem weiteren Hieb aus.

Die Polizistin zog die Sprühpistole und schoss. Hochdrucknebel zischte. Moiras Lider ruckten nach oben wie elektrisch betriebene Rolläden. Sie brach zusammen.

»Sie ist wirklich mit den Nerven fertig«, sagte Oscar und massierte sich die Ellbogen. »Sie sollten ein wenig Nachsicht mit ihr haben.«

»Mr. Valparaiso, ich verstehe Ihren Standpunkt«, sagte Officer O'Reilly. »Aber die Helmkamera überträgt live in die Zentrale. Sie hat zwei Aufforderungen missachtet, mit dem Schlagen aufzuhören. Das ist nicht hinnehmbar. Die Stadtpolizei hat hinsichtlich häuslicher Gewalt strikte Anweisungen. Wenn wir bei einer handgreiflichen Auseinandersetzung zum Eingreifen gezwungen sind, muss der Aggressor die Nacht im Kittchen verbringen. Haben Sie mich verstanden, Sir? Das ist bei uns Vorschrift. Kein Wenn und Aber. Sie ist festgenommen.«

»Man hat eben auf sie geschossen. Sie war sehr aufgeregt.«

»Dessen bin ich mir bewusst, aber das müssen Sie mit

der Abteilung für Spezialwaffen und Taktik klären. Ich bin von der Motorradstreife.« Sie zögerte. »Keine Sorge, die ST ist schon unterwegs. Die haben eine schnelle Eingreiftruppe, die bei Zwischenfällen mit Handfeuerwaffen tätig wird.«

»Das ist schon in Ordnung«, sagte Oscar. »Bitte glauben Sie nicht, ich wäre undankbar. Es war sehr tapfer von Ihnen, sich geradewegs in eine Schießerei zu begeben. Das ist sehr löblich.«

Officer O'Reilly lächelte kurz. »Ach, kaum dass die Schussbahnen analysiert waren, hatten die Drohnen den Täter auch schon gestellt. Er befindet sich bereits in Gewahrsam.«

»Ausgezeichnete Arbeit.«

Die Polizistin musterte ihn nachdenklich. »Sind Sie sicher, dass mit Ihnen alles in Ordnung ist?«

»Weshalb sagen Sie das?« Er stockte. »Oh. Ja, natürlich. Also, ich bin sehr aufgeregt. Das ist schon der vierte Anschlag innerhalb von drei Wochen. Ich muss den Behörden klarmachen, in welcher Lage ich mich befinde – dabei bin ich erst vor einer Stunde in der Stadt eingetroffen. Ich habe das Zeitgefühl verloren.«

Moira regte sich leise stöhnend auf dem Boden.

»Soll ich Ihnen helfen, sie in den Beiwagen zu schaffen?«

»Schon gut, Mr. Valparaiso. Ich glaube, wir kommen auch so zurecht.«

Die Stadtpolizei war ausgesprochen höflich. Höflich, aber unnachgiebig. Als Oscar seine Story zum dritten Mal erzählt hatte, entspannte er sich.

Er hatte sich vorübergehend in einer Art von geistigem Ausnahmezustand befunden. Dies war natürlich nicht das erste Mal – dergleichen war ihm von Kindesbeinen an schon häufiger passiert. Nichts Lebensbedrohendes, aber nach normalen Maßstäben doch eine ungewöhnliche Reaktion.

Bisweilen stellte Oscar sich vor, er sei unter Druck brillant, doch das war eine Täuschung. Er war nicht brillant. Er war bloß extrem reaktionsschnell. Er war kein Genie. Er brannte bloß schneller, sein interner Chip war höher getaktet. Jetzt, da der Anfall nachließ, fühlte er sich zitterig – obwohl ihm ein besorgter Polizeibeamter zusätzliche Überwachungsmaßnahmen und Motorradpatrouillen zugesichert hatte.

Dem Attentäter – ein Opfer von Altersparanoia – wäre es beinahe gelungen, ihn zu erschießen. Oscar fiel es schwer, dies zu begreifen. Die Fakten sanken bei ihm nicht ein. Er war wie benommen.

Er stieg zu seinem Büro im zweiten Stock hoch. Er schloss den Schreibtisch auf und holte sein spezielles Krisennotizbuch heraus. Und einen erlesenen Waterman-Füllhalter. In Zeiten wie diesen fand er es hilfreich, eine Liste anzulegen. Nicht auf dem Bildschirm. Handschriftlich. Er legte das Notizbuch auf den Schreibtisch von Eero Saarinen und begann zu schreiben.

Priorität A: Bambakias' Stabschef werden.

B: Das Laboratorium reformieren. Interner Umsturz. Säuberung. Die ganze alte Garde entfernen. Das Budget drastisch kürzen, die Finanzen reformieren. Anmerkung: Mit etwas Glück würde im Erfolgsfall eine zweite Berufung in den Ausschuss obsolet werden.

C: Huey. Ist eine Übereinkunft möglich? Die ganze Bandbreite von Gegenmaßnahmen in Betracht ziehen.

D: Den persönlichen Mitarbeiterstab verstärken. Schluss mit den Desertionen. Anmerkung: Das Hotel in Buna muss unbedingt Gewinn abwerfen. Anmerkung: Unverzüglich neuen Sicherheitsbeauftragten einstellen. Der Mann muss unbedingt verlässlich sein.

E: Den Bus an die Demokraten zurückgeben, die neue Lackierung bezahlen.

F: Greta. Mehr Sex, weniger E-mails. Anmerkung: Sofort nach Boston fliegen! Das Team einfliegen lassen für Besprechung, komplette Neuorganisation vorbereiten. Anmerkung: ALLE freien Tage nutzen, darauf bestehen. Anmerkung: Das Fundament in Buna bereiten, während sie fort ist – Krankheit vortäuschen. P.S. Ich glaube, ich liebe sie.

G: Haussitter besorgen.

H: Das blöde Vieh nach Buna zurückbringen, eine gute Pressestory draus machen. Anmerkung: Korruptionsverdacht vermeiden.

I: Ich muss unbedingt am Leben bleiben und darf mich nicht von einem verrückten Netzfreak erschießen lassen. Anmerkung: Das Thema verdient einen höheren Stellenwert.

J: Wer, zum Teufel, hat die Randalierer in die Bank in Worcester geschickt? Anmerkung: Eine vernünftige Spielstrategie ist unmöglich, wenn die Spielfiguren unsichtbar, ungreifbar oder immateriell sind.

K: Die Notstandsausschüsse müssen weg. Sie haben den Zwist Bambakias/Huey erst ermöglicht. Die politische Lage in Amerika ist prekär, solange verantwortungslose Usurpatoren die Autorität der Behörden missachten. Anmerkung: Auch der Stabschef ist ihren Launen unausweichlich unterworfen.

L: Sen. Bambakias – Hungerstreik eine physische Depression?

Oscar betrachtete die Liste. Das halbe Alphabet hatte er bereits durch und spürte doch noch immer, wie die Luft vor Unwägbarkeiten vibrierte. Es war alles zu viel. Chaos, Wahnsinn, ein Geschlängel glitschiger Aale.

Es war einfach zu kompliziert. Nicht beherrschbar. Es sei denn … es sei denn, es gelang ihm, das Ganze irgendwie zu automatisieren. Mit klarer umrissenen Zielen. Eine Art Neustrukturierung. Kritischer-Pfad-Analyse. Multioptionsmodelle. Querdenken. Aber es ging um so viele Leute. Alle verließen sich auf ihn. Er musste delegieren …

Er war matt gesetzt. Er war umzingelt. Er war am Ende, erledigt, zerschmettert. Planmäßiges Vorgehen war unmöglich. Nichts würde sich jemals verändern.

Er musste irgendetwas unternehmen. Bloß eine Sache. Ein einziges Projekt durchziehen, ein Thema ad acta legen.

Er nahm den Hörer des Schreibtischtelefons ab. Lorenas Sekretärin ging dran. Er kämpfte sich durch.

»Tut mir leid, Oscar«, sagte Lorena. »Alcott ist in der anderen Leitung. Kann ich Sie zurückrufen?«

»Es wird nicht lange dauern. Es ist wichtig.«

»Was gibt's denn?«

»Es gibt Neuigkeiten. Moira sitzt im Gefängnis, hier in Boston. Ich habe versucht, vernünftig mit ihr zu reden. Sie hat die Beherrschung verloren und wurde gewalttätig. Zu meinem Glück war gerade eine Polizistin in der Nähe. Moira wurde wegen häuslicher Randale eingelocht.«

»Du meine Güte, Oscar.«

»Ich habe nicht vor, Anklage gegen sie zu erheben, aber das braucht sie nicht zu wissen. Ich möchte, dass *Sie* sich weiter darum kümmern. Es ist an der Zeit, dass Sie eingreifen. Moira ist im Knast, ich spiele den Wüterich und Sie den verzeihenden Schutzengel. Verstehen Sie? Sie glätten die Wogen, halten den Vorfall unter der Decke. So müssen wir mit ihr verfahren, denn so werden wir Erfolg haben.«

»Sie machen wohl Witze? Meinetwegen soll sie verrecken!«

»Nein, ich scherze nicht. Ich biete Ihnen eine dauerhafte Lösung an. Denken Sie drüber nach.«

Langes, nachdenkliches Schweigen. »Ja, Sie haben natürlich recht. Das ist wirklich die beste Vorgehensweise.«

»Ich bin froh, dass Sie sich meiner Sichtweise anschließen.«

»Ich werde halt ein wenig die Zähne zusammenbeißen, aber die Sache ist es wert.« Nachdenkliche Stille. »Sie sind wirklich ein erstaunlicher Mann.«

»Das gehört zu meinem Job, Ma'am.«

»Gibt es sonst noch was?«

»Nein. Warten Sie. Doch. Eine Frage noch. Finden Sie, dass meine Stimme normal klingt?«

»Für eine verschlüsselte Leitung ist die Verbindung hervorragend.«

»Nein, ich meine, rede ich nicht zu schnell? Oder zu hoch und gequetscht?«

Lorena senkte die Stimme zu einem einschmeichelnden Flüstern. »Nein, Oscar, Sie hören sich prima an. Sie sind wirklich wundervoll. Sie sehen gut aus, Sie sind charmant, Sie sind unbedingt verlässlich, Sie sind Mr. Realpolitik. Ich vertrauen Ihnen bedingungslos. Sie haben mich niemals im Stich gelassen, und wenn das verdammte Labor in Kolumbien mir gehört hätte, hätte ich Sie ein Dutzend Mal geklont. Sie sind der Beste auf der ganzen weiten Welt.«

6

Greta traf nach Mitternacht in einem fahrerlosen Taxi ein.

Oscar warf einen Blick auf den Türmonitor. Ein Treibhaus-Nordostwind wehte, und dicke Schneeflocken wirbelten in den Lichtkegeln der wachsamen Straßenlaternen. Eine Polizeidrohne flitzte wie eine schwarze Lederschwalbe hinter Gretas Kopf vorbei. Oscar öffnete die Tür und spähte mit einem lahmen Grinsen hinter der Panzerung hervor.

Greta blickte finster wie eine Gewitterwolke. Er verzichtete darauf, sie zu umarmen. »Du hattest doch hoffentlich keine Schwierigkeiten herzukommen?«

»In Boston? Gott bewahre, nein.« Sie riss sich den Hut vom Kopf und klopfte den Schnee von der Krempe. »Dafür ist Boston zu zivilisiert.«

»Auf der Straße gab es einen kleinen Zwischenfall.« Oscar legte eine Pause ein. »Nichts Ernstes. Erzähl mir von der Konferenz.«

»Ich bin mit Bellotti und Hawkins ausgegangen. Sie wollten mich betrunken machen.« Oscar bemerkte erst jetzt, dass sie tatsächlich ziemlich betrunken war. Sie war voll. So behutsam, wie eine Krankenschwester einen Verband entfernt, nahm er ihr den Mantel ab. Greta war so gut gekleidet, wie sie es verstand; knielanger Wollrock, vernünftige Schuhe, grüne Baumwollbluse.

Er hängte den Hut und den zerknitterten Mantel in die Garderobe. »Bellotti und Hawkins sind wohl die Herren, die sich mit Fibrillen beschäftigen«, half er nach.

Ihre Miene hellte sich auf. »Also, die Konferenz ist ziemlich gut gelaufen. Die Nacht war schlimm. Bellotti hat die Drinks besorgt, und Hawkins hat mich nach Laborergebnissen gelöchert. Es macht mir nichts aus, über unveröffentlichte Ergebnisse zu reden, aber die beiden waren einfach nicht fair. Ihre heißen Ergebnisse haben sie für sich behalten.« Sie presste verächtlich die Lippen zusammen. »Es könnte kommerziell verwertbar sein.«

»Ich verstehe.«

»Das sind Industriegauner. Sie sind schlau, misstrauisch und gerissen. Hoffnungslose Fälle.«

Er führte sie durchs Wohnzimmer und schaltete die Küchenbeleuchtung ein. Im behaglichen Lampenschein wirkte ihr Gesicht starr und wächsern. Verschmierter Lippenstift. Wirres, sprödes dunkles Haar. Die ungezupften Augenbrauen wirkten besonders schlimm.

Greta musterte eingehend die Sockelstühle, den verchromten Tisch, die Arbeitsfläche aus Keramik, die eingebauten Resonanzkochflächen. »Das ist schon eine eigenartige Küche«, sagte sie verwundert. »So ... *sauber.* Hier könnte man ein Labor einrichten.«

»Danke.«

Mit der Vorsicht einer Betrunkenen nahm sie in der weißen Plastikschale des Tulpenstuhls von Saarinen Platz.

»Es ist dein gutes Recht, dich zu beklagen«, sagte Oscar. »Du bist umgeben von Ausbeutern und Trotteln.«

»Das sind keine Trottel, sondern sehr fähige Leute. Es ist bloß ... Also, ich arbeite nicht für die Industrie. Bei der Grundlagenforschung geht es um ... Grundlagenforschung soll ...« Sie schwenkte gereizt die Hand. »Wie sagt man noch gleich?«

»Dem öffentlichen Wohl dienen?« schlug Oscar vor.

»Ja, genau! Dem öffentlichen Wohl! Ich nehme an, das klingt total naiv in deinen Ohren. Aber eines weiß ich – es steht mir nicht zu, mein Bankkonto zu mästen, während die Steuerzahler mir Gehalt zahlen.«

Oscar langte durch die funkelnden Gleitborde des Schranks von Kuramata hindurch. »Möchtest du einen Kaffee? Ich habe gefriergetrockneten.«

Der finstere Blick kehrte zurück und nistete sich in

ihren Augenbrauen ein, als wäre er eintätowiert. »Man kann nicht ernsthaft forschen und an den Wochenenden Geschäftsmann sein. Wenn man es ernst meint, hat man keine freien Wochenenden.«

»Heute ist Wochenende, Greta.«

»Oh.« In ihrem Blick lag eine alkoholgespeiste Mischung aus Überraschung und Bedauern. »Also, ich kann nicht das ganze Wochende hier bleiben. Morgen um neun findet ein hochinteressantes Seminar statt. ›Cytoplasmatische Domänen‹.«

»Cytoplasma klingt umwerfend.«

»Aber heute Nacht bleibe ich hier. Lass uns etwas trinken.« Sie öffnete die Handtasche. »O nein. Ich habe den Gin vergessen. Der ist in meiner Reisetasche.« Sie blinzelte. »O Gott, Oscar, ich habe *die Reisetasche vergessen!* Ich habe sie im Hotel gelassen ...«

»Außerdem hast du vergessen, dass ich nicht trinke«, sagte Oscar.

Sie presste sich die Handballen gegen die Stirn.

»Ist ja gut«, sagte Oscar. »Vergiss mal einen Moment die Arbeit. Ich habe Mitarbeiter. Wir können dir alles beschaffen, was du brauchst.«

Sie hatte gerade einen Durchhänger: Zweifel und Bitterkeit. »Komm, ich zeige dir das Haus«, meinte Oscar munter. »Das macht Spaß.«

Er geleitete sie ins Wohnzimmer. Möbliert war es mit einem elliptischen Tisch von Piet Heim, Freischwingersesseln aus Stahlrohr und Birkenholz und einem aufblasbaren Sofa aus Polyvinyl.

»Du hast ja moderne Kunst.«

»Das ist mein Kandinsky. *Komposition VIII*, von 1923.« Er berührte den Rahmen, rückte ihn um eine Haaresbreite zurecht. »Keine Ahnung, weshalb man das immer noch als ›moderne Kunst‹ bezeichnet, obwohl es mittlerweile hundertzwanzig Jahre alt ist.«

Greta betrachtete eingehend die farbenprächtige Leinwand, schaute nachdenklich Oscar an, wandte sich wieder dem Gemälde zu. »Weshalb bezeichnet man das überhaupt als ›Kunst‹? Ich sehe da bloß ein großes Durcheinander von Dreiecken und Farbklecksen.«

»Ich verstehe, dass es diese Wirkung auf dich hat, aber das liegt daran, dass du keinen Geschmack hast.« Oscar verkniff sich ein Seufzen. »Kandinsky war mit allen bedeutenden Künstlergruppen seiner Zeit bekannt: mit dem Blauen Reiter, den Surrealisten, Suprematisten, Futuristen ... Kandinsky war ein Großer.«

»Hast du viel Geld dafür bezahlt?«

»Nein, hab's billig bei einem Ramschverkauf des Guggenheim Museums bekommen. Die ganze Kunst aus der Zeit zwischen 1914 und 1989 – die kommunistische Ära weißt du, die Essenz des zwanzigsten Jahrhunderts – ist jetzt völlig aus der Mode. Kandinsky ist das genaue Gegenteil der heutigen ›modernen Kunst‹, aber ich halte ihn noch immer für unbedingt relevant, weißt du. Wassily Kandinsky spricht mich wirklich an. Wenn er heute noch leben würde ... Ich glaube, er hätte dies alles verstanden.«

Sie schüttelte etwas benommen den Kopf. »Moderne Kunst ... Wie sind sie damit bloß durchgekommen? Das ist doch ein einziger Beschiss.« Plötzlich musste sie niesen. »Entschuldigung. Meine Allergien machen sich bemerkbar.«

»Komm mit.«

Er führte sie zu seinem Mediencenter. Auf diesen Raum war er besonders stolz. Es war ein moderner Einsatzraum im zeitgenössischen Stil. An der Wand waren Stühle aus gelochtem Aluminium vor modularen Speichereinheiten mit Flachbildschirmen gestapelt. Dänische Regale, ein Handwagen, bunte Plastikbürokörbe von Kartell. Hübsche Mailänder Lampen ... Kein Firlefanz, nichts Überflüssiges. Alles zurückgestutzt, ganz und gar effizient und nüchtern.

»Das gefällt mir«, sagte Greta. »Ich könnte mir vorstellen, in einer solchen Umgebung zu arbeiten.«

»Das freut mich. Ich hoffe, die Gelegenheit ergibt sich.«

Sie lächelte. »Warum nicht? Es gefällt mir hier. Der Raum entspricht dir.«

Er war gerührt. »Das ist nett, dass du das sagst, aber ich sollte wohl ehrlich sein … Die Ausstattung ist nicht von mir. Ich meine, den Kandinsky habe ich schon ausgesucht, aber nachdem ich meine Start-up-Firma verkauft hatte, habe ich das Haus gekauft und eine Innenarchitektin angestellt … Damals habe ich mich sehr aufs Haus konzentriert. Wir waren Monate damit beschäftigt. Giovanna hat hervorragende Arbeit geleistet, wir haben die Antiquitätenmärkte abgegrast …«

»Giovanna«, sagte sie. »Ein hübscher Name. Sie war bestimmt sehr elegant.«

»Das war sie, aber es hat nicht geklappt.«

Greta musterte die Kontrolllampen und die funkelnden gestapelten Stühle mit plötzlichem Misstrauen. »Und dann war da noch diese andere Frau – die Journalistin. Sie hat den Medienraum bestimmt sehr gemocht.«

»Clara hat hier gewohnt! Das war ihr Zuhause.«

»Und jetzt ist sie in den Niederlanden?«

»Ja, sie ist fortgegangen. Das hat auch nicht geklappt.«

»Wieso klappt es bei dir nicht, Oscar?«

»Keine Ahnung«, sagte er. Er steckte die Hände in die Hosentaschen. »Das ist eine gute Frage, nicht wahr?«

»Na ja«, meinte sie, »die Frage mag schon gut sein, aber vielleicht hätte ich sie nicht stellen sollen.«

»Nein, Greta, ich mag es, wenn du betrunken und gereizt bei mir auftauchst.«

»Das soll ich dir glauben?«

Er verschränkte die Arme. »Dann will ich dich mal richtig auf die Palme bringen. Weißt du, ich bin das Produkt ungewöhnlicher Umstände. Ich bin in einer ganz besonderen Umgebung aufgewachsen. In Logan Valparaisos Traumhaus. Eine klassische Hollywoodvilla. Mit Tennisplätzen. Palmen. Alles mit Monogrammen versehen, Zebrafelle und vergoldete Wasserhähne. Eine große Spielwiese für Logans Freunde, für all diese Millionäre, die in Mexiko reich geworden sind, und die Dopezaren aus dem amerikanischen Süden. Mein Dad hatte den denkbar schlechtesten Geschmack. Ich wollte, dass es hier anders aussieht.«

»Und was ist daran anders?«

»Nichts«, antwortete er bitter. »Ich wollte, das mein Zuhause einzigartig ist. Aber dieses Haus ist unwirklich. Weil ich keine Familie habe. Hier hat nie eine Frau gewohnt, der so viel an mir gelegen hätte, dass sie geblieben wäre. Ich selbst bin auch nur selten hier. Ich bin ständig unterwegs. Deshalb ist das Haus ein einziger Schwindel. Eine leere Fassade. Ich habe alles versucht, aber es war bloß eine törichte Phantasie, es ist alles gescheitert.« Er zuckte die Achseln. »Willkommen zu Hause.«

Sie schaute betreten drein. »Hör mal, das hab ich nicht gesagt.«

»Aber du hast es gedacht.«

Sie schüttelte den Kopf. »Du weißt nicht, was ich denke.«

»Mag sein, du bist mir geistig überlegen. Aber ich weiß, wie du empfindest.«

»Das weißt du auch nicht.«

»Doch, das weiß ich. Natürlich weiß ich das. Das entnehme ich deinen Worten. Deinen Gesten. Deiner Mimik.« Er lächelte. »Schließlich bin ich Politiker.«

Sie schlug sich die Hand vor den Mund.

Dann umarmte sie ihn unvermittelt und drückte ihm einen feuchten Kuss auf die Oberlippe. Er schlang die Arme um ihren schlanken Leib. Sie fühlte sich magnetisch an, hypnotisch, einfach umwerfend.

Sie beugte sich lachend in seiner fester werdenden Umarmung zurück.

Er zog sie zum aufblasbaren Sofa. Es quietschte, als sie darauf niedersanken. Er vergrub sein Gesicht an ihrem Hals.

Sie schob ihm ihre schmale Hand unter den Hemdkragen. Er erkundete mit der Zunge ihr Kinn. Die wundervollen Höhlungen unter den Ohrläppchen. Die gestrafften Halssehnen.

Ihre Lippen lösten sich nur mühsam voneinander, als klebten sie aneinander. Greta wich einen Handbreit zurück. »Ich bin eifersüchtig«, sagte sie. »Das ist alles neu für mich.«

»Ich könnte dir alles erklären, weißt du.«

»Keine Erklärungen. Ich wette, im Schlafzimmerschrank sind noch Clares Kleider.« Sie lachte. »Zeig sie mir. Ich möchte sie sehen.«

Oben angelangt, drehte sie sich im Kreis und schwang leicht torkelnd die Handtasche. »Also, *das* Zimmer ist wirklich *erstaunlich.* Deine *Kleiderschränke* sind größer als mein Schlafzimmer.«

Er zog die Schuhe aus. Er streifte die Socken ab. Er machte sich an den Manschettenknöpfen zu schaffen. Weshalb dauerte es immer so lange, sich auszuziehen? Warum verschwanden Kleider nicht einfach, damit man gleich zur Sache kommen konnte? In Filmen verschwanden die Kleider immer.

»Ist das echtes Wildleder? Du hast *Ledertapeten*?«

Er sah zu ihr hin. »Soll ich dir beim Ausziehen helfen?«

»Es geht schon. Dass du mir einmal die Kleider vom Leib gerissen hast, reicht völlig.«

Sechs endlose Minuten später lag er keuchend in den Laken. Sie zog sich ins Bad zurück; ihr Haar war verwuschelt, ihre Wangen gerötet. Er hörte, wie sie erst das Bidet und dann alle anderen Wasserhähne anstellte – die Dusche, die Badewanne, das weiße und das schwarze Waschbecken. Greta experimentierte, sie testete die Ausrüstung. Er lag da, atmete tief und fühlte sich eigentümlich zufrieden, etwa wie ein kleines, aber brillantes Kind, das mit einem Stecken ein Bonbon unter einer Tür hervorgefischt hat.

Greta kam vom Duschen zurückgetappt, das schwarze Haar glatt anliegend und tropfnass, die Augen so glänzend wie die eines Wiesels. Sie schlüpfte ins Bett und umarmte ihn, feucht, mit kalten Füßen und nach teurem Shampoo duftend. Sie hielt ihn schweigend in den Armen. Er fiel in den Schlaf wie in eine Grube.

Als er mit brummendem Schädel erwachte, stand Greta vor dem geöffneten Kleiderschrank und betrachtete sich in der Spiegeltür. Bekleidet war sie mit Slip und Socken, die sie sich verkehrt herum über die schmalen, kalten Füße gestreift hatte.

Sie hielt sich ein Kleid an den Körper und ließ es auf sich wirken. Plötzlich erkannte Oscar das Kleid wieder. Er hatte Clare das Strandkleid gekauft, weil ihr Gelb so gut stand. Clare hatte es nicht gemocht, wie ihm jetzt wieder einfiel. Sie hatte das Kleid nicht ausstehen können. Clare mochte nicht einmal Gelb.

»Was war das eben für ein Lärm?« krächzte er.

»Irgendein Idiot hat unten gegen die Tür gehämmert«, antwortete Greta. Sie ließ das Kleid auf den Boden fallen, auf einen Haufen mit einem Dutzend anderer Kleider. »Die Polizei hat ihn festgenommen.« Sie wählte ein perlenbesetztes Abendkleid aus. »Schlaf weiter.«

Oscar wälzte sich herum, presste das Kissen an sich, suchte den Schlaf und fand ihn nicht. Er wurde wieder munter und beobachtete Greta verstohlen. Es ging auf fünf Uhr morgens zu.

»Bist du nicht müde?« fragte er.

Sie fing seinen Blick im Spiegel, verwundert darüber, dass er noch immer wach war. Sie schaltete die Schrankbeleuchtung aus, kam schweigend zu ihm herüber und schlüpfte ins Bett.

»Was hast du die ganze Zeit gemacht?«

»Ich habe das Haus erkundet.«

»Irgendwelche bedeutsamen Entdeckungen?«

»Ja, ich habe herausgefunden, was es heißt, mit einem

reichen Mann befreundet zu sein.« Sie seufzte. »Kein Wunder, dass so viele scharf auf den Job sind.«

Er lachte. »Und was ist mit *mir*? Ich bin das Spielzeug einer Nobelpreisträgerin.«

»Ich habe dich im Schlaf beobachtet«, sagte sie versonnen. »Du hast richtig süß ausgesehen.«

»Warum sagst du das?«

»Wenn du schläfst, hast du einen leeren Terminkalender.«

»Also, jetzt steht was in meinem Terminkalender.« Er schob ihr die Hand über die knochige Hüfte und hielt sie mit festem, intimem Griff. »Termine sind mein Leben. Ich werde dein Leben verändern. Ich werde dich transformieren. Ich werde dich mächtig machen.«

Sie wand sich ein wenig. »Und wie willst du dieses kleine Wunder bewirken?«

»Morgen stelle ich dich meinem geschätzten Freund Senator Bambakias vor.«

Yosh Pelicanos, Oscars Majordomus, ließ um acht Uhr morgens Lebensmittel anliefern. Yosh ließ sich durch den Umstand, dass er hundert Meilen vom Ort des Geschehens entfernt war, nicht beirren. Er hatte eine Tastatur und eine Liste mit Oscars Wünschen, und so hatte die elektrische Hand der Netzökonomie vier in teure Plastikfolie eingeschweißte Pakete vor Oskars Tür abgestellt.

Oscar stellte den neuen Luftreiniger in der Frühstücksecke auf. Damit war Gretas Allergieproblem behoben. Allergien waren bei den Laborwissenschaftlern weit verbreitet; die gefilterte Luft war so rein, dass das Immunsystem unterfordert war, was eine Überempfindlichkeit zur Folge hatte.

Dann band Oscar sich eine Schürze über den Hausanzug und machte sich in der Küche ans Werk. Das Ergebnis war äußerst zufriedenstellend. Oscar und Greta arbeiteten sich durch geräucherten Lachs, Bagels und

Waffeln hindurch und spülten mit Fruchtsaft und Kaffee nach. Als ihr Heißhunger gestillt war, labten sie sich noch an dreieckigem Roggentoast und Seehasenkaviar.

Oscar musterte Greta liebevoll über die geblümte Arbeitsplatte hinweg. Alles lief gut. Er glaubte ans Frühstücken. Ein Frühstück am Morgen danach war intimer und verbindlicher als ein romantisches Abendessen. Er hatte schon alle möglichen Frühstücke erlebt: verkaterte, beschämte Frühstücke voller unausgesprochener Ängste oder voll zum Zerreißen angespannter Höflichkeit; das Frühstück mit Greta aber war ein voller Erfolg. Wie sie da blitzsauber in dem weißen Frotteebademantel auf dem Stuhl von Saarinen saß, wirkte sie wie ein Mutantenschwan.

Sie strich sich schwarzen Kaviar auf den Toast und leckte sich einen Klecks von der Fingerspitze. »Es wird mir noch leid tun, nicht am Cytosplasma-Forum teilgenommen zu haben.«

»Nur keine Angst, ich habe dir die Konferenzvideos besorgt. Zu Mittag sind sie da. Du kannst die langweiligen Passagen im Medienraum überspringen.«

»Man nimmt nicht an Konferenzen teil, um sich die Videos anzusehen. Es geht um das Geschehen auf den Gängen und um die Schautafeln. Ich muss wieder hin. Ich muss mich mit meinen Kollegen treffen.«

»Nein, Greta, das brauchst du heute nicht. Du hast etwas Wichtigeres vor. Du musst mit mir nach Cambridge fahren und mit einem US-Senator konferieren. Donna wird jeden Moment kommen; sie war einkaufen und wird dich neu einkleiden.«

»Wer ist Donna?«

»Donna Nunez gehört zu meinem Team. Sie ist Imageberaterin.«

»Ich dachte, du hättest dein Team in Texas im Labor zurückgelassen.«

»Nein, Donna habe ich mitgenommen. Außerdem stehe ich ständig in Verbindung mit dem Team. Sie sind auf sich gestellt, sie sind dort sehr beschäftigt – sie bereiten den Boden. Und was Donna betrifft, so macht sie sich viele Gedanken über das Projekt. Du bist bei ihr in guten Händen.«

Greta legte den Toast entschlossen weg. »Also, so etwas mache ich nicht. Für mein Image habe ich keine Zeit.«

»Rita Levi-Montalcini hatte sie.«

Sie machte die Augen schmal. »Was weißt du über sie?«

»Du hast mir mal erzählt, diese Frau wäre sehr wichtig für dich gewesen. Deshalb habe ich meine Rechercheure auf sie angesetzt. Jetzt bin ich über dein Vorbild Dr. Rita im Bilde. Rita war Nobelpreisträgerin, in der Hirnforschung tätig und spielte eine bedeutende Rolle in der Forschungspolitik. Dr. Rita verstand es jedoch, mit ihrer Rolle umzugehen. Sie kleidete sich täglich wie eine Mailänder Schönheit.«

»Man kommt nicht dadurch zu Forschungsergebnissen, dass man sich herausputzt.«

»Nein, aber so managt man Wissenschaft.«

»Aber das will ich nicht! Ich will überhaupt nichts managen! Ich will bloß in meinem Labor arbeiten! Kapier das endlich! Warum lässt man mich nicht mehr arbeiten? Wenn man mich nur machen lässt, bin ich wirklich gut, dann bräuchte ich das alles nicht mitzumachen!«

Oscar lächelte. »Ich wette, das hat dir Spaß gemacht. Können wir uns jetzt wie Erwachsene unterhalten?«

Sie schnaubte.

»Glaub ja nicht, ich wäre frivol. *Du* bist frivol. Du bist eine nationale Berühmtheit. Du bist keine abgerissene frischgebackene Doktorin, die sich in ihrem hübschen Riesenreagenzglas verstecken kann. Rita Levi-Montalcini trug maßgeschneiderte Laborkittel, ließ sich das Haar frisieren und hatte richtige Schuhe an. Und so wirst du das auch machen. Entspann dich und iss deinen Kaviar.«

An der Tür wurde geläutet. Oscar tupfte sich mit einer Serviette die Lippen ab, gürtete den Hausmantel und schlüpfte in die Pantoffeln.

Donna war eingetroffen, mit haufenweise Gepäck und mehreren Koffern. In einem zweiten Taxi hatte sie zwei winterlich vermummte Bostoner Spitzenkosmetikerinnen mitgebracht. Die drei Frauen unterhielten sich gerade angeregt mit einem jungen Weißen. Oscar kannte den Mann – er kannte nicht seinen Namen, aber er kannte das Gesicht, den Gehstock und die Stützschuhe. Der Fremde war aus der Gegend.

Oscar öffnete die Tür. »Schön, dass Sie da sind. Sie können die Ausrüstung in den Ankleideraum hochtragen. Unsere Klientin kommt gleich nach.«

Donna geleitete ihre Mitarbeiterinnen nach oben, eifrig in einem spanisch-englischen Mischdialekt plappernd. Oscar sah sich nunmehr dem Mann mit dem Gehstock gegenüber. »Kann ich Ihnen vielleicht helfen, Sir?«

»Ja. Mein Name ist Kevin Hamilton. Ich verwalte den Wohnblock auf der anderen Straßenseite.«

»Ja, Mr. Hamilton?«

»Ich würde mich gern mal mit Ihnen über diese Leute unterhalten, die es auf Sie abgesehen haben.«

»Ich verstehe. Kommen Sie rein.« Oscar schloss die Tür hinter seinem Gast sorgfältig ab. »Gehen wir in mein Büro.« Er zögerte angesichts des Gehstocks und der orthopädischen Schuhe. »Aber wir können uns auch hier unten unterhalten.«

Er geleitete den humpelnden Hamilton ins Wohnzimmer. Plötzlich tauchte Greta auf, barfuß und im Bademantel.

»Also schön, wo soll ich hin?« fragte sie resigniert.

Oscar zeigte nach oben.

Hamilton hob grüßend den Gehstock.

»Hallo«, sagte Greta und stapfte die Treppe hoch.

Oscar führte Hamilton in den Medienraum und hob

einen Aluminiumstuhl vom Stapel. Hamilton setzte sich mit offenkundiger Erleichterung.

»Sieht nett aus, die Kleine«, meinte er.

Oscar reagierte nicht und nahm ebenfalls Platz.

»Ich hätte Sie bestimmt nicht gestört heute Morgen«, sagte Hamilton, »aber in dieser Gegend gab es bisher keine Attentate.«

»Nein.«

»Gestern habe ich sogar eine E-mail bekommen, mit der Aufforderung, Sie umzubringen.«

»Ach! Was Sie nicht sagen.«

Hamilton kratzte sich im sandfarbenen Haar, aus dem eine Tolle und eine Art Blitzstrahl vorsprang. »Wissen Sie, wir sind uns noch nie begegnet, aber ich habe Sie häufiger hier gesehen, wie Sie kamen und gingen, mit unterschiedlichen Freundinnen. Als nun in dieser Junkmail behauptet wurde, Sie wären ein Kinderschänder, da wusste ich gleich, dass das nicht stimmt.«

»Ich glaube, ich verstehe, was Sie meinen«, sagte Oscar. »Bitte fahren Sie fort.«

»Also, ich habe ein paar Nachforschungen angestellt, den Relayserver in Finnland ausfindig gemacht, ihn geknackt und die Spur bis in die Türkei zurückverfolgt … Ich war gerade dabei, die türkischen Aktivitätsfiles runterzuladen, als ich Schüsse auf der Straße hörte. Natürlich überprüfte ich die Videoaufzeichnungen aus der Gegend, analysierte die Aufzeichnungen des Nachbarschafts-TV … Das war gestern, spät in der Nacht. Mittlerweile hatte ich Feuer gefangen. Deshalb hab ich die Nacht am Bildschirm durchgemacht.« Hamilton seufzte. »Und ich habe mich für Sie der Sache angenommen.«

Oscar riss erstaunt die Augen auf. »Sie haben sich ›der Sache angenommen‹?«

»Na ja, das Programm selbst konnte ich nicht lokalisieren, aber ich habe rausgefunden, woher die Daten eingespeist werden. Und da hab ich das System ausgetrickst. Ich habe gemeldet, ich hätte Sie umgebracht. Dann habe ich eine Mail verfasst, worin Ihr Tod bekannt gegeben wird, habe den Header gefälscht und die Mail eingespeist. Damit dürfte Ihr Problem behoben sein. Das Programm ist strohdumm.«

Oscar dachte darüber nach. »Möchten Sie etwas trinken, Kevin? Obstsaft? Oder einen Espresso?«

»Eigentlich bin ich völlig groggy. Ich glaube, ich leg mich gleich hin. Ich wollte Sie bloß mal ins Bild setzen.«

»Also, das ist eine gute Nachricht. Eine ausgezeichnete Nachricht. Sie haben mir einen großen Gefallen getan.«

»Ach, nicht der Rede wert«, meinte Kevin bescheiden. »Jeder gute Nachbar hätte das Gleiche getan. Das heißt, wenn er über die nötigen Programmierkenntnisse verfügt hätte. Was heutzutage natürlich niemand mehr tut.«

»Dürfte ich fragen, *woher* Sie die Programmierkenntnisse haben?«

Hamilton stützte das Kinn auf den Griff des Gehstocks. »Von meinem Dad, wenn ich ehrlich bin. Bevor die Chinesen die Infowirtschaft ruiniert haben, war mein Dad ein großes Tier im Silicon Valley.«

»Sind Sie von Beruf Programmierer, Kevin?«

»Sie machen wohl Witze. Es gibt keine Profiprogrammierer mehr. Diese Nieten, die sich heutzutage als Systemadministratoren bezeichnen, das sind doch gar keine richtigen Programmierer! Die klicken sich doch bloß irgendwelche Konserven von irgendwelchen privaten Sites runter und speichern sie ab.«

Oscar nickte aufmunternd.

Hamilton schwenkte den Stock. »Die Kunst des Programmierens hat sich seit zehn Jahren nicht mehr weiterentwickelt! Das kann sie auch gar nicht, weil kein kommerzieller Anreiz mehr dahintersteht. Die Euros haben sämtliche Netzprotokolle mühelos handhabbar gemacht, und die Chinesen kopieren alles, was publiziert wird ... Daher sind die einzigen, die heute noch ernst zu nehmende Programme schreiben, ausgeflippte Computerwissenschaftler. Und die Nomaden – die haben Zeit genug. Und natürlich bestimmte weiße Hacker.« Hamilton gähnte. »Meine Füße machen mir schwer zu schaffen, wissen Sie. Das Programmieren hilft mir dabei, die Zeit zu vertreiben. Wenn man erst mal weiß, wie's geht, ist die Arbeit wirklich interessant.«

»Kann ich wirklich nichts für Sie tun? Ich stehe in Ihrer Schuld.«

»Doch, ja, da wär was. Ich bin der Vorsitzende der Bürgerwache, und nach der Schießerei wird man mich sicherlich deswegen löchern. Es wäre schön, wenn Sie irgendwann mal vorbeikommen und mir helfen würden, die Leute zu beruhigen.«

»Es wäre mir eine Freude.«

»Also abgemacht.« Hamilton erhob sich, ohne sich an seinen offenkundigen Schmerzen zu stören.

»Ich bringe Sie hinaus, Sir.«

Als Hamilton hinausgehumpelt war, übertrug Oscar rasch den Inhalt seines Laptops in den Hauscomputer und machte sich sogleich an die Arbeit. Er schickte Avizienis und Bob Argow in Texas E-Mails und drängte sie, sogleich seine Nachbarschaft zu überprüfen. Nicht, dass er Kevin Hamilton misstraut hätte – Oscar hielt sich viel zugute auf seine offene Haltung gegenüber den Angloamerikanern –, doch die Neuigkeiten waren einfach zu schön, um wahr zu sein.

Um elf Uhr fünfzehn fuhren Oscar und Greta mit dem Taxi zu Bambakias' Büro in Cambridge. »Weißt du was?« sagte Greta. »Das Kostüm ist gar nicht so steif, wie es aussieht. Eigentlich ist es sogar recht bequem.«

»Donna ist eben ein wahrer Profi.«

»Und es passt perfekt. Wie ist das nur möglich?«

»Ach, jeder smarte Überwachungsscanner kann auch die Körpermaße vermessen. Zunächst war das eine militärische Anwendung – es hat eine Weile gedauert, bis es seinen Weg in die Haute Couture gefunden hat.«

Sie fuhren über die Longfellow Bridge und überquerten das Flussbecken des Charles River. Der Schnee von gestern hatte sich auf den Hängen der Greenhouse-Deiche bereits zur Hälfte in Matsch verwandelt. Greta blickte zu den fernen Gebäuden des Wissenschaftsparks hinüber. Donnas Helferinnen hatte ihr die Augenbrauen gezupft. Die geschwungenen Brauen verliehen Gretas schmalem Gesicht eine einschüchternde intellektuelle Ausstrahlung. Das Haar hatte jetzt richtig Form und einen Mit-mir-ist-nicht-zu-spaßen-Glanz. Greta strahlte Kompetenz aus. Sie sah wirklich aus wie jemand, auf den es ankam.

»In Boston ist alles so anders«, sagte sie. »Woran liegt das?«

»An der Politik«, antwortete er. »Boston ist in der Hand der Ultrareichen. Und die Bostoner Reichen sind wohlmeinend – das ist entscheidend. Sie besitzen Bürgerstolz. Sie sind Patrizier.«

»Möchtest du, dass es im ganzen Land so aussieht? Saubere Straßen und totale Überwachung?«

»Ich will bloß, dass das Land funktioniert. Ich will, dass das System funktioniert. Mehr nicht.«

»Selbst wenn es dann elitär und vakuumverschweißt wäre?«

»Die Kritikerrolle steht dir nicht. Du lebst in einer hermetisch abgeschlossenen Welt. Und die ist sogar luftdicht.«

Alcott Bambakias' Büro lag in einem fünfstöckigen Gebäude in der Nähe des Inman Square. Zunächst war darin eine Fabrik für Süßigkeiten untergebracht gewesen, dann ein portugiesischer Treffpunkt; jetzt gehörte es Bambakias' internationaler Design- und Baufirma.

Sie bezahlten das Taxi und betraten das Gebäude. Oscar hängte Hut und Mantel auf einen Flaschenbaum à la Duchamp. Im Empfangsbereich im ersten Stock, wo sechs maßstabsgetreue Modelle von eleganten chinesischen Hochhäusern ausgestellt waren, warteten sie auf die Einlasserlaubnis. China war das letzte Land, das die grenzenlosen Möglichkeiten von Wolkenkratzern noch nutzte, und Bambakias war einer der wenigen amerikanischen Architekten, die den chinesischen Geschmack trafen. Bambakias hatte auf dem dortigen Markt gute Geschäfte gemacht. In Europa genoss er einen nicht minder sagenhaften Ruf, während er zu Hause eher mit Missgunst zu kämpfen hatte. Er hatte in Italien geschwungene Sportarenen entworfen, in Deutschland massive Deichanlagen, in der Schweiz eine Öko-Survival-Anlage … Auch für die Niederlande hatte er einige Aufträge abgewickelt, bevor der Kalte Krieg dem ein Ende setzte.

Leon Sosik tauchte auf, um sie zu eskortieren. Sosik war ein korpulenter Mann in den Sechzigern mit den Schultern eines Profiboxers, roten Hosenträgern und Seidenkrawatte. Sosik trug nur selten Hut, denn er war stolz auf sein schönes Haar – der Altersglatze hatte er erfolgreich getrotzt. Er musterte Oscar von oben bis unten. »Na, wie geht's?«

»Wunderbar. Ich möchte Ihnen Dr. Greta Penninger vorstellen. Dr. Penninger, das ist Leon Sosik, der Stabschef des Senators.«

»Wir haben schon viel von Ihnen gehört, Doktor«, sagte Sosik und ergriff behutsam Gretas frisch manikürte Fingerspitzen. »Ich wünschte, wir wären uns unter anderen Umständen begegnet.«

»Was macht der Senator?«

»Es ging ihm schon mal besser«, sagte Sosik. »Al nimmt sich alles so zu Herzen. *Sehr* zu Herzen.«

»Aber er isst doch wieder?«

»Merken tut man davon jedenfalls nichts.«

Oscar war bestürzt. »Aber Sie haben doch *gesagt*, er würde essen. Der Hungerstreik ist *vorbei*. Der Senator sollte rohes Pferdefleisch verschlingen. Wieso, zum Teufel, isst er nicht?«

»Er sagt, er habe Magenschmerzen. Er sagt … also, er sagt viel. Ich muss Sie warnen, Sie dürfen im Moment nicht alles, was er sagt, für bare Münze nehmen.« Sosik seufzte schwer. »Vielleicht können Sie ihn ja wieder zur Vernunft bringen. Seine Frau meint, darauf verstünden Sie sich.« Sosik langte geistesabwesend in die Hosentasche. »Dr. Penninger, macht es Ihnen etwas aus, wenn ich Sie auf Wanzen untersuche? Normalerweise erledigt das unser Sicherheitsexperte, aber der ist noch in Washington.«

»Das geht schon in Ordnung«, sagte Greta.

Sosik fuchtelte in der Luft herum wie ein Weihwasser versprengender Bischof, ohne etwas zu finden.

»Untersuchen Sie mich ebenfalls«, sagte Oscar. »Ich bestehe darauf.«

»Al war wochenlang verwanzt«, meinte Sosik, das Ritual wiederholend. »Sein Nervensystem war verwanzt, sein Kreislauf war verwanzt, sein Magen war verwanzt, seine Eingeweide waren verwanzt. Er hat CT- und PET-Untersuchungen veröffentlicht, er hat markierten Apfelsaft getrunken – seine Innereien waren ein gottverdammter öffentlicher Zirkus. Und als wir ihn endlich wieder abgenabelt hatten, ist er durchgedreht.«

»Der Hungerstreik hatte ein gewaltiges Presseecho, Leon. Das können Sie mir glauben.«

Sosik legte den Scanner weg. »Klar, aber was ist mit diesem Irrenhaus in Louisiana? Wie, zum Teufel, ist das auf die Agenda gekommen? Al ist Architekt! Wir hätten bei den öffentlichen Bauten bleiben sollen, dann wäre alles in Butter.«

»Sie haben sich von ihm beschwatzen lassen«, sagte Oscar.

»Ich hab gewusst, dass das eine beknackte Idee war! Aber ... Na ja, Al fand das in Ordnung. Al ist der Typ, der mit sowas durchkommt.«

Sosik geleitete sie in einen Aufzug aus Glas und Plastik. Bambakias hatte das ehemalige vierte Stockwerk entkernen lassen. Zurückgeblieben war ein höhlenartiger Raum mit freiliegenden Wasserleitungen, Belüftungsrohren und Aufzugkabeln, alles geschmackvoll mandarinfarben, türkis, apfelsinenfarben und preußischblau überpinselt.

Fünfunddreißig Personen lebten in den Büros, Bambakias persönlicher Mitarbeiterstab. Das Ganze war gleichzeitig Wohnung wie auch Atelier. Sosik führte sie an ergonomischen Bürostühlen, tablettartigen Präsentationstischen aus Kevlar und zuckenden Haufen cybernetischer Bauelemente vorbei. Draußen war es kalt, daher wurden die porösen Fußbodenmembranen von leise zischendem Dampf erwärmt.

Ein Büro in einer Ecke diente gleichzeitig als Medienraum und als medizinisches Zentrum. Die Überwachungsgeräte arbeiteten momentan nicht und säumten die Wände, die Bildschirme aber leuchteten lautlos und wechselten immer wieder die Anzeige.

Der Senator lag bäuchlings und nackt auf einem Massagetisch, den Steiss mit einem Handtuch bedeckt. Ein Masseur bearbeitete seinen Hals und seine Schultern.

Oscar war schockiert. Er hatte gewusst, dass Bambakias bei dem radikalen Hungerstreik eine Menge Gewicht verloren hatte, doch was das physisch für den Senator bedeutete, war ihm bislang nicht bewusst gewesen. Bambakias wirkte um zehn Jahre gealtert. Die Haut umschlotterte ihn wie ein zu weiter Overall.

»Schön, Sie zu sehen, Oscar«, sagte Bambakias.

»Ich möchte Ihnen Dr. Penninger vorstellen«, sagte Oscar.

»Nicht schon wieder eine Ärztin«, stöhnte der Senator.

»Dr. Penninger ist staatlich angestellte Wissenschaftlerin.«

»Ah, ja, natürlich.« Bambakias setzte sich auf und rückte das Handtuch zurecht. Seine Hand erinnerte an feuchtes Reisig. »Das reicht, Jackson … Bringen Sie meinen Freunden … was haben wir denn da? Bringen Sie ihnen Apfelsaft.«

»Wir könnten ein richtiges Mittagessen vertragen«,

sagte Oscar. »Ich habe Dr. Penninger Bostoner Fischsuppe versprochen.«

Bambakias blinzelte; seine Augen lagen tief in den Höhlen und hatten farblose Ränder. »Mein Küchenchef ist in letzter Zeit etwas aus der Übung.«

»Soll das heißen, er kann keine Fischsuppe mehr machen?« scherzte Oskar. »Wie ist das möglich? Ist er vielleicht tot?«

Bambakias seufzte. »Jackson, sorgen Sie dafür, dass dieser fette Wahlkampfmanager seine gottverdammte Fischsuppe bekommt.« Bambakias blickte auf seine welken Hände nieder, studierte ihr Zittern mit großem Interesse. »Worüber haben wir gerade gesprochen?«

»Dr. Penninger und ich würden uns gern mit Ihnen über Wissenschaftspolitik unterhalten.«

»Natürlich. Dann ziehe ich mich mal an.« Bambakias eilte auf seinen knochigen Füßen zu einem beiseite gleitenden Wandschirm und schlüpfte durch die Öffnung. Man hörte, wie er mit schwacher Stimme nach seiner Imageberaterin rief.

Ein Rüschenvorhang hob sich wie ein Augenlid und ließ durch die dahinter liegenden Glasblöcke hellen winterlichen Sonnenschein ein. Das Eckbüro war ein kleines Wunder an Luftigkeit und Helligkeit; obwohl er halb leer war, wirkte der Raum gleichwohl vollständig und komplett.

Ein kleiner pelziger Roboter betrat das Büro mit ein paar Plastikpaketen in den Schlaucharmen. Er legte die Pakete behutsam auf dem Teppich ab und ging wieder hinaus.

Die abgelegten Pakete bewegten sich, während man das gedämpfte Knirschen und Quietschen von Scharnieren und Federn vernahm. Unter der transparenten Polsterung blitzten geodätische Stäbe und Kabel auf wie Vektorgrafiken. Plötzlich verwandelten sich die Pakete in zwei Stühle.

Greta öffnete ihre neue elegante Handtasche und

führte ein Papiertaschentuch an die Nase. »Die Luft ist hier sehr gut, weißt du.«

Bambakias kehrte zurück, bekleidet mit einer grauen Seidenhose und Unterhemd, gefolgt von einer schweigsamen jungen Frau, bepackt mit Schuhen, Hemd und Hosenträgern. »Wo ist mein Hut?« fragte Bambakias gereizt. »Wo ist mein Umhang?«

»Die Stühle sind sehr interessant«, meinte Greta. »Erzählen Sie mir etwas darüber.«

»Ach, diese Entwürfe hatten keinen Erfolg«, sagte Bambakias und steckte einen mageren Arm in den zerknitterten Ärmel des Frackhemds. »Aus irgendwelchen Gründen vertrauen die Menschen den Rechnern nicht genug, um sich darauf zu setzen.«

»Ich vertraue den Rechnern«, versicherte ihm Greta und nahm Platz. Die inwendigen Speichen und Drähte passten sich mit einem Sirren an ihr Gewicht an, als würden Gitarrensaiten gespannt. Greta machte es sich gewandt mitten in der Luft bequem, eine Königin auf einem Thron aus smarten Essstäbchen und Spinnweben. Oscar bewunderte reaktive Spannkonstruktionen ebenso wie jedermann sonst, nahm aber mit erheblich weniger Schwung auf dem zweiten Stuhl Platz.

»Ein Architekt heimst Anerkennung für Designerfolge ein«, erklärte ihr Bambakias. »Die Misserfolge kann man mit Lorbeer bemänteln. Aber eigenwillige Entwürfe, die sich einfach nicht bezahlt machen – die verbirgt man am besten in seinem Büro.«

Angestellte entfernten wortlos den Massagetisch und schoben ein klappbares Krankenhausbett herein. Der Senator nahm auf der Bettkante Platz und zog die bloßen, mageren Füße hoch wie ein großer Meeresvogel.

»Ich habe auf dem Herweg ganz ähnliche Stühle bemerkt«, sagte Greta. »Aber die waren massiv.«

»Nicht ›massiv‹. Starr. Sprühfurnier.«

»Weniger ist mehr«, meinte Greta.

Während ihm seine Garderobiere Socken und Schuhe

anzog, blitzte in den schlaffen Gesichtszügen des Senators ein Funken Interesse auf. »Wie war Ihr Name noch gleich?«

»Greta«, antwortete sie sanft.

»Und was sind Sie, Psychiaterin?«

»Nah dran. Ich bin Neurowissenschaftlerin.«

»Ah ja. Ich glaube, das erwähnten Sie bereits.«

Greta wandte sich zu Oscar um und blickte ihn mitfühlend an. Seit Donna sie umgemodelt hatte, war ihrem Ausdruck eine neue, bestürzende Klarheit zu eigen – ihr flackernder Blick traf Oscar mitten ins Herz und verhakte sich darin wie eine Harpune.

Oscar beugte sich auf dem summenden Stuhl aus Klavierdraht vor und faltete die Hände. »Alcott, Lorena hat mir erzählt, Sie wären über die neuen Entwicklungen sehr verärgert.«

»›Verärgert‹?« wiederholte Alcott und reckte das Kinn, während ihm die Garderobiere die Krawatte band. »›Verärgert‹ trifft es nicht ganz. Ich würde sagen, ich sehe die Lage ›realistisch‹.«

»Na ja … Realismus ist Ansichtssache.«

»Ich habe eine Staats- und Unionskrise ausgelöst. Militärisches Gerät im Wert von vierhundertundzwölf Millionen Dollar wurde von anarchistischen Banditen geklaut und ist in den Sümpfen verschwunden. Das war der schlimmste derartige Vorfall seit Fort Sumter im Jahre 1861; weshalb sollte ich mich nicht darüber ärgern?«

»Aber, Al, das haben wir doch nicht gewollt. Man kann uns für diese Entwicklung nicht verantwortlich machen.«

»Aber ich war *dort*«, beharrte Bambakias. »Ich war bei diesen Leuten. Ja … ich habe mit ihnen geredet, ich habe ihnen mein Ehrenwort gegeben … Ich habe Videos, die das belegen! Lassen Sie uns die Videos noch einmal anschauen. Wir sollten sie uns zusammen anschauen. Wo ist mein Systemadministrator? Wo ist Edgar?«

»Edgar ist in Washington«, sagte die Garderobiere.

Das hohlwangige Gesicht des Senators straffte sich merklich. »Muss ich denn alles selbst machen?«

»Ich habe die Belagerung mitverfolgt«, sagte Oscar. »Ich bin sehr dafür, die Entwicklung zu beschleunigen.«

»Aber ich war *dort*!« wiederholte Bambakias. »Ich hätte ihnen helfen können. Ich hätte Barrikaden bauen können. Ich hätte Generatoren kaufen können ... Aber als sich das Gas ausbreitete, verloren sie den Verstand. Das hat mich wirklich betroffen gemacht. Das war kein Spiel mehr. Wir waren keine Spieler. Wir waren alle wahnsinnig geworden.«

Es entstand ein angespanntes Schweigen.

»Er hat im Netz viel Zeit mit den Leuten vom Stützpunkt verbracht«, erklärte die Garderobiere demütig. »Es war beinahe so, als wäre er bei ihnen gewesen. Ganz persönlich.« Plötzlich füllten sich ihre Augen mit Tränen. »Ich hole seinen Hut«, sagte sie und ging mit hängendem Kopf davon.

Ein Servierwagen wurde hereingeschoben, gedeckt für zwei Personen. Die Fischsuppe wurde serviert.

Oscar verrückte den federleichten reaktiven Stuhl und knallte demonstrativ mit der Leinenserviette. »Das war keine Niederlage, Al. Bloß ein Scharmützel. Auf dem guten alten Go-Brett ist noch viel Platz. Die Senatsperiode dauert mindestens sechs Jahre.«

»*Denen* nützt das nichts. Die sind jetzt alle in Lagern untergebracht! Wie kann die Regierung nur so zynisch sein? Man hat unsere Soldaten dem Mann überlassen, der sie unter Gas gesetzt hat!« Bambakias deutete auf den hinter ihm flackernden Bildschirm. »Ich habe mitverfolgt, wie er das gedeichselt hat. Dieser Huey. Als ob er sie *gerettet* hätte. Dieser Hurensohn steht in der Öffentlichkeit als ihr Retter da!«

»Also, das war ein wirklich schlimmer Zwischenfall, aber wenigstens gab es keine Toten. Wir können die Sache jetzt abschließen. Morgen ist auch noch ein Tag.«

Oscar ergriff den funkelnden Suppenlöffel und kostete umständlich. Wie immer schmeckte die Fischsuppe köstlich.

»Moment mal«, sagte er zu Greta, die keine Anstalten machte zu essen. »Da stimmt was nicht.« Er richtete sich auf. »Was ist mit Ihrem Küchenchef, Alcott? Verwendet der etwa *Konserven*?«

Bambakias runzelte die Stirn. »Was?«

»Das ist nicht Ihre Spezialität.«

»Natürlich ist sie das. Ganz bestimmt.«

»Probieren Sie mal«, sagte Oscar.

Greta bekundete mit einem Kopfnicken ihr Einverständnis, was eigentlich gar nicht notwendig gewesen wäre, denn der Senator war bereits vom Bett hochgesprungen und hatte sich ihren Löffel geschnappt. Er probierte die Suppe.

»Hat einen metallischen Beigeschmack«, meinte Oscar augenzwinkernd.

Bambakias probierte noch zwei Löffel. »Unsinn«, knurrte er. »Schmeckt delikat.«

Sie langten schweigend zu. »Ich besorge noch einen Stuhl«, murmelte Greta. Sie stand auf und ging hinaus.

Bambakias nahm auf Gretas Stuhl Platz und mampfte eine Handvoll Muschelcracker. Die Garderobiere kam zurück und legte den Hut und den Umhang des Senators in der Nähe ab. Bambakias beachtete sie nicht, sondern beugte sich in angespannter Konzentration auf den Teller hinab. Seine Hände waren wie gelähmt; er konnte den Löffel kaum festhalten.

»Ich könnte jetzt einen Milchshake vertragen«, bemerkte Oscar. »Wie die, die wir während des Wahlkampfs immer getrunken haben.«

»Eine gute Idee«, meinte Bambakias geistesabwesend. Er reckte das Kinn, deutete mit zwei Fingern darauf und sagte ins Leere: »Vince, zwei Wahlkampf-Power-Milchshakes.«

»Hat Sosik Ihnen schon die neuesten Umfrageergebnisse gezeigt, Al? Sie haben bei dieser Episode besser abgeschnitten, als Sie meinen.«

»Nein, da irren Sie sich beide. Ich habe alles vermasselt. Ich habe eine schwere Krise heraufbeschworen, bevor ich auch nur vereidigt wurde. Und jetzt bin ich ein ebensolcher mieser Krimineller wie der ganze Rest, mir bleibt keine andere Wahl – von jetzt an muss ich das Spiel nach ihren Regeln spielen. Und der Senat ist ein Scheißspiel.«

»Was sagen Sie?« erwiderte Oscar.

Bambakias schluckte mühsam und hob den knochigen Zeigefinger. »In diesem Land gibt es sechzehn Parteien. Mit derart fragmentierten Strukturen lässt sich nicht regieren. Und die Parteien spiegeln bloß das zugrunde liegende Chaos wider. Das Erziehungssystem ist zusammengebrochen. Das Gesundheitssystem ist so schlecht, dass es einen Schwarzmarkt für Organe gibt. Wir leben im permanenten Ausnahmezustand.«

»Damit sagen Sie mir nichts Neues«, scherzte Oscar. Er blickte neidisch auf Bambakias' Teller. »Wollen Sie das aufessen?«

Bambakias beugte sich mit wölfischem Funkeln auf seinen Teller hinunter.

»Okay, kein Problem.« Oscar hob die Stimme und wandte sich an die verborgenen Mikrofone. »Vincent, Beeilung mit den Milchshakes! Und bringen Sie noch mehr Suppe. Und Brötchen.«

»Ich will keine verdammten Brötchen«, murmelte Bambakias. Seine Augen tränten, sein Gesicht war gerötet. »Die Ungleichheiten im Gesundheitswesen sind eine Schande«, brummte er über der Suppe. »Wir haben eine nicht konvertierbare Währung, die Wirtschaft ist ruiniert. Wir haben Wetterkatastrophen. Luftverschmutzung. Eine sinkende Geburtenrate. Eine steigende Sterblichkeitkeitsrate. Das ist schlimm. Das ist wirklich schlimm. Eigentlich ist die Lage völlig hoffnungslos.«

»Vincent, bringen Sie noch was Vernünftiges zu essen. Rasch. Bringen Sie uns Teriyaki. Und Dim Sum.«

»Was quatschen Sie da eigentlich?« sagte Bambakias.

»Alcott, Sie bringen mich in Verlegenheit. Ich habe Dr. Penninger versprochen, hier gäbe es etwas Gutes zu essen, und da essen Sie ihr das Mittagessen weg!«

Bambakias starrte auf die Überreste der Fischsuppe. »Du meine Güte ...«

»Alcott, überlassen Sie das mir. Das mindeste, was Sie tun können, ist, dass Sie uns Gesellschaft leisten und dafür sorgen, dass unser Gast ordentlich verköstigt wird.«

»O je, das tut mir aber leid!« ächzte Bambakias. »Ach Gott, ich habe alles falsch gemacht. Kümmern Sie sich drum, Oscar! Sie schaffen das schon.«

Zwei Milchshakes in Flötengläsern mit eisverkrusteten Füßen wurden gebracht. Der Küchenchef servierte sie persönlich auf einem in Kork eingefassten Tablett. Er blickte Oscar an, ganz gerührt vor Dankbarkeit, dann zog er sich hastig wieder zurück.

Bambakias' schmaler Adamsapfel hüpfte glucksend auf und ab. »Ich muss Ihnen etwas wirklich Schreckliches sagen«, meinte er und wischte sich den Mund mit dem Hemdsärmel ab. »Die ganze Angelegenheit war von Anfang an mit einem tragischen Fehler behaftet. Der Notstandsausschuss hatte gar nicht vor, den Stützpunkt fallen zu lassen. Die Verwaltungs- und Haushaltssoftware war fehlerhaft. Niemand hat das jemals überprüft, weil alles, was diese Idioten anpacken, in die Kategorie offizieller Ausnahmezustand fällt! Als dann der Fehler offenkundig wurde, nahmen alle an, er sei vorsätzlich herbeigeführt worden – weil es eine so clevere, raffinierte Möglichkeit war, Huey reinzulegen. Sie würden alles dafür geben, ihn reinzulegen, denn Huey ist der einzige amerikanische Politiker, der weiß, was er will, und seine Ziele konsequent verfolgt. Aber als ich nach dem heimlichen Genie forschte, das diese brillante Verschwörung angezettelt hatte, war niemand ausfindig zu machen.«

»Und diesen Quatsch wollte man Ihnen allen Ernstes weismachen? Das haben Sie doch hoffentlich nicht geglaubt«, sagte Oscar, Bambakias' leeres Glas unbemerkt gegen sein volles austauschend. »Diese Ausnahmezustandstrottel sind Genies im Ränkeschmieden.«

»Meinen Sie? Dann verraten Sie mir, wer Sie erschießen wollte!« Bambakias rülpste. »Das gleiche Thema, die gleiche Kontroverse – Sie könnten jetzt *tot* sein! Aber wer ist daran schuld? Niemand. Man sucht nach einem Verantwortlichen, und alles, was man findet, ist irgendeine miese Software, ein halbes Lichtjahr von allen Befehlsketten entfernt.«

»Das ist unpolitisch gedacht, Alcott.«

»Politik funktioniert nicht mehr! Wir können nicht politisch arbeiten, weil das System so komplex geworden ist, dass es sich grundsätzlich unberechenbar verhält. Niemand vertraut mehr dem System, deshalb spielt auch niemand mehr mit offenen Karten. Es gibt sechzehn Parteien und hundert gute Ideen und eine Million summender, piepsender Computer, aber niemand blickt mehr durch, niemand erfüllt mehr rechtzeitig und gemäß den Vorgaben seine Absprachen. Deshalb ist die Politik ad absurdum geführt. Im Land herrscht Chaos. Wir haben die Republik aufgegeben. Wir haben die Demokratie aufgegeben. Ich bin kein Senator! Ich bin ein Räuberbaron, ein Feudalherr. Mir bleibt nichts anderes übrig, als einen Personenkult aufzubauen.«

Fünf Angestellte traten geschlossen ein. Sie alle wollten den Mann essen sehen. Plötzlich hallte der Raum wider von Kevlar-Klapptischen, klirrendem Besteck, Tabletts mit Cocktailhappen und Aperitifs.

»Ich *weiß*, dass Chaos herrscht«, sagte Oscar mit erhobener Stimme, um den Tumult zu übertönen. »Jedermann weiß, dass das System außer Kontrolle ist. Das ist eine Binsenwahrheit. Die einzige Antwort auf das Chaos ist politische Organisation.«

»Nein, dafür ist es zu spät. Wir sind mittlerweile so intelligent, dass wir zu smart sind, um zu überleben. Wir sind so gut informiert, dass nichts mehr etwas bedeutet. Wir wissen, was alles kostet, aber wir haben das Gespür für den Wert der Dinge verloren. Wir haben alles unter Beobachtung, aber wir haben kein Schamgefühl mehr.« Die plötzliche Nährstoffzufuhr machte Bambakias schwer zu schaffen. Er war puterrot geworden und atmete schwer. Und offenbar hatte er das Denken eingestellt, denn er spulte mechanisch seine Wahlkampfpropaganda ab.

Greta tauchte im Eingang auf und machte dem Krankenbett Platz, das von zwei Angestellten hinausgeschoben wurde. Sie trat ein und nahm bescheiden auf einem neu zusammengesetzten Stuhl Platz.

»Also kann man ebensogut raffen, was das Zeug hält.«

»Danke, Senator«, sagte Greta und ergriff energisch einen Spieß mit Teriyaki. »Ich mag diese kleinen Bürobrunches.«

»Sehen Sie, es entwickelt sich alles zu schnell und zu komplex, als dass noch irgendwer damit Schritt halten könnte.«

»Ich nehme an, das ist auch der Grund, weshalb wir darauf sitzen können!« sagte Greta.

»Wie bitte?« sagte Oscar.

»Die Möbel denken schneller als das menschliche Gehirn. Deshalb wird aus einem fragilen Netzwerk von Stäben und Leisten ein funktionsfähiger Stuhl.« Sie blickte in die verblüfften Gesichter ihrer Tischnachbarn. »Dreht sich's nicht um Möbeldesign? Tut mir leid.«

»Keine Entschuldigungen, Doktor«, erwiderte Bambakias. »Das bedaure ich am meisten. Ich hätte bei der Architektur bleiben sollen, denn dort wurde ich gebraucht. Auf dem Gebiet habe ich etwas zuwege gebracht, verstehen Sie? Eine moderne Auffassung von

Struktur … damit hätte ich mir ein Denkmal setzen können. Ich hätte wundervolle Dinge machen können … Doktor, diese alte Glaskuppel in Texas, die ist zwanzig Jahre hinter der Entwicklung zurück. Heutzutage könnten wir mit Stroh und etwas Kleingeld eine zehnmal so große Kuppel errichten! Wir könnten Ihr trauriges kleines Museum beleben und zu wahrer Blüte führen – wir könnten das Experimentelle in die Alltagsrealität überführen. Wir könnten die Naturwelt in die Substanz unserer Städte integrieren. Wenn wir unsere Macht einzusetzen wüssten, könnten wir Bisonherden durch die Straßen leiten. Wir könnten friedlich mit Wolfsrudeln zusammenleben wie im Garten Eden. Dazu braucht es nur Vernunft und eine Vision dessen, was wir sind und was wir wollen.«

»Das klingt wundervoll, Senator. Warum tun Sie's dann nicht?«

»Weil wir allesamt Verbrecher sind! Wir sind von der Wildnis geradewegs zur Dekadenz übergegangen, ohne jemals eine authentische amerikanische Zivilisation hervorgebracht zu haben. Jetzt sind wir geschlagen, und wir schmollen. Die Chinesen haben uns beim Wirtschaftskrieg in den Hintern getreten. Die Europäer befolgen hinsichtlich der Bevölkerungsentwicklung und der Klimakatastrophen eine vernünftige, pragmatische Politik. Wir aber sind eine Nation der Dilettanten, die von einem überlebten System schmarotzen. Wir sind selbstsüchtige Betrüger!«

Oscar ergriff das Wort. »Sie sind kein Krimineller, Alcott. Schauen Sie sich nur mal die Umfragen an. Die Leute stehen hinter Ihnen. Sie haben sie gewonnen. Die vertrauen Ihnen, die mögen Sie.«

Bambakias ließ sich heftig auf den Stuhl niederfallen, der sogleich wachsam zu summen begann. »Dann sagen Sie mir eines«, knurrte er. »Was ist mit Moira?«

»Weshalb interessieren Sie sich für das Thema?« fragte Oscar.

»Moira ist im Gefängnis, Oscar. Sagen Sie mir, was das bedeutet. Wollen Sie uns nicht alles darüber erzählen?«

Oscar kaute mit höflicher Entschlossenheit auf einem Brötchen. Es herrschte Totenstille im Raum. Vor dem Hintergrund der Glasblöcke hatte sich ein Mosaik gebildet, das sich im Tageslicht allmählich veränderte. Ein Labyrinth verschwommener Rauten, die wie haftende Dominosteone umherkrochen und über das Glas flatterten.

Oscar deutete auf ein Netzgerät. »Könnten wir uns bitte mal die Nachrichten ansehen? Schalten Sie den Ton ein.«

Einer von Bambakias Angestellten meldete sich zu Wort. »Die kommen aus Frankreich.«

»Dr. Penninger spricht französisch. Bitte helfen Sie mir, Doktor.«

Greta wandte sich dem Bildschirm zu. »Es geht um Desertion«, sagte sie. »Um einen französischen Flugzeugträger.«

Bambakias stöhnte auf.

»Das französische Außenministerium hat eine Erklärung abgegeben«, meinte Greta zögernd. »Es geht um amerikanische Offiziere ... Elektronisch gesteuerte Kampfjets ... Zwei amerikanische Air Force-Piloten sind mit ihren Maschinen im Golf von Mexiko auf einem französischen Flugzeugträger gelandet. Sie bitten um politisches Asyl.«

»Ich hab's gewusst!« verkündete Oscar und warf die Serviette auf den Tisch. »Ich hab gewusst, dass Huey Leute eingeschleust hat. Darauf habe ich bloß gewartet. Das ist eine neue Wendung.«

»Oh, das ist schlimm«, ächzte Bambakias. Er war aschfahl im Gesicht. »Das ist eine bodenlose Erniedrigung. Eine Riesenschande. Das ist das Ende.« Er schluckte geräuschvoll. »Mir wird schlecht.«

»Helfen Sie dem Senator«, kommandierte Oscar und sprang auf. »Und holen Sie Sosik, aber schnell.«

Bambakias verschwand in einer Traube aufgeregter

Angestellter. Der Raum leerte sich so rasch wie ein U-Bahnabteil in Tokyo. Greta und Oscar waren auf einmal allein.

Oscar blickte auf den Bildschirm. Einer der amerikanischen Deserteure war soeben vor die Kamera getreten. Der Mann wirkte sehr vertraut und äußerst zynisch und war schwer betrunken. Oscar erkannte ihn wieder; es war der PR-Offizier vom Luftwaffenstützpunkt in Louisiana. Er gab eine vorbereitete Erklärung ab, die mit französischen Untertiteln versehen war. »Welch ein genialer Schachzug! Huey hat den französischen Spionen ein trojanisches Pferd untergeschoben. Die Franzosen werden diese Luftrowdies in einen Pariser Banktresor einsperren. Wir werden nie wieder von ihnen hören. Sie haben ihr Land verraten, und von nun an werden diese Hurensöhne wie Könige leben.«

»Die Unterbrechung kam ja wie gerufen«, meinte Greta. Sie aß noch immer und handhabte die Essstäbchen mit chirurgischer Geschicklichkeit. »Der Senator hätte dich sonst an die Wand genagelt. Erstaunlich, dass du den Nerv hattest, ihn abzulenken.«

»Eigentlich habe ich den Bildschirm die ganze Zeit über im Auge behalten, bloß für den Fall, dass ich das Thema wechseln musss.«

Greta probierte das Dim Sum und lächelte skeptisch. »Nein, hast du nicht. Das schafft niemand.«

»Doch, *ich* schon. Sowas mache ich ständig.«

»Also, *mich* lenkst du nicht ab. Was hat es mit dieser Moira auf sich? Sie ist bestimmt sehr hübsch. Das hab ich rausgehört.«

»Moira ist nicht unser Problem, Greta.«

»Ha! Für *meine* Probleme interessiert sich hier niemand.« Sie runzelte die Stirn, dann nahm sie noch ein wenig Soyasauce. »Schmeckt wirklich gut. Erstaunlich gut.«

»Schade, dass er's nicht bei sich behalten hat.« Greta seufzte. »Aber das war jedenfalls sehr erhellend. Ich hatte keine rechte Vorstellung vom Senator. Irgendwie hatte ich geglaubt, er wäre so ähnlich wie du.«

»Wie zum Beispiel?«

»Also ... ich dachte, er wäre ein macchiavellistischer, protziger, ultrareicher politischer Crack. Aber Alcott ist ganz anders. Alcott ist ein wahrer Idealist. Er ist ein Patriot! Tragisch nur, dass er eine klinische Depression hat.«

»Glaubst du wirklich?«

»Aber gewiss doch! Das ist doch offensichtlich! Der Hungerstress war zu viel für ihn. Und dieses Zittern in den Händen – das rührt von einer Überdosis Appetitzügler her.«

»Eigentlich hätte er die Pillen längst absetzen sollen.«

»Dann hat er sie gehortet und schluckt sie heimlich. Das ist typisch für das Syndrom. Die wiederholte Anspielung auf seine so genannte Kriminalität ... die weit hergeholten Schuldgefühle ... Er hat eine schwere Depression. Und als du ihn dazu gekriegt hast zu essen, da ist er durchgedreht. Seine Affekte sind völlig durchgeknallt! Du solltest ihn mal auf kognitive Defizite hin untersuchen lassen.«

»Also ... er war einfach vom Hunger geschwächt. Normalerweise hätte er eine solche Kinderei wie die mit der Fischsuppe auf der Stelle durchschaut.«

Greta legte die Essstäbchen weg und senkte die Stimme. »Beantworte mir eine Frage. Sag die Wahrheit. Ist dir schon mal aufgefallen, dass er in der Öffentlichkeit ausgesprochen freimütig und energisch auftritt, sich ansonsten aber zurückzieht und sich einigelt? Sagen wir, zwei, drei Tage lang?«

Oscar nickte widerwillig. »Doch, ja.«

»Eine Zeit lang ist er sehr gewinnend und charmant, arbeitet vierundzwanzig Stunden am Tag, sprüht eine Menge Funken. Dann ist er einfach nicht mehr da. Er meint, er müsse nachdenken oder brauche ein wenig Ruhe – im Grunde aber gräbt er sich ein Loch und verkriecht sich darin. Bei kreativen Persönlichkeiten ist das nicht ungewöhnlich. Dein Senator ist manisch depressiv. Ich könnte mir vorstellen, dass das schon immer so war.«

»Er ist ›hinten im Bus‹.« Oscar seufzte. »So haben wir das immer genannt, wenn er die Nummer während des Wahlkampfs abgezogen hat.«

»Hinten im Bus mit Moira.«

»Ja. Genau. Moria hat es verstanden, immer dann zur Stelle zu sein, wenn seine Abwehr geschwächt war.«

Greta kniff die Augen zusammen. »Du hast Moira irgendetwas Schreckliches angetan, hab ich recht?«

»Hör mal, der Mann ist US-Senator. Ich habe ihn ins Amt gebracht, ich muss seine Interessen vertreten. Er hatte im Wahlkampf eine Affäre. Na und? Wer bin ich denn, darüber zu urteilen?« Er zögerte. »Und wer bist du, was das betrifft?«

»Also, ich bin hergekommen, um mir ein Urteil über den Senator zu bilden«, sagte sie. »Ich hatte gehofft, er könnte mir helfen. Zum einen wäre uns ein redlicher, anständiger Senator im Labor von Nutzen. Alcott ist in der Lage, echtes Verständnis für uns aufzubrigen. Aber jetzt ist er erledigt, denn er hat sich mit Huey angelegt – mit einem Mann, der Leute wie ihn zum Frühstück verspeist. Leute wie er werden immer von der Politik gefressen.« Sie schaute frustriert und grimmig drein. »Schau dir nur mal an, was er aus diesem hoffnungslos veralteten Gebäude gemacht hat, das ist einfach wundervoll. Er muss eine Art Genie sein, und jetzt hat man ihn zerschmettert. Das macht mich wirklich fertig. Welch ein Verlust. Er hat den Verstand verloren. Das ist eine nationale Tragödie.«

»Also, ich muss zugeben, das ist ein Rückschlag.«

»Nein, es ist vorbei. Er wird sich nicht bloß deshalb, weil du ihn zwangsernährt hast, wieder erholen. Weil er nämlich schwachsinnig ist. Er kann dir nicht mehr helfen – und das bedeutet, dass auch du mir nicht helfen kannst. Alles ist aus, und ich sollte die Sache aufgeben.«

»Wir geben nicht auf.«

»Oscar, lass mich jetzt ins Labor zurückfliegen. Lass mich arbeiten. Das ist das einzig Vernünftige.«

»Das mag schon sein, aber ich bin nicht vernünftig, und das sind auch keine vernünftigen Zeiten.«

Leon Sosik betrat das Büro. »Ein ziemliches Debakel.« Er war ganz grau im Gesicht.

»Dieser Bursche ist wirklich dreist«, sagte Oscar. »Huey hat einen französischen Flugzeugträger vor der Küste warten lassen. Der Mann ist ein Verräter! Er steckt mit einer ausländischen Macht unter einer Decke!«

Sosik schüttelte den Kopf. »Das habe ich nicht gemeint.«

»Wir können einem derart kaltblütigen Coup nicht tatenlos zusehen. Wir müssen Hueys Füße an den Senatsboden nageln und ihn grün und blau prügeln.«

Sosik starrte ihn an. »Das ist doch nicht Ihr Ernst, oder?«

»Natürlich ist es mein Ernst! Unser Mann hat Huey aus der Deckung gescheucht, und jetzt zeigt er sein wahres Gesicht. Er stellt eindeutig eine Gefahr für die nationale Sicherheit dar. Wir müssen ihn fertigmachen.«

Sosik wandte sich mit höflicher Besorgnis an Greta. »Dr. Penninger, würde es Ihnen etwas ausmachen, wenn ich mich mit Mr. Valparaiso einen Moment unter vier Augen unterhalte?«

»Natürlich nicht.« Greta erhob sich widerwillig und legte die Essstäbchen weg.

»Ich könnte Ihnen von unserem Koch etwas einpacken lassen«, schlug Sosik aufmerksam vor.

»Ach nein, ich wollte sowieso gehen … Es wäre nett, wenn Sie mir ein Taxi rufen würden. In der Stadt findet eine Konferenz statt. Ich habe zu arbeiten.«

»Ich lasse Sie von unserem Chauffeur zum Tagungsort bringen, Doktor.«

»Das wäre prima. Vielen Dank.« Sie ergriff ihre Handtasche und ging hinaus.

Oscar blickte ihr bedauernd nach, dann fiel ihm eine

Fernbedienung ins Auge, und er nahm sie in die Hand. »Das hätten Sie nicht tun sollen«, sagte er zu Sosik. »Sie hat nämlich ein Anliegen. Wir hätten später darüber reden können.«

»Man hat mir gesagt, dass Sie so wären«, meinte Sosik sachlich. »Man hat Sie mir ganz genau beschrieben, aber ich wollte es nicht glauben. Würden Sie bitte die Fernbedienung weglegen?«

Oscar zappte sich durch mehrere Nachrichtensendungen durch. »Wir stehen an einem Wendepunkt, Leon. Wir müssen rasch reagieren und den Kerl festnageln, bevor er den nächsten Aufmacher unterbringt.«

Sosik nahm Oscar behutsam die Fernbedienung ab. Er legte Oscar die Hand auf die Schulter. »Machen wir einen Spaziergang. Wir sollten uns mal ernsthaft unterhalten.«

»Wir haben im Moment nicht gerade Zeit totzuschlagen.«

»Mann, ich bin der Stabschef. Ich glaube nicht, dass es Zeitverschwendung wäre, mit mir zu reden. Okay?«

Eine Angestellte reichte ihnen Hüte und Mäntel. Sie fuhren mit dem Aufzug ins Erdgeschoss hinunter.

»Gehen wir Richtung Somerville«, sagte Sosik. »Die Audioüberwachung ist dort nicht so streng.«

»Ist das ein Problem? Wir könnten auch getrennt spazierengehen und uns über eine sichere Telefonleitung unterhalten.«

Sosik seufzte. »Können Sie nicht mal einen Moment lang einen Gang runterschalten? Ich bin ein alter Mann.«

Oscar schwieg. Er folgte Sosik in nördlicher Richtung die Prospect Street entlang, die Schultern wegen der Kälte hochgezogen. Kahle Bäume, vereinzelte Weihnachtseinkäufer, hin und wieder eine karibische Ladenfront.

»Im Büro halte ich es momentan nicht aus. Er übergibt sich, er zittert wie Espenlaub. Und die Leute da drinnen, die verehren alle den Boden unter seinen Füße. Jetzt mussten sie erleben, wie er aus den Pantinen kippt.«

»Ja, und dass wir uns so davonstehlen, hilft ihrer Moral auch nicht gerade wieder auf.«

»Halten Sie den Mund«, sagte Sosik. »Ich bin seit dreißig Jahren in dem Business. Ich habe schon viele Politiker ein schlimmes Ende nehmen sehen. Ich habe erlebt, wie sie zu Säufern und Halunken wurden, ich habe Sexskandale, Finanzskandale erlebt … Aber das ist der Erste, der zerbrochen ist, bevor er überhaupt nach Washington kam.«

»Alcott ist anderen stets einen Kopf voraus.« Oscar nickte. »Er ist ein Visionär.«

Sosik warf ihm einen gereizten Blick zu. »Weshalb sind Sie ausgerechnet auf den armen Kerl verfallen? Er ist kein normaler Politiker. Lag es an seiner Frau? Hatte sie etwas mit ihnen vor? Lag es an ihrem persönlichen Problem?«

»Normale Poltiker kommen mit dem Job nicht mehr zu Rande, Leon. Das sind keine normalen Zeiten. Amerika ist kein normales Land. Wir haben unseren Vorrat an Normalität aufgebraucht. Es ist nichts mehr davon übrig.«

»*Sie* sind nicht normal. Was *tun* Sie eigentlich in der Politik?«

Oscar zuckte die Achseln. »Irgendjemand muss sich schließlich mit Ihrem dreißigjährigen Vermächtnis an soliden, professionellen Errungenschaften befassen, Leon.«

Sosik verzog das Gesicht. »Also, er hat sein Bestes gegeben. Und jetzt spinnt er.«

»Er spinnt nicht. Er ist schlicht und einfach verrückt.«

»Das ist doch das Gleiche. Okay?«

»Nein, ist es nicht. Es stimmt – er hatte einen Nervenzusammenbruch. Das ist ein Problem. Ein Imageproblem. Ein so schwerwiegendes Problem kann man nicht unter den Teppich kehren. Man muss mit dem Scheinwerfer drauf leuchten. Es geht um folgendes Problem: er hat sich aus ernst gemeintem Protest beinahe zu Tode gehungert, und jetzt hat er den Verstand verloren. Aber unser Schlüsselwort ist nicht ›verrückt‹. Unsere Schlüsselwörter sind ›ernst gemeint‹ und ›Protest‹.«

Sosik stellte den Mantelkragen auf. »Also, das können Sie nicht machen. Damit kommen Sie nicht durch.«

»Doch, Leon, ich kann. Aber wie steht's mit Ihnen?«

»Ein Senator, der non compos mentis ist, ist ein Ding der Unmöglichkeit! Wie, zum Teufel, soll er jemals ein Gesetz durchkriegen?«

»Alcott war noch nie ein Gesetzestechniker. Von diesen Korinthenkackern haben wir eh genug. Alcott ist ein Charismatiker, ein moralischer Führer. Er kann das Volk aufwecken, er kann es leiten und ihm den Berggipfel zeigen. Er muss bloß Beachtung bei ihm finden und es dazu bringen, ihm zu glauben. Und jetzt hat er es endlich geschafft.«

Sosik ließ sich das durch den Kopf gehen. »Mann, wenn Sie das hinbekämen und es würde tatsächlich funktionieren, dann wäre das der Beweis, dass das ganze Land verrückt geworden ist.«

Oscar schwieg.

»Wie genau wollen Sie das drehen?« fragte Sosik schließlich.

»Wir müssen Huey auf der Patriotismusschiene dämonisieren, während wir das medizinische Problem lösen. Berichte aus dem Krankenzimmer, wann immer Al einen hellen Moment hat. Winston Churchill war manisch depressiv. Abraham Lincoln war depressiv. Wir lassen die jungen Dinger von den Demokraten herkommen, wir zeigen, dass die Partei an seiner Seite ist. Wir fliegen seine Frau ein, die ist eine Kämpferin und steht loyal zu ihm. Sympathiemail von der Basis, und zwar tonnenweise. Ich halte das für machbar.«

»Wenn *das* machbar ist, dann habe ich den Anschluss verloren. Das ist nicht mehr das Amerika, das ich kenne. Dafür habe ich nicht den Nerv. Ich müsste zurücktreten. Dann wären Sie der Stabschef.«

»Nein, Leon, *Sie* müssen Stabschef bleiben. Sie sind der

gestandene Profi, Sie genießen Vertrauen in der Vorstadt, während ich … Also, ich darf da nicht in Erscheinung treten. Mit meinem persönlichen Background kann ich unmöglich eine große medizinische PR-Kampagne leiten.«

»Ich weiß, Sie wollen meinen Job.«

»Ich habe jetzt schon alle Hände voll zu tun.«

Sosik schnaubte. »Reden Sie keinen Scheiß.«

»Also gut«, sagte Oscar. »Ich gebe zu, ich hätte gern Ihren Job, aber im Moment muss ich mich um meinen eigenen Kram kümmern. Und zwar um Greta, verstehen Sie.«

»Um wen?«

»Die Wissenschaftlerin, verdammt noch mal! Dr. Penninger.«

Sosik war verblüfft. »Was? Die? Die geht auf die vierzig zu und hat ein Gesicht wie ein Kriegsbeil! Was ist los mit Ihnen, Mann? Es ist noch keine zwei Monate her, da hing ihnen die Hose wegen einer Wahlkampfjournalistin auf den Knöcheln. Sie konnten heilfroh sein, dass man Sie deswegen nicht geoutet hat. Und jetzt *die*?«

»Ja. Stimmt genau. Die.«

Sosik rieb sich das Kinn. »Ich habe ganz vergessen, wie schwer es einen jungen Kerl erwischen kann … Ist es wirklich so gut?«

»Nein, so gut ist es nicht«, erwiderte Oscar. »Es ist überhaupt nicht gut, es ist schlimm. Es ist richtig schlimm. Es ist schlimmer, als Sie sich vorstellen können, es ist grauenhaft. Sollten man uns ertappen, werden wir geoutet. Sie ist der reinste Workaholic – Wissenschaft ist das Einzige auf der Welt, das sie nicht zu Tode langweilt. Huey verehrt sie und möchte sie für irgend so ein wahnsinnsgeniales Gehirnlabor anwerben, das er gerade in einer Salzgrube baut … Sie trinkt zu viel. Sie leidet an Allergien. Sie ist acht Jahre älter als ich. Und außerdem ist sie Jüdin. Obwohl das bislang keine große Rolle spielt.«

Sosik seufzte; sein Atem kondensierte in der kalten Luft. »So sieht also Ihre Lage aus, hm?«

»Ja, in etwa. Aber da wäre noch etwas. Sie ist wirklich ein Genie. Sie ist einzigartig, brillant und wundervoll.«

Kevin Hamilton kam auf einen Schwatz bei Oscar vorbei. Kevin, ein Mann mit einem äußerst ungewöhnlichen Lebensrhythmus, hatte Erdnussbutter, ein Marmeladesandwich und einen Beutel Bananenchips mitgebracht.

»Politik ist heutzutage irrelevant«, meinte Kevin leichthin.

»Ich bitte Sie nicht, politischer Aktivist zu werden, Kevin. Ich bitte Sie bloß, sich meinem Team anzuschließen und sich um meine Sicherheit zu kümmern.«

Kevin stopfte sich eine Handvoll Bananenchips in den Mund und spülte mit Schokomilch nach. »Also, da Sie nun mal der sind, der Sie sind, haben Sie wohl auch genügend Geld für sowas.«

Oscar rückte den Laptop auf dem Konferenztisch zurecht. »Im Moment ist keine Zeit für müßiges Geplauder, also spielen wir mit offenen Karten. Ich weiß, Sie sind etwas Besonderes, aber Sie sind nicht der Einzige, der sich mit Netzrecherche auskennt. Das kann ich auch. Ihre Akte mit Anschuldigungen wegen zivilen Ungehorsams ist so lang wie mein Arm. Sie leben seit zehn Jahren ohne offizielle Einkünfte. Ihr Vater ist ein verurteilter Computerkrimineller auf elektronisch überwachtem Freigang. Sie sind ein Polizeispitzel und ein Überwachunsgfreak. Ich glaube, ich habe Bedarf für jemanden wie Sie.«

»Nett von Ihnen, dass Sie meinen heiklen ethnischen Hintergrund nicht erwähnt haben«, meinte Kevin. Er legte das Sandwich weg und holte seinen eigenen Laptop aus einer lädierten Reisetasche. Das uralte Gerät wurde von Spannriemen und Reiseaufklebern zusammengehalten.

»Dergleichen erwähne ich nie«, sagte Oscar.

»Hätte mich auch gewundert. Sie sind kein ›ethnischer‹ Typ.«

Kevin sah auf seinen Bildschirm. »Soweit ich erkennen kann, sind Sie eine Art Laborprodukt.«

»Schuldig im Sinne der Anklage.«

»Mein Vater wurde zum Gauner, nachdem seine Firma pleite gegangen war – *Ihr* Vater aber war ein richtiger Gangster. Ein Glück für Sie, dass die Regierung keine Filmstars niedermacht.«

»Ja, und seine Filme waren ebenfalls kriminelle Handlungen.«

»Offenbar stecken Sie wirklich in Schwierigkeiten. Ich arbeite nicht als Bodyguard. Ich schaff's gerade, die Bürgerwache erfolgreich zu leiten. Das ist ein guter Job für einen Typ, der ein Nomadendasein geführt hat – ich muss jetzt still sitzen und habe ein Dach über dem Kopf. Sie aber sind ein durchtriebener Politiker mit einflussreichen Feinden. Für Sie zu arbeiten, könnte mich das Leben kosten.«

»Ich stelle mir das so vor, dass ich am Leben bleibe und Sie dafür bezahle.«

»Keine Ahnung, weshalb ich Ihnen überhaupt zuhöre, Mann. Aber wissen Sie was – ich muss zugeben, dass mir Ihr Vorschlag irgendwie gefällt. Ich mag Leute, die wissen, was sie wollen, und ihre Ziele konsequent verwirklichen. Sie haben etwas an sich ... ich weiß auch nicht ... Sie wecken einfach Vertrauen.«

Der passende Moment, den nächsten Trumpf auszuspielen. »Hören Sie, Kevin, das mit Ihrem Vater verstehe ich. Viele anständige Menschen verwinden es nur schwer, wenn ihr intellektuelles Eigentum vernichtet wird. Freunde von mir im Senat könnten mit dem Gouverneur mal über eine Begnadigung sprechen. Ich glaube, ich könnte in der Sache etwas für Sie tun.«

»Also, das wäre wundervoll. Wissen Sie, mein Dad wurde wirklich unfair behandelt. Er war nie der typische rassistische White-Power-Bomber. Man hat die Terrorismus- und Verschwörungsvorwürfe nur deshalb erhoben, damit man sich am Ende auf Unterschlagung und widerrechtliches Eindringen in geschützte Computersysteme einigen konnte.«

»Er muss einen guten Anwalt gehabt haben.«

»Kann man so sagen … Sein Anwalt war so klug, sich nach Europa abzusetzen, als es hier hart auf hart ging.« Kevin seufzte. »Ich wäre selbst um ein Haar nach Europa gegangen, aber dann dachte ich mir, was soll's? Man kann auch als Straßenprolo aussteigen, das ist fast das Gleiche, wie wenn man das Land verlässt.«

»Es macht Ihnen doch nichts aus, nach Texas zu fliegen? Und Weihnachten nicht zu Hause zu sein? Wir reisen auf der Stelle ab.«

An der Tür läutete es. Kurz darauf trat Donna mit einem Luftpostpaket ein.

»Ist das für mich?« fragte Kevin erfreut. Er schlitzte das Paket mit einem großen Schweizer Armeemesser auf. »Mayonnaise«, verkündete er wenig überzeugend und hob ein unettiketiertes verschlossenes Glas mit weißer Pampe heraus. »Das Zeug könnte nützlich sein.« Er steckte das Glas in das Seitenfach seiner Reisetasche.

»Sie ist da«, flüsterte Donna.

»Ich muss mich um einen neuen Gast kümmern«, wandte Oscar sich an Kevin.

»Ein neuer ›Gast‹?« meinte Kevin augenzwinkernd. »Was ist denn aus der reizenden Dame im Bademantel geworden?«

»Können Sie mir bis morgen mitteilen, wie Sie sich entschieden haben?«

»Nein, Mann, ich hab mich schon entschieden. Ich bin dabei.«

»Sind Sie sicher?«

»Klar, klingt ganz so, als wär's mal 'ne nette Abwechslung. Ich fange gleich an. Klären Sie das mit Ihrem Systemadministrator, dann schaue ich mal, was ich für Ihre Rechner tun kann.«

Dem Leben im Laboratorium mangelte es an den vielen attraktiven Möglichkeiten der Back Bay von Boston.

Oscar und Greta trafen sich in einem kaputten Wagen auf dem dunklen Parkplatz hinter dem Instandsetzungszentrum. Der Treffpunkt war Kevin Hamiltons Idee gewesen. Kevin hielt viel von geheimen Treffen in anonymen Fahrzeugen. Kevin war kein Geheimdienstagent, kannte aber eine Menge Tricks, wie man sie auf der Straße lernte.

»Ich habe Angst«, gestand Greta.

Oscar rückte das Jackett zurecht und bemühte sich, seinen Ellbogen unterzubringen. Der Wagen war so klein, dass sie einander praktisch auf dem Schoß saßen. »Wie kommt es, dass du wegen einer solchen Kleinigkeit Lampenfieber hast? Du hast in Stockholm mal eine Nobelpreisrede gehalten.«

»Aber damals habe ich über meine Arbeit gesprochen. Das fällt mir leicht. Das hier ist etwas anderes. Du willst, dass ich mich vor den Verwaltungsrat hinstelle und ihm Bescheid stoße. Vor all meinen Freunden und Kollegen. Sowas liegt mir nicht.«

»Eigentlich liegt es dir doch, Greta. Du bist perfekt in der Rolle. Das wusste ich in dem Moment, als ich dich zum erstenmal sah.«

Greta blickte auf den Bildschirm ihres Laptops. Die einzige Lichtquelle im Autowrack warf einen sanften Schein auf ihre Gesichter. Es war zwei Uhr morgens. »Wenn die Lage hier wirklich so schlimm ist, dann hat es keinen Sinn zu kämpfen, oder? Dann sollte ich einfach zurücktreten.«

»Nein, du brauchst nicht zurückzutreten. Bei deiner

Rede geht es um *deren* Rücktritt.« Oscar berührte ihre Hand. »Du brauchst nichts zu sagen, was nicht der Wahrheit entspricht.«

»Also, ich *weiß*, dass einiges davon wahr ist, weil ich es dir selbst anvertraut habe. Ich hätte es bloß niemals *laut ausgesprochen*. Und nicht in dieser Form. Diese Rede oder diese Polemik oder was auch immer – das ist ein heftiger politischer Angriff! Das ist unwissenschaftlich. Das ist nicht objektiv.«

»Dann lass uns über die Formulierungen reden. Schließlich bist du die Rednerin – du musst das Publikum erreichen, nicht ich. Lass uns die einzelnen Argumente noch einmal durchgehen.«

Sie scrollte gereizt auf und ab und seufzte. »Na schön. Ich glaube, das hier ist das Schlimmste. Die Sache mit den Wissenschaftlern als unterdrückte Klasse. ›Eine Gruppe, deren Ausbeutung man endlich zur Kenntnis nehmen und beenden sollte.‹ Wissenschaftler, die sich solidarisch erheben und Gerechtigkeit fordern – mein Gott, das kann ich doch nicht sagen! Das ist zu radikal, das klingt verrückt!«

»Aber du *gehörst* einer unterdrückten Klasse an. Das ist die Wahrheit, das ist die zentrale, drängende Wahrheit deiner Existenz. Irgendwann hat die Wissenschaft den falschen Weg eingeschlagen, die ganze Unternehmung ist zum Teufel gegangen. Du hast deinen angestammten Platz in der Gesellschaft verloren. Du hast dein Prestige verloren, deine Selbstachtung und die Wertschätzung, die Wissenschaftler in der Öffentlichkeit einmal genossen haben. Man stellt vollkommen unerfüllbare Forderungen an dich. Du genießt keine intellektuelle Freiheit mehr. Du lebst in intellektuellen Fesseln.«

»Deswegen sind wir aber noch lange keine ›unterdrückte Klasse‹. Wir sind eine Elite hervorragend ausgebildeter Experten.«

»Na und? An deiner Lage ist doch was faul! Du kannst nicht frei über deine Forschungsarbeit entscheiden. Du hast keinen Einfluss auf die Finanzen. Du hast kein vernünftiges Einkommen und keine Jobsicherheit. Deine traditionelle Hochkultur wurde von Ignoranten und Finanzjongleuren ruiniert, die es auf das schnelle Geld abgesehen haben. Sicher, du gehörst der technischen Intelligenz an, aber du wirst von korrupten Politikern beschissen, die sich auf deine Kosten die Taschen füllen.«

»Wie kannst du sowas sagen? Guck dir doch nur mal diese erstaunliche Anlage an, in der wir leben!«

»Du *glaubst*, das wäre der Elfenbeinturm, Schatz. In Wirklichkeit seid ihr Slumbewohner.«

»Aber *niemand* denkt so wie du!«

»Das liegt daran, dass ihr euch seit Jahren etwas vormacht. Du bist smart, Greta. Du hast Augen und Ohren. Überleg mal, was du durchgemacht hast. Überleg mal, was für ein Leben deine Kollegen führen müssen. Streng deinen Grips etwas mehr an.«

Sie schwieg.

»Nur zu«, sagte er. »Lass dir Zeit, denk drüber nach.«

»Es stimmt. Es ist wahr, und es ist schrecklich, und ich schäme mich sehr deswegen und finde es grässlich. Aber dafür ist die Politik verantwortlich. Da kann niemand etwas daran ändern.«

»Darum werden wir uns kümmern«, sagte er. »Befassen wir uns mit der Rede.«

»Okay.« Sie rieb sich die Augen. »Also, das ist wirklich ein schlimmer, schmerzhafter Punkt. Senator Dougal. Ich kenne ihn, ich bin ihm schon oft begegnet. Er trinkt zu viel, aber das tut heute jeder. So schlecht ist er gar nicht.«

»Die Menschen können sich nicht gegen Abstraktionen verbünden. Man muss den Problemen ein Gesicht geben. So schafft man Einigkeit. Man muss ein Ziel auswählen, es festhalten, personalisieren und polarisieren. Dougal ist nicht dein einziger Gegner, aber mach dir *deswegen* keine Sorgen. Sobald du ihn festnagelst, werden die anderen schon aus ihren Schlupflöchern hervorkommen.«

»Aber er hat das alles gebaut, er hat das ganze Laboratorium erbaut!«

»Er ist ein Gauner. Das wissen wir mittlerweile ganz genau. Solange er an der Macht war, hat es niemand gewagt, ihn zu kreuzigen. Jetzt aber, da er untergeht, verlassen die Ratten das sinkende Schiff. Die Schmiergelder, die Geldwäsche … Du bist für die Geräteabteilung verantwortlich. Dougal und seine Spezis haben jahrelang den Rahm abgeschöpft. Du hast die gesetzliche und moralische Verpflichtung, ihn dir vorzuknöpfen. Und das Schönste dabei ist, der Angriff auf Dougal ist politisch ohne Risiko. Er kann sich nicht dagegen wehren. Dougal ist das kleinste Problem.« Oscar zögerte. »Wegen Huey mache ich mir Sorgen.«

»Ich begreife nicht, weshalb ich fies sein soll.«

»Du brauchst ein Thema, und unkontroverse Themen gibt es nicht. Jemanden lächerlich zu machen, ist die schärfste Waffe des Radikalen. Die Mächtigen vertragen alles, bloß nicht verspottet zu werden.«

»Das liegt mir einfach nicht.«

»Versuch's doch einfach mal. Betrachte es als Experiment. Lass ein paar Spitzen vom Stapel, dann wirst du schon sehen, wie das Publikum reagiert.«

Sie schniefte. »Das sind Wissenschaftler. Die lassen sich nicht als Partisanen missbrauchen.«

»Natürlich sind sie Wissenschaftler. Wissenschaftler kämpfen wie in die Enge getriebene Wiesel. Halte dir doch mal deinen eigenen Werdegang hier im Labor vor Augen! Als Dougal die Anlage gebaut hat, musste er sich eine Menge Gefallen erkaufen. Er brauchte die Stimmen der christlichen Fundamentalisten, um in Osttexas, dem Bibelgürtel, ein riesiges Genlabor bauen zu können. Deshalb hatte das Labor auch seine eigene Forschungsabteilung für Schöpfungswissenschaft. Die hat sich sechs Wochen gehalten! Es gab handgreifliche Auseinandersetzungen, Aufstände, Brandstiftung! Man musste die Texas Rangers rufen, um die Ordnung wiederherzustellen.«

»Ach, die Sache mit den Kreationisten war gar nicht so schlimm.«

»Doch, das war sie! Ihr in eurer geschlossenen Gesellschaft habt die Erinnerung daran bloß verdrängt, weil es zu peinlich war. Und das ist längst noch nicht alles. Im folgenden Jahr kam es zu einer Massenschlägerei mit den Einwohnern von Buna, zu regelrechten Unruhen … Haarig wurde es während des Wirtschaftskriegs. Die Regierung veranstaltete eine Hexenjagd auf ausländische Wissenschaftsspione, es herrschte Hyperinflation, und die Forscher ernährten sich von Brotkrumen … Weißt du, ich bin kein Wissenschaftler wie du. Ich brauche nicht blindlings zu glauben, Wissenschaft sei stets ein nobles Unterfangen. Ich sehe mir die Dinge genauer an.«

»Also, ich bin kein Politiker wie du. Deshalb habe ich's auch nicht nötig, ständig hässliche Skandale auszugraben.«

»Schatz, wir müssen uns irgendwann mal über das Goldene Zeitalter des zwanzigsten Jahrhunderts unterhalten – über Lyenko, der behauptete, erworbene Eigenschaften würden vererbt, und über Atomspione, Naziärzte und Strahlenexperimente. In der Zwischenzeit aber sollten wir uns mit deiner Rede befassen.«

Greta blickte auf ihren Laptop. »Es wird einfach immer schlimmer. Du willst, dass ich das Budget beschneide und Leute entlasse.«

»Das Budget muss beschnitten werden. Und zwar drastisch. Es muss Entlassungen geben. Und zwar jede Menge. Das Labor existiert seit sechzehn Jahren, da hat sich eine Menge bürokratischer Ballast angesammelt. Lös die Spin-off-Abteilung auf, die ist von lauter Dougal-Spezis besetzt. Entlass die Schmarotzer von der Beschaffungsabteilung und sorge dafür, dass die Forscher wieder über die Mittel entscheiden. Vor allem aber solltest du die Polizei feuern.«

»Die Polizei kann ich nicht feuern. Das ist verrückt.«

»Die Polizei muss so rasch wie möglich verschwinden.

Stell deine eigene Polizei ein. Wenn du keine Kontrolle über die Polizei hast, bist du von ihr abhängig. Die Polizei ist die Grundlage *jeder* Gesellschaft, und wenn sie nicht auf deiner Seite steht, hast du auch keine Macht. Huey weiß das. Deshalb hat Huey über die Sicherheitskräfte im Labor das Sagen. Auch wenn sie von der Unionsregierung bezahlt werden, hat er sie doch alle in der Tasche.«

Der Wagen ruckte und quietschte in der Federung. Oscar schrie auf. Ein formloses schwarzes Tier sprang auf der Motorhaube herum und kratzte daran.

»Das ist ein Maki«, sagte Greta. »Ein Nachttier.«

Der Maki starrte durch die Windschutzscheibe; seine gelben Augen waren so groß wie Golfbälle. Flach ans Glas gedrückt, wirkte er mit seinen protomenschlichen Gliedmaßen durchaus bedrohlich. »Ich habe genug von diesen Tieren!« rief Oscar. »Die sind ja wie Banquos Geist, die geben einfach keine Ruhe! Wer hatte eigentlich diese kluge Idee? Wilde Tiere in einem Laboratorium frei herumlaufen zu lassen? Das ergibt doch keinen Sinn!«

»Sie sind wirklich Gespenster«, sagte Greta. »Wir haben sie von den Toten aufgeweckt. Wie man das macht, haben wir hier gelernt.« Sie öffnete die Tür, setzte einen Fuß ins Freie und schwenkte den Arm. »Verschwinde! Schhhh!«

Der Maki trollte sich widerwillig.

Oscar war der kalte Schweiß ausgebrochen. Das Haar stand ihm zu Berge, und seine Hände zitterten. Er konnte seine Angst sogar riechen: ein beißender Pheromongeruch. Heftig zitternd verschränkte er die Arme. Seine Reaktion war völlig übertrieben, doch er konnte nichts dagegen tun, er war einfach zu aufgedreht. »Lass mir einen Moment Zeit … Tut mir leid … Wo waren wir stehengeblieben?«

»Ich kann mich nicht da vorne hinstellen und Entlassungen fordern.«

»Kein vorschnelles Urteil. Probier es erst einmal. Schlag einfach vor, ein paar dieser Versager zu feuern, und warte die Reaktionen ab.« Er holte tief Luft. »Und denk an den Höhepunkt – du musst am Ende einen Trumpf ausspielen.«

»Indem ich vorschlage, auf mein Gehalt zu verzichten.«

»Ja, ich hatte zunächst daran gedacht, dass du es vielleicht halbieren solltest – ich würde nämlich gern erreichen, dass das Budget des Labors halbiert wird –, aber die Geste ist eindrucksvoller, wenn du vollständig auf dein Gehalt verzichtest. Du weigerst dich, solange bis das Labor saniert ist, Geld von der Regierung anzunehmen. Das ist ein großartiger Abschluss, damit zeigst du, dass es dir wirklich ernst ist, ein Brocken, den sie erst mal verdauen müssen, ein richtiger Knaller. Dann lehnst du dich zurück und genießt das Feuerwerk.«

»Ich lehne mich zurück, und der Direktor feuert mich auf der Stelle.«

»Nein, das wird er nicht. Das traut er sich nicht. Er war nie sein eigener Herr und ist einfach nicht helle genug, um so rasch zu reagieren. Er wird Zeit schinden wollen, aber die hat er nicht mehr. Den Direktor aus dem Amt zu jagen, ist nicht schwer. Der nächste große Schritt besteht darin, dich zur Direktorin zu machen. Und die eigentliche Herausforderung wird sein, dich im Amt zu halten – zumindest solange, bis du ein paar richtige Reformen durchgeboxt hast.«

Sie seufzte. »Und wenn dann endlich alles vorbei ist, kann ich dann wieder im Labor arbeiten?«

»Wahrscheinlich.« Er zögerte. »Nein, ganz bestimmt. Wenn das wirklich dein Wunsch ist.«

»Wovon soll ich ohne Gehalt leben?«

»Du hast doch noch das Geld vom Nobelpreis, Greta. Du hast einen Haufen schwedischer Kronen, die du nie angerührt hast.«

Sie runzelte die Stirn. »Eigentlich wollte ich davon neue Geräte kaufen, aber die Beschaffungsleute wollten nicht, dass ich mich mit dem Papierkram beschäftige.«

»Da hast du dein Problem auf den Punkt gebracht. Entlass als Erstes diese kläglichen Versager.«

Sie klappte den Laptop zu. »Das ist eine ernste Angelegenheit. Wenn ich das tue, wird es einen fürchterlichen Aufstand geben. Irgendwas wird passieren.«

»Wir *wollen* doch, dass etwas passiert. Deshalb tun wir das alles ja.«

Sie wandte sich zu ihm herum, stupste ihn ängstlich mit dem Knie an. »Ich will einfach bloß aufrichtig sein. Nicht politisch. Aufrichtig.«

»Das ist eine aufrichtige politische Rede! Alles lässt sich belegen.«

»Bloß was uns beide betrifft, ist sie nicht aufrichtig.«

Oscar ließ langsam den Atem entweichen. Mit dieser Wendung hatte er gerechnet. »In der Beziehung müssen wir den Preis bezahlen. Von morgen an befindest du dich im Wahlkampf. Dann haben wir beim besten Willen keine Zeit mehr für uns. Bisher haben wir uns immer ein bisschen Zeit für uns abgeknapst. Von jetzt an haben wir dieses Privileg nicht mehr. Dies ist das letzte Mal, dass wir beide uns privat treffen. Ich werde nicht mal im Publikum sitzen, wenn du morgen sprichst. Es darf nicht so aussehen, als wäre ich dein Souffleur.«

»Aber die Leute wissen über uns Bescheid. Eine Menge Leute.. Ich *will*, dass die Leute Bescheid wissen.«

»Alle politischen Führer haben ein Doppelleben. Das öffentliche und das private. Das ist keine Heuchelei, sondern bloß realistisch.«

»Und wenn man uns outet?«

»Also, dann gibt es zwei Möglichkeiten. Wir könnten mauern. Das wäre das Einfachste – einfach alles abstreiten und es den anderen überlassen, ihre Behauptungen zu beweisen. Oder wir geben uns spröde und provokativ und sagen, wir fühlten uns durch die Kuppelei geschmeichelt. Wir könnten sie ein wenig necken, sexy und glamourös auftreten. Nach guter alter Hollywood-Manier, weißt du. Das ist ein gefährliches

Spiel, aber ich kenne es ziemlich gut, und ich persönlich ziehe es vor.«

Greta schwieg eine Weile. »Wirst du mich vermissen?«

»Weshalb sollte ich dich vermissen? Ich *manage* dich. Du stehst im Mittelpunkt meines Lebens. Du bist meine Kandidatin.«

Oscar und Yosh Pelicanos genossen einen gesunden Spaziergang rund um den Porzellanturm des Hochsicherheitstrakts. Pelicanos trug einen Spitzhut, khakifarbene Shorts und einen ärmellosen Pullover. Nach zwei Monaten im Innern der Kuppel hatte sich Oscars Team den hier herrschenden Gepflogenheiten weitgehend angepasst. Oscar hingegen trug seinen elegantesten Anzug und einen brandneuen dampfgeformten Hut. Oscar verspürte nur selten ein Bedürfnis nach Bewegung, da sein Stoffwechsel acht Prozent schneller ablief als der eines normalen Menschen.

Der Spaziergang war eine öffentliche Demonstration. Soeben tagte der Verwaltungsrat des Laboratoriums, und Greta hielt ihre Rede, während Oscar sich absichtlich vom Ort des Geschehens fernhielt. Oscar war besonders dann schwer zu übersehen, wenn er von seinem Bodyguard begleitet wurde: der unheimliche Kevin Hamilton folgte ihnen in seinem motorisierten Rollstuhl.

»Was ist dieser Hamilton eigentlich für ein Typ?« knurrte Pelicanos mit Blick über die Schulter. »Warum, um Himmels willen, hast du ausgerechnet einen weißen Gauner eingestellt? Sein einziger Vorzug besteht darin, dass er noch schlechter zu Fuß ist als Fontenot.«

»Kevin ist sehr begabt. Er hat mir diesen Hetzserver vom Hals geschafft. Außerdem ist er billig.«

»Er kleidet sich wie ein Mietgauner. Der Typ kriegt jeden Tag achtzehn Pakete angeliefert. Und was den Kopfhörer und die Scanausrüstung angeht – die nimmt er mit ins Bett! Er geht mir auf die Nerven.«

»Kevin wird dir schon noch ans Herz wachsen. Ich

weiß, er ist nicht der übliche Teamarbeiter. Hab Nachsicht mit ihm.«

»Ich bin nervös«, gestand Pelicanos.

»Dazu besteht kein Anlass. Wir haben das Fundament gelegt«, sagte Oscar. »Meine Leute sollen wissen, dass ich stolz auf ihre Arbeit bin.« Oscar hatte allerbeste Laune. Stress und quälende Anspannung brachten stets seine jungenhafte, gewinnende Seite zum Vorschein. »Yosh, bei der Wirtschaftsprüfung hast du hervorragende Arbeit geleistet. Und auch das Push-polling ist prima gelaufen, das hast du wundervoll hingekriegt. Ein paar gepefferte Anfragen mit dem Briefkopf des Wissenschaftsausschusses, und schon springen die Lokalpolitiker, die sind jetzt misstrauisch geworden und zu allem bereit. Das war eine regelrechte Tour de Force. Sogar das Hotel erwirtschaftet Gewinn! Zumal jetzt, wo wir die Headhunter mit den dicken Spesenkonten von außerhalb angelockt haben.«

»Ja, du hast uns dazu gekriegt, wie die Maultiere zu schuften – das brauchst du mir nicht extra zu sagen. Die Frage ist bloß, reicht das auch?«

»Nun ja, reichen tut nie was … Politik ist keine Präzisionsmaschine, sondern die Kunst der Darstellung. Dabei geht es um Bühnenmagie. Das Jahr hat gerade erst begonnen, und der Vorhang hebt sich. Wir haben unsere Gerätschaften im Publikum vorbereitet, wir haben Tücher und bunte Bänder in den Ärmel gesteckt, wir haben das Spielfeld mit Hüten und Kaninchen präpariert …«

»Es gibt *viel zu viele* Hüte und Kaninchen.«

»Nein, keineswegs! Es kann gar nicht zu viele geben! Wir verwenden einfach so viele, wie wir brauchen, und zwar dann, wenn wir sie brauchen. Das ist die Schönheit des Multitasking. Das ist der fraktale Aspekt, die Selbstähnlichkeit verschiedener politischer Schichten …«

Pelicanos schnaubte. »Hör auf, wie Bambakias zu reden. Dieser hochgestochene Netzjargon bringt uns auch nicht weiter.«

»Aber es funktioniert! Sollte uns die Unionsregierung im Stich lassen, dann haben wir immer noch die Informanten im texanischen Rechnungshof. Der Stadtrat von Buna hält große Stücke auf uns! Ich weiß, politisch sind sie nicht viel wert, aber hey, wir haben ihnen in den vergangenen sechs Wochen mehr Aufmerksamkeit zuteil werden lassen als das Laboratorium in fünfzehn Jahren.«

»Dann hältst du dir also alle Optionen offen.«

»Genau.«

»Früher hast du immer gesagt, das missfiele dir.«

»Was? Das habe ich nie gesagt. Du bist einfach schlecht drauf. Ich bin ausgesprochen optimistisch, Yosh – wir hatten ein paar kleinere Rückschläge zu verzeichnen, aber es war eine kluge Entscheidung, diesen Auftrag anzunehmen. Das ist eine bereichernde Erfahrung.«

Sie blieben stehen und ließen ein Yak passieren. »Weißt du, was mir an dieser Kampagne wirklich gefällt?« fragte Oscar. »Sie ist so *überschaubar*. Zweitausend politische Analphabeten, eingeschlossen in eine Kuppel. Wir verfügen über komplette Wählerprofile und haben Dossiers über jeden einzelnen Mitarbeiter, sodass wir ihn einer Interessengruppe zuordnen können! Das Labor ist so abgeschlossen und weit ab vom Schuss – politisch betrachtet, ist das Ganze einfach perfekt und magisch.«

»Es freut mich, dass du deinen Spaß hast.«

»Ich bin entschlossen, meinen Spaß zu haben, Yosh. Wir könnten hier zerschmettert werden oder in den Ruhmeshimmel aufsteigen, aber eine solche Chance bietet sich uns so schnell nicht wieder.«

Ein mit mutierten Saatpflanzen beladener Lieferwagen rumpelte an ihnen vorbei. »Soll ich dir was sagen?« meinte Pelicanos. »Ich war so damit beschäftigt, hinter all ihre schmutzigen Tricks zu kommen, dass mir gar nicht klar ist, was die hier eigentlich machen.«

»Ich glaube, du weißt wesentlich besser Bescheid als die Leute hier.«

»Ich rede nicht von den Finanzen, sondern von der

Forschung. Über kommerzielle Biotech weiß ich einigermaßen Bescheid – in Boston waren wir schließlich gemeinsam in der Branche tätig. Aber der eigentliche Knackpunkt, was diese Hirnexperten und Kognitionsforscher angeht … Ich glaube, irgendetwas Wichtiges entgeht mir da.«

»Ach ja? Ich persönlich habe mich bemüht, mich über ›Amyloidfibrillen‹ zu informieren. Greta schwärmt dafür.«

»Es ist nicht bloß so, dass das ein schwieriges Gebiet ist. Aber ich habe auch das Gefühl, die verbergen was.«

»Klar. Das ist Wissenschaft im Stadium der Dekadenz. Man kann seine Entdeckungen nicht mehr patentieren oder mittels Copyright schützen lassen, deshalb machen sie ein solches Geheimnis draus.« Oscar lachte. »Als ob das heutzutage noch funktionieren könnte.«

»Vielleicht forschen die an etwas, das Sandra helfen könnte.«

Oscar war gerührt. Auf einmal verstand er die düstere Stimmung seines Freundes; sein Seelenleben hatte sich ihm geöffnet wie eine Origamiblume. »Wo Leben ist, da ist auch Hoffnung, Yosh.«

»Wenn ich bloß mehr Zeit hätte, mich um sie zu kümmern, wenn da nicht so viele Ablenkungen wären … Nichts als Hüte und Kaninchen. Nichts ist vorhersagbar, nichts ergibt mehr einen Sinn, überall Fußangeln und Schlaglöcher. Die Gesellschaft hat kein Fundament mehr. Die Zeiten sind wahrhaft düster, Oscar. Manchmal glaube ich, das Land ist dabei, den Verstand zu verlieren.«

»Weshalb sagst du das?«

»Schau dich doch bloß mal um. Ich meine, schau dir an, mit welchen Problemen wir es zu tun haben.« Pelicanos zog die Schultern hoch und zählte an den Fingern ab. »Meine Frau ist schizophren. Bambakias hat eine schwere Depression. Die arme Moira ist in der Öffentlichkeit durchgedreht und hat einen Anfall bekommen. Dougal ist Alkoholiker. Green Huey leidet an Größenwahn. Und dann diese Verrückten, die dich umbringen wollten – der Vorrat an diesen Leuten ist *schier unerschöpflich.*«

Oscar ging schweigend weiter.

»Interpretiere ich da vielleicht zu viel hinein? Oder gibt es wirklich einen Trend?«

»Ich würde eher von Tiefenströmung sprechen«, meinte Oscar nachdenklich. »Die ist für die traumhaften Umfrageerbenisse seit Bambakias' Zusammenbruch verantwortlich. Er ist der klassische politische Charismatiker. Seine Schwächen lassen seine politischen Stärken umso deutlicher hervortreten. Die Menschen spüren, dass er authentisch ist, sie erkennen, dass er der Richtige ist in dieser Zeit. Er repräsentiert das amerikanische Volk. Er ist die geborene Führerpersönlichkeit.«

»Ist er derzeit in der Lage, für uns in Washington tätig zu werden?«

»Also, sein Name wirkt noch immer Wunder ... Aber realistisch gesehen, nein. Lorena hat mich informiert, und offen gesagt, ist er momentan richtig weggetreten. Er hat Wahnvorstellungen, den Präsidenten und einen heißen Krieg mit Europa betreffend ... Er glaubt, unter jedem Bett seien holländische Agenten versteckt ... Man probiert verschiedene Antidepressiva bei ihm aus.«

»Wird es funktionieren? Wird es gelingen, ihn zu stabilisieren?«

»Tja, die Behandlung findet starken Widerhall in den Medien. Seit dem Hungerstreik hat Bambakias eine große medizinische Fangemeinde ... Die haben eigene Sites und Server ... Jede Menge Genesungswünsche per E-mail, Hausrezepte, Wetten auf die Totenwache ... Das klassische Massenphänomen. Du weißt schon, T-Shirts, Sticker, Kaffeetassen, Kühlschrankmagneten ... Ich weiß nicht, irgendwie läuft das aus dem Ruder.«

Pelicanos rieb sich das Kinn. »Die Aasgeier von der Boulevardpresse haben anscheinend einen Popstar aus ihm gemacht.«

»*Genau.* Gut gesagt. Du hast den Nagel auf den Kopf getroffen.«

»Müssten wir uns deswegen nicht Vorwürfe machen, Oscar? Ich meine, im Grunde ist das doch alles unsere Schuld, oder?«

»Glaubst du wirklich?« sagte Oscar überrascht. »Ich bin so dicht dran, dass ich nicht mehr urteilen kann, weißt du.«

Ein Fahrradbote hielt bei ihnen an. »Ich habe ein Paket für einen Mr. Hamilton.«

»Das ist der im Rollstuhl«, sagte Oscar.

Der Bote warf einen Blick auf den Satellitenempfänger. »Ah, ja. Stimmt. Danke.« Er radelte weiter.

»Jedenfalls warst du nie sein Stabschef«, sagte Pelicanos.

»Ja, das stimmt. Das ist ein Trost.« Oscar beobachtete, wie der Fahrradbote mit seinem Sicherheitschef sprach. Kevin quittierte zwei folienverschweißte Pakete. Er warf einen Blick auf den Absender, dann sprach er ins Mikrofon.

»Wusstest du, dass er sich von diesen Paketen ernährt?« fragte Pelicanos. »Große weiße Stangen, wie Stroh und Kreide. Er kaut ständig drauf herum. Eine Art Widerkäuer.«

»Wenigstens isst er«, meinte Oscar. Sein Telefon klingelte. Er zog es aus dem Ärmel hervor und sagte: »Hallo?«

Er vernahm eine ferne, kratzige Stimme. »Ich bin's, Kevin.«

Oscar drehte sich um und schaute zu Kevin hinüber, der ihnen in zehn Schritten Abstand mit dem Rollstuhl folgte. »Ja, Kevin? Was gibt's denn?«

»Ich glaube, da tut sich was. Jemand hat in dem Labor dort drüben soeben Feueralarm ausgelöst.«

»Na und«

Oscar beobachtete, wie sich Kevins Mund bewegte. Die Worte erreichten sein Ohr mit zehn Sekunden Verzögerung. »Na ja, das ist eine abgeschlossene, luftdichte Kuppel. Die Leute hier nehmen Feuer ziemlich ernst. Ende.«

Oscar musterte das Gitterwerk über ihren Köpfen. Es war ein strahlend blauer Winternachmittag. »Ich sehe keinen Rauch. Kevin, was ist denn mit Ihrem Telefon?«

»Abhörgegenmaßnahmen – ich habe das Gespräch achtmal um die Welt geleitet, Ende.«

»Aber der Abstand beträgt doch bloß zehn Meter. Weshalb rollen sie nicht einfach ein Stück vor und sprechen persönlich mit mir?«

»Wir müssen auf Nummer sicher gehen. Oscar. Hören Sie auf, mich anzusehen, und gehen Sie einfach weiter. Schauen Sie nicht hin, aber wir werden von Cops verfolgt. Ein Taxi vor uns und eins hinter uns, und ich glaube, die haben Richtmikrofone. Ende.«

Oscar wandte sich um, legte Pelicanos kameradschaftlich den Arm um die Schulter und zog ihn mit sich fort. In Sichtweite hielten sich tatsächlich Laborpolizisten auf. Normalerweise benutzten die Cops die Trucks der Sicherheitsbehörde, machohafte Fahrzeuge mit comichaften Emblemen an den Türen, aber diese Polizisten benutzten die Funktaxis des Laboratoriums. Offenbar waren sie bemüht, konspirativ vorzugehen.

»Kevin meint, die Cops würden uns folgen«, sagte Oscar zu Pelicanos.

»Freut mich zu hören«, bemerkte Pelicanos nachsichtig. »Es hat bereits drei Attentatsversuche gegeben. So viel Aufregung hatten die hiesigen Cops seit Jahren nicht mehr.«

»Außerdem meinte er, es sei Feueralarm ausgelöst worden.«

»Woher will er das wissen?«

Ein knallgelber Feuerwehrwagen kam aus dem Gebäude für Sicherheit am Arbeitsplatz hervor. Die Besatzung schaltete Blaulicht und Sirene ein und entfernte sich in südlicher Richtung zur Ringstraße.

Oscar bekam eine Gänsehaut, dann verspürte er auf einmal eine Druckwelle. Das Laboratorium hatte soeben die Schleusen geschlossen. Das ganze gewaltige Gebäude war so dicht wie eine Trommel.

»Herrgott noch mal, es brennt tatsächlich!« sagte Pelicanos. Instinktiv machte er kehrt und trabte dem Feuerwehrwagen hinterher.

Oscar hielt es für geraten, in der Nähe seines Bodyguard zu bleiben. Er stopfte das Telefon in den Ärmel und ging zu Kevin hinüber.

»Also, Kevin, was ist in den Paketen?«

»Hochwirksame Sonnenschutzcreme«, log Kevin und gähnte herzhaft. »Was für Weiße.«

Oscar und Kevin ließen die Ringstraße hinter sich und wandten sich zum Rechenzentrum. Die Polizeieskorte folgte ihnen pflichtbewusst, doch die kleinen Taxis verloren sich alsbald in der Menge der Schaulustigen, die aus den Gebäuden traten.

Der Feuerwehrwagen hielt vor dem Medienzentrum. Hier fand die Aufsichtsratssitzung statt, an der auch Greta teilnahm. Das ganze von Oscar zusammengetrommelte Publikum strömte aus den Eingängen und wimmelte lärmend umher.

Auf der Treppe des Osteingangs war es zu Handgreiflichkeiten gekommen. Ein grauhaariger Mann mit einer blutigen Nase kauerte unter dem Geländer, und ein junger Schläger mit Cowboyhut und Shorts versuchte ihn zu treten. Vier Männer hielten den jungen Mann widerwillig an Armen und Schultern fest.

Kevin stoppte seinen Rollstuhl. Oscar wartete neben Kevin und sah auf die Uhr. Wenn alles nach Plan gelaufen wäre – was offenbar nicht der Fall war –, hätte Greta ihre Rede mittlerweile beendet haben müssen. Als er den Blick wieder hob, verlor der Cowboy gerade den Hut. Zu seiner Verblüffung erkannte er im Angreifer den Handlanger seines Teams wieder, Norman-den-Praktikanten.

»Kommen Sie mit, Kevin. Hier gibt es nichts zu

sehen.« Oscar machte eilends auf dem Absatz kehrt und ging den Weg zurück, den sie gekommen waren. Einmal blickte er sich über die Schulter um. Die Polizeieskorte war verschwunden. Sie hatte sich voller Eifer auf Norman gestürzt und ihn verhaftet.

Oscar wartete, bis er von der Polizei offiziell von Normans Festnahme benachrichtigt wurde. Anschließend begab er sich zur Polizeizentrale, die an der Ostseite der Kuppel lag. Die Polizeizentrale war Teil eines gedrungenen festungsartigen Komplexes, der außerdem noch die Feuerwehrzentrale, die Stromgeneratoren, die Telefonzentrale und die interne Wasserversorgung beherbergte.

Oscar war mit den Dienstabläufen der hiesigen Polizeidienststelle recht gut vertraut, denn er hatte bereits drei Attentäter dort besucht. Er stellte sich dem diensttuenden Officer vor. Man teilte ihm mit, Norman werde tätlicher Angriff und Ruhestörung vorgeworfen.

Norman war mit einem orangefarbenen Overall bekleidet und trug Handschellen. In der makellosen Gefängniskleidung wirkte er erstaunlich schick – er war besser gekleidet als die meisten Laboratoriumsangestellten. Die bruchfesten Handschellen waren mit winzigen Mikrofonen und Überwachungskameras gespickt.

»Sie hätten einen Anwalt mitbringen sollen«, sagte Norman, der Oscar an einem Besuchstisch aus Karton gegenübersaß. »Die Handschellen werden nur in Anwesenheit eines Anwalts abgenommen.«

»Das weiß ich«, sagte Oscar. Er klappte seinen Laptop auf und stellte ihn auf den Tisch.

»Ich wusste gar nicht, wie fürchterlich die sind«, klagte Norman und rieb an den voluminösen Handschellen. »Ich meine, ich habe schon Leute auf Freigang mit diesen Dingern gesehen und mich immer gefragt, was diese Arschlöcher wohl ausgefressen haben mögen … Aber jetzt, wo ich selbst welche trage … Die sind wirklich *erniedrigend*.«

»Tut mir leid«, meinte Oscar mit sanfter Stimme. Er begann zu tippen.

»Auf der Schule kannte ich mal einen, der Ärger bekam, und irgendwann kriegte ich mit, wie der seine Handschellen verarschte … Er saß im Matheunterricht und murmelte was von wegen Drogenhandel, Raubüberfall und Mord … Weil die Cops nämlich Stimmerkennung am Laufen haben. So wird man mittels der Handschellen überwacht. Wir hielten ihn für total durchgeknallt. Jetzt verstehe ich ihn besser.«

Oscar drehte den Laptop herum. Die 36-Punkt-Großbuchstaben auf dem trüben Bildschirm waren gerade eben lesbar. WIR MACHEN WEITER SMALLTALK, UND ICH ÄUSSERE MICH ÜBER DEN LAPTOP.

»Wegen der hiesigen Gesetzesvertreter brauchen Sie sich keine Sorgen zu machen. Wir können offen miteinander reden«, sagte Oscar laut. »Die Vorrichtung dient Ihrem eigenen Schutz und der Sicherheit anderer.« HALTEN SIE DEN ARM VOR DEN LAPTOP, DAMIT DIE KAMERAS DEN BILDSCHIRM NICHT INS BILD BEKOMMEN. Er löschte die Bildschirmanzeige mit einem Tastendruck.

»Habe ich echte Probleme, Oscar?«

»Allerdings.« NEIN. »Erzählen Sie mir, was passiert ist.« ERZÄHLEN SIE MIR DAS GLEICHE WIE DER POLIZEI.

»Also, sie hat eine prima Rede gehalten«, sagte Norman. »Ich meine, anfangs konnte man sie vor Nervosität kaum verstehen, aber als das Publikum zu brüllen anfing, kam sie wirklich in Fahrt. Die Leute wurden richtig wild. … Hören Sie, Oscar, bei meiner Festnahme, da hab ich den Kopf verloren. Ich hab viel erzählt. Alles Mögliche. Es tut mir leid.«

»Tatsächlich«, meinte Oscar.

»Ja, zum Beispiel hab ich ihnen erzählt, weshalb Sie mich dorthin geschickt haben. Und zwar weil wir von den Profilen her wussten, wer wahrscheinlich Ärger machen würde, nämlich dieser Skopelitis. Und den hab ich beobachtet. Ich saß in der fünften Reihe unmittelbar hinter ihm .... Und jedesmal, wenn er aufstehen und es Greta zeigen wollte, bin ich vorbeugend tätig geworden. Ich habe ihn gebeten, mir einen Ausdruck zu erklären, ich habe ihn gebeten, den Hut abzunehmen, ich habe mich nach der Toilette erkundigt ...«

»Alles ganz legal«, sagte Oscar.

»Schließlich brüllte er mich an, ich solle den Mund halten.«

»Haben Sie aufgehört, mit Dr. Skopelitis zu reden, als er Sie darum bat?«

»Also, ich fing an, Kartoffelchips zu mampfen. Mit lautem Geknirsche.« Norman lächelte schwach. »Da verlor er die Nerven und suchte auf seinem Laptop nach Stichworten. Und ich hab ihm über die Schulter geguckt und heimlich mitgesurft, und siehe da, er hatte eine ganze Liste mit vorbereiteten Erklärungen abgespeichert. Er ging gut vorbereitet in die Sitzung. Greta aber war mittlerweile richtig in Fahrt, man applaudierte und jubelte sogar ... mehrmals wurde auch laut gelacht. Die wunderten sich, wie *komisch* sie war. Schließlich sprang er auf und rief etwas total Dämliches, was ihr eigentlich einfiele und so, und dann brach die Hölle los. Er wurde einfach niedergebrüllt. Deshalb verließ er die Sitzung verärgert. Und ich folgte ihm.«

»Warum haben Sie das getan?«

»Vor allem, um ihn noch mehr zu verwirren. Das hat mir richtig Spaß gemacht.«

»Oh.«

»Ja, ich bin College-Student, und er ist genau wie der Professor, den ich mal hatte und den ich überhaupt nicht ausstehen konnte. Ich wollte ihm klarmachen, dass ich ihn durchschaut hatte. Aber kaum hatte er den Sitzungssaal verlassen, da rannte er auch schon los. Ich wusste, dass er irgendeine Schweinerei vorhatte. Deshalb folgte ich ihm und sah, wie er Feueralarm auslöste.«

Oscar nahm den Hut ab und legte ihn auf den Tisch. »Haben Sie das wirklich gesehen?«

»Verdammt noch mal, ja! Deshalb habe ich ihn mir vorgeknöpft. Ich rannte zu ihm hin und sagte: ›Hören Sie, Skopelitis, so einen schmutzigen Trick können Sie hier nicht abziehen! Das ist unprofessionell!«

»Und dann?«

»Er stritt alles ab. Ich sagte: ›Hören Sie, *ich habe alles mit angesehen.*‹ Er kriegt Panik und läuft weg. Ich ihm hinterher. Leute strömen wegen des Feueralarms auf die Gänge. Es wird richtig aufregend. Ich will ihn mir schnappen. Wir rangeln miteinander. Ich bin viel kräftiger als er, deshalb verpasse ich ihm einen ordentlichen Hieb. Ich renne ihm nach, hechte die Treppe hinunter, er hat eine blutige Nase, man schreit uns an, wir sollen aufhören. Ich bin ziemlich ausgerastet.«

Oscar seufzte. »Norman, Sie sind gefeuert.«

Norman nickte niedergeschlagen. »Wirklich?«

»Ihr Verhalten ist nicht hinnehmbar, Norman. Ich beschäftige in meinem Team lauter Politprofis. Sie gehören keiner Kampfgruppe an. Sie können nicht einfach jemanden zusammenschlagen.«

»Was hätte ich denn machen sollen?«

»Sie hätten die Polizei darüber informieren sollen, dass Sie Dr. Skopelitis bei einem Vergehen beobachtet haben.« DER IST ERLEDIGT! GUT GEMACHT! SCHADE, DASS ICH SIE JETZT FEUERN MUSS.

»Wollen Sie mich wirklich feuern, Oscar?«

»Ja, Norman, Sie sind gefeuert. Ich werde ins Krankenhaus gehen und mich bei Dr. Skopelitis persönlich entschuldigen. Ich hoffe, ich kann ihn davon überzeugen, seine Anzeige zurückzuziehen. Und dann schicke ich Sie nach Cambridge zurück.«

Oscar besuchte Skopelitis in der Laboratoriumsklinik. Er brachte Blumen mit: einen üppigen Strauß symbolischer gelber Nelken mit Lattich. Skopelitis hatte ein Einzelzimmer und legte sich bei Oscars unerwartetem Eintreten hastig wieder ins Bett. Er hatte ein blaues Auge und einen Nasenverband.

»Ich hoffe, Sie nehmen das nicht allzu ernst, Dr. Skopelitis. Ich rufe mal eine Krankenschwester, damit sie Ihnen eine Vase bringt.«

»Ich glaube, das wird nicht nötig sein«, näselte Skopelitis.

»Aber ich bestehe darauf«, sagte Oscar. Er durchlief das ganze quälende Ritual, rief die Krankenschwester, nahm ihre Komplimente über die Blumen entgegen, plauderte mit ihr über Regen und Sonnenschein und registrierte derweil das wachsende Unbehagen des Patienten. Als Skopelitis auf dem Gang Kevin in seinem Rollstuhl bemerkte, steigerte es sich zu unverhohlenem Entsetzen.

»Können wir irgendetwas für Sie tun, um Sie bei Ihrer Genesung zu unterstützen? Wie wäre es mit ein wenig leichter Lektüre?«

»Hören Sie auf«, sagte Skopelitis. »Ersparen Sie sich die Höflichkeiten, das ertrage ich nicht.«

»Ich bitte um Verzeihung?«

»Hören Sie, ich weiß genau, weshalb Sie hier sind. Kommen wir zur Sache. Sie möchten, dass ich meine Anzeige zurückziehe. Hab ich recht? Der Junge hat mich tätlich angegriffen. Also, ich bin unter einer Bedingung dazu bereit: er muss aufhören, Lügen über mich zu verbreiten.«

»Was für Lügen meinen Sie?«

»Verarschen Sie mich nicht. Ich weiß Bescheid. Ihre Leute waren dort drinnen, die verstehen sich auf schmutzige Tricks. Sie haben das Ganze von Anfang an geplant, Sie haben ihr die Rede geschrieben, die gegen den Senator gerichteten Verleumdungen, Sie haben alles geplant. Sie sind mit Ihrer Wahlkampfmaschine in mein Labor gewalzt und haben die alten Geschichten wieder aufgewärmt, um Karrieren zu beenden und das Leben

Unbeteiligter zu zerstören … Davon wird mir ganz übel! Aber ich gebe Ihnen eine Chance: sie stopfen ihm das Mundwerk, dann ziehe ich die Anzeige zurück. Das ist mein Angebot. Entweder Sie nehmen es an, oder Sie lassen es bleiben.«

»O je«, sagte Oscar, »ich fürchte, Sie sind falsch informiert. Wir wollen gar nicht, dass die Anzeige zurückgezogen wird. Wir wollen die Angelegenheit vor Gericht klären.«

»Was?«

»Sie werden wochenlang auf glühenden Kohlen sitzen. Wir werden hier einen Schauprozess veranstalten. Wir werden Ihnen die Wahrheit unter Eid Brocken für Brocken aus der Nase ziehen. Sie sind nicht in der Position, um mit mir zu verhandeln. Sie sind erledigt. Diese Schweinerei haben Sie nicht spontan durchgezogen! Sie haben auf dem Alarmknopf DNS-Spuren zurückgelassen. Sogar *Fingerabdrücke*. Das Ding hat eine eingebaute Videokamera! Hat Huey Sie nicht davor gewarnt, dass die Alarmeinrichtungen des Labors verwanzt sind?«

»Huey hat nichts damit zu tun.«

»*Das* kann ich mir denken. Er wollte, dass Sie die Rede stören; dass Sie völlig aus dem Ruder laufen und die ganze Belegschaft auf die Straße jagen, war nicht seine Absicht. Das hier ist ein Forschungslabor, keine Ninja-Akademie. Sie haben die Hosen runtergelassen wie ein Circusclown.«

Skopelitis war leicht grün im Gesicht. »Ich will einen Anwalt sprechen.«

»Dann besorgen Sie sich einen. Aber Sie werden hier mit keinem Polizisten sprechen. Sie werden einen freundschaftlichen Schwatz mit einem Vertreter des US-Senats halten. Nachdem Sie vom US-Senat befragt wurden, werden Sie bestimmt einen Anwalt brauchen. Einen sehr teuren Anwalt. Verschwörung, Behinderung der Gerichtsbarkeit … da kommt einiges zusammen.«

»Es war doch bloß ein falscher Alarm! Ein Fehlalarm. Sowas kommt ständig vor.«

»Sie haben zu viele Sabotagehandbücher gelesen. Prolos kommen mit urbaner Kriegsführung durch, weil es ihnen nichts ausmacht, in den Knast zu kommen. Prolos haben nichts zu verlieren – Sie hingegen schon. Sie sind gekommen, um Dr. Penninger niederzubrüllen und Ihre Haut zu retten, aber Sie sind ausgerastet und haben Ihre Karriere zerstört. Im Handumdrehen haben Sie zwanzig Jahre Arbeit zunichte gemacht. Und da besitzen Sie die Unverfrorenheit und wollen mir Bedingungen diktieren? Ich könnte Sie *kreuzigen*, Sie Trottel. Sie haben die größte Dummheit Ihres Lebens begangen. Ich werde Sie zum Gespött der Öffentlichkeit machen, man wird im ganzen Land über Sie lachen.«

»Hören Sie. Tun Sie das nicht.«

»Was war das?«

»Tun Sie mir das nicht an. Ruinieren Sie mich nicht. Bitte. Er hat mir das Nasenbein gebrochen, okay? Das Nasenbein! Hören Sie, ich habe den Kopf verloren.« Skopelitis wischte sich die Tränen aus dem blauen Auge. »So etwas hat sie noch nie getan, sie hat sich *gegen* uns gewandt, als ob sie den Verstand verloren hätte! Ich musste irgendetwas unternehmen, es war einfach … es war einfach …« Er begann zu schluchzen. »Mein Gott …«

»Nun, wie ich sehe, strenge ich Sie an«, sagte Oscar. »Die Unterhaltung mit Ihnen hat mir Spaß gemacht, aber die Zeit drängt. Ich muss gehen.«

»Hören Sie, das können Sie mir doch nicht antun! Das war doch bloß eine Kleinigkeit.«

»Jetzt hören Sie mir mal zu.« Oscar nahm wieder Platz. »Sie haben hier einen Laptop. Sie möchten, dass ich Sie vom Haken lasse? Schreiben Sie mir eine E-mail. Erzählen Sie mir alles. Jede Kleinigkeit. Ganz im Privaten. Und wenn Sie aufrichtig sind … nun, was soll's. Er hat Ihnen das Nasenbein gebrochen. Dafür entschuldige ich mich. Das war nicht richtig.«

Oscar studierte gerade das letzte Sitzungsprotokoll des Wissenschaftsausschusses, als Kevin den Raum betrat.

»Schlafen Sie eigentlich nie?« fragte Kevin gähnend.

»Nicht besondes viel.«

»Das hab ich schon gemerkt.« Kevin ließ den Stock fallen und setzte sich in einen Liegestuhl. Oscars Hotelzimmer war recht spartanisch eingerichtet. Aus Sicherheitsgründen zog er täglich um, außerdem waren die besten Suiten an zahlende Kunden vermietet.

Oscar klappte den Laptop zu. Der Bericht, der gerade lief, war äußerst interessant – ein staatliches Labor in Davis, Kalifornien, litt unter einer Plage hyperintelligenter Labormäuse, welche die Einheimischen in Panik versetzten und sie veranlassten, vor Gericht zu ziehen – Kevin aber war mindestens ebenso interessant.

»Und wie geht es jetzt weiter?« fragte Kevin.

»Was glauben *Sie*, Kevin?«

»Also«, meinte Kevin, »da muss ich passen. Sowas habe ich nämlich noch nicht erlebt.«

»Was Sie nicht sagen.«

»Ja. Die Lage sieht so aus. Da gibt es eine Gruppe von Leuten, die alle ihren Job verlieren werden. Also organisieren sie sich und leisten Widerstand. Etwa sechs Wochen lang herrscht große Aufregung und Solidarität, und dann werden sie alle gefeuert. Man wird die ganze Anlage abschalten und ihnen die Tore vor der Nase zusperren. Dann werden sie alle zu Prolos.«

»Glauben Sie das wirklich?«

»Na ja, vielleicht kommt's ja auch anders. Vielleicht sind Grundlagenforscher irgendwie smarter als Computerprogrammierer oder Börsenmakler oder Fließbandarbeiter oder herkömmliche Farmer … Anders als all die anderen Leute, die ihren Job verloren haben und denen man den Boden unter den Füßen weggezogen hat. Aber das denken die anderen immer in dieser Lage. ›Ja, *deren* Jobs sind jetzt überflüssig geworden, aber Leute wie *uns* wird man immer brauchen.‹«

Oscar trommelte mit den Fingern auf den Laptop. »Es ist schön, dass Sie so viel Anteil nehmen, Kevin. Ich weiß Ihren Beitrag zu schätzen. Aber ob Sie's glauben oder nicht, was Sie da sagen, ist nicht gerade neu für mich. Ich bin mir der gewaltigen Zahl von Menschen bewusst, die aus der traditionellen Wirtschaft herausgedrängt werden und sich zu organisierten Mobs zusammenschließen. Ich meine, sie gehen nicht zur Wahl, deshalb wird ihnen nur selten meine professionelle Aufmerksamkeit zuteil, aber im Laufe der Jahre gelingt es ihnen immer besser, dem Rest von uns das Leben schwer zu machen.«

»Oscar, die Prolos *sind* ›der Rest von uns‹.«

»Ich war niemals der Rest von irgendwas«, meinte Oscar. »Selbst Leute wie ich sind niemals Leute wie *ich*. Möchten Sie einen Kaffee?«

»Ja, gut.«

Oscar schenkte ihnen zwei Becher ein. Kevin zog kameradschaftlich eine eckige weiße Stange aus komprimiertem pflanzlichem Protein aus seiner Gesäßtasche hervor. »Auch ein Stück?«

»Ja, gern.« Oscar nagte versonnen. Es schmeckte wie Karottenschaum.

»Wissen Sie was«, meinte Oscar grüblerisch, »ich habe auch jede Menge Vorurteile – wer hat die schließlich nicht? –, aber gegen die Prolos habe ich an sich nichts. Ich bin es bloß leid, in einer Gesellschaft zu leben, die ständig in immer neue Fragmente auseinanderbricht. Ich habe mich immer für staatliche, demokratische, nationale Reformen eingesetzt. Mit dem Ziel, ein System zu etablieren, das jedem einen Platz bietet.«

»Aber die Wirtschaft ist außer Kontrolle. Das Geld braucht einfach keine Menschen mehr. Die meisten von uns sind einfach bloß im Weg.«

»Nun, Geld ist nicht alles, aber ohne lebt sich's schlecht.«

Kevin zuckte die Achseln. »Bevor das Geld erfunden wurde, haben auch schon Menschen gelebt. Geld ist kein

Naturgesetz. Geld ist ein Medium. Man *kann* ohne Geld leben, wenn man es durch die richtige Art von Datenverarbeitung ersetzt. Die Prolos wissen das. Sie haben zahllose Tricks auf Lager, um über die Runden zu kommen, Straßenblockaden, Erpressung, Schmuggel, Schrottverwertung, öffentliche Darbietungen … Dabei hatten sie nie viel in der Hand. Aber die Prolos haben es fast geschafft. Sie wissen doch, wie Reputationsserver funktionieren, oder?«

»Natürlich weiß ich darüber Bescheid, aber ich weiß auch, dass sie eigentlich nicht funktionieren.«

»Ich habe von Reputationsservern gelebt. Nehmen wir mal an, Sie gehörten zu den Regulatoren – die sind in der Gegend hier stark vertreten. Taucht man mit einer Vertrauensrate von mehr als neunzig Prozent in einem Regulatorenlager auf, dann kümmern sie sich um einen. Man ist höflich, man klaut nicht, sie können einem ihre Kinder anvertrauen, ihre Autos, was auch immer. Man ist nachweislich ein guter Nachbar. Man passt sich ein. Man ist hilfsbereit. Man hintergeht niemals die Gruppe. Das ist eine vernetzte Tauschwirtschaft.«

»Das ist Gangstersozialismus. Das ist ein verrücktes Konzept, das ist unrealistisch. Und es ist instabil. Man kann immer jemanden bestechen, um die eigene Bewertung höher zu treiben, und schon bricht das Geld in Ihr kleines Wolkenkuckucksheim ein. Dann stehen Sie wieder ganz am Anfang.«

»Es kann durchaus funktionieren. Das Problem ist, dass die organisierten Verbrecher der Unionsregierung es auf die Prolos abgesehen haben und einen Netzkrieg gegen ihre Computersysteme führen und sie vorsätzlich zum Absturz bringen. Denen ist es lieber, wenn die Prolos chaotisch sind, denn dann stellen sie keine Gefahr für den Status quo dar. Ein Leben ohne Geld ist einfach unamerikanisch. Aber mittlerweile leben beispielsweise schon die meisten Afrikaner außerhalb der Geldwirtschaft – sie ernähren sich von Blattprotein, das von holländischen Maschinen produziert wird. Das gilt auch für Polynesien. In Europa bezieht man ein garantiertes Jahreseinkommen, dort sitzen Null-Arbeit-Leute in den Parlamenten. In Japan spielen Tauschnetzwerke seit jeher eine große Rolle. Die Russen glauben noch immer, Eigentum sei Diebstahl – diese armen Schweine würden eine Geldwirtschaft *niemals* zum Laufen kriegen. Wenn das unpraktikabel ist, weshalb kommen die anderen alle damit zurecht? Wenn Green Huey an die Macht kommt, dann gibt es endlich wieder ein geeintes Amerika.«

»Green Huey ist ein Stalin in Taschenformat. Er betreibt Personenkult.«

»Ich gebe zu, er ist ein Hurensohn, aber ein *Riesen*hurensohn. Seine Regierung betreibt jetzt Regulatorenserver. Und der Luftwaffenstützpunkt wurde auch nicht zufällig eingenommen, Hueys Nomaden sind jetzt wirklich fit – kein Klein-Klein von wegen Straßenblockaden und Leitungen lahmlegen mehr. Jetzt haben sie Ausrüstung der Airforce, womit schon Landesregierungen gestürzt wurden. Diese Gruppe ist im Kommen, Mann. Die schnappen Ihnen das Land unter den Füßen weg.«

»Kevin, hören Sie auf, mir Angst zu machen. In der Beziehung bin ich Ihnen weit voraus. Ich weiß, dass die Prolos eine Bedrohung darstellen. Das weiß ich seit den Unruhen am 1. Mai in Worcester im Jahre '42. Vielleicht ist Ihnen dieser hässliche Vorfall gar nicht aufgefallen, aber ich habe Videos davon – ich habe sie mir schon hundertmal angeschaut. Die Leute haben in meinem Heimatstaat eine Bank mit den Händen auseinander genommen. Es war der absolute Wahnsinn. Das verrückteste, was ich je gesehen habe.«

Kevin biss ein Stück von seiner Stange ab und schluckte. »Die Videos brauche ich nicht. Ich war dort.«

»Sie waren dort?« Oscar beugte sich ein wenig vor. »Wer hat das angeordnet?«

»Niemand. Niemand gibt jemals Anweisungen. Das war eine staatliche Bank, von dort aus wurden Leute bespitzelt. Das sprach sich herum, ein paar Aktivisten schlossen sich zusammen und überrannten die Bank. Und anschließend gingen sie in Deckung und zerstreuten sich wieder. Irgendwelche ›Anweisungen‹ oder ›Verantwortliche‹ gab es nicht. Man wird nicht einmal die Software finden. Die läuft auf einem anonymen Spezialserver. Der befindet sich so tief im Untergrund, dass er nicht mal mehr Augen braucht.«

»Warum haben Sie das getan, Kevin? Weshalb sind Sie ein solches Risiko eingegangen?«

»Ich hab es wegen der Vertrauensrate gemacht. Und, na ja, weil die Sache stank.« Kevins Augen funkelten. »Weil die Herrschenden Schnüffler sind, weil sie lügen und betrügen und uns ausspionieren. Diese Hurensöhne sind reich, sie haben die Macht. Sie haben alle Trümpfe in der Hand, und trotzdem halten sie es für nötig, uns heimlich zu hintergehen. Sie haben es verdient. Ich werd's wieder tun, wenn's meinen Füßen wieder besser geht.«

Oscar konnte sein Zittern kaum mehr beherrschen. Das alles klang überzeugend. Kevin hatte sich soeben geoutet, und die Fakten fügten sich endlich zusammen. Die Lage war jetzt sowohl klarer als auch gefährlicher, als er geahnt hatte.

Oscar wusste nun, dass er recht daran getan hatte, seinem Instinkt zu folgen und den Mann einzustellen. Kevin war die Art politisches Wesen, das in einem Zelt besser aufgehoben war als im Freien. Es musste eine Möglichkeit geben, ihn auf Dauer auf seine Seite zu ziehen. Mit etwas, das ihm wichtig war. »Erzählen Sie mir mehr von Ihren Füßen, Kevin.«

»Ich bin ein Weißer. Weißen passieren heutzutage merkwürdige Sachen.« Kevin lächelte schwach. »Zumal wenn einen vier Cops mit Schlagstöcken dabei erwischen, wie man an Verkehrsampeln herumschraubt ... Und jetzt bin ich ein Dropout im doppelten Sinn. Ich musste mich arrangieren, ich konnte nicht länger auf der Straße leben. Deshalb hab ich mir in so 'nem stinkvornehmen Viertel von Beantown 'nen Sicherheitsjob besorgt. Das frühere Leben hab ich zum größten Teil hinter mir gelassen. Hey, ich hab sogar mal gewählt! Ich habe für Bambakias gestimmt.«

»Das ist wirklich sehr interessant. Warum haben Sie das getan?«

»Weil er Häuser für uns baut, Mann! Er baut sie mit eigener Hände Arbeit und verlangt nie einen Cent dafür. Und es tut mir auch nicht leid, dass ich ihn gewählt habe, denn wissen Sie was, der Mann ist echt! Ich weiß, dass er durchgeknallt ist, aber *das* ist auch echt – das ganze Land ist durchgeknallt. Er ist ein reicher Intellektueller und ein Kunstsammler und was sonst noch, aber wenigstens ist er kein solcher Heuchler wie Huey. Huey behauptet, er sei die Zukunft Amerikas, dabei mauschelt er mit den Europäern.«

»Er hat unser Land verkauft, nicht wahr?« Oscar nickte. »Das ist unverzeihlich.«

»Ja. Genau wie der Präsident.«

»Und weiter? Wo liegt das Problem bei Two Feathers?«

»Eigentlich ist der Präsident auf seine Weise gar nicht so übel. Im Westen hat er gute Flüchtlingsarbeit geleistet. Dort hat sich die Lage wirklich gewandelt; seit den großen Bränden und den Umsiedlungen werden ganze Städte und Counties von Nomaden übernommen … Aber das überzeugt mich nicht. Two Feathers ist ein niederländischer Agent.«

Oscar lächelte. »Da kann ich Ihnen nicht folgen. Der *Präsident* soll ein niederländischer Agent sein?«

»Klar, die Niederländer haben ihn jahrelang unterstützt. Holländische Spione verstehen sich prima auf unzufriedene ethnische Gruppen. Anglos, amerikanische Ureinwohner … Amerika ist ein großes Land. Die alte Teile-und-Herrsche-Geschichte.«

»Hören Sie, wir reden hier nicht von Geronimo. Der Präsident hat mit Bauholz Milliarden gemacht und war Gouverneur von Colorado.«

»Doch, wir *reden* von Geronimo, Oscar. Amerika ohne Geld ist ein Land der Stämme.«

Sobald die Anzeige gegen Norman-den-Praktikanten zurückgenommen war, veranstaltete Oscars Team eine muntere Abschiedsparty. Für alles war gesorgt. Im Hotel drängten sich die Unterstützer des Laboratoriums, die ihrer aufrichtigen Bewunderung für Norman Ausdruck verliehen und den freien Getränken und Speisen lebhaft zusprachen.

»Das Hotel ist wunderschön«, sagte Albert Gazzaniga. Gretas Majordomus war in Begleitung von Warren Titche und Cyril Morello erschienen – zwei der permanent unzufriedenen Aktivisten des Labors. Titche kämpfte wie ein radikaler Vielfraß um Kaffeefilter und Cafeteriapreise, während Morello der einzige Angehörige der Personalabteilung war, der als ehrlich bezeichnet werden konnte. Oscar freute es, dass die drei sich spontan zusammengeschlossen hatten. Dies deutete darauf hin, dass die Trends in die richtige Richtung wiesen.

Gazzaniga umklammerte ein Cocktailglas mit einem kleinen Papierschirmchen darin. »Auch das kleine Restaurant ist klasse. Wenn ich dabei nicht die schmutzige Außenluft einatmen müsste, würde ich täglich hier essen.«

»Das mit Ihren Allergien tut mir leid, Albert.«

»Wir haben alle Allergien. Aber mir ist eben eine prima Idee gekommen – was halten Sie davon, die Straße, die von hier zur Kuppel führt, einfach zu überdachen?«

Oscar lachte. »Warum immer nur halbe Sachen? Überdachen wir doch gleich die ganze verdammte Stadt.«

Gazzaniga blinzelte. »Ist das Ihr Ernst? Ich merke nie, wann es Ihnen ernst ist.«

Norman zupfte Oscar am Ärmel. Sein Gesicht war scharlachrot, und seine Augen waren feucht von Abschiedstränen. »Ich breche gleich auf, Oscar. Das ist die letzte Gelegenheit, Ihnen auf Wiedersehen zu sagen.«

»Was?« sagte Oscar. Er fasste Norman beim Ellbogen und bugsierte ihn in einen ruhigen Winkel. »Sie müssen bis nach der Party bleiben. Dann spielen wir eine Runde Poker.«

»Damit Sie mich mit einem hübschen kleinen Geldgeschenk nach Boston entlassen können, das nicht über die Bücher läuft?«

Oscar starrte ihn an. »Mann, Sie sind der Erste, der jemals ein Wort über diese traurige kleine Angewohnheit von mir verloren hat. Sie sind jetzt ein großer Junge, okay? Sie müssen Takt lernen.«

»Nein, das will ich nicht«, sagte Norman, der bereits schwer betrunken war. »Ich kann so grob sein, wie ich will, denn Sie haben mich gefeuert.«

Oscar tätschelte Norman den Rücken. »Das war zu Ihrem eigenen Besten. Sie haben da ein größeres Ding gedreht, deshalb sind Sie jetzt ausgebrannt. Man würde Sie ständig auf dem Kieker haben.«

»Ich wollte Ihnen bloß sagen, das ist schon okay. Ich bedaure nichts. Ich habe wirklich eine Menge über Politik gelernt. Und ich habe einen Professor niedergeschlagen und bin damit durchgekommen. Mann, das allein war's schon wert.«

»Sie sind ein braver Kerl, Norman. Ich wünsche Ihnen viel Glück beim Studium. Und nehmen Sie das mit dem Röntgenlaser leicht.«

»Draußen wartet ein Wagen auf mich«, sagte Norman, von einem Fuß auf den anderen tretend. »Meine Eltern werden sich freuen, mich zu sehen ... Ist schon okay, dass ich fortgehe. Ich tu's nicht gerne, aber ich weiß, es ist am besten so. Bevor ich gehe, möchte ich bloß noch eines mit Ihnen klären. Weil ich nämlich nie mit Ihnen darüber gesprochen habe ... Sie wissen schon, was ich meine.«

»Mein ›persönliches Vergangenheitsproblem‹«, sagte Oscar.

»Ich hab mich nie dran gewöhnt. Ich hab's weiß Gott versucht. Aber ich hab mich nie dran gewöhnt. Niemand gewöhnt sich jemals daran. Nicht mal die Leute aus Ihrem eigenen Team. Sie sind einfach zu seltsam, Sie sind ein sehr, sehr seltsamer Mensch. Sie denken eigenartig. Sie verhalten sich eigenartig. Sie schlafen nicht einmal. Sie sind kein richtiger Mensch.«

Er seufzte, schwankte leicht auf der Stelle. »Aber wissen Sie was? In Ihrer Umgebung *passiert* wenigstens was, Oscar. Sie setzen Dinge in Bewegung, Sie rütteln die Leute auf. Sie *bewirken* etwas. Das Land *braucht* Sie. Bitte lassen Sie uns nicht hängen, Mann. Lassen Sie uns nicht im Stich. Ich bin jung, und ich brauche eine Zukunft. Kämpfen Sie den gerechten Kampf für uns. Bitte.«

Während Dr. Arno Felzian ihn warten ließ, hatte Oscar Zeit, das Außenbüro des Direktors in Augenschein zu nehmen. Kevin fütterte derweil Stickley, den Binturong, der soeben per Luftfracht von Boston eingetroffen war, mit Proteinbrocken. Stickley trug ein Funkhalsband; seine Krallen waren geschnitten, die Fangzähne poliert, und er war gestriegelt und parfümiert wie ein prämierter Pudel. Stickley stank kaum noch.

Irgendjemand – wahrscheinlich ein Mitarbeiter von Senator Dougal – hatte es für geraten gehalten, die Büroräume des Direktors mit Texasrequisiten zu dekorieren. Die Wände waren geschmückt mit Flinten, Stierköpfen, Lassos, Cowboyhüten und einer Unmenge Erinnerungsplaketten.

Felzians Sekretär meldete ihn an. Oscar hängte seinen Hut auf ein an der Innenseite der Tür befestigtes Hirschgeweih. Felzian saß hinter einem Intarsienschreibtisch aus Eichen- und Zedernholz und schaute so grämlich drein, wie die Gebote der Höflichkeit es ihm gestatteten. Der Direktor trug eine Brille mit Zweistärkenglas. Die Metall-Glas-Prothese verlieh ihm einen 20. Jahrhundert-Look. Felzian war ein kleiner, schlanker Mann in den Sechzigern. In härteren Zeiten wäre er kahlköpfig und fett gewesen.

Oscar schüttelte dem Direktor die Hand und nahm in einem scheckigen Ledersessel Platz. »Freut mich, Sie wiederzusehen, Dr. Felzian. Ich weiß es zu schätzen, dass Sie sich Zeit für mich nehmen.«

Felzian war auf der Hut. »Das geht schon in Ordnung.«

»Im Namen von Senator und Mrs. Alcott Bambakias möchte ich Ihnen dieses Labortier vorstellen. Wie Sie sehen, nimmt Mrs. Bambakias regen Anteil am Wohlergehen der Tiere. Daher hat sie dieses Exemplar in Boston gründlich untersuchen lassen, und wie man ihr sagte, erfreut es sich ausgezeichneter Gesundheit. Mrs. Bambakias beglückwünscht das Labor zu seiner strikten Beachtung der Tierrechte. Außerdem hat sie das Tier lieb gewonnen, deshalb sendet sie es Ihnen mit einem persönlichen Beitrag zurück, der auch in Zukunft sein Wohlergehen sichern soll.«

Felzian warf einen Blick auf das Dokument, das Oscar ihm reichte. »Ist das wirklich ein unterzeichneter Bankscheck?«

»Mrs. Bambakias bevorzugt den traditionellen, persönlichen Touch«, sagte Oscar. »Sie trauert ihrem Freund Stickley wirklich nach.« Lächelnd zückte er eine Kamera. »Sie haben doch wohl nichts dagegen, wenn ich ein paar Abschiedsfotos für ihr Fotoalbum mache?«

Felzian seufzte. »Mr. Valparaiso, ich weiß, Sie sind nicht deshalb hergekommen, um mir ein herrenloses Tier auf den Schoß zu setzen. Bisher hat noch niemand ein Tier zurückgegeben. Noch nie. Im Grunde geht es dabei darum, sich einer Partei erkenntlich zu zeigen. Wenn der Senator uns das Tier nun zurückgeben möchte, kann dies nur bedeuten, dass er uns ernsthaft schaden will.«

Felzians Bitterkeit erstaunte Oscar. Da sie sich im Büro des Direktors aufhielten, ging er natürlich davon aus, dass die Unterhaltung aufgezeichnet wurde. Vielleicht legte Felzian einfach keinen Wert mehr auf Diskretion und nahm die Überwachung hin wie ein chronisches

Übel – wie Smog oder Asthma. »Aber keineswegs, Sir! Senator Bambakias ist tief beeindruckt von dieser Forschungseinrichtung. Er unterstützt die staatlichen Forschungsanstrengungen aus ganzem Herzen. Er beabsichtigt, die Wissenschaftspolitik zu einem Kernpunkt seiner gesetzgeberischen Arbeit zu machen.«

»Dann begreife ich nicht, was Sie vorhaben.« Felzian zog einen Ausdruck aus einer Schreibtischschublade hervor. »Schauen Sie sich mal diese Liste mit Kündigungen an. Das sind altgediente Wissenschaftler! Ihre Moral ist am Boden, und jetzt verlassen sie uns.«

»Sie meinen Moulin, Lambert, Dulac und Dayan?«

»Vier meiner besten Leute!«

»Ja, ich gebe zu, sie sind sehr klug und entschlossen. Bedauerlicherweise sind sie Anhänger Dougals.«

»So ist es. Und deshalb sind sie Ihnen im Weg?«

»Ja, gewiss. Aber wissen Sie, die sind ja keine Leidtragenden. Sie steigen bloß rechtzeitig aus. Denen liegen Angebote aus der Privatindustrie vor.«

Felzian blätterte mit spitzen Fingern in seinen Papieren. »Wie haben Sie das nur gedeichselt? Die sind übers ganze Land verteilt. Wirklich erstaunlich.«

»Danke. Das ist ein schwieriges Unterfangen, aber mit moderner Technik ist es machbar. Nehmen wir zum Beispiel Dr. Moulin. Ihr Mann ist aus Vermont, und ihr Sohn geht dort zur Schule. Ihr Spezialgebiet ist die Endokrinologie. Daher haben wir die relevanten Parameter eingegeben, und das optimale Ergebnis war eine Genfirma in Nashua. Die Firma wollte sie auf den Anruf der Jobvermittlungsfirma hin nicht gleich einstellen, deshalb rief das Büro des Senators dort an, und man unterhielt sich über die lokalen Ausschreibungen. Daraufhin zeigte sich die Firma sehr einsichtig. Und als wir Dr. Moulin zu den Unregelmäßigkeiten in den Laborabrechnungen befragten, lief es ganz ähnlich.«

»Dann haben Sie sie also bewusst für den Abschuss ausgewählt.«

»Es geht um *Zermürbung*. Um Ablenkung. Alles wirkt ganz natürlich. Die vier sind einflussreiche Leute, sie sind hier die Meinungsführer. Sie sind smart genug, uns ernsthafte Schwierigkeiten zu machen – wenn sie sich denn dazu aufraffen würden. Aber da es sich nun tatsächlich um *sehr* smarte Leute handelt, brauchen wir sie nicht mit der Nase auf das Offensichtliche zu stoßen. Wir machen ihnen einfach ihre Lage klar und reichen ihnen den goldenen Fallschirm. Dann nehmen sie Vernunft an. Und gehen fort.«

»Das ist wahrhaft monströs. Sie rauben meiner Forschungseinrichtung Herz und Seele, und niemand will etwas davon wissen – man will es nicht einmal wahrhaben.«

»Nein, Sir, das ist nicht monströs. Das ist bloß menschlich. Das ist gute Politik.«

»Ich sehe durchaus, wozu Sie in der Lage sind. Ich begreife bloß nicht, woher Sie das Recht dazu nehmen.«

»Dr. Felzian … das ist keine Frage der Berechtigung. Ich bin ein Politprofi. Das ist mein Job. Leute wie ich werden nicht gewählt. Wir finden in der Verfassung keine Erwähnung. Wir sind der Öffentlichkeit nicht verantwortlich. Aber niemand wird gewählt ohne einen professionellen Wahlkampf. Ich gebe zu: wir sind ein eigenartiger Menschenschlag. Ich stimme mit Ihnen darin überein, dass es irgendwie seltsam ist, dass wir über so viel Macht verfügen. Aber ich habe diese Situation nicht herbeigeführt. Das ist eine Tatsache des modernen Lebens.«

»Ich verstehe.«

»Ich tue das, was die Lage erfordert, mehr nicht. Ich bin ein Demokrat vom Reformflügel der Partei, und diese Einrichtung hier muss dringend reformiert werden. Das Labor verlangt nach einem neuen Besen. Es ist voller Spinnweben, genau wie … lassen Sie mich nachdenken. Ja, wie die Casinoyacht auf dem Lake Charles, die mit Mitteln des Bewässerungsfonds angeschafft wurde.«

»Mit der Angelegenheit hatte ich nichts zu tun.«

»Ich weiß, dass Sie nicht dafür verantwortlich sind. Aber Sie haben beide Augen zugekniffen, weil Senator Dougal bei jeder Wahl wieder in den Kongress einzog und dort gut für Sie gesorgt hat. Ich habe Respekt für die Mühe, die Sie sich mit der Leitung dieser Einrichtung machen. Aber Senator Dougal war sechzehn Jahre lang Vorsitzender des Wissenschaftsausschusses. Sie haben es nie gewagt, sich mit ihm anzulegen. Wahrscheinlich war das Ihr Glück – er hätte Sie zerschmettert. Aber der Mann hat nicht nur ein bisschen geklaut – am Ende hat er ganze Wagenladungen gestohlen, und das kann sich das Land einfach nicht mehr leisten.«

Felzian lehnte sich zurück. Oscar konnte erkennen, dass er über das reine Entsetzen mittlerweile hinaus war – jetzt erfüllte ihn die Situation mit eigentümlicher Genugtuung. »Weshalb erzählen Sie mir das alles?«

»Weil ich weiß, dass Sie ein anständiger Mensch sind, Mr. Direktor. Ich weiß, das Labor ist Ihr Lebenswerk. Sie waren in ein paar Unregelmäßigkeiten verwickelt, aber die sollten unter sehr schwierigen Bedingungen Ihre Position und das Labor schützen. Ich habe Respekt für Ihre Leistung. Ich hege keinen persönlichen Groll gegen Sie. Gleichwohl kommt man nicht darum herum, dass Sie politisch nicht mehr von Nutzen sind. Der Moment ist gekommen, da Sie ehrenhaft handeln sollten.«

»Und was genau meinen Sie damit?«

»Nun, ich habe nützliche Kontakte zur Universität von Texas. Sagen wir, ein Posten im Galveston Center für Gesundheitswissenschaft. Das ist ein hübsches Städtchen – seit dem Anstieg des Meeresspiegels ist von der Insel nichts mehr übrig, aber man hat den berühmten Meeresdeich wieder aufgebaut, und es gibt dort auch ein paar wunderschöne alte Häuser. Ich könnte Ihnen ein paar hübsche Broschüren zeigen.«

Felzian lachte. »Sie können nicht jeden Einzelnen von uns von seinem Posten vertreiben.«

»Nein, aber das brauche ich auch gar nicht. Ich brauche bloß die Meinungsführer zu entfernen, dann bricht der Widerstand zusammen. Und wenn es mir gelingt, *Sie* zur Mitarbeit zu bewegen, dann bringen wir das alles in kurzer Zeit hinter uns. Mit Würde und Anstand. Das läge auch im Interesse der Wissenschaftsgemeinde.«

Felzian verschränkte triumphierend die Arme. »Sie versuchen mich zu beschwatzen, weil Sie im Grunde nichts gegen mich in der Hand haben.«

»Weshalb sollte ich zu Drohungen Zuflucht nehmen? Sie sind ein vernünftiger Mann.«

»Sie haben nichts in der Hand! Und ich soll mit Ihnen zusammenarbeiten, den Direktorenposten niederlegen und mich schweigend in mein Schwert stürzen? Sie haben wirklich Nerven.«

»Aber ich bin aufrichtig zu Ihnen.«

»Das einzige Problem, das ich hier sehe, sind *Sie*. Und Ihr Problem ist, dass Sie mir nichts anhaben können.«

Oscar seufzte. »Doch, das kann ich schon. Ich habe Ihre Laborberichte gelesen.«

»Wovon reden Sie da? Ich bin in der Verwaltung tätig! Ich habe seit zehn Jahren nichts mehr veröffentlicht.«

»Ja, gut, aber ich habe die Berichte gelesen, Mr. Direktor. Natürlich bin ich kein ausgebildeter Genetiker, deshalb muss ich leider bekennen, das ich sie nicht verstehe. Aber ich habe sie überprüfen lassen. Sämtliche Berichte wurden von einem unabhängigen Wissenschaftlerteam gründlich überprüft. Sie haben im Laufe Ihrer Karriere fünfundsiebzig Arbeiten veröffentlicht, jede einzelne mit Zahlentabellen gespickt. Ihre Messwerte passen wundervoll zusammen. Zu schön um wahr zu sein, denn sechs Tabellen beruhen auf dem gleichen Datensatz.«

»Was soll das heißen?«

»Das soll heißen, dass es jemandem im Labor langweilig wurde und er beschlossen hat, sich die mühsame Plackerei zu ersparen.«

Felzian lief rot an. »Was? Das können Sie nicht beweisen.«

»Zu Ihrem Pech doch. Weil es darin nur Schwarz und Weiß gibt. Damals, als für Sie galt ›publizier oder stirb‹, waren Sie in Eile und mussten ein paar Werte zurechtbiegen. Und das ist schlimm. Sehr schlimm. Für einen Wissenschaftler ist das ein tödlicher Fehler. Wenn wir Sie erst einmal als wissenschaftlichen Betrüger geoutet haben, wird Ihnen kein einziger Freund mehr bleiben. Ihre Kollegen werden ihr Wort brechen und Ihnen die Epauletten runterreißen.«

Felzian schwieg.

Oscar hob die Schultern. »Wie ich schon sagte, ich bin kein Wissenschaftler. Wissenschaftsbetrug nehme ich nicht so tierisch ernst wie Ihresgleichen. Ich persönlich kann nicht erkennen, dass Ihre Fälschungen größeren Schaden angerichtet hätten, denn diese Arbeiten hat ja sowieso niemand beachtet. Sie waren bloß eine ziemlich mittelmäßige Begabung auf einem von starkem Wettbewerb geprägten Gebiet und haben versucht, Ihre Ergebnisse zu untermauern.«

»Von diesem Problem habe ich nichts gewusst. Dafür muss einer meiner Doktoranden verantwortlich gewesen sein.«

Oscar lachte leise auf. »Hören Sie, wir wissen beide, dass Sie nicht mehr vom Haken loskommen. Klar, wenn es um die Finanzskandale geht, können Sie sich hinter dem Rücken des Senators verstecken. Aber hier geht es nicht bloß um Geld. Das sind Forschungsergebnisse, Ihr Beitrag zur Wissenschaft. Sie haben die Bücher frisiert. Wir wissen beide, dass Sie erledigt sind, wenn ich das öffentlich mache. Warum also weiterdiskutieren? Wenden wir uns den anstehenden Dingen zu.«

»Was genau wollen Sie von mir?«

»Ich will, dass Sie zurücktreten, und ich brauche Ihre Hilfe bei der Einsetzung des neuen Direktors.«

»Greta Penninger.«

»Nein«, erwiderte Oscar ohne zu zögern, »wir wissen beide, dass das nicht machbar ist. Greta Penninger war taktisch sehr nützlich für mich, aber ich habe einen anderen Kandidaten, der Ihnen wesentlich besser gefallen dürfte. Es handelt sich um einen früheren Kollegen von Ihnen – um Professor John Feduccia, den ehemaligen Präsidenten der Universität von Boston.«

Felzian war verblüfft. »John Feduccia? Wie kommt der denn auf die Empfehlungsliste?«

»Feduccia ist der ideale Kandidat! Er ist sehr erfahren in der Verwaltungsarbeit und hat zuvor an der Universität von Texas Karriere gemacht, das verleiht ihm den nötigen Stallgeruch. Außerdem ist Feduccia eng mit Senator Bambakias befreundet. Vor allem aber ist Feduccia politisch in Ordnung. Er gehört den Demokraten an.«

Felzian musterte ihn erstaunt. »Wollen Sie damit sagen, Sie hätten die bedauernswerte Greta Penninger nur vorgeschoben, während Sie die ganze Zeit vorhatten, einen Yankee zum Direktor zu machen, der ein persönlicher Spezi Ihres Bosses ist?«

Oscar runzelte die Stirn. »Seien Sie doch nicht ungerecht. Natürlich bewundere ich Greta Penninger. Für die Rolle, die sie gespielt hat, war sie bestens geeignet. Sie hat den Boden für den Wandel bereitet, aber sie kann diese Forschungseinrichtung unmöglich leiten. Sie versteht Washington nicht. Wir brauchen in dem Job eine gestandene Persönlichkeit, jemanden mit Erfahrung und von außerhalb, jemanden, der die politischen Realitäten versteht. Feduccia ist ein Profi. Greta ist naiv, sie lässt sich zu leicht beeinflussen. Sie wäre eine Katastrophe.«

»Eigentlich fände ich sie gar nicht so schlecht.«

»Nein, sie ist besser dort aufgehoben, wo sie auch hingehört – nämlich im Labor. Wir sollten sie behutsam aus dem Verwaltungsrat entfernen, damit sie wieder ihre angestammte Rolle in der Forschung einnehmen kann, dann wird sich alles perfekt fügen.«

»Damit Sie Ihre Affäre fortführen können, ohne dass jemand Anstoß nimmt.«

Oscar schwieg.

»Wohingegen sie als Direktorin im Rampenlicht stünde. Dann könnten Sie ihre schmutzige kleine Affäre nicht mehr fortführen.«

Oscar bewegte sich unruhig. »Das hätte ich wirklich nicht von Ihnen erwartet. Das steht Ihnen nicht gut zu Gesicht. Das ist eines Gentleman und Gelehrten unwürdig.«

»Haben Sie etwa gedacht, ich wüsste nicht Bescheid? Nun, ich bin nicht der hilflose Hanswurst, für den Sie mich halten! Penninger wird meine Nachfolgerin. Sie und Ihr hundsgemeines Team können sich meinetwegen wieder nach Washington davonstehlen. Ich verlasse dieses Büro – nein, nicht deshalb, weil Sie mich dazu zwingen, sondern weil *mir der Job bis zum Hals steht!*«

Felzian schlug auf den Schreibtisch. »Es ist jetzt wirklich schlimm hier. Seit wir die Unterstützung des Senats verloren haben, ist die Lage geradezu ausweglos. Das ist eine unerträgliche Farce! Ich will mit Ihnen und Washington und allem, wofür Sie stehen, nichts mehr zu tun haben. Und merken Sie sich eines, junger Mann. Wenn Penninger im Amt ist, dann können Sie mich nicht outen, ohne dass ich Sie oute. Sie können mich in Verlegenheit bringen – sogar erniedrigen. Aber sollten Sie es versuchen, dann stelle ich Sie und die neue Direktorin bloß. Ich breche Sie in der Öffentlichkeit entzwei wie zwei Streichhölzer.«

8

Der abrupte Weggang von Dr. Felzian eröffnete Oscar ein weites Feld von Möglichkeiten. Da Bambakias ausgefallen war, musste er allein zurechtkommen. Er musste die Initiative ergreifen. Sie waren nur wenige, ihre Mittel waren beschränkt, von einem Budget konnte keine Rede sein. Unverfrorenheit war angesagt.

An Gretas erstem Tag als Direktorin gründeten ihre Anhänger ein Streikkomitee und besetzten den Hochsicherheitstrakt. Die Streikenden bewachten Tag und Nacht die Schleusen, knackten sämtliche von der Polizei installierte Sicherheitssperren und gaben brandneue Passierkarten aus. Die Besetzung des Hochsicherheitstrakts war ein ausgezeichneter strategischer Schachzug, denn der gewaltige Keramikturm beherrschte die Kuppel. Der Hochsicherheitstrakt war eine natürliche Festung.

Jetzt, da sie einen sicheren Zufluchtsort hatten, folgte der zweite Schritt: die Eroberung der Informationsmittel. Die Rechner des Hochsicherheitstrakts wurden einer längst überfälligen Sicherheitsüberprüfung unterzogen. Dabei kamen eine erschreckende Anzahl von Hintertürchen der Polizei, zahlreiche unregistrierte Benutzer sowie Unmengen von Bespitzelungssoftware zum Vorschein. Die heimlichen Lauscher wurden sogleich eliminiert.

Das laborinterne Telefonsystem wurde nach wie vor von der Polizei kontrolliert. Die kleine Polizeitruppe des Labors war an und für sich ein lächerlicher Haufen, jedoch seit langem von Huey bestochen. Sie stellte die größte hiesige Bedrohung für Gretas gerade flügge werdende Verwaltung dar. Das Telefonsystem war mit Abhörvorrichtungen gespickt und konnte nicht wiederhergestellt werden.

Daher verzichteten die Streikenden vollständig auf das Telefonsystem und ersetzten es durch ein neu installiertes Netzwerk spottbilliger Nomadenhandys. Diese halblegalen Geräte waren über Relais verbunden, die an Wänden, Decken, Dächern und (im Verlauf einer besonders waghalsigen nächtlichen Aktion) an der Innenseite der Kuppel angebracht wurden.

Gretas erste offizielle Handlung als Direktorin bestand darin, die PR-Abteilung aufzulösen. Dies bewerkstelligte sie mittels der todsicheren Taktik, das PR-Budget einfach auf Null zu setzen. Die frei werdenden Mittel erstattete sie dem Kongress zurück. In Anbetracht der gegenwärtigen Krise der Staatsfinanzen war dieser Schachzug politisch kaum zu konterkarieren.

Im Labor selbst traf die Auflösung der PR-Abteilung auf große Zustimmung. Endlich brauchten sich die Angestellten nicht mehr durch das lästige Geschwätz der verhassten populärwissenschaftlichen Propagandaabteilung irritieren zu lassen. Keine kumpelhafte Anmache von oben herab mehr, keine obligatorischen Fortbildungsvideos, nichts als Stille und Zeit zum Nachdenken und Arbeiten.

An die Stelle der offiziellen PR des Laboratoriums trat Oscars revolutionäre Posterkampagne. Ein Streik hatte natürlich einen noch dringenderen Bedarf an effektiver Propaganda als das tote Establishment, und Oscar war dafür genau der richtige Mann. Die gewaltigen zyklopischen Kuppelwände waren für politische Plakate ideal. Oscar hatte noch nie eine Kampagne für Leute mit solch hohem Bildungsstand gefahren. Die altmodischen handwerklichen Techniken, die dabei vonnöten waren, bereiteten ihm großes Vergnügen.

Gretas postindustrielle Aktion war ein ausgesprochen unorthodoxer ›Streik‹, denn die Streikenden verweigerten nicht die Arbeit. Sie weigerten sich lediglich, etwas anderes als ihre Arbeit zu tun. Der allgemeine Tenor der Streikstrategie enthielt Verweigerung der Zusammenarbeit mit der Öffentlichkeit im Verein mit passiv-aggressiver Kostenreduzierung.

Die Wissenschaftler führten ihre Forschungsvorhaben fort, weigerten sich aber, den vorgeschriebenen Papierkram zu erledigen. Sie weigerten sich, Zuschüsse zu beantragen, weigerten sich, die Miete für ihre Unterkünfte zu entrichten, weigerten sich, fürs Essen zu bezahlen und die Stromrechnungen zu begleichen. Sie lehnten alles ab außer neuen Geräten, eine tief verwurzelte Angewohnheit, die man Wissenschaftlern nachsehen musste.

Die verantwortlichen Mitglieder des Streikkomitees verweigerten auch die Annahme ihres Gehalts. Dies führte zu einer starken Polarisierung. Man konnte vernünftige Menschen nicht so leicht dazu bewegen, den Atem anzuhalten und einen Hechtsprung ins Unbekannte zu machen. Die meisten ›vernünftigen Leute‹ hatten sich mit der institutionalisierten Korruption des Laboratoriums längst abgefunden. Daher waren sie auch alle involviert. Daraus folgte, dass sie persönlich kompromittiert waren, uneins mit sich selbst, geplagt von Schuldgefühlen. Gretas beherzte Kerntruppe von Dissidenten war aus etwas härterem Holz geschnitzt.

Nachdem sie so rasch und unerwartet die taktische Initiative ergriffen hatten, errang der Streit eine Reihe kleiner, aber ermutigender moralischer Siege. Oscar hatte diese Situation bewusst herbeigeführt, um der Gemeinschaft Selbstvertrauen zu vermitteln. Der Mietstreik wirkte auf den ersten Blick sehr dramatisch, doch im Grunde konnte man dabei nicht verlieren. Innerhalb des Labors gab es keinen Wettbewerb um die Wohnungen. Im unwahrscheinlichen Falle einer Zwangsräumung hätten die Gebäude einfach leergestanden.

Die Weigerung, die Stromrechnung zu zahlen, hatte aus ähnlichen Gründen Erfolg, denn man konnte dem

Labor den Strom nicht so einfach kappen. Da es sich um eine abgeschlossene Umgebung handelte, war die Kuppel auf eine ununterbrochene Stromversorgung angewiesen. Der Strom wurde von internen Generatoren bereitgestellt, und die konnte man nicht abstellen. Den Erbauern der Kuppel war es einfach nicht in den Sinn gekommen, dass deren Bewohner eines Tages rebellieren und die Bezahlung verweigern könnten.

Mit jedem erfolgreichen Schritt vom Status quo weg gewann Greta neue Anhänger hinzu. Die lange Zeit unterdrückten Wissenschaftler hatten seit jeher unter zahlreichen quälenden Problemen zu leiden gehabt. Da ihnen aber das politische Verständnis für ihre Notlage fehlte, hatten sie nie Forderungen erhoben – sie hatten einfach gute Miene zum bösen Spiel gemacht. Jetzt aber hatten Organisation und Initiative ihrer Apathie ein Ende gesetzt. Die alten Schmerzen, längst als der natürlichen Ordnung zugehörig akzeptiert, erwiesen sich nun als Ausfluss der Unterdrückung übelwollender Ignoranten. Eine neue Machtstruktur war im Entstehen begriffen, mit neuen Methoden, neuen Zielen, neuen Möglichkeiten des Wandels. Der Hochsicherheitstrakt summte vor militantem Aktivismus.

Im Verlauf einer Woche hatte sich die Binnenatmosphäre der Kuppel aufgeladen wie eine Leidener Flasche; es knisterte vor politischem Potenzial. Gretas unerschrockener Radikalismus hatte die Stimmung aufgepeitscht.

Nachdem sie einen enormen Veränderungsdruck aufgebaut hatte, schickte Greta sich an, ihre eigene Position zu festigen. Der Direktorenposten war bislang nicht mit großen Vollmachten ausgestattet gewesen, doch sie schaffte es, alle Aufsichtsratsmitglieder zum Rücktritt zu drängen. Die ursprünglichen Aufsichtsratsangehörigen ließen natürlich nur höchst ungern von der Macht, doch der plötzliche Rücktritt und die Abreise Dr. Felzians hatten sie gelähmt. Ausmanövriert und diskreditiert, wurden sie alsbald von Gretas eifrigen Anhängern ersetzt, die ihr bedingungslos vertrauten und ihr freie Hand ließen.

Die Vertreter des Status quo wurden dezimiert, ehe sie ihren Widerstand organisieren konnten. Die vielen Jahre ohne ernsthafte Herausforderung und Auseinandersetzung hatten sie fett und behäbig werden lassen. Sie alle waren zerschmettert worden, ehe sie die Bedrohung auch nur erkannten. Greta hielt nach wie vor das Heft in der Hand. Dank Oscars Oppositionsrecherche und seiner Unmenge demografischer Profile verfügte sie über hervorragendes Hintergrundwissen. Auch das erzwungene Geständnis von Dr. Skopelitis war sehr nützlich gewesen, da Skopelitis sein Gewissen mit einer wahren Flut von E-Mails erleichtert und seine Mitwisser ausgeplaudert hatte.

Abseits dieser aufwühlenden und in aller Öffentlichkeit inszenierten ungezügelten Unmutsbekundungen war der eigentliche Machtwechel erstaunlich glatt vonstatten gegangen. Felzian hatte das Labor stets wie der stellvertretende Leiter einer Highschool geführt; die eigentlichen Entscheidungen hatten in den fernen Händen von Dougal und seiner Senatsmannschaft gelegen.

Jetzt waren Dougal und seine Spezis am Ende. Das Machtvakuum war jedoch nur von kurzer Dauer. Oscars Team gehörten Politprofis an, die mühelos auch eine Senatsmannschaft hätten stellen können. Mit ein wenig Nachhilfe passten sie sehr gut vor Ort und rissen die ganze Operation alsbald an sich.

Oscar selbst diente Greta als (höchst inoffizieller) Stabschef. Pelicanos kümmerte sich um die Finanzen. Bob Argow und Audrey Avizienis befassten sich mit Belegschaftsangelegenheiten und der Spionageabwehr. Lana Ramachandran war für die Terminplanung, die Büroeinrichtung und die Presse zuständig. ›Corky‹ Shoeki, während Bambakias' Wahlkampf für die Unterbringung und die Versammlungen zuständig, sorgte für Büroräume im Hochsicherheitstrakt. Kevin Hamilton leistete hervorragende Arbeit als Sicherheitschef.

Greta agierte als ihre eigene Pressesprecherin. Das würde sich irgendwann ändern müssen, doch während des Streiks war es ausgesprochen sinnvoll. Alle Streiknachrichten liefen über sie, und aufgrund der Solorolle, die sie in der Öffentlichkeit spielte, hatte es den Anschein, als hielte sie alle Fäden in der Hand. Auf diese Weise gewann sie das Charisma einer Heldin.

In Wirklichkeit hatten Greta und ihre idealistischen Gefolgsleute keine Ahnung, wie eine moderne Verwaltung organisiert sein sollte. Sie hatten noch nie Macht ausgeübt, daher verlangten sie eher nach eindrucksvollen Jobs mit Titel und Prestige, als sich auf die Kärnerarbeit zu konzentrieren, auf der das Regieren beruhte. Diese Charade kam Oscar sehr gelegen. Mittlerweile war er sich darüber im Klaren, dass er den größten Erfolg seiner Karriere feiern würde, wenn es ihm gelänge, den Fortbestand des Labors zu sichern, die Finanzierung zu gewährleisten und zu verhindern, dass die Anlage Huey in die Hände fiel.

Daher hielt Oscar sich im Hintergrund, fernab des eigentlichen Geschehens. Das neue Jahr nahm seinen Fortgang. Für viele Forscher war der Streik die optimale Gelegenheit, sich in aller Stille davonzumachen, der verbliebene harte Kern aber war erfüllt von revolutionärem Elan. Wie alle Revolutionäre machten auch sie die Erfahrung, dass sich jede Kleinigkeit zu einer moralischen und intellektuellen Krise auswuchs. Jeder einzelne Aspekt ihres früheren privaten und beruflichen Lebens verlangte nach radikalen Veränderungen. Die ehemaligen Unterdrückten verbrachten jede freie Stunde damit, gegenseitig ihr Bewusstsein zu entwickeln.

Und dies alles kam Oscar sehr zupass. Sein politischer Instinkt war geschärft wie nie, und seine Mannschaft, neurotische Besessene alle miteinander, liefen bei einer Krise stets zur Hochform auf.

Am 8. Januar 2045 waren Greta und ihr Küchenkabinett in einer besonders intensiven Debatte begriffen. Die Wissenschaftler berieten über Kandidaten für den neuen Verwaltunsgsrat, und zwar für die Zuständigkeitsbereiche Informationsgenetik und Biomedizin. Oscar, wie immer in Begleitung seines Bodyguards Kevin, hielt sich hinter einem Geräteturm versteckt. Er hatte vor, sie solange reden zu lassen, bis sie müde wurden. Dann wollte er ein paar rhetorische Fragen stellen. Und anschließend würden sie sich mit der Lösung einverstanden erklären, die er bereits vor einer Woche ausgeheckt hatte.

Während Kevin mehrere farbcodierte Proteinstäbchen verspeiste, hatte Oscar sich sein Essen bringen lassen. Seit sein Team das Labor übernommen hatte, überließen sie das Hotel notgedrungen einer neuen texanischen Mannschaft. In Anbetracht der flauen Wirtschaftslage in Buna war es nicht schwer gewesen, neue Leute zu finden.

Kevin hörte auf, in den elektronischen Innereien eines Telefons herumzustochern, klappte das Gehäuse zu und reichte das Gerät Oscar. Bald darauf unterhielt sich Oscar mit dem in Washington befindlichen Leon Sosik, ohne Mithörer fürchten zu müssen.

»Ich brauche Poster der russischen Kontruktivisten«, meinte er zu Sosik. »Alcotts Bostoner Mannschaft soll sich für mich mal im Museum umsehen. Ich brauche alles, was sie aus der Anfangszeit der Kommunistenära auftreiben können.«

»Oscar, es freut mich, dass Sie im Labor Spaß haben, aber vergessen Sie diese große Schneekugel. Sie werden hier in DC gebraucht, und zwar sofort. Unsere Anti-Huey-Kampagne ist soeben geplatzt und ausgebrannt.«

»Was? Warum? Ich brauche nicht nach Washington zu fliegen, um mich mit Huey zu befehden. Ich habe Huey hier am Wickel. Wir haben alle seine Spezis im Labor ausfindig gemacht. Die Streikposten lassen sie nicht mehr an ihren Arbeitsplatz. Geben Sie mir noch eine

Woche Zeit, dann säubern wir auch noch die Polizei. Wenn diese Clowns erst mal von der Bildfläche verschwunden sind, kann ich mich hier ernsthafteren Themen zuwenden.«

»Oscar, bleiben Sie doch bitte beim Thema. Das Labor ist bloß ein lokaler Nebenschauplatz. Wir haben hier eine nationale Sicherheitskrise. Huey hat ein Radarloch.«

»Was soll das heißen?«

»Es geht um die nordamerikanische Radarsicherung. Um das militärische Radar der Air Force. Ein Teil des amerikanischen Grenzradars wurde von dem Luftwaffenstützpunkt in Louisiana aus gemanagt. Jetzt ist das Radar ausgefallen, und zwischen Texas und Georgia fehlt eine Überlappung. Die Bayous sind ein schwarzes Loch. Dort findet keine militärische Überwachung mehr statt.«

Oscar legte die Gabel weg. »Was, zum Teufel, soll das nun wieder heißen? Ich kann's einfach nicht glauben. Wie ist das überhaupt möglich? Kein *Radar*? Ein zehnjähriges Kind kann mit einer Radaranlage umgehen!« Er holte tief Luft. »Also, die überwachen doch bestimmt noch den Luftverkehr. Ohne Radarüberwachung würde der Luftverkehr in New Orleans in kürzester Zeit zusammenbrechen. Kann die Air Force nicht das zivile Radar benutzen?«

»Der Gedanke liegt nahe, aber so funktioniert das nicht. Man hat mir gesagt, es gehe da um Softwareprobleme. Das zivile Radar wird mit Tausenden dezentralen Zellen betrieben. Es handelt sich um *verteiltes* Radar, um kleine Netzwerke. Damit kann die Air Force nichts anfangen. Das Militär hat eine hierarchische Systemarchitektur.«

Oscar überlegte rasch. »Wieso ist das ein politisches Problem? Das ist doch ein technisches Thema. Die Air Force soll sich drum kümmern.«

»Das *geht* nicht. Das sind alte staatliche Flugwarnsysteme, die stammen noch aus der Zeit des Ersten Kalten Krieges! Diese Militärhardware läuft mit einem antiquierten Programmcode. Das System ist einfach nicht flexibel – wir können von Glück sagen, dass es überhaupt noch läuft! Jedenfalls gibt es in Louisiana keine staatliche Radarüberwachung mehr. Und das bedeutet, dass feindliche Flugzeuge ungehindert in den Luftraum der Vereinigten Staaten eindringen können! An jeder Stelle südlich von Baton Rouge!«

»Aber ich bitte Sie, Leon. So schlimm wird es schon nicht sein«, sagte Oscar. »Ein so schwerwiegendes Problem kann dem Militär nicht entgangen sein. Da gibt es doch bestimmt Notfallpläne. Wer, zum Teufel, war eigentlich dafür verantwortlich?«

»Das weiß anscheinend niemand«, meinte Sosik düster. »Als die Notstandsausschüsse die Schließung der Basis beschlossen haben, ging das Radarproblem in den konkurrierenden Zuständigkeiten verloren.«

»Typisch«, brummte Oscar.

»Typisch, in der Tat. Äußerst typisch. Das ist einfach alles zu viel. Es gibt keine klaren Zuständigkeiten mehr. Große, lebenswichtige Themen fallen einfach durchs Raster. So kommen wir nicht weiter.«

Es bestürzte Oscar, dass Sosik so verzagt klang. Sosik hatte anscheinend zu viel Zeit am Krankenbett des Senators verbracht. Je mehr ihm die Realität entglitt, desto beredter und unwiderstehlicher wurde Bambakias. »Na schön, Leon. Ich schließe mich Ihrer Diagnose an, ich verstehe Ihren Standpunkt. Ich bin ganz einer Meinung mit Ihnen. Aber sehen wir den Tatsachen ins Gesicht – niemand beabsichtigt, in die Vereinigten Staaten einzudringen. Niemand verletzt mehr Landesgrenzen. Und wenn irgendein idiotischer Notstandsausschuss nun ein altes Radarsystem vergessen hat, was soll's. Ignorieren wir das Problem einfach.«

»Wir *können* es nicht ignorieren. Das lässt Huey nicht zu. Er schlägt mächtig viel Kapital aus dem Thema. Er meint, dies beweise, dass der Luftwaffenstützpunkt in

Louisiana für die nationale Sicherheit seit jeher unabdingbar war. Die Vertreter Louisianas machen uns im Kongress die Hölle heiß. Sie verlangen, dass wir ihnen einen von Grund auf neuen Stützpunkt bauen, und zwar auf der Stelle. Aber das würde uns Milliarden kosten, und das Geld haben wir einfach nicht. Und selbst wenn wir die Mittel lockermachen würden, können wir doch unmöglich ein größeres Bauvorhaben in Louisiana durchführen.«

»Sicherlich nicht«, sagte Oscar. »Straßenblockaden, eine Sankt-Florians-Mentalität, Kompetenzstreitigkeiten ... Huey kommt das sehr gelegen. Wenn die staatlichen Auftraggeber erst einmal knietief im Sumpf stecken würden, könnte er ihnen ein Bein ausreißen und das ganze Budget ausbluten lassen.«

»So ist es. Also sitzen wir fest. Während wir auf der Patriotismus-Schiene auf Huey eingeprügelt haben, hat er das Blatt gegen uns gewendet. Er zieht sich das Hemd an, das wir ihm geschneidert haben. Wir haben ihm direkt in die Hände gespielt. Und das Radarloch *können* wir nicht ignorieren, weil er bereits Kapital daraus schlägt. Gestern abend ist ein französisches unbemanntes Flugzeug nach Südlouisiana reingeschwirrt. Die fliegen über die Sümpfe und spielen französische Popmusik.«

»Französische *Popmusik*?«

»Multikanalsendungen von unbemannten Flugdrohnen. Das ist die frankophone Cajun-Karte.«

»Ich bitte Sie. Nicht einmal Huey kann ersthaft glauben, jemand würde sich französische Popmusik anhören.«

»Die *Franzosen* glauben es. Die riechen Yankeeblut im Wasser. Die Franzosen hatten schon immer ein Faible für Sprachkonflikte. Jetzt können sie solange an ihren Verstärkern drehen, bis wir die letzte Burgerfiliale aus Paris abgezogen haben.«

»Leon, beruhigen Sie sich. Sie sind ein Profi. Sie dürfen sich von ihm nicht so aus der Fassung bringen lassen.«

»Aber er *hat* mich aus der Fassung gebracht, verdammt noch mal. Dieser Hurensohn hält sich einfach nicht an die Spielregeln! Er handelt widersprüchlich und legt uns nach Strich und Faden rein. Als ob er zwei Gehirne hätte!«

»Immer mit der Ruhe«, meinte Oscar. »Das ist eine unbedeutende Provokation. Was sollen wir Ihrer Meinung nach eigentlich unternehmen? Etwa Frankreich den Krieg erklären?«

»Also …« Sosik senkte die Stimme. »Ich weiß, das klingt merkwürdig. Aber hören Sie mich an. Eine Kriegserklärung würde das Problem der Notstandsausschüsse auf der Stelle lösen.«

»Was!« rief Oscar. »Sind Sie *wahnsinnig*? Wir können doch nicht *Frankreich* angreifen! Frankreich ist eine bedeutende Wirtschaftsdemokratie. Wir sind doch keine *Nazis!* Das kommt überhaupt nicht infrage!«

Oscar schaute hoch. Er sah sich einer Gruppe verblüffter Wissenschaftler gegenüber. Sie hatten ihre Diskussion unterbrochen und sich an der anderen Seite des Labortisches versammelt, wo sie nun die Ohren spitzten.

»Hören Sie, Oscar«, fuhr Sosik mit blecherner Stimme fort, »niemand redet davon, tatsächlich Krieg zu führen. Aber die Idee wird in DC eifrig diskutiert. Eine Kriegs*erklärung* setzt praktisch das föderale System außer Kraft. An der Heimatfront könnte sich ein auswärtiger Krieg als wahre Trumpfkarte erweisen. Frankreich ist ein zu großer Brocken, da gebe ich Ihnen Recht – Mann, Frankreich ist immer noch Nuklearmacht! Aber wir könnten den *Niederlanden* den Krieg erklären. Die Niederlande sind ein kleines, unbewaffnetes Land, die Bevölkerung nichts weiter als ein Haufen armer Würstchen. Wir würden den Niederländern einen höllischen Schrecken einjagen, der Scheinkrieg würde etwa eine Woche dauern, und dann erklärt der Präsident den Krieg für gewonnen. Der Notstand ist vorbei. Wenn sich der Staub gelegt hat, haben wir wieder einen voll funktionsfähigen Kongress.«

Oscar nahm das Telefon aus dem Ohr, starrte es angewidert an und steckte es wieder hinein. »Hören Sie, Leon, ich rufe Sie später zurück. Ich bin im Moment zu beschäftigt.«

»Der Senator ist von der Idee begeistert, Oscar. Er glaubt, es könnte klappen. Das ist visionär.«

Oscar unterbrach die Verbindung. »Die spielen in Louisiana französische Popmusik«, wandte er sich an seine ungerufene Zuhörerschaft.

Albert Gazzaniga kratzte sich am Kopf. »Ein tolles Ding! Und weiter?«

Die Crux bei der Sache war natürlich das Geld. Es ging immer ums Geld. Geld war die Muttermilch der Politik. Und obwohl die Wissenschaftspolitik auf einem ganz anderen Blatt stand als die herkömmliche Politik, so war Geld doch auch hier die Muttermilch.

Bei jedem Streik ging es im Grunde um wirtschaftliche Macht. Alle Streikenden erklärten kühn, sie seien bereit, ihre Arbeitgeber auszuhungern, und wenn sie dies mit einer entsprechend schlechten Presse und moralischem Druck untermauern konnten, behielten sie bisweilen Recht.

Deshalb fiel die Erklärung leicht, dass Greta und ihre Mannschaft bereit waren, umsonst zu forschen, dass sie um nichts baten und sich weigerten, etwas anderes abzuliefern als die Ergebnisse, die sie selbst für wissenschaftlich relevant erachteten. Es war ein Kreuzzug. Doch auch ein Kreuzzug brauchte ständig Geld.

Daher suchten sich Oscar, Yosh und der allgegenwärtige Kevin einen stillen Winkel in der Hotelküche und redeten über die Finanzen.

»Wir könnten bei Bambakias ein paar Millionen lockermachen, um uns über die Runden zu bringen«, sagte Pelicanos. »Schließlich hat er ja genug.«

»Vergiss es«, meinte Oscar. »Der Senat ist zwar ein Milliardärsclub, aber wenn die anfangen, das Land aus der eigenen Tasche zu finanzieren, wäre das Feudalismus. Feudalismus ist unprofessionell.«

Pelicanos nickte. »Okay. Dann müssen wir die Mittel selbst aufbringen. Wie wäre es mit den Standardmethoden? Persönliche Anschreiben. Sponsorenessen. Tombolas, Garagenverkäufe, Wohltätigkeitsveranstaltungen. Wie wären da die Aussichten?«

»Also, wenn es sich um einen normalen Wahlkampf handeln würde …« Oscar rieb sich nachdenklich das Kinn. »Dann würden wir die Ehemaligen ihrer Uni ansprechen, jüdische Gemeinden, wissenschaftliche Vereinigungen … Und natürlich die Lieferanten des Labors. Im Moment sind sie verständlicherweise nicht gut auf uns zu sprechen, aber wenn die Anlage geschlossen werden sollte, bleibt ihnen gar nichts mehr. Wenn wir ihnen mit vollständiger Schließung drohen, könnten wir sie vielleicht dazu bewegen, uns ein bisschen Geld zu geben.«

»Gibt es irgendwelche reichen Wissenschaftler, die der Oberschicht angehören? Es *muss* doch ein paar reiche Wissenschaftler geben, oder?«

»Klar – in Asien und in Europa.«

»Ihr denkt einfach in zu kleinem Maßstab«, frotzelte Kevin.

Oscar blickte ihn nachsichtig an. Er mochte Kevin mittlerweile richtig gern. Kevin arbeitete hart; er war Herz und Seele des übelsten Aspekts ihres Coups. »Welcher Maßstab schwebt Ihnen denn vor, Kevin?«

»Ihnen ist gar nicht klar, was Sie hier eigentlich haben. Das Labor bietet perfekte Bedingungen für eine Nomadenversammlung. Das ist, als hätte man den Ort mit Straßensperren abgeriegelt. Weshalb fordern Sie nicht sämtliche Wissenschaftler Amerikas auf, hierher zu kommen und sich Ihnen anzuschließen?«

Oscar seufzte. »Kevin, haben Sie Nachsicht mit uns. Sie zäumen das Pferd von hinten auf. Die Sache ist doch die, dass wir uns bemühen, zweitausend im Streik befindliche Personen zu ernähren und zu versorgen. Mit einer Million Menschen wären wir erledigt.«

»Nein, keineswegs«, widersprach Kevin. »Wenn sich Ihnen eine Million Wissenschaftler anschließen würden, wäre das kein Streik mehr. Das wäre eine Revolution. Sie würden nicht bloß dieses eine staatliche Labor übernehmen. Sie würden die ganze Stadt übernehmen. Wahrscheinlich sogar das ganze County. Vielleicht sogar einen Großteil des Landes.«

Pelicanos lachte. »Und wie sollten wir eine solche Horde schmarotzender Wissenschaftler versorgen?«

»Mithilfe der Nomaden, Mann. Wer sonst könnte so viele Menschen ohne Geld versorgen? Sie öffnen die Schleusen und bieten ihnen Unterschlupf an. Sie führen sie herum, Sie zeigen ihnen all die hübschen Pflanzen und Tiere. Sie schaffen ihnen endlich mal die Cops und Behörden vom Hals und weisen ihnen eine Rolle in Ihrer eigenen Unternehmung zu. Die Prolos wären die Versorgungseinheit Ihrer Eierkopftruppen. Das ist die Macht des Volkes, verstehen Sie, die Macht der Straße. Das ist eine Belagerungsarmee, wie auch Huey sie gerne einsetzt.«

Oscar lachte. »Die würden die Anlage auseinandernehmen!«

»Klar, das *könnten* sie tun – aber wenn sie sich nun dagegen entscheiden? Vielleicht würde ihnen die Anlage ja gefallen. Vielleicht würden sie darauf achtgeben. Vielleicht würden sie sie sogar ausbauen.«

Oscar zögerte. Den Bauaspekt hatte er bislang übersehen. Mit dem Bauaspekt war er bislang immer gut gefahren. Der Bauaspekt war der beste politische Joker, den er je gehabt hatte. Die meisten Politiker konnten allein mit Software und Schweiß keine Luxushotels errichten, aber die, welche dazu in der Lage waren, besaßen einen unschätzbaren Vorteil. Im Moment befand er sich gerade in einem solchen Bauvorhaben, und alles lief hervorragend. »*Wie viel* größer?«

»Wie groß sollte die Anlage denn werden?« fragte Pelicanos.

»Und wie viele Nomadenprolos würden sich unserem Bautrupp anschließen?«

»Soll ich eine Tabellenkalkulation laden?« fragte Kevin.

»Vergessen Sie's, das wäre zu schön, um wahr zu sein«, meinte Pelicanos. »Klar, vielleicht könnten wir die verteilte Realisierung bis zu diesem Maßstab aufblasen. Aber wir könnten den Nomaden niemals vertrauen. Die stecken doch alle mit Huey unter einer Decke.«

Kevin schnaubte. »Die Regulatoren stecken mit Huey unter einer Decke, aber, Mann, die Louisiana-Prolos sind nicht die einzigen. Ihr habt zu viel Zeit in Boston verbracht. Wyoming stand *in Flammen*, Mann! Dort sind Prolos und Dissidenten aus ganz Amerika versammelt. *Millionen* von Prolos.«

Oscar zwang sich dazu, Kevins Vorschlag ernsthaft in Erwägung zu ziehen. »Ein Heer arbeitsloser Nomaden, die riesige, intelligente Kuppeln errichten … Wissen Sie, die Vorstellung ist ausgesprochen reizvoll. Ich will den Vorschlag nicht einfach von der Hand weisen. Das ist so modern und fotogen und nichtlinear. Das hat etwas damit zu tun, den Krieg in die Reihen des Feindes zu tragen.«

Pelicanos machte die Augen schmal. »Kevin, welches ist der fähigste Prolomob, den Sie kennen?«

»Na ja, die Regulatoren sind die fähigsten. Sie genießen Hueys Unterstützung und haben soeben einen Luftwaffenstütztpunkt auseinandergenommen. Dann müssen sie wohl die schlagkräftigste Gruppe sein – das weiß inzwischen jeder. Aber dann gibt es da noch die Moderatoren. Die Moderatoren sind stark. Außerdem hassen sie die Regulatoren bis aufs Blut.«

»Wie kommt das?« Oscar beugte sich wie elektrisiert vor.

Kevin zuckte die Achseln. »Warum können sich verschiedene Prologruppen nicht ausstehen? Einer hat dem anderen die Freundin ausgespannt, jemand hat die Telefone gehackt. So sind die Prolos eben. Sie haben keine Gesetze. Auf einmal bricht eine Fehde aus. Das ist typisch für Stämme. Stämme verhalten sich immer so.«

Pelicanos kratzte sich am Kinn. »Weißt du was, Oscar, das Laboratorium ist eigentlich viel attraktiver als ein heruntergekommener Luftwaffenstützpunkt.«

»Da hast du unbedingt Recht, Yosh. Die Kuppel hat wirklich Ausstrahlung. Und es besteht echte Nachfrage.«

Es enstand ein langes, nachdenkliches Schweigen.

»Zeit für den Kaffee«, verkündete Oscar und ging welchen holen. »Wenden wir uns mal den Realitäten zu, Leute. Vergesst mal die hochfliegenden Päne – was steht an? Unsere Aufgabe ist es, die Herrschenden ein wenig in Verlegenheit zu bringen, damit sie den staatlich angestellten Forschern mehr Leine lassen. Am Ende wird der Kongress dieser Einrichtung die Hälfte der Vorjahresmittel bewilligen. Im Gegenzug bekommen die Laborleute mehr Macht. Daher werden wir einen vernünftigen Kompromiss aushandeln. Wir führen die Forschungsarbeit fort, aber ohne Förderung und ohne Mauscheleien. Das wäre ein bemerkenswerter Fortschritt. Darauf könnten wir alle stolz sein.«

Er trank einen Schluck Kaffee. »Wenn wir hingegen Kevins Vorschlag folgen und zulassen würden, dass die Lage außer Kontrolle gerät … Nun, ich glaube, das wäre möglich. Hueys Umgang mit der Luftwaffenbasis beweist, dass es möglich ist. Aber es ist nicht *machbar*, weil es keine *Bremsen* gibt. Und es gibt deshalb keine Bremsen, weil ich die Entwicklung nicht steuern kann. Dazu fehlt es mir an der nötigen Autorität! Ich bin bloß ein Senatsangestellter!«

»Bis jetzt haben wir uns daran nicht gestört«, erklärte Kevin.

»Nun, da haben Sie Recht, Kevin, aber … Also, mir gefällt der Vorschlag nicht, weil er ideologisch unkorrekt ist. Ich bin Demokrat. Die Demokraten sind eine ernsthafte Reformpartei. Wir sind keine revolutionäre Vorhut, wir können die Arbeit nicht von sich selbst ausgrenzenden, gewalttätigen Verrückten erledigen lassen. Ich muss hier zahlreiche rechtliche und ethische Einschränkungen beachten. Ich darf nicht zulassen, dass eine staatliche Einrichtung einem riesigen Mob in die Hände fällt.«

Kevin schniefte. »Also, Huey hat es getan.«

»Huey ist Gouverneur! Huey stehen Legislative und Jurisdiktion zur Seite. Huey wurde *vom Volk gewählt*, die letzte Wahl hat er mit zweiundsiebzig Prozent der Stimmen bei neunzig Prozent Wahlbeteiligung gewonnen! Ich kann das Land nicht mit derart verrückten Aktionen paralysieren, dazu fehlt es mir einfach an der erforderlichen Macht! Ich bin kein Magier! Ich bin bloß ein unerfahrener Senatsangestellter. Ich setze meinen Kopf nicht bloß deshalb durch, weil irgendetwas theoretisch machbar ist. Verdammt noch mal, ich kann nicht mal mit meiner Freundin schlafen.«

Kevin blickte Pelicanos an. »Yosh, können Sie's nicht arrangieren, dass der arme Kerl mit seiner Freundin schlafen kann? *Sie* hätte bestimmt Verständnis dafür. Der kriegt ja allmählich geistige Krämpfe. Er hat keinen Biss mehr«

»Also, *das* ist machbar«, sagte Pelicanos. »Du könntest deine Tätigkeit im Wissenschaftsausschuss beenden und hier als Gretas offizieller Stabschef weitermachen. Ich glaube nicht, dass jemand Anstoß daran nehmen würde, dass Greta mit einem ihrer Mitarbeiter schläft. Ich meine, technisch gesehen ist das sexuelle Belästigung am Arbeitsplatz, aber scheiß drauf.«

Oscar schaute finster drein. »Ich ziehe mich *nicht* aus dem Wissenschaftsausschuss zurück! Ihr begreift überhaupt nicht, was ich in letzter Zeit durchgemacht habe, wie ich die Strippenzieher in Washington bearbeitet habe. Übers Netz ist das unglaublich schwer; wenn man nicht ständig bei den Ratten vom Capitol Hill präsent ist, dann schreiben sie einen ab und machen einen fertig. Ich hab ihrer gottverdammten Systemadministratorin dreimal die Woche Blumen schicken lassen. Wenn ich wieder in Washington bin, muss ich wohl mit ihr ausgehen.«

»Okay, dann stehen wir also wieder am Anfang«, meinte Pelicanos düster. »Wir wissen noch immer nicht, was wir tun sollen, und wir haben nach wie vor kein Geld.«

Um drei Uhr morgens studierte Oscar gerade die Termine der nächsten Senatsanhörungen, als an der Tür geklopft wurde. Er sah Kevin an, der friedlich auf seinem Hotelbett schnarchte. Oscar holte seine Sprühpistole, vergewisserte sich, dass die Flüssigkeitskammer gefüllt war, und schlich zur Tür. »Wer ist da?« flüsterte er.

»Ich bin's.« Es war Greta.

Oscar öffnete die Tür. »Komm rein. Was machst du hier? Hast du den Verstand verloren?«

»Ja.«

Oscar seufzte. »Hast du deine Kleidung auf Wanzen untersucht? Hast du dich vergewissert, dass dir niemand gefolgt ist? Weck bitte meinen Bodyguard nicht auf. Gib mir einen Kuss.«

Sie umarmten sich. »Ich weiß, ich bin schrecklich«, flüsterte sie. »Aber ich bin immer noch wach. Die anderen schlafen alle. Ich hatte einen Moment Zeit für mich. Und da hab ich mir gedacht, ich weiß, was ich will. Ich will bei Oscar sein.«

»Das geht einfach nicht«, sagte er und schob seine Hand in ihren Rock. »Damit gefährdest du alles, das ist wirklich leichtsinnig.«

»Ich weiß, dass wir uns nicht mehr treffen können«, sagte sie, lehnte sich an die Wand und schloss hingebungsvoll die Augen. »Ich bin keinen Moment unbeobachtet.«

»Mein Bodyguard schläft hier. Und er ist total schießwütig.«

»Ich wollte bloß mit dir reden«, sagte sie und zog ihm das Hemd aus der Hose.

Er führte sie ins Bad, schloss die Tür, schaltete das Licht ein. Ihr Lippenstift war verschmiert, und ihre Pupillen waren so groß wie Untertassen.

»Bloß reden«, wiederholte sie. Sie legte die Handtasche aufs Waschbecken. »Ich hab dir etwas Hübsches mitgebracht.«

Oscar schloss die Tür ab. Dann stellte er die Dusche an.

»Ein kleines Geschenk«, sagte sie. »Weil wir uns nicht mehr sehen. Ich hab's einfach nicht mehr ausgehalten.«

»Ich werde mich kalt duschen«, verkündete er, »bloß für den Fall, dass Kevin misstrauisch wird. Wir können miteinander reden, aber sei leise.« Er knöpfte sich das Hemd auf.

Greta nahm ein mit Schleife versehenes Päckchen aus der Handtasche. Sie legte es auf die Ablage, dann drehte sie sich um und betrachtete Oscar versonnen. Oscar ließ das Hemd auf die kalten Fliesen fallen.

»Mach schnell«, sagte sie und entkleidete sich.

Sie warfen zwei Handtücher auf den Boden und ließen sich darauf nieder. Er drückte ihr die Ellbogen in die Kniekehlen, bog ihre Beine zurück und legte los wie ein Wahnsinniger. Die wechselseitige Vierzig-Sekunden-Raserei endete mit dem Getöse eines nahenden Zuges.

Als er wieder Luft bekam, brachte er ein schwaches Lächeln zustande. »Wir tun einfach so, als wäre nichts passiert. Einverstanden?«

»Einverstanden«, sagte sie und stemmte sich auf zitternden Armen hoch. »Jedenfalls geht's mir jetzt besser.« Sie richtete sich auf, zog sich den Rock hinunter. Dann reichte sie ihm das Geschenk. »Hier, das ist für dich. Alles Gute zum Geburtstag.«

»Ich habe keinen Geburtstag«, sagte er.

»Ja, ich weiß. Aber ich habe dir trotzdem ein Geburtstagsgeschenk gemacht.«

Er schlüpfte in die Hose und nahm ihr Geschenk entgegen. Zu seinem gelinden Erschrecken fühlte sich das kleine, in Geschenkpapier verpackte Kästchen heiß an. Er entfernte das bunte Papier und klappte den Sperrholzdeckel auf. In dem Kästchen war ein rundlicher Gegenstand, eingepackt in chemische Heizelemente. Er nahm das Geschenk aus der heißen Umhüllung.

»Das ist eine Armbanduhr«, sagte er.

»Probier sie an!« meinte Greta lächelnd.

Er legte sein klassisches japanisches Chronometer ab und streifte Gretas Armbanduhr über. Die Uhr war heiß und feucht und hatte die Farbe von gekochten Gumboschoten. Er betrachtete die grünlich leuchtenden Ziffern der Anzeige. Die Uhr ging sechzig Minuten nach. »Das Ding sieht aus, als bestünde es aus Gallerte.«

»Es besteht tatsächlich aus Gallerte! Das ist eine Neuronenuhr!« sagte sie. »Die einzige weltweit! Wir haben sie im Labor hergestellt.«

»Erstaunlich.«

»Das kann man wohl sagen! Hör zu. Jedes Säugerhirn hat eine eingebaute 24-Stunden-Uhr. Im Mäusehirn ist sie im suprachiasmatischen Nukleus lokalisiert. Daher haben wir suprachiasmatisches Gewebe geklont und in ein Stützgel eingebettet. Die Ziffern bestehen aus enzymsensitiven Zellen, die Glühwürmchengene enthalten! Wir haben drei separate Neuronenklumpen implantiert, die ein intelligentes neurales Netzwerk bilden, das kumulative Fehler automatisch ausgleicht. Obwohl es sich um eine vollständig organische Uhr handelt, zeigt sie die richtige Zeit an! Das heißt, so lange sie Bluttemperatur behält.«

»Phantastisch.«

»Aber du musst sie füttern. Das kleine Paket enthält Rinderserum. Du kochst einfach einmal wöchentlich ein paar Milliliter davon auf und injizierst es in diese kleine Öffnung.« Sie stockte. »Rattenhirne produzieren auch Abfallprodukte, aber bloß ein paar Tropfen.«

Oscar drehte das Handgelenk herum und betrachtete

das transparente Armband. Die Schließe bestand aus Mäuseknochen. »Das ist eine erstaunliche technische Leistung, nicht wahr?«

»Aber du darfst die Uhr nicht kalt werden lassen, sonst stirbt sie. Und wenn du ein Reset durchführen willst, öffnest du diese Klappe an der Rückseite und setzt sie dem Sonnenlicht aus. Wir haben dort Netzhautzellen angebracht. Wenn die Zellen Sonnenschein abbekommen, setzen sie Glutamat frei, das sich an die Rezeptoren bindet. Diese wiederum produzieren Stickstoffoxid, das Enzyme aktiviert, die Phosphat an ein Protein des Zellkerns binden. Das Protein sendet eine genetische Botschaft aus, worauf die Gene die Neuronen der Uhr zurückstellen!«

»Äh … gibt es dafür auch eine Bedienungsanleitung?«

Sie zögerte. »Ach, vergiss das. Du bist bloß ein Laie. Du brauchst die Funktionsweise der Uhr nicht zu verstehen.«

Oscar betrachtete das unheimliche Gerät. Es klebte an seinem Handgelenk wie rohe Leber. »Das ist ein selbstgemachtes Geburtstagsgeschenk«, sagte er. »Trotz all der Aufregung hast du dir die Zeit genommen, mir eine Uhr anzufertigen. Und zwar eigenhändig.«

»Es freut mich, dass sie dir gefällt.«

»Und ob sie mir gefällt. Das ist das schönste Geburtstagsgeschenk, das ich je bekommen habe.«

Ihre Brauen zuckten ein wenig. »Du findest sie doch nicht abstoßend?«

»Abstoßend? Um Gottes willen! Die Uhr ist der Entwicklung bloß ein paar Schritte voraus, das ist alles. Ich könnte mir vorstellen, dass ein solcher Artikel bei den Konsumenten großen Anklang finden würde.«

Sie lachte erfreut. »Ha! Genau. Das Gleiche habe ich auch meinen Mitarbeitern gesagt, als wir das Ding gebaut haben. Endlich haben wir ein Produkt für den Massenmarkt, nach dem wirklich Nachfrage besteht!«

Oscar war gerührt. »Man setzt dir schon seit Jahren zu

von wegen ›reiner Wissenschaft‹, nicht wahr? Als ob die das Recht hätten, über deine Vorstellungskraft zu bestimmen, bloß weil sie deine Rechnungen zahlen. Also, ich will dir ein Geheimnis anvertrauen, Greta. So etwas wie ›reine Wissenschaft‹ gibt es nicht. ›Reine Wissenschaft‹ ist eine ebensolche bösartige Lüge oder arglistige Täuschung wie ›unabhängige Justiz‹ oder ›absolute Freiheit‹. Begehren ist niemals rein, und das Streben nach Wissen ist bloß eine andere Form von Begehren. Es gibt keinen Wissenszweig, der so rein und abstrakt wäre, dass er vor den Niederungen und dem Schmutz gefeit wäre. Wenn der menschliche Geist etwas verstehen kann, dann kann er es auch begehren.«

Sie seufzte. »Ich weiß nie, was ich davon halten soll, wenn du so redest ... Am liebsten würde ich dir alles erzählen, was mir in letzter Zeit so durch den Kopf gegangen ist.«

»Versuch's mal.«

»Es ist so ... Man will etwas, aber man weiß, es ist schlecht für einen. Deshalb verkneift man sich's, will es aber doch, verkneift es sich und will es – aber es ist einfach zu verlockend. Deshalb gibt man dem Wunsch nach, und dann passiert es. Und da stellt man fest, dass es gar nicht so schlecht ist, wie man dachte. Nicht halb so schlecht. Eigentlich ist es sogar gut. Richtig gut. Es ist wundervoll. Man fühlt sich besser. Man fühlt sich wie neugeboren. Stärker. Man versteht sich besser. Man hat Kontakt zu sich selbst. Man verleugnet sich nicht mehr. Man ist nicht mehr distanziert und rein. Man ist lebendig und nimmt Anteil an der wirklichen Welt. Man weiß, was man will.«

Oscar verspürte schwindelerregenden männlichen Triumph. Das Gefühl währte etwa drei Sekunden, erreichte seinen Höhepunkt und machte dann einer bösen Vorahnung Platz.

»Eine Liebesbeziehung ist nicht immer eitel Sonnenschein«, sagte er.

Greta schaute ihn verblüfft an. »Oscar, Lieber, ich rede nicht von Sex. Das ist ja alles gut und schön, und ich bin glücklich darüber, aber wir beide könnten so viel Sex haben, wie wir wollen, und es würde doch nichts ändern. Ich will damit sagen, dass du mir dadurch, dass du mir Macht gegeben hast, ein reales und dauerhaftes Geschenk gemacht hast, Oscar. Jetzt weiß ich endlich, was Macht bedeutet. Zum erstenmal im meinem Leben kann ich zu anderen Menschen sprechen. Wenn sie da alle vor mir sitzen, meine Leute, kann ich Ihnen die Wahrheit sagen. Ich kann sie überzeugen. Ich kann sie führen. Ich bin ihre Anführerin geworden. Ich verfüge über wahre Macht. Ich glaube, ich wollte *immer schon* Macht, aber ich habe dem Wunsch widerstanden, weil ich glaubte, Macht sei schlecht für mich – aber das ist sie nicht! Jetzt weiß ich, was Macht bedeutet, und mein Gott, sie tut ja so gut. Sie verändert mich vollständig. Ich will immer mehr davon.«

Gegen Ende ihrer zweiten Woche als Direktorin feuerte Greta die ganze Abteilung für Materialforschung. Dadurch wurde eine Menge Platz im betreffenden Labor frei, das an der Ostseite der Kuppel neben der botanischen Abteilung lag. Die lange Zeit vernachlässigten Botaniker waren über den Raumgewinn überglücklich. Die Schließung des unersättlichen Labors für Materialforschung war zudem ein finanzieller Segen für das Laboratorium.

Auch für Oscars Hotel war sie ein Segen. Das Hotel war voll belegt mit Gebrauchtmaterialienhändlern, anrüchigen Mittelsmännern, die in Buna eingetroffen waren, kaum dass die zum Verkauf stehende Hardware in ihrem Netz annonciert worden war.

Die meisten Materialwissenschaftler fanden sich grummelnd mit den vollendeten Tatsachen ab. Nicht jedoch Dr. David Chander. Chander hatte von Anfang an eifrig am Streik teilgenommen und war zudem ein heller

Kopf. Um seiner Entlassung entgegenzuwirken, hatte er sich vom Streikkomittee taktisch beraten lassen. Er hatte seine Ausrüstung mit Superkleber an den Labortischen festgeklebt und sich in der Forschungseinrichtung verbarrikadiert. Da saß er nun und weigerte sich kategorisch, das Labor zu verlassen.

Kevin hatte vorgeschlagen, mit einem hydraulischen Rammbock in Chanders Labor einzudringen. Die Laboratoriumspolizei war zu durcheinander und verdrossen, um die Sache selbst in die Hand zu nehmen. Kevin wäre liebend gern in die Rolle des entschlossenen Ordnungshüters geschlüpft, Oscar aber glaubte, dies würde ein ungünstiges Licht auf das neue Regime werfen. Gewalttätige Auseinandersetzungen wollte er nicht unterstützen; dergleichen war unprofessionell, nicht sein Stil.

Stattdessen beschloss er, den Mann niederzureden.

Oscar und Kevin stiegen zu Chanders im dritten Stock gelegenem Labor hoch, und Oscar meldete sich an. Er wartete geduldig, bis Chander die Tür aufgesperrt hatte. Dann schlüpfte er durch den Spalt und ließ den verärgerten Kevin auf dem Gang zurück.

Chander verrammelte die Tür sogleich wieder. »Warten Sie, ich helfe Ihnen«, erbot sich Oscar. Er half Chander, das abmontierte Bein eines Laborstuhls mit einem mit Superkleber befestigten Türklotz zu verkeilen.

Im Gegensatz zur Mehrheit der Laboratoriumsangestellten trug Chander als Industrieforscher Anzug und Krawatte und einen seriösen Hut. Sein dunkelhäutiges Gesicht war aschfahl, die Augen vom vielen Stress verschwollen. »Ich habe mich schon gefragt, ob Sie wohl den Mut haben würden, mit mir persönlich zu sprechen«, sagte er und biss sich auf die fleischige Unterlippe. »Ich kann allerdings nicht behaupten, dass es mich wundert, dass Sie gekommen sind.«

Oscar öffnete eine Plastikbox. »Ich habe Ihnen ein paar Vorräte für Ihr Sit-in mitgebracht«, sagte er. »Etwas tiefgefrorene Suppe, schmackhafter Reis ...«

»Sie wissen doch, dass ich im Hungerstreik bin, oder?«

»Davon habe ich noch nichts gehört«, log Oscar.

»Sorgen Sie dafür, dass die Telefone wieder eingeschaltet werden, dann werde ich Sie ausführlich über meine Probleme informieren.«

»Aber deswegen bin ich doch persönlich hergekommen«, meinte Oscar fröhlich. »Um mich mit Ihnen auszusprechen, von Mann zu Mann.«

»Damit werde ich mich nicht abfinden«, verkündete Chander. »Sie zerstört mein Lebenswerk, das ist einfach ungerecht. Ich kann ebenso lange warten wie der ganze Rest. Ich kann das Gleiche machen wie Sie. Ich habe auch Freunde und Unterstützer, ich habe Unterstützung seitens der Industrie. Ich bin ein ehrlicher Mann – was man von Ihnen nicht gerade behaupten kann. Wenn sich erst mal rumspricht, mit welchen Tricks Sie hier gearbeitet haben, wird man Sie alle vor Gericht stellen.«

»Aber ich bin Vertreter eines Senatsausschusses«, sagte Oscar. »Natürlich hat der Senat Verständnis für Ihre missliche Lage. Ich schlage vor, wir setzen uns, und Sie sagen mir, was Sie auf dem Herzen haben.«

Er nahm vorsichtig auf einem wackeligen Laborhocker Platz und zückte Notizblock und Füllfederhalter.

Chander zog eine Plastikkiste heran und ließ sich ächzend darauf nieder. »Hören Sie, der Kongress kann mir nicht helfen. Der Zustand des Kongresses ist hoffnungslos, die verstehen nichts von technischen Problemen. Die Sache ist die: Ich habe hier einen *technischen Durchbruch* geschafft. Das ist kein leeres Versprechen. Das ist keine hohle Phrase, mit der ich mich loskaufen will. Ich habe eine bedeutende technische Entdeckung gemacht! Und zwar schon vor zwei Jahren!«

Oscar blickte auf seine Notizen. »Dr. Chander … Wie Sie wissen, wurde hier im Laboratorium eine Produktivitätsvaluierung vorgenommen. Alle Abteilungen unterlagen den gleichen Bewertungskriterien: Genfragmentierung, Fließ-NMR und so weiter. Ihre Abteilung wurde innerhalb von vier Jahren fünfmal umstrukturiert. Ihre Erfolgsbilanz ist, offen gesagt, katastrophal.«

»Das streite ich nicht ab«, sagte Chander. »Aber das war Sabotage.«

»Das ist eine erstaunliche Behauptung.«

»Hören Sie. Das ist eine lange, unerfreuliche Geschichte, aber ... Hören Sie, Grundlagenforschung und Firmensponsoring haben sich noch *nie* vertragen. Meine Probleme sind in keiner Weise wissenschaftlich, sondern allein im Management begründet. Hier geht es um die Weiterverarbeitung von organischem Material, wir suchen nach biologisch basierten Lösungen für traditionelle technische Probleme. Das eröffnet uns ein weites Arbeitsfeld. Unser Problem lag darin, dass der Firmensponsor in Detroit ansässig ist.«

Chander seufzte. »Ich habe keine Ahnung, weshalb die Automobilindustrie unsere Arbeit gefördert hat. Das war nicht meine Entscheidung. Aber seit sie vor fünf Jahren hier aufgetaucht sind, haben sie alles ruiniert. Ständig verlangen sie von uns Ergebnisse, dann wieder kappen sie den Zeitplan oder ändern unsere Entscheidungen ab. Sie mischen sich in alles ein. Sie schicken uns hirngeschädigte Automanager auf Studienurlaub, und die tauchen hier auf, stehlen seltene Tiere, entwickeln bescheuerte Zukunftsszenarien und quatschen Blödsinn. Wir haben hier die Hölle durchgemacht: Reengineering, Outplacement, zielorientiertes Management, totaler Kundenservice, was Sie wollen! Alle Zumutungen, die man sich nur vorstellen kann.«

»Aber die Industrie hat Ihnen die Forschungsmittel bewilligt. Das waren Ihre Firmensponsoren. Sie konnten für Ihre Vorschläge keine ausreichende staatliche Förderung lockermachen. Wenn Sie Ihre eigenen Sponsoren nicht glücklich machen können, was tun sie dann hier?«

»Was ich hier tue?« sagte Chander. »Ganz einfach! Darauf gibt es eine ganz simple, direkte Antwort. Es geht um Energie.«

»Was Sie nicht sagen.«

»Elektromotive Energie! Mein Team und ich haben nach neuen Energiequellen für die amerikanische Transportindustrie gesucht. Und wir haben ein neues Arbeitsmodell entwickelt. Die mitochondrische ATP-Energie-Generation. Mit Signalumwandlung, Protein-Phosphorylierung, Membran-Diffusionspotenzialen … Wissen Sie überhaupt, was eine Mitochondrie ist?«

»Ich glaube, den Ausdruck habe ich schon mal gehört.«

»Die Mitochondrien sind die Energielieferanten der Zelle. Sie gewinnen Energie aus Adenosintriphosphat, deshalb leben wir überhaupt erst und atmen. Mitochondrien sind mikroskopisch klein. Aber stellen Sie sich vor …« – Chander breitete temperamentvoll die Arme aus –, »sie wären einen Meter groß.«

»Dann haben Sie also einen Teil einer lebenden Zelle geklont und einen Meter groß gemacht?«

»Ich konnte einem Laien noch nie gut was erklären … Nein, natürlich ist das Ding keinen Meter groß. Es handelt sich auch nicht um ein Mitochondrium, sondern um ein biomechanisches Konstrukt, das die Membranen und die Struktur eines Mitochondriums verwendet. Das alles wurde auf industriellen Maßstab vergrößert. Es handelt sich um eine riesige Waffel aus Membranen und Gelatinematrix. Es lebt nicht, es ist biologische Hardware, zu einer elektrochemischen Batterie modifiziert. Man könnte ein Auto damit antreiben. Sogar Lastwagen! Als Brennstoff wird Zucker verwendet.«

»Dann haben Sie also einen Autoantrieb auf Zuckerbasis entwickelt.«

»Jetzt haben Sie's kapiert! Genau! Zucker, Wasser und ein paar Spurenelenmente. Rein organisch und vollständig recycelbar. Keine Verbrennung, keine Emissionen und keine Toxine! Und es funktioniert bei Raumtemperatur.«

»Da haben Sie also einen neuartigen Autoantrieb entwickelt. Na prima. Davon sind bereits einige auf dem Markt – Schwungräder, Dampf, flüssiger Stickstoff. Wie ist die Beschleunigung?«

Chander boxte in die Luft. »So ist sie! Wie ein Fauschlag in die Magengrube! Das kommt von den Mitochondrien! Das ist die Technik, die die Muskeln bewegt! Sie ist schnell und sauber! Und sie funktioniert wirklich!«

»Wo liegt der Haken?«

»Es gibt keinen! Es funktioniert! Na ja, es wird noch besser funktionieren, wenn wir die Fehler des Prototyps ausgemerzt haben … Es gibt da ein paar Probleme mit dem osmotischen Druck und dem Durchfluss … ja, und wenn die Batterie infiziert wird, dann verrottet sie recht schnell. Aber das sind Anlaufschwierigkeiten. Das eigentliche Problem besteht darin, dass Detroit unser Produkt nicht haben will. Die wollen es nicht produzieren.«

»Also haben Sie einen großen Erfolg erzielt«, sagte Oscar. »Dann erklären Sie mir eines. Ihrem Labor standen mehr Fördergelder zur Verfügung als jeder anderen Materialforschungseinrichtung, aber Sie haben nie ein Produkt zustande gebracht. Sie sind hier Spitzenforscher, hatten aber eine größere Fluktuation als jedes andere Labor.«

»Das waren alles *Spione*!« entgegnete Chander. »Spione und Saboteure! Es blieb mir nichts anderes übrig, als sie zu feuern.«

»Mir ist aufgefallen, dass sich Ihr Team Ihrem Arbeitskampf nicht angeschlossen hat.«

»Die Moral ist am Boden. Die wissen, dass wir auf der Abschussliste stehen. Sie wissen, dass all ihre Anstrengungen vergeblich waren. Sie hoffen einfach, dass die Erinnerung irgendwann verblassen wird.« Chander ließ die Schultern hängen.

»Das ist eine erstaunliche Geschichte. Ich werde mich bei Ihren Industriepartnern kundig machen.«

»Klar. Nur zu. Der zuständige Mann heißt Ron Griego und arbeitet als Projektmanager bei der Forschungs- und Entwicklungsabteilung in Detroit.«

Oscar blinzelte. »Etwa Ronald K. Griego?«

»Sie *kennen* Ron Griego?«

»Ich glaube schon«, meinte Oscar stirnrunzelnd. »Ich glaube, die Angelegenheit wird sich in Kürze aufklären.«

Nachdem er Dr. Chander soweit besänftigt hatte, dass er zumindest wieder aß, suchten Oscar und Kevin Unterschlupf im dichten Laubwerk nördlich der Genfragmentierungsabteilung. Dann rief Oscar Griegos Sekretärin in Detroit an.

»Verzeihen Sie die Störung, Ma'am, aber ich glaube, Mr. Griego wird mich sprechen wollen. Würden Sie Ron bitte sagen, Oscar Valparaiso wäre am Apparat, Studentenjahrgang '37, und es sei dringend?«

Fünf Minuten später meldete sich Griego. Sie tauschten vorsichtig Freundlichkeiten aus.

»Dann bist du also doch in das Familiengeschäft eingestiegen, Ron?«

»Deshalb hat Dad mich nach Harvard geschickt«, sagte Griego. »Weshalb ist die Telefonverbindung so schlecht?«

»Verschlüsselt und umgeleitet. Tut mir leid. Hör mal, es geht um das Buna National Collaboratory.«

»Ich habe gehört, ihr wollt die Anlage schließen«, meinte Griego fröhlich. »Dort findet ein großer Streik statt. Natürlich ist das ein Schlag für unsere Zukunftsforschung, aber deswegen solltest du dir keine Sorgen machen. Wir von der Autoindustrie haben Verständnis für Arbeitsprobleme. Wenn wir den Kongress dazu bewegen könnten, die Abschreibungen der Forschungs- und Entwicklungsabteilung für das laufende Fiskaljahr beizubehalten, werden wir den Verlust des Laboratoriums in Buna wohl überleben.«

»Sorry, aber so einfach ist das nicht, Ron.«

»Aber ich mache es dir einfach«, meinte Griego verletzt. »Mach das Labor dicht, entlasse sämtliche Leute. Fahr die Anlage herunter, sperr die Türen ab, aus und vorbei, das war's. Was könnte einfacher sein?«

»Oh, für *mich* ist das kein Problem – ich wollte sagen, dass es für *dich* vielleicht nicht so einfach wäre.«

»Ich hab's gewusst«, stöhnte Griego. »Warum ist es mit dir niemals einfach, Valparaiso? Was hast du gegen uns? Wo liegt dein Problem?«

»Ich möchte bloß ein paar Dinge klären. Glaub mir, Ron, ich verstehe dich. Das muss ein Albtraum für dich gewesen sein – einen Netzkrieg gegen einen Haufen Verrückter zu führen, die eine magische Zuckerbatterie erfunden haben.«

»Mein Gott.«

»Entspann dich, Ron. Erinnerst du dich noch daran, wie ich die beiden Nutten vor der Campuspolizei versteckt habe? Ich habe dich nie angeschwärzt, und das habe ich auch jetzt nicht vor. Sei einfach bloß offen zu mir. Mehr verlange ich gar nicht.«

Es entstand ein langes, unbehagliches Schweigen. Dann platzte Griego unvermittelt heraus: »Komm mir bloß nicht so von oben herab, du ewiger Dritter. Glaubst du, es ist leicht, eine Forschungsabteilung zu leiten? Alles war in Ordnung, solange der Typ nichts vorzuweisen hatte. Herrgott, es hat doch niemand geglaubt, dass ein gottverdammter Zuckermotor jemals *funktionieren* würde. Das gottverdammte Ding ist eine riesige Bakterie in einem Kasten! Wir bauen hier Autos und keine Riesenbakterien! Und dann schaffen sie das Unmögliche und machen uns das Leben schwer! Das hier ist die klassische metallverarbeitende Industrie! Wir haben hier miteinander verzahnte Verwaltungseinheiten, die für Rohstoffe, Benzin, Ersatzteile und das Händlernetz zuständig sind ... Wir können nicht vor unsere Benzinlieferanten hintreten und ihnen sagen, dass wir künftig Zuckerwasser verwenden wollen! Die Benzinlieferanten *gehören* uns! Das wäre ja, als sägten wir uns den eigenen Fuß ab.«

»Das mit den verzahnten Verwaltungseinheiten und den wechselseitigen Verflechtungen verstehe ich, Ron. Ich habe beim Wirtschaftsstudium gleich neben dir gesessen, weißt du noch? Kommen wir zum Punkt – was ist mit der Batterie?«

»Batterien weisen von allen Autokomponenten die höchste Gewinnspanne auf. Damit verdienen wir richtig Geld. Ansonsten kann man in unserem Geschäft nicht viel Geld verdienen. Die Koreaner bauen Autokarosserien aus *Stroh und Papier*! Wenn Autos billiger sind als Einkaufswagen, können wir die Industrie nicht stützen! Was sollen wir denn den Gewerkschaften sagen? Hier steht eine große amerikanische Tradition auf dem Spiel! Amerika *definiert* sich übers Auto: das Fließband, die Vorstädte, die Drive-ins, frisierte Kisten, Teenager-Sex, all das macht die Größe Amerikas aus! Wir können uns nicht bloß deshalb, weil irgendein eierköpfiger Idiot eine Maschine aus Käferinnereien gebaut hat, vollständig verleugnen! Dann bliebe nichts mehr von uns übrig! Der Kerl stellt eine Bedrohung für die Gesellschaft dar! Man musste ihn stoppen.«

»Danke, Ron. So kommen wir weiter. Sag mir Folgendes: Warum, zum Teufel, hast du ihm nicht einfach die Fördermittel entzogen?«

»Wenn das so einfach wäre! Wir waren aufgrund staatlicher Erlasse verpflichtet, in Grundlagenforschung zu investieren. So lautete der Deal. Dafür sollten wir Handelsprotektion genießen, bis wir wieder Atem geschöpft und unsere ausländischen Konkurrenten überholt hätten. Aber wenn wir die verdammten Koreaner mit so einem Schwung überholen, dann wird unsere Industrie einfach verschwinden. Die Leute stellen Autos her wie unsereins Toast röstet. Die Prolos bauen Autos aus Biomüll und kompostieren sie anschließend wieder. Wir wären alle zum Untergang verurteilt.«

»Das heißt, ihr habt einen großen technischen Durchbruch erzielt, der jedoch zur Folge hätte, dass eure Industrie ausgelöscht würde.«

»Ja. Genau so ist es. Es tut mir wirklich leid, aber das können wir einfach nicht machen. Wir müssen auf die Aktionäre Rücksicht nehmen, auch die Arbeitskräfte stellen einen Machtfaktor dar. Wir wollen doch nicht so enden wie die Computerleute. Mann, das hat doch wirklich keinen Sinn. Das wäre der totale Wahnsinn, völliger Schwachsinn. Wir würden uns selbst die Kehle durchschneiden.«

»Ron, nimm's leicht, okay? Ich steh auf deiner Seite, ich kann deinen Argumenten folgen. Danke, dass du so offen warst. Ich verstehe jetzt deine Lage. Das passt ins Bild.«

Oscar atmete tief durch. »Weißt du, Ron, im Grunde geht es doch um die Wechselwirkung von Kommerz und Wissenschaft. Ich habe in letzter Zeit viel über das Problem nachgedacht, und mir ist klar geworden, dass die Großforschung im alten Stil nicht länger tragbar ist. Bloß Wilde und Kongressabgeordnete können glauben, die Wissenschaft sei die natürliche Freundin der Wirtschaft. Das war nie der Fall. Die Wahrheit hat keine Freunde. Bisweilen kommt es vor, dass die Interessen von Wissenschaft und Wirtschaft ein Stück weit überlappen, aber das ist noch längst keine Ehe. Das ist eine gefährliche Liaison. Wenn man in der Wirtschaft arbeitet, kann sich die Forschung unvermittelt gegen einen wenden und einen überrollen.«

»Da hast du Recht«, stimmte Griego ihm leidenschaftlich zu.

»Ron, es betrübt mich, dass du so unter Druck stehst. Wenn ihr die Forschung nicht finanzieren wollt, dann sollte diese Entscheidung der Industrie überlassen werden. Es geht nicht an, dass euch ferne, gleichgültige Bürokraten, die keine Ahnung haben, wie die Wirtschaft eigentlich funktioniert, vorschreiben, was ihr tun und lassen sollt. Und vor allem solltet ihr nicht eure und meine Zeit damit verschwenden, ein staatliches Labor zu sabotieren. Das ist eine kontraproduktive Ablenkung, die dazu führt, dass wir uns unnötig in die Haare geraten. Wir sind ernsthafte Spieler, Ron. Leute wie wir sollten wie reife Menschen darüber reden und zu einem Modus vivendi gelangen.«

Griego seufzte ins Telefon. »Okay, Oscar. Du kannst jetzt aufhören, Süßholz zu raspeln. Was hast du mit mir vor?«

»Also, ich könnte die ganze hässliche Angelegenheit ans Licht bringen. Dann gäbe es eine Untersuchung und Senatsanhörungen, und möglicherweise würde Anklage erhoben. Die ganze leidige Prozedur. Aber mal angenommen, dazu käme es nicht. Angenommen, ich würde dir persönlich garantieren, dass die Wunderbatterie dieses Burschen vom Antlitz der Erde verschwindet. Und dass dich das bloß fünfzig Prozent deiner gegenwärtigen Forschungsausgaben kosten würde.«

»Dann würde ich sagen, das ist zu schön, um wahr zu sein.«

»Nein, Ron. Das sind die neuen Regeln, die hier im Labor gelten. Die amerikanische Automobilindustrie hat für wissenschaftliche Durchbrüche einfach keine Verwendung mehr. Davon hattet ihr schon mehr, als ihr verkraften könnt. Ihr seid ein nationaler historischer Schatz, vergleichbar einer Büffelherde oder Valley Forge. Ihr braucht *Schutz* vor der Bedrohung der Grundlagenforschung. Anstatt staatlich angestellte Wissenschaftler dafür zu bezahlen, dass sie eure Industrie von der Klippe stoßen, solltet ihr den Forschern Schutzgeld dafür bezahlen, dass sie euch *nicht* mit ihrer Arbeit in die Quere kommen. Auf diese Weise stellt ihr sicher, dass eure Industrie auf der Stelle verharrt.«

»Das klingt wundervoll«, meinte Griego nachdenklich. »Ist das auch legal?«

»Warum nicht? Eure gewohnheitsmäßig betriebene

Sabotage ist es jedenfalls nicht, trotzdem seid ihr jahrelang damit durchgekommen. Die Umsetzung meines Vorschlags brächte eine wesentliche Verbesserung des Status quo mit sich, denn dann gingen wir endlich ehrlich miteinander um. Als Geste des guten Willens erkläre ich mich bereit, nicht nur über deine jämmerliche Sabotage hinwegzusehen, sondern obendrein die Ausgaben deiner Forschungsabteilung zu halbieren!«

»Wo ist der Haken?«

»Der Haken ist folgender: Das Laboratorium steckt momentan in einer finanziellen Klemme, deshalb musst du uns einen ganzen Jahresetat vorab überweisen. Könntest du das mit den zuständigen Leuten in Detroit klären, dein Einverständnis vorausgesetzt?«

»Also, das muss ich mit Dad besprechen.«

»Red nur mit hohen Tieren, Ron. Sag Dad und den anderen Aufsichtsratsmitgliedern, wenn sie mein Angebot nicht unverzüglich annehmen, werde ich die ganze Geisteskraft des Labors auf dieses Projekt lenken. Dann liefern wir nächsten Juni die ersten Zuckermotoren aus. Und zwar mit einem gigantischen PR-Aufwand.« Er unterbrach die Verbindung.

»Ist das wirklich Ihr Ernst?« fragte Kevin. Er hatte mit großem Interesse zugehört.

»Ich weiß nicht«, sagte Oscar. »Es ist einfach gut gelaufen. Zufällig wusste ich, auf welche Knöpfe man beim guten alten Ronnie drücken muss, und da hatte ich plötzlich einen Einfall. Das ist ein sehr seltsamer, unorthodoxer Schachzug, aber damit sind wir drei oder vier Probleme auf einmal los. Wir bekommen eine willkommene finanzielle Atempause. Ron ist glücklich, wir sind glücklich, alle außer Chander sind glücklich, und Chander war sowieso erledigt. Und zwar weil er mir mit meinen eigenen Methoden Paroli bieten wollte.«

»Sie glauben doch wohl nicht ernsthaft, man könnte die Autoindustrie vor einer grundlegenden wissenschaftlichen Entdeckung wie der einer neuen Energiequelle schützen.«

»Kevin, wachen Sie auf. Sie müssen aufhören, wie ein Techniker zu denken. Wo haben Sie das eigentlich her? Begreifen Sie denn nicht, was das bedeutet? Zum ersten Mal bezahlt uns jemand dafür, dass wir *nicht* forschen. *Das* ist eine wahrhaft neue Energiequelle. Zum ersten Mal verfügen die staatlich angestellten Forscher über eine ökonomische Waffe – sie können den Krieg in die Reihen ihrer Gegner tragen. Wer schert sich schon um eine weitere verdammte Batterie? Wahrscheinlich handelt es sich ja eh um heiße Luft. Haben Sie schon mal ein atombetriebenes Auto gesehen? Bloß weil es technisch möglich ist, heißt das noch lange nicht, dass es praktisch machbar wäre.«

»Die Menschen werden trotzdem etwas damit anfangen. Ihr Politiker könnt die Verbreitung des technischen Wissens nicht kontrollieren. Man wird es nutzen, ganz gleich, was die Regierung davon hält.«

»Kevin, das *weiß* ich. Ich bin der lebende Beweis dafür. Dieses Prinzip hat mich zu dem gemacht, was ich heute bin.«

Am 20. Januar um zwei Uhr morgens wurde an Oscars Hoteltür geklopft. Es war Fred Dillen, der Hausmeister, der auch für die Wäsche zuständig war. Fred war betrunken – die Mannschaft hatte die lang erwartete Vereidigung von Senator Bambakias gefeiert und zahlreiche patriotische Toasts auf die neue Administration von Präsident Two Feathers ausgebracht. Fred war in Begleitung einer untersetzten Weißen in den Dreißigern, die einen orangefarbenen Erste-Hilfe-Koffer dabei hatte.

»Ist die Party aus dem Ruder gelaufen?« fragte Oscar.

»Oscar, die Dame möchte mit Ihnen reden«, sagte Fred.

»Ich wusste nicht, welches Ihr Zimmer ist«, sagte die

Sanitäterin mürrisch. »Musste mich unten durch einen Haufen Betrunkener durcharbeiten.«

»Freut mich, dass Sie mich gefunden haben. Hat es Schwierigkeiten gegeben?« fragte Oscar.

»Ja. Eine Verletzte, Mitte dreißig. Sie hat sich den Knöchel gebrochen. Aber sie meint, sie will nicht ins Krankenhaus. Sie will uns nicht mal ihren Namen und die Ausweisnummer sagen. Sie meint, sie will erst mit Ihnen sprechen.«

»In welches Krankenhaus wollen Sie sie bringen?«

»In die Unfallklinik in Buna. Sie wollte ins Laboratorium, aber dorthin können wir sie nicht bringen. Da gibt es diese riesigen Schleusen und diesen ganzen Sicherheitsscheiß, und außerdem sind wir nicht befugt, in einer staatlichen Einrichtung Erste Hilfe zu leisten.«

»Was ist passiert? Wie kam es zu dem Unfall?«

»Also, sie sagt, sie sei mitten in der Nacht über die Straße gelaufen und über irgendwas gestolpert.« Die Sanitäterin musterte Oscar angewidert. »Hören Sie, das ist alles höchst ungewöhnlich. Die meisten Leute, die sich ein Bein brechen, sind froh, einen Krankenwagen zu sehen. Die Frau aber wollte sich einfach nicht beruhigen. Sie hat mich angefleht, einen Mann namens Valparaiso aufzusuchen, und jetzt habe ich Sie gefunden. Möchten Sie was unternehmen? Sonst sage ich nämlich *adiós, muchacho.*«

»Nein, bitte überstürzen Sie nichts, ich komme mit. Ich danke Ihnen sehr für Ihre Geduld.« Oscar warf einen Blick auf das Namensschild der Sanitäterin. »Ich danke Ihnen, dass Sie sich die Mühe gemacht haben, mich zu suchen, Ms. Willis. Ich weiß, das ist alles sehr ungewöhnlich, aber Sie werden es nicht bereuen.«

Willis lehnte sich auf die abgewetzten Absätze ihrer weißen Turnschuhe zurück. »Na schön«, sagte sie lächelnd. »Vielleicht ist es ja gar nicht so schlimm.«

Oscar zog das Jackett an, steckte die Brieftasche ein und schlüpfte in die Schuhe. Er warf einen Blick auf den schlafenden Kevin. Eigentlich hätte er seinen Bodyguard aufwecken und ihn im Rollstuhl mitschieben sollen – aber es war zwei Uhr morgens, und der schwer arbeitende Kevin hatte gesoffen wie ein Loch. Oscar steckte sich ein Handy in die Tasche und trat auf den Korridor. Er schloss leise die Tür, dann reichte er Willis einen Zwanzig-Ecu-Schein.

Willis steckte das Geld in die orangefarbene Tasche mit Klettverschluss. »*Muchas gracias, amigo.*«

»Hoffentlich ist mit Greta alles in Ordnung«, meinte Fred nervös.

»Machen Sie sich keine Sorgen«, sagte Oscar. Fred war nicht der hellste Kopf der Mannschaft. Aber er war äußerst loyal und gutmütig, ein Mann, der ein freundliches Wort mit hündischer Ergebenheit vergalt. »Sie können weiterfeiern. Wir möchten nicht, dass der Vorfall Aufsehen erregt. Erzählen Sie niemandem davon. Okay?«

»Oh«, sagte Fred. »Ist gut. Kein Problem, Oscar.«

Oscar und Ms. Willis stiegen die Treppe hinunter und durchquerten die Lobby. Holländische Partymusik schallte durch die Eingangsloggia. »Ein hübsches Hotel«, bemerkte Willis.

»Danke. Vielleicht möchten Sie mal ein Wochenende hier verbringen.«

»Bei meinem Gehalt? So viel Luxus kann ich mir nicht leisten.«

»Wenn Sie wegen dieses kleinen Vorfalls Diskretion wahren, Ma'am, biete ich Ihnen ein Drei-Tage-Wochende mit einem Begleiter Ihrer Wahl bei vollem Room-Service an.«

»Oh, das ist ein wirklich großzügiges Angebot. Diese Gretel muss Ihnen ja viel bedeuten.« Willis geleitete ihn auf den gepflasterten Gehsteig und die Straße hinaus. Eine große Ambulanz parkte unter den Pinien, mit eingeschalteten Scheinwerfern und offener Fahrertür. Willies winkte dem Fahrer freundlich zu, und dieser winkte mit offenkundiger Erleichterung zurück.

»Sie liegt hinten, auf der Trage«, sagte Willis. »Der Bruch ist ziemlich schlimm. Wollen Sie einen guten Rat, *compadre*? Sorgen Sie dafür, dass Ihre werten Freundinnen nicht im Dunkeln herumschleichen.«

»Das ist sicherlich ein guter Rat«, erwiderte Oscar. Er stellte sich auf die Stoßstange und blickte in den Krankenwagen. Greta lag auf einem mit Segeltuch bespannten Metallgestell, die Hände unter dem Kopf verschränkt.

Willis packte Oscar bei den Hüften und versetzte ihm einen heftigen Stoß. Oscar fiel in den Wagen hinein, worauf Willis die Doppeltür zuschlug. Im Innern des Wagens war es so finster wie in einem Grab.

»Hey!« rief Oscar.

Der Wagen fuhr an und schoss schwankend davon.

»Greta«, sagte er. Keine Antwort. Er kroch im Dunkeln an ihre Seite und wunderte sich nicht, dass sie nicht reagierte. Seine tastende Hand landete auf ihrem Brustkasten. Sie war bewusstlos. Aber sie war am Leben; sie atmete.

Oscar zog eilig das Handy hervor. Es erstaunte ihn nicht, dass es keine Funkverbindung hatte. Das Display aber sandte ein schwaches Leuchten aus, sodass er die Umgebung erkunden konnte. Er hielt das Handy an Gretas Gesicht. Sie war bewusstlos – obendrein hatte man ihr einen Klebestreifen über den Mund geklebt. Die Hände waren mit dünnem Plastikband gefesselt, wie die Polizei es verwendete. Mit ihrem Knöchel war natürlich alles in Ordnung.

Der Laderaum ähnelte nur auf den ersten Blick dem einer Ambulanz. Eine ramponierte Trage war vorhanden, jedoch keinerlei Erste-Hilfe-Ausrüstung. Es gab keine Fenster. Dem Kurvenverhalten nach zu schließen, war die trügerische Ambulanz gepanzert wie ein Tresorwagen. Man hatte ihn in eine gepanzerte Thermosflasche gelockt, sie verkorkt und war mit ihr losgefahren.

Vorsichtig pellte er Greta mit den Fingernägeln das

Klebeband vom Mund. Er küsste zärtlich ihre schweigenden Lippen. In dem kleinen Gefängnis gab es keine Heizung. Greta fühlte sich kalt an. Er legte sich zu ihr auf die Trage und umarmte sie. Er drückte sie fest an sich, presste Wärme in ihren Körper. Die Intensität seines Mitgefühls bestürzte ihn. Sie war so menschlich. So unerreichbar und fern.

Man hatte sie gekidnapped. So einfach war das. Sie hatte jemandem zu viel Ärger gemacht und die Geduld eines abgrundtief bösen Spielers erschöpft. Jetzt waren sie unterwegs zu einem Mörderfriedhof. Man würde sie foltern, erniedrigen und schließlich mit Kugeln im Hinterkopf verscharren. Oder sie vergasen und anschließend verbrennen. Böse Menschen würden sich das Video ihres langsamen Sterbens anschauen.

Oscar erhob sich von der Trage. Er legte sich mit dem Rücken auf den Boden und trat gegen die vordere Trennwand, Er arbeitete sich durch die Beschichtung aus porösem Plastik durch, hinter der eine Wand aus massivem Metall zum Vorschein kam. Der fahrende Sarg dröhnte jetzt wie eine Trommel. Das war immerhin ein Fortschritt. Oscar trampelte mit erneuerter Anstrengung weiter.

Irgendwo im Laderaum schaltete sich ein Lautsprecher ein. »Würden Sie bitte aufhören, Lärm zu machen?«

»Was bekomme ich dafür?« fragte Oscar.

»Sie wollen doch bestimmt nicht, dass wir grob werden, *compadre*«, tönte es aus dem Lautsprecher. Es war Willis. »Bloß weil Sie *uns* nicht sehen können, heißt das noch lange nicht, dass wir *Sie* nicht sehen können. Wir sehen jeden verdammten Scheiß, den Sie da hinten machen. Und offen gesagt wär's mir lieber, wenn Sie die Ware nicht begrabschen würden, solange sie bewusstlos ist. Das ist irgendwie abstoßend.«

»Sie glauben, ich wäre hier hilflos – aber ich habe immer noch Optionen. Ich könnte sie erwürgen. Ich könnte behaupten, Sie hätten das getan.«

Willis lachte. »Mann, hör sich einer diesen Typen an. Hören Sie, *vato* – wenn Sie Dummheiten machen, stellen wir einfach das Betäubungsgas an. Würden Sie sich bitte beruhigen? Wir sind nicht das Problem. Wir werden Ihnen nichts tun. Wir sind bloß der Lieferservice.«

»Ich habe eine Menge Geld«, sagte Oscar. »Ich wette, Sie könnten was gebrauchen.«

Keine Antwort.

Er wandte sich wieder Greta zu. Er durchsuchte ihre Taschen, fand aber nichts, womit er sich durch massives Metall hätte hindurcharbeiten können. Er versuchte, sie bequemer zu betten. Er legte ihre Füße hoch, rieb ihre gefesselten Handgelenke, massierte ihr die Schläfen.

Nach einer halben Stunde begann sie zu stöhnen und kam zu sich.

»Mir ist so schwindelig«, krächzte sie.

»Ich weiß.«

Sie regte sich. Sirrend spannte sich die Plastikfessel.

»Wir wurden gekidnapped. Das ist eine Entführung.«

»Oh. Verstehe. Jetzt erinnere ich mich wieder.« Greta orientierte sich allmählich. »Man hat mir gesagt, du hättest dich verletzt und ich sollte zu dir ins Hotel kommen. Und als ich die Kuppel verlassen hatte, da … haben sie mich einfach gepackt.«

»So ist es auch bei mir gelaufen«, meinte Oscar. »Sie haben uns wechselseitig als Köder benutzt. Ich hätte wohl wachsamer sein sollen. Aber warum? Wie, um Himmels willen, sollte man dann leben? So etwas kann man nicht vorausahnen. Eine Entführung ist vollkommen blödsinnig. Ein beschissenes Spiel.«

»Was werden sie mit uns machen?« fragte Greta.

Oscar bemühte sich, seiner Stimme einen zuversichtlichen Klang zu verleihen. Er hatte sich bereits aus der schwarzen Grube der Verzweiflung herausgearbeitet und wollte unbedingt vermeiden, dass Greta diese Erfahrung mit ihm teilte. »Das kann ich dir nicht sagen, weil ich nicht weiß, wer dahintersteckt. Aber sie haben uns nicht verletzt, und das bedeutet, sie haben noch etwas mit uns vor. Sie haben sich große Mühe gegeben, sich verkleidet, einen Wagen umgebaut und so weiter. Das sind andere Leute als die Verrückten, die es sonst immer auf mich abgesehen haben.« Er hob die Stimme. »Hey! Hallo! Würden Sie uns bitte sagen, was Sie von uns wollen?« Keine Antwort. Damit hatte er auch nicht gerechnet.

»Sie hören jedes Wort mit«, sagte er zu Greta. »Wir werden natürlich abgehört.«

»Können sie uns auch sehen? Es ist stockdunkel.«

»Ja, können sie. Ich glaube, die haben Infrarotkameras.«

Greta ließ das Gehörte einsinken. »Ich habe unheimlichen Durst«, meinte sie schließlich.

»Tut mir Leid.«

»Das ist Wahnsinn«, sagte sie. »Die werden uns umbringen, nicht wahr? Wir sitzen in der Patsche.«

»Greta, das ist reine Spekulation.«

»Das sind Gangster. Sie werden uns abknallen. Ich werde bald sterben.« Sie seufzte. »Ich habe mich immer gefragt, wie ich reagieren würde, wenn ich wüsste, dass ich sterben muss.«

»Tatsächlich?« meinte Oscar. »Darüber habe ich noch nie nachgedacht.«

»Wirklich nicht?« Sie regte sich. »Wie kommt das? Das ist doch eine interessante Frage. Ich hab mir immer vorgestellt, ich würde mich wie Evariste Galois verhalten. Die Mathematikerin, weißt du. Ich würde meine gewagtesten Spekulationen in mein Notizbuch eintragen und hoffen, dass sie eines Tages jemand versteht ... Weißt du, wenn man das Problem durchdenkt, gibt es eine naheliegende Schlussfolgerung. Der Tod ist universell, aber den Zeitpunkt seines Todes zu kennen, ist ein unglaubliches Privileg. Und da man ihn wahrscheinlich nie erfahren wird, sollte man sich irgendwann mal ein paar Stunden Zeit nehmen und sein Testament machen. Findest du nicht? Das ist nach Maßgabe der Dinge die rationale Schlussfolgerung. Ich hab es wirklich mal getan – im Alter von elf Jahren.« Sie schöpfte Atem. »Seitdem leider nicht mehr.«

»Das ist schade.« Greta war offenbar völlig verängstigt. Sie plapperte unkontrolliert drauflos. Seine eigene Angst hatte sich vollständig verflüchtigt. Er war erfüllt von Beschützerinstinkt. Er fühlte sich beschwingt, nahezu trunken. Er würde alles tun, um sie zu retten.

»Aber ich bin nicht mehr elf. Jetzt weiß ich, was Erwachsene in dieser Lage tun. Mit großen Ideen hat das nichts zu tun. Man will nur eines, nämlich Sex.«

Diese Bemerkung traf Oscar unvorbereitet, hatte aber die Wirkung eines Streichholzes, das man an ein ölgetränktes Tuch hält. Die zugrundeliegende Wahrheit war so zwingend, dass ihm keine Entgegnung einfiel. Er wurde von so heftiger Angst und Erregung überschwemmt, dass es ihm beinahe das Hirn spaltete. Ihm klingelten die Ohren, und seine Hände begannen zu jucken.

»Und wenn ich gegenwärtig nicht gefesselt wäre ...« flüsterte sie leidenschaftlich.

»Eigentlich«, wisperte er, »macht mir das nicht viel aus ...«

Der Lautsprecher schaltete sich knackend ein. »Okay. Hören Sie auf der Stelle damit auf. Schluss damit. Das ist wirklich abstoßend.«

»Hey!« mischte sich eine männliche Stimme ein. »Lass sie doch.«

»Bist du verrückt?« entgegnete Willis.

»Mädchen, du warst nie im Krieg. Das ist die Nacht, bevor man getötet wird – Teufel noch mal, da hat man's nötig. Da bespringt man alles, was einen Rock trägt.«

»Ha!« rief Oscar. »Das gefällt Ihnen nicht? Dann kommen Sie nach hinten und hindern Sie uns daran.«

»Lassen Sie's nicht drauf ankommen.«

»Was können Sie uns schon anhaben? Wir haben nichts mehr zu verlieren. Sie wissen, dass wir ein Paar sind.

Klar, das ist unser großes Geheimnis, aber wir haben nichts mehr zu verstecken. Sie sind nichts weiter als Voyeure. Sie bedeuten uns nichts. Zum Teufel mit Ihnen! Wir können tun, was wir wollen.«

Greta lachte. »So hab ich's noch nicht betrachtet«, sagte sie impulsiv. »Aber es stimmt. Wir zwingen sie nicht zum Zuschauen. Sie können gar nicht anders.«

»Scheiße, ich will ihnen zuschauen«, sagte der männliche Entführer. »Die Einstellung gefällt mir! Ich stell ihnen extra Musik an.« Ein Radio wurde eingeschaltet. Es lief gerade ein flotter Cajun-Twostep.

»Nimm die Finger weg!« kommandierte Willis.

»Sei still! Ich kann zuschauen und gleichzeitig fahren.«

»Ich setz die beiden unter Gas.«

»Bist du denn wahnsinnig? Tu's nicht. Hey!«

Der Wagen geriet heftig ins Schlingern. Matsch spritzte gegen die Kotflügel, und das überladene Fahrzeug kam von der Fahrbahn ab und drehte sich halb. Oscar prallte schmerzhaft gegen die Trennwand. Der Wagen kam zum Stehen.

»Jetzt hast du's geschafft«, sagte Willis.

»Werd nicht hysterisch«, knurrte der Mann. »Wir werden schon rechtzeitig da sein.«

»Nicht, wenn gerade die Achse gebrochen ist, du elender Lüstling.«

»Hör auf rumzunerven, lass mich nachdenken. Ich seh mal nach.« Eine Wagentür öffnete sich quietschend.

»Ich habe mir den Arm gebrochen!« schrie Oscar. »Ich verblute!«

»Würden Sie bitte aufhören, so gottverdammt clever zu sein?« brüllte Willis. »Herrgott noch mal, sind Sie eine Nervensäge! Wieso machen Sie's uns nicht allen leichter? Das hätte nicht sein müssen! Halten Sie den Mund und schlafen sie.« Es ertönte das bösartige Zischen von Gas.

Oscar erwachte im Dunkeln vom lauten Geräusch berstenden Metalls. Er lag auf dem Rücken, und auf seiner

Brust lastete ein schweres Gewicht. Es war bedrückend heiß, und er hatte den Geschmack von Aluminiumpulver im Mund.

Es ertönte ein durchdringendes Kreischen und dann ein dumpfes Ploppen. Ein messerscharfer Keil Sonnenlicht fiel auf Oscar. Er stellte fest, dass er auf dem Boden eines riesigen Sarges lag, mit Greta lang hingestreckt auf seiner Brust. Er bewegte sich, schob mühsam ihre Beine beiseite, was einen stechenden Schmerz hinter den Augäpfeln zur Folge hatte.

Nachdem er ein paarmal tief die frische Luft eingeatmet hatte, begriff Oscar, wo er sich befand. Sie lagen noch immer in der Ambulanz, das Fahrzeug war jedoch umgestürzt. Jetzt lag er flach auf der schmalen Seitenwand. Greta hing über ihm, noch immer mit den Händen an die Holme der Trage gefesselt, die nun Teil der Decke waren.

Weitere dumpfe Schläge und das Kreischen von Metall. Auf einmal sprangen die Hintertüren auf und fielen auf den Boden.

Ein junger Mann in Overalls und mit Bürstenschnitt schaute herein, in der Hand eine Brechstange. »Hey«, sagte er. »Sie leben ja!«

»Ja. Wer sind Sie?«

»Hey, niemand! Ich meine ... äh ... Dewey.«

Oscar setzte sich auf. »Was geht hier vor, Dewey?«

»Keine Ahnung, aber Sie hatten wirklich Glück, dass Sie da drinnen überlebt haben. Was ist mit der Lady? Ist sie okay?«

Greta hing schlaff an den Handgelenken, den Kopf zurückgeworfen, die Augen zeigten das Weiße. »Helfen Sie uns!« sagte Oscar hustend. »Helfen Sie uns, Dewey. Sie werden es nicht bereuen.«

»Klar«, sagte Dewey. »Ich meine, ganz wie Sie wollen. Kommen Sie raus!«

Oscar kroch aus dem Laderaum der Ambulanz hervor. Dewey packte ihn beim Arm und half ihm auf die Beine.

Oscar verspürte jähen Schwindel, dann aber pumpte das Herz Adrenalin durch seinen Körper. Die Welt wurde wieder schmerzhaft klar.

Der demolierte Krankenwagen lag auf einer unbefestigten Straße, gleich neben einem sumpfigen, träge dahinfließenden Fluss. Es war früher Morgen, kalt und dunstig.

Es stank nach verbranntem Polster. Der Wagen war von einem Explosivgeschoss getroffen worden – vielleicht von einer Granate. Die Wucht der Explosion hatte ihn von der Straße geschleudert, worauf er seitlich im roten texanischen Schlamm gelandet war. Der Motor war eine schwarze Masse aus zerfetztem Metall und geschmolzenem Plastik. Die Fahrerkabine war in zwei Teile zerlegt, sodass man die dicke, eingedellte Panzerung der Gefangenenzelle sah.

»Was ist passiert?« fragte Oscar.

Dewey zuckte fröhlich die Achseln. Seine Augen strahlten. »Hey, Mister – sagen Sie's mir! Da hat heute Nacht offenbar jemand einen Volltreffer gelandet. Mehr kann ich nicht sagen, schätze ich.« Dewey war noch sehr jung, vielleicht siebzehn. Er hatte sich eine einschüssige Flinte auf den Rücken geschnallt. In der Nähe stand ein uralter, verrosteter Pickup mit texanischem Nummernschild. Auf der Ladefläche lag ein kaputtes Motorrad.

»Ist das Ihr Wagen?« fragte Oscar.

»Ja!«

»Haben Sie eine Werkzeugkiste dabei? Irgendwas, womit man Handfesseln durchschneiden kann?«

»Ich hab eine Motorsäge dabei. Bolzenschneider. Eine Abschleppkette. Hey, auf der Farm hat mein Dad sogar ein Schweißgerät!«

»Sie sind ein tüchtiger Bursche, Dewey. Ich würde mir Ihr Werkzeug gern einen Moment leihen, um meine Freundin loszuschneiden.«

Dewey blickte ihn verwirrt und besorgt an. »Sind Sie

sicher, Mister, dass mit Ihnen alles in Ordnung ist? Sie bluten ganz schön aus dem Ohr.«

Oscar hustete. »Ein Schluck Wasser. Der wäre jetzt gut.« Er fasste sich an die Wange, berührte eine klebrige Masse aus geronnenem Blut und sah zum Ufer. Es müsste wundervoll sein, den Kopf in kaltes Wasser zu stecken. Das war eine hervorragende Idee. Es war unbedingt notwendig, das Vorhaben hatte allerhöchste Priorität.

Er stolperte durch dichtes braunes Schilf, sank bis zum Knöchel in kalten Schlamm ein. Er fand eine freie Stelle in dem mit Algenschaum bedeckten Wasser und schöpfte sich Wasser über den Kopf. Blut floss aus seinem Haar hervor. Über dem rechten Ohr hatte er eine große, klaffende Platzwunde, die sich mit brennendem Schmerz und Übelkeit erregendem Pochen bemerkbar machte. Er riskierte es, ein paar Schluck vom Flusswasser zu trinken, und blieb vorgebeugt hocken, bis der Schock nachließ. Dann richtete er sich auf.

In zwanzig Metern Entfernung machte er ein zweites Autowrack aus, das im Fluss langsam auf und nieder stieg. Zunächst meinte Oscar, es handele sich um einen halb untergetauchten Tankwagen, doch dann stellte es sich zu seiner Überraschung als kleines U-Boot heraus. Das schwarze Unterwasserfahrzeug war vom Bug bis zum Heck mit daumengroßen Einschusslöchern übersät. Es war im Schlamm gestrandet und von einem sich ausbreitenden schillernden Ölfilm umgeben.

Bis zu den Knien mit Schlamm bespritzt, kletterte Oscar die Uferböschung hoch. Als er sich der Ambulanz näherte, bemerkte er, dass viele Glasscherben der explodierten Windschutzscheibe blutverschmiert waren. Kein Mensch war zu sehen. Der regenfeuchte Feldweg war von zahlreichen Motorradspuren durchfurcht.

Plötzlich war aus dem Innern der zerstörten Ambulanz das gedämpfte Knattern von Deweys Motorsäge zu vernehmen. Oscar stapfte zum Heck und blickte hinein.

Dewey hatte es aufgegeben, die Handfesseln durchtrennen zu wollen, und sägte stattdessen das angenietete Standbein der Trage durch. Er bog den Metallrahmen und schob die Handschellen durch die Lücke.

Oscar half ihm, Greta ins Freie zu schaffen. Ihre Hände waren bläulich und die Handgelenke aufgeschürft, doch sie atmete noch kräftig.

Sie war zweimal mit Gas betäubt worden und hatte einen Autounfall und ein Feuergefecht überlebt. Dann war sie in einer verschlossenen, gepanzerten Zelle eingesperrt gewesen. Greta musste dringend ins Krankenhaus. In ein hübsches, sicheres Krankenhaus. Ein Krankenhaus war für sie beide eine gute Idee.

»Dewey, wie weit ist es von hier bis nach Buna?«

»Nach Buna? Luftlinie etwa dreißig Meilen«, antwortete Dewey.

»Ich gebe Ihnen dreihundert Dollar, wenn Sie mich auf der Stelle nach Buna bringen.«

Dewey musste nicht lange überlegen. »Steigen Sie ein«, sagte er.

So weit von Buna entfernt fand Oscars Handy keine Relaisstation. An einem Lebensmittelladen im Dörfchen Calvary hielten sie an, und Oscar kaufte Verbandszeug und probierte ein Münztelefon aus, kam allerdings nicht bis zum Labor durch. Nicht einmal das Hotel in Buna konnte er erreichen. Mittels behutsamer Schläfenmassage und einer Büchse Mineralwasser gelang es ihm, Greta wieder aufzuwecken, doch sie hatte Kopfschmerzen, und ihr war übel. Sie musste ganz still liegen, und dafür kam nur die Ladefläche von Deweys Pickup infrage, auf der bereits das geborgene Motorradwrack untergebracht war.

In angespanntem Schweigen glitt Meile um Meile vorbei. Die verschlafene Landschaft des texanischen Ostens hatte er noch nie gemocht. Pinien, Sumpfland, kleine Flüsse, noch mehr Pinien, noch mehr Sumpfland, ein weiteres Flüsschen; hier war nie etwas passiert, und es würde auch nichts passieren. Gleichwohl war nun doch etwas Bedeutsames geschehen. Nun knisterte die ländliche Ödnis vor lautloser Bedrohung.

Vier Meilen vor Buna begegnete ihnen ein verrosteter Mietwagen. Der Wagen raste an ihnen vorbei. Dann hielt er mit quietschenden Bremsen, wendete und schloss wild hupend zu ihnen auf.

Dewey, der die ganze Zeit über an einer steinharten Stange Zuckerrohr gekaut hatte, hielt mit Kauen inne und spuckte gelbe Fasern durchs Ausstellfenster. »Kennen Sie den Kerl?« fragte er.

»Funktioniert die Flinte?« entgegnete Oscar.

»Mann, klar funktioniert die Flinte, aber für dreihundert Dollar knall ich niemanden ab.«

Der Verfolger streckte den Kopf aus dem Fenster und winkte. Es war Kevin Hamilton.

»Halten Sie«, sagte Oscar. »Der gehört zu mir.«

Oscar stieg aus. Er sah kurz nach Greta, die zusammengekrümmt auf der Ladefläche lag und gegen die Übelkeit ankämpfte. Dann ging er zu Kevin hinüber, der die Wagentür geöffnet hatte und heftig winkte.

»Fahren Sie nicht nach Buna rein!« rief ihm Kevin entgegen. »Da ist die Hölle los.«

»Schön, Sie zu sehen, Kevin. Können Sie mir helfen, Greta zu holen? Sie liegt auf der Ladefläche. Sie ist schwer angeschlagen.«

»Ist gut«, sagte Kevin. Er warf einen Blick zum Pickup. Dewey war soeben ausgestiegen, die Flinte hatte er sich unter den Arm geklemmt. Kevin langte unter den Fahrersitz und holte einen riesigen verchromten Revolver hervor.

»Ruhig Blut!« meinte Oscar. »Der Bursche steht auf meiner Gehaltsliste.« Er blickte bestürzt auf die Schusswaffe. Er hätte nie gedacht, dass Kevin dergleichen besaß. Der Besitz von Schusswaffen war streng verboten und machte nur Ärger.

Kevin packte die Waffe wortlos wieder weg, dann stieg er unbeholfen aus. Sie hoben Greta von der Ladefläche und legten sie auf den Rücksitz von Kevins schäbigem, übelriechendem Mietwagen. Dewey wartete geduldig neben seinem Pickup und kaute Zuckerrohr.

»Was soll die Waffe, Kevin? Wir haben auch so schon genug Probleme.«

»Ich bin auf der Flucht«, erklärte Kevin. »Im Labor hat eine Gegenrevolution stattgefunden – die wollen uns alle einsperren. Ich lasse mich doch nicht festnehmen, nein danke. Auf Ärger mit den Behörden kann ich wirklich verzichten.«

»Na schön, reden wir nicht mehr vom Revolver. Haben Sie Geld?«

»Ja, schon. Eine ganze Menge. Ich hab mir heute Morgen erlaubt, die Hotelkasse leerzuräumen.«

»Gut. Wären Sie so nett, dem Burschen dreihundert Dollar zu geben? Die hab ich ihm versprochen.«

»Klaro.« Kevin zog eine prallvolle Reisetasche hinter dem Fahrersitz hervor. Er blickte Greta an, die sich auf dem Rücksitz im vergeblichen Bemühen, eine bequemere Lage zu finden, hin und her wälzte. »Wo haben Sie denn Ihre Schuhe gelassen, Dr. Penninger?«

»Die sind im Pickup«, stöhnte Greta. Sie war sehr blass.

»Ich kümmere mich drum«, meinte Kevin. »Sie sind beide nicht auf dem Damm.« Kevin humpelte zum Pickup zurück, wechselte ein paar freundliche Worte mit Dewey und reichte ihm einen dicken Packen flabbriger Dollarnoten. Mit Gretas Schuhen kam er zurück, ließ den Motor an und fuhr los, weg von Buna. Dewey blieb am unkrautüberwucherten Straßenrand zurück, mit ungläubigem Grinsen in den Geldscheinen blätternd.

Kevin warf einen Blick auf den billigen chinesischen Navigationsbildschirm, der mit einem schwarzen Saugnapf am Armaturenbrett befestigt war. Dann kurbelte er feierlich das Fahrerfenster hinunter und warf Gretas

Schuhe hinaus. »Ich glaube, es ist an der Zeit, zu erklären, wie ich Sie gefunden habe«, sagte Kevin. »Ich habe Ihre Schuhe verwanzt, Dr. Penninger.«

Oscar verarbeitete die Neuigkeit, dann sah er auf seine Füße hinunter. »Auch meine Schuhe?«

»Ja, die auch, aber bloß mit Kurzdistanzsendern. Ohne Audio-Übertragung.«

»Sie haben mir Abhörgeräte in die Schuhe eingebaut?« krächzte Greta.

»Ja. Nichts für ungut. Außerdem war ich nicht der einzige, der daran gedacht hat. In den Absätzen und Nähten Ihrer Schuhe waren sechs weitere Wanzen versteckt. Und zwar sehr hübsche Dinger – ich vermute, das haben Leute getan, die um einen viel größeren Einsatz spielen als ich. Ich hätte sie alle entfernen können, aber ich hab mir gedacht ... hey, *so viele*? Da muss es sich um ein Gentlemen's Agreement handeln. Da stelle ich mich besser hinten an.«

»Das kann ich einfach nicht glauben«, sagte Greta. »Ich dachte, wir stünden auf derselben Seite.«

»Reden Sie mit mir?« sagte Kevin und kniff die Augen zusammen. »Ich bin *sein* Bodyguard. Niemand hat jemals behauptet, ich wäre *Ihr* Bodyguard. Haben Sie mir schon mal Gehalt gezahlt? Haben Sie jemals mit mir geredet? In meinem Universum kommen Sie gar nicht vor.«

»Beruhigen Sie sich, Kevin«, sagte Oscar. Er klappte die Sonnenblende herunter, warf einen Blick in den geborstenen Spiegel und entfernte behutsam blutigen Schorf aus dem Haar. »Es ist gut, dass Sie unter diesen schwierigen Umständen so große Tatkraft bewiesen haben. Das war ein schwerer Tag für die Kräfte der Vernunft. Jedenfalls bieten sich uns jetzt vielfältige Möglichkeiten. Ihretwegen haben wir die taktische Initiative zurückerlangt.«

Kevin seufzte. »Unglaublich, was für eine Scheiße Sie da abspulen, obwohl Sie gerade eins auf den Kopf gekriegt haben. Wissen Sie was? Unsere Lage ist beschissen, aber ich find's prima, wieder unterwegs zu sein. Da fühl ich mich zu Hause. Verstehen Sie? Ich bin mein ganzes Leben lang in kaputten Wagen vor den Cops geflüchtet. Das alte Spiel … Es gibt immer wieder Rückschläge, aber es ist immer noch besser, als wenn sie einen zu Hause besuchen würden.«

»Berichten Sie, was im Labor passiert ist«, sagte Oscar.

»Also, ich hatte ja die Videos der Überwachungskameras und merkte, dass Sie nicht ans Telefon gingen, und man hatte die Schuhe von Dr. Penninger verwanzt, da konnte ich mir denken, dass man Sie gekidnapped hatte. Also lass ich das Notebook stehen und gucke mal aus dem richtigen Fenster. Die Mannschaft des Sheriffs schleicht herum, um drei Uhr morgens. Gar nicht gut … Zeit für Plan B, den diskreten, kontrollierten Rückzug.«

»Und da haben Sie das Hotel ausgeraubt und sind geflüchtet?« fragte Greta und hob den Kopf.

»Er hat Kapital akkumuliert, um seinen Handlungsspielraum zu erweitern«, erklärte Oscar.

»Das war in Anbetracht der Umstände das Beste, was ich tun konnte«, meinte Kevin düster. »Denn es sah ganz danach aus, als wollte man die Führungsmannschaft aus dem Weg schaffen. Das ist die klassische Geheimdienstvorgehensweise. Ein Stamm, der große Probleme macht – der muss einen charismatischen Anführer haben. Als vernünftiger, moderner Cop will man ein Straßenmassaker möglichst vermeiden – das ist altmodisch, das macht einen schlechten Eindruck. Also nimmt man den großen Boss aufs Korn. Man schaltet ihn aus, verleumdet ihn irgendwie … Kindesmissbrauch bietet sich da an oder Zugehörigkeit zu einem Satanskult … Irgendeine üble Nachrede, von der was hängenbleibt … und wenn's eng wird, entführt man ihn halt. Und während sich die Leute aus der zweiten Reihe noch wundern, wo die Bienenkönigin wohl sein mag, treibt man sie in die Enge. Wenn Mr. Wonderful irgendwann zurückkehrt, ist der Schwung weg. Sie geben einfach auf und zerstreuen sich.«

»Das würden sie bei uns niemals wagen«, sagte Greta. »Wir sind schließlich kein Mob, sondern Wissenschaftler.«

Kevin lachte. »Man spricht bereits über Sie beide. Das ist ein ausgewachsener Skandal. Sie sind gestern Nacht gemeinsam durchgebrannt und haben vorher noch die Kassen des Labors geplündert. Schrecklich peinlich für Ihre Freunde. Während sich Ihre Mitarbeiter und das Streikkomittee noch am Kopf kratzen, machen die Laborcops gegen Sie Stimmung. Weil niemand die Geschichte abstreitet, die sie in Umlauf bringen. Weil Sie nicht da sind, um sie richtigzustellen.«

»Also, das werde ich jetzt tun!« sagte Greta und stemmte sich mit gefesselten Händen hoch. »Ich gehe ins Labor und stelle mich vor sie hin.«

»Immer mit der Ruhe«, meinte Oscar. »Alles zu seiner Zeit.«

»Da befand ich mich also in einer üblen Lage«, fuhr Kevin fort. »Ich überlegte, wer wohl die Frechheit und den Mumm haben mochte, zwei so berühmte Leute zu kidnappen. Und dann diese vernichtenden Verleumdungen zu verbreiten …«

»Huey«, sagte Oscar.

»Wer sonst? Dann hab ich's also jetzt mit Green Huey zu tun, weiter nichts, ja? Und wer soll mich gegen Huey unterstützen? Die Laborcops? Die stecken seit jeher mit Huey unter einer Decke. Die Polizei von Buna? Die kann man vergessen, die sind zu dämlich. Oder vielleicht die Texas Ranger? Die Ranger muss man ernst nehmen, aber sie würden mir nicht glauben, ich bin kein Texaner. Dann fiel mir Senator Bambakias ein – der Bursche ist vermutlich in Ordnung und mittlerweile ein ordentlich vereidigter Senator, aber leider momentan nicht ganz zurechnungsfähig. Also sacke ich die Chips ein und mache mich auf den Weg ins sonnige Mexiko. Aber bevor ich aufbreche, denke ich mir – was, zum Teufel, habe ich eigentlich zu verlieren? Ich werd den Präsidenten anrufen.«

»Den Präsidenten der Vereinigten Staaten?« fragte Greta.

»Ja, den. Und das hab ich auch getan.«

Oscar ließ sich das durch den Kopf gehen. »Wann haben Sie diesen Entschluss gefasst?«

»Ich habe heute Morgen um vier im Weißen Haus angerufen.«

Oscar nickte. »Hmmm. Ich verstehe.«

»Sie wollen doch nicht etwa behaupten, Sie hätten den Präsidenten persönlich gesprochen,« sagte Greta.

»Natürlich habe ich nicht mit dem Präsidenten gesprochen! Um vier Uhr morgens schläft der Präsident! Ich kann Ihnen sagen, wer um vier Uhr morgens im Nationalen Sicherheitsrat am Schreibtisch sitzt. Und zwar dieser brandneue junge Militäradjutant aus Colorado. Er gehört der Übergangsmannschaft an. Es ist sein erster Arbeitstag. Er hat die zweite Nachtschicht bekommen. Er ist ziemlich nervös. Bis jetzt hat er noch nie was Bedeutsames erlebt. Er ist nicht sonderlich erfahren. Und es ist auch gar nicht so schwer, an ihn heranzukommen – zumal ich ihn auf zwanzig bis dreißig Leitungen gleichzeitig anrufe.«

»Und was haben Sie dem neuen Präsidentenberater gesagt?« half Oscar behutsam nach.

Kevin sah auf die Navigationskonsole und bog nach links ab, wo es tiefer in den Wald hineinging. »Also, ich hab ihm gesagt, der Gouverneur von Louisiana habe soeben die Direktorin eines staatlichen Laboratoriums gekidnapped. Ich musste die Geschichte ein bisschen ausschmücken, um ihn bei der Stange zu halten – Hueys Bande hält sie als Geisel fest, französische Agenten sind beteiligt, halt sowas, wissen Sie. Ich hab ihm ein paar saftige Details aufgetischt. Zum Glück war der Typ hinsichtlich des Luftwaffenproblems auf dem Laufenden.

Wusste genau Bescheid über das Radarloch und so. Verstehen Sie, der Typ ist Lieutenant Colonel und kommt zufällig aus Colorado Springs, wo es diese große Militärakademie gibt. Scheint so, als sei man in Colorado ausgesprochen besorgt wegen der Air Force. Die hassen Huey bis aufs Blut, weil er die Luftwaffenleute wie Schwächlinge aussehen lässt.«

»Dann hat der Colonel Ihnen die Geschichte also abgekauft?« fragte Oscar.

»Mann, keine Ahnung. Aber er meinte, er würde die Aufzeichnungen der Überwachungssatelliten überprüfen, und wenn sie meine Story stützten, würde er *den Präsidenten aufwecken*.«

»Erstaunlich«, sagte Greta, unwillkürlich beeindruckt. »Wegen so einer Sache wurde der alte Bursche noch nie geweckt.«

Oscar schwieg. Er versuchte sich vorzustellen, was passierte, wenn das für die nationale Sicherheit verantwortliche Präsidententeam am ersten Arbeitstag morgens um vier den Alarmknopf drückte. Welch seltsame Wesenheiten mochten dann aus den Ritzen des amerikanischen militärischen Unterhaltungskomplexes zum Vorschein kommen? Es gab so viele Möglichkeiten: Amerikas alterndes, gewaltiges Repertoire an Delta-Forces, SWATs und SEALs, diese spezialbewaffneten, aus dem Orbit operierenden, antiterroristischen, Aufputschmittel schluckenden Macho-Superschläger … Nicht, dass diese merkwürdigen Leute in der modernen politischen Realität jemals zum Einsatz kommen würden. Die militärische Killerelite entstammte einer längst untergegangenen Epoche und erfüllte nur noch rein zeremonielle Funktion. Ihre Angehörigen joggten in den unterirdischen Geheimbasen umher, machten Kniebeugen und Liegestütze, lasen die schlechten historischen Technothriller und schauten zu, wie ihr Leben und ihre Karriere allmählich dahinrosteten …

Zumindest war das die weit verbreitete Ansicht. Ansichten aber konnten sich ändern. Und nach der Erfahrung dieser Nacht hatte er den Eindruck, in einer anderen Welt zu leben.

»Wenn ich mich nicht täusche«, sagte Oscar, »hatten unsere Entführer vergangene Nacht ein Rendezvous am Sabine River. Sie hatten vor, uns über die Staatsgrenze zu schmuggeln und an Hueys Miliz zu übergeben. Dann aber wurden sie im Dunkeln von einer US-Eingreiftruppe angegriffen. Von bewaffneten Luftlandetruppen, die Hueys Leute auf dem Boden überraschten und sie niedermachten.«

»Wie konnte es nur dazu kommen?« fragte Greta schockiert. »Sie hätten nichttödliche Waffen einsetzen und die Entführer festnehmen sollen.«

»Luftlandetruppen sind keine Polizisten. Das sind fanatische Spezialeinheiten, die richtige Waffen einsetzen! Und als sie das französische U-Boot entdeckten, packte sie wohl die Wut. Man muss sich nur mal in ihre Lage hineinversetzen. Wenn ein schwerbewaffnetes US-Helikopter-Team ein französisches U-Boot entdeckt, das heimlich einen amerikanischen Fluss hinauffährt … Wenn man erst einmal den Abzug durchgedrückt hat, kann man es nicht mit einem Warnschuss bewenden lassen.«

Greta legte die Stirn in Falten. »Hast du das U-Boot wirklich gesehen, Oscar?«

»Aber ja. Ich kann nicht beschwören, dass es französischer Herkunft war, aber eines von unseren war es jedenfalls nicht. Unsere U-Boote sind größer als ein Wohnblock. Außerdem fügt sich so alles zusammen. Die Franzosen haben einen Flugzeugträger vor der Küste. Über den Bayous kreisen Drohnen. Die Franzosen setzen seit jeher Taucher zur Aufklärung ein … Also war das ein hübsches kleines französisches U-Boot. Arme Kerle.«

»Wissen Sie was«, sagte Kevin nachdenklich, »normalerweise kann ich Law-and-Order-Themen nicht viel abgewinnen, aber ich glaube, dieser Two Feathers *gefällt* mir. Man braucht ihn einfach bloß anzurufen! Dann weckt man ihn um vier Uhr morgens auf, und bevor es hell wird, ist das Problem behoben! Der neue Präsident lässt nichts anbrennen. Sein Vorgänger hätte sowas niemals fertiggebracht. In Amerika tut sich was, nicht wahr? Die Exekutive handelt, so ist das! Er ist der Chef der Exekutive – und da *exekutiert* er sie einfach!«

»Ich glaube nicht, dass der Präsident für seinen ersten Tag im Amt einen Schusswechsel zwischen bundesstaatlichen und Unionstruppen im Sinn hatte«, sagte Oscar. »Diese Entwicklung ist der amerikanischen Demokratie nicht förderlich.«

»Also, jetzt kriegen Sie sich aber mal ein!« spottete Kevin. »Kidnapping ist *Terrorismus*! Terroristen darf man nicht mit Samthandschuhen anfassen – so wird man mit denen niemals fertig! Diese Banditen haben genau das bekommen, was sie verdient haben! Und im Labor sollten wir genauso vorgehen. Wir müssen dort mit *eisernem Besen* kehren …« Kevin schaute ausgesprochen finster drein und umklammerte in heftiger Erregung das Lenkrad. »Mann, das geht mir echt auf den Keks, wenn ich daran denke, wie sich diese Spielzeugbullen da drinnen anschicken, die Eierköpfe zu knacken. Und hier sitze ich – Kevin Hamilton, zweiunddreißig Jahre alt, wieder mal auf der Flucht. Wenn ich bloß, sagen wir, zwanzig stämmige Iren aus dem Süden hätte, bewaffnet mit Billardstöcken und Tischbeinen. Im ganzen Labor gibt es bloß zwölf lausige Cops. Seit zehn Jahren haben sie nichts weiter getan, als Telefonleitungen anzuzapfen und Schmiergelder einzusacken. Wir könnten diese Hurensöhne mit Leichtigkeit vermöbeln.«

»Das sind ja ganz neue Töne, Kevin«, bemerkte Oscar.

»Mann, ich hab schließlich nicht gewusst, dass man einfach so *mit dem Präsidenten* reden kann! Ich bin ein Prolo und ein Hacker und ein Telefonfreak, wissen Sie. Das gebe ich gerne zu. Aber in meinem Alter ist man es irgendwann leid, die Leute ständig zu überlisten! Man hat einfach keine Lust mehr, sich ständig zu verstecken. Wie komme ich denn dazu, in den Ritzen zwischen den Bodenbrettern herumzupuhlen? Ich sag Ihnen was, Dr. Penninger – wenn Sie *mir* die Verantwortung für Ihre Sicherheit übertragen, würde sich einiges ändern.«

»Heißt das, Sie möchten Sicherheitschef des Laboratoriums werden, Mr. Hamilton?«

»Nein, natürlich nicht, aber ...« Kevin stockte überrascht. »Doch, *ja*! Ja, *klar*! Ich bin der Richtige für den verdammten Job! Geben Sie *mir* die Bullenmarke. Geben Sie *mir* das verdammte Polizeibudget. Geben Sie die ganzen Abzeichen und Gummiknüppel *mir*. Scheiße, ja, ich kann alles tun, was Sie wollen. Machen Sie mich zu einer bundesstaatlichen Behörde.«

»Tja«, sagte sie. »Ich leite das Labor, und ich liege hier mit gefesselten Händen auf dem Rücksitz. Ich wüsste nicht, wer außer Ihnen dafür infrage käme, mir zu helfen.«

»Ich würde es schaffen, Dr. Penninger, ich schwör's. Wenn wir nicht nur zu dritt wären, könnte ich die ganze Anlage einnehmen. Aber wie die Dinge liegen ...« Er zuckte die Achseln. »Also, ich schlage vor, wir fahren einfach in der Gegend rum und machen ein paar Anrufe.«

»Ich fahre niemals ziellos herum«, erwiderte Oscar.

»Dann machen Sie einen Vorschlag, Mann. Wo sollen wir hin?«

»Wo befindet sich das nächstgelegene Camp der Moderatoren?«

9

Der Canton Market war in Texas seit 1850 Tradition. An jedem Wochenende vor dem ersten Montag des Monats versammelten sich Kaufleute, Sammler, Flohmarkthändler und Schaulustige aus einem Umkreis von mehreren hundert Meilen, um drei Tage lang um allen möglichen Krimskrams zu feilschen. Diese alte, tief verwurzelte Tradition war mittlerweile natürlich vollständig von den Prolonomaden vereinnahmt.

Oscar, Greta und Kevin fanden sich als Teil einer Autoschlange wieder, die sich der Behelfssiedlung näherte. In Kevins gemieteter Schrottkarre fügten sie sich unauffällig in den Verkehr ein: Tankwagen, Sattelschlepper, Zigeunerwohnwagen, winterlich vermummte Tramper am Straßenrand.

Oscar war zu Greta auf den Rücksitz geklettert, damit sie gegenseitig ihre Verletzungen versorgen konnten. Gretas Hände waren noch immer gefesselt, und Oscars Kopfwunde war gerade so eben verschorft. Sie saßen nebeneinander, während Kevin ein am Straßenrand erstandendes Sandwich mampfte und die beschlagene Windschutzscheibe freiwischte.

Gegenseitig ihre Verletzungen zu versorgen, war ein langwieriger, intimer Vorgang. Er umfasste das zärtliche Aufknöpfen von Hemden, vor jähem Schmerz angehaltenen Atem, mitfühlendes Zungeschnalzen und das extrasanfte Abtupfen mit antiseptischen Salben. Sie hatten beide so viel eingesteckt, dass sie unter normalen Umstände medizinische Versorgung und ein paar Tage Ruhe gebraucht hätten.

Vom Betäubungsgas hatten sie Schwindel und Kopfschmerzen zurückbehalten, die sich mit Schläfen- und

Stirnmassage und behutsamen Küssen nur teilweise kurieren ließen.

Greta nahm ihre Schmerzen mit stoischer Gelassenheit hin. Sie nötigte ihm ihre persönliche Katerkur auf: sechs Aspirin, vier Acetaminophen, drei gehäufte Löffel Zucker und vierzig Mikrogramm rezeptfreie Lysergsäure. Sie ließ sich nicht davon abbringen, dass diese Mischung sie wieder ›aufpeppen‹ würde.

Gegen Abend bogen sie vom verstopften Highway ab und rasten über einen obskuren Feldweg Richtung Osten. Nach einer Weile hielten sie an und warteten. Binnen Stundenfrist stieß Yosh Pelicanos zu ihnen, der einen Mietwagen mit Satellitennavigation fuhr.

Pelicanos hatte an alles gedacht. Er hatte Laptops, Geldkarten, einen Verbandskasten, zwei Koffer voller Kleider, Spraypistolen aus Plastik, neue Telefone und nicht zuletzt einen nagelneuen Bolzenschneider von einem Meter Länge mitgebracht.

Kevin verfügte über die größte Erfahrung mit Polizeifesseln. Daher machte er sich mit dem Bolzenschneider an Gretas Handfesseln zu schaffen, während sich Oscar in Pelicanos' geräumigem und piekfeinem Mietwagen umzog.

»Ihr seht aus wie Zombies. Ihr wisst hoffentlich, was ihr tut«, sagte Pelicanos düster. »Im Labor ist die Hölle los.«

»Wie wird unser Team mit der Krise fertig?« fragte Oscar, sich vorsichtig das Haar von der Platzwunde über dem Ohr abrasierend.

»Also, ein paar sind beim Streikkomitee, andere haben sich im Hotel eingeigelt. Wir können das Labor noch ungehindert betreten und verlassen, aber das wird nicht so bleiben. Die Laborpolizei wird versuchen, den Streik zu brechen. Die Polizei von Buna und die County-Sheriffs treiben sich am Hotel herum, und Gretas Komitee traut sich nicht, den Hochsicherheitstrakt zu verlassen ... Die haben uns ganz schön am Wickel, Oscar. Unsere Leute sind völlig konfus. Es geht das Gerücht, ihr wärt Kriminelle, ihr hättet uns im Stich gelassen. Die Moral ist unter dem Nullpunkt.«

»Und wie hat die üble Nachrede eingeschlagen?«

»Also, dass ihr euch abgesetzt habt, das hat Wirkung gezeigt. Wenn's um Sex geht, ist das ja auch nicht anders zu erwarten. Ich meine, im Grunde haben wir mit dem Outing doch ständig gerechnet. Es sind Fotos im Umlauf, die dich und Greta in dieser Bruchbude in Holly Beach zeigen.«

»Die Staatspolizei von Louisiana hat uns fotografiert«, seufzte Oscar. »Ich hab's geahnt.«

»Der Sex-Skandal ist noch nicht bis in die seriöse Presse vorgedrungen. Ich hatte Dutzende von Anrufen, aber die Reporter können die Story nicht bestätigen. Das ist eine typische Sexgeschichte. Im Labor nimmt das niemand ernst. In Buna weiß bereits jeder, dass du mit Greta schläfst. Nein, der Veruntreuungsvorwurf wiegt da schon schwerer. Das ist todernst. Das Geld ist nämlich wirklich weg.«

»Wie viel hat er gestohlen?« fragte Oscar.

»Alles! Das Labor ist pleite. Das ist schlimm. Mehr als nur schlimm. Das geht über einen finanziellen Bankrott weit hinaus, denn auch sämtliche gespeicherten Daten sind zerstört. So etwas habe ich noch nicht erlebt. Selbst die Backups wurden unlesbar gemacht. Das Computersystem kann nicht mal mehr addieren, es kann nicht updaten, es spuckt bloß Unsinn aus. Das ist die totale finanzielle Lobotomie.«

»Amerikanische Infokriegsviren«, meinte Oscar. »Die Huey im Luftwaffenstützpunkt erbeutet hat.«

»Klar, das musste was Militärisches sein.« Pelicanos nickte. »Damit wurden schon Regierungen gestürzt. Die Laborcomputer hatten keine Chance.«

»Wie lange wird es dauern, bis sie wieder laufen?«

»Das soll wohl ein Scherz sein. Kann ich etwa zaubern?« Pelicanos war ernstlich verletzt. »Ich bin bloß der

Buchhalter! Ich kann doch nicht den Schaden reparieren, der bei einem militärischen Netzangriff entstanden ist! Außerdem glaube ich, dass ich überwacht wurde. Jede einzelne Datei, die ich in den vergangenen Monaten geöffnet habe, wurde ganz gezielt zerstört. Ich glaube, die haben sogar meinen Laptop angezapft – haben irgendwas eingebaut. Ich kann meinem persönlichen Rechner nicht mehr trauen. Nicht mal mehr auf meine gespeicherten Daten ist Verlass.«

»Na schön, Yosh, ich hab's kapiert, das fällt nicht in dein Fach. Aber wer kennt sich damit aus? Wer kann uns helfen?«

Pelicanos überlegte angestrengt. »Also, zunächst einmal brauchst du ein großes Spezialistenteam von Computerforensikern, die den beschädigten Programmcode Zeile für Zeile durchgehen ... Nein, vergiss es. Die Schäden aufzuspüren und zu lokalisieren würde Jahre dauern. Das würde ein Vermögen kosten. Sehen wir den Tatsachen ins Gesicht, die Labordateien können wir abschreiben, die sind verloren. Billiger wäre es, das ganze Computersystem von einer Klippe ins Meer zu schmeißen und ganz von vorn anzufangen.«

»Ich glaube, jetzt hab ich's begriffen«, sagte Oscar. »Huey hat die Laborfinanzen irreparabel geschädigt. Er hat ein staatliches Labor mit einer Netzattacke ruiniert, bloß um seine Leute vom Korruptionsverdacht reinzuwaschen. Das ist ungeheuerlich. Das ist entsetzlich. Der Mann hat kein Gewissen. Also, zumindest wissen wir jetzt, woran wir sind.«

Pelicanos seufzte. »Nein, Oscar, es ist noch viel, viel schlimmer. Die Leute von den Spin-offs sind seit jeher Hueys beste Verbündete. Sie wussten, dass sie gleich als nächste auf Gretas Entlassungsliste standen, daher haben sie heute Nacht rebelliert. Die Spin-off-Bande hat zum Gegenschlag ausgeholt. Sie haben das Spin-off-Gebäude abgesperrt und verbarrikadiert und feiern eine Rund-um-die-Uhr-Schredder-Orgie. Sie stehlen sämtliche Daten, derer sie habhaft werden können, und alles andere vernichten sie. Wenn sie fertig sind, werden sie geschlossen zu Hueys brandneuen Labors in Louisiana überlaufen. Und die anderen versuchen sie zum Mitkommen zu überreden.«

Oscar nickte, ließ die Neuigkeiten auf sich wirken. »Okay. Das ist Vandalismus. Behinderung der Justiz. Diebstahl und Zerstörung staatlicher Daten. Industriespionage. Die Spin-off-Leute sollten ausnahmslos festgenommen und die ganze Härte des Gesetzes zu spüren bekommen.«

Pelicanos lachte trocken. »Als ob das so einfach wäre.«

»Es ist noch nicht vorbei«, sagte Oscar. »Weil die Entführung nämlich gescheitert ist. Die taktische Initiative liegt wieder bei uns. Huey kennt unseren Aufenthaltsort nicht. Zumindest den sind wir los.«

»Und weiter? Wo sollen wir jetzt hin? Nach Boston? Washington?«

»Tja …« Oscar rieb sich das Kinn. »Hueys nächste Schritte liegen auf der Hand, nicht wahr? Er wird das Laboratorium ebenso zerschmettern wie die Luftwaffenbasis. Wegen der Infokriegsattacke haben wir kein Geld mehr. Schon bald werden die Arbeitsmaterialien und das Essen knapp werden … Dann lässt er eine Prolostreitmacht anrücken, die die herrenlose Einrichtung besetzt, und dann ist alles gelaufen.«

»Ja, so sieht es aus.«

»Er ist kein Übermensch, Yosh. Also, das nehme ich zurück – ich bin mir ziemlich sicher, dass Huey tatsächlich ein Übermensch ist. Aber er hat einen Fehler gemacht. Andernfalls würden Greta und ich jetzt in irgendeinem trostlosen Sumpf in einem Privatgefängnis schmachten.«

Gretas Handfesseln lösten sich mit einem so lauten Knacken, dass es selbst im Freien zu hören war. Greta öffnete die Wagentür, stieg aus Kevins Schrottkarre aus, streckte den verkrampften Rücken und lockerte die

Schultern. Während Kevin den Bolzenschneider im Kofferraum verstaute, gesellte sie sich zu Oscar und Pelicanos. Sie blickte durch Pelicanos' Wagenfenster und massierte sich die Handgelenke.

»Wie geht es weiter?« fragte sie.

»Das Überraschungsmoment liegt auf unserer Seite«, sagte Oscar. »Und das müssen wir nach Kräften ausnutzen.«

»Wann kann ich wieder ins Labor zurück? Ich möchte liebend gern wieder zurückkehren.«

»Das wirst du auch. Aber unsere Rückkehr muss von Pauken und Trompeten begleitet sein. Wir müssen das Labor angreifen und gewaltsam zurückerobern.«

Pelicanos starrte Oscar an, als habe dieser den Verstand verloren. Greta massierte sich mit ernster, besorgter Miene die eiskalten Arme.

»Das lässt sich schon eher hören!« erklärte Kevin und boxte in die Luft.

»Es ist machbar«, sagte Oscar. Er öffnete die Wagentür und trat in den kalten Winterwind hinaus. »Ich weiß, es klingt verrückt, aber überlegt mal. Greta ist nach wie vor die amtierende Direktorin. Die Laborpolizisten sind keine Elitekämpfer, sondern bloß Beamte.«

»Man kann von den Laborangestellten nicht verlangen, dass sie die Polizei angreifen«, entgegnete Greta. »Das werden sie nicht tun. Das wäre ungesetzlich, unmoralisch, unethisch, unprofessionell … und außerdem höchst gefährlich, hab ich Recht?«

»Eigentlich bin ich mir ziemlich sicher, Greta, dass deine Wissenschaftler liebend gern ein paar Cops zusammenschlagen würden, aber ich verstehe, was du meinst. Es würde viel zu lange dauern, diese harmlosen Intellektuellen so weit zu bringen, dass sie handgreiflich werden. Mein kleines Team von Politprofis, das sind auch nicht gerade erfahrene anarchistische Straßenkämpfer. Aber wenn es uns nicht gelingt, die Ordnung im Labor wiederherzustellen, und zwar heute noch, dann ist deine

Verwaltung zum Untergang verurteilt. Und das Labor auch. Deshalb müssen wir ein Risiko eingehen. Diese Krise verlangt nach äußerster Entschlossenheit. Wir müssen das Labor in unsere Gewalt bringen. So wie die Dinge liegen, brauchen wir ein paar harte, revolutionäre Desperados.« Oscar holte tief Luft. »Also lasst uns zum Flohmarkt fahren und ein paar Schläger anheuern.«

Pelicanos' properen Wagen ließen sie aus Sicherheitsgründen stehen und zwängten sich stattdessen in Kevins nicht zugelassene Schrottkarre. Dann fuhren sie los.

Die erste Herausforderung war eine Straßenblockade der Moderatoren, südlich von Canton. Die texanischen Prolos musterten sie neugierig. Oscars Hut war verrutscht und verbarg den Kopfverband nur notdürftig. Kevin war unrasiert und zappelig. Greta hatte die Arme verschränkt, damit man ihre wundgescheuerten Handgelenke nicht sah. Pelicanos sah aus wie ein Bestattungsunternehmer.

»Kommt ihr aus 'nem anderen Bundesstaat?« fragte der Moderator, ein sommersprossiger halbwüchsiger Weißer mit blauem Plastikhaar, Kopfhörer, acht Halsketten mit Holzperlen, Handy und hirschlederner Fransenjacke. Die Beine steckten von den Knien abwärts in monströsen Eskimostiefeln aus flauschigem Plastik.

»Ja!« antwortete Kevin, begleitet von verschiedenen Geheimzeichen.

Der Moderator beobachtete amüsiert Kevins Verrenkungen. »Schon mal in Texas gewesen?«

»Wir haben vom Flohmarkt in Canton gehört«, versicherte ihm Kevin. »Der ist berühmt.«

»Könnte ich bitte fünf Dollar Parkgebühr haben?« Der Moderator steckte das Plastikgeld ein und pappte ihnen eine Plakette auf die Windschutzscheibe. »Folgt einfach den Piepsern von dem Aufkleber, der führt euch bis zum Parkplatz. Viel Spaß auf dem Markt!«

Sie fuhren langsam in das Städtchen ein. Canton war eine durchschnittliche osttexanische Stadt mit bescheidenen zwei- und dreistöckigen Gebäuden: Lebensmittelläden, Krankenhäuser, Kirchen, Restaurants. Auf den Straßen wimmelte es von seltsam gekleideten Passanten. Die gewaltigen Prolohorden machten einen äußerst gut organisierten Eindruck; sie ignorierten gelassen die Verkehrsampeln, bewegten sich aber grüppchen- und stoßweise, ein Volkstanz der Massen.

Kevin parkte auf einer winterbraunen Weide unter einer weit ausladenden Pinie. Sie stiegen aus. Die Sonne schien, doch es wehte ein unangenehmer Nordwind. Sie schlossen sich einer kleinen Gruppe an und näherten sich dem Rand des Marktes.

Das weitläufige Marktgelände wurde dominiert von den hoch aufragenden, in Zellbauweise errichteten Plastiktürmen. Allerlei zusammengebastelte Fluggeräte summten wie Mückenschwärme umher. Die größten Unterkünfte waren gewaltige polarisierte Zirkuszelte aus eigenartig riechender transparenter Plastikplane, die über hohe Masten gespannt war.

Kevin erstand von einem Deckenverkäufer vier Ohrclips. »Hier, legen Sie die an.«

»Warum?« fragte Greta.

»Vertrauen Sie mir, ich kenne mich an solchen Orten aus.«

Oscar klemmte sich den Clip ans linke Ohrläppchen. Das Gerät gab ein leises, wortloses Gebrabbel von sich, ähnlich dem Geplapper eines Dreijährigen. Solange er sich mit der Menge bewegte, blieb das Geplapper unverändert, eine eigentümlich beruhigende Begleitung, etwa wie der eingebildete Freund eines Kindes. Doch jedesmal, wenn er sich dem allgemeinen Strom entgegenstellte – wenn ihm irgendein Hinweis entgangen war –, wurde die Ohrfessel lästig. Hielt er den Verkehr lange genug auf, brüllte sie ihn an.

Irgendwo überwachte ein Rechner den Fluss der Menschen und kontrollierte sie mit sanften Hinweisen. Nach kurzer Zeit vergaß Oscar das leise Geplapper einfach; er nahm es nur noch unbewusst wahr. Die nonverbale, kindliche Nörgelei war so beharrlich, dass man sich leicht daran gewöhnte. Schon bald wichen sie Menschenansammlungen automatisch aus, noch ehe diese in Sichtweite kamen. Alle trugen Ohrclips, daher verteilte der Rechner die Menschen wie einen Schwarm Schmetterlinge.

Das Marktgelände wimmelte zwar von Menschen, doch die Menge bewegte sich erstaunlich flüssig. Vor den Imbissbuden standen kurze, geordnete Schlangen. Die Toiletten waren nicht blockiert. Es gingen keine Kinder verloren.

»Ich versuche mal jemanden aufzutreiben, mit dem wir ernsthaft reden können«, verkündete Kevin. »Wenn ich ein Treffen arrangiert habe, melde ich mich über Handy.« Er wandte sich um und humpelte davon.

»Ich helfe Ihnen«, sagte Oscar und schloss zu ihm auf.

Kevin wandte sich mit verkniffener Miene um. »Bin ich nun für Ihre Sicherheit verantwortlich oder nicht?«

»Natürlich sind Sie das.«

»Das ist eine Frage der Sicherheit. Wenn Sie mir helfen wollen, passen Sie auf Ihre Freundin auf. Sorgen Sie dafür, dass sie nicht schon wieder verschütt geht.«

Es ärgerte Oscar, dass Kevin ihn zur Persona non grata erklärte. Andererseits hatte er Verständnis für Kevins Vorbehalte – schließlich war Oscar als Einziger unter den vielen tausend Besuchern mit einem teuren Anzug samt passendem Hut und Schuhen bekleidet. Oscar war verdächtig auffallend.

Er blickte sich über die Schulter zum. Greta war bereits verschwunden.

Bald darauf machte er Pelicanos aus, und nach vier quälenden Minuten hatten sie Greta gefunden. Sie war zu einem Freigelände mit Zelten und Tischen geschlendert, die mit einem erstaunlichen Durcheinander von gebrauchten Elektronikteilen bepackt waren.

»Warum machst du dich selbstständig?« fragte er.

»Ich hab mich nicht selbstständig gemacht. Du bist verschwunden.« Sie wühlte in einer flachen Messingschale mit nichtleitenden Sonden.

»Wir müssen beieinander bleiben, Greta.«

»Ich vermute, das lag an meinem kleinen Freund«, erwiderte sie und fasste sich an den Ohrclip. »Daran bin ich nicht gewöhnt.« Sie schlenderte mit funkelnden Augen zum nächsten Tisch, der mit Kisten voller bunter Kabel, Planscheiben, Stapelboxen und Adaptern bepackt war.

Oscar besah sich einen Karton mit Elektrogeräten. Die meisten waren aus gebrochen weißem Plastik, manche aber offenbar von den Nomaden hergestellt. Diese waren aus gepresstem Gras. Die behandelte Zellulose war leicht, aber fest und hatte eine körnige Oberfläche, wie Müsliriegel.

Greta war hingerissen, und auch Oscar vermochte sich der Faszination der Waren nicht zu entziehen. Er hatte gar nicht gewusst, wie fortschrittlich die Herstellungsweise der Nomaden war. Er blickte den Gang entlang. Sie waren vollständig umgeben vom Müll der amerikanischen Computer- und Phonoindustrie, völlig wertloser Plunder, der mit alten Werbesprüchen beklebt war. »Neu im Angebot: Strata VIe und XIIe!« Da gab es völlig veraltete Firmenprogramme, für die kein Mensch mehr Verwendung hatte. Stapel von Tintenpatronen für nicht mehr existente Drucker. Unergonomische Mäuse und Joysticks, die einem auf Dauer garantiert die Handgelenksehnen ruinieren würden … Und riesige Mengen Software, deren fiktiver ›Wert‹ aufgrund des verlorenen Wirtschaftskriegs implodiert war.

Das war aber noch nicht alles. Wirklich merkwürdig dabei war, dass die Nomadenproduzenten diesen Dschungel alten Plunders so energisch infiltrierten. Sie bastelten neue, funktionale Objekte daraus, die kein Müll mehr waren, sondern unheimliche Parodien von kommerziellem Müll, geschaffen mit neuen, nichtkommerziellen Methoden. Was früher einmal aus teurem, glänzendem Kunststoff bestanden hatte, bestand nun aus gehäckseltem Stroh und Papier. Den Platz der Angestellten hatten arbeitslose Fanatiker mit billiger Ausrüstung, komplizierten Netzwerken und aller Zeit der Welt eingenommen. Ehemals teure und nun ökonomisch wertlose Geräte wurden nach und nach durch fast identische Geräte ersetzt, die ebenfalls nichtkommerziell, aber dennoch brandneu waren.

An einem Tisch, wo Funkwanzen feilgeboten wurden, herrschte reger Betrieb. Ein Mann und eine Frau mit Turmfrisuren und Gesichtsbemalung boten stolz das ganze Sortiment der Abhörindustrie feil: Körperkabel, Schwanenhalstaschenlampen, Kabelklemmen, Erdungsvorrichtungen, Sauger, Zahnstocher und Pinzetten und zahlreiche Schachteln mit fingernagelgroßen Abhörwanzen. Wer, wenn nicht die beschäftigungslosen Nomanden, konnte sich das Vergnügen leisten, geduldig zu lauschen, zu sammeln und saftige mitgeschnittene Gesprächsfetzen zu verkaufen? Oscar besah sich eine Schaumstoffbox mit Sechskantschraubenschlüsseln, die mit Kameraaugen ausgestattet waren.

»Nehmen wir uns mal eine anderen Reihe vor«, drängte Greta, mit funkelnden Augen und wirrem Haar. »Da drüben gibt es medizinische Geräte!«

Sie wechselten in das Reich der untoten Geräte über. Hier gab es haemostatische Pinzetten, chirurgische Scheren, Gefäßklammern, verschweißte Plastikhandschuhe aus der Zeit von AIDS. Greta betrachtete fasziniert die Knochenschrauben und Tupfer, die spottbilligen chinesischen Vergrößerungsbrillen und die kleinen vakuumverschlossenen Kanister mit sterilem Silikonfett.

»Ich brauche Bargeld«, meinte Greta plötzlich. »Leih mir was.«

»Was hast du denn? Du kannst diesen Plunder nicht kaufen. Du kennst doch nicht mal die Herkunft.«

»Deshalb will ich ihn ja kaufen.« Sie musterte ihn stirnrunzelnd. »Hör mal, ich war Chef der Ausrüstungsabteilung. Wenn die hier Proteinsequenzierer anbieten, dann will ich wissen, was es damit auf sich hat.«

Sie wandte sich an den Verkäufer, der vor seinem aufgeklappten Laptop saß und kichernd selbst gezeichnete Comics betrachtete. »Hallo, Mister. Wie viel kostet das Cytometer?«

Der Provinzler sah vom Bildschirm auf. »Meinen Sie das da?«

»Funktioniert das Gerät?«

»Keine Ahnung. Summt aber ganz ordentlich, wenn man den Stecker reinsteckt.«

Pelicanos tauchte auf. Er hatte eine gebrauchte Jacke gekauft – eine scheußliche Sportjacke aus unverwüstlichem schwarzem und purpurfarbenem Gore-Tex.

»Danke, Yosh«, sagte Greta und zog die bauschige Jacke an. Als sie das hässliche Ding bis ans Kinn geschlossen hatte, wurde sie zu einem integralen Bestandteil der örtlichen Szenerie. Sie wirkte jetzt normal, wie eine gewöhnliche ärmliche Unterschicht-Shopperin.

»Ich wünschte, Sandra wäre hier«, sagte Pelicanos ruhig. »Sandra würde es hier gefallen. Das heißt, wenn unsere Probleme nicht wären.«

Oscar war zu angespannt, um zu shoppen. Er machte sich um Kevin Sorgen. Er bemühte sich, einen Notfallplan auszutüfteln für den Fall, dass Kevin keinen nützlichen Kontakt herstellen konnte oder gar verschwand.

Greta hingegen schlenderte mit wahrer Begeisterung an den Ständen entlang. Die Schmerzen und Sorgen hatte sie hinter sich gelassen. In jedem Wissenschaftler steckt ein Hardware-Junkie.

Doch nein, so einfach war es nicht. Greta war in ihrem Element. Oscar wurde jäh bewusst, was es bedeuten würde, mit Greta verheiratet zu sein. Ausrüstungsteile auszusuchen war Teil ihrer Arbeit, und die Arbeit ging ihr über alles. Das alltägliche Zusammenleben mit einer engagierten Wissenschaftlerin würde voller Momente wie diesem sein. Er würde pflichtschuldigst hinterdreinzotteln, um den Anschluss nicht zu verlieren, und sie würde ihre ganze Aufmerksamkeit Dingen widmen, die er niemals verstehen würde. Ihre Beziehung zur materiellen Welt war gänzlich anders geartet als die seine. Sie liebte Geräte, aber sie hatte keinen Geschmack. Es würde eine Qual sein, mit einer Wissenschaftlerin ein Zuhause einzurichten. Er würde sich mit billigem und hässlichem Geschirr abfinden müssen.

Sein Handy läutete. Kevin war dran.

Oscar befolgte die Anweisungen und gelangte nach einer Weile zu dem Zelt, das Kevin ihm beschrieben hatte. Das Zelt war schwer zu verfehlen. Es handelte sich um eine längliche Kuppel aus bunter Fallschirmspringerseide, worin ein Zweimann-Leichtflugzeug, sechs Fahrräder und zahlreiche Feldbetten untergebracht waren. Hunderte bunter Schnüre aus Chemglowfolie hingen von den Zeltnähten bis auf Schulterhöhe herab. Ein Dutzend Prolos saßen auf weißen Plastikteppichen. Fünf von ihnen waren damit beschäftigt, eine Zeitung zu erstellen.

Kevin plauderte gerade mit einem Mann, den er als ›General Burningboy‹ vorstellte. Burningboy war in den Fünfzigern, hatte einen langen, graumelierten Bart und einen schmutzigen Cowboyhut auf dem Kopf. Der Nomadenguru trug mit kunstvollen Stickereien verzierte Jeans, einen weiten handgestrickten Pullover und alte Militärschnürstiefel. Drei elektronische Haftverschonungsfesseln zierten seine behaarten Handgelenke.

»Hallo«, sagte der Prologeneral. »Willkommen in Canton Market. Setzen Sie sich auf den Boden.«

Oscar und Greta nahmen auf dem Teppich Platz. Kevin saß bereits und hatte die Schuhe ausgezogen. Er massierte sich geistesabwesend die müden Füße. Pelicanos nahm nicht an der Unterredung teil, sondern wartete in diskreter Entfernung. Er war ihr Mann für den Notfall.

»Ihr Freund hat mir soeben viel Geld gegeben, bloß

um mir eine Stunde meiner Zeit abzukaufen«, bemerkte Burningboy. »Hat mir eine erstaunliche Geschichte aufgetischt. Aber wenn ich Sie mir so ansehe ...« Er musterte Oscar und Greta nachdenklich. »Ja, das könnte hinhauen. Ich schätze, ich kauf ihm seine Story ab. Was also kann ich für Sie tun?«

»Wir brauchen Ihre Hilfe«, sagte Oscar.

»Ich hab's geahnt.« Der General nickte. »Normale Leute bitten uns erst dann um einen Gefallen, wenn alle anderen Stricke reißen. Sowas passiert uns ständig – aus heiterem Himmel tauchen irgendwelche reichen Idioten auf. Haben immer komische Vorstellungen davon, was wir für sie tun können. Haben einen genialen Plan, der nur vom sprichwörtlichen Abschaum in die Tat umgesetzt werden kann. Zum Beispiel sollen wir ihnen helfen, Heroin herzustellen ... Oder Aluminiumprofile zu verkaufen.«

»Wir haben nichts dergleichen im Sinn, General. Sie sollten sich meinen Vorschlag erst einmal anhören.«

Der General schlug die Beine übereinander. »Das mag Sie vielleicht *wundern*, Mr. Valparaiso, aber selbst wertlose Untermenschen wie wir sind mit ihrem eigenen Leben beschäftigt! Heute ist der erste Marktmontag. Wir stecken hier mitten in einer größeren Veranstaltung. Ich muss mir ein paar ernsthafte Gedanken machen, zum Beispiel über ... Abwässer. Binnen drei Tagen kommen hier hunderttausend Leute her. *Comprende*?« Burningboy streichelte sich den Bart. »Wissen Sie überhaupt, wen Sie hier vor sich haben? Ich bin kein Magier, Mann. Ich komme nicht wie der Dschinn aus der Flasche, bloß weil Sie mich brauchen. Ich bin ein Mensch. Ich habe meine eigenen Probleme. Man nennt mich jetzt ›General‹ ... Dabei war ich früher mal ein leibhaftiger Bürgermeister! Ich wurde zweimal zum Bürgermeister von Port Mansfield, Texas, gewählt. Eine hübsche kleine Strandgemeinde – bis sie irgendwann fortgespült wurde.«

Eine ältere Frau in einem Fransenkleid betrat das Zelt.

Sie machte zwei Knoten in eine herabhängende Chemglowschnur, dann ging sie wortlos wieder hinaus.

Der General nahm den Faden wieder auf. »Verstehen Sie, mein Sohn – und Dr. Penninger« – er nickte Greta höflich zu –, »wir sind alle Helden unserer eigenen Geschichte. Sie erzählen mir, Sie hätten da ein großes Problem – verdammt noch mal, wir haben alle große Probleme.«

»Lassen Sie uns drüber reden«, sagte Oscar.

»Ich habe einen ausgezeichneten Karriereratschlag für euch Überflieger. Weshalb gebt ihr Clowns nicht einfach auf? Macht einfach *Schluss*! Lasst alles sausen, macht euch auf die Socken! Macht euch das Leben etwa Spaß? Habt ihr eine *Gemeinschaft*? Wisst ihr überhaupt, was wahre Gemeinschaft ist? Gibt es eine Menschenseele, der ihr armen Schweine wirklich vertrauen könnt? Antworten Sie nicht! Ich kenne die Antwort nämlich schon. Sie beide sind jämmerliche Versager. Sie sehen aus, als hätten die Coyoten Sie gefressen und anschließend von einer Klippe geschissen. Und jetzt stecken Sie in einer Krise und wollen, dass ich Ihnen helfe … Scheiße, Leute wie Sie stecken ständig in der Krise. Sie *sind* die Krise. Wann wollen Sie endlich aufwachen? Ihr System funktioniert nicht. Ihre Wirtschaft funktioniert nicht. Ihre Politiker funktionieren nicht. Nichts, was Sie anfangen, funktioniert. Sie sind erledigt.«

»Im Moment«, sagte Oscar.

»Mister, Sie werden es niemals schaffen. Sie haben einen ernsthaften Schuss vor den Bug bekommen. Sie sind verschwunden, Sie haben *Ihren Besitz verloren*. Sie sind vom Antlitz der Erde gefegt worden. Und wissen Sie was? Hier gibt es eine weiche Landung. Nur zu, steigen Sie aus! Verbrennen Sie Ihre Kleider! Zünden Sie Ihre beschissenen Diplome an! Schmeißen Sie Ihre Ausweise weg! Wissen Sie, dass Sie einen kläglichen, jämmerlichen Anblick bieten? Ein nettes, reizendes, begabtes Paar … Hören Sie, es ist noch nicht zu spät für Sie beide, ein neues Leben anzufangen! Im Moment sind Sie menschliche Wracks, aber Sie könnten Lebenskünstler sein, wenn Sie wüssten, wozu das Leben gut ist.«

Greta ergriff das Wort. »Aber ich muss unbedingt ins Labor zurück.«

»Ich hab's versucht«, sagte Burningboy und hob beide Hände. »Wenn Sie mir ernsthaft zugehört hätten und meinen guten Rat beherzigen würden, dann wären Ihre Probleme auf der Stelle behoben. Sie könnten heute Abend Currysuppe mit uns essen und würden wahrscheinlich auch einen Fick finden. Aber nein, auf den alten Burningboy hört ja niemand. Ich bin viel, viel älter als Sie und habe mehr im Leben gesehen als Sie, aber was weiß ich schon? Ich bin bloß ein strohdummer Idiot in komischen Klamotten, der irgendwann im Kittchen landen wird. Und zwar deshalb, weil irgendein reicher Yankee von außerhalb will, dass er eine kriminelle Handlung begeht.«

»General, erlauben Sie, dass ich Sie ins Bild setze«, sagte Oscar. Er tat es. Burningboy hörte ihm mit erstaunlicher Geduld zu.

»Okay«, sagte Burningboy schließlich. »Nehmen wir mal an, wir gehen da rein und räumen in dieser Riesenglaskuppel voller Wissenschaftler auf. Ich muss zugeben, das ist eine reizvolle Vorstellung. Wir Moderatoren sind ausgesprochen nette, friedliche Leute, nichts als Liebe und Sonnenschein. Vielleicht könnten wir Ihnen zuliebe sowas tun. Aber was springt für uns dabei raus?«

»Geld«, sagte Oscar.

Burningboy gähnte. »Als wenn uns das weiterbringen würde.«

»Das Labor ist selbstversorgend. Da drinnen gibt es Nahrung und Unterkünfte«, meinte Greta.

»Ja, klar – solange wir Ihnen genehm sind. Anschließend geben Sie uns den Laufpass.«

»Seien wir realistisch«, sagte Oscar. »Sie sind ein Pöbelhaufen. Wir brauchen ein paar tüchtige Schlägertypen, um unserem Streik Nachdruck zu verleihen. Daran ist nichts Ungewöhnliches, nicht wahr? Das kann doch nicht so schwer sein.«

»Sie hätten es mit untergeordneten, verängstigten Cops zu tun«, meinte Greta. »Übrigens sind sie kaum bewaffnet.«

»Mann, wir versorgen uns selbst und haben eigene Unterkünfte. Was uns fehlt, sind Einschusslöcher. Oder ein Haufen aufgebrachter Bundespolizisten, die es auf uns abgesehen haben.«

Oscar überlegte, wie er weiter vorgehen sollte. Er hatte es hier mit Leuten zu tun, die sich von grundlegend anderen Werten leiten ließen. Die Moderatoren waren radikale Dropouts – aber sie waren Menschen, und deshalb musste es möglich sein, an sie heranzukommen. »Ich kann Sie berühmt machen«, sagte er.

Burningboy schob sich den Hut in den Nacken. »Ach ja? Wie?«

»Ich kann Ihnen eine umfangreiche Netzberichterstattung garantieren. Ich bin Profi, das kriege ich hin. Das Labor ist sehr bekannt. Dr. Penninger ist Nobelpreisträgerin. Hier geht es um einen größeren politischen Skandal. Die Lage ist dramatisch. Da steckt noch viel mehr dahinter, das hat mit Bambakias' Hungerstreik zu tun und mit dem Angriff der Regulatoren auf den Luftwaffenstützpunkt. Wenn die Moderatoren die Ordnung in einer bedrohten staatlichen Einrichtung wiederherstellen würden, bekämen sie eine ausgezeichnete Presse. Das wäre das genaue Gegenteil von dem, was die Regulatoren gemacht haben.«

Burningboy langte nachdenklich in seine Jacke. Er holte drei kleine Stangen hervor, die aussahen, als bestünden sie aus bunter Kreide. Er legte sie auf einen polierten Schleifstein, zückte ein Taschenmesser und zerdrückte die Stangen, bis nur noch ein feines Pulver übrigblieb.

Dann seufzte er schwer. »Es gefällt mir nicht, dass ich

darauf anspringe, bloß weil ein Gauner wie Sie zufällig weiß, dass wir Moderatoren die Regulatoren auf dem Kieker haben.«

»Natürlich weiß ich das, General. Das ist schließlich eine allgemein bekannte Tatsache, oder nicht?«

»Wir lieben die Regulatoren wie unsere Brüder und Schwestern. Mit Ihnen haben wir nichts gemeinsam. Abgesehen davon, dass … Nun, die Moderatoren benutzen ein Moderatorennetzwerk. Und die Regulatoren verwenden ein Regulatoreninterface, mit Regulatorensoftware und Regulatorenprotokollen. Ich bezweifle, dass ein ignorantes Arschloch wie Sie begreift, welche politischen Probleme das mit sich bringt.«

»Ich begreife das«, sagte Kevin, der bislang geschwiegen hatte.

»Früher sind wir mit den Regulatoren gut ausgekommen. Das ist ein zivilisierter Stamm. Aber diese Cajun-Idioten bilden sich weiß Gott was auf ihre Gentechnik und auf den Umstand ein, dass Green Huey sie unterstützt … Haben angefangen, andere Leute herumzukommandieren, werben unsere Topleute ab, und wenn Sie mich fragen, machen diese Voodoo-Trommel-Freaks viel zu viel Aufhebens um Gas und Gifte …«

Oscar setzte unbarmherzig nach. »General, ich bitte Sie nicht, die Regulatoren anzugreifen. Ich bitte Sie bloß, das zu tun, was die Regulatoren bereits getan haben, und zwar aus besseren Motiven heraus und unter erheblich günstigeren Umständen.«

General Burningboy teilte das Pulver in drei Linien und streifte sie nacheinander in ein kleines Glas mit gelbem Fett ab. Er rührte das Fett mit dem Zeigefinger um, dann rieb er es sich sorgfältig hinter die Ohren.

Er blinzelte. »Okay«, meinte er schließlich. »Ich setze hier meine persönliche Ehre auf bloßes Hörensagen hin aufs Spiel, aber was soll's. Man nennt mich ›General‹, weil ich mir im Laufe der Jahre hohe Vertrauensratings erarbeitet habe, aber offen gesagt, liegt mir die Bürde meines Amtes im Moment schwer im Magen. Ich hätte nicht übel Lust, alles hinzuschmeißen. Und deshalb werde ich Euch drei reichen Flaschen einen sehr, sehr großen Gefallen tun. Ich werde Euch fünf Platoons ausleihen.«

»Fünfzig Moderatorenschläger?« fragte Kevin interessiert nach.

»Genau. Fünf Platoons, fünfzig Leute. Ich will nicht behaupten, dass sie das Labor gegen einen staatlichen Gegenangriff verteidigen könnten, aber einnehmen können sie es zweifellos.«

»Verfügen diese Männer über die erforderliche Disziplin, um die Ordnung in dieser Einrichtung zu gewährleisten?« fragte Oscar.

»Ich spreche nicht von Männern, Mann. Das sind junge Mädchen. *Früher* haben wir mal junge Männer geschickt, wenn's hart auf hart ging, aber hey, junge Männer sind besonders harte Burschen. Junge Männer *töten Menschen*. Wir haben uns in einer Alternativgesellschaft eingerichtet, wir können es uns nicht leisten, als mordende Marodeure dazustehen. Die Mädchen behalten eher einen kühlen Kopf, wenn's um urbane Sabotage geht. Außerdem kommen sie mit geringeren Strafen davon, wenn sie mal geschnappt werden.«

»Ich möchte nicht undankbar erscheinen, General, aber ich bin mir nicht sicher, ob Ihnen der Ernst der Lage klar ist.«

»Nein«, sagte Greta. »Junge Mädchen sind prima.«

»Ich denke, ich mache Sie mal mit einigen unserer Kommandantinnen bekannt. Dann können Sie Taktik und Bewaffnung absprechen.«

Oscar fuhr in einem getürkten Kirchenbus nach Buna zurück, der vollgestopft war mit drei Platoons der Nomadensoldatinnen. Er hätte auch mit Kevin mitfahren können, hatte es aber vorgezogen, sich ein Bild von den Kämpferinnen zu machen.

Beim Anblick vierzehn- bis siebzehnjähriger Mädchen fiel es schwer zu glauben, dass man eine paramilitärische Eingreiftruppe vor sich hatte, welche in der Lage sein sollte, die Polizeikräfte zu schlagen. Doch in einer von Überwachungstechniken infizierten Gesellschaft mussten Milizen notgedrungen seltsame Formen annehmen. Diese Mädchen waren nahezu unsichtbar, weil niemand mit ihnen rechnete.

Die Mädchen waren körperlich fit und sehr still. Sie wirkten wie Turnerinnen und reisten in kleinen Gruppen. Die Platoons wurden in Einsatzgruppen von je fünf Personen aufgeteilt, die von älteren Frauen koordiniert wurden. Diese Platoon-Sergeants wirkten so harmlos, dass man meinte, sie könnten keiner Fliege etwas zuleide tun.

Sie alle wirkten harmlos aufgrund ihrer Kleidung. Die Nomadenweiber hatten die schauerliche Straßenkleidung aus Leder und Plastik zu Hause gelassen. Nun trugen sie kleine Hüte, orthopädische Schuhe und schlecht sitzende geblümte Kleider. Ihre Tätowierungen hatten die jungen Soldatinnen sorgfältig mit hautfarbenem Wachs abgedeckt. Sie hatten sich das Haar frisiert. Sie trugen helle, moderne Jacken und gemusterte Leggings, die sie wahrscheinlich in einer bewachten Wohngegend aus einer Mall entwendet hatten. Die Moderatorenstreitmacht ähnelte einer Hockeymannschaft auf der Jagd nach Schoko-Milchshakes.

Als die Busse und deren Insassen erfolgreich die Ostschleuse passiert hatten, war die Einnahme des Labors nurmehr eine Frage der Zeit. Oscar beobachtete fassungslos, wie das erste Platoon einen Polizeiwagen angriff und zerstörte.

Zwei Polizisten in einem Wagen bewachten die Schleusen des Hochsicherheitstrakts, in dem Gretas Streikkomitee in düsterer Stimmung der Räumung harrte. Ohne Vorwarnung fasste sich das jüngsten der fünf Mädchen an den Kopf und stieß ein markerschütterndes Geschrei aus. Die Polizisten stiegen verdutzt aus und eilten dem Mädchen zu Hilfe. Sie gerieten in ein unsichtbares Gewirr von Stolperdrähten, die ihre Stiefel aneinanderzurrten. Es stank nach verbranntem Plastik. Als die Polizisten zu Boden gingen, beschossen zwei andere Mädchen sie mit Spraypistolen und klebten sie am Boden fest.

Ein zweites Platoon sammelte sich, stürzte den kleinen Polizeiwagen um und nahm die Monitore und das Armaturenbrett auf Webvideo auf.

Auf sein Drängen hin führte Kevin persönlich den Angriff auf die Polizeistation an. Kevins Beitrag bestand darin, eine weibliche Schalterbeamtin in ein Gespräch zu verwickeln, während dreißig plappernde und kichernde junge Frauen das Gebäude betraten. Lächelnde Polizisten, die sehen wollten, was da los war, wurden aus kürzester Entfernung mit einem Netz gefangen. Mundtot gemacht, blind und nach Atem ringend waren sie leichte Beute für ausgebildete Kämpferinnen, die sie bei den Handgelenken packten, ihnen gegen die Knöchel traten und sie erstaunlich kraftvoll zu Boden warfen. Anschließend wurden sie mit Handschellen gefesselt.

Binnen vierzig Minuten hatten die Moderatoren die staatliche Forschungseinrichtung erobert. Die Streitmacht der fünfzig Mädchen war nicht zu schlagen. Um halb sieben war die Aktion abgeschlossen.

Gleichwohl war es zu einem taktischen Fehler gekommen. Der Sicherheitsdirektor des Labors war weder an seinem Arbeitsplatz noch zu Hause. Das Platoon, das ihn hatte festnehmen sollen, traf dort lediglich seine überraschte Frau und zwei Kinder an.

Es stellte sich heraus, dass der Sicherheitschef mit seiner Geliebten in einer Bar Bier trank. Junge Mädchen konnten keine Bar betreten, ohne aufzufallen. Sie versuchten, ihn ins Freie zu locken, fielen in der schlechten Beleuchtung aber über den falschen Mann her und fesselten ihn. Der Sicherheitschef entging der Festnahme.

Zwei Stunden später fand man ihn wieder. Er hatte sich in einem Einsatzfahrzeug im Keller des Gebäudes für Sicherheit am Arbeitsplatz eingeschlossen und schwang drohend ein Handy und ein Gewehr.

Oscar ging zu ihm, um zu verhandeln.

Oscar stellte sich vor die Plastikstoßstange des gedrungenen Dekontaminationsfahrzeugs. Er winkte fröhlich zur Windschutzscheibe aus Panzerglas hinein, zeigte seine leeren Hände vor und rief den Polizeichef über eines der Standardtelefone des Laboratoriums an.

»Was, zum Teufel, geht hier vor?« fragte der Mann. Oscar erinnerte sich, dass er Mitchell S. Karnes hieß.

»Tut mir leid, Chief Karnes, aber das war ein Notfall. Die Lage ist jetzt unter Kontrolle. Niemandem geschieht etwas.«

»Ich soll mich um Notfälle kümmern«, sagte der Sicherheitschef.

»Sie und Ihre Leute *waren* der Notfall. Da Direktor Penninger gestern entführt wurde, haben Sie und Ihre Mannschaft ihr Vertrauen wohl verspielt. Das Labor ist jedenfalls wieder in der Hand der rechtmäßigen Autoritäten. Sie und Ihre Leute werden solange, bis sich die Lage wieder normalisiert hat, von Ihren Aufgaben befreit und eingesperrt.«

»Was reden Sie denn da? Sie können mich nicht entlassen. Dazu haben Sie kein Recht.«

»Also, dessen bin ich mir bewusst, Chief. Aber das ändert nichts an Ihrer Lage. Schauen Sie sich nur uns beide an. Ich stehe hier draußen und versuche, vernünftig mit Ihnen zu reden, während Sie sich mit einem Gewehr in einem gepanzerten Fahrzeug eingeschlossen haben. Wir sind beide erwachsene Menschen, also lassen Sie uns vernünftig sein. Die Krise ist vorbei. Lege Sie das Gewehr weg und kommen Sie raus.«

Karnes blinzelte. Er hatte eine Menge getrunken und war sich des Ernstes der Lage noch nicht vollständig bewusst. »Hören Sie, was Sie da sagen, ist völlig verrückt.

Ein Arbeitsstreik ist eine Sache. Computerviren eine andere. Ein Netzkrieg ist wiederum etwas anderes. Das hier aber ist ein bewaffneter Umsturz. Man wird Sie festnehmen. Man wird Sie alle festnehmen.«

»Mitch, in dem Punkt bin ich ganz Ihrer Meinung. Ich bin Ihnen sogar ein Stück voraus. Ich bin bereit, mich den Behörden zu überstellen, sobald wir wissen, wer diese Behörden sind. Früher oder später werden sie hier auftauchen; auf lange Sicht wird sich alles klären. Aber bis dahin, Mitch, sollten Sie sich *normal* verhalten, okay? Alle Ihre Kollegen befinden sich in Gewahrsam. Wir haben die Krise im Griff. Das ist machbar. Wir lassen Ihnen was zu essen bringen, es gibt Doughnuts, Kaffee und Freibier. Wir spielen Binokel miteinander und tauschen Kriegserlebnisse aus. Wir beabsichtigen sogar, Besuche der Ehepartner zuzulassen.«

»Oscar, Sie können mich nicht festnehmen. Das ist ungesetzlich.«

»Mitch, beruhigen Sie sich. Sie haben es mit Dr. Penninger zu tun, mit der werden Sie sich doch einigen können! Klar können Sie auf das Prinzip pochen, wenn Sie unbedingt wollen. Aber was haben Sie davon, wenn Sie die ganze Nacht mit einem geladenen Gewehr in dem Wagen sitzen bleiben? Das ändert doch nichts. Es ist vorbei. Kommen Sie raus.«

Karnes stieg aus. Oscar holte ein Paar Handfesseln hervor, betrachtete die Plastikriemen, zuckte die Achseln und steckte sie wieder ein. »Die brauchen wir nicht, was meinen Sie? Wir sind erwachsene Menschen. Gehen wir.«

Karnes schloss sich ihm an. Sie verließen den Keller und gingen nebeneinander unter dem Kuppeldach her. Die Wintersterne schienen durchs Glas. »Ich habe Sie noch nie gemocht«, sagte Karnes. »Ich habe Ihnen von Anfang an misstraut. Trotzdem wirkten Sie immer ganz vernünftig.«

»Ich *bin* vernünftig.« Oscar klopfte dem Polizisten auf

die Fliegerjacke. »Ich weiß, im Moment ist alles ein wenig durcheinander, Chief, aber ich glaube immer noch ans Gesetz. Ich muss bloß herausfinden, was es bedeutet.«

Nachdem er den ehemaligen Polizeichef in sicheren Gewahrsam genommen hatte, beriet Oscar sich mit Kevin und Greta in der requirierten Polizeistation. Die Nomadenmädchen hatten ihre niedliche Infiltrationskleidung abgelegt und wirkten nun authentischer: Sie trugen Webgürtel, Schlagstöcke und gekürzte Kampfanzüge. »Haben Sie die interne Verlautbarung bereits veröffentlicht?«

»Natürlich«, antwortete Kevin. »Ich habe sämtliche Telefone des Labors gleichzeitig angerufen, und Greta hat live gesprochen. Ihre Erklärung wurde gut aufgenommen, Oscar. Sie klang richtig …« – er zögerte – »beruhigend.«

»Beruhigend ist gut. Morgen hängen wir neue Plakate auf und erklären den Streik für beendet. Die Leute brauchen diese symbolischen Verschnaufpausen. ›Der Streik ist beendet.‹ Eine solche Ankündigung nimmt eine Menge Druck weg.«

Kevin ließ sich voller Begeisterung aus dem Ledersessel des Polizeichefs kippen und kroch auf allen vieren zu einem Schränkchen. Es war vollgestopft mit Telekommunikationsteilen, ein verstaubter Wald bunter Glasfaserleiter. »Ein hübsches altes Telefonsystem haben die hier! Es ist völlig verwanzt, aber einheitlich aufgebaut; es verfügt über zahllose coole alte Features, die nie jemand benutzt hat.«

»Warum wirkt das alles so schmutzig und vernachlässigt?« fragte Oscar.

»Ach, ich musste die Schränke umdrehen, um an die Kabel zu kommen. Ich hatte noch nie eine so totale Kontrolle über eine Schaltzentrale. Wenn ich ein paar Wochen hier verbringen könnte, würde es hier ticken wie ein Uhrwerk.« Kevin richtete sich auf, wischte sich den Staub von den Fingern. »Ich glaube, ich ziehe mal besser eine Polizeiuniform an. Hat jemand was dagegen, dass ich von nun an in Uniform rumlaufe?«

»Wozu soll das gut sein?« fragte Oscar.

»Also, die Nomadenmädchen tragen Uniformen. Und ich bin jetzt der Sicherheitschef, nicht wahr? Wie soll ich unseren Leuten Anweisungen geben, wenn ich selbst keine Uniform trage? Mit einem richtig coolen Polizeihut.«

Oscar schüttelte den Kopf. »Das ist die Frage, Kevin. Jetzt, da wir das Labor zurückerobert haben, müssen wir die kleinen Hexen so schnell wie möglich loswerden.«

Kevin und Greta wechselten Blicke. »Darüber haben wir uns gerade unterhalten.«

»Die Mädchen sind wirklich gut«, sagte Greta. »Wir haben das Labor zurückerobert, ohne dass jemand getötet wurde. Es ist immer gut, wenn ein Umsturz ohne Tote vonstatten geht.«

Kevin nickte eifrig. »Wir brauchen nach wie vor eine Streitmacht, Oscar. Im Spin-off-Gebäude hat sich eine gefährliche Bande von Huey-Contras eingeigelt. Deren Widerstand müssen wir an Ort und Stelle brechen! Das heißt, wir müssen schwere, nichttödliche Waffen einsetzen – Schwammpeitschen, Tränengas, Ultraschall-Megaphone ... Mann, das wird ganz schön haarig.« Kevin rieb sich die Hände.

»Greta, hör nicht auf ihn. Wir können es uns nicht leisten, diese Leute ernsthaft zu verletzen. Wir haben das Labor wieder in unsere Gewalt gebracht, deshalb müssen wir uns auch verantwortungsbewusst verhalten. Wenn uns die Huey-Anhänger Ärger machen, werden wir reagieren wie eine ganz normale Behörde. Wir verkleben die Türen, unterbrechen ihre Telefon- und Computerleitungen und hungern sie aus. Eine Überreaktion wäre ein schwerer Fehler. Von nun an müssen wir bedenken, welchen Eindruck wir in Washington machen.«

Gretas Miene verdüsterte sich. »Ach, zum Teufel mit Washington! Die bringen doch nichts zuwege. Die können uns nicht schützen. Ich bin ihr Geschwätz leid.«

»Warte einen Moment!« sagte Oscar verletzt. »*Ich* bin aus Washington. Ich habe was zuwege gebracht.«

»Ja, du bist die einzige Ausnahme.« Sie massierte sich verärgert die mageren Handgelenke. »Nach dem gestrigen Vorfall weiß ich, womit ich es zu tun habe. Ich mache mir keine Illusionen mehr. Wir können niemandem vertrauen außer uns selbst. Kevin und ich werden die Schleusen einnehmen und die ganze Anlage dichtmachen. Oscar, ich möchte, dass du dich zurückziehst. Du solltest zurücktreten, ehe Washington dich feuert.« Sie stieß ihm ihre spinnenartigen Finger entgegen. »Nein, ehe man dich einlocht. Oder dich unter Amtsanklage stellt. Oder dich kidnapped. Oder dich einfach umbringt.«

Er blickte sie bestürzt an. Sie verlor die Kontrolle. Die Haut an ihren Wangen und an der Stirn war so straff gespannt wie bei einer frisch geschälten Zwiebel. »Greta, lass uns einen kleinen Spaziergang an der frischen Luft machen, was meinst du? Du bist erschöpft. Wir sollte uns mal vernünftig über die Lage unterhalten.«

»Kein Gerede mehr. Ich will mich nicht mehr länger verarschen lassen. Ich will mich nicht wieder unter Gas setzen und fesseln lassen. Da müssten sie schon mit Panzern anrücken.«

»Schatz, niemand verwendet mehr Panzer. Panzer sind zwanzigstes Jahrhundert. Die Behörden brauchen keine bewaffneten Streitkräfte mehr einzusetzen. Diese Phase hat die Gesellschaft überwunden. Wenn man uns hier vertreiben will, wird man …«

Oscar brach unvermittelt ab. Bislang hatte er sich noch keine Gedanken über die Optionen gemacht, welche den Behörden zur Verfügung standen. Die Optionen der Behörden wirkten auf den ersten Blick nicht sonderlich vielversprechend. Greta Penninger – und ihre Verbündeten – hatten soeben ein gepanzertes biologisches Labor erobert. Die Anlage war explosionsgeschützt und mit einem Labyrinth unterirdischer Räume ausgestattet. Hier lebten Hunderte höchst fotogener Tierarten, die eine Nahrungsquelle darstellten und als potenzielle Geiseln dienen konnten. Die Anlage verfügte über eine eigene Wasserversorgung, eine eigene Stromversorgung, sogar über eine eigene Atmosphäre. Finanzielle Drohungen und Embargos hätten keine Wirkung, denn das Finanzsystem hatten bereits die Computerviren lahmgelegt.

Die Anlage war von der Außenwelt völlig abgeriegelt. Gretas Westentaschenrevolutionäre hatten die Informationshoheit. Sie verfügten über die Produktionsmittel und über eine loyale, aufgebrachte Bevölkerung, welche der Außenwelt heftiges Misstrauen entgegenbrachte. Sie hatten eine mächtige Festung erobert.

Greta wandte sich an Kevin. »Wann können wir die beschissenen Prolohandys wegschmeißen und wieder unser eigenes Telefonsystem benutzen?«

»Also, zunächst muss ich mich vergewissern, dass es hundertprozentig sicher ist«, meinte er hilfsbereit. »Wie viele Programmierer können Sie mir zur Verfügung stellen?«

»Ich werde unter dem Personal nach Telekommunikationsspezialisten suchen lassen. Können Sie mir hier in der Polizeistation ein Büro einrichten? Ich werde wahrscheinlich viel Zeit hier verbringen.«

Kevin grinste verwegen. »Hey, Sie sind der Boss, Dr. Penninger!«

»Ich muss mal eine Pause machen«, wurde Oscar bewusst. »Vielleicht sollte ich mich mal richtig ausschlafen. Das war wirklich ein nervenaufreibender Tag.« Die beiden beachteten ihn nicht. Sie waren mit ihren eigenen Angelegenheiten beschäftigt. Oscar verließ das Polizeigebäude.

Als er durch die dunklen Parkanlagen zum hoch aufragenden Hochsicherheitstrakt stapfte, wurde er von jäher

Erschöpfung überwältigt. Auf einmal kamen ihm die Erfahrungen des Tages völlig verrückt vor. Er war entführt, unter Gas gesetzt und mit Bomben angegriffen worden; er hatte Hunderte von Meilen in trostlosen, ramponierten Fahrzeugen zurückgelegt; er hatte eine unheilvolle Allianz mit einer mächtigen Bande sozialer Outcasts geschmiedet; man hatte ihn verleumdet, der Unterschlagung und der Flucht über die Staatsgrenze beschuldigt … Er hatte eine Gruppe von Polizisten eingesperrt; er hatte einen bewaffneten Flüchtling zur Aufgabe überredet … Und nun taten sich seine Gelegenheitsgeliebte und sein gefährlich unausgeglichener Sicherheitschef zusammen, um hinter seinem Rücken Ränke zu schmieden.

Das war schlimm. Das war katastrophal. Aber es konnte noch schlimmer kommen. Denn morgen war auch noch ein Tag. Morgen würde er eine massive PR-Offensive starten müssen, um sein Vorgehen irgendwie zu rechtfertigen.

Auf einmal wurde ihm klar, dass er es nicht schaffen würde. Die Last war erdrückend. Es war einfach zu viel. Er befand sich in einem Zustand psychischer Überlastung. Er hatte am ganzen Körper blaue Flecken; er war hungrig, müde, überreizt und traumatisiert; sein Nervensystem vibrierte von abgestandenem Adrenalin. Gleichwohl hatte er in seinem tiefsten Inneren ein *gutes* Gefühl, was die Ereignisse des Tages anging.

Er hatte sich selbst übertroffen.

Wohl wahr, ihm war ein böser Schnitzer unterlaufen, und er war entführt worden. Anschließend aber hatte er sämtliche Situationen und alle sich entwickelnden Krisen mit erstaunlicher Selbstsicherheit erfolgreich gemeistert. Jeder einzelne Schritt war in dem Moment richtig, jede Entscheidung inspiriert gewesen. Es waren *einfach zu viele* gewesen. Er ähnelte einem Eiskunstläufer, der eine endlose Abfolge von Dreifach-Axeln vollführte. Irgendwann musste irgendetwas reißen.

Auf einmal verspürte er ein Bedürfnis nach Schutz.

Nach physischem Schutz. Nach verschlossenen Türen und lang anhaltender Stille.

Ins Hotel zu gehen kam nicht infrage. Dort warteten Menschen, Fragen und Probleme. Dann also der Hochsicherheitstrakt.

Er stapfte in die Schleuse des Hochsicherheitstrakts, die nun von zwei älteren Nomadensergeants bewacht wurde, die Nachtschicht hatten. Die verkleideten Omas unterhielten sich mit Fadenspielen, wozu sie aus chemisch behandeltem Schwamm hergestellte Jo-Jos verwendeten. Oscar grüßte die Frauen unbeholfen und betrat die leeren Gänge des Hochsicherheitstrakts.

Er suchte nach einem Ort, wo er sich verstecken konnte. Ein Geräteschrank wäre ideal. Er musste nur noch eine Sache klären, bevor er sich entspannte und völlig aus dem Leim ging. Er brauchte seinen Laptop. Dieser Gedanke hatte etwas ausgesprochen Tröstliches: sich mit einem Laptop in einen abgeschlossenen Schrank zurückziehen. Dies war eine instinktive Reaktion auf eine unerträgliche Krise: so hatte er es schon im Alter von sechs Jahren gehalten.

In Gretas Labor hatte er einen Ersatzlaptop deponiert. Er schlich sich hinein. Das ehemalige Streikzentrum, einstmals steril und jungfräulich, war nun gezeichnet von politischen Winkelzügen – es war schmutzig, voller verstreuter Papiere, Nahrungsreste, Flaschen, Abfall. Der ganze Raum stank nach Panik. Oscar fand den Laptop, halb unter einem Stapel Videobänder und Kataloge vergraben. Er zog ihn hervor und klemmte ihn sich unter den Arm. Gott sei Dank.

Sein Telefon läutete. Reflexhaft meldete er sich. »Ja?«

»Welch ein Glück! Gleich beim ersten Versuch ist der Seifenverkäufer dran! Wie geht's denn so, Soapy? Alles unter Kontrolle?«

Es war Green Huey. Oscars Herz setzte einen Schlag aus, als er jäh wieder munter wurde. »Ja, danke der Nachfrage, Gouverneur.«

Wie in aller Welt war es Huey gelungen, ins interne Telefonsystem einzudringen? Kevin hatte ihm versichert, die Verschlüsselung sei nicht zu knacken.

»Es macht Ihnen doch hoffentlich nichts aus, dass ich so spät noch anrufe, *mon ami.*«

Oscar setzte sich langsam auf den Laborboden, lehnte sich mit dem Rücken an einen Metallschrank. »Keineswegs, Euer Exzellenz. Stets zu Diensten.«

»Das ist gut für Sie, Soapy! Ich will Ihnen mal sagen, wo ich im Moment gerade bin. Ich fliege in einem gottverdammten Helikopter über dem Sabine River und sehe mir die Folgen eines gottverdammten Luftangriffs an.«

»Was Sie nicht sagen, Sir.«

»Ja, ICH SAGE ES!« kreischte Huey. »Diese Hurensöhne haben meine Leute plattgemacht! Schwarze Hubschrauber mit Raketen und Automatikwaffen, die am Boden befindliche amerikanische Zivilisten ermorden! Das war ein gottverdammtes Massaker!«

»Gab es viele Tote, Gouverneur? Ich meine, abgesehen von Ihrem unglückseligen französischen U-Boot?«

»ZUM TEUFEL, ja, es gab Tote!« brüllte Huey. »Wie sollte es keine geben? Im Wald beiderseits der Flussufer hat es von Regulatoren gewimmelt. Lauter Totalausfälle! Zu viele Agenten verderben den Brei! Ein absoluter Fehlschlag! Verdammt noch mal, ich habe *niemals angeordnet,* dass diese Bürohengste Sie und das geniale Frauenzimmer in einen gottverdammten Krankenwagen stecken sollen!«

»Wirklich nicht, Euer Exzellenz?«

»Zum Teufel, nein! Die sollten geduldig warten und Sie ergreifen, wenn Sie sich beide zu einem heißen Date aus dem Labor geschlichen hätten. In *diesem* Zusammenhang hätte eine Entführung *Sinn* gemacht. Das Problem bei den Nomaden ist, dass man sie nicht unter Kontrolle hat. Das habe ich nicht gewollt, mein Junge, das war nicht meine Absicht! Ich wollte Ihnen bloß was zeigen, mehr nicht. Wir drei, Sie und ich und Ihr Liebchen, hätten die Füße hochlegen und uns an Cocktails mit bunten Schirmchen drin laben können. Wir hätten einen Wissenschaftsgipfel veranstalten, wir hätten alle Probleme ausbügeln sollen.«

Oscar kniff seine brennenden, geröteten Augen zusammen. »Dem Entführungsteam passierte unterwegs jedoch ein Missgeschick. Sie kamen zu spät zum Treffpunkt. Das Empfangskomitee war nervös geworden. Als die Regierungsstreitmacht eintraf, kam es zu einem heftigen Schlagabtausch.«

Huey schwieg.

Oscars Stimme schwang sich empor; die Worte prasselten wie Maschinengewehrfeuer auf Huey nieder. »Gouverneur, ich hoffe, Sie glauben mir, wenn ich sage, dass ich den Vorfall mehr bedaure als Sie. Ich sehe ein, dass es für Sie politisch vorteilhaft gewesen wäre, wenn Ihre Agenten uns bei einem skandalträchtigen Rendezvous ergriffen hätten. Uns wären kaum Möglichkeiten geblieben, und der Schachzug hätte sehr positive Auswirkungen für Sie gehabt. Aber sehen wir den Tatsachen ins Gesicht. Sie können eine Labordirektorin und einen Senatsangestellten nicht einfach entführen. Das ist gegen die Spielregeln. Kommandounternehmen sind politisch töricht. Selbst im realen Leben zahlen sie sich nur selten aus.«

»Ha! Also, *Sie* waren mit Ihrem Kommandounternehmen anscheinend erfolgreich.«

»Gouverneur, als ich vor zwei Monaten hierher gekommen bin, lag es mir denkbar fern, dieses Labor mit Waffengewalt zu erobern. In Anbetracht der Umstände blieb mir allerdings keine andere Wahl. Vergegenwärtigen Sie sich unsere Lage. Sie wird wesentlich geprägt von äußeren Faktoren. Es geht nicht mehr bloß um Sie und mich und Senator Bambakias und die streikenden Wissenschaftler und Ihre Fünfte Kolonne im Labor. Das war bereits eine äußerst komplizierte Lage! Jetzt aber sind auch noch staatliche Eingreiftruppen, semikompetente Regulatorenschläger, bewaffnete Teenager, Computerattacken und Verleumdungspropaganda im Spiel … Alles *gerät völlig außer Kontrolle!*« Seine Stimme überschlug sich. Er riss das Telefon vom Gesicht weg.

Dann drückte er es sich wieder ans Ohr, als handelte es sich um die Mündung eines Revolvers. »Das wird mich meine Senatskarriere kosten. Vielleicht ist es kleinlich von mir, das zu erwähnen, aber ich habe die Arbeit gemocht. Ich bedaure das. Ganz persönlich.«

»Mein Sohn, das *verstehe ich.* Beruhigen Sie sich. Ich weiß, was eine aussichtsreiche Senatskarriere für einen jungen Mann wie Sie bedeuten kann. So bin ich schließlich selbst in die Politik geraten, verstehen Sie? Ich habe für Dougal als Stabschef gearbeitet, als er das Labor erbaut hat.«

»Gouverneur, wie konnte es so weit kommen? Warum wollen Sie unbedingt schlauer sein als ich? Wir sind beide clever. Wir versuchen uns gegenseitig gegen alle Vernunft zu übertölpeln. Weshalb haben Sie mich nicht angerufen und mich um eine Unterredung gebeten? Ich hätte mich mit Ihnen getroffen. Ich hätte verhandelt. Und zwar mit Freuden.«

»Nein, das hätten Sie nicht. Ihr Senator hätte das nicht gedeckt.«

»Ich hätte ihm nichts davon gesagt. Ich hätte mich auf jeden Fall mit Ihnen getroffen. Sie sind ein wichtiger Mann. Ich muss mit den wichtigen Leuten reden, sonst erreiche ich nie etwas.«

»Dann ist der arme Kerl fertig«, seufzte Huey. »Sie geben einen Scheißdreck auf den alten Bambakias, Sie agieren hinter seinem Rücken. Der arme, alte Bombast … Ich hatte nie was gegen ihn; Mann, ich *liebe* die liberalen Yankee-Eierköpfe, die nicht mal ihre Fahrräder richtig abstellen können! Warum, zum Teufel, musste er sich mit mir wegen dieser beschissenen Geldgeschichten anlegen? Das habe ich ihm nicht verziehen! Ich kann es nicht haben, wenn mir ein frischgebackener Senator, der von

Tuten und Blasen keine Ahnung hat, ans Bein pinkelt. Ein *Hungerstreik*, du meine Güte – Scheiße, *ich* hab ihn schließlich nicht zum Hungern gezwungen! Er ist reich, er kann sich doch ein Essen im Restaurant *leisten*. Er hat völlig den Verstand verloren! Sie sind ein kluger Junge, Sie müssen das von Anfang an gewusst haben.«

»Ich wusste, dass er ein Idealist ist.«

»Wie sind Sie ausgerechnet auf ihn verfallen?«

»Er war als Einziger bereit, mich als Wahlkampfleiter einzustellen«, sagte Oscar.

Huey grunzte. »Aha! Ich verstehe! Jetzt blicke ich durch. Ich hätte mir denken können, dass Sie dahinterstecken, denn Sie haben wahres Format. Aber warum, zum Teufel, haben Sie ihn auf *mich* gehetzt? *Wer sind Sie* eigentlich? Was, zum Teufel, haben Sie in meinem Lieblingslabor verloren? Sie wissen ja nicht mal, was die da machen. Sie haben überhaupt keine Vorstellung davon, was die wert sind!«

»Ich habe so meine Vermutungen«, sagte Oscar. »Es bedeutet Ihnen sehr viel, und es ist eine Menge Geld wert.«

»Hören Sie, ich *brauche* das Labor. Ich brauche diese Leute. Klar tut sich da was Besonderes. Sonst hätte ich keinen solchen Wirbel veranstaltet. Ich wollte Ihnen das Ding demonstrieren. Das hätte alles verändert.«

»Gouverneur, versuchen Sie nicht, mich hinters Licht zu führen. Greta und ich wären in irgendeiner Salzmine vor der Küste verschwunden, wo Sie und Ihre Industriespione an Neuraltechnik arbeiten. Sie stehen vor einem großen Durchbruch, deshalb sind Sie so gereizt, und es hat etwas mit Willensbeeinflussung zu tun. Wir hätten uns in brave Zombies verwandelt. Wir wären Ihre zahmen Haustiere geworden und hätten zu all Ihren Vorschlägen Ja und Amen gesagt. Das ist der ultimate Netzangriff: die Zerrüttung des menschlichen Nervensystems.«

Huey brach in verblüfftes Gelächter aus. »*Was*? Für wen halten Sie mich eigentlich, für Mao Tse-Tung? Willenlose Roboter kann ich nicht gebrauchen! Ich brauche *intelligente Leute*, so viele intelligente Leute, wie ich kriegen kann! Sie begreifen überhaupt nichts!«

»Was genau ist mir denn nun entgangen?«

»Sie haben *mich* vergessen, Mann! Ich liebe meinen Staat! Ich liebe meine Leute! Klar, *Sie* verachten Louisiana, Mr. Harvard Business Boy – es ist korrupt, es ist heiß, es steht zur Hälfte unter Wasser, es ist ein karges Land, vergiftet von Pestiziden und Luftverschmutzung, nichts als Gas und Öl, das Ihr Yankees im Winter verbrennen könnt. Die Hälfte der Bevölkerung spricht die falsche gottverdammte Sprache, aber verdammt noch mal, *hier leben immer noch Menschen*! Meine Leute haben Seele, sie haben Geist, das sind authentische, reale *Menschen*! Wir sind nicht wie der Rest der USA, wo die Menschen zu krank und schockiert und zu müde sind und zu gut überwacht werden, um für eine anständige Zukunft zu kämpfen.«

Huey hustete heftig und brüllte dann weiter in den Hörer. »Man bezeichnet mich als ›Ganovengouverneur‹ – also, was bleibt mir denn anderes übrig? Diese ganzen ›Notstandsausschüsse‹ – die sind völlig illegal, repressiv und verfassungswidrig! Schauen Sie sich doch mal den neuen Präsidenten an! Dem sitzt der Finger am Abzug verdammt locker – und das ist Ihr bester Mann! Dieser Mann will mich aus meinem Parlamentsgebäude vertreiben – Scheiße, der Präsident würde mich gern *beseitigen*! Mein Leben ist bedroht! Ständig suche ich den Himmel ab, damit ich nicht von gottverdammten Röntgenlasern wie eine Fritte gebraten werde! Und *Sie* – Sie glauben, ich wollte Nobelpreisträger einer Lobotomie unterziehen! Nobelpreisträger! Sind Sie ebenso meschugge wie Ihr Boss? Allmächtiger Gott, weshalb sollte ich das tun? Was hätte ich davon?«

»Gouverneur, wenn Sie mir das alles früher gesagt hätten, wären wir vielleicht zu einer Einigung gekommen.«

»Warum, zum Teufel, hätte ich *Ihnen* irgendwas sagen

sollen? Sie haben keinen Einfluss! Sie zählen nicht! Soll ich etwa vor jedem hergelaufenen Senatsangestellten die Hosen runterlassen? Sie sind ein *politischer Albtraum*, Mann – ein Spieler ohne Geschichte und Machtbasis, der aus dem gesellschaftlichen Abseits kommt! Wenn Sie nicht gewesen wären, hätte alles wunderbar geklappt! Der Stützpunkt wäre pleite gegangen. Die Leute wären friedlich abgezogen. Und ich hätte sie für einen Appel und ein Ei aufgelesen.«

Kevin betrat das Labor. Er trug eine schlecht sitzende Uniform und sah aus, als habe er schlimme Fußschmerzen. »Einen Moment, Gouverneur«, sagte Oscar. Er legte die Hand aufs Mikrofon. »Kevin, wie haben Sie mich gefunden?«

»In die Telefone sind Positionsmelder eingebaut.«

Oscar würgte das Telefon mit der Faust. »Das haben Sie nie erwähnt.«

»Das brauchten Sie nicht zu wissen.« Kevin runzelte die Stirn. »Oscar, hören Sie. Wir müssen zum Medienzentrum gehen, und zwar sofort. Der Präsident der Vereinigten Staaten ist dran.«

»Oh.« Oscar nahm die Hand vom Mikrofon. »Entschuldigen Sie, Gouverneur. Ich kann die Unterhaltung jetzt nicht fortsetzen – ich muss einen Anruf des Präsidenten entgegennehmen.«

»Um diese Zeit?« brüllte Huey. »Schläft denn niemand mehr?«

»Auf Wiederhören, Gouverneur. Danke für Ihren Anruf.«

»Warten Sie! Warten Sie! Bevor Sie eine Dummheit machen, sollten Sie wissen, dass Sie immer noch zu mir kommen und mit mir reden können. Bevor alles außer Kontrolle gerät … sollten wir beim nächstenmal vorher reden.«

»Schön zu wissen, dass diese Option besteht, Euer Exzellenz.«

»Hören Sie, Mann! Noch was! Als Gouverneur von

Louisiana bin ich ein großer Förderer der Genindustrie. Ich habe *überhaupt kein Problem* mit Ihrem persönlichen Hintergrund!«

Oscar legte auf. Seine Nerven summten wie ein defekter Transformator. Seine Augen brannten, und er hatte den Eindruck, als schwanke die Wand. Er legte Kevin den Arm um die Schulter. »Was machen Ihre Füße, Kevin?«

»Ist alles in Ordnung mit Ihnen?«

»Ich bin ziemlich benommen.« Er nieste. Er hatte Herzklopfen.

»Müssen die Allergien sein«, meinte Kevin. »Jeder, der im Hochsicherheitstrakt arbeitet, bekommt Allergien. Eine Art Berufskrankheit.«

Kevins Geschwätz war Lichtjahre entfernt. »Äh ... was haben Sie gesagt, Kevin?«

»Das Verständnis der Risiken am Arbeitsplatz ist für eine gefahrlose Berufsausübung unerlässlich, Mann.«

Oscar hatte nicht den Eindruck, dass er an den Folgen einer Allergie zu leiden hatte. Eher fühlte es sich an wie eine verschleppte Gehirnerschütterung. Oder vielleicht handelte es sich auch um die Nachwirkungen des militärischen Betäubungsgases. Oder um eine nahende böse Grippe. Es war schlimm. Sehr schlimm. Er fragte sich, ob er es überleben würde. Sein Herz setzte plötzlich aus und schlug dann so leicht und schnell, als sei in seinem Brustkasten eine Motte eingeschlossen. Er stolperte und wäre beinahe gestürzt.

»Ich glaube, ich brauche einen Arzt.«

»Klar, Mann, *später*. Sobald Sie mit dem Präsidenten gesprochen haben.«

Oscar blinzelte mehrmals hintereinander. In seinen Augen schwammen Tränen. »Ich kann nicht mal mehr richtig *sehen*.«

»Nehmen Sie ein paar Antihistamine. Hören Sie, Mann – Sie können jetzt nicht schlappmachen, der Präsident will Sie sprechen! Kapiert? Sie haben das große Los gezogen. Wenn es Ihnen nicht gelingt, ihn wegen der Schießerei am Sabine River zu beruhigen, bin ich erledigt. Dann kann ich den Böser-Weißer-Terroristenrap anstimmen, gleich neben meinem Dad. Und Sie und Dr. Penninger, für Sie dürfte es ebenfalls verdammt ernst werden. Okay? Sie müssen das wieder *hinbiegen*.«

»Stimmt«, sagte Oscar und straffte sich. Kevin hatte völlig Recht. Dies war der entscheidende Moment seiner Laufbahn. Der Präsident wartete. Er durfte nicht versagen. Und dabei hatte er Herzflimmern.

Kevin geleitete ihn durch die Schleuse des Hochsicherheitstrakts. Dann löste er ein monströses Telefon vom Gürtel und rief ein Taxi, worauf zwölf leere Wagen gleichzeitig eintrafen. Kevin wählte einen aus, und sie fuhren zum Medienzentrum. Einen Aufzug hoch. Kevin führte ihn in einen grünen Raum, wo Oscar zunächst den Kopf unter einen Wasserhahn hielt. Er hatte stark abgebaut. Auf Brust und Hals hatte er scharlachroten Ausschlag. Seine Hände zitterten heftig. Seine Haut war straff gespannt und prickelte. Gleichwohl stellte der kalte Wasserschwall auf den Nacken seine schlangenhafte Wachsamkeit wieder her.

»Haben Sie einen Kamm?« fragte Oscar.

»Sie brauchen keinen Kamm«, entgegnete Kevin. »Der Präsident hat über ein Kopfdisplay angerufen.«

»Was?« meinte Oscar. »Virtuelle Realität? Sie machen Witze! Sowas klappt doch nicht.«

»In sämtlichen staatlichen Laboratorien wurde VR installiert. Eine Initiative zur Förderung der Übertragung mit hoher Bandbreite, gestartet vor einer Million Jahren. Im Keller des Weißen Hauses gibt es eine VR-Anlage.«

»Wissen Sie überhaupt, wie man mit dem Ding umgeht?«

»Scheiße, nein! Ich musste die halbe Belegschaft aus dem Bett holen, bis ich jemanden gefunden hatte, der das Gerät booten konnte. Jetzt hat sich hier ein größeres Publikum versammelt. Die wissen alle, dass der Präsident anruft. Wissen Sie, wie lange es her ist, dass ein Präsident von der Anlage Notiz genommen hat?«

Oscar rang nach Atem, starrte in den Spiegel, bemühte sich, seinen Herzschlag zu beruhigen. Dann ging er ins Studio hinüber, wo man ihm ein Behältnis überstülpte, das an den Helm eines Tiefseetauchers erinnerte.

Der Präsident spazierte gerade am Fuße der majestätischen purpurfarbenen Rocky Mountains durch bernsteinfarbenes Getreide. Nach einem Moment der Desorientierung erkannte Oscar den Hintergrund wieder. Er stammte von einem der Wahlkampfplakate von Two Feathers.

Lenoard Two Feathers war alles andere als der schönheitschirurgisch aufbereitete Gegenwartspolitiker. Der Präsident hatte große, flache Wangenknochen, eine Adlernase, einen Banktresor von einem Mund. Langes, schwarz-graues Haar floß ihm über die Schultern. Wie üblich trug er eine Fransenjacke aus Hirschleder. Die schwarzen, schlauen Augen des Präsidenten standen so weit auseinander wie die eines Hammerhais.

»Mr. Valparaiso?« sagte der Präsident.

»Ja? Guten Abend, Mr. President.«

Der Präsident musterte ihn schweigend. Offenbar nahm er Oscar als körperloses, in Schulterhöhe schwebendes Gesicht wahr.

»Wie ist die Lage in Ihrem Labor? Sind Sie wohlauf, Sie und die Direktorin, Dr. Penninger?«

»Soweit, so gut, Sir. Wir haben das Gelände dichtgemacht. Wir wurden Opfer eines schweren Computerangriffs, der unser Finanzsystem ruiniert hat, deshalb mussten wir die meisten Telefon- und Computerleitungen unterbrechen. Wir haben noch interne Probleme mit einer Gruppe Unzufriedener, die ein Gebäude besetzt haben. Aber gegenwärtig ist unsere Lage stabil.«

Der Präsident ließ das Gehörte einsinken. Er kaufte ihm die Geschichte ab. Aber sie machte ihn nicht glücklich. »Beantworten Sie mir eine Frage, junger Mann. Was haben Sie mir da eingebrockt? Weshalb waren ein französisches U-Boot und dreihundert Cajun-Guerillas nötig, um Sie und irgendeine Neurologin zu kidnappen?«

»Gouverneur Huguelet wollte mit uns sprechen. Er will diese Anlage haben, Mr. President. Er verfügt über starke irreguläre Einsatzkräfte. Er verfügt über mehr Einsatzkräfte, als er zu kontrollieren vermag.«

»Also, die Anlage kann er nicht haben.«

»Nein, Sir?«

»Nein, er kann sie nicht haben – und Sie auch nicht. Und zwar weil sie dem Land gehört, verdammt noch mal! Was denken Sie sich eigentlich? Sie können doch keine Moderatorenmiliz anheuern und ein staatliches Laboratorium einnehmen! Das gehört nicht zu Ihrem Berufsbild! Sie sind ein Wahlkampfmanager mit einem Auftrag. Sie sind nicht Davy Crockett!«

»Mr. President, ich bin völlig Ihrer Meinung. Aber uns bot sich keine andere realistische Option. Green Huey stellte ganz offensichtlich eine Gefahr dar. Er hat sich mit einer ausländischen Macht verbündet. Er beherrscht seinen Bundesstaat vollkommen, und jetzt startet er auch noch paramiltärische Aktionen jenseits der Staatsgrenze. Was blieb mir anderes übrig? Mein Sicherheitschef hat Ihre für die nationale Sicherheit zuständige Dienststelle so rasch wie möglich informiert. In der Zwischenzeit habe ich im Rahmen meiner Möglichkeiten gehandelt.«

»Welcher Partei gehören Sie an?« fragte der Präsident.

»Ich bin Demokrat, Sir.«

Der Präsident überlegte. Er selbst gehörte der Sozialpatriotischen Bewegung an, den ›Sozpats‹. Die Sozpats waren die führende Fraktion des Linken Traditionsblocks, dem auch die Sozialdemokraten, die Kommunisten, die Partei ›Macht für das Volk‹, das ›Arbeitende Amerika‹ und die alte und verbrauchte Demokratische Partei angehörten. Der Linke Traditionsblock hatte in letzter Zeit weniger unter ideologischen Auseinandersetzungen zu leiden gehabt als in früheren Zeiten. Daher war es ihm mit knappem Vorsprung gelungen, den Präsidenten zu stellen.

»Das heißt, Sie arbeiten für Senator Bambakias aus Massachusetts?«

»Ja, Sir.«

»Was haben Sie in ihm gesehen?«

»Ich mochte ihn. Er besitzt Phantasie und ist nicht korrupt.«

»Also«, sagte der Präsident, »ich bin kein seelisch kranker Senator. Ich bin zufällig Ihr Präsident. Ich bin Ihr vereidigter Präsident, und ich habe naive, unerfahrene Mitarbeiter, die sich von schnell redenden Gaunern mit verwandschaftlichen Beziehungen zu weißen, rassistischen Gangstern leicht beschwatzen lassen. Wegen Ihnen bin ich nun ein Präsident, der bedauerlicherweise Schuld daran hat, dass mehrere Dutzend Menschen verletzt und getötet wurden. Einige von ihnen waren ausländische Spione. Die meisten aber waren Landsleute.« Trotz seines zur Schau getragenen Bedauerns machte der Präsident den Eindruck, als sei er bereit, jederzeit wieder zu töten.

»Mr. Valparaiso, ich möchte, dass Sie mir aufmerksam zuhören. Mir bleiben noch drei bis vier Wochen, dann habe ich mein politisches Kapital aufgezehrt. Dann ist der Honeymoon vorbei, und man wird gnadenlos über mich herfallen. Wie jeder amerikanische Präsident in den vergangenen zwanzig Jahren werde auch ich mit Anwälten zu tun haben, mit der Verfassung, mit Palastrevolutionen, Enthüllungsskandalen, Finanzskandalen und Notstandsintrigen. Das alles möchte ich überleben. Aber ich habe kein Geld, denn das Land ist pleite. Ich kann dem Kongress nicht trauen, und den Notstandsausschüssen schon gar nicht. Ich kann meinem eigenen Parteiapparat nicht trauen. Ich bin der Oberbefehlshaber der Nation, aber ich kann mich nicht einmal auf die Streitkräfte verlassen. Somit bleibt mir nur ein Mittel, meine Präsidentenmacht auszuüben. Meine geheimen Eingreiftruppen.«

»Ja, Mr. President.«

»Meine geheimen Eingreiftruppen sind schießwütig! Sie haben soeben in der Dunkelheit der Nacht einen Haufen Leute abgeknallt, aber wenigstens sind sie keine Politiker, daher tun sie, was man ihnen sagt. Und da sie geheim sind, gibt es sie offiziell gar nicht. Daher hat sich der Vorfall offiziell nicht ereignet. Wenn also alle beteiligten Parteien den Mund halten, kann man mich für das Massaker an der Grenze von Louisiana auch nicht zur Rechenschaft ziehen. Können Sie mir folgen?«

»Ja, Sir.«

»Ich möchte, dass Sie morgen als Erstes von ihrem Senatsposten zurücktreten. Ein solches Ding wie das von gestern Nacht können Sie sich als Kongressangestellter nicht erlauben. Vergessen Sie den Senat und vergessen Sie ihren bedauernswerten Freund, den Senator. Sie sind ein Pirat. Sie können diese Sache nur überleben, wenn Sie meinem Stab für Nationale Sicherheit beitreten. Und das werden Sie auch tun. Von nun an arbeiten Sie für den Präsidenten. Sie werden mir Bericht erstatten. Ihr neuer Titel lautet ›Wissenschaftlicher Berater des Nationalen Sicherheitsrates‹.«

»Ich verstehe, Sir. Wenn ich mir die Bemerkung erlauben darf, das ist eine gute Lageeinschätzung.« Er würde den Job auf jeden Fall annehmen. Damit hätte er sich aus Bambakias' innerem Zirkel gelöst; außerdem bliebe ihm monatelange mühsame Arbeit im Wissenschaftsausschuss erspart. Das war, als verliere er zwei Gehirnlappen auf einmal. Dennoch würde er natürlich alles stehen und liegen lassen, um für den Präsidenten zu arbeiten. Schließlich bedeutete dies, in einen viel höheren Machtzirkel aufzusteigen – in einen Machtzirkel, wo ringsum die Optionen blühten wie Edelweiss. »Ich danke Ihnen für das Angebot, Mr. President. Es ist mir eine Ehre. Ich nehme Ihr Angebot mit Freuden an.«

»Sie haben sich aufgeführt wie ein Cowboy. Das war schlimm. Sehr schlimm. Aber von jetzt an sind Sie *mein*

Cowboy. Und um sicherzustellen, dass es zu keinen unvorhergesehen Ereignissen mehr kommt, schicke ich Ihnen ein Elite-Fallschirmjägerregiment, um das Laboratorium zu sichern. Es wird morgen gegen siebzehn Uhr eintreffen.«

»Ja, Mr. President.«

»Mein Stab wird den Soldaten eine vorbereitete Erklärung mitgeben, welche die Direktorin vor der Kamera verlesen soll. Damit die Zuständigkeiten von nun an geklärt sind. Das ist also Ihr Marschbefehl, erteilt vom Oberkommandierenden der Streitkräfte. Sie sorgen dafür, dass die Anlage nicht Gouverneur Huguelet in die Hände fällt. Sie schützen die Daten vor ihm, sie halten das Personal von ihm fern, Sie riegeln die Anlage solange hermetisch ab, bis ich weiß, worauf der kleine Mann so versessen ist. Wenn Sie erfolgreich sind, hole ich Sie ins Weiße Haus. Scheitern Sie, gehen wir beide mit Pauken und Trompeten unter. Aber Sie werden als Erster untergehen, und es wird sehr ungemütlich für Sie werden, denn ich werde auf Sie drauffallen. Haben wir uns verstanden?«

»Jawohl, Mr. President.«

»Willkommen in der wunderbaren Welt der Exekutive.« Der Präsident verschwand. Das bernsteinfarbene Weizenfeld wogte unentwegt weiter.

Mit großer Mühe befreite man Oscar aus der VR-Vorrichtung. Er war umringt von zweihundert Personen.

»Und?« meinte Kevin, ein Mikrofon schwenkend. »Was hat er gesagt?«

»Er hat mich eingestellt«, verkündete Oscar. »Von nun an gehöre ich dem Nationalen Sicherheitsrat an.«

Kevin riss die Augen auf. »*Tatsächlich*?«

Oscar nickte. »Der Präsident gibt uns Rückendeckung! Er schickt Truppen, um uns zu schützen!«

Tosender Jubel brach los. Die Anwesenden konnten es nicht fassen. Ihre Reaktion hatte einen hysterischen Unterton; Farce, Tragödie, Triumph; sie waren vor Freude außer sich. Sie herzten einander und brüllten in ihre Telefone.

Kevin schaltete das Mikro aus und warf es beiseite. »Hat er sich auch über mich geäußert?« erkundigte er sich besorgt. »Ich meine, darüber, dass ich ihn vergangene Nacht aufgeweckt habe und all das?«

»Das hat er, Kevin. Er hat Sie ausdrücklich erwähnt.«

Kevin wandte sich seiner Nachbarin zu, die zufällig Lana Ramachandran war. Lana hatte gerade geduscht und war in Bademantel und Pantoffeln ins Medienzentrum geeilt. »Der Präsident hat mich zur Kenntnis genommen!« erklärte ihr Kevin und richtete sich zu voller Größe auf; plötzlich wirkte er wie geadelt. »Er hat mich erwähnt! Ich bin keine Null! Der Präsident nimmt mich ernst.«

»Mein Gott, Sie sind wirklich ein hoffnungsloser Fall!« entgegnete Lana und biss die Zähne zusammen. »Wie konnten Sie das dem armen Oscar bloß antun?«

»Was denn?«

»Schauen Sie ihn sich doch an, Dummkopf! Er hat Nesselausschlag.«

»Das ist kein Ausschlag«, widersprach Kevin und musterte Oscar forschend. »Das ist eher eine Hitzewallung oder sowas.«

»Und die Beule am Kopf? Sie sollten ihn schützen, Sie Idiot! Stattdessen bringen Sie ihn um! Er ist doch auch nur ein Mensch aus Fleisch und Blut!«

»Nein, ist er nicht«, entgegnete Kevin verletzt. Sein Telefon läutete. Er ging dran. »Ja?« Während er zuhörte, wurde seine Miene immer länger.

»Dieser bescheuerte Pseudopolizist«, knurrte Lana. »Oscar, was ist mit Ihnen? Sagen Sie was. Lassen Sie mich mal Ihren Puls fühlen.« Sie ergriff sein Handgelenk. »Mein Gott! Ihre Haut ist so heiß!«

Lanas Bademantel klaffte auf. Oscar betrachtete eine runzlige braune Brustwarze und wurde dabei von jäher sexueller Erregung erfasst. Er war außer Kontrolle. »Ich muss mich hinlegen«, sagte er.

Lana sah ihn an, biss sich auf die Lippen. Ihre braunen Rehaugen standen voller Tränen. »Weshalb sagen Sie mir nicht, wie es um Sie steht? Armer Oscar! Niemand kümmert sich um Sie.«

»Könnte ich vielleicht einen Schluck Eiswasser haben?« murmelte er.

Lana entdeckte seinen Hut und setzte ihn Oscar auf. »Ich bringe Sie hier raus.«

»Oscar!« rief Kevin. »Das Südtor ist offen! Das Labor wird angegriffen! Von mehreren hundert Nomaden!«

Oscar antwortete wie aus der Pistole geschossen. »Handelt es sich um Regulatoren oder Moderatoren?« Die Worte waren allerdings unverständlich. Seine Zunge war auf einmal angeschwollen. Sie war aufgedunsen und riesengroß. Es war, als habe er zwei Zungen im Mund.

»Was sollen wir tun?« fragte Kevin.

»Lassen Sie ihn in Ruhe! Lassen Sie ihn!« kreischte Lana. »Jemand muss mir helfen, ihn rauszuschaffen! Er braucht Hilfe.«

In der Laborklinik wurde Oscar vom Personal die übliche Mischung aus Verwirrung und höflicher Besorgnis entgegengebracht. Er wies zahlreiche Krankheitssymptome auf, die sich freilich nicht genau diagnostizieren ließen, da sein Stoffwechsel sich von dem anderer Menschen unterschied. Er hatte hohes Fieber, Herzrasen, Hautausschlag und einen stark erhöhten Blutdruck. Angesichts seines einzigartigen medizinischen Hintergrunds war es schwer, die richtige Behandlung zu finden.

Gleichwohl taten ihm ein ordentlicher Kopfverband, eine Eispackung und ein paar Stunden Ruhe ausgesprochen gut. Schließlich fiel er in einen heilsamen Schlaf. Er erwachte gegen Mittag, noch immer erschöpft und arg mitgenommen, aber doch wieder Herr seiner selbst. Er setzte sich im Krankenbett auf, trank einen Schluck Tomatensaft und sah sich auf dem Laptop an, was es Neues gab. Kevin war nicht zugegen. Lana hatte darauf bestanden, dass ihn das Team in Ruhe ließ.

Um eins vernahm Oscar plötzlich das Geschnatter von Besuchern. Vier langhaarige, mit Stiefeln bekleidete Nomaden platzten in sein Zimmer. Der Erste war General Burningboy. Seine drei jüngeren Begleiter wirkten ausgesprochen furchteinflößend – sie trugen Kriegsbemalung, blickten finster drein und waren sehr muskulös.

Der General hatte ihm einen großen Blumenstrauß mitgebracht. Stechpalme, gelbe Narzissen und Mistelzweige. Die Symbolik der Blumen lag auf der Hand.

»Na, wie geht's?« meinte Burningboy, schnappte sich eine Vase und ließ deren Inhalt zu Boden fallen. »Hab gehört, Ihnen ging's schlecht, da wollte ich mit meinen Jungs mal vorbeischauen und Sie ein bisschen aufmuntern.«

Oscar musterte die Eindringlinge nachdenklich. Er freute sich, sie zu sehen. Es half seiner Moral auf die Beine, so rasch wieder gefragt zu sein. »Das ist nett von Ihnen, General. Nehmen Sie doch Platz.«

Burningboy setzte sich ans Fußende des Betts, das unter seinem Gewicht bedrohlich quietschte. Seine drei Begleiter ignorierten die beiden Stühle und hockten sich schweigend auf den Boden. Der älteste lehnte sich mit dem Rücken fest gegen die Tür.

»Nicht ›General‹. Corporal. Ich bin jetzt Corporal Burningboy.«

»Wie kam es zu der Degradierung?«

»Ganz einfach. Indem ich fünfzig Mädchen in diese Anlage geschickt habe, habe ich meine Netzwerkreputation und meine Glaubwürdigkeit eingebüßt. Diese jungen Frauen haben Väter, Mütter, Brüder und Schwestern – sogar schon Freunde. Ich habe diese kleinen Schätzchen in Gefahr gebracht und trage die Verantwortung dafür. Und das hat meine Glaubwürdigkeit so ziemlich aufgebraucht. Die jahrelange Mühe – alles umsonst! Jetzt bin ich nichts weiter mehr als ein kleines Arschloch.«

Oscar nickte. »Ich nehme an, das hat etwas mit Ihren Vertrauensservern und den Nomadennetzwerken zu tun.«

»Ja. So ist es.«

»Es scheint mir absurd, dass Sie herabgestuft wurden, obwohl der paramilitärische Einsatz doch erfolgreich war.«

»Nun ja …« Burningboy blinzelte. »Ich könnte vielleicht einen Teil des verlorenen Ansehens zurückgewinnen – wenn es mir gelänge, zu beweisen, dass wir Moderatoren einen *Nutzen* aus der ganzen riskanten Unternehmung ziehen.«

»Aha.«

»Bislang springt für uns nicht das Geringste dabei heraus, von den schlaflosen Nächten der besorgten Familien unserer tapferen Kriegerinnen einmal abgesehen.«

»Corporal, Sie haben Recht. Ich schließe mich Ihrer Analyse an. Ihre Hilfe war von unschätzbarem Wert, und wir haben uns bislang nicht erkenntlich gezeigt. Ich stehe zu unserer Schuld. Auf mein Wort ist Verlass. Ich möchte, dass Sie glücklich sind, Corporal Burningboy. Sagen Sie mir, was Sie haben wollen.«

Burningboy wandte sich lächelnd an einen seiner Begleiter. »Habt ihr das gehört? Eine wundervolle Ansprache, nicht wahr? Hast du alles mitgeschnitten?«

»Positiv«, knurrte der Nomade.

Burningboy drehte sich wieder zu Oscar herum. »Ich meine, mich an gewisse Versprechungen erinnern zu können, die besagten, dass wir eine gute Presse bekommen und als die Ritter und Paladine der staatlichen Ordnung dastehen und unsere Rivalen, die Regulatoren, in Verlegenheit bringen würden … Nicht, dass ich auch nur einen Moment an Ihrem Ehrenwort zweifeln würde, Mr. Präsidentenberater, aber ich habe mir gedacht, vierhundert Moderatoren in der Anlage wären vielleicht ein … wie habe ich mich noch gleich ausgedrückt?«

»Du hast von einem Anreiz gesprochen«, meinte Schläger Nummer zwei.

»Genau. Ein Anreiz.«

»Also schön«, sagte Oscar. »Die Anlage befindet sich in Ihrer Gewalt. Ihre Kämpferinnen haben sie heute Nacht eingenommen; und jetzt haben Sie sie mit mehreren hundert Leuten besetzt. Das war nicht Teil unserer Vereinbarung, aber ich habe Verständnis für Ihre Motive. Ich hoffe, Sie haben auch für meinen Standpunkt Verständnis. Ich habe heute Nacht mit dem Präsidenten der Vereinigten Staaten gesprochen. Er hat mir gesagt, er will Truppen schicken.«

»Ach ja?«

»Ja. Er hat mir eine Elitebrigade Fallschirmjäger versprochen, die heute Nachmittag hier eintreffen sollen. Vielleicht möchten Sie Ihre Entscheidungen ja noch einmal überdenken.«

»Mann, das ist typisch Two Feathers«, seufzte Burningboy. »Ich will damit nicht sagen, der alte Geronimo hätte Sie tatsächlich *angelogen* oder so, aber für solche Dinge ist er berüchtigt. Wir Moderatoren haben in Colorado eine lange Geschichte, und als Two Feathers dort noch Gouverneur war, meinte er immer, er würde die Nationalgarde holen und die so genannte Ordnung wiederherstellen … Hin und wieder hat er es auch tatsächlich getan, um uns zu verunsichern. Aber bloß weil Two Feathers Kriegsbemalung trägt, heißt das noch lange nicht, dass es auch Krieg gibt.«

»Dann wollen Sie also behaupten, der Präsident werde keine Truppen entsenden?«

»Nein. Ich sage bloß, dass wir nicht abrücken werden, bevor sich diese so genannten Truppen blicken lassen. Vielleicht werden wir nicht einmal dann abrücken. Ich weiß nicht, ob Sie sich über die Lage im Klaren sind, schließlich sind Sie aus Massachusetts, nicht wahr. Aber wir Moderatoren haben ein paar Absprachen mit dem Gouverneur von Colorado getroffen. Genau genommen schuldet er uns ein paar Gefallen.«

»Das ist eine interessante Feststellung, Corporal.«

»Wir Nomaden treiben uns gern an Orten rum, wo außer uns niemand überleben kann. Deshalb sind wir bisweilen ganz nützlich. Und so war es auch, als Wyoming kürzlich in Flammen stand.«

»Ich verstehe.« Oscar überlegte. »Warum erzählen Sie mir das?«

»Sir, weil ich jemandem, dem es schlecht geht, nicht gern zusetze ... Aber offen gesagt sind Sie der Einzige, dem ich diese Dinge erzählen kann. Sie scheinen mir so ziemlich der Einzige zu sein, der dafür infrage kommt. Ich meine, soeben hat uns Ihre so genannte Direktorin den Kopf gewaschen. Die Frau *hört einfach nicht zu*. Sie hat keine Ahnung, wie die Menschen leben! Wir haben ihr erklärt, dass wir jetzt das Heft in der Hand halten und dass sie uns auf Gnade und Ungnade ausgeliefert ist und so weiter, aber sie nimmt es uns einfach nicht ab. Sie wartet einfach, bis ich den Mund zumache, und dann hält sie mir einen bescheuerten Vortrag über intellektuelle Freiheit und die Segnungen des Wissens und weiß der Himmel was noch alles ... Die ist wirklich *seltsam*. Sie verhält sich seltsam, sie sieht seltsam aus, sie ist eine seltsame kleine Hexe. Dann haben wir versucht, mit Ihrem so genannten Polizeichef zu reden ... Was ist das für ein Typ?«

»Was meinen Sie damit, Corporal?«

Burningboy wand sich unbehaglich, war aber entschlossen, die Sache zu Ende zu bringen. »Nicht, dass ich was gegen Anglos hätte! Ich meine, klar gibt es brave, ordentliche, gesetzestreue Anglos. Aber schauen Sie sich doch bloß mal die Statistik an! Die Kriminalitätsrate für Schreibtischverbrechen schlägt bei den Anglos alle Rekorde! Und was die *Gewaltbereitschaft* angeht – Mann, Weiße sind die gewalttätigste ethnische Gruppe in ganz Amerika. All diese Kreuzigungen, die Bombenanschläge und die Amokläufer ... die armen Schweine kriegen's einfach nicht in den Griff.«

Oscar überlegte einen Moment. Es verletzte ihn jedesmal, wenn jemand über die Eigenheiten ›der Weißen‹ sprach. So etwas wie ›Weiße‹ gab es einfach nicht. Dieses Stereotyp war ebenso ein Konstrukt wie der Begriff ›Hispanos‹. Überall sonst auf der Welt war ein Peruaner ein Peruaner und ein Brasilianer ein Brasilianer – bloß in Amerika gab es diese mehrsprachige, multinationale Gruppe, deren Angehörige als ›Hispanos‹ bezeichnet wurden. Oscar selbst wurde zumeist für einen ›Hispano‹ gehalten, wenngleich sich seine ethnische Herkunft am besten als ›nichtmenschlichen Ursprungs‹ charakterisieren ließ.

»Sie sollten meinen Freund Kevin näher kennen lernen«, sagte er. »Kevin ist etwas ganz Besonderes.«

»Okay. Klar. Es gefällt mir, wenn jemand zu seinen Freunden steht«, meinte Burningboy. »Und deshalb bin ich jetzt hier, Oscar. Sie sind hier der einzige Mensch, mit dem man vernünftig reden kann. Sie sind der Einzige, der überhaupt kapiert, was läuft.«

10

Oscar arbeitete jetzt für den Präsidenten der Vereinigten Staaten. Seine neue Position war ihm beim Umgang mit den zweitausend naiven Wissenschaftlern, die in einer abgeschlossenen Kuppel in Osttexas lebten, eine große Hilfe. Allerdings wurde Oscars Leben dadurch noch komplizierter.

Er fand rasch heraus, dass er in Wirklichkeit gar nicht der offizielle Wissenschaftsberater des Nationalen Sicherheitsrates war. Eine routinemäßige Sicherheitsüberprüfung hatte Oscars persönlichen Hintergrund zu Tage gefördert. Der war ein ernsthaftes Problem, denn normalerweise stellte der Präsident kein Produkt einer illegalen südamerikanischen Genfabrik ein. In Anbetracht der Umstände war dies ein bedenklicher Präzedenzfall.

Obwohl Oscar seinen Senatsposten bereits niedergelegt hatte, erhielt er somit keine offizielle Anstellung im Nationalen Sicherheitsrat. Er war lediglich ›informeller Berater‹. Er nahm keinen offiziellen Rang in der Regierung ein und bekam nicht einmal Gehalt ausgezahlt.

Entgegen der Zusicherung des Präsidenten trafen keine ›Elitetruppen‹ in Buna ein. Offenbar hatte der Präsident zwar die entsprechenden Anweisungen gegeben, die Armeeführung aber hatte sich aus personellen und finanziellen Gründen entschieden, den Einsatz auf unbestimmte Zeit zu verschieben. Die ›personellen und finanziellen Probleme‹ klangen ganz plausibel – die waren in der Armee gang und gäbe –, doch die tiefer liegenden Gründe waren natürlich politischer Natur. Die US Army als Institution kämpfte nur ungern gegen amerikanische Zivilisten. Die US Army war an dem schrecklichen und geheimen Hubschraubereinsatz am Ufer des

Sabine River nicht beteiligt gewesen. Die Army hatte keine Lust, sich wegen schießwütiger geheimer Eingreiftruppen in die Nesseln zu setzen.

Um den Anschein zu wahren, teilte man Oscar mit, in Kürze werde ein Lieutenant Colonel vom NSR mit einem Eliteteam von unauffälligen Marinefliegern eintreffen. Doch auch der Lieutenant Colonel ließ aufgrund unerwarteter außenpolitischer Entwicklungen auf sich warten.

Eine amerikanische Fast-Food-Kette hatte mehrere niederländische Bürger mit schlecht sterilisiertem Hamburgerfleisch vergiftet. Zur Vergeltung hatten aufgebrachte Niederländer mehrere Restaurants angegriffen und niedergebrannt. In Anbetracht der gespannten niederländisch-amerikanischen Beziehungen war dies ein ernsthafter Zwischenfall und nahezu ein Casus belli. Konfrontiert mit dieser außenpolitischen Krise, stieß der Präsident Drohungen aus und verlangte eine Entschädigung und offizielle Entschuldigungen. In Anbetracht der Umstände wollte die Regierung das Thema des militärischen Durcheinanders nicht weiter forcieren.

Dies alles war enttäuschend. Oscar ließ den Kopf trotzdem nicht hängen. Es fuchste ihn, dass man ihm ein offizielles Amt vorenthielt, wundern aber tat es ihn nicht. Er machte sich gewiss keine Illusionen und erwartete nicht, dass das Präsidialbüro besser funktionierte als irgendein anderer Bereich der gegenwärtigen Regierung. Außerdem hatte ein unklarer Status auch seine Vorteile. Trotz der Demütigung besaß Oscar nun weit mehr Macht als zuvor. Oscar war jetzt ein Geheimagent. Das war machbar.

Oscar gelang es in kurzer Zeit, bei den im Keller unter dem Oval Office wirkenden neuen Mächten an Einfluss zu gewinnen. Er studierte ihre Dossiers, prägte sich die Namen und Ablaufdiagramme ein und festigte seine Stellung, indem er bescheiden um kleine Gefallen bat. Es fiel nicht schwer, ihm diese kleinen Gefallen zu gewähren, doch er achtete darauf, dass eine Ablehnung einen Grabenkrieg bei der Belegschaft des Weißen Hauses ausgelöst hätte. Auf diese Weise setzte er seinen Willen durch.

Ein drängendes Problem löste er dadurch, dass er die Laborpolizei auflöste. Die Angehörigen der Polizeitruppe ließ er in einem ungekennzeichneten Frachthubschrauber aus Texas ausfliegen. Sie wurden einer staatlichen Ausbildungseinrichtung in Westvirginia überstellt. Die Laborpolizisten wurden nicht entlassen, geschweige denn, dass man sie wegen Amtsvergehen und Bestechlichkeit angeklagt hätte; ihr Budget allerdings wurde auf Null gesetzt, und das Personal verschwand einfach für immer im Labyrinth staatlicher Versetzungen.

Somit hatte das Labor kein Budget mehr, aus dem man eine Polizeitruppe hätte bezahlen können. Aber es war machbar. Schließlich verfügte das Labor über gar keine Geldmittel mehr. Alle arbeiteten ohne Bezahlung. Sie lebten vom Tauschhandel, vom Gartenbau, vom Verkauf überschüssiger Büroausrüstung und unterschiedlichen kleineren Nebenjobs.

Die folgenden Tage waren die intensivsten und produktivsten in Oscars ganzer politischer Laufbahn. Die Lage im Labor war ein einziges Durcheinander. Es hätte des Organisationsgeschicks eines Genies bedurft, daran etwas zu ändern. Oscar war kein Genie. Allerdings vermochte er mangelnde Genialität durch weniger Schlaf und größeren Arbeitseinsatz wettzumachen.

Die erste größere Herausforderung bestand darin, die Folgen der Invasion durch die Moderatoren abzumildern. Es galt, die Moderatoren davon abzuhalten, die Anlage zu beschädigen und zu plündern. Oscar bewerkstelligte dies dadurch, dass er den Moderatoren mitteilte, sie seien nun die *Besitzer* der Anlage. Zwar könnten sie vorsätzlich alles demolieren, doch dann würden die Lebenserhaltungssysteme zusammenbrechen, die Atmosphäre würde umkippen, und all die wertvollen seltenen Tiere würden sterben. Die Moderatoren würden wie alle anderen in einem unbewohnbaren Glasghetto ersticken. Wenn sie sich jedoch mit den Wissenschaftlern arrangierten, besäßen sie einen riesigen genetischen Garten Eden, in dem sie ohne Zelte im Freien leben könnten.

Oscars Argumente zeigten Wirkung. Natürlich kam es zu einigen hässlichen Zwischenfällen, das hieß, die Prolos grillten ein paar besonders schmackhafte Exemplare. Der abscheuliche Gestank aber machte deutlich, dass in der Kuppel offenes Feuer für alle abträglich war. Im Laufe der Zeit stabilisierte sich die Lage.

Ein neues Komitee wurde gebildet, das die Bedingungen der Koexistenz von Wissenschaftlern und Dropouts ausarbeiten sollte. Ihm gehörten Greta, die Verwaltungsratsmitglieder, Kevin, Oscar, hin und wieder Angehörige von Oscars Mannschaft in beratender Funktion sowie verschiedene Gurus, Häuptlinge und Spezis aus Burningboys Umgebung an. Dieses neue Verwaltungsorgan brauchte einen Namen. ›Streikkomitee‹ konnte man es nicht nennen, denn das gab es bereits. Alsbald setzte sich die Bezeichnung ›Notstandsausschuss‹ durch.

Oscar bedauerte die Namensgebung, denn er hatte einen Abscheu gegen sämtliche Notstandsausschüsse; allerdings hatte die Bezeichnung auch einen großen Vorteil. Man brauchte sie nicht jedermann erklären. Die amerikanische Bevölkerung war das Schauspiel der kollabierenden staatlichen Institutionen, an deren Stelle Notstandsausschüsse traten, bereits gewohnt. Dass nun auch das Labor von einem ›Notstandsausschuss‹ geleitet wurde, war leicht zu verstehen. Man konnte dies als Prestigegewinn verbuchen, ganz so, als sei das Laboratorium ebenso grandios gescheitert wie der Kongress.

Oscar stellte die Plakatkampagne ein. Der Streik war endgültig beendet, und die neue Verwaltung machte einen neuen grafischen Look und einen neuen Medienansatz erforderlich. Nach einem Brainstorming mit seiner Mannschaft beschloss Oscar, Lautsprecher einzusetzen. Die fortwährenden Beratungen des Notstandsausschusses sollten über ein halbes Dutzend Lautsprecher übertragen werden, platziert in verschiedenen öffentlichen Bereichen innerhalb der Kuppel.

Dies erwies sich als kluge Entscheidung. Die Lautsprecher wirkten ansprechend provisorisch, sozusagen basisnah. Die Menschen wechselten beiläufig in den Bereich der politischen Agitation über und verließen ihn ebenso gleitend wieder. Die veraltete Technik stellte eine beruhigende, periphere Medienumgebung her. Die Menschen wurden sich der andauernden Krise gerade in dem Maße bewusst, wie es ihrem Bedüfnis entsprach.

Dank der Lautsprecher hatten das Personal und die sich mit ihnen vermischenden Eindringlinge den gleichen Informationsstand. Zusätzlich wurden an einigen Stellen geschmackvolle blaue ›Seifenkisten‹ aus Plastik aufgestellt, improvisierte Rednertribünen, auf denen besonders närrische oder aufgebrachte Leute ihr Anliegen loswerden konnten. Dies diente nicht nur als Sicherheitsventil und der Sondierung der Stimmung, sondern ließ den zusammengewürfelten Notstandsausschuss zur Abwechslung einmal besonders reif und verantwortungsbewusst dastehen.

Die Medienkampagne diente auch dazu, das Image von Captain (Ex-General, Ex-Corporal) Burningboy aufzupolieren. In Person und über Video wirkte der Proloanführer ausgesprochen verrückt und asozial. Seine Stimme allerdings klang tief und väterlich. Über Lautsprecher strahlte Burningboy die wohlmeinende Jovialität eines brandschatzenden Nikolaus aus.

Es wäre falsch gewesen, hätte man die Moderatoren lediglich als gewalttätige Außenseiter betrachtet. Auf den Straßen Amerikas trieben sich zahllose verzweifelte Menschen herum, die Moderatoren aber waren kein Mob von Wanderarbeitern. Die Moderatoren waren nicht einmal mehr eine ›Bande‹ oder ein ›Stamm‹. Am ehesten konnte man sie als regierungsferne Netzwerkorganisation bezeichnen. Die Moderatoren kleideten sich wie Wilde und redeten auch so, doch es mangelte ihnen nicht an technischem Raffinement. Sie waren nach Gesetzen organisiert, welche denen der herkömmlichen amerikanischen Kultur diametral entgegengesetzt waren.

Die Herren der Komsumgesellschaft hätten sich nie träumen lassen, dass der Verbraucherschutz als politische Philosophie einmal ebenso ernste Instabilitäten zeitigen könnte wie der Kommunismus. Doch die Instabilitäten hatten zugenommen, das Land war auseinandergebrochen. Die Zivilgesellschaft verkümmerte im gnadenlosen Griff des Geldes. Als die letzten öffentlichen Räume privatisiert wurden, fiel der amerikanischen Kultur das Atmen immer schwerer. Die Menschen waren nicht nur pleite, sie wurden auch noch von der Werbung in den Wahnsinn getrieben und von Reklamefritzen, die vor der Privatsphäre nicht haltmachten, gnadenlos ausspioniert. Ein immer aggressiver vorgehender Ausspähapparat bewirkte, dass immer mehr Menschen ihre offizielle Identität einfach aufgaben.

Es machte keinen Spaß mehr, amerikanischer Bürger zu sein. Die Pleiten sprengten alle Rekorde und mündeten in eine Ausstiegsbewegung. Steuerhinterziehung wurde zum Volkssport. Das amerikanische Volk verweigerte sich einfach. Auf öffentlichen Versammlungen wurden Ausweise verbrannt und Geldkarten zerschnitten. Die Menschen lebten fortan auf der Straße. Die Prolos betrachteten sich als die einzigen freien Amerikaner.

Das Nomadendasein war einmal die Basis der menschlichen Existenz gewesen; die Sesshaftigkeit hatte eine zivilisatorische Neuerung dargestellt. Jetzt hatte der Fortschritt das Vorzeichen gewechselt. Die Nomaden waren eine Alternativgesellschaft für Menschen, die mit den alten politischen und ökonomischen Werten einfach nicht mehr zurechtkamen.

Das glaubte zumindest Oscar. Als reicher Bewohner von Neuengland hatte er bislang keinen Grund gehabt, sich mit den Prolos intensiver zu beschäftigen. Nur wenige von ihnen nahmen an den Wahlen teil. Doch er hatte keine Vorurteile gegen die Prolos als gesellschaftliche Gruppe. Sie erschienen ihm nicht fremdartiger als die Wissenschaftler. Mittlerweile war ihm klargeworden, dass die Prolos einen realen Machtfaktor darstellten, und seines Wissens hatte bislang nur ein amerikanischer Politiker versucht, sie für sich zu gewinnen und sie zu stärken. Dieser Politiker war Green Huey.

Nachdem er die Moderatoren befriedet hatte, machte Oscar sich daran, die Wissenschaftler des Labors mit deren Anwesenheit zu versöhnen. Sein Hauptargument war, dass es offenbar keine Aternative gab.

Die Wissenschaftler waren sich der Unterstützung der Regierung immer sicher gewesen; andere Verbündete hatten sie nicht gebraucht. Nun war Schluss mit der Großzügigkeit der Regierung. Das war schlimm, doch die zugrunde liegende Realität war viel, viel schlimmer. Die Finanzverwaltung des Labors war nach einem Virenangriff zusammengebrochen. Das Labor war nicht bloß pleite, seine Bewohner konnten nicht einmal feststellen, wie sehr sie pleite waren. Daher vermochten sie auch nicht die Bedingungen zu umreißen, die hätten Abhilfe schaffen können.

Die Nachricht, dass der Präsident von ihren Nöten Notiz nahm, hatte der Moral im Labor Aufwind gegeben. Der Präsident hatte der Direktorin sogar eine vorbereitete Rede übermittelt, die von Greta brav verlesen wurde. Ein Thema allerdings wurde in der Rede verräterischerweise ausgespart, nämlich das Geld. Die Presseerklärung war im Wesentlichen ein langer Lobgesang auf die Fähigkeiten des Präsidenten, Recht und Ordnung wiederherzustellen. Die Finanzierung des Labors war nicht das Problem des Präsidenten. Der Kongress verwaltete die Finanzen, hatte es aber trotz aller Anstrengungen noch immer nicht geschafft, einen Haushalt zu verabschieden.

Für ein staatliches Forschungslabor war dies eine Katastrophe epischen Ausmaßes, für die Prolos allerdings ganz normal.

Daher – so erklärte Oscar vor dem Notstandsausschuss – sei dies eine Frage des Zuammenlebens. Und ein Zusammenleben sei machbar. Nachdem sie die Bindungen an die herkömmlichen Regeln der politischen Realität kühn gekappt hätten, könne die neue Mischbevölkerung des Labors in der Glaskuppel nun nach Belieben schalten und walten. Die Menschen hätten kein Geld, dafür aber Wärme, Strom, Luft, Nahrung und Obdach: sie könnten ihre Energien nun auf das Überleben verwenden. Sie könnten die Turbulenzen draußen aussitzen, und da sie sich auch der staatlichen Aufsicht entzogen hätten, könnten sie sich alle auf ihre Lieblingsprojekte konzentrieren. Endlich einmal hätten sie Zeit, ihre eigentliche Forschungsarbeit voranzubringen. Dies sei ein wesentlicher Fortschritt, die Bedingungen wären nahezu paradiesisch, und nun läge es ganz an ihnen. Sie müssten lediglich mit ihren eigenen Widersprüchen zurechtkommen.

Nach Oscars Vortrag herrschte langes Schweigen. Die Mitglieder des Notstandausschusses blickten ihn verwundert an. Im Moment waren Greta, ihr engster Vertrauter und Förderer Albert Gazzaniga, Oscar, Yosh Pelicanos, Captain Burningboy und ein weiterer Vertreter der Moderatoren anwesend – ein junger Mann namens Ombahway Tuddy Flagboy.

»Oscar, du erstaunst mich«, sagte Greta. »Du verstehst es, das Unglaubliche plausibel erscheinen zu lassen.«

»Was ist denn so unglaublich daran?«

»Alles. Das ist eine staatliche Einrichtung! Die Moderatoren sind hier gewaltsam eingedrungen. Sie halten die Anlage besetzt. Sie halten sich illegal hier auf. Darin dürfen wir sie nicht unterstützen! Wenn der Präsident Truppen schickt, werden wir alle der Kollaboration angeklagt. Man wird uns festnehmen und entlassen. Nein, schlimmer noch. Man wird uns liquidieren.«

»So etwas hat es in Louisiana noch nicht gegeben«, sagte Oscar. »Weshalb sollte es jetzt dazu kommen?«

Gazzaniga ergriff das Wort. »Weil der Kongress und die Notstandsausschüsse den Luftwaffenstützpunkt in Louisiana im Grunde nicht wollten. Er bedeutete ihnen nicht genug, um tätig zu werden.«

»Wir bedeuten ihnen auch nichts«, versicherte ihm Oscar. »Es stimmt, der Präsident hat Interesse bekundet, aber hey, das ist jetzt schon eine ganze Woche her. Eine Woche bedeutet bei einer militärischen Krise eine ganze Ewigkeit. Hier sind keine Unionstruppen. Weil es hier nicht um eine militärische Krise geht. Die militärische Krise des Präsidenten findet in den Niederlanden statt, nicht in Osttexas. Zu einem Zeitpunkt, da der kalte Krieg in einen heißen umzuschlagen droht, wird er im Inland keine Truppen entsenden. Wir sollten zur Kenntnis nehmen, dass die Moderatoren unsere Truppen sind. Sie sind *besser* als die Unionstruppen. Richtige Soldaten können uns nicht *ernähren*.«

»Tausende nichtzahlende Gäste können wir uns nicht leisten«, wandte Pelicanos ein.

»Yosh, vergiss doch mal für einen Moment die roten Zahlen. Wir brauchen sie uns nicht ›zu leisten‹. Sie sind imstande, uns zu ernähren und zu kleiden, wir brauchen ihnen dafür bloß Unterschlupf und politische Rückendeckung zu gewähren. Das ist eben das Schöne am Notstand, verstehst du? Wir können auf unbestimmte Zeit so weitermachen! Das ist die Apotheose des Streiks. Während des Streiks haben wir uns alle geweigert, uns mit etwas anderem als Wissenschaft zu beschäftigen. Jetzt, da wir uns im Notstand befinden, können die Wissenschaftler ihre Arbeit fortführen, während die Moderatoren die Rolle der anteilnehmenden Zivilbevökerung spielen und uns unterstützen. Alles andere *ignorieren* wir einfach! Alles, was uns in der Vergangenheit geärgert hat, verschwindet einfach von unserem Radarschirm. Die sinnlosen kommerziellen Auflagen, die Regierungsaufsicht und die windigen Vertragspartner ... das fällt alles weg. Das hat keine Bedeutung mehr.«

»Aber Nomaden verstehen nichts von Wissenschaft«, sagte Gazzaniga. »Weshalb sollten sie Wissenschaftler unterstützen, wenn sie die Anlage ebensogut plündern und anschließend wieder verschwinden könnten?«

»Hey«, meinte Burningboy. »Ich versteh was von Wissenschaft, Mann! Wernher von Braun! Ein ausgezeichnetes Beispiel. Dr. von Braun hat aus 'nem Haufen von menschlichem Ausschuss noch was gemacht, genau wie Sie! Die waren sowieso für Dachau bestimmt, da konnte er sie ebensogut V-2-Raketen zusammensetzen lassen.«

»Was redet der denn da?« fragte Gazzaniga. »Wieso muss der immer solches Zeug quatschen?«

»Darum geht's doch bei der Wissenschaft!« sagte Burningboy. »Ich kann sie definieren. Bei der Wissenschaft geht es darum, eine mathematische Beziehung zwischen Phänomen A und Phänomen B herzustellen. War das so schwer? Glauben Sie wirklich, das wär zu hoch für mich? Ich werd Ihnen was sagen, das *weit* über Ihren Horizont hinausgeht – Überleben im Gefängnis. Ihr Sonnyboys würdet einen schmerzhaften Zusammenprall mit der Nichtquantenrealität erleben, wenn jemand euer Physikbuch mit einem selbstgebastelten Messer durchbohren würde.«

»Das funktioniert einfach nicht«, sagte Greta. »Wir sprechen nicht einmal dieselbe Sprache. Wir haben nichts gemeinsam.« Sie hob dramatisch die Hand. »Seht euch doch nur mal seinen Laptop an! Er besteht aus *Stroh.*«

»Warum bin ich der Einzige, der das Naheliegende erkennt?« fragte Oscar. »Die Gemeinsamkeiten springen doch ins Auge. Nehmen wir nur mal die Ausrüstung der

Nomaden – die Mahlwerke für Blätter, die Fermenter und die katalytischen Cracker. Sie verwenden Biotechnik. Auch für Computernetzwerke. Sie leben von diesen Dingen, verdammt noch mal.«

Gretas Miene verhärtete sich. »Ja, aber … das ist alles *unwissenschaftlich*.«

»Aber sie leben doch genauso wie ihr – nämlich von ihrem Ruf. Wir haben es hier mit den beiden unkommerziellsten Gemeinschaften Amerikas zu tun. Beide Gemeinschaften gründen gleichermaßen auf Reputation, Respekt und Prestige.«

Gazzaniga runzelte die Stirn. »Was ist das hier, eine Soziologievorlesung? Soziologie ist keine exakte Wissenschaft.«

»Aber es ist wahr! Ein Wissenschaftler möchte der Meistzitierte sein und so viele Preise und Auszeichnungen wie möglich gewinnen. Während die Moderatoren wie unser Captain hier die Position eines Netzgurus anstreben. Außerdem haben Sie beide keine Ahnung, wie man sich kleidet! Dazu kommt, dass Sie sich beide hervorragend darauf verstehen, sich fortwährend als unverstandene Opfer hinzustellen, obwohl Sie für den Niedergang unserer Gesellschaft unmittelbare Verantwortung tragen. Sie jammern ständig darüber, dass niemand cool oder smart genug ist, Sie zu verstehen. Und Sie räumen beide Ihren Dreck nicht auf. Deshalb werden Sie von den Leuten, die das Land regieren, auch beide wie Kinder behandelt!«

Die anderen musterten ihn bestürzt.

»Ich sage bloß, was Sache ist«, beharrte Oscar und hob zornig die Stimme. »Ich schwadroniere nicht. Mein Weitblick geht Ihnen, die Sie in den Elfenbeinkellern Ihrer jeweiligen Subkultur eingesperrt sind, einfach ab. Es hat keinen Sinn, die Sache schönzureden. Sie befinden sich in einer Krise. Das ist der springende Punkt. Sie haben beide die Nabelschnur zum Rest der Gesellschaft durchtrennt. Sie müssen Ihre dummen Vorurteile überwinden und ein mächtiges Bündnis schmieden. Wenn Sie dazu in der Lage sind, gehört die Welt Ihnen!«

Oscar beugte sich vor. Die Inspiration flammte in ihm wie das Licht platonischer Erkenntnis. »Wir können den Notstand überstehen. Wir können ihn sogar meistern. Wir können wachsen. Wenn wir jetzt das Richtige tun, werden wir auch Erfolg haben!«

»Na schön«, sagte Greta. »Beruhige dich. Ich habe eine Frage. Das sind doch *Nomaden*, nicht wahr? Was passiert, wenn sie weiterwandern?«

»Sie glauben, wir würden weglaufen«, sagte Burningboy.

Greta sah ihn an, betrübt darüber, ihn gekränkt zu haben. »Sie laufen doch immer weg, oder nicht? Ich dachte, auf diese Weise überleben Sie.«

»Nein, Sie sind die Leute ohne Rückgrat!« rief Burningboy. »Sie gelten doch als die Intellektuellen! Sie sollten uns Visionen vermitteln! Sie sollten den Menschen eine Ahnung der Wahrheit vermitteln, etwas, zu dem sie aufschauen können, zur Macht, zum Wissen, zur *höheren Wirklichkeit*. Aber was macht Ihr stattdessen? Ihr seid keine Titanen des Geistes. Ihr seid ein Haufen Verrückter, die in komischen Klamotten rumlaufen, die Eure Mama Euch gekauft hat. Ihr seid auch nichts weiter als wehleidige Speichellecker, die nach Almosen der Regierung lechzen. Ihr beklagt Euch, wir schmutzigen Halunken könnten Euch nicht angemessen würdigen – was habt Ihr in letzter Zeit eigentlich für uns getan? Was erwartet Ihr vom Leben, außer im Labor rumzuhängen und auf uns herabzusehen? Hört endlich auf, Euch zu bemitleiden – tut etwas *Großes*, ihr Nieten! Riskiert etwas, um Himmels willen. Bewirkt etwas!«

»Der spinnt«, sagte Gazzaniga, die Augen ganz groß vor Verwunderung. »Der Mann hat einfach keine Ahnung vom wirklichen Leben.«

Flagboys Handy läutete. Er sprach kurz hinein, dann reichte er das Telefon seinem Anführer.

Burningboy lauschte. »Ich muss los«, sagte er unvermittelt. »Es gibt eine neue Entwicklung. Die Jungs haben einen Gefangenen gemacht.«

»Was?« sagte Kevin. Als neuer Polizeichef reagierte er sogleich mit Misstrauen. »Wir haben uns doch darauf geeinigt, dass Sie nicht befugt sind, jemanden festzunehmen.«

Burningboy rümpfte seine große, fleischige Nase. »Man hat ihn im Wald östlich der Stadt aufgegriffen, Mr. Polizeichef, Sir. Mehrere Kilometer außerhalb Ihres Einflussbereichs.«

»Dann handelt es sich um einen Regulator«, meinte Oscar. »Um einen Spion.«

Burningboy sammelte seine Notizen und seinen Laptop ein und nickte widerwillig. »Ja.«

»Was werden Sie mit dem Gefangenen anfangen?«

Burningboy machte ein grimmiges Gesicht und zuckte die Achseln.

»Ich glaube, der Ausschuss sollte mit dem Gefangenen sprechen«, sagte Oscar.

»Oscar hat Recht«, erklärte Kevin. »Burningboy, ich kann nicht dulden, dass Sie in dieser Einrichtung aus eigenem Ermessen Verdächtige vernehmen. Wir werden ihn selbst vernehmen!«

»Was ist das hier, etwa ein geheimer Gerichtshof?« meinte Gazzaniga voller Abscheu. »Wir können doch nicht anfangen, Leute zu verhören!«

Kevin schnaubte. »Okay, gut! Albert, Sie sind entschuldigt. Kaufen Sie sich draußen ein Eis. In der Zwischenzeit werden die Erwachsenen sich mit dem Terroristen befassen.«

Greta verkündete eine fünfminütige Pause. Alarmiert von der Liveübertragung per Lautsprecher tauchten noch mehr Ausschussangehörige auf. Die Pause währte eine halbe Stunde. Die Präsentation der Habseligkeiten des Gefangenen trug sehr zur Belebung der Versammlung bei.

Der festgenommene Regulator hatte sich als Wilddieb verkleidet. Er hatte eine Armbrust aus Verbundmaterialien dabei, die Wilhelm Tell in Erstaunen versetzt hätte. Die Graphitpfeile waren mit selbstlenkenden gyroskopischen Federn und einem GPS-Ortungssystem ausgestattet. Der Kundschafter war zudem mit Steigeisen und Klettergürtel ausgerüstet, ideal für Spähaktionen aus Baumwipfeln hervor. Außerdem hatte er ein Keramikmesser dabei gehabt.

Bei einem gewöhnlichen Jäger wären diese tödlichen Gerätschaften nicht weiter aufgefallen, doch die weiteren Indizien sprachen gegen ihn: ein Hammer und Baumspikes. Baumspikes, die Sägeblätter zu beschädigen vermochten, waren bei radikalen Grünen weit verbreitet; diese Spikes aber waren mit Audiowanzen und Handy-Relais ausgestattet. Man hämmerte sie in die Baumrinde, wo sie dann Telefongespräche aufnahmen und weiterleiteten. Sie waren mit kleinen Poren ausgestattet und luden ihre Batterien mit dem Baumsaft auf.

Die Geräte wurden von Hand zu Hand weitergereicht und eingehend untersucht, ganz so, als habe man es jeden Tag mit gefangenen Saboteuren zu tun. Gazzaniga zückte ein Multifunktionswerkzeug und öffnete eines der Steigeisen. »Nanu«, sagte er. »Das Ding ist mit einer Mitochondrienbatterie ausgestattet.«

»Mitochondrienbatterien gibt es nicht«, wandte der neue Leiter der Geräteabteilung ein. »Nicht einmal *wir* verfügen über Mitochondrienbatterien, und wir haben sie schließlich erfunden.«

»Dann erklär mir mal jemand, wie man mit feuchter Gelatine ein Telefon betreiben soll«, meinte Gazzaniga. »Wissen Sie was? Die Spikes erinnern mich an die Geräte, mit denen wir Pflanzen überwachen.«

»Das wurde *alles* hier erfunden«, sagte Oscar. »Das ist Laboratoriumsausrüstung. Sie haben sie bloß noch nicht zweckentfremdet erlebt.«

Gazzaniga legte den Spike weg. Dann nahm er ein eingedelltes Blechei in die Hand. »Das Ding hier – also, sowas verbindet man mit dem Begriff Nomadentechnik. Schrottmetall, alles zusammengestoppelt, offenbar selbstgemacht … Aber wozu ist das gut?« Er schüttelte das Ei dicht an seinem Ohr. »Es klappert.«

»Das ist eine Pinkelbombe«, erklärte Burningboy.

»Eine was?«

»Sehen Sie die Löcher? Das ist der Timer. Da sind genetisch veränderte Maiskörner drin. Wenn sie mit warmem Wasser in Berührung kommen, schwellen die Samenkörner an. Sie zerstören eine Membran, und dann zündet der Brandsatz.«

Oscar besah sich eine der Brandbomben. Sie war von Hand gefertigt, mithilfe einer Lochstanze, einer Finne und eines großen Vorrats an Hass. Die Bombe war ein strohdummer Brandsatz ohne bewegliche Teile, reichte aber sicherlich aus, ein zerstörerisches Feuer zu entfachen. Die genmaipulierten Maiskörner waren spottbillig und passten ins Bild. Mais war so uniform in seinen Eigenschaften, dass man ihn sogar zur Zeitmessung einsetzen konnte. Es war eine ausgesprochen bösartige Vorrichtung. Als Produkt der Militärtechnik war sie schon schlimm genug. Als Produkt simpler Handwerkskunst war die Pinkelbombe erstaunlich effektiv. Oscar spürte die Verachtung und den Hass, die von ihr ausstrahlten.

Der mit Handschellen gefesselte Gefangene traf ein, eskortiert von vier Moderatoren. Der Mann trug einen langen Jagdanzug mit grau-braunem Tarnmuster und einen spitzen Hut. An seinen Schnürstiefeln klebte roter Dreck. Er hatte eine dicke Nase, große, behaarte Ohren, buschige Brauen, funkelnde schwarze Augen. Er war ein stämmiger, schwerer Mann in den Dreißigern mit schwieligen Pranken. Am unrasierten Kinn hatte er eine geschwollene Schramme und am Hals einen blauen Fleck.

»Was ist passiert?« fragte Greta. »Weshalb ist er verletzt?«

»Er ist vom Rad gefallen«, anwortete Burningboy knapp.

Der Gefangene schwieg. Allen Anwesenden war klar, dass er nichts sagen würde. Er stand unerschütterlich inmitten des Versammlungsraums, roch nach Rauch und Schweiß und strahlte tiefe Verachtung aus. Oscar musterte den Regulator mit professionellem Interesse. Dieser Mann war hier erstaunlich fehl am Platz. Es war, als habe man einen steinharten Zypressenstamm aus einem abgelegenen, von Fledermäusen bewohnten Sumpf gezogen und vor ihnen auf den Teppich gelegt.

»Du hältst dich also für einen harten Burschen, was?« fragte Kevin mit schriller Stimme.

Der Regulator übersah ihn geflissentlich.

»Wir werden dich schon zum Reden bringen«, knurrte Kevin. »Warte nur, bis ich meine Anarchie-Files lade, da steht drin, wie man jemanden verhört! Wir werden grässliche Dinge mit dir anstellen! Mit Draht und Streichhölzern und so.«

»Entschuldigen Sie, Sir«, sagte Oscar höflich. »Sprechen Sie englisch? *Parlez-vous français*?«

Keine Reaktion.

»Wir werden Sie nicht foltern. Wir sind zivilisierte Menschen. Wir möchten bloß erfahren, was Sie mit diesen Überwachungsgeräten und Brandbomben vorhatten. Wir lassen gern mit uns reden. Wenn Sie uns sagen, was Sie vorhatten und wer Sie dazu beauftragt hat, lassen wir Sie gehen.«

Keine Antwort.

»Sir, ich sehe, dass Sie loyal zu Ihrer Sache stehen, aber Sie sind unser *Gefangener*, verstehen Sie. Unter diesen Umständen sollten Sie Ihr Schweigen brechen. Es ist moralisch vertretbar, dass Sie uns Ihren Namen, Ihre Telefonnummer und Ihre Netzwerkadresse nennen. In diesem Fall könnten wir Ihren Freunden – Ihrer Frau, Ihren Kindern – mitteilen, dass Sie am Leben und in Sicherheit sind.«

Keine Antwort. Oscar seufzte. »Na schön, Sie wollen nicht reden. Wie ich sehe, ermüde ich Sie. Wenn Sie also wenigstens kundtun würden, dass Sie nicht *taub* sind …«

Die buschigen Brauen des Regulators zuckten. Er blickte Oscar an, fixierte ihn, als wollte er ihm einen tödlichen Bogenschuss in die Nieren verpassen. Dann sagte er: »Nette Armbanduhr, sehr hübsch.«

»Okay«, sagte Oscar. »Ich schlage vor, dass wir unseren Freund in das Spin-off-Gebäude schaffen, zu Hueys übrigen Kumpanen. Ich bin sicher, sie haben sich eine Menge zu erzählen.«

Gazzaniga war empört. »Was! Wir können den Kerl nicht zu diesen Leuten bringen! Er ist hochgefährlich! Das ist ein bösartiger Nomade!«

Oscar lächelte. »Na und? Hier gibt es Hunderte bösartiger Nomaden. Es hat keinen Sinn, mit ihm zu reden. Vergessen wir ihn einfach. Wir brauchen ihn nicht. Wir müssen uns bloß ernsthaft mit unseren eigenen Nomaden unterhalten. Die wissen alles, was er weiß, und noch viel mehr. Außerdem wollen uns unsere Freunde wirklich helfen. Können wir uns jetzt wieder beruhigen und zur Tagesordnung übergehen? Jungs, führt den Gefangenen weg.«

Im Anschluss an diesen Vorfall gerieten die Notstandsberatungen in ruhigeres Fahrwasser: es ging um Arbeitsmaterialien und Geräte. Auf diesem Gebiet hatten Nomaden und Wissenschaftler eine Menge Gemeinsamkeiten. Besonders zwingend war das Bedürfnis zu essen. Burningboy stellte drei seiner technischen Experten vor. Greta stellte ihre besten Biotechleute ab. Die Gespräche dauerten bis in die Nacht hinein.

Oscar verabschiedete sich, zog neue Sachen an für den Fall, dass er verwanzt war, und ging dann in den Park, um sich ungestört mit Captain Burningboy zu unterhalten.

»Mann, Sie haben's wirklich faustdick hinter den

Ohren«, meinte Burningboy versonnen, auf einer Handvoll trockener blauer Nudeln kauend. »Als der Bursche reingebracht wurde, hat sich der Ton total verändert. Ich wüsste gern, wie die reagiert hätten, wenn er ihnen gesagt hätte, dass wir ihn schon vor zwei Tagen geschnappt haben.«

»Ach, wir wussten doch beide, dass der Regulator nicht reden würde«, sagte Oscar. »Ich wollte ihn für den richtigen Moment aufsparen. Es ist nichts Unehrenhaftes dabei, sein Wissen im passenden Kontext preiszugeben. Schließlich haben Sie ihn ja wirklich gefangengenommen, und er ist ein Saboteur.« Sie senkten die Stimmen und schlichen auf Zehenspitzen an einem schlafenden Luchs vorbei. »Es hat einfach keinen Zweck, wenn man mit den Wissenschaftlern vernünftig redet, verstehen Sie. Wissenschaftler verachten den gesunden Menschenverstand, sie halten ihn für irrational. Will man erreichen, dass ihnen ein Licht aufgeht, braucht es starken moralischen Druck, etwas, das außerhalb ihres Erwartungshorizonts liegt. Sie haben hohe intellektuelle Mauern um sich aufgerichtet – gegenseitige wissenschaftliche Kontrolle, Passivkonstruktionen, der ständige Gebrauch der dritten Person plural ...«

»Also, ich muss schon sagen, Oscar – die Nummer hat prima geklappt. Allerdings verstehe ich noch immer nicht, warum.«

Oscar überlegte einen Moment. Er genoss die privaten Unterhaltungen mit Burningboy, der einen aufmerksamen Zuhörer abgab. Der texanische Moderator war ein älterer, ungepflegter Gesetzloser mit einem langen Vorstrafenregister, doch er war auch ein wahrer Politiker, ein regionaler Spieler voller Einsichten, die unter der Sonne des Südens herangereift waren. Oscar verspürte das starke Bedürfnis, dem Mann eine freundschaftliche Erklärung zu geben.

»Es hat funktioniert, weil ... Also, ich will Sie mal ins Bild setzen. Ihnen den großen philosophischen Zusammenhang erklären. Haben Sie sich jemals gefragt, weshalb wir gegen Hueys Leute im Labor niemals vorgegangen sind? Weshalb sie noch immer hier sind und sich im Spin-off-Gebäude verbarrikadiert haben? Der Grund dafür ist, dass wir einen Netzwerkkrieg führen. Wir ähneln einer Gruppe von Go-Steinen. Um einen Netzwerkkrieg zu überleben, braucht eine umzingelte Gruppe Augen. Es geht dabei um Verbindungen, um Wahrnehmung und das Schlachtfeld. Wir sind in dieser Gruppe eingeschlossen – aber wir sind nicht *vollständig* umzingelt, weil es in der großen Kuppel noch ein kleineres Gebäude voller Feinde gibt. Ich habe den Regulator bewusst zu ihnen sperren lassen, damit diese kleine Untergruppe nun genau wie wir ihr Nomadenkontingent hat. Die Leute spüren diese Symmetrie instinktiv, wissen Sie. Das zeigt auf unbewusster Ebene Wirkung. Es bedeutet etwas für sie, es verändert ihre Weltsicht. Die Anwesenheit von Feinden in der Kuppel könnte uns schwächen, aber der Umstand, dass wir den Widerspruchskern aushalten – der stärkt uns. Weil wir nicht totalitär sind. Wir sind nicht durch und durch einheitlich. Wir sind nicht spröde. Wir sind elastisch. Wir haben hier potenziellen Raum.«

»Ach ja?« meinte Burningboy skeptisch.

»Das Ganze ähnelt einem lebenden Fraktal. Das hat mit dem Abspalten von Themen zu tun. Hier sind wir, innerhalb dieser Wände. Außerhalb der Wände liegt Green Huey auf der Lauer, voll böser Absichten. Huey aber wird vom Präsidenten belauert – und der neue Präsident ist auf seine unverwechselbare Art eine noch bedrohlichere Persönlichkeit als der Gouverneur von Louisiana. Der Präsident regiert die USA, ein verwundetes, mit sich selbst beschäftigtes Land – eine kleine Welt inmitten einer größeren Welt voller Menschen, die die Geduld mit uns verloren haben. Sie bezahlen Amerika nicht mehr dafür, dass es behauptet, es sei ihre Zukunft. Und jenseits dieser Welt … nun, ich nehme an, da beginnt

Gretas Welt. Ein rationaler Kosmos, wie Einstein und Newton ihn beschrieben haben. Der Kosmos der objektiven, nachprüfbaren Fakten. Und jenseits des wissenschaftlichen Begreifens ... dort liegen die dunklen Phänomene. Die Metaphysik. Wille und Vorstellung. Vielleicht die Geschichte.«

»Glauben Sie diesen Quatsch wirklich?«

»Nein, ich glaube es nicht so, wie ich glaube, dass zwei plus zwei vier ergibt. Aber es ist machbar, das ist mein Motto. Was können Politiker überhaupt ›wissen‹? Geschichte ist kein Labor. Man tritt nicht zweimal in dieselbe Pfütze. Manche Leute aber verfügen über ein erhebliches Maß an politischer Einsicht, andere nicht.«

Burningboy nickte bedächtig. »Sie betrachten uns von weit, weit außerhalb, nicht wahr, Oscar?«

»Also, ich bin kein Nomade – zumindest bis jetzt noch nicht. Und bin auch kein Wissenschaftler. Ich bin mir meiner Unwissenheit bewusst, will mich dadurch aber nicht einschüchtern lassen – ich besitze Macht, ich muss handeln. Wissen ist bloß Wissen. Aber die *Kontrolle* des Wissens – das ist Politik.«

»Das war nicht das ›Außenseitertum‹, das ich im Sinn hatte.«

»Oh.« Plötzlich begriff Oscar, worauf Burningboy hinaus wollte. »Sie meinen meinen persönlichen Background.«

»Ja.«

»Sie meinen, ich wäre im Vorteil, weil ich außerhalb der menschlichen Rasse stehe.«

Burningboy nickte. »Das ist mir halt so aufgefallen. War es schon immer so für Sie?«

»Ja. Kann man so sagen.«

»Sind Sie die Zukunft, Mann?«

»Nein. Darauf würde ich mich nicht verlassen. Mir fehlen zu viele Einzelteile.«

Als es zu einem größeren Sexskandal kam, wusste Oscar, dass sich die Lage stabilisiert hatte. Eine junge Soldatin beschuldigte einen Wissenschaftler mittleren Alters, sie belästigt zu haben. Dieser Vorfall rief große Empörung hervor.

Oscar begrüßte die Entwicklung. Sie bedeutete, dass der Konflikt zwischen den beiden Populationen des Labors zu einer symbolischen, psychosexuellen, unpolitischen Ebene vorgedrungen war. In der Öffentlichkeit stritt man nun um tief verwurzelte Vorurteile und psychische Defizite, für die es keine Abhilfe gab und die daher im Grunde irrelevant waren. Das ganze Aufhebens aber war ausgesprochen nützlich, denn es hatte zur Folge, dass sich an allen anderen Fronten nun im Stillen enorme Fortschritte erzielen ließen. Das öffentliche Psychodrama band die Aufmerksamkeit, während die eigentlichen Probleme des Laboratoriums in den Hintergrund traten. Die eigentlichen Probleme lagen in den Händen der Leute, die sie ernst genug nahmen, um konstruktiv damit umzugehen.

Oscar nutzte die Gelegenheit, um sich mit einem Moderatorenlaptop vertraut zu machen. Man hatte ihm ein Gerät geschenkt, was er ganz richtig als große Ehre auffasste. Der Laptop hatte ein flexibles grünes Gehäuse aus plastifiziertem Stroh. Er wog etwa so viel wie eine Tüte Popcorn. Und statt der altehrwürdigen QWERTYUIOP-Anordnung wiesen die eleganten, empfindlichen Tasten der ersten Reihe seltsamerweise die Reihenfolge DHIATENSOR auf.

Oscar hatte schon des Öfteren gehört, dass die alte QWERTYUIOP-Tastatur niemals ersetzt werden würde. Offenbar war dies auf das Phänomen zurückzuführen, das als ›technische Sackgasse‹ bezeichnet wurde. QWERTYUIOP war eine äußerst ungünstige Tastenanordnung – ursprünglich hatte sie dazu gedient, Schreibkräfte bei ihrer Arbeit zu behindern –, und das Erlernen hatte so große Mühe erfordert, dass die Menschen sie niemals aufgeben würden. Es war das Gleiche wie mit der englischen Schreibweise oder den amerikanischen Standardmaßen oder dem absurden Toilettendesign; es war schlecht, aber eine soziale Tatsache. Die universelle Verbreitung von QWERTYUIOP verhinderte, dass sich Alternativen durchsetzten.

Zumindest hatte er das bislang geglaubt. Doch da stand eine solche Alternative vor ihm auf dem Tisch: DHIATENSOR. Die Anordnung war vernünftig. Sie war effizient. Sie funktionierte viel besser als QWERTYUIOP.

Pelicanos betrat das Hotelzimmer. »Noch immer auf?«

»Klar.«

»Woran arbeitest du gerade?«

»An Gretas Presseerklärungen. Außerdem muss ich bald mal mit Bambakias sprechen, ich habe den Senator in letzter Zeit vernachlässigt. Deshalb mache ich mir ein paar Notizen und lerne zum erstenmal in meinem Leben richtig tippen.« Oscar stockte. Er brannte darauf, Pelicanos von den faszinierenden sozialen Unterschieden zwischen Regulatoren und Moderatoren zu erzählen, die er entdeckt hatte. Von außen betrachtet waren die schäbigen Prolos nicht einmal mit dem Elektronenmikroskop zu unterscheiden – alle wesentlichen Unterschiede gründeten in der Architektur ihrer Netzwerksoftware.

Auf dem unsichtbaren Schlachtfeld ihrer Netzwerke hatte ein Kampf epischen Ausmaßes stattgefunden. Virtuelle Stämme und Gemeinschaften hatten Tausende unterschiedlicher Konfigurationen ausprobiert, sie bewertet, nach Kräften verbessert, ihnen beim Sterben zugesehen …

»Oscar, wir müssen uns mal ernsthaft unterhalten.«

»Prima.« Oscar schob den Laptop beiseite. »Sprich dich aus.«

»Oscar, du verstrickst dich zu sehr. Die andauernden Beratungen mit dem Notstandsausschuss, und dann schacherst du ständig mit den Leuten vom NSR herum, die dir nicht mal die Uhrzeit sagen wollen … Wir sollten unseren Standpunkt überprüfen.«

»Okay. Einverstanden.«

»Warst du in letzter Zeit mal im Labor? In der Luft sind lauter ›Transportflugzeuge‹, die nichts transportieren. In Osttexas wimmelt es von Cops und Straßenblockaden.«

»Ja, wir bekommen draußen eine Menge Aufmerksamkeit. Wir sind ein richtiger Hit. Die Journalisten lieben diesen provokanten Mix.«

»Ich stimme dir darin zu, dass es interessant ist. Aber das hat nichts mit unserem Auftrag zu tun. Die jetzige Lage kam in unseren Plänen nicht vor. Wir sollten Bambakias im Wissenschaftsausschuss unterstützen. Das Wahlkampfteam sollte hier *Urlaub* machen. Niemand hat von dir erwartet, dass du zum Undercoveragenten wirst, der zeitweilig für den Präsidenten arbeitet, während du staatliche Einrichtungen mithilfe von Gangstern eroberst.«

»Hmm. Da hast du völlig Recht, Yosh. Das war nicht planbar. Aber es war machbar.«

Pelicanos setzte sich und faltete die Hände. »Weißt du, wo das Problem liegt? Wann immer du dein Ziel aus den Augen verlierst, verdoppelst du deine Anstrengungen.«

»Ich habe das Ziel niemals aus den Augen verloren! Das Ziel ist die Reformierung der amerikanischen Forschung.«

»Oscar, ich habe darüber nachgedacht. Das alles gefällt mir nicht. Zum einen mag ich den Präsidenten nicht besonders. Ich bin Demokrat. Ich hab's ernst gemeint mit unserem Einsatz für Bambakias und den Reformblock. Ich will nicht für den Präsidenten arbeiten. Ich bin mit seiner Politik nicht einverstanden. Um Himmels willen, er ist Kommunist.«

»Der Präsident ist kein Kommunist. Er hat im Holzhandel Milliarden verdient und ist im Reservat im Casino-Business tätig.«

»Aber dem Linken Traditionsblock gehören Kommunisten an. Ich traue ihm nicht. Seine Reden gefallen mir nicht. Es gefällt mir nicht, dass er sich mit den Niederländern anlegt, anstatt vor der eigenen Tür für Ordnung zu sorgen. Er ist einfach nicht unsere Art von Politiker. Er ist grausam, hinterlistig, doppelzüngig und aggressiv.«

Oscar lächelte. »Zumindest schläft er nicht bloß an seinem Schreibtisch wie der vorige Präsident.«

»Besser König Baumstamm als König Storch, Mann.«

»Yosh, ich weiß, du bist kein Linker, aber du musst zugeben, dass der Linke Traditionsblock weit besser ist als die Linken Progressiven mit all ihren Verrückten.«

»Das hilft uns auch nicht weiter! Bambakias hätte dir bedingungslos vertraut – der Präsident will dir nicht mal einen richtigen Posten geben. Er lässt dich im Regen stehen. Und in der Zwischenzeit verlassen wir uns auf diese Moderatoren. Aber sich von Gangstern Schutz zu versprechen, hat einfach keine Zukunft.«

»Aber sicher doch.«

»Nein, hat es nicht. Die Prolos sind schlimmer als die Linken Progressiven. Sie sprechen ein komisches Kauderwelsch, tragen seltsame Kleidung, haben seltsame Laptops und eine seltsame Biotechnik. Sie sind ein buntes Völkchen, aber das ändert nichts daran, dass sie Gauner sind. Dieser Bursche, Captain Burningboy … er kriecht dir in den Arsch, aber er ist nicht der, für den du ihn hältst. Du glaubst, das sei ein charmanter alter Trottel, weiches Herz in rauher Schale, die Art Typ, der in dein Team passen würde. Ist er aber nicht. Er ist ein ultraradikaler Sektierer und verfolgt eindeutig seine eigenen Pläne.«

Oscar nickte. »Das weiß ich.«

»Und dann ist da noch Kevin. Du hast nicht genug auf Kevin geachtet. Du hast einen Banditen zum Polizeichef gemacht. Der Mann ist ein Mussolini in Taschenformat. Er macht sich an den Telefonen zu schaffen, an den Computern, an den Videokameras, die ganze Anlage ist verwanzt. Jetzt hat er eine Gruppe von Schnüfflern um sich geschart, eine schrullige Bande von kleinen alten Nomadenladies in einem Wohnwagenpark, die sich im Netz umtun, irgendwo in der verdammten Einöde von Wyoming … Der Kerl ist völlig verrückt. Das ist einfach nicht gut.«

»Aber Kevin ist aus Boston, genau wie wir«, sagte Oscar. »Intensive Überwachung vermindert die Gewalt auf den Straßen. Kevin erledigt den Job für uns, und er hält den Mund, wenn wir mal die Regeln verletzen. Er ist wirklich eine gute Wahl.«

»Oscar, du bist besessen. Vergiss die hübschen sozialen Konzepte und dieses ganze Gerede von wegen großem Zusammenhang. Befass dich wieder mit der Hauptsache, mit der Realität. Kevin arbeitet hier, weil du ihm Gehalt zahlst. Du bezahlst allen Angehörigen des Teams Gehalt, und dein Team, das sind die Leute, die die Anlage am Laufen halten. Sonst bekommt niemand Gehalt – alle essen bloß Prolonahrung und arbeiten in ihren Labors. Ich als dein Finanzberater sage dir: das kann nicht mehr lange so weitergehen. Du kannst den Leuten nicht so viel zahlen, dass sie eine Revolution machen würden.«

»Dazu reicht das Geld einfach nicht aus.«

»Du bist nicht fair zu deinem Team. Deine Leute sind Wahlkampfhelfer aus Massachusetts, Wunder gehören nicht zu ihrem Fach. Du hast ihnen nie gesagt, dass sie eine revolutionäre Junta bilden sollten. Diese Forschungseinrichtung steht ohne Geld da. Du bekommst nicht mal selber mehr Gehalt. Du hast nicht mal einen offiziellen Posten in der Regierung. Das Laboratorium lebt von deinem Kapital.«

»Yosh, Geld lässt sich immer beschaffen. Interessant wird es dann, wenn man ohne Geld regiert! Wenn man von seinem Prestige zehrt. Nehmen wir nur mal die Moderatoren als Beispiel. Im Grunde verfügen sie über eine funktionierende, auf Prestige gründende Wirtschaft. Alles ist bis ins kleinste Detail ausgearbeitet; beispielsweise verfügen sie über ein rotierendes elektronisches Wahlsystem nach australischem Vorbild …«

»Oscar, hast du überhaupt geschlafen? Isst du ordentlich? Weißt du, was du hier überhaupt machst?«

»Ja, das weiß ich. Das ist etwas anderes, als wir zunächst vorgehabt hatten, aber es muss getan werden. Ich lasse Huey alt aussehen.«

»Du trägst eine persönliche Fehde mit dem Gouverneur von Louisiana aus.«

»Nein. Das stimmt nicht. In Wahrheit kämpfe ich auf breiter Front gegen den größten politischen Visionär der Gegenwart. Und Huey ist mir um Jahre voraus. Er kümmert sich schon seit Jahren um seine Nomaden, gewinnt ihr Vertrauen, baut ihnen Infrastruktur. Er hat geschafft, die heimatlosen Streuner zur technisch fortschrittlichsten Gruppe in seinem Staat zu machen. Er hat sich zum Anführer einer Untergrund-Massenbewegung gemacht und verspricht, sein Wissen zu teilen und jedermann zu einem Hexer zu machen. Und sie verehren ihn, weil das ganze Gebilde ihrer Netzwerkökonomie auf diese Weise reguliert wird, still und heimlich und zielgerichtet. Das ist Korruption in einem phantastischen Maßstab – das ist so weitab aller finanziellen Gepflogenheiten, dass man kaum mehr von Korruption sprechen kann. Er hat eine Alternativgesellschaft geschaffen, mit einer alternativen Machtstruktur, die ganz auf ihn zugeschnitten ist: auf Green Huey, den König der Sümpfe. Ich arbeite hier so schnell und so hart ich kann, weil Huey mir bereits bewiesen hat, dass es funktioniert – im Grunde funktioniert es so gut, dass es schon gefährlich ist. Amerika ist am Ende, und Green Huey ist ein lächelnder Tyrann, der im Begriff steht, eine neurale Diktatur zu errichten!«

»Oscar, ist dir eigentlich bewusst, wie verrückt das klingt? Weißt du, wie hohl das klingt?«

»Ich spreche mich aus. Du weißt, dass ich dir immer reinen Wein eingeschenkt habe, Yosh.«

»Okay, du sprichst dich aus. Aber ich kann das nicht. Ich kann nicht so leben. Ich glaube nicht daran. Es tut mir Leid.«

Oscar starrte ihn an.

»Ich kann so nicht mehr weitermachen, Oscar. Ich will richtiges Essen, ich will ein festes Dach über dem Kopf. Ich kann nicht die Augen schließen und blind springen, das Risiko kann ich nicht eingehen. Ich habe einen Menschen zu versorgen. Meine Frau braucht mich, ich muss mich um sie kümmern. Du hingegen – du brauchst mich nicht mehr. Und zwar weil ich ein *Finanzberater* bin! Du schaffst hier eine Lage, in der ich *keine Funktion* mehr habe. Keine Rolle. Keinen Job. Es gibt hier nichts für mich zu tun.«

»Weißt du was? Der Gedanke ist mir bis jetzt noch nicht gekommen. Aber warte mal; es muss eine Art von Einkommenstransfer geben. Es ist noch ein wenig Geld da, wir brauchen Gerät und dergleichen …«

»Du errichtest hier ein seltsames, fremdartiges kleines Regime. Mit Marktwirtschaft hat das nichts zu tun. Das ist eine Kultgesellschaft. Sie gründet darauf, dass Menschen einander tief in die Augen sehen und sich auf den Rücken klopfen. Theoretisch ist das interessant, aber wenn es irgendwann scheitert und auseinanderbricht, dann entstehen Lager und es kommt zu Säuberungen wie zur Zeit der Kommunisten. Wenn du dazu entschlossen bist, Oscar, kann ich dir nicht helfen. Dann kann dir niemand mehr helfen. Ich will nicht bei dir sein, wenn das Kartenhaus zusammenfällt. Weil du dann ins Gefängnis wandern wirst. Bestenfalls.«

Oscar lächelte schwach. »Dann glaubst du also nicht, dass ich auf Unzurechnungsfähigkeit plädieren könnte?«

»Ich scherze nicht. Was ist mit deinem Team, Oscar? Was ist mit uns? Du bist wirklich ein begnadeter Wahlkampfmanager. Aber das hier ist kein Wahlkampf. Es ist nicht mal mehr ein Streik oder ein Protest. Das ist ein Staatsstreich im Kleinen. Du bist der Militärguru eines abtrünnigen Lagers. Selbst wenn die Leute vom Team bereit sein sollten, bei dir zu bleiben, wie kannst du es verantworten, sie einem solchen Risiko auszusetzen? Du hast sie nie gefragt, Oscar. Sie haben nie die Wahl gehabt.«

Oscar richtete sich auf. »Yosh, du hast recht. Die Analyse ist vernünftig. Ich kann das meinen Leute nicht antun; das ist unmoralisch, schlecht. Ich muss ihnen die Lage in aller Deutlichkeit schildern. Sollten sie mich verlassen, muss ich mich damit eben abfinden.«

»Das Gouverneurbüro in Boston hat mir einen Job angeboten«, sagte Pelicanos.

»Der Gouverneur? Ach, geh! Das ist doch ein abgehalfterter Schaumschläger von der Vorwärts-Amerika-Partei.«

»Vorwärts-Amerika ist eine Reformpartei. Der Gouverneur organisiert eine Antikriegskoalition, und er hat mich gebeten, das Amt des Schatzmeisters zu übernehmen.«

»Im Ernst? Schatzmeister, hm? Das wäre ein ziemlich guter Posten.«

»Der Pazifismus hat in Massachusetts Tradition. Und zwar quer durch alle Parteien und Blöcke. Außerdem muss das jemand tun. Der Präsident meint es wirklich ernst. Er blufft nicht. Er will den Krieg. Er schickt Kanonenboote über den Atlantik. Er schikaniert dieses kleine Land, bloß um seine Stellung zu Hause zu festigen.«

»Glaubst du das wirklich, Yosh? Ist das wirklich deine Meinung?«

»Oscar, du hast keinen Durchblick mehr. Du bist Nacht für Nacht hier und plagst dich mit den winzigen Unterschieden zwischen Nomadenstämmen ab. Du willst hier in dieser kleinen Glaskugel den Drahtzieher spielen. Aber du verlierst die Landeswirklichkeit aus dem Blick. Ja, Präsident Two Feathers ist auf dem Kriegspfad! Er verlangt eine Kriegserklärung vom Kongress! Er will das Kriegsrecht ausrufen! Er fordert ein Kriegsbudget, über das er allein verfügen kann. Er will, dass die Notstandsausschüsse übergangen und über Nacht abgeschafft werden. Er ist ein virtueller Diktator.«

Oscar kam der verrückte Gedanke, dass der Verlust der Niederlande ein kleiner Preis wäre, wenn es dem Präsidenten gelänge, auch nur die Hälfte dieser lobenswerten Ziele zu verwirklichen. Allerdings verkniff er sich die Entgegnung. »Yosh, ich arbeite für den Präsidenten. Er ist mein Boss, er bestimmt, wo's lang geht. Wenn das deine Überzeugung ist, dann ist unsere Situation als Kollegen wirklich unhaltbar.«

Pelicanos schaute bekümmert drein. »Tja, deswegen bin ich gekommen.«

»Ich bin froh, dass du gekommen bist. Du bist mein bester und ältester Freund, mein engster Vertrauter. Aber persönliche Gefühle müssen zurückstehen, wenn es um so grundlegende politische Differenzen geht. Wenn es so ist, wie du sagst, dann trennen sich unsere Wege. Du solltest nach Boston zurückkehren und den Posten des Schatzmeisters übernehmen.«

»Ich tu's nicht gern, Oscar. Ich weiß, du brauchst mich. Jemand muss sich um dein Privatvermögen kümmern; du solltest deine Anlagen im Auge behalten. Vor uns liegen schwere Marktturbulenzen.«

»Marktturbulenzen gibt es ständig. Damit komme ich klar. Ich bedaure es, dich zu verlieren. Du hast mich den ganzen Weg über begleitet.«

»Bis hierher und nicht weiter, Mann.«

»Sollte man mich in Boston verurteilen, könntest du vielleicht bei deinem Freund, dem Gouverneur, ein gutes Wort von wegen Gnadenerlass einlegen.«

»Ich schicke dir eine Mail«, sagte Yosh. Er rieb sich die Augen. »Ich muss jetzt meinen Schreibtisch ausräumen.«

Pelicanos' Weggang hatte Oscar tief getroffen. In Anbetracht der Umstände gab es keine andere Lösung. Das war traurig, aber nicht zu ändern, genau wie sein Abfall von Bambakias, als er in den Nationalen Sicherheitsrat übergewechselt war. Manche Themen verlangten eben nach klaren Entscheidungen. Ein kluger Mann konnte auf zwei Hochzeiten gleichzeitig tanzen, aber sieben oder acht waren einfach zu viel.

Es war einige Zeit her, seit Oscar zum letzten Mal mit Bambakias gesprochen hatte. Allerdings hatte er die Netzberichterstattung verfolgt. Der verrückte Senator war so beliebt wie nie zuvor. Er hatte sein ursprüngliches Gewicht vollständig zurückerlangt; vielleicht wog er mittlerweile sogar etwas mehr. Seine Mitarbeiter präsentierten ihn der Öffentlichkeit im Rollstuhl; sie schoben ihn sogar bis in den Senat. Das Feuer aber war erloschen. Sein Leben war zerbrochen und wurde von Teleprompter beherrscht.

Mit dem neu installierten Satellitentelefon des NSR arrangierte Oscar eine Videokonferenz mit Washington. Bambakias hatte eine neue Sekretärin, die Oscar noch nie gesehen hatte. Er schaffte es, einen halbstündigen Termin zu vereinbaren.

Als er endlich durchkam, blickte ihm Lorena Bambakias vom Bildschirm entgegen.

Lorena sah gut aus. Sie konnte einfach nicht anders, als gut auszusehen. Allerdings wirkte sie auf dem Bildschirm ein wenig spröde und steif. Lorena hatte gelitten.

Ihr Anblick versetzte ihm einen Stich. Es überraschte ihn, wie sehr er sie vermisst hatte. Er war immer auf Zehenspitzen um Lorena herumgeschlichen, sich der von ihr ausgehenden weiblichen Bedrohung in höchstem Maße bewusst; allerdings hatte er ganz vergessen gehabt, wie viel sie ihm bedeutete, wie sehr sie das Leben repräsentierte, das er aufgegeben hatte. Die gute alte Lorena – reich, gebildet, amoralisch und kultiviert –, eigentlich genau sein Typ; eine Vertreterin der Oberschicht, das klassische Luxusweibchen, eine Frau, die wirklich *gut beieinander* war. Lorena so zu sehen – ausgehöhlt von Schmerz –, ging ihm an die Nieren. Sie ähnelte einer wundervollen Schere, mit der man Stacheldraht durchtrennt hatte.

»Es ist schön, dass Sie anrufen, Oscar«, sagte Lorena. »In letzter Zeit machen Sie sich rar.«

»Es ist nett, dass Sie das sagen. Wie läuft es bei Ihnen? Sagen Sie mir die Wahrheit.«

»Ach, wir hangeln uns von einem Tag zum anderen durch. Die Ärzte meinen, er mache große Fortschritte.«

»Wirklich?«

»Ja, es ist schon erstaunlich, was man im amerikanischen Gesundheitssystem mit ein paar Millionen Dollar ausrichten kann. Er ist guter Dinge.«

»Tatsächlich.«

»Er ist *wirklich* guter Dinge. Sein Zustand ist stabil. Die meiste Zeit über ist er sogar bei klarem Verstand.«

»Lorena, habe ich Ihnen eigentlich schon gesagt, wie unendlich Leid mir das alles tut?«

Sie lächelte. »Der gute alte Oscar. Wissen Sie, ich habe mich dran gewöhnt. Ich komme damit klar. Ich hätte nicht geglaubt, dass das möglich wäre – vielleicht ist es auch gar nicht möglich –, aber es ist machbar. Aber wissen Sie, was mir wirklich Sorgen bereitet? Nicht die Sympathiebekundungen oder die Medienberichterstattung, die Fanclubs und all das … Sondern diese Idioten, die glauben, eine Gemütskrankheit sei etwas Glamouröses, Romantisches. Sie meinen, verrückt zu werden sei eine Art spirituelles Abenteuer. Das ist es nicht. Ganz im Gegenteil. Es ist furchtbar. Es ist banal. Ich lebe mit jemandem zusammen, der banal geworden ist. Mein geliebter Mann war der am wenigsten banale Mensch, dem ich je begegnet bin. Er hatte so viele Facetten und sprühte vor Ideen; er war energisch, klug und charmant. Jetzt ähnelt er einem großen Kind. Einem nicht sehr hellen Kind, das man täuschen und manipulieren, aber mit dem man nicht vernünftig reden kann.«

»Sie sind sehr tapfer. Ich bewundere Sie für Ihre Haltung.«

Lorena brach in Tränen aus. Sie massierte sich mit ihren wunderschön gepflegten Fingerspitzen die Augen. »Jetzt weine ich, aber … Das macht Ihnen doch nichts aus, oder? Sie sind einer der wenigen, die uns damals wirklich nahe standen.«

»Es macht mir nichts aus.«

Nach einer Weile schaute Lorena hoch, das angespannte Gesicht gefasst und heiter. »Aber Sie haben mir noch gar nicht gesagt, wie es *Ihnen* geht.«

»Mir, Lorena? Es könnte gar nicht besser gehen! Hier tun sich erstaunliche Dinge. Unglaubliche Entwicklungen, äußerst faszinierend.«

»Sie haben stark abgenommen«, sagte sie. »Sie sehen müde aus.«

»In letzter Zeit hatte ich unter Allergien zu leiden. Solange die Luft gefiltert wird, geht es mir gut.«

»Wie ist Ihr neuer Job beim Präsidenten? Es muss aufregend sein, im NSR zu arbeiten, jetzt wo ein Krieg vor der Tür steht.«

Oscar öffnete den Mund. Es stimmte; er arbeitete für den Nationalen Sicherheitsrat, und es stand ein Krieg vor der Tür, und trotz seiner Randstellung und seines geringen Interesses an Außenpolitik wusste er eine ganze Menge. Er wusste, dass der Präsident eine Flotte schrottreifer Schlachtschiffe über den Atlantik schicken wollte. Er wusste, dass der Präsident ungeachtet der Entscheidung des Kongresses fest entschlossen war, einen Ersatzkrieg zu provozieren. Er wusste, dass die rostzerfressene amerikanische Flotte in einer Zeit der zielgenauen billigen Missiles und der Flugdrohnen so leicht zu treffen war wie eine reglos verharrende Entenschar.

Außerdem wusste er, dass er seinen Job verlieren und wahrscheinlich wegen Spionage angeklagt werden würde, wenn er mit einer Senatorengattin darüber spräche. Oscar klappte den Mund wieder zu.

»Ich bin bloß Wissenschaftsberater«, sagte er schließlich. »Der Senator weiß bestimmt mehr darüber als ich.«

»Möchten Sie ihn sprechen?«

»Sehr gern.«

Lorena verschwand. Oscar klappte den Nomadenlaptop auf, warf einen Blick auf den Bildschirm, klappte ihn wieder zu.

Der Senator kam ins Bild. Er trug einen Pyjama und einen Hausmantel aus blauem Samt. Sein Gesicht wirkte plump, wie poliert und eigentümlich formlos, als habe die dahinter stehende Persönlichkeit die Verbindung zu den Gesichtsmuskeln verloren.

»Oscar!« dröhnte Bambakias. »Der gute alte Oscar! Ich denke jeden Tag an Sie.«

»Schön zu wissen, Senator.«

»Sie leisten prima Arbeit in der Forschungseinrichtung. Wirklich prima Arbeit. Ich wünschte, ich könnte Ihnen dabei helfen. Vielleicht sollten wir morgen mal rüberfliegen! Das wäre schön. Wir würden Ergebnisse erzielen.«

Lorenas Stimme ertönte. »Morgen ist eine Anhörung, Alcott.«

»Anhörungen, immer nur Anhörungen. Na gut. Aber ich halte mich auf dem Laufenden! Ich halte mich auf dem Laufenden. Ich weiß, was vorgeht, ja wirklich! Sie bewirken dort gewaltige Dinge. Man hat mir gesagt, Sie hätten kein Budget. Überhaupt keins. Und da holen Sie Arbeitslose rein! Ein genialer Schachzug! Wie Sie immer sagen, Oscar – man muss einen politischen Widerspruch auf die Spitze treiben. Dann kann man's denen unter die Nase reiben. Eine großartige Taktik.«

Oscar war gerührt. Offenbar befand sich der Senator in einer manischen Phase, doch in seinem Überschwang war er viel leichter zu nehmen – es war, als habe man es mit dem Zerrbild seines früheren Charisma zu tun.

»Sie haben schon so viel für uns getan, Senator. Wir haben nach Ihren Plänen ein Hotel gebaut. Die Einheimischen sind davon schwer beeindruckt.«

»Ach, das ist doch nicht der Rede wert.«

»Nein, im Ernst, Ihr Design hat eine Menge Zuspruch gefunden.«

»Nein, das ist wirklich nicht der Rede wert. Sie sollten mal die Pläne sehen, die ich auf dem College ausgearbeitet habe. Riesige, intelligente freitragende Konstruktionen. Gewaltige reaktive Strukturen aus Membran und

Streben. Man könnte sie mit Zeppelinen einfliegen und in der Wüste bei Hungernden absetzen. Hab sie für die Katastrophenhilfe der UN entwickelt – damals, als die USA noch Mitglied der UN waren.«

Oscar blinzelte. »Katastrophenhilfe?«

»Die Unterkünfte wurden nie gebaut. Zu viel High-Tec für die hungernden, technisch unterentwickelten Dritte-Welt-Bewohner, hieß es. Bürokraten! Ich habe mir den Arsch aufgerissen für das Projekt.« Bambakias lachte. »Die Katastrophenhilfe hat kein *Geld*. Dafür besteht keine Nachfrage. Ich habe das Konzept später verändert und stattdessen kleine Stühle konstruiert. Mit kleinen Stühlen ist auch kein Geld zu machen. Das war beide Male ein Fehlschlag.«

»Senator, einen dieser kleinen Stühle haben wir hier im Büro der Direktorin. Er zieht eine Menge Bewunderung auf sich. Die Einheimischen lieben ihn.«

»Was Sie nicht sagen. Schade nur, dass Wissenschaftler zu wenig Geld haben, um teure Möbel zu kaufen.«

»Ich wüsste gern, ob Sie die Katastrophenpläne noch irgendwo archiviert haben, Alcott. Ich würde sie mir gerne mal ansehen.«

»Sie *ansehen*? Mann, Sie können sie *haben*. Das ist das mindeste, was ich für Sie tun kann, nach allem, was Sie wegen mir durchgemacht haben.«

»Das würde mich wirklich freuen, Senator. Ich mein's ernst.«

»Klar, Sie sollen sie bekommen! Alles, was Sie wollen! Eine Art Notverkauf meiner Erfindungen. Wissen Sie, Oscar, sollten wir in Europa einmarschieren, könnte es zu einem atomaren Schlagabtausch kommen.«

Oscar senkte beschwichtigend die Stimme. »Das glaube ich nicht, Al.«

»Die spielen mit den großen USA, diese kleinen holländischen Arschlöcher. Die mit ihren Holzschuhen und Tulpen. Wir sind eine Supermacht! Wir können sie *pulverisieren*.«

Lorena schaltete sich ein. »Ich glaube, es ist Zeit für deine Medikamente, Alcott.«

»Ich weiß, wie Oscar wirklich über den Krieg denkt! Ich bin unbedingt dafür. Ich bin ein Falke! Wir haben uns lange genug von diesen rot-grünen Euro-Würstchen herumschubsen lassen. Meinen Sie nicht auch, Oscar?«

Eine Krankenschwester kam ins Bild. »Sagen Sie dem Präsidenten, wie ich darüber denke!« beharrte der Senator, während ihn die Krankenschwester wegführte. »Sagen Sie Two Feathers, ich stehe zu ihm, was auch kommen mag.«

Lorena kam wieder ins Blickfeld. Sie wirkte angespannt.

»Sie haben eine Menge neue Mitarbeiter, Lorena.«

»Oh. Das.« Sie sah in die Kamera. »Ich habe Sie gar nicht mehr auf Moira angesprochen, nicht wahr?«

»Moira? Ich dachte, das Problem wäre ein für allemal gelöst und eingemottet?«

»Ach, nach ihrem Gefängnisaufenthalt hat sich Moira von ihrer besten Seite gezeigt. Bis Huey sich bei ihr gemeldet hat. Jetzt arbeitet Moria in Baton Rouge für Huey.«

»O nein.«

»Aber anschließend wurde es für das Team wirklich schlimm. Die Moral der Mitarbeiter litt unter Alcotts Krankheit, und als unsere ehemalige Pressesprecherin bei Huey anheuerte … also, ich nehme an, Sie können sich die Folgen vorstellen.«

»Haben Sie viele Leute verloren?«

»Also, wir stellen eben neue ein, das ist alles.« Sie schaute hoch. »Vielleicht kommen *Sie* ja eines Tages zu uns zurück.«

»Das wäre schön. Vielleicht wenn die Wiederwahl ansteht.«

»*Das* wäre doch eine wahre Herausforderung … Sie tun ihm so gut. Sie haben ihm schon immer gut getan. Diese dumme Sache mit den alten Bauplänen. Das hat ihn wirklich gerührt, einen Moment lang war er richtig klar im Kopf. Er war wieder ganz der Alte.«

»Ich wollte ihn nicht bloß aufmuntern, Lorena. Ich will die Pläne wirklich haben. Bitte sorgen Sie dafür, dass sie mir zugeschickt werden. Ich glaube, ich kann sie brauchen.«

»Oscar, was machen Sie dort eigentlich? Mir kommt das alles sehr seltsam vor. Ich glaube nicht, dass das im Interesse der Demokraten liegt. Das ist keine sinnvolle Reform, das hatten wir nicht im Sinn.«

»Das stimmt – im Sinn hatten wir das jedenfalls nicht.«

»Dahinter steckt diese Penninger, nicht wahr? Die ist nicht gut für Sie. Sie ist nicht Ihr Typ. Sie wissen doch, dass Moira über Sie und Greta Bescheid weiß, nicht wahr? Und Huey ebenfalls.«

»Das weiß ich. Ich kümmere mich darum. Allerdings ist das eine große Herausforderung.«

»Sie sind so blass. Sie hätten bei Clare Emerson bleiben sollen. Sie ist zwar eine Weiße, aber sie war sanftmütig und hat Ihnen gut getan. Sie wirkten damals so glücklich.«

»Clare ist in den Niederlanden.«

»Clare kommt zurück. Wegen des Krieges und überhaupt.«

»Lorena ...« Er seufzte. »Sie haben mit einer Menge Journalisten zu tun. Ich auch, okay? Ich habe mit Clare geschlafen, aber vor allem ist sie Journalistin und wird es auch bleiben. Bloß weil sie wohlmeinend berichtet hat, heißt das noch lange nicht, dass sie gut für mich ist. Schicken Sie Clare nicht zu mir. Das ist mein Ernst. Schicken Sie mir die alten Baupläne, die Alcott angefertigt hat, als er noch ein wilder Design-Student war, der keinen müden Dollar verdiente. Ich kann sie wirklich brauchen. Aber schicken sie nicht Clare.«

»Ich möchte nicht erleben, dass Sie von Ehergeiz zerfressen werden, Oscar. Ich habe erlebt, was das heißt, und es ist schlimm, schlimmer als Sie meinen. Es ist grauenhaft. Ich möchte, dass Sie glücklich sind.«

»Diese Art Glück kann ich mir im Moment nicht leisten.«

Unvermittelt lachte sie. »Also gut. Sie haben Recht, ich habe auch Recht. Wir werden das alles überleben. Irgendwann wird alles wieder in Ordnung kommen. Daran glaube ich noch immer, Sie nicht? Grübeln Sie nicht so viel. Seien Sie nachsichtig mit sich. Okay?«

»Okay.«

Sie unterbrach die Verbindung. Oscar stand auf und streckte sich. Das mit Clare hatte sie bestimmt nicht ernst gemeint. Sie neckte ihn bloß ein wenig. Er hatte sie vorübergehend aus ihrem Unglück erlöst; Lorena war nach wie vor eine Spielerin, ihr gefiel die Vorstellung, dass er noch immer ihrem Team angehörte und dass sie sich um ihn sorgte. Er hatte es geschafft, sie für kurze Zeit abzulenken. Es war eine gute Idee gewesen, bei ihr anzurufen. Er hatte alten Freunden einen Gefallen getan.

Oscar machte sich daran, sein Vermögen zu liquidieren. Jetzt, da Pelicanos sich nicht mehr um seine Konten und Anlagen kümmerte, war der Zeitbedarf einfach zu groß. Und tief in seinem Innern wusste er, dass Geld im Moment eine Belastung darstellte. Er ermutigte Tausende von Menschen, sich aus der herkömmlichen Wirtschaft auszuklinken und eine ihnen völlig fremde Lebensweise anzunehmen, während er selbst abgesichert war. Huey hatte bereits ein paar spitze Kommentare dazu abgegeben; der Umstand, dass Huey selbst ein Multimillionär war, vermochte seine sarkastischen öffentlichen Ausfälle nicht zu verhindern.

Außerdem hatte Oscar nicht vor, das Geld zum Fenster hinauszuwerfen. Er beabsichtigte, damit die Forschung zu unterstützen – solange, bis kein Geld mehr übrig wäre.

Pelicanos' Fortgang hatte erhebliche Auswirkungen auf das Team. Als Majordomus war Pelicanos die Stütze der Mannschaft gewesen und hatte stets der Stimme der

Vernunft Gehör verschafft, wenn Oscar übers Ziel hinausschoss.

Oscar versammelte sein Team im Hotel, um die Lage zu klären und offen über alles zu reden. Als Erstes verdoppelte er die Gehälter. Die Angestellten sollten dies als Gefahrenzulage betrachten. Sie wären im Begriff, auf unbekanntes Gebiet vorzustoßen und dabei hohe Risiken einzugehen. Aber wenn sie Erfolg hätten, wäre dies der größte politische Erfolg ihres Lebens. Er schloss seine aufmunternde Ansprache mit ein paar Floskeln.

Einige kündigten daraufhin. Sie nahmen das Reisegeld in Empfang und verabschiedeten sich. Audrey Avizienis kündigte; sie war seine Oppositionsrechercheurin und viel zu skeptisch und nüchtern, um unter derart dubiosen, halbgaren Bedingungen zu bleiben. Bob Argow kündigte ebenfalls. Er war Systemadministrator und tat seine Beschwerden deutlich kund: absurde Sicherheitsvorgaben seitens Kevin Hamiltons und Horden selbsternannter Netzgötter auf Seiten der Moderatoren, die programmierten, wie sie Kleider herstellten: von Hand, krumm und schief und immer bloß einen Stich auf einmal. Auch Negi Estabrook nahm ihren Abschied. Es hatte keinen Sinn mehr, für eine derart dezimierte Mannschaft zu kochen, außerdem ernährten sich die Nomaden hauptsächlich von Schweinefraß aus dem Labor. Rebecca Pataki ging ebenfalls. Sie fühlte sich fehl am Platz und mehr oder weniger verlassen, außerdem hatte sie Heimweh nach Boston.

Somit blieben Oscar nur noch vier hartnäckige Gefolgsleute. Fred Dillen, der Hausmeister, Corky Shoeki, der Roadie und neue Majordomus, und seine Sekretärin und Terminplanerin Lana Ramachandran. Dazu kam noch seine Imageberaterin Donna Nunez, die vernünftigerweise erklärte, sie wolle deshalb bleiben, weil das Labor im Hinblick auf sein Image gerade interessant werde. Also gut, dachte er grimmig; er hatte nur noch vier Leute, da würde er halt von vorne anfangen. Außerdem blieb ihm ja noch Kevin. Und im Laboratorium liefen zahllose verwendbare Leute herum. Und er arbeitete für den Präsidenten.

Er würde den NSR um Hilfe bitten.

Zwei Tage später traf Hilfe vom Nationalen Sicherheitsrat ein. Die persönlichen Beauftragten des Präsidenten hatten dem Labor endlich militärische Unterstützung geschickt. Die Militärhilfe traf ein in Gestalt eines jungen Lieutenant Colonel der Air Force aus Colorado. Es war der Mann, der Nachtschicht gehabt hatte, als Oscar entführt worden war und als Kevin in seiner Verzweiflung beim Präsidenten angerufen hatte.

Der Lieutenant Colonel war ein aufrechter, schneidiger Mann mit stahlgrauem Blick. Er war in voller Uniform und hatte ein scharlachrotes Barett auf. Auch drei Fahrzeuge hatte er aus Texas mitgebracht. Im ersten saß ein Trupp schneller Bodeneingreiftruppen, Soldaten in so schwerer Kampfmontur, dass sie kaum gehen konnten. Im zweiten und dritten Wagen war die Mediencrew des Lieutenant Colonels untergebracht.

Der Lieutenant machte einen pompösen Rundgang durchs Labor, vorgeblich um die Sicherheitsvorkehrungen zu prüfen, vor allem aber, um sich den staunenden Einheimischen zu präsentieren. Oscar bemühte sich, eine sinnvolle Aufgabe für ihn zu finden. Er stellte den Lieutenant Colonel seinen Sicherheitsexperten vor: Kevin und Captain Burningboy.

Beim Briefing sagte Kevin nur wenig – Kevin schien peinlich berührt. Burningboy zeigte sich äußerst zuvorkommend. Der Moderatorencaptain begann mit einem detaillierten und erschreckenden Vortrag über die strategische Misere des Labors. Buna lag zwanzig Kilometer von der höchst durchlässigen Grenze zu Louisiana entfernt. Die trüben Sümpfe des Sabine River Valley wimmelten von rachsüchtigen Regulatoren. Wenngleich der Hubschrauberangriff auf die Regulatorenkommandos nicht publik geworden war, hatte er sie doch zur Weißglut gereizt.

Die Bedrohung für Buna war unmittelbar und ernst. Die Regulatoren überwachten das Labor rund um die Uhr mit Schwärmen von Flugdrohnen. Huey hatte den Plan aufgegeben, sich die Anlage einzuverleiben. Stattdessen wollte er sie ruinieren und zerstören. Die Regulatoren machten sich seine Ziele bereitwillig zu eigen. Es machte sie fuchtsteufelswild, dass das Laboratorium Moderatoren beherbergte.

Das Briefing versetzte den Lieutenant Colonel in Aufregung. Tödlich gelangweilt von seinem Schreibtischjob und peinlich berührt von der kleinlichen Vertuschung seines glorreichen Angriffs, brannte er auf einen Kampf. Er hatte sich umfassend vorbereitet. Sein Freiwilligentrupp von Ninjakämpfern hatte Unmengen professioneller Ausrüstung dabei: schusssichere Westen, schallgedämpfte Präzisionsgewehre, Sensoren, die auf menschlichen Körpergeruch ansprachen, minensichere Stiefelsohlen, Infrarothelme für den Nachtkampf, sogar ganz spezielle gefriergetrocknete, selbsterhitzende Feldrationen.

Nachdem sich der Lieutenant Colonel am Boden ein Bild von der Lage gemacht hatte, verkündete er, die Zeit für Luftaufklärung sei gekommen, draußen in den Sümpfen. Sein Berichterstatterteam sollte beschäftigt werden; die Helikopter sollten als Verbindungsrelais dienen und gegebenenfalls Luftunterstützung geben.

Oscar hatte aufgrund seiner Verbindungen zum NSR bereits einiges über den Lieutenant Colonel in Erfahrung gebracht. Jetzt, da er dem Mann persönlich gegenüberstand, wurde ihm alsbald klar, dass der Colonel eine Gefahr für sich und alle in Schussweite befindlichen Personen darstellte. Er war jung, ehrgeizig und strohdumm; er war ein atavistisches Wesen aus den blutgetränkten Tiefen des zwanzigsten Jahrhunderts.

Gleichwohl gab Oscar sich alle Mühe.

»Colonel, Sir, die überschwemmten Wälder des Sabine River Valley sind gefährlicher, als man meinen möchte. Wir haben es hier nicht mit bloßen Sümpfen zu tun, sondern mit Katastrophengebieten. Seit sich das Wetter verändert hat, tritt der Sabine River häufig über die Ufer, und eine Menge Farmland hat sich wieder in Wildnis verwandelt. Aber das ist kein unberührter Urwald dort draußen. Das sind unbewohnte, vergiftete Gebiete ohne ökonomischen Wert. Alles, was sich zu Bauholz machen ließ, wurde längst abtransportiert, und jetzt wachsen dort giftige Pflanzen und Büsche von halber Baumgröße. Es wäre ein Fehler, die Regulatoren zu unterschätzen, denn sie kennen sich dort aus. Die Cajun-Nomaden sind nicht bloße Jäger und Fischer und Sumpfbewohner; sie verstehen sich auch auf Audioüberwachung.«

Natürlich war es zwecklos. Der Lieutenant Colonel, seine Kämpfer und die empfänglichen fliegenden Kriegsberichterstatter brachen am nächsten Morgen zu einer Patrouille auf.

Kein Einziger kehrte zurück.

Drei Tage nach diesem lautlosen Debakel erklärte Captain Burningboy, er wolle ebenfalls aufbrechen. Burningboy war nun wieder ›General‹, und da er seinen Ruf erfolgreich wiederhergestellt hatte, hielt er den Zeitpunkt für gekommen, sich zu verabschieden.

Kevin gab auf dem Gelände der Polizeistation eine Party für den General. Greta und Oscar nahmen in Abendkleidung daran teil und traten zum erstenmal in der Öffentlichkeit als Paar auf. Da man sie auch als Paar entführt und gerettet hatte, war dies nur folgerichtig. Beide waren mit der Machtausübung vollauf beschäftigt. Auf Kevins Party gab es zudem richtiges Essen. Nachdem sie tagelang von den Biotech-Rationen der Nomaden gelebt hatten, legten Wissenschaftler und Prolos einen wahren Wolfshunger an den Tag.

Oscar bedauerte Burningboys Weggang. Er sah keinen

Sinn darin. Burningboy, der bereits betrunken war, nahm Oscar beiseite und erläuterte ihm mit schonungsloser Offenheit seine Beweggründe. Sein Fortgang hatte mit sozialen Netzwerkstrukturen zu tun.

»Früher sind wir mit derlei Dingen genauso umgegangen wie die Regulatoren«, vertraute Burningboy ihm an. »Die Guten ins Töpfchen, die Schlechten ins Kröpfchen. Das hat bei denen aber eine Aristokratie entstehen lassen – die Sonnenlords, die Edelmänner, die Respektierten, bis hinunter zu den lausigen Neuligen. Wir Moderatoren setzen auf Wahlen. Daher gibt es Fluktuation; Leute können ihren Ruf mindern, ihn verspielen und wiedergewinnen. Außerdem – und das ist der springende Punkt – verhindern wir auf diese Weise Enthauptungsschläge. Der Staat hat es immer auf die ›kriminellen Rädelsführer‹ abgesehen. Er will den ›Kopf des Vereins‹, den so genannten Mastermind.«

»Die Unterhaltungen mit Ihnen werden mir wirklich fehlen«, sagte Oscar. Es war lange her, seit er sich das letzte Mal in komplettem Sonntagsstaat, das heißt mit Gamaschen, Schärpe und Hut, in der Öffentlichkeit gezeigt hatte. Er hatte das Gefühl, als sei er eine Million Meilen von Burningboy entfernt und empfange die Signale eines fernen Planeten.

»Hören Sie, Oscar, nach dreißig Jahren des imperialistischen Infokriegs hat jeder Mensch auf der gottverdammten weiten Welt Verständnis für Gegenaktionen und politische Subversion. Wir wissen mittlerweile *alle*, wie man es anstellt, wir wissen, wie man das herrschende Paradigma klein kriegt. Wir sind Genies darin, unser Schicksal selbst in die Hand zu nehmen und all unsere Institutionen zu demontieren. Es gibt keine einzige funktionsfähige Institution mehr.« Burningboy legte eine Pause ein. »Bin ich vielleicht zu radikal? Mache ich Ihnen Angst?«

»Nein. Das ist die Wahrheit.«

»Und deshalb gehe ich nun ins Gefängnis. Wir Moderatoren kennen drüben in Neumexiko einen einsichtigen Richter. Der wird mich wegen einer völlig unbedeutenden Sache einlochen. Also sitze ich zwei, drei Jahre in einem Staatsgefängnis mit minimalem Sicherheitsstandard ab. Ich glaube, wenn ich erstmal behaglich im Knast sitze, könnte ich das Schlamassel, das Sie hier angerichtet haben, überleben.«

»Sie wollen mir doch nicht weismachen, dass Sie tatsächlich ins Gefängnis gehen, Burningboy.«

»Sie sollten's mal ausprobieren, Amigo. Dort lebt die unsichtbare Bevölkerung Amerikas. Im Gefängnis gibt es alles, was man sich wünscht. Die Leute haben eine Menge Zeit. Es gibt eine eigenartige Untergrundwirtschaft auf der Basis von Drogen und Tätowierungen. Man hat viel Zeit zum Nachdenken. In einem Gefängnis bereut man wirklich seine früheren Fehler.« Burningboys Blick schweifte in die Ferne. Oscar verlor den Kontakt zu ihm; es war, als stünde er auf dem blumenbestreuten Deck eines Walkürenschiffes, unterwegs zur Küste von Avalon. »Außerdem haben ein paar von den armen Schweinen tatsächlich schlechte Zähne. Wenn ich im Knast bin, kann ich wieder als Zahnarzt praktizieren. Habe ich Ihnen schon mal gesagt, dass ich früher Zahnarzt war? Das war, bevor der Impfstoff gegen Karies meinen Berufsstand vernichtet hat.«

Oscar hatte ganz vergessen gehabt, dass Burningboy einmal Zahnarzt gewesen war. Der Mann hatte tatsächlich einen Doktortitel erworben. Oscar fand dies bestürzend, nicht nur weil die Vernichtung dieses hehren Berufsstandes ein Gradmesser war für den sozialen Niedergang Amerikas. Es beunruhigte ihn, dass er anfing, wichtige Informationen zu wichtigen Leuten zu vergessen. War er mit neunundzwanzig bereits zu alt? Baute er allmählich ab? Hatte er sich übernommen? Vielleicht lag es daran, wie Burningboy sich kleidete und wie er redete. Er war ein Dropout, ein Prolo, eine Randfigur. Man konnte ihn nur vorübergehend ernst nehmen.

»Ich bedaure nichts«, sagte Burningboy und leerte sein Cocktailglas in einem Zug. »Ich habe meinen Leuten hier eine Menge Ärger eingebrockt. Das war nicht meine Idee – das war *Ihre* verdammte Idee –, aber sie hätten es nicht getan, wenn ich nicht mein Okay gegeben hätte. Wenn man das Leben von Hunderten von Menschen verändert, sollte man auch einen hohen Preis dafür zahlen. Bloß um andere davon abzuschrecken, es einem nachzutun, wissen Sie. Und deshalb tue ich das einzig Ehrenhafte. Meine Leute verstehen das.«

»Das ist also das einzig Ehrenhafte? Seine Strafe absitzen. Schulden begleichen.«

»Stimmt. Ich habe die Verantwortung getragen, und jetzt trete ich ab. Zumindest werde ich nicht enden wie Green Huey.«

»Was soll das heißen?«

»Das soll heißen, dass Huey nicht mehr zurück kann, mein Sohn. Er kann das Kreuz nicht ablegen und die Dornenkrone nicht absetzen. Er kann sich nicht von der Bühne stehlen und sich still in eine Ecke setzen. Er ist der brandheiße selbsternannte Superretter der Erniedrigten und Beleidigten, und so eine Nummer kann man in Amerika nicht abziehen, ohne dass jemand auf einen schießt. So läuft das hier eben. Huey wirkt im Moment überlebensgroß, aber er ist auch nur aus Fleisch und Blut. Irgendjemand wird Huey töten. Der einzelgängerische Scharfschütze, ein paar Attentäter außerhalb des Autokorsos ...« Auf einmal blickte er Oscar merkwürdig an. »Ich hoffe bloß, er wird von keinem abgeknallt, den ich persönlich kenne.«

»Es wäre sehr bedauerlich, wenn der Gouverneur zu Schaden käme.«

»Ja, klar.«

Oscar räusperte sich. »Wenn Sie uns verlassen, General, wer soll dann das Kommando übernehmen?«

»Sie. Sie führen doch schon die ganze Zeit das Kommando. Haben Sie das etwa noch nicht gemerkt? Sie sollten allmählich aufwachen, mein Sohn.«

»Hören Sie, ich gebe keine Befehle. Ich rede bloß mit den maßgeblichen Parteien.«

Burningyboy schnaubte.

»Okay, dann lassen Sie mich meine Frage anders formulieren. An wen soll ich mich wenden, wenn ich mit den Moderatoren reden möchte?«

»Na schön.« Burningboy zuckte die Achseln. »Ich werde Sie meinem gesalbten Nachfolger vorstellen.«

Burningboy geleitete ihn ins Innere der Polizeistation. Hinter der verschlossenen Tür des Polizeichefs drang lautes Stöhnen hervor. Burningboy holte eine Plastikkarte aus seinem Medizinbeutel und öffnete die Tür. Kevin hatte die Beine auf den Schreibtisch gelegt. Zwei Nomadenfrauen massierten ihm die bloßen Füße. Er war schwer betrunken und trug einen lächerlichen Partyhut.

»Na schön, Ladies«, lallte Kevin. »Das reicht fürs erste. Meinen aufrichtigen Dank.«

»Die Mittelfußknochen sind wirklich hinüber«, sagte die erste Masseuse voller Würde.

»Dürfen wir eine ganze Stunde berechnen?« fragte die zweite.

»Das ist mein Nachfolger«, sagte Burningboy. »Unser neuer Sicherheitsboss. Captain Scubbly Bee.«

»Das ist ja prima«, meinte Oscar. »Das ist eine gute Neuigkeit. Unglaublich. Das ist so toll, dass mir die Worte fehlen.«

Kevin schwang die öligen Füße vom Schreibtisch. »Ich habe mich anwerben lassen. Ich bin dem Mob beigetreten. Ich bin ein gemachter Mann, ich bin jetzt ein Moderator.«

»Das ist mir schon klar«, erwiderte Oscar. »Neuer Name inklusive. ›Scubbly Bee‹, nicht wahr? Was soll das bedeuten? Oder heißt es ›Stubbly‹?«

»Nein, Scubbly. Scubbly Bee.« Kevin deutete auf einen Aktenvernichter. »Ich hab gerade meinen Ausweis vernichtet. Ich kann Ihnen gar nicht sagen, was für ein tolles Gefühl das ist. Das ist die beste Party meines Lebens.«

»Was bedeutet ›Scubbly Bee‹ eigentlich? Da muss ja etwas unheimlich Wichtiges dahinterstecken, sonst würde es nicht so dämlich klingen.«

Kevin grinste. »Ich weiß es, und Sie müssen ’s rausfinden, Mann.«

Burningboy schüttelte Kevin die Hand. »Ich breche bald auf«, sagte er. »Bleiben Sie nüchtern, Captain. Ich will nicht mehr erleben, dass Sie betrunken sind.«

»Ich bin überhaupt nicht betrunken«, nuschelte Kevin. »Das kommt von den Endorphinen, die meine Füße ausgeschüttet haben.«

Burningboy ging hinaus und legte den beiden willigen Nomadenfrauen die Arme um die Schultern. Oscar setzte sich. »Ich hoffe, Sie haben nicht auch noch Ihre Wählerregistrierung gelöscht.«

»Als wenn wir hier etwas von der Fernwahl in Boston hätten.«

»Er hat Ihnen wirklich die volle Verantwortung für die Nomaden übertragen, die sich in dieser Anlage aufhalten?«

Kevin gähnte. »Also, wenn die Party vorbei ist, werd ich ernsthaft mit Ihnen reden, Mann. In der Zwischenzeit sollten Sie was essen. Oder auch was trinken. Schließlich bezahlen Sie das alles.«

»Ich werde Sie nicht lange von der Party fernhalten, Captain Bee. Ich möchte bloß freundschaftlich mit Ihnen plaudern.«

»Wenn’s so ist, sollten Sie mich ›Scubbly‹ nennen.« Einhergehend mit theatralischen Zuckungen streifte Kevin die Socken über seine geröteten, nach Einreibemittel stinkenden Füße. »Sie wollen unbedingt wissen, warum er das getan hat, nicht wahr? Sie müssen immer auf dem Laufenden sein, Sie können nicht bis morgen warten. Also, er will mich reinlegen, so ist das. Er steigt vom heißen Stuhl runter und lässt mich darauf Platz nehmen.

Er glaubt, die Regulatoren hätten die Grenze überschritten und näherten sich mit allem, was sie haben. Das wollte er nämlich, das war sein Plan. Die Regulatoren werden die Anlage in Grund und Boden stampfen, und dann müssen sie mit einer massiven Vergeltungsaktion seitens des Staates rechnen.«

»Der Plan scheint mir ziemlich weit hergeholt, finden Sie nicht?«

»Aber deshalb hat er sich überhaupt drauf eingelassen, Mann. Er ist nicht deshalb hergekommen, weil er Ihren geliebten Wissenschaftlern helfen wollte. Sie denken zu geradlinig, Sie kapieren einfach nicht, welche Prioritäten diese Leute haben. Sie erwarten von der US-Regierung weder Recht noch Gerechtigkeit. Sie glauben nicht mal, dass die Regierung vernünftig handelt. Das ganze staatliche System hat sich von ihnen abgekoppelt und ist in den Tiefen des Weltraums verschwunden. Das ist wie *schlechtes Wetter* für sie. Etwas, das man eben erträgt.«

»Sie irren sich, Kevin – ich verstehe das durchaus.«

»Wenn sie handeln wollen, dann wollen sie etwas damit erreichen. Und wichtig sind für sie die anderen Prolos. Sie sind wie Stämme, die durch die gewaltige, feindselige Wüste Ihrer Gesetze und Ihres Geldes wandern. Aber die Moderatoren *hassen* die Regulatoren. Die Regulatoren sind stark und verbreiten Furcht und Schrecken. Ein Gouverneur hält seine schützende Hand über sie. Sie haben einen Luftwaffenstützpunkt eingenommen. Alles, was die Moderatoren besitzen, sind ein paar Dutzend Geisterstädte und Nationalparks.«

Oscar nickte aufmunternd.

»Dann tauchten *Sie* auf. Plötzlich bot sich die Gelegenheit, diese Anlage einzunehmen. Das hier ist eine staatliche Forschungseinrichtung, *viel* besser als ein Luftwaffenstützpunkt zum Ausschlachten. Das Labor hat einen ausgezeichneten Ruf. Seine Eroberung würde eine tödliche Beleidigung für die Regulatoren darstellen, denn ihr

Gönner Huey hat die Anlage erbaut und glaubt, sie gehöre von Rechts wegen ihm. Er ist verrückt nach dieser ganzen grünen Gen- und Hirnscheiße. Deshalb hat Burningboy Ihnen geholfen. Und deshalb setzt er sich ab, bevor es ernst wird. Er hat der anderen Seite eine Falle gestellt, und wir sind für ihn bloß der giftige Köder.«

»Woher wissen Sie das alles?«

Kevin öffnete eine Schublade. Er nahm einen großen, höchst illegalen Revolver und eine Flasche Whiskey heraus. Er trank einen Schluck Whiskey, dann stellte er Zigarrenkisten mit Klappdeckeln auf die spiegelnde Oberfläche des Schreibtischs. »Weil er es selbst gesagt hat, Mann. Sehen Sie sich das mal an.«

Kevin öffnete die erste Zigarrenkiste. Darin waren Abhörwanzen mit handbeschrifteten Etiketten festgepinnt. »Wissen Sie eigentlich, wie schwer es ist, eine solche Anlage von Wanzen zu säubern? Es ist technisch unmöglich, so schwer ist es. Es gibt keine funktionierenden Detektoren für Wanzen – das ist alles Mist! Eine gute Wanze kann man praktisch nicht aufspüren, außer man sucht alles ab. Und das hab ich getan. Ich teile Gruppen von Moderatoren ein, die gerade nichts Besseres zu tun haben, und dann bearbeiten wir alle infrage kommenden Oberflächen mit engzähnigen Kämmen. Die Wanzen sind wie Läuse, das ist eine gottverdammte gesellschaftliche Krankheit. Ich hab Wanzen hier gefunden, die vor vierzehn, fünfzehn Jahren angebracht wurden. Ich hab eine richtige Sammlung angelegt! Schauen Sie mal!«

»Sehr eindrucksvoll.«

Kevin klappte die Zigarrenkiste zu und deutete feierlich darauf. »Wissen Sie, was das ist? Das ist das *Böse*, so ist das. Es ist schlimm, es ist schlicht und einfach böse von uns, dass wir uns das antun. Wir besitzen als Volk und Nation keinen Anstand, Oscar. Wir sind mit dieser Technik zu weit gegangen, wir haben unsere Selbstachtung verloren. Das ist ein Massenmedium, Mann. Ein böses, das Privatleben ausspionierendes Medium. Aber wir haben es gewollt und setzen es auch ein, weil wir glauben, wir müssten informiert sein. Wir sind gezwungen, allem uneingeschränkte Aufmerksamkeit zuteil werden zu lassen. Jedem Scheiß, der uns im Grunde nichts angeht.«

Oscar schwieg. Er wollte Kevin nicht unterbrechen, wenn er schon mal in Geständnislaune war.

»Also hab ich die Wanzen eingesammelt und stattdessen meine eigenen angebracht. Weil ich ja nun der Hacker bin, der zum Superuser geworden ist. Ich habe nicht bloß die Computer hier geknackt. Ich habe die ganze Umgebung geknackt. Ich habe jederzeit zu allem Zugang, was hier drinnen vorgeht. Ich bin ein Cop. Aber ich bin mehr als ein Cop. Ich meine, ein Cop ist was Normales – ein weißer Angloamerikaner, der den aufmüpfigen Ureinwohnern seine Vorstellung von Ordnung aufzwingt. Scheiße, das war früher in allen amerikanischen Städten so. Und ich war *scharf* darauf, es zu tun, Mann. Ich hab mich selbst geliebt, ich hielt mich für 'nen Magier. Es war hochinteressant, anderen Leuten beim Sex zuzusehen. Aber nach dem sechzigsten, siebzigsten wird's langweilig, Mann. Einfach langweilig.«

»Tatsächlich?«

»Aber klar doch. Und es hat seinen Preis. Seit ich Sie kennen gelernt habe, hab ich's kein einziges Mal mehr gemacht! Ich trau mich nicht! Weil ich der Geheime Oberbulle bin. Ich jage jeder anständigen Frau einen höllischen Schrecken ein. Unanständige Frauen sehen das ein wenig anders. Außerdem hab ich einfach keine Zeit mehr für meine Bedürfnisse! Der Großinquisitor ist anderweitig viel zu beschäftigt. Ich muss die ganzen Mitschnitte nach Schlüsselwörtern abscannen. Jedesmal, wenn irgendwo was vorgefallen ist, muss ich die Videos durchforsten. Irgendwelchen Wanzen geht der Saft aus, oder sie werden gefunden, oder jemand tritt darauf. Im Wald halten sich Kobolde versteckt. In der Luft schwirren Sonden rum. Es gibt Betrunkene, verirrte Kinder,

Kleindiebstähle. Es gibt Feueralarm und Autounfälle. Und ich muss mich drum kümmern. Um jeden Mist!«

»Kevin, Sie wollen mich doch nicht etwa im Stich lassen?«

»Sie *im Stich* lassen? Mann, ich bin für den Job wie geschaffen. Ich bin am Ziel meiner Träume. Bloß verwandele ich mich dadurch in ein Monster. Das ist alles.«

»Kevin, ich finde, Sie sind gar kein so übler Bursche. So schlimm ist es hier gar nicht. Hier herrscht kein Chaos. Die Lage ist stabil.«

»Klar, ich sorge ja für Ordnung. Aber mit Recht und Gesetz hat das nichts zu tun, Oscar. Hier herrscht Ordnung, aber es gibt kein Gesetz. Wir lassen zu, dass uns die Dinge entgleiten. Wir lassen zu, dass die Lage kritisch und unberechenbar wird. Wir nehmen zu Augenblicksentscheidungen Zuflucht. Ich sorge für Ordnung, weil ich insgeheim ein Tyrann bin. Ich habe alles mögliche, bloß keine Legitimität. Ich habe keine Bremsen. Ich habe keine Ehre.«

»Damit kann ich leider nicht dienen.«

»Sie sind Politiker, Oscar. Aber Sie haben mehr verdient. Sie sollten ein Staatsmann sein. Sie sollten mir ein wenig Ehre verschaffen.«

Ein Telefon läutete. Kevin stöhnte auf, nahm einen Laptop zur Hand und drückte eine Funktionstaste. »Eigentlich dürfte niemand diese Nummer kennen«, klagte er.

»Ich dachte, das hätten Sie mittlerweile im Griff.«

»Eine typische Politikerbemerkung. Ich habe ein paar Sicherungen, Dummies und Firewalls installiert, und Sie glauben gar nicht, wie viele Netzangriffe darin hängenbleiben.« Er warf einen Blick auf den Rückverfolgungsbericht auf dem Laptopbildschirm. »Was, zum Teufel, ist das?« Er nahm den Anruf entgegen. »Ja?«

Fünfundvierzig Sekunden lang lauschte er aufmerksam. Oscar nutzte die Gelegenheit, um Kevins Büro in Augenschein zu nehmen. Ein so unoffiziell wirkendes Büro hatte er noch nicht gesehen. Pin-up-Bilder, schmutzige Kaffeetassen, rituelle Masken, kaputte Telekommunikationshardware, aufgehängt an billigen Nägeln …

»Es ist für Sie«, sagte Kevin schließlich und reichte Oscar den Hörer.

Der Anrufer war Jules Fontenot. Fontenot war aufgebracht. Es war ihm nicht gelungen, Oscar über einen herkömmlichen Anschluss zu erreichen. Schließlich hatte er über ein Geheimdienstbüro in Baton Rouge die Polizeizentrale des Labors angerufen. Der Aufwand hatte ihn erbost.

»Ich möchte mich dafür entschuldigen, dass unser Telefonsystem in einem so schlechten Zustand ist, Jules. Seit Ihrem Fortgang hat sich hier eine Menge verändert. Aber ich freue mich, von Ihnen zu hören. Ich weiß Ihre Hartnäckigkeit zu schätzen. Was kann ich für Sie tun?«

»Sind Sie immer noch sauer auf Green Huey?« krächzte Fontenot.

»Ich war niemals ›sauer‹ auf Huey. Profis werden nicht sauer. Ich hatte mit ihm zu tun.«

»Oscar, ich bin im Ruhestand. Daran soll sich auch nix ändern. Ich wollte nie wieder so 'nen Anruf tätigen. Aber ich hatte keine andre Wahl.«

Was war los mit dem Mann? Das war Fontenot, keine Frage, aber sein Akzent hatte sich drastisch verstärkt. Es war, als spräche der Mann über einen digitalen Cajun-Dialekt-Vocoder.

»Jules, Sie wissen, dass ich Ihren Rat stets geschätzt habe. Ihr Fortgang hat daran nichts geändert. Sagen Sie mir, was Sie auf dem Herzen haben.«

»Flüchtlinge aus Haiti. Verstehn Sie? Ein Lager für haitianische Flüchtlinge.«

»Haben Sie eben ›Haiti‹ gesagt? Meinen Sie frankophone Schwarze aus der Karibik?«

»Genau! Kirchenleute aus Haiti. Huey hat ihnen politisches Asyl gewährt. Hat ihnen weit draußen 'n kleines Musterdorf gebaut. Die wohnen jetzt in meinen Sümpfen.«

»Ich verstehe, Jules. Evakuierungen, haitianische Flüchtlinge, Notunterkünfte, französische Sprache, das sieht ganz nach Huey aus. Wo liegt das Problem?«

»Also, irgendwas stimmt da nicht. Nicht bloß deshalb, weil's Fremde sind. Angehörige einer anderen Religion. Schwarze, religiöse Flüchtlinge, die Voodoo praktizieren und kreolisch sprechen. Da steckt noch mehr dahinter. Huey hat irgendwas mit ihnen angestellt. Drogen vielleicht. Oder es hat was mit Genetik zu tun. Sie verhalten sich merkwürdig. Ausgesprochen merkwürdig.«

»Jules, entschuldigen Sie, aber ich muss mich vergewissern, dass ich Sie richtig verstanden habe.« Oscar gab Kevin hektisch Zeichen – SCHNEIDEN SIE DAS MIT. SCHALTEN SIE IHREN LAPTOP EIN. MACHEN SIE SICH NOTIZEN! »Jules, wollen Sie damit sagen, der Gouverneur von Louisiana benutze haitianische Flüchtlinge als Versuchskaninchen für Verhaltensexperimente?«

»Ich würd's vor Gericht nicht beschwören – weil ich niemanden dazu kriege, mal hier rauszukommen und sich das anzusehen! Es *beschwert* sich niemand, das ist das Problem. Das sind die glücklichsten gottverdammten Haitianer auf der ganzen Welt.«

»Das ist bestimmt was Neurales. Eine stimmungsbeeinflussende Behandlung.«

»Kann sein. Aber das ist was anderes als die Drogen, die ich kenne oder von denen ich gehört hab. Mir fehlen einfach die Worte, um die Lage zu schildern. Mir fehlen einfach die Worte.«

»Und Sie möchten, dass ich zu Ihnen komme und mir das ansehe.«

»Das hab ich nicht gesagt, Oscar. Ich meine bloß … na ja, die hiesige Polizei ist bestochen, die Staatsmiliz ist geschmiert, der Geheimdienst hört mir nicht mehr zu, niemand schert sich drum. Da leben Haitianer von einer kahlen, untergehenden Insel, und niemand schert sich drum. Keine verdammte Menschenseele.«

»Ich schon, Jules. Das können Sie mir glauben.«

»Ich komme einfach nicht damit klar. Ich kann nachts nicht mehr schlafen, ich muss ständig dran denken.«

»Behalten Sie die Ruhe. Sie haben richtig gehandelt. Ich werde etwas unternehmen, ganz bestimmt. Kann ich Sie irgendwie erreichen? Vertraulich, abhörsicher?«

»Fehlanzeige. Ich hab mein Handy weggeschmissen.«

»Wie soll ich dann weiter vorgehen?«

»Ich bin im Ruhestand! Verdammt noch mal, Oscar, sagen Sie bloß niemandem, dass *ich* die Sache bekannt gemacht habe! Ich lebe jetzt hier. Ich liebe diesen Ort. Ich will hier sterben.«

»Das ist nicht richtig, Jules, und das wissen Sie. Das ist eine äußerst ernste Angelegenheit. Entweder Sie sind drin im Spiel, oder Sie sind draußen. Eine andere Möglichkeit gibt es nicht.«

»Okay. Ich bin draußen.« Die Verbindung wurde unterbrochen.

Oscar wandte sich an Kevin. »Haben Sie das Wesentliche mitbekommen?«

»Wer war das? Ein Verrückter?«

»Das war mein ehemaliger Sicherheitschef, Jules Fontenot. Er war während des Wahlkampfs für die Sicherheit zuständig. Zufällig ist er ein Cajun. Er ist ausgestiegen, kurz bevor ich Sie kennen gelernt habe, und seitdem ist er draußen im Bayou und angelt.«

»Und jetzt tischt er ihnen dieses Ammenmärchen auf und versucht, Sie in die Sümpfe von Louisiana zu locken?«

»Stimmt. Und ich werde auch hingehen.«

»Moment, Cowboy. Überlegen Sie erst mal. Was ist wahrscheinlicher? Dass Huey Gräuellager im Bayou unterhält oder dass man Ihren ehemaligen Freund, den Cajun, gegen Sie einsetzt? Das ist eine Falle, Mann. Damit die Sie kidnappen können, wie sie's schon mal versucht haben. Die werden sie zusammenschlagen und den Alligatoren zum Fraß vorwerfen.«

»Kevin, ich weiß Ihre Hypothese zu schätzen. Das ist umsichtig und bodyguardmäßig gedacht. Aber ich will Ihnen verraten, was es politisch damit auf sich hat. Ich kenne Fontenot. Er war Special Agent des Secret Service. Ich habe dem Mann mein Leben anvertraut – und das Leben des Senators, das Leben der ganzen Mannschaft. Vielleicht hat er jetzt wirklich vor, mich zu kidnappen und zu ermorden. Aber wenn Huey es schafft, aus Jules Fontenot einen Verräter zu machen, dann hat das Amerika, wie wir es kennen, aufgehört zu existieren. Das würde bedeuten, dass wir zum Untergang verdammt sind.«

»Dann wollen Sie also nach Louisiana gehen und Nachforschungen anstellen.«

»Natürlich. Die Frage ist bloß, wie und unter welchen Umständen. Ich werde mir über dieses Projekt gründlich Gedanken machen.«

»Okay, dann komme ich mit.«

Oscar kniff die Augen zusammen. »Warum sagen Sie das?«

»Dafür gibt's 'ne Menge Gründe. Ich denke, ich bin Ihr Bodyguard. Ich gehöre zu Ihrem Team. Sie bezahlen mich. Ich bin der Nachfolger von diesem Fontenot, von dem Sie so respektvoll reden. Vor allem aber bin ich's leid, dass Sie mir immer vier Schritte voraus sind.« Kevin schlug mit der flachen Hand auf den Schreibtisch. »Schauen Sie mich an, Mann. Ich bin ein ausgesprochen smarter, kluger, hinterlistiger Typ. Ich bin ein Hacker. Und zwar ein guter! Ich bin eine solche Netzlegende, dass ich staatliche Forschungslabors einnehmen kann. Ich passe perfekt zu den Moderatoren. Ich hab sogar Umgang mit NSR-Agenten. Aber was ich auch anfange, Sie treiben's immer noch toller. Sie sind mir immer einen Schritt voraus. Ich bin ein Techniker, und Sie sind ein Politiker und *schalten einfach schneller* als ich. Sie nehmen mich nicht mal ernst.«

»Das stimmt nicht. Ich weiß, dass Sie jemand sind, der zählt! Ich nehme Sie hundertprozentig ernst, Captain Scubbly Bee.«

Kevin seufzte. »Reservieren Sie mir einfach ein Plätzchen hinten in ihrem Einsatzbus, okay? Mehr verlange ich gar nicht.«

»Ich muss mit Greta über diese Entwicklung sprechen. Sie ist meine Expertin für Hirnforschung.«

»Gut. Kein Problem. Einen Moment.« Kevin stand auf und humpelte barfuß zu einem Desktoprechner. Er machte eine Eingabe. Auf dem Bildschirm erschien ein Übersichtsplan des Laboratoriums. Er betrachtete ihn aufmerksam. »Okay. Dr. Penninger befindet sich in ihrem supergeheimen Labor im vierten Stock der Personalabteilung.«

»Was? Ich dachte, Greta ist auf der Party.«

»Dr. Penninger hasst Parties. Sie langweilt sich so schnell. Haben Sie das nicht gewusst? Ich tue Dr. Penninger gerne einen Gefallen. Dr. Penninger ist anders als die meisten Frauen – man kann sich mit ihr ernsthaft über wichtige Dinge unterhalten. Sie hat für den Fall, dass wir angegriffen werden, eine sichere Zuflucht gebraucht, und da hab ich ihr ein nettes kleines Geheimlabor über der Personalabteilung eingerichtet. Sie hat die Clowns ja gefeuert, deshalb ist dort jetzt jede Menge Platz.«

»Woher wissen Sie, dass sie sich im Moment dort aufhält?«

»Das soll wohl ein Witz sein. Ich bin für die Sicherheit verantwortlich, und sie ist die Direktorin. Ich weiß *immer*, wo sich die Direktorin gerade aufhält.«

Nach ausgiebigem Händeschütteln verließ Oscar die Party und machte sich auf die Suche nach Greta. Dank Kevins lückenloser Überwachung war dies nicht schwer.

Kevin und seine Prologangs hatten Greta einen kleinen, provisorischen Arbeitsplatz eingerichtet. Oscar tippte einen vierstelligen Code ein, worauf sich die Tür öffnete. Es war dunkel im Raum, und Greta hatte sich über ein Mikroskop gebeugt, das die einzige Lichtquelle darstellte. Sie hatte beide Augen an das Doppelokular gepresst, ihre Hände steckten in kleinen AFM-Sektionshandschuhen. Sie hatte sich einen Laborkittel über die schicke Partykleidung geworfen. Der Raum war so kahl wie eine Klosterzelle, und Greta machte keinen Mucks: lautlos und systematisch hantierte sie mit einem winzigen Bestandteil des Universums.

»Ich bin's«, sagte er.

»Oh«, machte Greta. Sie schaute hoch, nickte und blickte wieder durchs Okular.

»Weshalb hast du die Party verlassen?«

»Warum nicht? Du hast mir ja sowieso keine Beachtung geschenkt.«

Es erstaunte und erregte ihn sogar ein wenig, dass Greta eingeschnappt war. »Wir sind beide im Notstandsausschuss. Wir sind täglich mehrere Stunden zusammen.«

»Wir sind nicht *zusammen*. Du hast das Interesse an mir verloren. Du vernachlässigst mich.«

Oscar überlegte. Mittlerweile war sein Interesse jedenfalls geweckt. Plötzlich wurde ihm bewusst, wie sehr er diesen Aspekt einer Beziehung genoss. Offenbar waren Frauen für ihn als Verhandlungspartner interessanter denn als Geliebte oder Beziehungspartner. Er fühlte sich sehr zerknirscht deswegen.

»Greta, das Eingeständnis fällt mir nicht leicht, aber du hast recht. Jetzt, da alle wissen, dass wir ein Paar sind, haben wir nie Zeit füreinander. Wir haben uns heute Abend gemeinsam in der Öffentlichkeit gezeigt, und ich habe dich taktlos alleingelassen. Das gebe ich zu. Es tut mir leid. Ich möchte es wieder gutmachen.«

»Du solltest dich mal anhören. Das klingt so, als würdest du vor einem Ausschuss reden. Wir beide sind jetzt Politiker. Du redest mit mir wie ein Diplomat. Ich muss Reden des Präsidenten lesen, die voller Lügen sind. Ich komme nicht mehr dazu, an etwas zu arbeiten, das mich interessiert. Ich reibe mich in einer nicht enden wollenden politischen Krise auf. Ich hasse die Verwaltungsarbeit. Mein Gott, ich habe solche Schuldgefühle.«

»Warum? Die Arbeit ist wichtig. Irgendjemand muss sie tun. Du machst deine Sache gut! Die Leute respektieren dich.«

»Als wir in irgendwelchen Strandhotels schmutzigen, beinahe gewalttätigen Sex hatten, habe ich mich nicht so schuldig gefühlt. Das war zwar nicht der Mittelpunkt meines Lebens oder so, aber es war jedenfalls interessant. Ein gutaussehender, charmanter Kerl mit einem heißen Körper, das ist schon faszinierend. Viel interessanter, als dabei zuzusehen, wie meine Forschung den Bach runtergeht.«

»O nein, du nicht auch noch«, sagte Oscar. »Erzähl mir nicht, du wolltest dich jetzt, nachdem ich so viel Arbeit investiert habe, gegen mich wenden. So viele Menschen haben mich bereits verlassen. Sie glauben einfach nicht, dass es funktionieren könnte.«

Sie betrachtete ihn mit jähem Mitleid. »Armer Oscar. Du hast mich völlig falsch verstanden. Das ist nicht der Grund, weshalb ich mich schuldig fühle. Ich fühle mich schuldig, weil ich *weiß*, dass es funktionieren wird. Ich habe mich lange mit den Moderatoren unterhalten … Jetzt hab ich's wirklich begriffen. Die Wissenschaft wird sich wirklich verändern. Sie wird immer noch ›Wissenschaft‹ sein. Sie wird ihre intellektuelle Struktur behalten, aber ihre politische Struktur wird völlig anders sein. Anstatt schlecht bezahlter Staatsangestellter wird es eine Avantgarde von dissidenten Intellektuellen geben, die für die Entrechteten arbeiten. Und das wird sich für uns auszahlen. Weil wir mit ihnen besser fahren werden als mit der Regierung. Die Prolos sind gar nicht so neu; sie ähneln großen, langhaarigen College-Studenten mit Körpergeruch. Mit solchen Leuten kommen wir klar. Das tun wir ständig.«

Seine Miene hellte sich auf. »Bist du sicher?«

»Das wird eine neue Akademie werden, mit ein paar feudalen Elementen. So wie im Mittelalter, als die Universitäten selbstständige Territorien waren, als die Gelehrten Amtsstäbe und kleine viereckige Hüte trugen, und wenn der Universität etwas nicht passte, schickte sie Horden von Studenten auf die Straßen, wo sie solange Rabatz machten, bis sie ihren Willen durchgesetzt hatten. Bloß dass wir nicht mehr im dunklen Mittelalter leben, sondern im Zeitalter des Getöses, des Lärms. Wir haben die Gesellschaft zerstört, mit unserem Wissen und der Beliebigkeit seiner Anwendung. Wir leben im Zeitalter des Lärms, und wir Wissenschaftler passen uns den Gegebenheiten an. Wir müssen keine Regierungsfunktionäre sein, die jede Menge Geld zur Verfügung haben, bloß weil sie der Regierung militärisch-industrielles Wissen zur Verfügung stellen. Das alles war einmal. Von nun an werden wir wie andere kreative Intellektuelle auch sein. Wir werden sein wie Künstler oder Violinbauer, mit einer kleinen Anhängerschar, die unsere Arbeit verfolgen und uns unterstützen.«

»Wundervoll, Greta. Das hört sich prima an!«

»Wir werden kluge, attraktive, sexy Wissenschaft betreiben, mit wenig Ausrüstung. Das ist die Zukunft der amerikanischen Forschung. Wir können es nicht den Europäern nachmachen, die alle möglichen moralischen Bedenken und Ängste haben hinsichtlich der Auswirkungen der Technik auf die Menschen; das macht keinen Spaß, das ist unamerikanisch. Von nun an werden wir wie Orville Wright in seinem Fahrradschuppen sein. Leichter wird es für uns nicht werden. Sondern schwerer. Aber wir werden unsere Freiheit haben. Unsere amerikanische Freiheit. Das ist ein Vertrauensbeweis für die menschliche Vorstellungskraft.«

»Du *bist* eine Politikerin, Greta! Du hast hier einen Durchbruch erlebt. Ich bin vollkommen einer Meinung mit dir.« Er fühlte sich so stolz.

»Klar – es könnte wundervoll werden, wenn das jemand anders machen würde. Es geht mir gegen den Strich, der Wissenschaft das anzutun. Ich bedaure es zutiefst. Aber ich stehe am Scheidepunkt, und es bleibt mir einfach keine andere Wahl.«

»Was würdest du denn lieber tun?«

»Was ich lieber tun würde?« wiederholte sie. »Ich würde lieber die Arbeit über die Auswirkung der Acetylcholin-Freisetzung im Hippocampus fertigstellen. Was anderes habe ich nie gewollt! Ich träume davon, dass dieses fürchterliche Durcheinander eines Tages ein Ende haben und dass man mir dann wieder gestatten wird, das zu tun, was ich tun will.«

»Ich weiß, dass du dir das wünschst. Mittlerweile verstehe ich das sehr gut. Ich weiß auch, was es bedeutet, Greta: es bedeutet, dass ich dich im Stich gelassen habe.«

»Nein. Doch. Aber das ist unwichtig. Das große Ganze wird funktionieren.«

»Ich sehe nicht, wie das zugehen sollte.«

»Warte, ich zeig's dir.« Sie nahm ihre Handtasche und ging hinaus. Eine Lampe ging an. Er hörte das Geräusch fließenden Wassers. Plötzlich wurde Oscar bewusst, dass er den eigentlichen Anlass seines Besuchs ganz vergessen hatte. Huey und sein angebliches Flüchtlingslager voller Haitianer. Er war überzeugt, dass Huey, der besessen war von der Vorstellung, dass die Hirnforschung ganz groß im Kommen war, in seinem Überschwang etwas Schreckliches getan hatte. Er wusste, dass es etwas mit Gretas Hirnforschung zu tun haben musste. Tragischerweise hatte Greta selbst keinerlei Interesse an den praktischen Implikationen ihres Tuns. Sie war allergisch gegen jede Art von Einschränkungen. Sie konnte sich nicht abfinden mit den uferlosen politischen und moralischen Implikationen der reinen Wissenschaft. Dies langweilte sie zu Tode. Das hatte mit Wissenschaft einfach nichts zu tun. Das hatte nichts Wissenschaftliches an sich. Dem Fortschritt versagten die Bremsen. Was sollte in einer solchen Welt aus den Wissenschaftlern werden? Was, zum Teufel, sollte man mit ihnen anfangen?

Sie kam wieder zurück. Sie hatte sich im Bad ein wenig frisch gemacht. Sie hatte schwarzen Eyeliner aufgetragen, und auf ihren Wangen prangte bunte Kriegsbemalung.

Er war verblüfft.

»Das war nicht meine Idee«, sagte sie abwehrend. »Das hat sich deine Imageberaterin einfallen lassen – für die Party heute Abend. Ich wollte mich eigentlich für dich so schminken, aber es kam mir einfach zu lächerlich vor. Deshalb hab ich in letzter Minute alles wieder entfernt.«

»Aber das war ein großer Fehler«, sagte er und lachte. »Das ist wunderschön. Das ist wirklich heiß. Das ist mehr als nur erstaunlich. Das ist so ungewöhnlich. Ich kann's einfach nicht glauben.«

»Vor dir siehst du eine sechsunddreißigjährige jüdische Frau, die sich in eine verrückte Außenseiterin verwandelt hat.«

»Aber nein. Nur deshalb, weil du *Greta Penninger* bist, funktioniert es überhaupt. Das ist die noch mit Hose und Laborkittel bekleidete, mit dem Nobelpreis ausgezeichnete Direktorin eines staatlichen Labors, die sich als Stadtguerilla outet.« Er biss sich auf die Lippe. »Dreh dich mal um. Zeig dich.«

Sie breitete die Arme aus und drehte sich im Kreis. Sie hatte sich einen Kopfschmuck aus billigen Perlen an den Hinterkopf gesteckt. »Das gefällt dir, nicht wahr? Vielleicht ist es gar nicht so übel. Ich sehe nicht seltsamer aus als der Präsident, meinst du nicht?«

»Greta ...« Er räusperte sich. »Du glaubst gar nicht, wie gut das funktioniert. Für mich haut es hin. Es macht mich ganz heiß und fickerig.«

Sie blickte ihn überrascht an. »Hm. Meine Mutter meinte immer, mit einem guten Make-up fängt man Männer.«

»Zieh den Kittel aus. Und auch die Bluse.«

»Warte mal. Nimm die Hände weg.«

»Weißt du, wie lange es her ist? Eine ganze Ewigkeit. Ich kann mich nicht mal mehr an letztes Mal erinnern.«

»Okay! Später! Im Bett! Wenn du wieder normale Farbe hast.«

Er fasste sich an die Wange. Die Haut war brennend heiß. Verwundert fasste er sind an die Ohren. Sie fühlten sich an wie frittiert. »Wow«, murmelte er. »Ich bin überwältigt.«

»Das ist doch bloß Make-up.«

»Nein, das stimmt nicht. Jetzt weiß ich, weshalb Donna hier bleiben wollte – jetzt weiß ich, weshalb Donna meinte, es werde doch gerade erst interessant. Diese Frau ist ein kleines Genie. Du kannst nicht behaupten, das ginge dir nicht unter die Haut. Das ist eine ebensolche Lüge, als würde man behaupten, ein Keuschheitsgelübde und ein Nonnenschleier seien bloß Worte und ein Fetzen schwarzen Stoffs. Klar, es ist bloß ein Symbol, aber es versetzt einen doch in ein völlig anderes moralisches Universum. Ich glaube, ich habe soeben eine Art Erleuchtung.«

»Nein, Oscar. Ich glaube, du hast eine Art Anfall.«

»Das funktioniert. Das ist *riesig*. Wir denken in viel zu beschränkten Bahnen. Wir müssen aus dem Gefängnis ausbrechen. Wir müssen den Krieg in die Reihen des Gegners tragen. Hör mal. Ich muss nach Louisiana reisen.«

»Was? Warum?«

»Wir reisen zusammen. Gemeinsam sind wir unschlagbar. Louisiana ist genau das Richtige für uns. Wir werden einen Triumphzug durch den Staat veranstalten. Wir drängen Huey und die Regulatoren total in die Defensive. Wir reisen mit einer Flotte von Limousinen, einhergehend mit einem Maximum an Medienresonanz. Wir mieten Wahlkampfbusse, wir veranstalten eine Wahlkampftour. Wir besorgen uns ein paar ordentliche Trucks und Hubschrauber. Wir decken den ganzen Bundesstaat ab. Es wird unheimlich romantisch werden. Du wirst dich in einen sexy Wissenschaftspopstar verwandeln. Wir fertigen Pin-ups von dir an, T-Shirts, Aufkleber, wir bringen dein Parfüm auf den Markt und deine Dessous. Überall, wo wir hinkommen, gründen wir kleine Forschungslabors. Von Bambakias habe ich erstaunliche Baupläne bekommen, die wir unmittelbar umsetzen können. Wir veranstalten einen Volksmarsch durch Baton Rouge. Wir besetzen das Parlamentsgebäude. Wir wagen uns in die Höhle des Löwen. Wir nageln Huey fest und versetzen ihm den Todesstoß.«

»Oscar, du hast wirklich einen Anfall. Du plapperst dummes Zeug.«

»Ach. Tatsächlich?«

»Wir können nicht nach Louisiana fahren. Das ist zu gefährlich. Wir können das Labor im Moment nicht verlassen. Hier herrscht Notstand. Die Menschen haben Angst, tagtäglich werden es weniger.«

»Hol mehr Leute her.«

»Wir können so viele Moderatoren herholen, wie wir wollen, aber es ist kein Platz für sie.«

»Dann erweitere das Labor. Besetze Buna.«

»Oscar, du machst mir Angst, wenn du so bist.«

Er senkte die Stimme. »Tatsächlich?«

»Ein bisschen schon.« Ihr Gesicht war trotz der Kriegsbemalung gerötet.

Er hatte Herzklopfen. Er atmete mehrmals tief durch. Er hatte den Zustand der Raserei hinter sich gelassen. Er fand sein Gleichgewicht allmählich wieder; er schwebte auf einer höheren Ebene; er befand sich im Zustand der Verzückung. »Schatz, ich werde mich auf eine Geheimmission begeben. Ich glaube, sie ist von entscheidender Bedeutung, aber es könnte sein, dass ich nicht zurückkehre. Das ist vielleicht das letzte Mal, dass wir miteinander allein sind. Ich weiß, ich habe dich beunruhigt. Ich weiß, ich bin nicht all deinen Erwartungen gerecht geworden. Vielleicht sehe ich dich nie wieder, aber ich verlasse dich erfüllten und frohen Herzens. Ich werde nie vergessen, wie du jetzt aussiehst. Du bist etwas so Besonderes und bedeutest mir so viel, dass ich es gar nicht in Worte kleiden kann. Du bist ein solch brillantes, strahlendes Wesen.«

Sie fasste sich an die Stirn. »O mein Gott. Ich weiß einfach nicht, was ich mit dir anfangen soll, wenn du so bist ... Du bist so *überzeugend*! Also schön, nichts für ungut, komm mit und zieh dich aus. Auf dem Labortisch haben wir jede Menge Platz.«

11

Nach eingehender Erörterung ihrer Optionen beschlossen Oscar und Captain Scubbly Bee, Louisiana heimlich und incognito zu infiltrieren. Dem Notstandsausschuss tischte Kevin die dreiste Lüge auf, er begebe sich auf eine Rekrutierungsfahrt. Oscar selbst würde Buna offiziell nicht verlassen. Er wurde von einem Double ersetzt, einem Moderatorenfreiwilligen, der sich bereit erklärte, Oscars Kleidung zu tragen, viel Zeit in einem stinkvornehmen Hotelzimmer zu verbringen und so zu tun, als arbeite er am Laptop.

Ihre kleine Verschwörung entwickelte rasch Eigendynamik. Um nicht entdeckt zu werden, beschlossen sie, mit zwei Ultraleichtflugzeugen nach Louisiana zu fliegen. Diese lautlosen und unauffälligen Fluggeräte waren langsam, unberechenbar, gefährlich, unbequem und ermüdend, da sie jeglichen Komfort vermissen ließen. Dafür waren sie mehr oder weniger unauffindbar und immun gegen Straßenblockaden und Wegelagerei. Da sie von chinesischen GPS-Satelliten ferngelenkt wurden, würden die Fluggeräte mit unfehlbarer Genauigkeit unmittelbar vor Fontenots Schwelle landen – früher oder später.

Als nächstes unterzogen Kevin und Oscar sich der höchst melodramatischen Prozedur, sich als Luftnomaden zu verkleiden. Die üblichen Anzüge borgten sie sich von zwei Moderatoren-Luftjockeys aus. Diese behaglichen Kleidungsstücke bestanden aus genietetem Baumwollsegeltuch mit Faserfüllung. Es handelte sich um Schutzbekleidung aus industrieller Fertigung, mit zahlreichen Stickereien und durch den verschwenderischen Gebrauch intensiv riechender Hautsalbe zu einem Stammesutensil umfunktioniert. Kevlarhandschuhe, schwarze Gummistiefel, große, gefütterte Sturzhelme und bruchfeste Schutzbrillen vervollständigten die Ausrüstung.

Oscar gab seinem gutmütigen Double noch ein paar letzte Verhaltensregeln, dann legte er seine Verkleidung an. Er verwandelte sich in ein Wesen eines fremden Kulturkreises. Er konnte der Versuchung nicht widerstehen, in der Nomadenmontur in Buna-Stadt herumzustolzieren. Das Ergebnis verblüffte ihn. Oscar war in Buna gut bekannt; sein skandalöses Privatleben war in aller Munde, und das von ihm erbaute Hotel war eine Attraktion. Mit Fliegeranzug, Schutzbrille und Helm erkannte ihn jedoch niemand. Die Blicke der Passanten glitten achtlos an ihm vorbei. Er strahlte Fremdartigkeit aus.

Kevin und Oscar hatten verabredet, um Mitternacht aufzubrechen. Oscar verspätete sich. Seine Armbanduhr funktionierte nicht richtig. Er hatte seit Tagen leicht erhöhte Temperatur, was die Mäusehirne veranlasste vorzugehen. Oscar war gezwungen gewesen, mit dem Sonnenscheintimer die Reset-Funktion auszulösen, doch nun ging die Uhr nach. Er kam zu spät, und es war schwieriger als erwartet, auf das Dach des Laboratoriums zu klettern. Außerhalb der Kuppel herrschte tiefe Februarnacht, die Umgebung war zugig und einschüchternd, eine ermüdende Abfolge endloser Treppen und Leitersprossen.

Außer Atem und zitternd gelangte er schließlich auf das sternenüberwölbte Dach des Laboratoriums, doch die optimale Wetterkonstellation hatte er verpasst. Kevin war klugerweise bereits gestartet. Mithilfe einer gelangweilten Moderatorencrew schnallte Oscar sich auf dem zerbrechlichen Flugzeug fest und startete gleich anschließend.

Während der ersten Stunde lief es ganz gut. Dann wurde er von einer Treibhaus-Sturmfront erfasst, die ihren Ursprung im launischen Golf von Mexiko hatte. Er wurde bis nach Arkansas hineingeweht. Während es

Tausende von Radarsignalen auswertete, wechselte das smarte und erschreckend billige Flugzeug mit Übelkeit erregendem Geschaukel von einer thermischen Strömung zur nächsten und näherte sich mit der stumpfsinnigen Hartnäckigkeit eines netzgesteuerten Automaten immer weiter seinem Bestimmungsort. Wundgescheuert vom schlecht sitzenden Schutzanzug schlief Oscar irgendwann ein und hing in den Gurten wie ein Sack Rüben.

Dass der Pilot eingeschlafen war, machte dem Nomadenflugzeug nichts aus. Als Oscar bei Tagesanbruch erwachte, stellte er fest, dass er über den verregneten Sümpfen des Bayou Teche flog.

Das Bayou Teche war hundertdreißig Meilen lang. Dieser tote Flussarm war vor etwa dreitausend Jahren einmal der Hauptlauf des Mississippi gewesen. Während eines kurzen und ausgesprochen katastrophalen Frühjahrs des einundzwanzigsten Jahrunderts war das Bayou Teche wieder zum Hauptarm des Mississippi geworden. Die sintflutartigen Wassermassen hatten alles mitgerissen, überschwemmungssichere Betondeiche, schattenspendende bemooste Eichen, prächtige Farmen aus der Zeit vor dem Bürgerkrieg, rostzerfressene Zuckermühlen, stillgelegte Bohrtürme, alles, was ihnen im Wege stand. Die Flut hatte Breaux Bridge, St. Martinville und New Iberia verwüstet.

Das Teche war schon immer eine Welt für sich gewesen, ein morastiges Biom, scharf abgegrenzt von der eigentlichen Mississippi-Ebene, wo Reis angebaut wurde. Die Zerstörung von Straßen und Brücken und die darauf folgende Ausbreitung des Sumpf- und Marschlandes hatten dazu geführt, dass im Teche wieder unheimliche, wasserdurchtränkte Ruhe eingekehrt war. Das Bayou war nun eines des ursprünglichsten Gebiete Nordamerikas – nicht weil man es vor dem Fortschritt bewahrt hatte, sondern weil der Fortschritt zunichte geworden war.

Während des schwankenden Sinkflugs nahm Oscar Fontenots neue Umgebung in Augenschein. Der ehemalige Staatsangestellte hatte eine abgelegene Siedlung zu seinem Wohnort erkoren, errichtet auf aus Betonblöcken zusammengesetzten Säulen, die Wohnhäuser umgeben von Nebengebäuden und billigen Stromgeneratoren auf Brennstoffzellenbasis. Es war ein barbarisches Südstaatenslum für Binnenfischer, ein Wasserlabyrinth von Holzstegen, Seerosen und Flachbooten aus Stroh- und Plastik. Im rosigen Morgenlicht zeigte das schilfdurchsetzte Wasser des Bayous ein tiefes, trübes Grün.

Oscar landete mit eindrucksvoller Präzision unmittelbar auf dem Schrägdach von Fontenots Holzhütte. Er geriet ins Rutschen und prallte mit knöchelzerschmetternder Wucht auf dem Boden auf. Das mittlerweile gehirntote Fluggerät erbebte heftig in der Morgenbrise und warf Oscar umher wie einen Käfer.

Zum Glück kam Fontenot sogleich aus der Hütte hervorgehumpelt und half Oscar, des Flugzeugs Herr zu werden. Nach einigem Gefluche und Gezerre gelang es ihm, Oscar loszuschnallen und ihn zu befreien. Schließlich schafften sie es, das Flugzeug zu falten und so weit zusammenzulegen, dass es nur noch so groß war wie ein Kanu.

»Sie sind's wirklich«, sagte Fontenot, vor Erschöpfung schnaufend. Er klopfte Oscar auf die gepolsterte Schulter. »Wo haben Sie denn den bescheuerten Helm her? Sie sehen wirklich zum Fürchten aus.«

»Ja. Haben Sie meinen Bodyguard gesehen? Er hätte eigentlich vor mir eintreffen müssen.«

»Kommen Sie rein«, sagte Fontenot. Mobilheime aus Metall waren nicht seine Sache. Seine Behausung war eine echte Holzhütte, zusammengezimmert aus Zedernbrettern und Leisten, mit grauen Holzschindeln auf dem Dach und großen, spinnwebverhangenen Holzstapeln darunter. Man hatte das Material ans Ufer geschafft und dort mit großem Sachverstand wieder zusammengesetzt. Die Tür knarrte und erbebte beim Öffnen in den Angeln. Der rissige Boden war merklich geneigt.

Fontenots spartanischer Wohnraum war mit Rattanmöbeln eingerichtet. Es gab eine große Hängematte, einen kleinen Kühlschrank mit Brennstoffzelle und an der Wand ein eindrucksvolles Arsenal erstklassigen Angelzeugs. Fontenots Angelausrüstung war mit Ketten an der hinteren Hüttenwand befestigt und mit militärischer Akuratesse in verschlossenen Gewehrschränken aus Sperrholz angeordnet. Im ersten Schrank war eine funkelnde Menagerie von Ködern untergebracht: batteriebetriebene Würmer, Ultraschallblinker, rotierende Blinker, Pheromone freisetzende Gelatinewürmer.

»Einen Moment noch«, sagte Fontenot und verzog sich, begleitet von lautem Knarren, in ein vollgestopftes Hinterzimmer. Oscar fiel eine abgegriffene Bibel und eine eindrucksvolle Sammlung leerer Bierdosen ins Auge. Dann kam Fontenot zurück, mit Kevin im Schlepptau. Er hatte ihn gefesselt und ihm den Mund mit Isolierband verklebt.

»Kennen Sie den Kerl?« fragte Fontenot.

»Klar. Das ist mein neuer Bodyguard.«

Fontenot stieß Kevin aufs Rattansofa, das unter seinem Gewicht laut knackte. »Hören Sie. Ich kenne den Burschen ebenfalls. Ich kannte seinen Vater. Sein Dad hat Computersysteme für die rechte Miliz gewartet. Schwer bewaffnete Weiße mit durchdringendem Blick und schlechtem Haarschnitt. Wenn Sie diesen Burschen als Sicherheitschef einstellen, sind Sie nicht mehr bei Trost.«

»Von ›Einstellung‹ kann man eigentlich nicht sprechen, Jules. Eigentlich ist er Staatsangestellter. Und er ist auch nicht bloß für meine persönliche Sicherheit zuständig, sondern für die Sicherheit einer staatlichen Einrichtung.«

Fontenot langte in die Tasche seines dreckverschmierten Overalls und holte ein Anglermesser hervor. »Ich will's gar nicht wissen. Das ist mir egal! Das geht mich nichts mehr an.« Er schnitt das Isolierband durch und riss es mit einem einzigen Ruck ab. »Tut mir leid, Kid«, murmelte er. »Hätte Ihnen wohl besser glauben sollen.«

»Macht nichts!« sagte Kevin galant, massierte sich die klebrigen Handgelenke und verdrehte ein wenig die Augen. »Sowas kommt vor!«

»Ich bin völlig aus der Übung«, sagte Fontenot. »Das Leben ist ruhig hier draußen, ich hab den Anschluss verloren. Wie wär's mit Frühstück?«

»Ausgezeichnete Idee«, sagte Oscar. Ein friedliches gemeinsames Mahl war jetzt genau das Richtige. Im Schutze seines harmlosen Grinsens nahm Kevin offenbar Maß für einen tödlichen Messerstoß in Fontenots Nieren.

»Etwas Blutwurstsoße«, meinte Fontenot und zog sich an einen primitiven gasbetriebenen Campingofen zurück, der in einem Winkel stand. »Ein paar Eier und Muscheln.« Oscar beobachtete Fontenot nachdenklich, während sich der alte Mann schleppend und verdrießlich ans Kochen machte. Nach einer Weile wusste er Bescheid. Fontenot erholte sich von seinem Dasein als staatlich bezahlter Cop. Der Fluch der Geheimdiensttätigkeit fiel endlich von ihm ab, verlor allmählich seine Wirkung wie eine langsam nachlassende Heroinabhängigkeit. Doch nachdem er die eiskalte Umklammerung der langjährigen Disziplin abgestreift hatte, war von Jules Fontenot einfach nichts mehr übriggeblieben. Jetzt war er ein einbeiniger Angler aus Louisiana, auf beklemmende Weise vorzeitig gealtert.

Die Hütte füllte sich mit dem scharfen Geruch köchelnder Pfeffersauce. Oscars neuerdings empfindliche Nase begann zu laufen. Er sah Kevin an, der sich mürrisch Fitzelchen Isolierband von den Handgelenken pellte.

»Jules, wie läuft's eigentlich so mit der Angelei?«

»Das hier ist das Paradies!« antwortete Fontenot. »Die großen Lunker lieben die überschwemmten Gebiete drüben in Breaux Bridge. Der Lunker ist ein gründelnder Fisch mit einer Vorliebe für strukturierten Lebensraum.«

»Ich glaube, den Lunker kenne ich nicht.«

»Ach, den haben die hiesigen Sportangler schon vor Jahren entwickelt. Durch die Überschwemmungen, die Umweltgifte und so sind die hiesigen Fische umgekommen. Das Teche drohte zu veralgen, die Algenblüte war fast so schlimm wie in der Toten Zone im Golf. Und da hat man den Staubsaugerfisch zusammengefummelt. Ein großer alter Kanalwels mit Tilapiagenen. Die Lunker werden groß, Mann. *Verdammt* groß. Vierhundert Pfund schwer, mit Augen wie Tennisbälle. Lunker sind steril, versteh'n Sie. Lunker tun nichts weiter als fressen und wachsen. Als die Laborleute mit der DNS rummachten, haben sie's bei den Wachstumshormonen übertrieben. Ein paar von den Babies sind mittlerweile fünfzehn Jahre alt.«

»Ziemlich kühn, was sich die Biotechniker da haben einfallen lassen.«

»Ach, da kennen Sie Green Huey nicht. Das ist längst noch nicht alles. Huey ist bei Umweltthemen ausgesprochen rührig. Louisiana hat sich vollkommen verändert.«

Fontenot servierte ihnen das Frühstück: Muschelomeletts und schaurige Würste aus verklebtem Reis. Das Essen war unglaublich scharf – nicht bloß gut gewürzt. Er hatte so viel Pfeffer beigegeben, als handele es sich dabei um ein Grundnahrungsmittel.

»Die Sache mit den Lunkern, das war eine Notmaßnahme. Aber es hat gut geklappt. Der Notfall ist behoben. Sonst wäre das Bayou jetzt eine Kloake, aber mittlerweile kommen die Barsche zurück. Jetzt kümmern sie sich um die Wasserhyazinthen, die haben den Schwarzbär und sogar den Puma wieder eingebürgert. Das wird nie wieder natürlich, aber es ist wirklich machbar. Will noch jemand Kaffee?«

»Danke«, sagte Oscar. Nachdenklich schüttete er die erste Tasse des Zichorienkaffees in einen Bodenspalt. »Ich muss Ihnen gestehen, Jules, ich habe mir Sorgen um

Sie gemacht, weil Sie hier ganz allein mitten in Hueys Land leben. Ich habe gefürchtet, er könnte sie aufgespürt und belästigt haben. Aus politischen Gründen, verstehen Sie, weil Sie für den Senator gearbeitet haben.«

»Ach, *das*. Klar«, sagte Fontenot, unablässig kauend. »Es sind mal ein paar von diesen Milizheinis hier aufgetaucht, um mich ›auszuhorchen‹. Ich hab ihnen meine Hessler & Koch aus Staatsbeständen gezeigt und ihnen gesagt, ich würde ihnen das Magazin in den Arsch jagen, wenn sie sich noch mal meinem Eigentum nähern sollten. Damit war die Sache erledigt.«

»Na gut«, meinte Oscar und stocherte taktvoll mit seiner Gabel im Omelett.

»Wissen Sie, was ich glaube?« sagte Fontenot. Früher war er nicht so redselig gewesen, doch Oscar war klar, dass der alte Mann fürchterlich einsam war. »Die Leute sind heutzutage *anders*. Sie lassen sich viel zu leicht ins Bockshorn jagen, sie haben keinen Schneid mehr. Das hat was mit der abnehmenden Zahl der Spermien zu tun, mit diesen Pestiziden und Hormonen. Man nimmt diese ganzen Umweltgifte auf und kriegt davon diese Yuppiegrippen und Allergien …«

Oscar und Kevin wechselten Blicke. Sie hatten keine Ahnung, wovon der alte Mann eigentlich redete.

»Die Amerikaner ernähren sich nicht mehr von ihrem Land. Sie wissen gar nicht, was sie unserer großartigen Natur angetan haben. Sie wissen nicht, wie *schön* es hier mal war, bevor alles zubetoniert und vergiftet wurde. Eine Million Wildblumen und alle möglichen Pflanzen und Käfer, die hier seit Urzeiten lebten … Mann, als Kind hab ich noch Speerfische geangelt. *Speerfische*! Heutzutage weiß keiner mehr, was ein Speerfisch ist.«

Plötzlich öffnete sich die Tür. Eine Schwarze mittleren Alters trat ein, in der Hand ein Einkaufsnetz voller Konserven. Sie trug Gummisandalen, einen weiten Baumwollrock und eine mit tropischen Blüten bedruckte Bluse. Den Kopf hatte sie sich mit einem Taschentuch umwickelt. Sie platzte in Fontenots Hütte, bemerkte Kevin und Oscar und begann auf kreolisch zu schnattern.

»Das ist Clotile«, sagte Fontenot. »Meine Haushälterin.« Er erhob sich und sammelte linkisch ein paar leere Bierdosen auf, während er ihr in stockendem Französisch antwortete.

Clotile bedachte Kevin und Oscar mit einem vorwurfsvollen, abschätzigen Blick, dann las sie ihrem humpelnden Boss die Leviten.

»*Der* war Ihr Sicherheitschef?« flüsterte Kevin Oscar zu. »Dieser gebrochene alte Hinterweltler?«

»Ja. Und er war mal richtig gut.« Das Zwischenspiel mit Fontenot und Clotile faszinierte Oscar. Bei ihrer Auseinandersetzung ging es um Rasse, Ökonomie und Geschlecht, doch der Kontext war ihm völlig unverständlich. Offenbar spielte Clotile jetzt eine große Rolle in Fontenots Leben. Fontenot bewunderte sie aufrichtig; sie hatte etwas an sich, das er sehnsüchtig begehrte und nie mehr bekommen würde. Clotile wiederum empfand Mitleid mit ihm und arbeitete bereitwillig für ihn, ohne ihn indes zu akzeptieren. Sie standen einander nahe genug, um miteinander zu reden und sogar zu scherzen, doch ihre Beziehung wies ein tragisches Element auf, das sich niemals auflösen würde. Es war ein pointiertes Minidrama, Oscar ebenso unverständlich wie eine Kabuki-Aufführung.

Oscar spürte, dass Fontenots Glaubwürdigkeit durch seine Gäste ernsthaft Schaden genommen hatte. Er betrachtete seine mit Stickereien verzierten Ärmel, seine abgelegten Handschuhe, den pelzgefütterten Flughelm. Er verspürte einen intensiven Kulturschock.

Wie seltsam war doch die Welt, in der er lebte. Wie seltsam waren doch die Menschen: Kevin, Fontenot, Clotile – und er selbst in seiner verwegenen, schmutzigen Verkleidung. Da waren sie nun, frühstückten und räumten die Wohnung auf, während sich die Spielregeln am

Rande ihres moralischen Universums grundlegend verändert hatten. Spielfiguren rückten vom Mittelpunkt an die Peripherie, von der Peripherie ins Zentrum – während andere ganz vom Spielfeld flogen. In seinem früheren Leben, in Boston, hatte er häufig mit Fontenot gefrühstückt. Täglich ein Arbeitsfrühstück, während sie die Nachrichten schauten, über die Wahlkampfstrategie berieten und Melone aßen. Das alles war Lichtjahre entfernt.

Clotile arbeitete sich energisch vor und riss Kevin und Oscar die Teller weg. »Ich möchte Ihrer Haushälterin nicht im Weg sein«, meinte Oscar nachsichtig. »Vielleicht sollten wir ein wenig spazierengehen und über den Anlass unserer Reise sprechen.«

»Gute Idee«, sagte Fontenot. »Klar. Kommen Sie.«

Sie folgten Fontenot durch die knarrende Eingangstür nach draußen und stiegen die verzogene Holztreppe hinunter. »Das hier sind gute Leute«, erklärte Fontenot und sah sich misstrauisch über die Schulter um. »Sie sind so real.«

»Es freut mich, dass Sie sich mit den Nachbarn gut verstehen.«

Fontenot nickte ernst. »Ich gehe zur Messe. Ein Stück weiter liegt eine kleine Kirche. Ich lese neuerdings in der Bibel … Hatte früher nie Zeit dazu, aber jetzt will ich mir Zeit für die wichtigen Dinge nehmen. Für die wichtigen und realen Dinge.«

Oscar schwieg. Er war nicht religiös, aber die lange Geschichte des Juden- und Christentums hatte ihn schon immer beeindruckt. »Dann berichten Sie uns mal von der Siedlung der Haitianer, Jules.«

»*Berichten*? Da gibt's nichts zu berichten. Wir fahren einfach mal hin. Wir nehmen mein Hovercraft.«

Fontenots Hovercraft lag gleich vorm Haus. Das amphibische Luftkissenfahrzeug, ausgestattet mit unverwüstlichen Plastikschürzen und einem kräftigen alkoholbetriebenen Motor, hatte ihn offenbar eine Menge

Geld gekostet. Es stank nach Fisch, und an der gedrungenen, glänzenden Hülle klebten reichlich Schuppen. Als er die Angelutensilien ausgeladen hatte, bot das Fahrzeug Platz für drei, wenngleich Kevin sich hineinzwängen musste.

Das überladene Hovercraft schrammte polternd dem Bayou entgegen. Dann glitt es spotzend und gurgelnd über die Seerosen hinweg.

»Ein Hovercraft ist im Bayou ideal fürs Angeln«, erklärte Fontenot. »Im Teche, wo überall Aststümpfe und Autowracks und so Zeug rumliegen, braucht man ein flaches Boot. Die Einheimischen machen sich über mein großes, protziges Hovercraft lustig, aber ich komme damit wirklich gut in der Gegend rum.«

»Man sagt, die Haitianer wären sehr religiös.«

»Ja, klar.« Fontenot nickte. »In ihrer Heimat hatten sie 'nen Pfarrer, der zog diese Moses-befrei-das-Volk-Masche ab. Das Regime hat ihn natürlich erschießen lassen. Dann haben sie mit seinen Anhängern ein paar schlimme Dinge angestellt, die Amnesty International richtig wütend machte. Aber … wen kümmert's? Verstehen Sie? Das sind Haitianer!«

Fontenot nahm beide Hände vom Steuer. »Weshalb sollte sich jemand wegen irgendwelcher Haitianer aufregen? Überall auf der Welt werden Inseln überschwemmt. Alle steh'n sie unter Wasser, alle haben große Probleme wegen des ansteigenden Meeresspiegels. Aber Huey … also, Huey nimmt es richtig persönlich, wenn charismatische Anführer erschossen werden. Huey hat es mit der französischen Diaspora. Er hat versucht, das Außenministerium in die Mangel zu nehmen, aber die hatten selbst schon mehr als genug Probleme. Und deshalb hat Huey eines Tages eine große Flotte Krabbenboote nach Haiti geschickt und alle eingesammelt.«

»Wie hat er ihnen Einreisevisas verschafft?«

»Da hat er sich nicht drum geschert. Sie müssen genauso denken wie Huey, versteh'n Sie. Huey hat immer zwei, drei, vier Dinge gleichzeitig laufen. Er hat sie versteckt. In den Salzgruben. In Louisiana gibt es diese großen Salzgruben. Mineralvorkommen von der doppelten Größe des Mount Everest. Hundert Jahre lang hat man sie abgebaut. Dort unten gibt es riesige Höhlen, so groß wie Vorstädte, die Decke dreihundert Meter hoch. Heutzutage baut niemand mehr Salzvorkommen ab. Wegen der Meerwasserentsalzungsanlagen ist Salz spottbillig, genau wie Öl. Wir haben's ausgegraben und verkauft, und geblieben ist uns nichts. Riesige, luftdicht abgeschlossene leere Höhlen, tief unter der Erdkruste. Wozu sind sie jetzt noch nutze? Also, einen Nutzen haben sie schon. Weil man nämlich nicht reingucken kann. Höhlen kann man nicht mit Satelliten überwachen. Huey hat die haitianischen Sektenmitglieder also ein paar Jahre lang in den gewaltigen Salzgruben versteckt. Er hat sich heimlich mit ihnen beschäftigt, genau wie mit seinen anderen heißen Geheimprojekten. Zum Beispiel mit den Riesenspeerfischen, der Treibstoffhefe und den Quastenflossern ...«

»Quastenflossern?« wiederholte Kevin.

»Lebende Fossilien aus Madagaskar, mein Sohn. Älter als die Dinosaurier. Deren DNS könnte von einem anderen Planeten stammen. Richtig primitiv und robust. Man schnippele Stücke von der fernen Vergangenheit ab und füge sie Mitte nächster Woche ein – das ist Hueys Rezept für die Zukunft.«

Oscar wischte Spritzwasser von der wasserdichten Fliegermontur. »Dann war das, was er mit den Haitianern angestellt hat, also eine Art Pilotprojekt.«

»Ja. Und wissen Sie was? Huey hat Recht.«

»Ach ja?«

»Ja. Hueys irrt sich in Kleinigkeiten, aber die große Linie stimmt so gut, dass der Rest einfach nicht mehr zählt. Louisiana ist die *wahre Zukunft*, verstehen Sie. Irgendwann in naher Zukunft wird es auf der ganzen Welt wie in Louisiana aussehen. Weil der Meeresspiegel steigt und Louisiana ein riesiger Sumpf ist. Die Welt der Zukunft ist ein großer, warmer Treibhaussumpf. Voller schlecht ausgebildeter, halbgebildeter Leute, die kein Englisch sprechen und nicht vergessen, Kinder zu zeugen. Und sie fahren total auf Biotechnik ab. So wird die Welt von morgen aussehen – nicht bloß Amerika, o nein, sondern die ganze Welt. Warm, feucht, kaputt, halb vergessen, irgendwie verrottet. Die politischen Führer sind korrupt, jeder hält die Hand auf. Das ist schlimm, wirklich schlimm, das ist noch schlimmer, als es klingt.«

Fontenot grinste plötzlich. »Wissen Sie was? Es ist machbar, es geht! Die Fische beißen an! Das Essen ist prima! Die Frauen sehen gut aus, und die Musik hat richtig Swing!«

Sie kämpften sich zwei Stunden lang bis zum Flüchtlingslager durch. Das Hovercraft arbeitete sich durchs Schilf, schrammte über Riedgras und klebrigen schwarzen Schlamm hinweg. Das Lager der Haitianer hatte man klugerweise auf einer Insel errichtet, die nur mit dem Flugzeug erreichbar war – oder von einem Amphibienboot mit entschlossenem Steuermann.

Sie fuhren auf festen Boden, stiegen aus und schritten durchs kniehohe Unkraut.

Oscar hatte das Schlimmste erwartet: Scheinwerfer, Wachtürme, Stacheldraht und scharfe Hunde. Das Emigrantendorf der Haitianer aber war kein bewachtes Lager. In erster Linie war es ein Ashram, ein religiöser Zufluchtsort. Es war eine bescheidene, ruhige, ländliche Siedlung mit säuberlich getünchten Blockhäusern.

Das Dorf bot sechs- bis siebenhundert Menschen Platz, darunter zahlreichen Kindern. Es gab keinen Strom, keine Kanalisation, keine Satellitenschüsseln, keine Straßen, keine Autos, keine Telefone und keine Flugzeuge. Abgesehen vom Vogelgezwitscher, dem gelegentlichen Klonk einer Axt und dem fernen, inbrünstigen Gesang war es ruhig.

Niemand hatte es eilig, doch offenbar hatten alle etwas

zu tun. Das Leben verlief hier in den ländlichen Bahnen des vorindustriellen Zeitalters. Diese Menschen ernährten sich tatsächlich vom Land – nicht indem sie die Landschaft zerstörten und das geerntete Material in Tanks umwandelten, sondern indem sie den Boden mit Handwerkszeugen bearbeiteten. Dies alles mutete fremdartig und museal an. Oscar kannte die Landwirtschaft aus Büchern und Dokumentarfilmen, doch leibhaftig war er noch nie mit ihr in Berührung gekommen. Zum Beispiel mit archaischen Tätigkeiten wie dem Schmieden oder Spinnen.

Überall sah man kleine, gepflegte Gärten mit Komposthaufen und Kübel mit den Exkrementen der Nacht. Die Einheimischen hatten viele Hühner. Die Hühner waren alle genetisch identisch, wenngleich unterschiedlich alt. Auch die Ziegen waren identische Kopien. Dabei handelte es sich um eine zähe, bärtige Rasse mit bösartigen Augen, um eine Superziege, die in zahlreichen Exemplaren vertreten war. Bohnen wanden sich an Stangen empor, es gab Monstermais, große, behaarte Gumboschoten, gelbe Riesenkürbisse, steinharten Bambus, eine kleinwüchsige Sorte Zuckerrohr. Einige Einheimische waren Fischer. Vor einiger Zeit hatten sie ein furchteinflößendes ledriges Wesen an Land gezogen, von dem nur noch ein Skelett aus armdicken Fischgräten übrig war.

Die Kommunarden trugen selbstgewebte Kleider. Die Männer schlichte Strohhüte, kragenlose geknöpfte Westen, Hosen mit Zugbändern. Die Frauen knöchellange Hemden, weiße Schürzen und große Sonnenhüte.

Sie waren freundlich, aber distanziert. Von Besuchern ließen sie sich nicht aus der Ruhe bringen. Sie waren alle mit ihrem Tagwerk beschäftigt. Allerdings bildete sich ein kleines Grüppchen neugieriger Kinder, die den drei Fremden folgten und hinter ihrem Rücken kichernd Grimassen schnitten.

»Das kapier ich nicht«, sagte Kevin. »Ich dachte, das

wär ein Konzentrationslager. Aber den Leuten hier geht's gut.«

Fontenot nickte mürrisch. »Ja, es soll einladend wirken. Das ist ein selbstversorgendes Farmprojekt. Die Produktivität wird gesteigert, indem man das Saatgut und die Tierarten verbessert – ohne Ölverbrennung, ohne Kohlendioxidausstoß. Vielleicht kehren sie irgendwann nach Haiti zurück und bringen's allen bei.«

»Das würde nicht funktionieren«, sagte Oscar.

»Warum nicht?« fragte Kevin.

»Weil die Niederländer das schon seit Jahren versuchen. In den hochentwickelten Ländern glauben alle, man könnte das bäuerliche Leben neu erfinden, indem man die Stammesleute unwissend hält. Angepasste Technologie funktioniert einfach nicht. Und zwar weil das Landleben *langweilig* ist.«

»Genau«, meinte Fontenot. »Das hat mir auch zu denken gegeben. Eigentlich müssten sie angelaufen kommen und uns um Geld und Radios anbetteln, wie andere Bauern, die amerikanischen Touristen begegnen, auch. Aber sie gucken nicht mal zu uns her. Passen Sie auf. Hören Sie dieses Gemurmel?«

»Meinen Sie die Gesänge?« fragte Oscar.

»Klar, sie singen. Vor allem aber beten sie. Alle Erwachsenen beten, Männer wie Frauen. Sie beten ständig. Und wenn ich *ständig* sage, meine ich's auch, Oscar.«

Fontenot stockte. »Wissen Sie, bisweilen kommen Fremde her. Jäger, Fischer ... Ich hab da so einiges gehört. Sie alle glauben, das hier wären richtig fromme Haitianer, die einem komischen Voodoo-Kult angehören. Ich habe Jahre damit zugebracht, in Menschenmengen nach Verrückten Ausschau zu halten. Damals hielt man große Stücke auf die Psychoanalyse. Deshalb bin ich mir auch sicher, dass in den Köpfen dieser Menschen etwas nicht stimmt. Das ist keine Psychose. Es geht hier auch nicht um Drogen. Religion hat was damit zu tun – aber das allein ist es nicht. Man hat irgendwas mit ihnen angestellt.«

»Mit ihrem Gehirn«, sagte Oscar.

»Ja. Sie sind auch tatsächlich anders. Sie wissen, dass dort unten in den Salzgruben etwas mit ihnen geschehen ist. Aber sie glauben, sie hätten eine Erleuchtung gehabt. Der Heilige Geist ist ihnen in den Kopf geflogen – die nennen das den ›Geist der Wiedergeburt‹ oder den ›Geist der Neugeburt‹.« Fontenot nahm den Hut ab und wischte sich den Schweiß von der Stirn. »Als ich zum ersten Mal hier war, bin ich fast einen Tag lang geblieben und hab mich mit diesem alten Burschen unterhalten – Papa Christophe, so heißt der. Sozusagen ihr Anführer oder jedenfalls ihr Sprecher. Dieser Typ ist eine hiesige Autorität und wirklich ein seltsamer Kauz, keine Ahnung, was er hat. Der Geist hat nämlich nicht alle gleich erfasst. Die Kinder sind davon verschont geblieben. Die sind völlig normal. Die meisten Erwachsenen murmeln einfach bloß vor sich hin und haben so ein Funkeln in den Augen. Aber da gibt's noch diese Verkünder, wie zum Beispiel Christophe. Die Priester. Die Weisen.«

Oscar und Kevin berieten sich kurz. Auf Kevin hatte Fontenots Bericht großen Eindruck gemacht. Es gefiel ihm nicht, mitten in einem undurchdringlichen Sumpf von illegal eingewanderten Schwarzen umgeben zu sein. Visionen von brodelnden Kannibalentöpfen schwirrten ihm durch den Kopf. Anglos … die wurden das Gefühl, einer Minderheit anzugehören, nie ganz los.

Oscar jedoch blieb unnachgiebig. Nachdem sie schon einmal so weit gekommen waren, konnte ihn nichts mehr davon abhalten, mit Papa Christophe zu sprechen. Fontenot spürte den Mann schließlich auf; er arbeitete gerade in einem weiß getünchten Blockhaus am Dorfrand.

Papa Christophe war ein älterer Mann mit einer Schädelnarbe, die von einer Machete stammte. Seine faltige Haut und seine gebeugte Haltung deuteten darauf hin, dass er ein Leben lang an Vitaminmangel gelitten hatte.

Er sah aus wie hundert, obwohl er wahrscheinlich erst sechzig war.

Papa Christophe schenkte ihnen ein zahnloses Lächeln. Er saß auf einem dreibeinigen Schemel, vor sich einen Holzschlegel, einen Meißel aus Roheisen und eine unfertige Holzstatue. Mit energischen Schlägen schälte er Späne braunen Zypressenholzes davon ab. Die Statue stellte eine Heilige oder eine Märtyrerin dar, eine schlanke, modiglianische Frau mit heiterem, stilisiertem Gesicht, die Hände im Gebet gefaltet. An ihren Beinen züngelten Flammen empor.

Oscar zeigte sich sogleich beeindruckt. »Hey! Primitive Kunst! Der Bursche ist richtig gut! Ob er mir die wohl verkauft?«

»Heben Sie sich das für später auf«, murmelte Kevin. »Lassen Sie die Brieftasche stecken.«

In der Hütte war es warm und feucht, da sich ein selbstgebauter Destillierapparat darin befand. Eine solche Anlage war wahrscheinlich nicht von vorneherein geplant gewesen, doch die Haitianer waren erfinderisch und hatten ihren eigenen Kopf. Die Destille war aus Einzelteilen geborgener Autowracks zusammengebaut. Dem Geruch nach zu schließen wurde darin Melasse zu kopfzersprengendem Rum gebrannt. Die Wandborde waren mit weggeworfenen Glasflaschen vollgestellt, die man aus dem Bayou gefischt hatte. Die Hälfte der Flaschen waren mit gelbem Alkohol gefüllt und mit lehmgetränktem Tuch verschlossen.

Fontenot und der alte Mann radebrechten auf französisch, denn ihre Dialekte unterschieden sich stark. Genährt von den Zypressenspänen, brodelte die Destille vor sich hin. Rum tröpfelte aus einem gebogenen Eisenrohr in die Glasflasche, tickend wie eine Wasseruhr. Papa Christophe machte einen recht umgänglichen Eindruck. Er plauderte, klopfte auf den Meißel und murmelte dabei vor sich hin, alles im gleichen, gleichmäßigen Wasseruhrrhythmus.

»Ich habe mich nach der Statue erkundigt«, erklärte Fontenot. »Er meint, die sei für die Kirche. Er schnitzt Heilige für den Herrn, denn der Herr ist stets mit ihm.«

»Selbst in der Destille?«

»Wein ist ein Sakrament«, erwiderte Fontenot steif. Papa Christophe hob einen spitzen, verkohlten Stock auf, betrachtete seine Holzheilige und malte ein bisschen an ihr herum. Auf einem gefetteten Ledertuch hatte er allerlei Schnitzwerkzeuge ausgebreitet: eine Ahle, eine selbstgemachte Säge, einen Schaber, einen Handbohrer. Es waren primitive Gerätschaften, doch der alte Mann wusste offenbar, was er tat.

Die neugierigen Kinderhorden waren draußen geblieben, doch einer der Kleineren nahm seinen Mut zusammen und spähte in die Hütte. Papa Christophe schaute hoch, grinste zahnlos und machte eine ernste Bemerkung auf kreolisch. Der Junge kam herein und hockte sich brav auf den Erdboden.

»Was hat er gesagt?« fragte Oscar.

»Ich glaube, er sagte: ›Der Affe hat ihre Kinder aufgezogen, bevor es Avocados gab‹«, antwortete Fontenot.

»Wie?«

»Das ist ein Sprichwort.«

Der kleine Junge war hochzufrieden, dass er die Werkstatt des Alten hatte betreten dürfen. Papa Christophe schnitzte noch ein wenig, wobei er sich mit freundlichen Bemerkungen an den Jungen wandte. Der Rum tropfte stetig in die fast volle Flasche.

Fontenot zeigte auf das Kind und sagte etwas auf französisch. Papa Christophe kicherte nachsichtig. »*D'abord vous guetté poux-de-bois manger bouteille, accrochez vos calabasses*«, sagte er.

»Hat irgendwas mit Flaschen fressenden Käfern zu tun«, erklärte Fontenot.

»Fressen Käfer denn Flaschen?« fragte Kevin.

Christophe beugte sich vor und betrachtete die Holzkohlelinie, die er gezogen hatte. Er war völlig gefangen von seiner Statue. Der kleine Junge wiederum war von den Schnitzwerkzeugen fasziniert.

Unvermittelt streckte der Junge die Hand nach dem tuchverhüllten Sägeblatt aus. Ohne jedes Zögern langte der alte Mann hinter sich und packte mit unfehlbarer Sicherheit das Handgelenk des Jungen.

Daraufhin stand Papa Christophe auf, hob den Jungen einhändig hoch und nahm ihn auf den Arm. Im gleichen Moment trat er zwei Schritte zurück, streckte ohne hinzusehen die Linke aus und nahm eine leere Flasche vom Wandbord.

Sodann drehte er sich auf der Stelle und riss die randvolle Flasche von der Destille. Er ersetzte die volle Flasche durch die leere – während er den kleinen Jungen freundlich ermahnte. Irgendwie schaffte es Christophe, all diese Handlungen miteinander so zu koordinieren, dass kein einziger Tropfen Rum verloren ging.

Der alte Mann schlurfte zu seinem Arbeitsschemel zurück, nahm darauf Platz und setzte sich den Jungen auf den mageren Schenkel. Er hob die Rumflasche mit der Linken hoch, betrachtete den Inhalt und machte eine Bemerkung zu Fontenot.

Kevin rieb sich die Augen. »Was war das? Hat er da einen Jig rückwärts getanzt? Das ist doch nicht möglich.«

»Was hat er gesagt?« wandte Oscar sich an Fontenot.

»Hab's nicht verstanden«, antwortete Fontenot. »Ich war zu sehr damit beschäftigt, ihn zu beobachten. Das war wirklich seltsam.« Er sprach Papa Christophe auf französisch an.

Christophe seufzte geduldig. Er nahm ein glattgehobeltes Pinienbrett und den verkohlten Stecken in die Hand. Er hatte eine erstaunlich anmutige, flüssige Handschrift, als wäre er bei Nonnen zur Schule gegangen. Er schrieb: »*Quand la montagne brûle, tout le monde sait; quand le coeur brûle, qui le sait?*« Er schrieb mit abgewandtem Kopf, während er sich freundlich mit dem Jungen unterhielt.

Fontenot las, was er auf das Pinienbrett geschrieben hatte. »Wenn der Berg Feuer fängt, weiß es jeder. Aber wenn das Herz Feuer fängt, wer merkt das schon?«

»Das ist ein interessanter Gedanke«, meinte Kevin.

Oscar nickte nachdenklich. »Besonders interessant finde ich, dass unser Freund diese alte Volksweisheit niederschreiben kann, während er sich mit dem Kind unterhält.«

»Er ist mit beiden Händen gleich geschickt«, sagte Kevin.

»Nein.«

»Er ist wirklich schnell«, sagte Fontenot. »Das erinnert an Taschenspielertricks.«

»Nein. Schon wieder falsch.« Oscar räusperte sich. »Meine Herren, könnten wir mal nach draußen gehen und uns unter sechs Augen unterhalten? Ich glaube, es wird allmählich Zeit, wieder zum Boot zurückzugehen.«

Sie nahmen Oscar beim Wort. Fontenot verabschiedete sich herzlich. Sie traten ins Freie und humpelten schweigend aus dem Dorf hinaus, vorbei an den verlegen grinsenden Bewohnern. Oscar fragte sich insgeheim, weshalb das Schicksal ihn mit zwei Generationen lahmer Männer geschlagen hatte.

Schließlich waren sie außer Hörweite der Haitianer angelangt. »Also, was meinen Sie?« fragte Kevin.

»Ich glaube, das ist eine Hirngeschichte. Er war sich gleichzeitig zweier verschiedener Ereignisse bewusst. Er hat verhindert, dass sich der Junge verletzt, weil er ständig an den Jungen gedacht hat. Und obwohl er sorgfältig mit Hammer und Meißel arbeitete, ließ er nicht zu, dass die Flasche überfloss. Er hörte auf das Getröpfel, während er schnitzte. Er brauchte nicht einmal *hinzusehen*, um zu wissen, dass die Flasche voll war. Ich glaube, er *hat die Tropfen gezählt.*«

»Dann ist das so, als ob er zwei Gehirne hätte«, meinte Kevin bedächtig.

»Nein, er hat bloß ein Gehirn. Aber er hat auf dem Bildschirm hinter seinen Augen zwei Fenster geöffnet.«

»Er betreibt Multitasking, aber mit seinem eigenen Hirn.«

»Ja, genau. So ist es.«

»Woher wollen Sie das wissen?« fragte Fontenot, skeptisch blinzelnd.

»Meine Freundin hat den Nobelpreis für ihren Beitrag zur Erforschung der neuralen Basis der Wahrnehmung bekommen«, antwortete Oscar. »Angeblich ist das Jahre von jeder praktischen Anwendung entfernt. Angeblich. Kapiert? Dahinter steckt Green Huey. Auf den Beweis habe ich schon lange gewartet.«

»Wie wollen Sie *beweisen*, dass sich jemand auf zwei Dinge gleichzeitig konzentrieren kann?« fragte Fontenot. »Woher wollen Sie wissen, dass er überhaupt denkt?«

»Das ist schwierig. Aber es ist machbar. Jedenfalls läuft es so. Deshalb langweilen sie sich hier auch nicht. Deshalb beten sie. Sie beten ständig – und es würde mich nicht wundern, wenn die Gebete nicht noch einem anderen Zweck dienen würden. Ich glaube, sie stellen eine Art Verbindung zwischen zwei verschiedenen Bewusstseinsströmen her. Man erzählt Gott, was man in jedem Moment denkt – und deshalb weiß man es auch selbst. Das wollte Christophe uns mit dem Getue um das ›brennende Herz‹ eigentlich sagen.«

»Also könnte man sagen, in seiner Brust wohnen zwei Seelen«, meinte Fontenot bedächtig.

»Ja«, sagte Oscar. »Wenn man diesen Begriff gebrauchen möchte. Ich wünschte mir, Greta wäre mit ihrer Laborausrüstung hier, dann könnten wir der Sache auf den Grund gehen.« Er schüttelte bedauernd den Kopf. »Der Notstand im Buna-Labor hat unseren Spielraum erheblich eingeschränkt.«

Sie hatten mittlerweile das Hovercraft erreicht, doch Fontenot ließ nicht erkennen, dass er aufbrechen wollte. Seine Beinprothese bereitete ihm Probleme. Er setzte sich auf den Rumpf des Hovercraft und nahm schwer atmend den Hut ab. Kevin kletterte übers Heck und setzte sich, legte die schmerzenden Füße hoch. Zwei Reiher flogen vorbei, und irgendetwas Großes und Öliges tauchte an einer Ansammlung von Schilfpflanzen an die Oberfläche.

»Ich weiß nicht, was ich davon halten soll«, gestand Fontenot. Er blickte Oscar an, als wäre der daran schuld. »Ich weiß nicht, was ich von *Ihnen* halten soll. Ihre Freundin hat den Nobelpreis bekommen. Für Ihre Sicherheit ist ein Hacker zuständig. Und Sie sind ohne Vorwarnung auf meinem Hüttendach gelandet, gekleidet wie ein fliegender Affe.«

»Ja. Klar.« Oscar zögerte. »Wenn Sie Schritt für Schritt vorgehen, fügt sich alles zusammen.«

»Sagen Sie mir nichts mehr«, meinte Fontenot. »Ich bin schon viel zu tief in die Sache verwickelt. Ich will mich an Ihren Spielchen nicht beteiligen. Ich will nach Hause, ich will hier leben und irgendwann sterben. Wenn Sie mir noch mehr erzählen, muss ich den Präsidenten einweihen.«

»Dann will ich Ihnen mal reinen Wein einschenken«, sagte Oscar. »Ich arbeite für den Präsidenten. Ich gehöre dem Nationalen Sicherheitsrat an.«

Fontenot war verblüfft. »Sie sind jetzt in der Regierung? Sie arbeiten für den NSR?«

»Jules, hören Sie doch auf, sich über jede Einzelheit, die ich Ihnen sage, zu wundern. Das wirkt allmählich verletzend. Was glauben Sie denn, weshalb ich hergekommen bin? Was glauben Sie, weshalb ich ständig in solche Situationen gerate? Wer außer mir käme damit zurecht? Ich bin der einzige Mensch auf der Welt, der in der Lage ist, mitten in der Einöde in einen neuralen Voodoo-Kult hineinzumarschieren und auf der Stelle rauszufinden, was da abgeht.«

Fontenot rieb sich das verstoppelte Kinn. »Tja ... Okay! Ich schätze, da haben Sie wohl Recht. Na schön, Mr. Alleswisser, sagen Sie mir eines. Wird es wirklich Krieg mit den Niederlanden geben?«

»Ja. Das wird es. Und wenn ich mit heiler Haut aus diesem verdammten Sumpf rauskomme und dem Präsidenten von meinen Erkenntnissen berichte, dann wird es wahrscheinlich auch Krieg mit Louisiana geben.«

»Du meine Güte.« Fontenot stöhnte laut. »Das ist mehr als nur schlimm. Das ist katastrophal. Schlimmer konnte es nicht kommen. Ich hätte besser den Mund gehalten. Ich hätte über die Sache kein Wort verlieren sollen.«

»Nein, Sie haben richtig gehandelt. Huey ist ein großer Mann und ein Visionär, aber er ist durchgeknallt. Hier geht's nicht mehr bloß um den guten alten Südstaatengrößenwahn. Jetzt weiß ich Bescheid. Diese Haitianer, die sollen bloß beweisen, dass er richtig liegt. Huey hat irgend etwas Seltsames *mit sich selbst* angestellt. Irgend etwas mit seinem Gehirn.«

»Und Sie wollen dem Präsidenten davon berichten.«

»Ja, allerdings. Weil der Präsident nicht so ist. Der Präsident ist nicht verrückt. Er ist bloß ein beinharter, ehrgeiziger, brutaler Politiker, der in diesem gespaltenen Land Recht und Ordnung wiederherstellen will, selbst wenn das bedeutet, halb Europa in Brand zu stecken.«

Fontenot ließ sich das durch den Kopf gehen. Schließlich wandte er sich an Kevin. »Hey, Hamilton.«

»Ja, Sir?« sagte Kevin verblüfft.

»Lassen Sie nicht zu, dass dieser Bursche umgebracht wird.«

»Ich habe den Job nicht gewollt!« protestierte Kevin. »Er hat mir nicht gesagt, wie schwer es werden würde. Ehrlich! Wollen Sie wieder sein Bodyguard sein? Übernehmen Sie den verdammten Job.«

»Nein«, sagte Fontenot entschieden. Sie kletterten in das kleine Boot, drei Männer in einer Badewanne, und fuhren wieder ins Bayou hinaus.

»Er hat ein paar wichtige Dinge für uns getan«, sagte Fontenot. »Natürlich war es ihm vor allem um Huey zu tun. Huey stand auf Hueys Agenda immer ganz oben, das haben auch alle gewusst. Aber er hat so manches

Gute für die Bevölkerung bewirkt. Seit er an der Regierung ist, hat sich mehr getan als in den vergangenen hundert Jahren. Er steht immer noch für die Zukunft.«

»Ja«, sagte Oscar, »Huey hat eine neue Ordnung errichtet – bloß ist sie nicht neu, und es ist auch keine Ordnung. Huey ist ein komischer Kauz. Er reißt Witze und heizt die Stimmung an, er schmeißt eine Runde und macht sich in der Öffentlichkeit lächerlich. Aber er hat alles: totale Kontrolle über die Legislative und die Jurisdiktion. Eine wild gewordene Braunhemdenmiliz. Sein eigenes Mediennetzwerk – sogar seine eigene Wirtschaft. Eine Blut-und-Boden-Idelogie. Geheime Verstecke voller Vergeltungswaffen. Huey kidnapped Leute. Er entführt ganze Bevölkerungsgruppen und lässt sie verschwinden. Ich nehme an, er handelt aus den lautersten Motiven, aber die Ziele zählen nicht, wenn man die Mittel einsetzt wie er. Und jetzt hat er sich eine seltsame Behandlung verpasst, die Menschen auf Dauer schizoid werden lässt! Besser kann es mit ihm nicht werden. Bloß noch schlimmer.«

Fontenot seufzte. »Ich möchte Sie um einen Gefallen bitten. Erzählen Sie niemandem, dass ich Sie hierher geführt habe. Ich will keine Presse. Meine armen Nachbarn dürfen nicht erfahren, dass ich den guten alten Huey verraten habe. Das will ich nicht. Ich bin hier zu Hause. Ich will hier sterben.«

Kevin ergriff das Wort. »Sie behaupten ständig, das hier sei die Zukunft. Weshalb wollen Sie dann sterben, alter Mann?«

Fontenot musterte ihn mit Nachsicht; er hatte dunkle Ringe unter den Augen. »Kid, jeder zieht sich zum Sterben in die Zukunft zurück. Denn dort wird der Job getan.«

Oscar schüttelte den Kopf. »Sie brauchen keine Schuldgefühle zu haben. Sie schulden Huey keine Loyalität.«

»Wir stehen alle in seiner Schuld, verdammt noch mal.

Er hat uns gerettet. Er hat den Staat gerettet. Auf jeden Fall sollten wir ihm wegen der Moskitos dankbar sein.«

»Wegen der Moskitos? Welche Moskitos?«

»Es gibt keine mehr. Dabei befinden wir uns mitten in einem Sumpf. Aber wir werden nicht gestochen. Das ist Ihnen noch gar nicht aufgefallen, wie? Mir schon.«

»Und was ist mit den Moskitos passiert?«

»Vor Huey haben uns die Moskitos arg zugesetzt. Moskitos *lieben* die Treibhauszukunft. Als es immer wärmer und feuchter wurde, fielen sie in Schwärmen über uns her. Sie brachten Malaria, Denguefieber, Gehirnhautentzündung mit … Nach den großen Überschwemmungen des Mississippi quollen die Moskitos in diesem Bundesstaat aus jedem Graben. Das war eine wahre Plage, es gab Tote. Und Huey war gerade vereidigt worden. Er wollte sich einfach nicht damit abfinden, er sagte: ›*Unternehmt was, erledigt sie.*‹ Er schickte diese Sprühlaster los. Keine Insektizide, kein Giftgas wie in der Vergangenheit – kein DDT, kein Gift. Das hat viel Schaden angerichtet – das funktioniert nicht, das weiß jeder. Huey aber hat es hingekriegt – er setzte nicht die Mücken unter Gas, sondern die *Menschen*. Und zwar mit Antikörpern. Eine Art Atemimpfung. Die Bewohner von Louisiana sind für die Moskitos mittlerweile giftig. Unser Blut ist praktisch tödlich für sie. Wird ein Cajun von einem Moskito gestochen, dann stirbt es auf der Stelle.«

»Raffiniert!« begeisterte sich Kevin. »Aber das bringt doch nicht *alle* Moskitos um, oder?«

»Nein, aber die Krankheiten sind gleich verschwunden. Weil sie sich nicht mehr von Mensch zu Mensch ausbreiten konnten. Und die Mücken sind auch weg. Huey hat nämlich auch die Tiere unter Gas gesetzt, alles, was atmet. Weil es nämlich funktioniert! Diese Blutsauger haben früher die Menschen scharenweise getötet. Seit Tausenden von Jahren waren die hier eine Plage biblischen Ausmaßes. Green Huey aber hat sie endgültig erledigt.«

Das Hovercraft tuckerte weiter. Die drei Männer verfielen in nachdenkliches Schweigen.

»Was ist das denn für eine Mücke da auf Ihrem Arm?« fragte Kevin nach einer Weile.

»Zack!« Fontenot hatte sie erschlagen. »Muss wohl vom Mississippi rübergeflogen sein.«

Oscar wusste um die Tragweite seiner neuen Erkenntnisse. Richtig gemanagt, würde dieser Skandal Huey erledigen. Schlecht gemanagt, würde er im Handumdrehen Oscar erledigen. Vielleicht sogar den Präsidenten.

Oscar verfasste das seiner Meinung nach beste Memorandum seiner Laufbahn. Er ließ es an den Präsidenten weiterleiten – in der Hoffnung, dass es nur von ihm gelesen wurde. Er überging seine Vorgesetzten an der Spitze der Befehlskette nur ungern, wollte aber verhindern, dass die paramilitärischen Eiferer vom NSR weitere Dummheiten machten. Der Helikopterangriff hatte ihm wahrscheinlich das Leben gerettet, aber echte Profis wären anders vorgegangen.

Oscar appellierte an den Präsidenten. Er argumentierte ruhig, faktenbezogen, klar geordnet. Er beschrieb akribisch die örtlichen Gegebenheiten des Haitianer-Lagers und empfahl, einen Agenten einzuschleusen. Eine diskrete, harmlos wirkende Person. Eine Agentin wäre eine gute Wahl. Eine Person, die alles gründlich filmte und Blutproben nahm.

Drei Tage lang bombardierte Oscar die höhergestellten Mitglieder des NSR mit besorgten Anfragen. Ob der Präsident das Memorandum bereits gelesen habe? Es sei von äußerster Wichtigkeit. Von entscheidender Bedeutung.

Er bekam keine Antwort.

In der Zwischenzeit hatte das Laboratorium mit ernsthaften Schwierigkeiten zu kämpfen. Die Moral unter den Zivilangestellten ließ nach. Sie bekamen kein Gehalt mehr ausgezahlt, während sie gleichzeitig geringeres

Ansehen als die Forscher genossen, die sich rasch an die Unterstützung ehrfurchtsvoll staunender Moderatoren gewöhnten. Die Zivilangestellten waren sauer. Besonders aufgebracht waren die medizinischen Angestellten. Sie konnten anderswo jederzeit einen gutbezahlten Job bekommen – außerdem konnte man kaum von ihnen erwarten, dass sie einen ordentlichen, ethisch einwandfreien Medizinbetrieb ohne steten Geldzufluss und kontinuierliche Versorgung an Verbrauchsmaterialien aufrecht erhielten.

Zwischen Moderatoren und Regulatoren gab es ständig Streit wegen des Sabine River Valley. Spähtrupps rivalisierender Nomadengangs gingen sogar so weit, ihre Gegner aus dem Hinterhalt zu überfallen und zu lynchen. Die Lage wurde immer prekärer, zumal man die Sheriffs von Jasper und Newton County zum Rücktritt gezwungen hatte. Die beiden texanischen Sheriffs guter alter Schule waren in einen skandalösen Schmiergeldskandal verwickelt gewesen. Irgend jemand hatte ausführliche Dossiers über ihre langjährige Beteiligung am Alkoholschmuggel, dem Glücksspiel und der Prostitution angelegt – an all den gesetzwidrigen Vergnügungen, die man zwar verbieten, niemals aber unterbinden konnte.

Man musste kein Genie sein, um zu begreifen, dass die zivile Ordnung in Osttexas von Green Huey vorsätzlich unterminiert wurde. Die Regierung des Bundesstaats hätte sich der Herausforderung stellen sollen, doch dazu mangelte es ihr bekanntermaßen am erforderlichen Einfallsreichtum. Der Staat hielt endlose Anhörungen über das wie eine Seuche um sich greifende Problem der Polizeikorruption ab – offenbar in der Hoffnung, die Unruhen würden sich von selber legen, wenn man nur genug Berichte anfertigte.

Den größten Unsicherheitsfaktor an der Staatsgrenze stellte die provozierende Anwesenheit von europäischen und asiatischen Nachrichtencrews dar. Amerikas heißer

Krieg mit den tapferen, winzigen Niederlanden war ein heißes Thema. Gewalttätige Auseinandersetzungen zwischen bewaffneten Verbrechergangs begeisterten Amerikas Fans in aller Welt seit jeher. Niederländische Journalisten bekamen keine Einreiseerlaubnis in die USA – die Franzosen und Deutschen hingegen waren überall, vor allem aber in Louisiana. Die Briten besaßen die Freundlichkeit, darauf aufmerksam zu machen, dass die Franzosen insgeheim Hueys Regulatorengangs bewaffneten.

Die prestigegeilen Hitzköpfe der Regulatoren waren hocherfreut über die weltweite Berichterstattung. Für junge Regulatorenrowdies gingen Ruf und Ansehen über alles, denn ansonsten besaßen sie nur wenig. Die militärische Krise unterminierte den eigenartigen Unterbau der Reputationsökonomie der Regulatoren. Gewaltbereite Hitzköpfe erlebten aufgrund ihrer gewagten Attacken gegen die Moderatoren einen jähen Aufstieg.

Oscars Einschätzung nach waren die Moderatoren ein wesentlich klügerer und leichter zu steuernder Haufen. Ihre Netzwerke waren besser aufgebaut und organisiert; die Moderatoren waren cooler, weniger sichtbar, weit weniger konfrontativ. Gleichwohl war nicht viel nötig, damit sie gewalttätig wurden.

Am vierten Tage nach dem Absenden des Memorandums erhielt Oscar eine knappe Nachricht vom Präsidenten. Two Feathers teilte ihm in wenigen Zeilen mit, dass er Oscars Memorandum gelesen und verstanden habe. Oscar erhielt Anweisung, mit niemandem über das Thema zu sprechen.

Achtundvierzig Stunden verstrichen, dann wurde der Skandal öffentlich. Ein Hubschraubergeschwader war des Nachts nach Louisiana eingeflogen und hatte sich in einer obskuren Sumpfsiedlung gesammelt. Zwei Helikopter stießen prompt zusammen und stürzten ab, wobei die Häuser der schlafenden Bewohner zerstört wurden und unschuldige Frauen und Kinder ums Leben kamen. Eine unbestimmte Anzahl Einheimischer war empörenderweise von den entführungsgeilen Unionstruppen verschleppt worden. Vier Unionssoldaten waren bei dem Absturz ums Leben gekommen. Ihre Leichen wurden vor Hueys europäischen Kameras zur Schau gestellt, die schmissigen schwarzen Fliegermonturen kopflastig vor veralteter Cyberausrüstung.

Diese bizarre Darstellung behielt weitere achtundvierzig Stunden lang Gültigkeit und gab Anlass zu allerlei falschen Schlussfolgerungen. Offiziell reagierte die Regierung nicht. Sie verweigerte einfach jeden Kommentar zu dem Thema, so als wären die demagogischen Ausfälle des Gouverneurs von Louisiana zu lächerlich, um dazu Stellung zu nehmen. Die öffentliche Aufmerksamkeit konzentrierte sich stattdessen auf die US-Navy, deren Atlantikarmada, einhergehend mit einem archaischen Ritual flatternder Sternenbanner, mit Ziel Niederlande in See stach. Die tapfere alte Seestreitmacht schlingerte aus den halb unter Wasser stehenden militärischen Trockendocks aufs Meer hinaus. Alle Augen waren nun auf den Krieg gerichtet – oder jedenfalls hätten sie dies sein sollen.

Außerhalb Amerikas war es für jedermann, selbst für die stets misstrauischen Chinesen, offensichtlich, dass der Angriff auf die Niederlande eine absurde und lächerliche Geste war. In Europa war dies Thema amüsierter Pamphlete. Allein die Niederländer waren ernsthaft empört.

In Amerika aber war die Wirkung groß. Das Land befand sich im Krieg. Von der aufmunternden Aussicht, jemand anderem Schaden zuzufügen, aus der abgrundtiefen Lethargie geweckt, hatte der Kongress tatsächlich einen Krieg erklärt. Die Folge war augenblickliche tiefgreifende Einmütigkeit. Aufgrund des Kriegszustands ins Abseits geraten, versprachen die meisten Notstandsausschüsse, sich friedlich aufzulösen. Einige wenige trotzten dem Kongress und dem Präsidenten, ungeachtet des Risikos einer Festnahme. Währenddessen bildeten sich Antikriegsnetzwerke, die auch auf den Straßen demonstrierten. Es missfiel ihnen, dass um eines innenpolitischen Vorteils willen die Verfassung missbraucht und das Land entehrt wurde.

Weitere angespannte vierundzwanzig Stunden verstrichen. Dann beschuldigte die Administration den Gouverneur von Louisiana, mit illegalen Einwanderen ethisch bedenkliche medizinische Experimente anzustellen. Die Nachricht kam inmitten des allgemeinen Säbelrasselns heraus. Dies stellte eine schockierende Ablenkung dar. Aber der Inhalt war ernst – schlimm, sehr schlimm, unglaublich schlimm. Der Generalstabsarzt und der Gesundheitsminister wurden in die Öffentlichkeit gezerrt und mit grimmigen Blicken, medizinischen Beweisen und erschreckenden Schädeldiagrammen konfrontiert.

Der PR-Angriff gegen Huey war schlecht, geradezu amateurhaft und stillos durchgeführt. Gleichwohl war er tödlich. Huey hatte schon viele Skandale abgeschmettert, war ihnen ausgewichen, hatte den Schwarzen Peter weitergereicht, die Kritiker zum Schweigen gebracht oder sie zu Falschaussagen angestiftet. Dieser Skandal aber überschritt die Grenzen des Erlaubten. Hier ging es um namenlose, hilflose, entwurzelte Menschen, die man mit industriellen Methoden um den Verstand gebracht hatte. Den meisten Amerikanern ging dies zu nahe. Damit konnten sie nicht leben.

Als das Telefon klingelte, war Oscar ausnahmsweise auf alles gefasst.

»Sie kleines ARSCHLOCH!« kreischte Huey. »Sie elender Yankeeschnüffler! Diese Leute waren *vollkommen glücklich*! Das war das *Paradies auf Erden*! Und die Unionssoldaten kamen bei Nacht und Nebel und haben sie gekidnapped! Die haben sie *bei lebendigem Leib verbrannt*!«

»Guten Abend, Gouverneur! Ich nehme an, Sie haben sich die heutige Pressekonferenz der Regierung angeschaut.«

»Sie sind ERLEDIGT, Sie hochnäsiges Schwein! Ich werde dafür sorgen, dass Sie noch bedauern werden, jemals geklont worden zu sein! Ich habe diesen Leuten Versprechungen gemacht, sie standen unter meinem Schutz. Sie haben sie verraten! Ich *weiß*, dass Sie das waren. Geben Sie's zu!«

»Gouverneur, selbstverständlich gebe ich das zu. Verhalten wir uns doch wie erwachsene Menschen. Das musste irgendwann herauskommen, von mir hing das nicht ab. Sie können nicht zwei Jahre lang Hirnexperimente an Hunderten von Menschen durchführen, ohne dass etwas durchsickert. Wissenschaftler tauschen sich mit anderen aus. Sogar Ihre Schoßhündchen. Sogar Südstaatenwissenschaftler ohne Rang und Namen, die in Salzgruben hausen und mit Fremden grässliche Dinge anstellen. Natürlich haben Ihre irren Privatforscher in den Salzgruben anderen Neurowissenschaftlern gegenüber etwas durchsickern lassen. Und natürlich habe auch ich Wind davon bekommen Und natürlich habe ich dem Präsidenten davon berichtet. Ich *arbeite* für den Präsidenten.« Er räusperte sich. »Wohlgemerkt, ich habe die heutige Präsentation nicht veranlasst. Andernfalls hätte es professioneller gewirkt.«

Er fragte sich, ob Huey diese gewagte Lüge wohl schlucken würde. Er hatte sich nach Kräften bemüht, sie plausibel klingen zu lassen. Er hatte dies in den Absicht getan, Fontenot, seinen wahren Informanten, zu schützen. Vielleicht würde das Täuschungsmanöver Erfolg haben. Auf jeden Fall würde es Huey und seine staatlich bezahlten Neuroquacksalber ablenken und irritieren.

»Sie glauben doch nicht etwa den rassistischen Quatsch, den man über meine Haitianer in die Welt gesetzt hat. Das sind keine Monster! Das sind einfach bloß besonders fromme Leute mit seltsamen Drogenpraktiken. Die nehmen Kugelfischgift zu sich, das ist alles.«

»Gouverneur, mir kommen gleich die Tränen. Halten Sie mich etwa für ein Kind? Haben Sie Angst, ich würde das Gespräch mitschneiden? Wenn Sie nicht ernsthaft mit mir reden wollen, können Sie ebenso gut auflegen.«

»Ach was«, knurrte Huey. »Wir beiden kennen uns schon zu lange. Mit *Ihnen* kann ich immer reden, Soapy.«

»Gut. Es freut mich, dass unsere frühere Vereinbarung nach wie vor gilt. Diesmal sollten wir versuchen, uns nicht gegenseitig in die Quere zu kommen.«

»Zumindest weiß ich, dass Sie Zugang zum Präsidenten haben. Der Hurensohn ruft mich nicht mal zurück! *Mich* – den dienstältesten Gouverneur Amerikas! Ich weiß Bescheid über diesen Mistkerl, ich bin ihm bei Gouverneurskonferenzen begegnet. Scheiße, ich habe ihm eine Menge Gefallen getan. Ich hab ihm alles beigebracht, was er über den Umgang mit den Prolos weiß. ›Moderatoren‹ – was, zum Teufel, soll das alles? Er *bringt meine Leute um*! Er *entführt* meine Leute. Sagen Sie dem Präsidenten, er hat den Falschen ans Kreuz genagelt. Ich werde mich mit den starken Tönen dieses Fliegengewichts nicht abfinden. Er hat achtzehn Prozent der Wählerstimmen bekommen! Sagen Sie ihm das! Sagen Sie ihm, dass Huey so etwas nie vergisst.«

»Gouverneur, es wäre mir eine Freude, Ihre Überlegungen dem Präsidenten mitzuteilen, aber dürfte ich zunächst einen vernünftigen Vorschlag machen? Halten Sie den Mund. Sie sind am Ende. Der Präsident hat Sie in die Enge getrieben. Was Sie mit den Haitianern angestellt haben, war unverantwortlich! Sie haben sich in der Öffentlichkeit in die eigenen Füße geschossen.«

»Hätte ich sie etwa auf ihrer untergehenden Insel sitzen und sterben lassen sollen?«

»Ja, genau das hätten Sie tun sollen. Sie in Ruhe lassen. Bloß deshalb, weil Sie ihnen das Leben gerettet haben, können Sie nicht über andere Menschen verfügen. Sie wollen das menschliche Bewusstsein verändern, indem Sie unwissenden Versuchspersonen seltsame Drogen verabreichen? Gehen Sie zurück in die sechziger Jahre und treten Sie der CIA bei! Sie sind kein Gott, Huey! Sie sind bloß ein beschissener Gouverneur! Sie sind zu weit gegangen, *viel* zu weit! Und es wird Ihnen nicht gelingen, sich da rauszuwinden, weil Sie nämlich überall Ihre Fingerabdrücke – Ihre *Gehirn*abdrücke – hinterlassen haben!«

Huey lachte. »Das werden wir ja sehen.«

»Als nächstes wird man von Ihnen verlangen, dass *Sie* sich einer PET-Untersuchung unterziehen, Huey. Dann wird man synchronisierte Wellen chemischer Gradienten feststellen, veränderliche elektrische Felder im Corpus Callosum und all den anderen langweiligen Hirnscheiß, den von allen Politikern weltweit allein wir beide richtig aussprechen können! Man wird Sie als Monstrum outen. Als neuen Frankenstein! Sie werden von einem fackelschwingenden Mob gegrillt werden. Sie werden nicht nur *politische* Schwierigkeiten bekommen. Man wird sie *töten*.«

»Das weiß ich alles«, sagte Huey gelassen. »Sollen Sie nur.«

Oscar seufzte. »Etienne – darf ich Sie beim Vornamen nennen? Ich habe den Eindruck, dass wir einander in letzter Zeit viel besser verstehen … Etienne, bitte lassen Sie nicht zu, dass Sie umgebracht werden. Dazu kann es leicht kommen, und das ist die Sache nicht wert. Hören Sie mir zu. Ich fühle mit Ihnen. Ich habe ein elementares, dauerhaftes, persönliches und berufliches Interesse an Politikern, die zufällig Monster sind. Glauben Sie mir, jetzt kann es für Sie nicht mehr besser werden. Nur noch schlimmer und schlimmer.«

»Sie können sich doch denken, dass ich Sie deswegen in großem Stil outen werde, nicht wahr? ›Kolumbianischer Klonfreak mit Nobelpreisträgerin in Liebesnest‹.«

»Etienne, ich bin nicht *nur* ein kolumbianischer Klonfreak. Ich bin auch ein professioneller Wahlkampfberater. Und jetzt möchte ich Ihnen einen sehr ernst gemeinten Rat geben. *Geben Sie auf. Gehen Sie fort.* Nehmen Sie sich ein bisschen Geld aus dem Schmiergeldfonds, nehmen Sie Ihre reizende Frau, wenn Sie denn wirklich mitkommen mag, und gehen Sie ins Exil. Gehen Sie in die selbstgewählte Verbannung. Verstehen Sie? Gehen Sie außer Landes. Sowas kommt vor. Das ist normal. Das ist ein legitimes politisches Manöver.«

»Ich laufe nicht weg. Sowas tut Huey nicht.«

»Natürlich ›tut Huey sowas‹, verdammt noch mal! Steigen Sie in ein hübsches französisches U-Boot ein – ich weiß, dass vor der Küste Dutzende herumlungern. Lassen Sie sich zu einer netten Villa bringen, auf Elba oder St. Helena oder wo auch immer. Nehmen Sie ein paar ergebene Bodyguards mit. Das ist machbar! Essen Sie gut, schreiben Sie Ihre Memoiren, lassen Sie sich von der Sonne bräunen, ruhen Sie sich aus und warten sie. Wenn sich die Lage hier in Amerika noch mehr verschlechtert ... dann stehen Sie vielleicht eines Tages sogar wieder *gut* da. Das klingt verrückt, aber ich bin mir meines Urteils nicht mehr sicher. Vielleicht kommt es irgendwann ja sogar *in Mode,* ahnungslose Menschen vorsätzlich in schizoide Geisteszustände zu versetzen. Im Moment klingt das noch teuflisch. Lesen Sie morgen die Meinungsumfragen. Sie sind erledigt.«

»Kid, ich bin Huey. *Sie* sind erledigt. Ich kann Sie und Ihre Freundin, diese undankbare Schlampe, vernichten und Ihre ganze Forschungseinrichtung, die in Wahrheit *meine* Forschungseinrichtung ist und immer sein wird, noch dazu.«

»Das könnten Sie versuchen, Gouverneur, aber wozu Energie verschwenden? Es wäre im Moment sinnlos, uns zu vernichten. Dafür ist es zu spät. Ich hätte Ihnen eigentlich mehr Fingerspitzengefühl zugetraut.«

»Mein Sohn, Sie haben's noch immer nicht kapiert. Dafür brauche ich kein ›Fingerspitzengefühl‹. Das erledige ich alles *nebenbei* – während ich mir den Kopf tätschle und den Bauch kratze.« Huey legte auf.

Jetzt, da die Kriegsfurien und noch andere, kleinere Furien mit stumpfen, symbolischen Zähnen auf dem psychischen Schlachtfeld Amerikas herumtobten, war politisches Chaos die Folge. Niemand hatte dies vom Präsidenten erwartet. Ein exzentrischer Milliardär und amerikanischer Ureinwohner – auf das von Identitätskrisen und der zersplitterten Politik geschüttelte Land hatte Two Feathers wie eine bunte Diashow gewirkt, wie ein Warum-nicht-Kandidat, dessen Prahlerei der Moral auf die Beine helfen mochte. Auch Oscar hatte ihm nicht viel zugetraut; als Gouverneur von Colorado hatte Two Feathers kaum Gelegenheit gehabt zu glänzen. Jetzt aber, da er fest im nationalen Sattel saß, erwies Two Feathers sich zunehmend als Phänomen. Offenbar war er einer jener Übergangspräsidenten, deren überlebensgroße Gestalten ihrer Zeit den Stempel aufdrückten und das Leben gefährlich und interessant machten.

Zu Hueys Pech bot die politische Landschaft Amerikas Platz für nur einen exzentrisch gekleideten, eisenfressenden, autoritären Gouverneur. Two Feathers hatte es bis ins Weiße Haus geschafft. Schlimmer noch, er sah in Huey eine untragbare Bedrohung, die ihm keine andere Wahl ließ. Er war entschlossen, Huey zu vernichten.

Der Präsident beschuldigte den Gouverneur der landesverräterischen Kollaboration mit ausländischen Mächten in Kriegszeiten. Dies stimmte sogar, wenngleich der Krieg mit der Niederlande bislang vor allem dazu geführt hatte, dass es in Amerika von neugierigen europäischen Touristen wimmelte. Die Europäer hatten schon lange keine Kriegserklärung mehr erlebt. Es war amüsant, mit einem anderen Land Krieg zu führen, zumal dann, wenn in diesem Land auf Flohmärkten körbeweise Abhörwanzen angeboten wurden. Auf einmal war jeder sein eigener Spion.

Als nächstes erhöhte der Präsident den Einsatz. Er verlangte die unverzügliche Rückgabe aller Waffen, die aus dem geplünderten Luftwaffenstützpunkt in Louisiana entwendet worden waren, und drohte mit nicht näher bezeichneten ernsten Vergeltungsmaßnahmen.

Es erübrigt sich zu erwähnen, dass die gestohlenen Waffen nicht zurückgegeben wurden. Stattdessen beschuldigte der Gouverneur den Präsidenten, das Kriegsrecht einführen zu wollen und einen Staatsstreich zu planen.

Hueys Senatoren entfesselten im US-Senat einen Marathon-Verfahrenskrieg der Verschleppungstaktik. Der Präsident verlangte die Amtsenthebung zweier Senatoren aus Louisiana. Des weiteren kündigte er Ermittlungen gegen sämtliche Vertreter Louisianas an.

Huey verlangte vom Kongress, gegen den Präsidenten ein Amtsenthebungsverfahren einzuleiten, und rief zu einem Generalstreik der Antikriegsaktivisten auf, der das Land paralysieren sollte.

Die Drohung mit dem Generalstreik konterte der Präsident mit der einseitigen Gründung einer neuen Freiwilligenorganisation, des ›Zivilen Nachrichtendienstes für Landesverteidigung‹. Auf dem Papier machte diese Organisation einen sehr merkwürdigen Eindruck – ein nationaler Debattierclub so genannter ›Bürgeraktivisten‹, die allein dem Präsidenten verpflichtet waren. Der ZNL hatte kein Budget, und den Vorsitz führte ein älterer, hochdekorierter Kriegsheld, der zufällig in Colorado lebte. Zufällig war er auch mit dem Präsidenten befreundet. Zufällig handelte es sich um einen hochrangigen Moderator.

Bei genauerem Hinsehen zeigte sich, dass der ZNL mit den Moderatoren identisch war. Der ZNL war eine riesige Prologang, welche die unmittelbare Unterstützung des Präsidenten genoss. Damit war der Rubikon überschritten. Damit wurde offensichtlich, dass der Gouverneur von Colorado jahrelang seine eigene Prolostreitmacht gefördert hatte. Huey hatte die Regulatoren als geheime Eingreiftruppe benutzt, der Präsident aber brachte seine Privatmafia ganz offen ins Spiel und schwang sie wie eine Keule. Der Präsident reagierte vielleicht ein wenig spät, aber er besaß einen großen Vorteil. Er war der Präsident.

Jetzt wirkte der Präsident zum ersten Mal wahrhaft mächtig, sogar gefährlich. Dies war eine klassische politische Koalition: dergleichen hatte auch im mittelalterlichen Frankreich funktioniert. Der lange Zeit vergessene Unterbau hatte sich mit der ehemals schwachen Spitze verbündet, um dem arroganten und gespalteten Mittelbau den Marsch zu blasen.

Als Erstes setzte der Präsident seine halb legalen Streitkräfte gegen die mittlerweile illegalen Notstandsausschüsse ein. Dies war ein brillanter Schachzug, denn die Notstandsausschüsse wurden allgemein verabscheut und waren noch mehr gefürchtet als die Prolos. Außerdem hatten die Notstandsausschüsse ihre rechtliche Grundlage verloren und waren mit ihrem Latein bereits am Ende. Eine seit neuestem illegale Machtgruppierung mit einer erst kürzlich legalisierten Streitmacht anzugreifen, das traf bei den Amerikanern weitgehend auf Zustimmung. Dem Manöver war eine hübsche unterschwellige Symmetrie zu eigen. In den Meinungsumfragen machte der Präsident einen großen Sprung nach vorn. Er brachte greifbare Ergebnisse zustande, nachdem jahrelang überhaupt nichts passiert war.

Der neu gebildete ZNL bediente sich seinerseits einiger eindrucksvoller neuer Taktiken. Es mangelte ihm an der rechtlichen Grundlage, irgend jemanden festzunehmen, daher setzte er Angehörige der Notstandsausschüsse mit so genannten Kletten unter Druck. Diese mit Armbinden ausgestatteten Quästoren verfolgten die betreffenden Personen vierundzwanzig Stunden täglich. Für Prolos war dies leicht zu bewerkstelligen. Bei der ›Klettentaktik‹ handelte es sich haupsächlich um geheimdienstliches Ausspähen, um ein Beschatten; es geschah jedoch nicht im Geheimen. Es geschah in aller Öffentlichkeit und war für die Betroffenen wie jede Verfolgung durch Paparazzi äußerst lästig.

Die Prolos fühlten sich bei dieser Tätigkeit ganz in

ihrem Element. Sie waren immer schon quasi wie ein Geheimdienst organisiert gewesen – kleine, verteilte, geheime Netzwerke, ein Leben am Rande der Gesellschaft, auf der Basis von Passwörtern und hartnäckigem Schnorren. Als nationaler Schlägertrupp aber, der seine Befehle von oben bekam, verwandelten sich die Prolonetzwerke auf einmal in eine feste, kristalline Substanz. Für die Gegner des Präsidenten wurden sie zu einem menschlichen Gefängnis, in dem sie ständiger Überwachung ausgesetzt waren.

Zumindest schien es so. Es war noch zu früh, um zu entscheiden, ob der ZNL des Präsidenten dauerhaft die Rolle einer neuen Modellarmee einnehmen konnte. Die schiere Drohung, ihn einzusetzen, erschütterte das System jedoch bis in seine Grundfesten. Eine neue Ära brach an. Amerikas Notstand war offenbar endgültig beendet. Es herrschte Krieg.

Oscar verfolgte diese Entwicklungen mit professioneller Aufmerksamkeit und bemühte sich, auf der Welle mitzuschwimmen. Er ließ Greta den Notstand im Labor für beendet erklären. Es herrschte kein Notstand mehr. Von nun an herrschte Kriegszustand.

»Warum tust du uns das an?« fragte Greta während einer der vielen anstrengenden Nachtsitzungen. »Welchen Unterschied macht das schon aus?«

»Einen gewaltigen Unterschied.«

»Das ist doch Haarspalterei! Hier sitzen immer noch dieselben Leute. Ich bin immer noch Direktorin, Gott steh mir bei. Und der Notstandsausschuss ist nach wie vor die einzige Institution, die mit diesem Chaos fertig wird.«

»Ab sofort ist das der Kriegsausschuss.«

»Das ist rein symbolisch!«

»Nein, ist es nicht.« Oscar seufzte. »Ich erklär's dir, es ist ganz einfach. Der Präsident hat in einer Krise die Macht übernommen. Er hat die Verfassung umgangen, er hat den Kongress ausgehebelt, er hat die Notstandsausschüsse neutralisiert. Dies hat er dadurch bewirkt, dass er große Gruppen gesellschaftlicher Außenseiter rekrutiert hat, die ihre neue Legitimität ausschließlich ihm verdanken und ihm persönlich verpflichtet sind.«

»Ja, Oscar, das wissen wir bereits. Wir sind ja nicht blind. Aber ich bedaure sehr, was der Präsident getan hat. Ich begreife nicht, weshalb wir sein radikales, brutales Vorgehen imitieren sollen.«

»Greta, der Präsident imitiert *uns*. Das Gleiche haben *wir* hier getan. Der Präsident handelt deshalb so, weil wir beide damit durchgekommen sind! Du bist deswegen sehr populär, du bist berühmt. Die Leute finden es faszinierend, mit Prologangs Macht zu erlangen und die Halunken rauszuschmeißen. Das ist ein raffinierter Schachzug.«

Greta wirkte sehr bedrückt. »Ach … O mein Gott.«

»Ich gebe zu, das ist keine gute Nachricht für Amerikas Demokratie. Das ist eine schlechte Nachricht. Eine furchtbare, vielleicht sogar verhängnisvolle Nachricht. Für das Labor allerdings ist sie wundervoll. Sie bedeutet, die Wahrscheinlichkeit, dass wir wegen unserer Vergehen verhaftet oder angeklagt werden, sinkt rapide. Verstehst du? *Wir werden ungestraft damit durchkommen.* Damit hat uns unser oberster Schutzherr und Gönner – der Präsident – ein wundervolles Geschenk gemacht. Wir können ungehindert schalten und walten! Von nun an müssen wir nur jedesmals das Hemd wechseln, wenn der Präsident das seine wechselt. Von nun an tragen wir Tarnfarben. Wir sind keine verrückten Radikalen mehr, die ein staatliches Labor bestreiken. Wir sind loyale Bürger, die sich aufmerksam an dem großartigen Experiment des Präsidenten beteiligen, eine neue soziale Ordnung zu etablieren. Und deshalb ist das ab sofort der Kriegsausschuss.«

»Aber das *geht* nicht. Wir führen keinen Krieg.«

»O doch, das tun wir.«

»Nein, tun wir nicht.«

»Wart's ab.«

Zwei Tage später entsandte der Präsident Unionstruppen nach Buna. Ungeachtet einer tief verwurzelten Abneigung gegen Einsätze im Landesinneren befolgte die US-Armee endlich seine Befehle. Bedauerlicherweise handelte es sich um ein auf die Bewältigung kleinerer Konflikte spezialisiertes Infanteriebatallion.

Zu einem historischen Zeitpunkt, der das Ende der bewaffneten Konflikte markierte, wusste das amerikanische Militär, dass es am Anbruch eines Zeitalters stand, da die Feder wahrhaft mächtiger wäre als das Schwert. Das Schwert war in einer Zeit, da es keine Schlachtfelder mehr gab und ein stehendes Heer von billigem, unbemanntem Gerät aufgerieben werden konnte, nicht mehr viel nütze.

Daher hatte das US-Militär die Bedeutung der Schwerter herab- und die ihrer Federn heraufgestuft. Das Siebenundsechzigste Batallion für Infokriegsführung und Soziale Schlichtung bestand vor allem aus Sozialarbeitern. Sie trugen schmucke weiße Uniformen, verfügten über besondere sprachliche Fähigkeiten und befassten sich vor allem mit Katastrophenhilfe, Konfliktberatung, leichter Polizeiarbeit und Erster Hilfe. Die Hälfte davon waren Frauen; sie waren nicht mit Handfeuerwaffen ausgerüstet, und obendrein hatte man sie ohne jede finanzielle Ausstattung in Marsch gesetzt. Vielmehr warteten sie bereits seit vier Monaten auf ihren letzten Sold. Um trotzdem zurechtzukommen, waren sie gezwungen gewesen, ihre gepanzerten Transportfahrzeuge zu verkaufen.

Das Labor war nun wirklich überfüllt. Die Unsitte, die seltenen Tiere zu jagen und zu verzehren, griff immer mehr um sich. Mit den fünfhundert schnorrenden Psychotherapie-Soldaten mitsamt ihrem Mediengefolge war das bereits arg belastete Labor endgültig überfordert. Die Kuppel beschlug sich allmählich von der Atemfeuchtigkeit ihrer Bewohner.

Um die Neuankömmlinge sinnvoll zu beschäftigen,

setzte Oscar das Infokriegsbatallion zur psychologischen Belagerung der Huey-Anhänger ein, die noch immer hartnäckig streikten und sich im Spin-off-Gebäude eingeigelt hatten. Die Soldaten kamen seiner Bitte bereitwillig nach. Allerdings ähnelte das Labor nun allmählich einer riesigen U-Bahnhalle.

Es lag nahe, weitere Unterkünfte zu bauen. Die Moderatoren, denen das enge Zusammenleben mit den Soldaten Unbehagen bereitete, errichteten Zelte auf dem unbebauten Laboratoriumsgelände außerhalb der Kuppel. Oscar hätte die Kuppel gern erweitert. Bambakias' Katastrophenpläne enthielten einige erstaunliche Anregungen dazu. Die Materialien waren verfügbar. Arbeitskräfte gab es im Überfluss. Auch der nötige Wille war vorhanden.

Doch es gab kein Geld. Das Labor lag mitten in der Stadt Buna, deren Grund und Boden in Privatbesitz war. Die Stadt war dem Labor noch immer freundlich gesonnen, war sogar stolz auf die Publizität, die sie neuerdings genoss. Das Labor konnte die Stadt jedoch nicht mit Waffengewalt zu etwas zwingen. Außerdem war der verfügbare Mietraum in Buna bereits zu stark überhöhten Preisen an europäische und asiatische Berichterstatter, Bürgerrechtsorganisationen und Friedensgruppen vergeben worden.

Somit waren ihnen die Hände gebunden. Es lief immer aufs Geld hinaus. Und das fehlte ihnen. Sie hatten bewiesen, dass man Wissenschaft eine Zeit lang mittels bloßen Charismas betreiben konnte, ein Leben, gespeist vom Sinn fürs Wunderbare, wie diese endlosen Fernsehsendungen, bei denen Spenden eingesammelt werden. Aber die Menschen blieben Menschen; das Charisma ging ihnen aus, der Sinn fürs Wunderbare fraß seine Kinder. Das Bedürfnis nach Geld war grundlegender Natur und stets vorhanden.

Die Stimmung wurde gereizt. Trotz der offenkundigen Harmlosigkeit der Unionssoldaten fasste Huey ihre Anwesenheit an der Grenze von Louisiana folgerichtig als Provokation auf. Er löste ein Sperrfeuer hysterischer Propaganda aus, einschließlich der bizarren und belegten Behauptung, der Präsident sei seit langem ein niederländischer Spion. Als Gouverneur und als Holzgroßhändler hatte der Präsident in glücklicheren Zeiten mehrfach mit den Niederländern zu tun gehabt. Hueys Oppositionsrechercheure hatten dazu ausführliche Dossiers angelegt.

Dies alles blieb wirkungslos. Nur ein Schizo mit gespaltenem Bewusstsein konnte ernsthaft glauben, der Präsident, der soeben Holland den Krieg erklärt hatte, sei ein niederländischer Agent. Während die US-Marine nach Amsterdam unterwegs war. Während die Niederländer laut um Hilfe riefen und keine bekamen.

Diese Unterstellung führte nicht nur zu nichts, sie überzeugte auch viele ehemalige Unentschiedene davon, dass Huey den Verstand verloren hatte. Huey war gefährlich und musste um jeden Preis aus der Öffentlichkeit entfernt werden. Gleichwohl hielt Huey durch, drillte in aller Öffentlichkeit seine bundesstaatliche Miliz, führte Säuberungen bei der schwankend gewordenen Polizei durch und schwor allen Heuchlern und Lügnern der Welt Rache.

Um Oscars und Gretas Beziehung war es schlecht bestellt. Sie fingen an, sich in der Öffentlichkeit ernsthaft zu streiten. Sie hatten sich auch früher schon gekabbelt und kleine Meinungsverschiedenheiten gehabt; doch nach so vielen Stunden, Tagen und Wochen anstrengender Verwaltungsarbeit trugen sie in der Öffentlichkeit heftige Streitereien über die Zukunft des Labors und die Bedeutung ihrer Arbeit aus.

Das Ende des Notstands und der Beginn des Kriegszustands machten eine andere Medienumgebung nötig. Oscar schaltete die Lautsprecher ab, welche die Diskussionen des Notstandsausschusses übertragen hatten. In Kriegszeiten ging es um Geheimhaltung, um Blut, Schweiß und Tränen. Es war an der Zeit, damit aufzuhören, die Laborbewohner durch Propaganda zu beeinflussen. Sie wussten bereits, wo sie standen und was auf dem Spiel stand. Jetzt galt es zu verteidigen, was sie aufgebaut hatten; sie mussten mit Schaufeln im Graben stehen, sie mussten Marschlieder singen.

Gleichwohl konnten sie nichts von alledem tun. Sie konnten bloß warten. Sie hatten keinen Einfluss auf den Gang der Dinge. Sie waren nicht mehr Herr über ihr Geschick, die Initiative war ihnen entglitten. Die eigentliche Schlacht wurde in Washington geschlagen, in Den Haag, in einer Flotille von Marineschiffen, die etwa so langsam, wie dies technisch überhaupt möglich war, den stürmischen Atlantik überquerten. Das Land befand sich im Krieg.

Erst als sie sich mit ihrer eigenen Bedeutungslosigkeit abgefunden hatten, spitzte sich die Lage zu. Der Anführer des Zivilen Nachrichtendienstes für Landesverteidigung traf in Buna ein. Es handelte sich um einen Moderatoren aus Colorado namens Field Marshall Munchy Menlo. Munchy Menlo hieß eigentlich Gutierriz; in seiner fernen Jugend war er an ein paar hässlichen Einsätzen gegen Aufständische in Kolumbien und Peru beteiligt gewesen. Munchy Menlo war im bürgerlichen Leben aus dem Tritt geraten; er hatte ein Alkoholproblem gehabt, er war mit einem Lebensmittelladen bankrott gegangen. Schließlich war er aus dem Raster gefallen und ins Lager der Moderatoren übergewechselt, wo es ihm ausgesprochen gut ergangen war.

Field Marshall Menlo – er legte Wert darauf, mit seinem ›Straßennamen‹ angeredet zu werden – war geprägt von einer militärischen Ordnung, wie Oscar sie noch nicht kennen gelernt hatte. Er war geradeheraus, hatte einen Bart und war zurückhaltend und bescheiden in seinem Auftreten. Seine Ausstrahlung war typisch für Menschen, die eine Menge Leute umgebracht hatten.

Bei Kriegsausbruch war Oscar befördert worden; nun war er reguläres Mitglied des Nationalen Sicherheitsrates. Er besaß eine eigene Ausweiskarte mit Hologramm und einen NSR-Briefkopf, der ihn als ›Wissenschaftlichen Berater‹ auswies. Oscar war der natürliche Verbindungsmann für Field Marshal Menlo. Als dieser aus Washington eintraf – auf dem Motorrad, ohne Eskorte –, stellte Oscar ihn dem Kriegsausschuss vor.

Menlo erklärte, er sei gekommen, um sich in aller Stille einen Überblick zu verschaffen. Der neu geschaffene ZNL erwäge einen militärischen Vorstoß nach Louisiana hinein.

Der Kriegsausschuss des Labors war vollzählig erschienen, um Menlo anzuhören. Fünfzehn Personen waren anwesend, darunter Greta, Oscar, Kevin, Albert Gazzaniga, sämtliche Vertreter der Laborabteilungen sowie sechs Moderatorenhäuptlinge. Die Moderatoren nahmen die Neuigkeit freudig auf. Endlich würden sie den Regulatoren mit Rückendeckung seitens der Regierung die blutige Abreibung verpassen, die sie verdient hatten! Alle anderen waren natürlich entsetzt.

Oscar ergriff das Wort. »Field Marshal, wenngleich ich mir der Vorzüge eines Militärschlages gegen Louisiana – eines Überraschungsangriffs … eines begrenzten, *chirurgischen* Angriffs – bewusst bin, so sehe ich doch nicht ein, welche Vorteile uns ein Angriff auf unsere amerikanischen Mitbürger einbringen sollte. Huey sitzt nach wie vor an den Hebeln der Macht, aber er wird schwächer. Seine Glaubwürdigkeit ist erschüttert. Es ist bloß eine Frage der Zeit, bis er von Dissidenten aus dem Amt gejagt wird.«

»Hmmm«, machte der Field Marshal.

Gazzaniga zuckte zusammen. »Ich stelle mir nur ungern vor, was die Medien daraus machen würden, wenn amerikanische Soldaten amerikanisches Blut vergießen. Das wäre furchtbar. Im Grunde würde das Bürgerkrieg bedeuten.«

»Wir würden wie Barbaren dastehen«, sagte Greta.

»Ein Wirtschaftsembargo. Moralischer Druck. Netzattacken, Infokrieg. So handhabt man derlei Probleme«, sagte Gazzaniga entschieden.

»Ich verstehe«, meinte der Field Marshal. »Nun, dann möchte ich noch auf eine andere Kleinigkeit zu sprechen kommen. Der Präsident ist sehr besorgt wegen der vom Luftwaffenstützpunkt entwendeten Waffen.«

Alle nickten. »Die sind schon eine ganze Weile verschwunden«, meinte Oscar. »Das ist wohl kaum ein drängendes Thema.«

»Es ist weithin unbekannt – diese Information ist natürlich vertraulich zu behandeln –, dass sich in dem Stützpunkt spezielle Kurzstrecken-Boden-Boden-Raketen befanden.«

»Raketen«, wiederholte Greta nachdenklich.

»Die Ergebnisse der Luftaufklärung deuten darauf hin, dass die Raketen samt Abschussvorrichtungen im Sabine River Valley versteckt sind. Nachforschungen seitens einiger tüchtiger Spione haben ergeben, dass die Raketen mit Aerosol-Sprengköpfen ausgerüstet wurden.«

»Giftgas?« fragte Gazzaniga.

»Die Raketen sind für den Gaseinsatz bestimmt«, erklärte Menlo. »Bestückt mit nichttödlichen Aerosolen zur Bekämpfung von Aufständen. Zum Glück verfügen sie über eine Reichweite von lediglich fünfzig Meilen.«

»Ich verstehe«, meinte Oscar.

»Tja«, sagte Gazzaniga, »da hätten wir also nichttödliche Raketen mit kurzer Reichweite, richtig? Und was weiter?«

»Dieses Labor ist die einzige Regierungseinrichtung im Umkreis von fünfzig Meilen um die Raketen.«

Allgemeines Schweigen.

»Sagen Sie mir, wie die Raketen funktionieren«, meinte Greta schließlich.

»Die sind raffiniert gebaut«, antwortete Menlo. »Stealth-Technik, größtenteils aus Plastik, und sie verdampfen in der Luft und setzen dabei lautlos das Aerosol frei. Geladen sind sie mit Mikrotröpfchen mit Gelatinehülle. Das psychotrope Reagenz befindet sich innerhalb der Tröpfchen, die nur in menschlichen Lungen schmelzen. Nach einigen Tagen an der frischen Luft schlägt sich der Mikronebel nieder, und die Ladung wird träge. Aber jeder, der sich in diesem Gebiet aufhält, atmet die Tröpfchen ein.«

»Dann wäre das also mit einer kurzzeitig wirksamen Inhalatationsimpfung zu vergleichen«, sagte Oscar.

»Ja, genau. So kann man es ausdrücken. Ich glaube, Sie haben mich verstanden.«

»Welche Wahnsinnigen bauen denn so etwas?« fragte Greta aufgebracht.

»Nun, das US-Militär beschäftigt zahlreiche Spezialisten für biologische Kriegsführung. Bevor wir den Wirtschaftskrieg verloren, haben eine ganze Reihe von ihnen in dem Stützpunkt gearbeitet.« Field Marshal Menlo seufzte. »Meines Wissens kam diese Technik niemals zum Einsatz.«

»Er wird uns mit diesen Dingern beschießen«, erklärte Oscar.

»Woher wollen Sie das wissen?«

»Er hat diese Biokriegstechniker eingestellt. Er muss sie schon vor Jahren billig eingekauft haben. Er hat sie irgendwo in eine Salzgrube gesteckt. Psychotropes Gas – das hat er auch gegen den Luftwaffenstützpunkt eingesetzt. Und mittels Aerosolimpfung hat er die Moskitos ausgerottet. Das passt alles zusammen. Das ist seine Vorgehensweise.«

»Wir schließen uns dieser Einschätzung an«, sagte Menlo. »Der Präsident hat ihn aufgefordert, die Gaswaffen zurückzugeben. Keine Reaktion. Also beabsichtigt er wohl auch, sie einzusetzen.«

»Was ist das für eine Substanz in den Mikrotröpfchen?« fragte Greta.

»Wahrscheinlich psychotroper Natur. Sollte man damit Buna beschießen, würde die ganze Bevölkerung für achtundvierzig Stunden durchdrehen. Allerdings könnte das Aerosol auch ganz andere Substanzen enthalten. Alles mögliche im Grunde.«

»Und gegenwärtig zielt eine ganze Batterie dieser Raketen auf uns?«

Menlo nickte. »Bloß eine Batterie. Zwanzig Sprengköpfe.«

»Ich frage mich«, sagte Gazzaniga, »ob nicht ein begrenzter, chirurgischer Militärschlag … durchgeführt nicht von offiziellen US-Truppen, sondern beispielsweise von tüchtigen Kriegsveteranen, die als irreguläre Moderatoren verkleidet sind …«

»Dann sähe die Sache ganz anders aus«, sagte ein Abteilungsleiter.

»Genau.«

»Das würde die Krise entschärfen. Die allgemeine Sicherheit erhöhen.«

»Das habe ich mir auch gedacht.«

»Wann können Sie angreifen, Marshal Menlo?«

»In zweiundsiebzig Stunden«, antwortete der Field Marshal.

Huey aber startete seine Raketen bereits achtundvierzig Stunden später.

Die erste Rakete verfehlte die Kuppel und traf den Westrand von Buna. Ein Stadtbezirk von der vierfachen Größe eines Football-Feldes wurde mit einer schwarzen Substanz verseucht. Die Ankunft der Bio-Rakete und die Explosion verliefen völlig lautlos. Erst um drei Uhr früh stellte ein im Aufbruch begriffenes deutsches Filmteam, das in einer Pension untergekommen war, fest, dass Straßen, Dächer und Fenster mit einer feinpudrigen schwarzen Substanz bedeckt waren.

Dies löste eine allgemeine Panik aus. Über die in Washington gefangen gehaltenen Haitianer war in letzter Zeit ausführlich berichtet worden. Auch den Gasangriff auf die Luftwaffenbasis hatte man nicht vergessen. Die Neuigkeiten aus dem Kriegsausschuss des Labors waren natürlich augenblicklich in die Öffentlichkeit durchgesickert – nicht offiziell, sondern als Gerücht. Mit den schwarzen Manifestationen ihrer tiefsten Ängste konfrontiert, verloren die Einwohner von Buna den Verstand. Von Juckreiz, Hautbrennen, Ohnmachtsanfällen und Krämpfen wurde berichtet. Viele der Betroffenen behaupteten, an Bewusstseinsspaltung zu leiden, das zweite Gesicht zu haben oder gar telepathische Fähigkeiten zu besitzen.

Eine mutige, mit Atemmasken ausgerüstete Gruppe von Laborbewohnern eilte an den Ort des Gasangriffs. Sie nahmen Proben und kehrten anschließend zurück, wobei sie sich nur mit Mühe durch die panische Menschenmenge, die sich im luftdichten Labor in Sicherheit bringen wollte, hindurchzuzwängen vermochten. An den Toren kam es zu hässlichen Szenen; Familien wurden im Gedränge getrennt, Frauen hielten ihre Kinder hoch und bettelten um Gnade und Einlass.

Um zehn Uhr morgens lag das Untersuchungsergebnis vor. Bei der schwarzen Substanz handelte es sich um Farbe, um ein ungiftiges, schwer entfernbares, ätzendes Polymer, eingeschlossen in Gelatinekügelchen. Von einem psychotropen Reagenz konnte nicht die Rede sein. Die Panik der Stadtbevölkerung war auf Massenhysterie zurückzuführen gewesen. Bei dem Projektil hatte es sich lediglich um einen mit Farbe gefüllten Versuchsballon gehandelt, um einen Warnschuss voll düsteren Humors.

Der Vorstoß des ZNL über die Grenze von Louisiana wurde abgeblasen, denn die Raketenwerfer waren verlegt worden. Schlimmer noch, auf einmal waren zwanzig neue Raketenwerferattrappen aufgetaucht; auf Farmen, in kleinen Städten, auf Shrimplaster montiert, über ganz Louisiana verteilt.

Obwohl die wissenschaftliche Analyse ergeben hatte, dass der Sprengkopf Farbe enthalten hatte, weigerte sich ein großer Teil der Bevölkerung, dies zu glauben. Unionsregierung wie bundesstaatliche Behörden verkündeten gleichlautend, es handele sich um Farbe; auch der Stadtrat bezog Stellung, doch die Leute wollten sich einfach nicht damit abfinden. Die Menschen waren paranoid und verängstigt – viele aber hatte der Vorfall auch in eine eigenartige Hochstimmung versetzt.

In den folgenden Tagen entwickelte sich ein florierender Graumarkt für Proben der Farbe, die sich in Windeseile übers ganze Land verteilten und den Leichtgläubigen in kleinen Plastikdöschen verkauft wurden. Hunderte von Menschen begaben sich spontan nach Buna, wo sie die Farbe sorgfältig zusammenkratzten und durch die Nase einsogen. Bald wurden der Substanz Wunderheilungen zugeschrieben. Die Menschen schrieben dem Gouverneur von Louisiana offene Briefe und flehten ihn an, ihre Städte mit dem ›Befreiungsgas‹ zu bombardieren.

Huey stritt ab, von Raketen in Louisiana etwas zu wissen. Er leugnete kategorisch, etwas mit der schwarzen Farbe zu tun zu haben. Er machte sich über die Mätzchen der verängstigten Bevölkerung lustig – wozu nicht viel nötig war – und meinte, dies beweise, dass die Regierung die Lage nicht mehr unter Kontrolle habe. Die beiden Senatoren Hueys waren beide aus dem Senat, der so zielstrebig vorging wie seit Jahren nicht mehr, ausgeschlossen worden; dies versetzte Huey jedoch in die Lage, bezüglich Washington seine Hände in Unschuld zu waschen.

Hueys Stimmung verdüsterte sich nach dem Raketenangriff erheblich. Einer seiner Gefolgsleute platzierte eine mit Sprengstoff gefüllte Aktentasche im Parlamentsgebäude. Huey brach sich bei der Explosion den Arm, zwei der Senatoren wurden getötet. Dies war bei weitem nicht der erste Anschlag auf Hueys Leben. Keiner aber hatte sein Ziel so knapp verfehlt.

Natürlich wurde der Präsident verdächtigt, hinter dem Anschlag zu stecken. Oscar bezweifelte sehr, dass sich der Präsident zu einer solch archaischen und brutalen Vorgehensweise herabgelassen hätte. Tatsächlich stärkte der Mordanschlag Hueys Position – und dies ließ er die Louisianer und vor allem die Regulatorenhierarchie spüren. Die Louisianer hatten natürlich das größte Interesse daran, ihren Anführer, der in Verfolgung seines Ehrgeizes den Bundesstaat in eine hoffnungslose Auseinandersetzung mit der ganzen Union verwickelt hatte, zu töten. Zumal die Regulatoren – Hueys liebste Sündenböcke – blickten düster in die Zukunft, da sie mit der Rache der Unionsregierung zu rechnen hatten. Die Regulatoren außerhalb Louisianas – und davon gab es viele – spürten, woher der Wind wehte, und flüchteten sich scharenweise in die Quasi-Legitimität des ZNL des Präsidenten. Huey hatte eine Menge für die Prolos getan, er hatte sie zu einem Machtfaktor gemacht, mit dem man rechnen musste – doch selbst die Prolos verstanden die Gesetze der Machtpolitik. Weshalb sollten sie zusammen mit dem Gouverneur untergehen, wenn sie mit dem Präsidenten zu neuen Höhen aufsteigen konnten?

Der Raketenangriff hatte eine bedeutsame und dauerhafte Folgewirkung. Er rüttelte das Laboratorium aus seiner eingebildeten Hilflosigkeit wach. Mittlerweile war es für jedermann offensichtlich, dass Krieg herrschte. Die schwarze Farbe war der erste Schuss gewesen, und die Wahrscheinlichkeit war groß, dass Buna tatsächlich mit Giftgas angegriffen werden würde. Die Aussicht, inmitten von durchgedrehten Nachbarn einen unheimlichen schwarzen Nebel einzuatmen, hatte zahlreichen Leuten auf wundersame Weise die Augen geöffnet.

Das Labor war luftdicht. Gas vermochte ihm nichts auszumachen; doch es konnte nicht alle aufnehmen.

Die naheliegende Lösung bestand darin, einen architektonischen Ausweg zu suchen. Man musste den Schutz auf die ganze Stadt ausweiten.

Sogleich wurden Baupläne entstaubt. Geld und Besitzrechte stellten auf einmal kein Problem mehr dar. Einheimische, Wanderarbeiter, Soldaten, Wissenschaftler, Moderatoren, Männer, Frauen und Kinder, alle wurden hinzugezogen.

Alle diese Gruppierungen hatten eine eigene Vorstellung davon, wie man das Problem angehen sollte. Die Moderatorenzigeuner verstanden etwas von Zirkus- und Indianerzelten. Die Einwohner von Buna kannten sich mit Bio-Gewächshäusern aus. Die für Katastrophenhilfe ausgebildeten Soldaten waren Experten für Sandsäcke, Nissenhütten, Suppenküchen, Latrinen und die Gewinnung von Trinkwasser. Die Techniker des Labors wiederum steigerten sich über Alcott Bambakias' Plänen in eine seltsame Raserei hinein. Die Wissenschaftler nahmen die Sicherheit, welche ihnen die gepanzerte Kuppel bot, seit jeher als selbstverständlich hin, wären aber niemals auf den Gedanken gekommen, dass sich die harte Substanz ihres Behältnisses durch billige, smarte und grenzenlos dehnbare Netzwerke ersetzen ließe. Dies war luftdichte Eintagsarchitektur: Strukturen wie taubenetzte Spinnweben: smart, hypersensitiv, stets rechnend, stets auf dem Sprung. Offenbar gab es für die Größe keinerlei Begrenzung. Die Kuppel würde aus einer Art lebender Flüssigkeit bestehen, aus einer Art dezentraler, membranenartiger Amöbe.

Der vernünftige Weg wäre gewesen, die Alternativen sorgsam abzuwägen, Sicherheitsanhörungen abzuhalten, verschiedene Angebote einzuholen und schließlich eine größere Baufirma mit dem Projekt zu beauftragen. Die Bürgermeisterin von Buna, eine wohlmeinende Frau mittleren Alters, die eine Menge Geld in der Gewächshaus-Blumenzucht verdient hatte, unternahm einen ernsthaften Versuch, die ›Kontrolle zu übernehmen‹.

Dann schlugen zwei weitere Farbbomben ein. Diese waren besser gezielt. Sie trafen unmittelbar das Labor – es bot ein großes Ziel – und beschmutzten den Glashimmel mit schwarzem Dreck. Im Kuppelinnern wurde es dunkel, die Temperatur sank, Pflanzen und Tiere hatten zu leiden, und die Menschen waren aufgebracht und wütend. Dieser direkte Affront hatte zur Folge, dass der Widerstandswille drastisch gestärkt wurde. Jetzt waren sie persönlich betroffen – die üble Substanz dräute über ihren Köpfen.

Die Diskussionen verstummten. Der Worte waren genug gewechselt, und die Entscheidung war eine vollendete Tatsache. Alle gaben gleichzeitig ihr Bestes. Alle anderen Tätigkeiten stellten sie ein. Überschnitten sich einzelne Projekte oder gerieten sie in Konflikt miteinander, wurde das unbedeutendere eingestellt und das ehrgeizigere gebaut. Die Stadt Buna hörte in ihrer bisherigen Form schlichtweg zu existieren auf. Die Kuppel bildete Metastasen; sie sandte riesige zarte Festungen aus, die auf dalihaften Stelzen ruhten. Die Gewächshäuser Bunas verbanden sich spontan zu endlosen Befestigungen und Tunneln. Stadtteile verwandelten sich über Nacht in funkelnde Felder aus Plastikseifenblasen. Überall entstanden luftdichte Backsteinkrypten und Bunker, wie Finnen.

Huey wählte diesen Moment, um einen gut dokumentierten Gegenangriff auf Oscar und Greta zu starten. Diesmal half alles Leugnen nicht. Es war gemein und schmerzhaft, aber Hueys Timing hätte nicht wirkungsvoller sein können. In Friedenszeiten hätte die Enthüllung, dass ein macchiavellistischer Wahlkamprofi (von zweifelhafter genetischer Herkunft) teuflischerweise seine Freundin als quasi dikatorische Direktorin einer staatlichen Forschungseinrichtung installiert hatte, was sie ihm mit sexuellen Gunstbezeigungen in einem Strandhaus vergalt, politisch katastrophale Auswirkungen gehabt.

In Washington löste die Neuigkeit einige Besorgnisse aus; man befragte ältere Wissenschaftler, welche erklärten, es sei wirklich beschämend mitanzusehen, wie sich eine Frau nach oben schlafe. In Buna aber herrschte Krieg. Die Enthüllung, die niemanden in Buna überraschte, war eine Kriegsromanze, die man den Beteiligten auf der Stelle verzieh. Oscar und Greta wurden einander vom schieren Druck des öffentlichen Wohlwollens praktisch in die Arme getrieben.

Alte soziale Grenzen wurden unter dem Kriegsdruck durchlässig. Affären breiteten sich aus wie die Windpocken: Wissenschaftler, Moderatorenfrauen, elegante europäische Journalisten, Südstaatler aus Buna, selbst die Soldaten, alle bumsten miteinander. Schulter an Schulter und Wange an Wange zu arbeiten, während ständig eine Wahnsinn verbreitende Giftgasattacke drohte, und gleichzeitig Sex mit Fremden aus dem Weg zu gehen – das überforderte die Menschen schlichtweg.

Außerdem taten es ihre Anführer auch. Sowas kam vor. Das unvermutete gesellschaftliche Potenzial war auf einmal öffentlich gemacht worden. Natürlich verstießen sie gegen die Regeln; aber das taten alle vernünftigen Menschen, darum ging es ja gerade. Natürlich hatte die Labordirektorin heißen Sex mit einem genmanipulierten Politiker. Sie war ihre leuchtende Jeanne d'Arc, die gepanzerte Braut des Wissenschaftskrieges.

Die Leute rissen sogar Witze darüber. Die Witze wurden Oscar von Fred Dillen, einem der letzten verbliebenen ursprünglichen Mitarbeiter, der gelernt hatte, dass politische Witze bedeutsam waren, zuverlässig hintertragen.

Fred erzählte ihm einen politischen Greta-und-Oscar-Witz.

»Greta und Oscar haben sich nach Louisiana davongestohlen, um mitten in einem Sumpf miteinander zu vögeln. Also mieten sie sich ein Anglerboot und rudern an eine einsame Stelle, wo es weder Spione noch Wanzen gibt. Sie treiben es in dem Boot, aber Oscar wird zu leidenschaftlich und fällt ins Wasser. Und er taucht nicht wieder auf.

Greta rudert also allein zurück und holt ein paar Sumpf-Cajuns zu Hilfe, aber Oscar bleibt verschwunden. Sie wartet eine ganze Woche lang, bis die Cajuns schließlich zu ihr kommen. ›Also, Dr. Penninger, wir haben eine gute und eine schlechte Nachricht.‹

›Sagen Sie mir die schlechte Nachricht zuerst.‹

›Also, wir haben Ihren Freund, den Genfreak, gefunden, aber leider ist er ertrunken.‹

›Oh, das ist wirklich eine schlechte Nachricht. Das ist schrecklich. Das ist furchtbar. Schlimmer konnte es nicht kommen.‹

›Ach, so schlimm ist es gar nicht; als wir ihn aus dem Schlamm zogen, haben wir zwei Säcke voller Krebse eingesammelt.‹

›Also, wenigstens haben Sie seine Leiche gefunden … Wo haben Sie meinen Freund hingebracht?‹

›Na ja, wir bitten um Verzeihung, Ma'am, aber wir haben noch nie so viele Krebse gefangen, und da dachten wir uns, wir lassen ihn noch einen Tag drin!‹«

Das war ein ziemlich guter politischer Witz für eine so kleine Gemeinschaft – zumal wenn man den Subtext analysierte. Wie bei den meisten politischen Witzen ging es auch hier vor allem um verdrängte Aggression, und diese Aggression wurde den Krebsen vorgeworfen. Der Witz war beliebt, und er war bedeutsam. Die Pointe war klar: Oscar würde damit durchkommen. Die Leute fürchteten und hassten ihn nicht so, wie sie Huey fürchteten und hassten. Er war ein Politiker und ein Monstrum, gleichwohl empfanden die Menschen auf eine seltsame, marginale Weise Sympathie für ihn.

Oscar hatte den Gipfel seiner Beliebtheit erreicht. Der Beweis dafür wurde erbracht, als man den Präsidenten zu dem Sexskandal befragte – und zu Oscars Rolle im NSR. Hier bot sich dem Präsidenten eine gute Gelegenheit, ihn fallenzulassen und still und leise an die Sumpfkrabben zu verfüttern; der Präsident aber entschied sich anders. Der Präsident erklärte – durchaus zutreffend –, man könne einem Menschen keinen Vorwurf daraus machen, dass er das illegale Produkt einer südamerikanischen Genmafia sei. Der Präsident sagte, er fände es heuchlerisch, das sexuelle Verhalten eines solchen Menschen nach kleinkarierten Maßstäben zu bewerten –

zumal in Anbetracht der Tatsache, dass andere Personen des öffentlichen Lebens sich bewusst dafür entschieden hätten, ihr Gehirn manipulieren zu lassen. Des weiteren erklärte der Präsident, er selbst sei ›ein Mensch‹. Und ›als Mensch‹ schlüge es ihm ›auf den Magen‹, wenn er mitansehen müsse, wie ein Liebespaar verfolgt werde.

Daraufhin wandte sich die Pressekonferenz dem heißeren Thema des Hollandkrieges zu, wenngleich die Bemerkung des Präsidenten sehr gut aufgenommen wurde. Gewisse Bevölkerungsgruppen zeigten sich zunehmend besorgt wegen seiner gewalttätigen Außenpolitik und der unerbittlichen Verfolgung inländischer Gegner. Dass er nun auf einmal einen sentimentalen weichen Kern enthüllte, war ein ausgezeichneter taktischer Schachzug.

Oscar war am Höhepunkt seiner Laufbahn angelangt. Der Präsident hatte öffentlich die Oscar-Karte ausgespielt. Im Nachhinein machte Oscar sich klar, was das bedeutete. Es bedeutete, dass er verbrannt war. Er hatte seinen großen Moment in dieser Pokerrunde gehabt, er war wie ein kleiner Trumpf auf den grünen Tisch geworfen worden. Ein zweites Mal ausgespielt, würde die Wirkung verpuffen. Es war an der Zeit, sich wieder ins hintere Glied einzureihen.

Also: bis hierher und nicht weiter. Das hatte ihm der vernichtende Subtext der Präsidentenerklärung klar gemacht. Er war nützlich, er war sogar schlau; auf einer tieferen Ebene aber misstraute man ihm. Er würde niemals zu einer Säule des amerikanischen Staates werden.

In Buna spielte Oscar eine immer kleinere Rolle. Er war Agitator, Initiator und graue Eminenz gewesen, doch er konnte niemals König werden. Greta hingegen konnte ihren Ruf nun gewinnbringend nutzen. Sie hatte die Öffentlichkeit um Hilfe und Beistand ersucht, und wie der Schlachtruf ›Auf die Barrikaden!‹ hatte der Aufruf eine Welle nationaler Hilfsbereitschaft zur Folge. Bomben hin oder her, Huey hin oder her, Präsident hin oder her, Buna entwickelte sich zu einer Gewächshausmetropole. Der Ort zog alle möglichen Träumer, Phantasten, Studenten ohne Abschluss, erfolglose Techniker und ausgemusterten Ausschuss an; Gurus, kostümierte Irre, verrückte Theoretiker und Wanzensammler; Mikroskopgucker, Modellraketenbauer und urige Simulanten; codevernarrte Hacker, Innenarchitekten; kurzum alle, die aufgrund der perversen gesellschaftlichen Forderung, ihre eigenwilligen Vorstellungen müssten kommerziell verwertbar sein, irgendwann einmal herabgesetzt, abgelehnt und ausgeschlossen worden waren.

Wenn all dieser Abschaum sich an einem Ort versammelte, war zu erwarten, dass es zu einem kleineren Erdbeben kam. Einige der Neuankömmlinge waren miteinander verfeindet. Brandstifter fackelten den städtischen Grüngürtel ab; die saftigen Pinien brannten wie Leuchtkugeln, und eine abscheuliche Qualmwolke verpestete meilenweit die texanische Luft. Als aber die Flammen erloschen, rückte die neue Gesellschaft auf das verkohlte Gelände vor und nahm es vollständig in Besitz. Die Mahltrichter der Biohacker konnten teilweise verbrannte Bäume leichter verarbeiten. Die Asche enthielt wertvolle Mineralien. Ein versengter, verkohlter Wald war ein natürliches Phönix-Nest für die erste wahre Gewächshausgesellschaft der Welt.

12

Die US-Marine erreichte die Küste der Niederlande. Der Krieg erreichte einen kritischen Punkt. Um sich zu beschäftigen, blockierte die amerikanische Armada die Häfen von Rotterdam und Amsterdam. Da große Teile dieser Städte bereits unter Wasser standen, stellte die Blockade eine ernsthafte wirtschaftliche Bedrohung dar.

Viel mehr gab es für die Marine allerdings nicht zu tun. Sie hatte keine Landetruppen und keine Panzer mitgebracht, welche die Niederlande hätten erobern können. Die Kriegsschiffe verfügten über Geschütze mit großer Reichweite, mit denen sie größere Städte von See aus mit Leichtigkeit hätten verwüsten können, doch es war undenkbar, dass die Vereinigten Staaten Angehörige eines Staates auslöschte, der keinen organisierten militärischen Widerstand leistete.

Somit entpuppte sich der heiße Krieg mit Holland nach all dem Pressegetöse als Scheinkrieg. Der Präsident hatte das Land wachgerüttelt, seine eigene Position gestärkt und den Notstand beendet. Er hatte aus seinen Privatprolos eine landesweite schlagkräftige Truppe von lauter Cellulose essenden Miniatur-Robespierres gemacht. Dies war eine eindrucksvolle Erfolgsbilanz, mehr, als man ihm zugetraut hatte. Gut unterrichtete Kreise glaubten zu wissen, dass der Krieg bald beendet sein würde.

Die gut unterrichteten Kreise nahmen überraschenderweise die Gestalt Alcott Bambakias' an. Der frischgebackene Senator aus Massachusetts wählte diesen Moment, um seinen lange geplanten Besuch des Buna National Collaboratory in die Tat umzusetzen.

Der Geisteszustand des Senators hatte sich erheblich

verbessert. Die verschiedenen neuralen Behandlungsmethoden waren endlich zu einem Bereich seines emotionalen Spektrums vorgedrungen, der es ihm erlaubte, sich einzurichten und zur Ruhe zu kommen. Er war jetzt ein vollkommen anderer Mensch. Der Senator hatte zugenommen und war gedämpfter und viel zynischer als zuvor. Seinen gegenwärtigen Gemütszustand beschrieb er als ›realistisch‹. Er nahm an Abstimmungen und an den meisten Ausschusssitzungen teil. Er hielt viel weniger Reden als zuvor, ließ sich auf viel weniger dramatische Kämpfe ein, verbrachte viel mehr Zeit im Gespräch mit Lobbyisten.

Oscar übernahm es selbst, den Senator und Mrs. Bambakias in Buna umherzuführen. Sie benutzten eine gepanzerte Limousine. Jetzt, da der Hollandkrieg abflaute, war kaum damit zu rechnen, dass Huey noch weitere Farbbomben abschießen würde.

Das Baufieber in Buna hatte dies allerdings nicht stoppen können. Im Gegenteil waren die Menschen nun des Vorwands enthoben, so zu tun, als schützten sie sich vor einem Gasangriff. Jetzt, da unablässig Tausende herbeiströmten, denen kostenlose Verpflegung, kostenlose Unterkunft und so viele Netzwerkdaten garantiert wurden, wie sie verarbeiten konnten, herrschte in der Stadt ein wahrer Bauboom. Eine Gruppe von Eiferern errichtete eine riesige Plastikkonstruktion, in Form und Größe dem Eiffelturm vergleichbar, die sie ›Leuchtfeuer der kosmischen Wahrheit‹ nannten. Andere Hobbyisten hatten smarte Geodätik und luftdichte Folien ins logische Extrem geführt und bauten Luftfahrzeuge. Dabei handelte es sich um riesige, von selbst expandierende luftdichte Blasen, und wenn die piezoelektrische Muskulatur richtig funktionierte, schwollen sie so weit an, dass sie die Erdoberfläche praktisch hinter sich ließen.

Oscar vermochte seine Begeisterung für diese Wunder kaum zu bezähmen, und er spürte, dass Bambakias und Lorena ein wenig Aufmunterung vertragen konnten.

Bambakias wirkte erholt – er war eindeutig bei klarem Verstand, vielleicht sogar geheilt –, von Lorena aber hatte der Stress dauerhaft Tribut gefordert. Sie hatte zugenommen, sie war schlaff geworden und wirkte eher konserviert als gut beieinander. An der Seite ihres Mann beschränkte sie sich auf knappe, intelligente Bemerkungen.

Bambakias hatte den größten Gesprächsanteil, aber seine Rhetorik war nicht mehr so lebendig und überschwänglich wie früher.

»Das Hotel war eine gute Idee«, sagte er. »Das haben Sie gut gemacht. In Anbetracht der hiesigen Beschränkungen.«

»Oh, das Hotel macht uns Spaß. Meistens schlafe ich dort. Aber es ist nichts im Vergleich zu dem, was sich derzeit in der Stadt tut.«

»Die machen es nicht richtig«, sagte Bambakias.

»Na ja, das sind schließlich Amateure.«

»Nein, die sind schlimmer als Amateure. Sie halten sich nicht ans Programm. Sie verwenden keine zertifizierten, getesteten Materialien. Diese ganzen Zelte und Pylone, die nie miteinander getestet wurden – viele davon werden einstürzen.«

»Ja, sicher, Senator – aber sie brauchten nur ein paar Tage, um sie zu errichten! Wenn sie einstürzen, dann bauen sie eben neue.«

»Sie erwarten doch wohl nicht von mir, dass ich dafür persönlich die Verantwortung übernehme. Ich habe Ihnen die Pläne geschickt, aber ich habe nicht geglaubt, dass sie umgesetzt würden. Wenn ich mein geistiges Eigentum wahllos hergebe, kann man nicht von mir erwarten, dass ich für die Umsetzung die Verantwortung übernehme.«

»Selbstverständlich nicht, Senator! Wir hatten hier einen Notstand, Kriegszustand … Wissen Sie, das hat durchaus seine Kehrseite. Das ist nicht von Dauer, und es läuft nicht in geordneten Bahnen ab, aber das Ganze ist erstaunlich populär.«

Bambakias Miene hellte sich ein wenig auf. »Was Sie nicht sagen!«

»Die Menschen, die unter diesen Konstruktionen leben … das sind keine Architekturkritiker. Viele von ihnen haben jahrelang in keiner festen Unterkunft mehr gewohnt. Es beeindruckt sie wirklich, mit anzusehen, wie die Nomadenarchitektur bis ins äußerste Extrem gesteigert wird.«

»Das ist keine ›Nomadenarchitektur‹. Das ist Katastrophenhilfe im allergrößten Maßstab.«

»Das ist eine interessante Unterscheidung, Alcott, aber lassen Sie es mich so ausdrücken: es ist Nomadenarchitektur *geworden*.«

»Ich glaube, du solltest besser auf ihn hören, Schatz«, warf Lorena mit matter Stimme ein. »Oscar hat in derlei Dingen einen guten Instinkt.«

»O ja, Instinkt«, sagte Bambakias. »Instinkt ist wundervoll. Solange man nicht vorhat, allzu lange zu leben, reicht der Instinkt aus. Was glauben Sie, Oscar, wie lange das hier währen wird?«

»›Das hier‹?« wiederholte Oscar taktvoll.

»Was immer Sie hier geschaffen haben. Was ist das überhaupt? Eine politische Bewegung? Vielleicht ja auch bloß ein großes Straßenfest. Jedenfalls ist es keine Stadt.«

»Also … es ist schwer zu sagen, wohin das alles führen wird …«

»Vielleicht hätten Sie sich das vorher überlegen sollen«, sagte Bambakias. Das Thema ärgerte ihn offenbar, doch er fasste es als seine Pflicht auf, darüber zu sprechen. »Wissen Sie, ich bin ein hochrangiges Mitglied des Wissenschaftsausschusses. Es wird nicht leicht sein, meinen Kollegen in Washington diese Entwicklung zu erklären.«

»Ach, ich vermisse den Wissenschaftsausschuss täglich«, log Oscar.

»Wissen Sie, die Entwicklung hier erinnert mich an das Internet. An dieses alte Computernetzwerk, das von der amerikanischen Wissenschaftlergemeinde entwickelt wurde. Dabei ging es vor allem um ungehinderte Kommunikation. Ganz simpel und weit verteilt – es gab keine zentrale Kontrolle. In kurzer Zeit breitete es sich über die ganze Welt aus. Es entwickelte sich zur weltweit größten illegalen Kopiermaschine. Die Chinesen liebten das Internet, sie benutzten es und wendeten es gegen uns. Damit zerstörten sie unsere Informationswirtschaft. Nicht einmal *das* vermochte dem Netz zu schaden – stattdessen brachte es virtuelle Ableger hervor, all diese Nomaden- und Dissidentennetzwerke. Auf einmal konnten sie sich auf neue Art wirkungsvoll organisieren, und jetzt, da der Präsident sich auf ihre Seite schlägt … wer weiß? Verstehen Sie, was ich meine, Oscar? Können Sie das nachvollziehen?«

Oscar fühlte sich zunehmend unbehaglich. »Also, ich habe nie behauptet, dass das, was hier geschieht, etwas vollkommen Neues wäre. Das große Geheimnis der Kreativität besteht darin, seine Quellen zu verbergen.«

»Sie haben diese Idee von Huey gestohlen. Sie haben Hueys Kleider gestohlen, hab ich Recht?«

»Eine altehrwürdige Taktik, Alcott!«

»Oscar, Huey ist ein Diktator. Ein Hasardeur. Verstehe ich diese ›Prestigeökonomie‹ richtig? Anscheinend beruht sie vollkommen auf Instinkt. Ständig erweisen sie einander freiwillig kleine Gefallen. Und sie stufen einander auf dieser Grundlage ein. Irgendwann sticht jemand hervor und wird zum Stammesführer. Dann müssen sie tun, was er sagt.«

»Also … das ist kompliziert. Aber grundsätzlich funktioniert es so.«

»Sie passen einfach nicht zum Rest der amerikanischen Gesellschaft. Überhaupt nicht.«

»So war es auch gedacht.«

»Ich meine, sie sind einfach nicht in der Lage, mit dem Rest der Gesellschaft angemessen *umzugehen*. Sie verstehen nicht einmal, miteinander angemessen umzugehen. Sie haben kein Gesetz. Es gibt keine Verfassung. Keine

Rechtsansprüche. Keine Bill of Rights. Abgesehen davon, dass sie uns meiden und uns einschüchtern, wissen sie nicht, wie sie mit uns umgehen sollen. Trifft ein Netzwerk auf ein anders strukturiertes, bekriegen sie sich. Sie bringen einander um.«

»Hin und wieder.«

»Und jetzt haben Sie diesen Leuten bewusst gemacht, dass sie ähnliche Interessen haben wie die wissenschaftliche Forschergemeinde. Die einen fordern für sich Freiheit der Forschung, die anderen das Ende der materiellen Not, und beide leugnen ihre Verantwortung für den Rest der Gesellschaft. Im Grunde erwarten wir schon lange nichts mehr von ihnen. Wir glauben nicht mehr daran, dass die Wissenschaft uns wahren Fortschritt bringen, geschweige denn eine Utopie vermitteln kann. Die Wissenschaft machte alles bloß noch verworrener und instabiler. Und auch unsere Besitzlosen haben wir aufgegeben. Wir haben nicht mehr die Illusion, dass wir ihnen Beschäftigung bieten oder sie mit noch mehr Biobrot und noch mehr Cyber-Zirkus gefügig machen könnten. Und jetzt haben Sie die beiden Gruppen zusammengebracht, und sie haben sich verbündet.«

»Ich bin ganz Ihrer Meinung, Senator. Ich verstehe, was Sie meinen.«

»Was nun, Oscar? Was werden sie jetzt tun? Was wird aus uns?«

»Verdammt noch mal, ich weiß es nicht!« rief Oscar. »Ich habe bloß gesehen, was Huey getan hat. Wir lagen im Streit mit Huey – Sie haben mir die Auseinandersetzung mit Huey *aufgedrängt*! Das Labor war pleite, er hatte es sich schon so gut wie unter den Nagel gerissen und war im Begriff, die Wissenschaftler einzusacken. Sie wären … seine willenlosen Kreaturen geworden. Und das wollte ich verhindern.«

»Wo liegt der Unterschied? Wenn sie immer noch Kreaturen sind.«

»Der Unterschied? Zwischen mir und Green Huey?

Okay! Zumindest diese Frage kann ich beantworten! Der Unterschied zwischen mir und Huey besteht darin, dass es Huey bei allem, was er tut, immer nur um sich selbst geht, um die Mehrung seines Ruhms. Was ich hingegen tue, tue ich nie, niemals, bloß um meinetwillen. Das kann gar nicht sein.«

»Wegen der Umstände Ihrer Geburt.«

»Alcott, es ist noch viel schlimmer. Ich wurde überhaupt nicht geboren.«

Lorena ergriff das Wort. »Ich glaube, ihr solltet aufhören, euch wie Schuljungs zu zanken. Ihr dreht euch im Kreis. Wir wär's, wenn wir etwas essen würden?«

»Ich wollte nicht Ihre Gefühle verletzen«, sagte Bambakias vernünftig. »Ich betrachte einfach nur kritisch die Struktur und weise darauf hin, dass sie instabil ist.«

Lorena verschränkte die Arme. »Warum, um Himmels willen, hackst du auf Oscar herum? Der Präsident hat eine Papierschiffchen-Marine über den Atlantik geschickt, die ebenso instabil ist. Der Krieg wird in Washington bald beendet werden. Er kann nicht mehr lange weitergehen, das ist nichts weiter als eine Bühnenshow. Und dann wird auch hier der Krieg beendet sein. Die werden das ganze Zeug einpacken und sich eine andere Beschäftigung suchen. So läuft das jetzt. Hört auf, euch deswegen zu streiten.«

Bambakias überlegte einen Moment lang. »Du hast Recht, meine Liebe. Es tut mir leid. Ich hab mich echauffiert.«

»Wir sollten hier Urlaub machen. Du solltest dir deine Kräfte für die Anhörungen aufsparen. Ich möchte Fischsuppe. Und Étouffée.«

»Sie sorgt sich so um mich«, wandte sich Bambakias an Oscar. Unvermittelt lächelte er. »Ich habe mich seit Urzeiten nicht mehr echauffiert. Das hat richtig gut getan.«

»Oscar muntert dich immer auf«, sagte Lorena. »Das kann er wirklich gut. Du solltest Nachsicht mit ihm haben.«

Der Senator und seine Frau wollten die Küche Louisianas ausprobieren. Dieser Wunsch war verständlich. Mit einer Flotte von Limousinen, besetzt mit dem großen Mitarbeiterteam des Senators, dem Mediengefolge und den zahlreichen Bodyguards, fuhren sie zu einem berühmten Lokal in Lake Charles, Louisiana. Dies bereitete ihnen großes Vergnügen, denn das Restaurant war ausgezeichnet, und sie waren sicher, dass Huey schon bald von ihrer Eskapade erfahren würde.

Sie speisten gut und gaben reichlich Trinkgeld, und hätte der Senator nicht unter der Wirkung stabilisierender Medikamente gestanden, weswegen er keinen Alkohol trank, wäre es ein prima Abend geworden. Die Gattin des Senators trank eher zu viel. Außerdem war die neue Pressesprecherin zugegen; und die neue Pressesprecherin war Clare Emerson.

Anschließend kehrte die Karawane feierlich zum Hotel in Buna zurück, und die Bodyguards sandten Stoßseufzer der Erleichterung gen Himmel. Der Senator und seine Frau zogen sich zurück, die Bodyguards teilten die nächtlichen Patrouillen ein, und die Berichterstatter zogen auf der Suche nach Action los, um in einem gewaltigen taubenetzten Zelt einer Moderatorenorgie beizuwohnen. Oscar, den es erschöpft hatte, Clare auszuweichen, fand sich in einer Situation wieder, da es geboten schien, mit seiner Exfreundin einen Schlummertrunk zur Brust zu nehmen. Bloß um zu zeigen, dass sie einander nicht böse waren. Obwohl er ihr nach wie vor böse war.

Und so trank Clare im Hotel ein Glas Chablis, während Oscar sich mit einer Club Soda begnügte. Sie saßen an einem kleinen Holztisch, während Musik spielte und sie gezwungen waren, sich vertraulich miteinander zu unterhalten.

»Na schön, Clare. Erzähl mir von Holland. Es muss faszinierend gewesen sein.«

»Das war es anfangs auch.« Sie sah gut aus. Er hatte ganz vergessen gehabt, wie schön sie war. Er hatte sogar vergessen gehabt, dass er einmal die Angewohnheit gehabt hatte, schönen Frauen den Hof zu machen. Als Bambakias' Mitarbeiterin und Pressebeauftragte in Washington stand Clare weitaus besser da als damals, da sie als unerfahrene Journalistin in Boston gearbeitet hatte. Clare war nach wie vor jung. Er hatte vergessen gehabt, wie es war, sich mit jungen, gut aussehenden, exquisit gekleideten Frauen zu treffen. Er war nie über sie hinweggekommen. Er hatte sich nicht genug Zeit gelassen. Er hatte das Thema einfach verdrängt und sich eine Ablenkung gesucht.

Ihre Lippen bewegten sich noch immer. Er zwang sich, auf ihre Worte zu achten. Sie sprach gerade über ihre kulturellen Wurzeln als Weiße. Europa sei voller Yankee-Überläufer und Emigranten, verbitterte, alternde Anglos, die sich in Bierkellern trafen und darüber klagten, dass ihr Land von einer verrückten Rothaut regiert werde. Europa war für Clare alles andere als romantisch gewesen. Der Teil Europas, der unterging, hatte niemandem viel Romantik zu bieten.

»Aber du warst Kriegsberichterstatterin. Das war doch bestimmt eine großartige Chance für dich.«

»Das macht dir Spaß, nicht wahr?« sagte sie. »Du genießt es, mich zu quälen.«

»Wie?« fragte er bestürzt.

»Hat dir Lorena nicht von meinem kleinen Missgeschick erzählt?«

»Lorena spricht nicht mit mir über ihre Mitarbeiter. Ich gehöre nicht mehr zu Bambakias' Zirkel. Ich habe selbst kaum mehr Mitarbeiter.«

Sie trank einen Schluck Wein. »Mitarbeiterteams sind bemitleidenswert. Widerwärtig. Für ein bisschen Sicherheit tun die Leute heutzutage alles. Sie begeben sich dafür sogar in Sklaverei. Jeder Reiche kann für ein Almosen seine eigene kleine Gang aufstellen. Das ist Feudalismus. Aber das Land ist so auf den Hund gekommen, dass bei uns nicht mal mehr der Feudalismus funktioniert.«

»Ich dachte, du magst Lorena. Du hast immer gut über sie berichtet.«

»Ach, ich schreibe gern über sie. Aber als Chefin … tja, was soll ich sagen? Lorena ist gut zu mir. Sie hat mich eingestellt, als es mir schlecht ging, sie hat mich ins Spiel gelassen. Sie hat mich wegen der Sache in Holland niemals geoutet. Ich habe einen tollen Job in Washington, ich habe hübsche Kleider und einen Wagen.«

»Also gut. Ich nehm's dir ab. Erzähl mir, was in Holland passiert ist.«

»Ich habe schlechte Angewohnheiten«, sagte Clare, den Blick auf die Tischdecke gesenkt. »Ich hatte den Eindruck, ich könnte mir mit Sex gute Stories erkaufen. In Boston hat das prima funktioniert! Aber Den Haag ist nicht Boston. Die Niederländer sind anders als die Amerikaner. Sie können sich noch auf was konzentrieren. Und sie stehen mit dem Rücken zur Wand.« Sie wickelte sich eine Strähne um den Finger.

»Tut mir Leid, dass du einen Rückschlag erlitten hast. Ich hoffe, du glaubst nicht, ich wäre dir noch böse.«

»Aber du *bist* mir böse, Oscar. Du bist eingeschnappt. Du verachtest mich und hasst mich, aber du bist ein so guter Schauspieler, dass du das mir gegenüber niemals zeigen würdest. Du würdest mich notfalls fallenlassen, und du *hast* mich fallengelassen, aber zumindest würdest du mich nicht kreuzigen. Ich habe den Fehler gemacht zu glauben, alle Politiker wären wie du.«

Oscar schwieg. Sie war kurz davor, ihr Herz auszuschütten. Er konnte nichts dazu tun.

»Ich bekam einen heißen Hinweis auf einen Skandal. Auf einen richtigen Kalter-Krieg-Skandal, eine ganz große Sache. Ich brauchte bloß diesen holländischen stellvertretenden Minister für was auch immer anzuzapfen. Der würde schon alles ausspucken. Denn er war ein Kalter-Krieg-Spion, und er wusste, dass ich wusste, dass er ein Spion war, und ich bin Journalistin, was der Spionage recht nahe kommt. Und er war scharf auf mich. Aber das war okay, denn wenn man sich darauf versteift, kann man sowas aus Männern rausbekommen, weißt du. Das läuft über die Mentor-Schiene ab. Sie sind wie der eigene Onkel oder Lehrer, und man selber hat keine Ahnung, und sie bringen's einem bei. Man muss sich bloß ein bisschen einwickeln lassen.« Sie trank noch einen Schluck.

»Clare, weshalb solle ich dich deswegen verurteilen? Sowas kommt vor. Das ist die Realität.«

»Weißt du, hier in Amerika verstehen wir das nicht. Wir begreifen nicht, dass wir der Achthundert-Pfund-Gorilla der Klimapolitik sind. Wir sind so daneben, dass wir noch immer in Pfund und Inches messen. Wir finden es lustig, Krieg mit einem kleinen Volk zu führen, das mit Tulpen und Holzschuhen daherkommt. Wir sind wie verdorbene Kinder. Wir sind wie große, fette Popstars, die mit dröhnender Stereoanlage in einem pinken Zwei-Tonnen-Cadillac rumkurven und die leeren Bierdosen aus dem Fenster werfen. Wir kapieren nicht, dass es ernsthafte, zivilisierte Menschen gibt, die ihre Zeit damit verbringen, im drogengesättigten Amsterdamer Zentrum Nutten in öffentlichen Sexkäfigen zu begutachten, aber der Sex berührt sie nicht, und das Dope berührt sie nicht, weil sie zum äußersten entschlossen und völlig kalt sind.«

»Sind die Niederländer kalt?«

»Kalt und *feucht*. Und es wird ständig feuchter.«

»Man hat mir gesagt, die Marine erwäge, ein paar Breschen in ihre Deiche zu schießen.«

»Da du im Sicherheitsrat bist, müsstest du das eigentlich wissen, oder?«

Eine Kälte wie von Trockeneis wehte sie an. Oscar meinte zu spüren, wie sich der Nebel verdichtete.

Clare lehnte sich zurück. »In Buna riecht es komisch. Findest du nicht? All diese Zelte und Giftgasbunker. In der großen Kuppel riecht es eigenartig. Als würden die nie die Unterwäsche wechseln.«

»Das hier ist nicht Boston, das ist die Golfküste. Wenn

du meinst, es riecht hier komisch, dann solltest du mal eine Weile draußen rumlaufen.«

»Zu viele Moskitos.«

Oscar lachte.

Clare runzelte die Stirn. »Du brauchst nicht zu wissen, wie es mir in Holland ergangen ist. Ich habe mich zu tief verstrickt, das ist alles. Ich hab mich abgesetzt, und ich hatte Glück, dass ich rauskam, das ist schon die ganze Story. Ich bin froh, dass Lorena ein so großes Herz hat.«

»Clare ... es tut mir wirklich Leid. Krieg ist eine ernste Sache, und sogar bei einem Spielzeugkrieg gibt es Tote. Ich hätte dir das um nichts auf der Welt gewünscht.«

»Du hast es mir *gesagt*. Du hast mich *gewarnt*. Erinnerst du dich noch? Und ich habe erwidert, ich wäre erwachsen. Wir führten diesen netten kleinen Wahlkampf in Boston, für diesen Typ, der sieben Prozent Zustimmung hatte. Wir waren Kinder, die im Sandkasten spielten. Ich hielt das für so großartig und bedeutend, und jetzt kommt es mir so unschuldig vor. Und jetzt hast du hier Unglaubliches geleistet, und ich ... tja, ich arbeite jetzt für den Senator. Also geht das wohl in Ordnung.«

»Du hattest einen Mordsdusel.«

»Oscar, weshalb bist du so gemein? Was Männer angeht, bin ich ein gebranntes Kind. Und du bist genau wie dieser schleimige Politiker, der immer seinen Willen durchsetzt, und ich dachte, ich wäre fertig mit dir, aber als ich dich heute Abend sah ... also, da kam alles wieder hoch.«

»Was kam hoch?«

»Das mit uns beiden. Dass du ein netter Bursche bist, der immer lieb und höflich zu mir war und mich in seinem Haus hat wohnen lassen und mir so manches über die komische alte moderne Kunst beigebracht hat. Meine alte Flamme. Der Traumpartner. Du fehlst mir wirklich. Ich vermisse sogar die Seidenlaken und deine Hauttemperatur.«

»Clare, warum erzählst du mir das? Du weißt, dass ich mit einer anderen Frau zusammen bin. Um Himmels willen, die ganze Welt weiß, dass ich mit Greta Penninger zusammen bin.«

»Oscar, das ist doch nicht dein Ernst. Ausgerechnet die? Die ist ein Notanker. Ach was, nicht einmal das. Oscar – merkst du das denn nicht? Die Leute machen sich über euch *lustig*. Sie sieht seltsam aus. Sie ist *alt*. Sie hat eine große Nase und keinen Arsch. Es kann unmöglich Spaß mit ihr machen. Ich meine, nicht so, wie wir Spaß miteinander hatten.«

Er rang sich ein Lächeln ab. »Du bist ja eifersüchtig! Schäm dich.«

»Was findest du an ihr? Sie hatte bloß etwas, das du haben wolltest.«

»Clare, auch wenn du Journalistin bist, so meine ich doch, das geht dich nichts an.«

»Ich sage gemeine Sachen, weil ich traurig bin und eifersüchtig und einsam, und es tut mir Leid. Außerdem werde ich allmählich betrunken. Und du hast mich fallengelassen. Um *ihretwillen*.«

»Ich habe dich nicht fallengelassen. Du hast mich fallengelassen, weil ich nicht in der Stadt war und du nicht zu mir fliegen wolltest und weil du dachtest, es wäre deiner Karriere dienlicher, wenn du im Lande unserer schlimmsten Feinde lebst.«

»Oh, so ist es schon besser«, sagte Clare, rümpfte die Nase und lächelte. »Endlich bin ich zu dir vorgedrungen.«

»Ich habe alles getan, damit es mit uns beiden klappt, aber du wolltest nicht.«

»Und jetzt ist es zu spät.«

»Natürlich ist es zu spät.«

Sie sah auf die Uhr. »Es ist wirklich schon spät.«

Oscar sah auf seine Mäusehirn-Armbanduhr. Das Ding hatte sein Handgelenk mit feuchten Ausscheidungen beschmutzt und zeigte nicht annähernd die richtige Zeit an. Es musste auf Mitternacht zugehen. »Wenn du morgen mit dem Senator nach Washington zurückfliegen willst, solltest du jetzt besser schlafen.«

»Oscar, ich habe eine besseren Vorschlag. Hör auf, mit mir herumzuspielen. Lass es uns einfach tun. Das ist meine einzige Nacht hier, das ist unsere große Chance. Führ mich nach oben, lass uns ins Bett gehen.«

»Du bist betrunken.«

»Ich bin nicht so betrunken, dass ich nicht wüsste, was ich tue. Ich habe gerade so viel getrunken, um dir Spaß zu machen. Du hast mich den ganzen Abend über angestarrt. Du weißt, dass ich's nicht ausstehen kann, wenn du mich mit diesen großen braunen Hundeaugen anstarrst.«

»Das hat keine Zukunft.« Er wurde allmählich schwach.

»Was kümmert uns die Zukunft? Um der alten Zeiten willen. Komm schon, so schlimm ist es doch gar nicht. Du willst es doch auch.«

»Es ist nicht bloß schlimm. Es ist noch viel schlimmer als schlimm. Das ist das Schlimmste, was passieren kann. Wenn der Berg Feuer fängt, weiß es jeder. Aber wenn das Herz Feuer fängt, wer merkt das schon?«

»Häh?«

Oscar seufzte. »Ich glaube dir einfach nicht, Clare. Ich bin redegewandt und weiß anderen zu gefallen, aber als Mann bin ich nicht so überwältigend. Wenn's nach mir gegangen wäre, hättest du mich nie verlassen sollen.«

»Hör mal, ich hab dir ja gesagt, es tut mir Leid. Reite nicht drauf rum. Ich kann dir *zeigen*, wie Leid es mir tut.«

»Wer hat dich eigentlich hergeschickt? Ist deine Handtasche verwanzt? Trägst du eine Antenne am Körper? Man hat dich umgedreht, stimmt's? Man hat dich in Den Haag umgedreht. Du arbeitest für eine ausländische Macht. Du bist eine Spionin.«

Clare wurde ganz blass. »Was soll das? Hast du den Verstand verloren? Das ist ja krankhaft! Du redest wie der Senator zu seinen schlimmsten Zeiten!«

»Bin ich etwa ein nützlicher Idiot? Wir haben Krieg! Du meine Güte, Mata Hari war Holländerin.«

»Glaubst du etwa, man ließe mich für den Senator arbeiten, wenn ich eine holländische Spionin wäre? Du hast ja keine Ahnung, was in Washington derzeit los ist. Du weißt überhaupt nichts.«

Oscar schwieg. Er beobachtete sie mit tödlicher Wachsamkeit.

Clare sammelte die Scherben ihrer Würde auf. »Du hast mich tief getroffen. Ich bin wirklich verletzt. Ich sollte wohl besser aufstehen und gehen. Wie wär's, wenn du mir ein Taxi rufen würdest?«

»Dann steckt der Präsident dahinter, hab ich Recht?«

Ihre Miene verhärtete sich.

»Also der Präsident«, sagte er abschließend. »Es geht um mich und Greta Penninger. Die Lage ist hier ein bisschen außer Kontrolle geraten. Ich wäre wohl besser beherrschbar, wenn meine Freundin und ich von nun an getrennter Wege gingen. Dann würde sich alles fügen. Das würde der hiesigen Moral einen gesunden Dämpfer verpassen. Die Moderatoren würden in sein privates Spionagenetz hineinfallen, die Wissenschaftler würden wieder ins Labor gehen, und der schleimige Politiker, der bei Frauen nicht nein sagen kann, stünde vor aller Augen wieder als schleimiger Politiker da.«

Clare wischte sich mit der Serviette die Tränen aus den Augen.

»Sag du deinem Agentenführer, dass ich nicht deshalb für den Präsidenten arbeite, weil er ein so netter Kerl ist. Ich arbeite für ihn, weil das Land in der Sackgasse war und er die Dinge wieder in Bewegung gebracht hat. Ich bin ihm gegenüber loyal, weil ich dem Land gegenüber loyal bin, und es braucht mehr als einen Lockvogel, um mich vom Spielbrett zu fegen. Selbst dann, wenn es sich um einen hübschen Lockvogel handelt, der mir einmal sehr nahe stand.«

»Das reicht, ich gehe. Gute Nacht, Oscar.«

»Lebwohl.«

Bambakias verließ Texas am nächsten Morgen mitsamt seines Teams, darunter auch Clare. Oscar wurde nicht geoutet. Es tauchten keine Gesprächsmitschnitte auf. Im Netz gab es keine Eilmeldungen über ein Tête-à-Tête mit einer ehemaligen Geliebten.

Dann kam es an der Kriegsfront zu einer neuen Entwicklung.

Die Niederlande kapitulierten.

Die niederländische Premierministerin gab eine Erklärung ab. Sie war eine kleine, grauhaarige, verbitterte Person. Sie sagte, für ein unbewaffnetes Land wie die Niederlande sei es aussichtslos, gegen die letzte militärische Supermacht der Welt Widerstand leisten zu wollen. Sie sagte, ihr Volk müsse die katastrophalen Auswirkungen einer Bombardierung der Deiche unter allen Umständen vermeiden. Sie sagte, das unerbittliche Ultimatum Amerikas habe den Widerstandswillen ihres Landes gebrochen.

Sie bot die bedingungslose Kapitulation an. Sie sagte, das Land öffne seine Grenzen, die kleine Armee werde die Waffen niederlegen und die Besatzertruppen einlassen. Sie sagte, sie und ihr Kabinett hätten soeben die Kapitulationserklärung unterzeichnet und die niederländische Regierung werde sich um Mitternacht auflösen. Sie erklärte den Krieg für beendet, anerkannte den Sieg der Amerikaner und appellierte an das amerikanische Volk, sich der langen Tradition von Großmut gegenüber dem besiegten Gegner zu besinnen.

Die Rede währte acht Minuten. Und der Krieg war vorbei.

Einen seltsamen historischen Moment lang waren die Vereinigten Staaten außer sich vor Freude, doch der Wahnsinn hatte bemerkenswert wenige Verletzte und Tote zur Folge. Die lange Zeit der Not hatte die amerikanische Öffentlichkeit eigentümlich widerstandsfähig gemacht. Es dauerte gerade mal acht Stunden, bis die ersten Netzweisen erklärten, weshalb der totale Sieg unausweichlich gewesen sei.

Der totale Sieg hatte seine Vorzüge. Das Prestige eines Heldenpräsidenten war einfach überwältigend. Seine Umfrageergebnisse schossen bis auf neunzig Prozent empor und blieben dort wie festgenagelt hängen.

Der Präsident ließ sich von der Entwicklung nicht überrumpeln. Er vergeudete keine Zeit; kaum eine Stunde, kaum eine Picosekunde.

Er erließ eine Durchführungsverordnung und requirierte Maschinen der Fluggesellschaften. Am Morgen landeten amerikanische Soldaten auf allen niederländischen Flughäfen. Die müden Soldaten, die unter dem Jetlag zu leiden hatten, wurden von einer höflichen und gedämpften Bevölkerung begrüßt, die amerikanische Fähnchen schwenkte. Der Präsident wartete kaum die Zustimmung des fügsamen Kongresses ab, erklärte den Krieg für beendet und verkündete den Anbruch einer neuen Ära. Diese Epoche sollte als Rückkehr zur Normalität in die Geschichte eingehen.

Wie ein Zauberer, der ein Fass mit Schwertern durchbohrt, machte sich der Präsident daran, die amerikanische Politik unblutig neu zu gestalten.

Das Normalisierungsmanifest war ein recht erstaunliches, achtundzwanzig Punkte umfassendes Dokument. Es ließ so viele der zersplitterten amerikanischen Parteien ohne Kleider dastehen, dass diese nur staunen konnten. Der Aktionsplan des Präsidenten wies nur geringe Ähnlichkeit mit seinem Parteiprogramm oder den Grundsätzen des Linken Traditionsblocks auf. Das Aktionsprogramm des Präsidenten verblüffte alle.

Der Dollar sollte stark abgewertet und wieder zu einer globalen, frei konvertierbaren Währung werden. Eine Generalamnestie sollte zur Freilassung all derer führen, deren Vergehen auch nur von ferne einen politischen Hintergrund hatten. Ein neues Steuersystem sollte die Ultrareichen schröpfen und den Kohlendioxidausstoß drastisch senken. Unbewohnte und ungenutzte Gebäude sollten massenweise verstaatlicht und anschließend an potenzielle Nutzer übergeben werden. Slums und Geisterstädte – und davon gab es zumal im Westen viele – sollten abgerissen und das Gelände anschließend mit schnell wachsenden Bäumen bepflanzt werden. Des weiteren hieß es, Straßenblockaden seien fortan als Wegelagerei zu betrachten und von umherstreifenden Gangs des ZNL, die einstmals selber zu den eifrigsten Straßenblockierern gehört hatten und daher eigentlich wissen sollten, wie man dieser Praxis einen Riegel vorschieben könne, unbarmherzig zu ahnden.

Ein Verfassungszusatz wurde vorgeschlagen, um für amerikanische Bürger, die ›hauptsächlich in virtuellen Netzwerken beheimatet sind‹ einen neuen, vierten Zweig der Regierung zu etablieren. Die achthundertsieben nationalen Polizeibehörden sollten zu vier Behörden zusammengelegt werden. Auch für das so beeindruckend siegreiche Militär wurde ein weit reichender Reformplan vorgelegt.

Des weiteren gab es auch einen nationalen Gesundheitsplan, der mehr oder minder auf dem vernünftigen kanadischen Modell beruhte. Der Plan würde niemals funktionieren. Er war bewusst eingefügt worden, um der Opposition die Genugtuung zu gewähren, wenigstens einen Punkt zu zerreißen.

Gegen die vollendeten Tatsachen, welche der Präsident geschaffen hatte, gab es kaum Widerstand – am wenigsten seitens des Staates Louisiana. Angesichts der Orkangewalt des Wandels neigte Green Huey sich mit dem Wind.

Huey trat als Gouverneur zurück. Er bat die Bevölkerung um Verzeihung, vergoss vor der Kamera heiße Tränen, bekundete sein tiefes Bedauern über die Exzesse der Vergangenheit und versprach eine brandneue, hundertprozentig regierungstreue Normalisierungspolitik. Auch sein Stellvertreter trat zurück, was nicht weiter auffiel, da er der farbloseste von Hueys Handlangern gewesen war.

Hueys willfähriger Senat setzte sogleich einen neuen Gouverneur ein. Dabei handelte es sich um eine spektakuläre junge Schwarze aus New Orleans, eine ehemalige Schönheitskönigin von (zumindest für eine Staatsbeamte) solch ungewöhnlicher und erstaunlich geschmeidiger Schönheit, dass die Kameras der Welt einfach nicht die Objektive von ihr wenden wollten.

Die erste Amtshandlung der neuen Gouverneurin bestand darin, eine Generalamnestie für sämtliche ehemaligen Regierungsmitglieder und speziell Green Huey zu verkünden. Als nächstes formalisierte sie die ›formellen und informellen‹ Beziehungen des Bundesstaats Louisiana zu den Regulatoren. Die Regulatoren sollten fortan als loyale Untergruppe des landesweiten ZNL fungieren, nach dem Vorbild der nationalen Institution, die der weise Präsident in seiner unendlichen Güte der amerikanischen Republik aufgeprägt hatte. Es wurde darauf hingewiesen, dass sich einige haitianische Gäste des Staates Louisiana noch immer in Regierungsgewahrsam befanden, und die neue Gouverneurin, die selbst haitianischer Abstammung war, bat für sie um Milde.

Einem wagemutigen Nachrichtenteam – das offenbar bestochen war – gelang es, einige der Haitianer, welche die Tage und Stunden in ihrem medizinischen Kraal abgesessen hatten, zu interviewen. Nachdem man sie aus ihren Häusern entfernt und sie von Kopf bis Fuß untersucht hatte, verliehen die Haitianer natürlich ihrem demütigen Wunsch Ausdruck, in die Sumpfsiedlung zurückkehren zu dürfen. Die Bitten waren ausgesprochen poetisch, was selbst in der Übersetzung noch zu spüren war. Aber schließlich waren sie bloß Haitianer, deshalb schenkte man ihren Wünschen keine große Beachtung. Sie blieben in Abschiebehaft, während der Präsident auf den nächsten Schachzug des Ex-Gouverneurs wartete.

Was das Buna National Collaboratory und dessen übereifrige Reformer anging, hielt sich der Präsident zurück. Offenbar war er mit größeren, wichtigeren Dingen befasst – und er war in der Position, gemäß der Resonanz in der Öffetnlichkeit seine eigenen Akzente zu setzen.

Mit dem plötzlichen, überraschenden Kriegsende kam die zügellose Einwanderung nach Buna nahezu zum Erliegen. Dann kehrte sich die Entwicklung um. Die Menschen hatten genug gesehen. Die Gaffer, die Jahrmarktschreier und die am leichtesten abzulenkenden Mitläufer merkten auf einmal, dass eine glamouröse, unkommerzielle Gewächshausgesellschaft intellektueller Dissidenten einfach nicht für jedermann geeignet war. In ihr zu leben erforderte eine Menge Arbeit. Die Tatsache, dass kein Geld im Spiel war, bedeutete nicht, dass man nicht hätte arbeiten müssen; das Gegenteil traf zu. Diese Kombination aus Wissenschaft und wirtschaftlicher Massenverweigerung erforderte enorm viel hingebungsvolle Arbeit und ständige selbstlose Anstrengung, die zum großen Teil von zum Scheitern verurteilten Experimenten aufgesogen wurde, auf Wegen versandete, die man besser nicht eingeschlagen hätte, und in intellektuell reizvollen Projekten versickerte, die sich als Sackgassen entpuppten.

Abseits der wehenden Partywimpel wurde in Buna auch ernsthafte Arbeit geleistet: ›Wissenschaft‹ mit einem neuen obsessiven Potenzial, denn dies war Art pour l'Art, Wissenschaft als Selbstzweck. Wissenschaft war die selbstgewählte Beschäftigung dieser kleinen Bevölkerungsgruppe, die sich ausschließlich von Wissensdurst leiten ließ. Die heiße Luft des revolutionären Eifers aber würde irgendwann aus der Blase entweichen, und in der kalten Luft der Realität würde alles klamm werden und sich nicht mehr so angenehm anfühlen.

Der Arbeit im Normalisierungsausschuss mangelte es naturgemäß an dem Schwung, wie Notstand und Krieg ihn mit sich brachten. Die Arbeit war zwar immer schon anstrengend gewesen, doch hatten sich die Beteiligten kaum jemals gelangweilt.

Jetzt hatten Greta und Oscar hin und wieder Zeit, an sich selbst zu denken und miteinander zu sprechen anstatt für die Öffentlichkeit. Momente, da die übrigen Ausschussangehörigen anderswo beschäftigt waren. Momente, da sie miteinander allein sein konnten.

Oscar blickte sich im leeren Versammlungsraum um. Der Raum war das Spiegelbild seiner Seele: leer, überhell, verwaist, angefüllt mit offiziellem Geröll.

»Das war's, Greta. Die Kampagne ist endlich vorbei. Wir haben gewonnen. Wir sind an der Macht. Wir müssen jetzt zur Ruhe kommen, wir müssen lernen zu herrschen. Wir sind keine Rebellen mehr, denn wir können nicht gegen uns selber protestieren und streiken. Wir können nicht einmal gegen den Präsidenten rebellieren: er ignoriert uns auf passiv-aggressive Weise, er lässt uns Handlungsfreiheit. Er will sehen, ob wir's schaffen oder uns das Genick brechen. Wir müssen uns jetzt mit den Realitäten befassen. Wir müssen uns konsolidieren.«

»Ich habe darauf gewartet, dass du mir das sagst. Dass ich endlich aus dem Schneider bin. Keine Jeanne d'Arc mehr.«

»Ich habe dich als Jeanne d'Arc hingestellt, weil eine Kandidatin, die einen heroischen Feldzug anführt, dieses Image braucht. Du bist nicht Jeanne d'Arc. Jeanne d'Arc war ein fünfzehnjähriges Militärgenie, das Stimmen hörte. Du hörst keine Stimmen. Das ganze Geschrei, das du dir ständig anhören musstest, war kein Engelsrufen, sondern eine sehr geschickte und kluge PR-Kampagne. Jeanne d'Arc wurde auf dem Scheiterhaufen verbrannt. Es war nicht meine Absicht, dich den Flammen zu opfern. Das will ich nicht, Greta. Das ist es nicht wert.«

»Aber was hast du dann mit mir vor, Oscar? Du willst eine Jeanne d'Arc, die am Ende mit allem durchkommt. Ein schizophrenes Bauernmädchen, das erfolgreich eine große Burg erbaut und am Ende, ja, was denn, französische Herzogin wird? Eine Bauernherzogin in prächtigen Brokatkleidern.«

»Und mit einem Prinzen an ihrer Seite. Okay?«

»Warum sollte Jeanne d'Arc einen Prinzen haben wollen oder brauchen? Ich meine – auf lange Sicht.«

»Also, der naheliegende Kandidat wäre Gilles de Rais gewesen – doch das war aussichtslos. Aber was soll's; historische Analogien bringen uns nicht weiter. Ich rede von dir und mir. Wir sind am Ende unseres Weges angelangt. Wir stehen an einem Wendepunkt. Jetzt müssen wir Stellung beziehen. Wir müssen sesshaft werden.«

Greta schloss die Augen, atmete mehrmals tief durch. Das leise Zischen des Luftfilters war das einzige Geräusch im Raum. Der viele Stress hatte ihre Allergien verschlimmert; sie schleppte ihre Luftfilter jetzt ständig mit sich herum wie eine Handtasche. »Also geht es letztlich um dich und mich.«

»So ist es.«

»Nein, das stimmt nicht. Ich will dir sagen, wie ich darüber denke. Als ich dich zum ersten Mal sah, war ich ausgesprochen skeptisch. Ich wollte keinen Ärger haben. Aber du hast mir immer wieder Avancen gemacht. Und ich dachte: Was macht der da? Das ist ein Politprofi. Ich habe dem Kerl nichts zu bieten. Ich verschwende bloß im Verwaltungsrat meine Zeit damit, vernünftige Geräte herbeizuschaffen. Und nicht einmal *das* ist mir gelungen. Aber dann meldete sich der leise Gedanke zu Wort: der Kerl ist wirklich scharf auf mich. Er findet mich sexy. Er will mit mir schlafen. So einfach ist das.«

Sie atmete tief durch. »Und ich dachte mir: Das ist wirklich eine schlechte Idee. Aber was kann mir schon passieren? Wenn man mich mit diesem Menschen im Bett vorfindet, wird man mich rügen und aus dem Verwaltungsrat hinauswerfen. Wunderbar! Dann kann ich wieder ins Labor! Und außerdem: Schau ihn dir an! Er ist jung, er sieht gut aus, er schreibt dir lustige Briefchen, er schickt dir große Blumensträuße. Und er hat etwas Besonderes.«

Sie schaute ihn an. Oscar hing an ihren Lippen. Er hatte das Gefühl, er habe sein ganzes Leben lang auf diesen Moment gewartet.

»Ich habe mich in dich verliebt, Oscar. Ich weiß, dass es wahr ist, denn du bist der einzige Mann, wegen dem ich niemals eifersüchtig war. Diese Art von emotionalem Luxus kannte ich bisher nicht. Ich liebe dich, und ich bestaune dich als meinen Lieblingskauz. Ich liebe dich wirklich um deiner selbst willen, durch und durch, mit Haut und Haar. Wir hatten eine tolle Zeit. Ich habe den Sprung gewagt und hatte keine Angst dabei, denn letzten Endes verfügst du über eine große, entscheidende, seligmachende Gnade. Denn du bist nur vorläufig. Du bist nicht meine Bestimmung. Du bist nicht mein Prinz. Du bist bloß ein Besucher, ein Vertreter auf der Durchreise.«

Oscar nickte. »So kommen wir weiter.«

»Wirklich?«

»Das stimmt vollkommen. Ich war *immer* nur vorläufig. Ich erteile gute Ratschläge, ich leite Wahlkämpfe, ich komme und gehe. Ich habe kurze Affären, aber ich bringe nichts Dauerhaftes zustande! Mein Stiefvater hat mich spontan ausgewählt. Dad hatte vier Ehefrauen und zahllose Freundinnen: die Frauen sind in meiner Kindheit nur so an mir vorbeigerauscht. Ich habe ständig Fieber. Ich muss mich jeden Morgen neu zusammensetzen. Ich habe eine Firma aufgebaut, aber ich habe sie verkauft. Ich habe ein Haus gebaut, aber es steht leer. Ich habe ein Hotel gebaut, aber ich kann es nicht leiten. Ich habe ein Bündnis geschmiedet, ich habe eine neue Gesellschaft aufgebaut. Ich habe eine Stadt gebaut, um ihr Wohnraum zu bieten, mit einem Leuchtturm und plärrenden Lautsprechern und fähnchenschwingenden Bewohnern, aber ich kann mich *trotzdem* nicht zum Bleiben entschließen. Ich bin der Gründervater, ich bin der Prinz, aber ich gehöre nicht hierher. Ich kann einfach nicht bleiben.«

»Ach, Gott.«

»Verstehst du, worum's mir geht?«

»Oscar, wie könnte *ich* bleiben? Ich kann nicht so weitermachen, ich bin völlig ausgebrannt. Ich habe getan, was ich tun musste, ich kann nicht behaupten, du hättest mich benutzt. Aber *irgend etwas* hat mich benutzt. Die Geschichte hat mich benutzt, und sie braucht mich auf. Selbst unsere Affäre ist jetzt aufgebraucht.«

»Wir sollten das Richtige tun, Greta, wir sollten Nägel mit Köpfen machen. Lass uns gemeinsam Stellung beziehen. Ich möchte dich heiraten.«

Sie barg das Gesicht in den Händen.

»Tu das nicht. Hör mir zu. Es kann funktionieren. Es ist machbar. Es ist geradezu ein genialer Schachzug.«

»Oscar, du liebst mich nicht.«

»Ich liebe dich so sehr, wie ich überhaupt lieben kann.«

Sie musterte ihn erstaunt. »Eine brillante Ausflucht.«

»Du wirst nie einen Mann finden, der mehr Verständnis für deine Interessen aufbringt als ich. Wenn du jemand anderen findest, den du heiraten willst, dann verlass mich! Davor habe ich keine Angst. Dazu wird es niemals kommen.«

»Mein Gott, wie gut du doch reden kannst.«

»Es ist mir ernst. Ich meine es vollkommen ehrlich. Ich möchte eine ehrbare Frau aus dir machen. Ich beziehe endlich Stellung, ich lege mich fest. Die Ehe ist eine erhabene Institution. Die Heirat ist großes symbolisches Theater. Zumal eine Prunkhochzeit. Es war eine Kriegsromanze, und das ist jetzt eine Friedenshochzeit, und alles ist ganz normal und vernünftig. Wir veranstalten ein Fest, wir laden alle Welt ein. Wir tauschen Ringe aus, wir lassen uns mit Reis bewerfen. Wir schlagen Wurzeln.«

»Wir haben keine Wurzeln. Wir sind Netzwerkleute. Wir haben Luftwurzeln.«

»Es ist richtig und angemessen. Es ist nötig. Es ist der einzig richtige Weg für uns beide, nach alldem weiterzumachen.«

»Oscar, wir können nicht weitermachen. Wenn ich dich heirate, heißt das noch lange nicht, dass dadurch eine ganze Gemeinschaft zusammengeschweißt würde. Die Beziehung zweier Menschen zu legitimieren, heißt nicht, ihre Gesellschaft zu legitimieren. Ich bin eine Kriegsherrin und eine Streikführerin – ich war Jeanne d'Arc. Niemand hat mich gewählt. Ich herrschte mittels Gewalt und kluger Propaganda. Die wahren Mächte seid ihr, du und Kevin. Und Kevin ist wie jeder andere Outlaw, der Macht in die Hände bekommt: er ist ein gemeines kleines Scheusal. Er bringt mir große Dossiers, er tyrannisiert die Leute und spioniert ihnen nach. Ich bin das alles leid. Es verwandelt mich in ein Monstrum. Ich kann so nicht weitermachen, das ist nicht richtig. Das hat keine Zukunft.«

»Du hast dir eine Menge Gedanken darüber gemacht, nicht wahr?«

»Du hast mir *beigebracht*, mir Gedanken zu machen. Du hast mich gelehrt, politisch zu denken. Du bist ein guter Taktiker, Oscar, du bist wirklich clever, du weiß alles über die Ticks und Schwächen anderer Menschen, aber von ihrer Integrität und Stärke verstehst du nichts. Du bist kein guter Stratege. Du kennst die schmutzigen Tricks mit den Go-Steinen in der Ecke, aber das Spielbrett als Ganzes verstehst du nicht.«

»Du etwa?«

»Teilweise schon. Ich kenne die Welt gut genug, um zu wissen, dass ich in meinem Labor am besten aufgehoben bin.«

»Dann gibst du also auf?«

»Nein … Ich ziehe mich bloß zurück, solange ich ganz oben bin. Irgend etwas wird hier funktionieren. Irgend etwas wird überdauern. Aber das wird keine neue Welt sein. Bloß ein neues politisches System. Wir können uns nicht in einem luftdichten Nest einschließen, mit mir als Termitenkönigin. Ich muss aufhören, ich muss Schluss machen. Dann wird sich vielleicht alles beruhigen und setzen, und von Grund auf entsteht etwas Dauerhaftes.«

»Vielleicht ist ja mehr für uns drin. Vielleicht bin ich doch ein großer Stratege.«

»Schatz, das bist du nicht! Du bist gerissen, aber du bist jung, und du bist nicht weise. Du kannst nicht König werden, indem du die Pappkönigin heiratest, die du selbst erschaffen hast, indem du mit einem Bauern bis ans Ende des Spielbretts marschiert bist. Du solltest dir nicht mal wünschen, König zu sein. Das ist ein lausiger Job. Eine Lage wie diese erfordert keinen weiteren dummen Tyrannen mit einer goldenen Krone, sondern … sondern den Begründer einer Zivilisation, einen Heiligen und Propheten, jemanden, der unglaublich weise, selbstlos und großzügig ist. Jemanden, der aus dem Chaos Gesetze schmiedet, der aus dem Chaos Ordnung schafft, Gerechtigkeit aus dem Geschrei und Bedeutung aus der totalen Wirrnis.«

»Mein Gott, Greta. So habe ich dich noch nie reden gehört.«

Sie blinzelte. »Ich glaube, so habe ich noch nicht einmal *gedacht*.«

»Was du da sagst, ist vollkommen richtig. Das ist die harte, kalte Wahrheit, und sie ist schlimm, schlimmer, als ich mir je vorgestellt habe, aber weißt du was, ich bin froh, dass ich sie jetzt weiß. Ich möchte immer wissen, woran ich bin. Ich weigere mich, hier eine Niederlage einzugestehen. Ich weigere mich, meine Zelte abzubrechen. Ich will dich nicht verlassen, ich ertrage es nicht. Du bist die einzige Frau, die mich jemals verstanden hat.«

»Es tut mir Leid, dass ich dich so gut verstehe, dass ich dir das sagen kann.«

»Greta, *lass mich nicht im Stich*. Lass mich nicht fallen. Ich habe hier einen wahren Durchbruch erzielt, ich stehe am Beginn von etwas wahrhaft Großem. Was du zur Tyrannei gesagt hast, stimmt, das ist eine scheißreale, grundlegende politische Herausforderung. Wir haben uns hier verausgabt, wir sind alle ausgebrannt, wir haben uns in Kleinigkeiten verzettelt. Mit kurzsichtiger Taktik kommen wir nicht mehr weiter, aber die Dinge sich selbst zu überlassen hieße, einen Rückzieher zu machen. Wir müssen etwas Großes, Dauerhaftes erschaffen, wir brauchen eine höhere Wahrheit. Nein, nicht höher, sondern *tiefer*, wir brauchen ein Fundament aus Granit. Keine Sandburgen und kein Improvisieren mehr. Wir brauchen ein Genie. Und du bist ein Genie.«

»Ja, aber nicht auf diesem Gebiet.«

»Aber du und ich, wir könnten es gemeinsam schaffen! Wenn wir ein bisschen Zeit hätten, uns zu sammeln, wenn wir einfach öfter so wie heute miteinander reden könnten. Hör zu. Du hast mich völlig überzeugt: Du bist klüger als ich, du bist realistischer. Wir gehen von hier fort. Wir laufen gemeinsam weg. Vergiss die Prunkhochzeit, die Ringe und den Reis. Wir gehen auf … nein, nicht auf eine Insel, die gehen alle unter … Wir gehen nach Maine. Wir bleiben ein, zwei Monate dort, oder meinetwegen ein Jahr. Wir klinken uns aus dem Netz aus, wir begnügen uns mit Füllfederhaltern und Kerzenlicht. Wir sammeln uns ganz ernsthaft, ohne jede Ablenkung. Wir entwerfen eine Verfassung.«

»Was? Das lass lieber den Präsidenten machen.«

»Diesen Kerl? Der ist nicht mehr derselbe wie früher! Der ist Sozialist, der wird vernünftige, praktische Menschen aus uns machen, genau wie die Europäer. Aber das hier ist nicht Europa! Amerika wurde von Menschen geschaffen, die von Europa die Schauze voll hatten! Normalität – das kann nicht bedeuten, dass man sich die Nase putzt und den Kohlendioxidausstoß misst. Normalität bedeutet für Amerika *technischer Wandel*. Klar, eine Zeit lang sind uns die Pferde durchgegangen, der Rest der Welt hat uns reingelegt, uns verarscht, die wollen eine Welt der Rembrandts und der Reisfelder, solange bis die Posaune des Jüngsten Gerichts bläst, aber jetzt haben wir uns vom Krankenlager erhoben. Ein rascher Wandel *ist* der Normalfall für Amerika. Was wir brauchen, ist *zielgerichteter* Wandel – Fortschritt. Wir brauchen Fortschritt!«

»Oscar, du bist schon ganz rot im Gesicht.« Sie machte Anstalten, ihn zu berühren.

Er riss die Hand zurück. »Hör auf, mir den Puls zu fühlen. Du weißt, ich mag das nicht. Hör mal, ich bin labortischnüchtern, wirklich. Ich tu das alles doch für dich, Greta. Es ist mein voller Ernst, wir können morgen schon loslegen. Ein langes Sabbatjahr in Maine, in einem romantischen Blockhaus. Ich sage Lana, sie soll uns eine Blockhütte mieten, die kennt sich dort aus.«

Greta riss die Augen auf. »Was? Morgen schon? Lana? In der Wildnis? Wir können die romantische Clare und das Kamasutra-Girl Lana Ramachandran doch nicht einfach im Stich lassen.«

Oscar starrte sie an. »Was hast du gesagt?«

»Tut mir Leid. Ich hätte das mit Lana nicht sagen sollen. Lana kann nichts für ihre Gefühle. Aber das mit Clare bedaure ich nicht. Du hast dich mit ihr betrunken! Kevin hat's mir erzählt.«

Oscar war verblüfft. »Wie sind wir auf das Thema gekommen?«

Gretas Hals überzog sich mit hässlicher Röte. »Ich denke *immer* daran – ich hab's bloß nie ausgesprochen! Clare und Lana und die Frau des Senators und Moira, all diese aufgedonnerten, aufgemotzten Glamour-Frauen mit ihren langen Krallen …«

»Greta, hör auf. Vertrau mir! Ich bitte dich, mich zu heiraten. Moira! Kapier das endlich. Das ist echt, das ist dauerhaft und wahr. Sag mir ein für allemal, willst du Moira heiraten?«

»Was? Moira gehört doch du deinem Team, nicht wahr? Sie ist hergekommen, um Wiedergutmachung zu leisten.«

»Aber Moira arbeitet für Huey! Wann hast du dich mit ihr getroffen?«

»Moria war in meinem Büro. Sie hat mir einen neuen Luftfilter mitgebracht. Sie war ganz reizend.«

Oscar starrte entsetzt den Luftfilter auf dem Tisch an. Er hatte sich mittlerweile daran gewöhnt. Sie waren überall und wirkten so harmlos. Sie filterten das trojanische Giftgas aus der Luft. »Ach, Greta. Wie konntest du von dieser Frau nur ein Geschenk annehmen?«

»Sie meinte, das Geschenk sei von *dir*. Es hat nach Rosen geduftet.« Sie tätschelte das Gerät, dann blickte sie auf einmal mit gequälter, verwirrter Miene auf. Allmählich dämmerte ihr die grauenhafte Erkenntnis. »Ach, Lieber, ich dachte, du wüsstest Bescheid. Ich dachte, du wüsstest alles.«

Das Labor war natürlich dafür ausgerüstet, mit biologischer Kontamination fertig zu werden. Das ganze Verwaltungsgebäude wurde hermetisch abgeriegelt. Das Gas aus dem präparierten Luftfilter war besonders heimtückisch; es handelte sich um Mikropartikel von der Größe und Form von Jakobskrautpollen. Die Partikel hafteten wie eine schmerzlose Linie Kokain an der Nasenschleimhaut, wo ihr Inhalt in die Blutbahn einsickerte und mysteriöse Dinge anstellte.

Nachdem sich Oscar und Greta mühsam in Schutzanzüge gezwängt hatten, geleitete man die beiden taumelnden Vergifteten, deren Gesichter sich gerötet hatten, in die Krankenstation des Hochsicherheitstrakts. Man schrubbte sie rituell ab und unterzog sie einer behutsamen Untersuchung. Die gute Nachricht lautete: sie würden nicht sterben. Die schlechte Nachricht ließ etwas länger auf sich warten. Sie hatten erhöhten Blutdruck, Blutandrang im Kopf und Gleichgewichtsstörungen und litten an seltsamen Sprachstörungen. Die PET-Untersuchungen ergab eine abnorm hohe Aktivität der kognitiven Prozesse, zwei wandernde Aktivitätszentren, wo sich im normalen Gehirn bloß eines hätte befinden sollen. Der Grundrhythmus der Gehirnwellen wies ausgeprägte Störungen auf.

Während Oscar die Rede seines Lebens gehalten hatte, war er ganz allmählich vergiftet worden. Diese Erkenntnis versetzte ihn in einen Zustand animalischer Raserei. Dabei kam allerdings noch eine andere bemerkenswerte

Eigenschaft seines vergifteten Gehirns zum Vorschein. Er konnte tatsächlich zwei Gedanken gleichzeitig verfolgen; die Anstrengung war allerdings so groß, dass er den Vorgang kaum kontrollieren konnte.

Eine Krankenschwester schlug ein Sedativum vor. Oscar räumte bereitwillig ein, dass er ein wenig hyperaktiv sei, und untermauerte dies, indem er Beleidigungen brüllte und wiederholt gegen die Wand trat. Dies führte zur Verabreichung eines Beruhigungsmittels. Gespaltene Bewusstlosigkeit war die Folge.

Gegen Mittag kam Oscar wieder zu sich. Er fühlte sich benommen und gleichzeitig aufgekratzt. Er besuchte Greta in ihrer separaten Dekontaminationszelle. Greta hatte eine ruhige Nacht verbracht. Sie saß kerzengerade im Krankenbett, die Beine über Kreuz, die Hände im Schoß, und blickte ins Leere. Sie sagte nichts, nahm ihn nicht einmal wahr. Sie war hellwach und auf schwer fassliche Weise mit ihren eigenen Gedanken beschäftigt.

Eine Krankenschwester passte auf, während Oscar Greta voll bittersüßer Empfindungen betrachtete. Bitter; süß; bitter/süß, bittersüß. Sie war entrückt, verschlossen, angefüllt mit überwältigenden Einsichten. Greta war noch nie so mit sich eins gewesen. Es hätte eine Entweihung bedeutet, sie zu berühren.

In Begleitung der Krankenschwester schlurfte Oscar zurück zu seiner Zelle. Er fragte sich, wie sich das Gas wohl bei Greta auswirkte. Offenbar war die Wirkung nicht bei allen Menschen gleich. Vielleicht standen dem zweigleisigen Denken ja ebenso viele Wege offen wie dem eingleisigen.

Wenn er die Augen schloss, spürte er es sogar körperlich. Es war, als hätte man zwei weiche Blasen voller Flüssigkeit, den aneinander geschmiegten Yin-Yang-Hälften gleich, in seinen beengten Schädel gestopft. Das eine Aufmerksamkeitszentrum lag irgendwie ›vorne‹, das andere ›hinten‹, und wenn das vordere ins Zentrum des Bewusstseins rückte, trat das andere zurück. Außerdem hatten die Kleckse kleine Augen in der Mitte. Augen, welche weitere im statu nascendi befindliche Bewusstseinströme in sich bargen. Lebenden Statuen gleich, die darauf warteten, dass eine mentale Berührung sie zu vollem Bewusstsein erweckte.

Kevin betrat die Zelle. Oscar hörte ihn heranschlurfen, war sich seiner Anwesenheit deutlich bewusst; allerdings dauerte es einen verstörenden Moment, bis ihm klar wurde, dass er sich der Mühe unterziehen sollte, die Augen zu öffnen und hinzuschauen.

»Gott sei Dank, dass Sie da sind!« platzte er heraus.

»Das gefällt mir«, meinte Kevin blinzelnd. »Enthusiasmus.«

Oscar zwang sich zu schweigen. Wenn er sich darauf konzentrierte, schaffte er es, dem Drang zu widerstehen, seine Gedanken laut auszusprechen. Er brauchte bloß die Zunge gegen den Gaumen zu pressen, die Zähne zusammenzubeißen und gleichmäßig durch die Nase zu atmen.

»Sie sehen gar nicht so schlecht aus«, bemerkte Kevin. »Ihre Haut ist ein bisschen gerötet, und sie halten den Hals wie eine Giraffe auf Speed, aber Sie machen nicht den Eindruck, verrückt zu sein.«

»Ich bin nicht verrückt. Ich bin bloß anders.«

»Äh ... ja.« Kevin setzte sich auf einen desinfizierten Metallstuhl und ruhte seine schmerzenden Füße aus. »Äh ... es tut mir Leid, dass ich's vermasselt habe, Mann.«

»Kann passieren.«

»Ja. Daran sind die Leute aus Boston schuld, die alte Bambakias-Crew; das war das Problem. Die Frau des Senators ... sie hat sich einen abgebrochen, um mir klar zu machen, dass ich das mit der Pressesprecherin durchgehen lassen sollte. Sie und diese Pressemieze wären mal ein Paar gewesen, all das. Na toll, dachte ich, dann haken wir das ab; aber dann tauchte Moira Matarazzo auf, die *ehemalige* Pressesprecherin des Senators ... Verstehen Sie, da hab ich den Überblick verloren. Das war alles. Ich bekam das einfach nicht mehr auf die Reihe. All diese

Leute aus Boston, die ehemaligen Mitarbeiter, die Mitarbeiter der ehemaligen Mitarbeiter; *niemand* hätte bei dem Scheiß noch durchgeblickt. Mann, ich wusste nicht mal mehr, ob *ich* noch Ihr Mitarbeiter bin.«

»Ich verstehe, Kevin. Das ist das Nebenprodukt eines im Wesenlichen semifeudalistischen, halblegalen, verteilbar-verneinbaren, netzbasierten segmentierten mehrgleisigen Sozialisierungsprozesses.«

Kevin wartete höflich ab, bis Oscars Lippen aufhörten sich zu bewegen. »Jedenfalls habe ich Moiras Bewegungen aufzeichnen lassen. In die Kuppel hinein, ins Verwaltungsgebäude hinein, wieder aus der Kuppel raus ... Ich bin mir ziemlich sicher, dass sie nicht mehr von diesen reizenden kleinen Zeitbomben hinterlassen hat.«

»Huey.«

Kevin lachte. »Natürlich steckt da Huey dahinter.«

»Es erscheint mir ziemlich sinnlos und kleinlich, dass er uns das *jetzt noch* antut. Nachdem der Krieg vorbei ist und er sein Amt verloren hat. Zu einem Zeitpunkt, da ich mich anschicke, dies alles hinter mir zu lassen.«

»Dann wollten Sie uns also wirklich verlassen.«

»Was?«

»Hab ich mitgehört. Ich vergaß zu erwähnen, dass ich den Giftgasanschlag aufgezeichnet habe. Die romantische Unterhaltung zwischen Ihnen und Dr. Penninger, als Sie unter Gas gesetzt wurden.«

»Sie haben den Konferenzraum verwanzt?«

»Hey, Mann, *ich* habe schließlich *keinen* Hirnschaden. Klar habe ich den Konferenzraum verwanzt. Nicht, dass ich Zeit hätte, jeden verdammten Raum abzuhören, den ich verwanzt habe ... Aber, hey, wenn es irgendwo zu einem biologischen Terroranschlag kommt, dann können Sie sich drauf verlassen, dass ich die Bänder zurückspule und mir das anhöre. Ich passe auf, Oscar. Ich bin ein aufgewecktes Kerlchen. Ich gebe einen ziemlich guten Cop ab.«

»Ich habe nie behauptet, Sie wären kein guter Cop, Sie großmäuliger Versager.«

»Heilige Scheiße, da ist es schon wieder … Wissen Sie eigentlich, dass Sie tatsächlich mit zwei Stimmen reden, wenn Sie so widersprüchliche Äußerungen machen? Ich muss mal eine Stressanalyse machen, ich wette, Sie würden die Stimmanalysegeräte ganz schön durcheinanderbringen.« Kevin lehnte sich zurück und legte seinen bestrumpften Fuß auf Oscars Bett. Oscar fand, dass Kevin die Entwicklung ziemlich gut aufnahm. Andererseits hatte er das Phänomen bereits bei den Haitianern beobachtet. Er hatte Zeit gehabt, sich an die Vorstellung zu gewöhnen.

»Klar hatte ich Zeit, mich an die Vorstellung zu gewöhnen«, sagte Kevin. »Das liegt doch auf der Hand. Sie murmeln ständig vor sich hin, damit Sie wissen, was Sie denken. Ich kenne das Syndrom, Mann. Na und? Ich hab mich auch an Ihr *anderes* Persönlichkeitsproblem gewöhnt … Oscar, haben wir uns nicht immer gut verstanden?«

»Ja.«

»Ich muss gestehen, es hat mich wirklich verletzt, als Dr. Penninger sagte, ich sei ein ›gemeines kleines Scheusal‹ und würde andere Leute ›tyrannisieren‹ und ihnen ›nachspionieren‹. Und Sie haben ihr nicht widersprochen, Mann. Sie haben kein Wort gesagt.«

»Ich habe ihr einen Heiratsantrag gemacht.«

»Frauen«, knurrte Kevin. »Keine Ahnung, was mit denen los ist. Die sind einfach nicht rational. Das sind hinterhältige kleine Mata-Hari-Sexbomben, die Giftgasbomben mit sich rumschleppen … Oder sie sind wie Dr. Penninger nebenan, die Starre Eiskönigin des Ewigen Lichts und der Ewigen Wahrheit … Ich kapier einfach nicht, wie man diese Frau zufriedenstellen soll! Ich meine, Systemknacker wie ich, wir haben doch *eine Menge gemeinsam* mit den Wissenschaftlern. Beidesmal geht es um verborgenes Wissen und wie man es findet und wer es findet und wer die Lorbeeren dafür einheimst. Darum geht's doch bei der Wissenschaft. Ich hab *gern* für sie gearbeitet, ich dachte, sie hätte es wirklich *kapiert*. Ich habe mich für die Frau krummgelegt, ich habe ihr jede Bitte erfüllt – ich habe ihr Wünsche erfüllt, die ihr nicht mal bewusst waren. Ich habe *zu ihr aufgesehen*, verdammt noch mal! Und was habe ich von meinen loyalen Diensten? Ich mache ihr Angst. Sie will mich loswerden.«

Oscar nickte. »Gewöhnen Sie sich schon mal an die Vorstellung. Das ist eine Säuberung. Huey hat uns ausgeschaltet. Das ist ein Enthauptungsschlag. Ich kann kaum noch sprechen. Ich kann kaum noch gehen. Und Greta befindet sich in einem hellwachen, schizoiden, katatonischen, hebephrenischen, nonverbalen Trancezustand …«

»Ich hab ein bisschen Schwierigkeiten mit den Adjektiven, Mann, aber kein Problem, Mann, ich verstehe, was Sie meinen. Entweder ich ergreife jetzt selbst die Macht und versuche, den ganzen Laden als Polizeistaat zu führen. Oder ich … ich weiß auch nicht … setze mich nach Boston ab. Ende der Geschichte. Schließlich ist das eine hübsche Hackerstory, oder? Eine gute Geschichte, um sie in 'ner Bar zu erzählen.«

»Sie allein können den Laden nicht zusammenhalten, Kevin. Die Leute vertrauen Ihnen nicht.«

»Das weiß ich, Mann. Die Wohltaten teilen Sie alle selber aus, und mit mir schüchtern Sie die Leute ein. Ich weiß, dass ich der böse Mann war. Mein Dad war auch böse. Die Gründerväter sind ein Haufen toter Weißer; die Typen vom Mount Rushmore sind mittlerweile alle furchteinflößende Anglos. Wir sind die Bösen. Ich hab mich an die Rolle gewöhnt. Hey, ich war froh, Arbeit zu haben.«

»Ich möchte, dass Sie mir helfen, Kevin.«

»Wobei, Mann?«

»Hier rauszukommen.«

»Kein Problem, Boss. Ich bin immer noch Captain Scubbly Bee. Scheiße, ich hab mich mächtig angestrengt, *Colonel* Scubbly Bee zu werden. Ich kann Sie hier rausbringen. Wo wollen Sie hin?«

»Nach Baton Rouge. Oder wo immer Huey sich versteckt.«

»Oho! Nicht, dass ich Ihrem Urteil misstrauen würde, Mann, aber ich habe da einen prima Gegenvorschlag. Wie wär's mit *Boston*? Das gute alte Drecknest! Beacon Hill, Charlestown, Cambridge … Wir beide sind schließlich *Nachbarn*, Mann. Wir wohnen in derselben Straße! Wir könnten zusammen nach Hause gehen. Wir könnten in einer Bar in Boston ein richtiges Bier trinken. Wir könnten uns ein Hockey-Spiel ansehen.«

»Ich muss mit Huey reden«, erklärte Oscar kategorisch. »Ich habe etwas Persönliches mit ihm zu klären.«

Green Huey hatte sich halb zur Ruhe gesetzt. Er nahm an einer Menge Einweihungsfeierlichkeiten teil und schnibbelte Seidenbänder durch. Die öffentliche Imagepflege wurde dadurch erschwert, dass er von einer militanten Phalanx von Regulatoren-Bodyguards umgeben war, aber Huey genoss die Show. Der Ex-Gouverneur war schon immer für einen Lacher gut gewesen. Er wusste, wie man die Leute bei Laune hielt.

Oscar und Kevin verkleideten sich als Obdachlose, ließen sich durchs soziale Netz hindurchfallen und pirschten sich an den Gouverneur heran. Sie reisten bei Nacht und schliefen in den miesesten Hotels; sie schlugen ihre neu erworbenen Militärzelte in Parks auf. Sie verbrannten ihre Ausweise und trugen Strohhüte, Gummistiefel und Overalls. Kevin trat als Oscars Aufpasser auf, ein humpelnder Typ mit einer Gitarre. Oscar gab sich als Kevins etwas unterbelichteter Cousin aus, der ständig vor sich hinbrummelte. Oscar hatte ein Akkordeon dabei. Obwohl Akkordeonmusik in der Gegend mal sehr beliebt gewesen war, ging man ihnen meistens aus dem Weg. Als geistig gestörte Straßenmusikanten, die jeden Moment einen Song anstimmen mochten, boten sie einen furchteinflößenden Anblick.

Oscar hatte die Geduld mit Huey verloren. In dieser

Hinsicht war er gespaltener Meinung. Oscar war in letzter Zeit ständig gespaltener Meinung. Einerseits wollte er den Mann öffentlich zur Rechenschaft ziehen. Andererseits wollte er ihn schlicht und einfach ermorden. Dieser Gedanke erschien Oscar mittlerweile durchaus plausibel, denn der Wunsch, Politiker zu ermorden, war nicht ungewöhnlich bei geistig gestörten Entwurzelten, die nichts mehr zu verlieren hatten. Er und Kevin stritten sich ernsthaft über das Thema. Kevin schwankte offenbar zwischen Pro und Contra. Oscar war gleichzeitig pro und contra.

Das strategische Problem war erschreckend vielgestaltig. Oscar fiel es äußerst schwer, die Gedanken vorübergehend einmal abzustellen, denn er vermochte nun zahlreiche unterschiedliche Aspekte eines Themas gleichzeitig zu bedenken. Huey umbringen. Huey verstümmeln, ihm vielleicht persönlich die Arme brechen. Die Vorstellung, ihn auf Dauer in den Rollstuhl zu verbannen, hatte ihren Reiz. Huey zu blenden hatte etwas Biblisches. Aber wie? Ein Anschlag aus dem Hinterhalt war für zwei Amateure, die noch nie mit Schusswaffen zu tun gehabt hatten, ein schwieriges Unterfangen. Der Einsatz von Waffen hätte zudem die unverzügliche Festnahme zur Folge gehabt. Gift klang verlockend, würde aber eine Menge Planung und einen großen Aufwand erfordern.

»Sie gehören doch dem NSR an, oder?« sagte Kevin, als sie zum Gezirpe der Grillen, fernab des üblen Überwachungsnebels der Stadt, im Zelt ihre Schlafsäcke ausrollten. »Ich dachte eigentlich, man hätte Ihnen da beigebracht, was für schlimme Dinge man mit Zigarrensud anfangen kann.«

»Der Präsident ordnet nicht die Ermordung von innenpolitischen Gegnern an. Könnte man ihm das nachweisen, würde er des Amtes enthoben. Das ist völlig kontraproduktiv.«

»Sind *Sie* nicht ein Agent des Präsidenten?«

Das war eine kluge Bemerkung. Oscar wurde bewusst, dass er sich ein wenig in den wuchernden Ranken seiner kognitiven Prozesse verheddert hatte. Am nächsten Tag kehrten sie in einem schmuddligen Lokal am Stadtrand von Mamou ein und riefen über ein Satellitenmünztelefon den NSR an.

Es dauerte eine Weile, bis Oscars unmittelbarer Vorgesetzter den Münztelefonanruf über eine äußerst unsichere Leitung aus dem Herzen von Cajun-Land entgegennahm. Als er endlich dranging, war er fuchsteufelswild. Oscar erklärte, er sei vergiftet worden, er sei mental nicht auf der Höhe und habe einen totalen geistigen Zusammenbruch erlitten, weshalb er für seine Handlungen nicht mehr verantwortlich und für den öffentlichen Dienst fortan ungeeignet sei, sodass er von seinem Posten unverzüglich zurücktreten müsse. Sein Vorgesetzter befahl ihm, nach Washington zu fliegen und sich eingehend untersuchen zu lassen. Oscar erwiderte, dass dies nicht seinen Absichten als Privatmann entspreche. Sein Vorgesetzer meinte, man werde ihn festnehmen. Oscar erklärte, er befinde sich derzeit mitten in Louisiana, wo die Einheimischen auf Unionsagenten nicht gut zu sprechen seien. Er legte auf. Das viele Reden hatte ihn angestrengt. Seine Zunge fühlte sich ganz wund an.

Kevin kam allmählich in Schwung. Er schlug vor, sämtliche Verbindungen zu Senator Bambakias einfach abzubrechen. Sie speisten genüsslich rote Bohnen und Reis, und auf dem Rückweg stellten sie fest, dass es am Münztelefon von Regulatorenschlägern in Pickups wimmelte. Sie versuchten, mit der Gitarre und dem Akkordeon etwas Geld zu verdienen, bis man ihnen sagte, sie sollten sich zum Teufel scheren.

Sie trampten von Mamou nach Eunice und riefen über ein anderes Münztelefon im Washingtoner Büro des Senators an. Der Senator hielt sich nicht mehr in Washington auf. Bambakias befand sich auf Informationsreise in den soeben eroberten Niederlanden. Mittlerweile hatte der ganze Auswärtige Ausschuss sein Lager in einem leergeräumten Gebäude der holländischen Regierung in Den Haag aufgeschlagen. Oscar entschuldigte sich für die Störung und wollte gerade auflegen, als sich der Senator zu Wort meldete. Das Telefonat war über den Atlantik weitergeleitet worden und hatte ihn aus dem Schlaf geweckt. Gleichwohl wollte er das Gespräch unbedingt entgegennehmen.

»Oscar, ich bin ja so froh, dass Sie anrufen. Legen Sie nicht auf! Wir wissen über den Vorfall Bescheid. Lorena und ich sind geschockt. Wir werden Huey deswegen festnageln. Ich weiß, das bedeutet, dass ich wegen dem Debakel mit Moira geoutet werde, aber das nehme ich gerne in Kauf. So kann Huey nicht mit den Leuten umspringen, das ist entsetzlich. In einem solchen Land können wir nicht leben. Wir müssen Stellung beziehen.«

»Schön, dass Sie das sagen, Senator. Tapfere prinzipientreue Entschuldigung, aber das war alles meine Schuld.«

»Oscar, hören Sie genau zu. Die Haitianer haben die Sache überlebt, und Sie werden sie auch überleben. Neurologen in aller Welt sind mit dem Problem befasst. Sie sind erbost über das, was Dr. Penninger angetan wurde, das ist ein persönlicher Affront gegen sie und ihren Berufsstand. Wir möchten, dass Sie nach Den Haag kommen und sich hier behandeln lassen. In Holland gibt es ausgezeichnete Kliniken. Eigentlich ist die ganze Infrastruktur in wunderbarem Zustand. Straßenblockaden sind hier unbekannt. Die Regierungseinrichtungen sind tipp-topp in Ordnung. Der Auswärtige Ausschuss hier in Den Haag bekommt in einer Woche mehr Arbeit geschafft als der in Washington in einem Jahr. Ihnen stehen alle Möglichekiten offen, Oscar. Es besteht Hoffnung. Ihre Freunde möchten Ihnen helfen.«

»Senator, selbst wenn Sie Greta helfen könnten, so bin ich doch ein spezieller Fall. Ich habe einen einzigartigen genetischen Hintergrund, und neurale kolumbianische konventionelle Medizin ist da nutzlos.

»Das stimmt nicht! Sie lassen außer Acht, dass es hier in Europa drei Däninnen gibt, die praktisch Ihre Schwestern sind. Sie haben von Ihren Schwierigkeiten erfahren und möchten Ihnen helfen. Ich bin vor kurzem mit ihnen zusammengetroffen und habe mich mit ihnen unterhalten. Ich glaube, jetzt kann ich Sie besser verstehen. Sag es ihm, Lorena.«

Die Frau des Senators ging ans Telefon. »Oscar, hören Sie auf Alcott. Was er sagt, ist vernünftig. Ich habe ebenfalls mit den beiden Frauen gesprochen. Sie sind ein Sonderfall, ganz klar; aber sie möchten Ihnen trotzdem helfen. Es ist ihnen ernst, und uns auch. Sie bedeuten uns viel. Sie haben Alcott und mir in den dunkelsten Stunden beigestanden, und jetzt sind wir an der Reihe, so ist das. Bitte lassen Sie sich von uns helfen.«

»Lorena, ich bin nicht verrückt. Huey befindet sich seit zwei Jahren in diesem Zustand, und er ist auch nicht verrückt. Es handelt sich einfach um einen grundlegend anderen Bewusstseinszustand. Bisweilen habe ich große Schwierigkeiten, mir über etwas klar zu werden, das ist alles.«

Lorenas Stimme entfernte sich auf einmal. »Red ihn nieder, Alcott! Er spricht gerade richtiges Englisch!«

Bambakias meldete sich wieder, in seinem volltönendsten, eindringlichsten Bariton. »Oscar, Sie sind ein Profi. Sie sind ein Spieler. Spieler regen sich nicht auf. Sie werden einfach bloß ruhig. Sie haben als terroristischer weißer Hacker mit einer Polizeiakte in Louisiana nichts verloren. Sowas tut ein Spieler nicht. Wir werden Huey dafür festnageln; es wird eine Weile dauern, aber wir nageln ihn fest. Huey hat einen Riesenfehler gemacht – er hat ein Mitglied des Nationalen Sicherheitsrates vergiftet. Es ist mir egal, ob Hueys Schädel mit Turboladern und Nachbrennern vollgestopft ist. Two Feathers dadurch herauszufordern, dass er einen seiner Mitarbeiter unter Gas setzt, war eine große Dummheit. Der Präsident ist ein ausgesprochen harter Mann – und offen gesagt hat er sich als weit besserer Politiker erwiesen als der Ex-Gouverneur dieses kleinen Südstaates.«

»Senator, ich höre Ihnen zu. Ich glaube, was Sie da sagen, hat etwas für sich.«

Bambakias ließ langsam die Luft entweichen. »Gott sei Dank.«

»Ich habe mir bislang nicht viele Gedanken über Holland gemacht. Ich meine, Holland verfügt über ein so großes Potenzial. Ich meine, praktisch *gehört* Holland jetzt uns, oder etwa nicht?«

»Ja, das ist richtig. Wissen Sie, Holland ist das neue Louisiana. Louisiana ist eine Nachricht von gestern! Sie und ich haben recht daran getan, uns in Louisiana zu engagieren, das war ein ernsthaftes Problem – aber als Schurkenstaat ist Louisiana jetzt ein Nebenschauplatz. Die Niederlande ist die wahre Zukunft. Das ist ein ernsthaftes, gut organisiertes, sachliches Land, seine Bewohner unternehmen systematische, vernünftige Schritte, um das Klima und die Umwelt in den Griff zu bekommen. Ob Sie's glauben oder nicht, aber die sind den Vereinigten Staaten auf vielen Gebieten voraus – zumal im Bankwesen. Das Thema Louisiana ist erledigt. Die sind nicht ernsthaft. Das sind Visionäre, Krebse fressende Psychos. Wir brauchen jetzt eine ernsthafte politische Organisation, eine Rückkehr zur Normalität. Huey ist ein Mann von gestern, der zählt nicht mehr. Das ist ein geifernder Verrückter, der hie und da mit technischen Innovationen um sich wirft – als ob es ausreichen würde, ein paar halbgare Ideen auszuspucken, um die Menschheit insgesamt voranzubringen. Das ist pure Demagogie, das ist Wahnsinn. Wir brauchen Vernunft und politische Stabilität und eine nüchterne, pragmatische Politik. Das ist die Aufgabe der Regierung.«

Oscar wälzte dieses außergewöhnliche Statement in seinem Kopf herum. Gedanken und Erinnerungen wirbelten kaleidoskopisch durcheinander. »Sie haben sich *wirklich* verändert, nicht wahr, Alcott?«

»Wie bitte?«

»Ich meine die Behandlung, der Sie sich unterzogen haben. Die hat Ihre Persönlichkeit verändert. Sie sind jetzt realistisch. Sie sind vernünftig und umsichtig. Sie sind langweilig.«

»Oscar, ich bin mir darüber im Klaren, dass Sie über einige interessante Einsichten verfügen, aber jetzt ist nicht der Moment zum Plaudern. Wir müssen beim Thema bleiben. Sagen Sie mir, dass Sie nach Den Haag kommen und sich uns anschließen werden. Lorena und ich, wir sind Ihre Familie – in Zeiten wie diesen sind wir Ihre Ersatzfamilie. Kommen Sie nach Holland, nehmen Sie Ihren Platz im Team wieder ein, und dann bringen wir Sie wieder in Ordnung. Das verspreche ich Ihnen.«

»Also gut, Senator, Sie haben mich überzeugt. Sie haben Ihr Wort bisher stets gehalten, und Ihr Versprechen rührt mich sehr. Ich glaube, ich war impulsiv. Ich kann nicht ständig Vollgas geben. Ich muss gründlich über alles nachdenken.«

»Das ist prima. Ich wusste, dass ich Sie zur Vernunft bringen könnte, ich wusste, ich würde Sie aufmuntern. Aber ich glaube, wir haben jetzt lange genug telefoniert. Die Leitung ist nicht sicher.«

Oscar wandte sich an Kevin. »Der Senator meint, die Leitung sei nicht sicher.«

Kevin zuckte die Achseln. »Also, das ist irgendein Telefon, Mann. Das ist ein großer Staat. Huey kann nicht alle Telefone abhören.«

Zwei Stunden später wurden sie am Straßenrand von der Polizei von Louisiana festgenommen.

Green Huey nahm in Lafayette an einem kulturellen Ereignis teil. Er und ein Teil seiner Truppe halblegaler alter Kameraden hauten auf einem Hotelbalkon mit Blick aufs Volksfest auf den Putz. Unter ihnen fand in fast völliger Stille eine gewaltige Tanzveranstaltung statt. Mindestens tausend Leute nahmen an einem kaleidoskopischen Square dance teil. Alle trugen Kopfhörer mit Positionsmeldern, und ein Code in der lautlosen Musik dirigierte die Menge. Die Menschen wirkten gleichzeitig frei und kontrolliert, reglementiert, aber spontan, ausgelassen, aber unauffällig gesteuert.

»Wissen Sie, ich liebe diese basisnahen Volksfeste«, sagte Huey, auf das geschwungene schmiedeeiserne Balkongeländer gestützt. »Ihr Yankees seid jung und munter, Ihr solltet es auch mal hin und wieder probieren.«

»Ich tanze nicht«, erwiderte Kevin.

»Schade, dass unser Moderator kaputte Füße hat«, meinte Huey, blinzelte in die Sonne und rückte seinen neuen Strohhut zurecht. »Keine Ahnung, weshalb Sie den Limpy Boy überhaupt mitgebracht haben. Der ist kein Spieler.«

»Ich habe den Spieler gestützt«, sagte Kevin. »Ich hab ihm den Sabber vom Kinn gewischt.«

Oscar und Kevin trugen weiße Gefängnisoveralls aus Plastik. Die Hände hatte man ihnen auf den Rücken gefesselt. Man hatte sie auf den Balkon gezerrt, wo sie gut zu sehen waren, was die Leute aber nicht zu stören schien. Vielleicht plauderte der im Ruhestand befindliche Huey ja häufiger mit gefesselten Gefangenen.

»Eigentlich hatte ich zunächst vor, Sie *anzurufen*«, wandte Huey sich an Oscar. »Ich dachte, Sie wollten mich anrufen und die Sache klären, wenn wir wieder mal eine unserer kleinen Meinungsverschiedenheiten hätten.«

»Ach, wir hatten auf richtiges Publikum gehofft, Gouverneur. Wir haben uns bloß ein bisschen ablenken lassen.«

»Das mit der Gitarre und dem Akkordeon, das war besonders gut. Spielen Sie wirklich Akkordeon, Oscar? Diatonische Skalen, all das?«

»Ich bin Anfänger«, erwiderte Oscar.

»Oh, Sie werden sich wundern, wie leicht Ihnen das Musizieren jetzt fällt. Es ist kinderleicht. Spielen und singen. Spielen und tanzen. Mann, Sie können sogar spielen, während Sie einer Tabellenkalkulation Finanzdaten diktieren.«

»Ihm die Hände loszubinden wäre ein guter Anfang«, schlug Kevin vor.

»In Massachusetts müssen die Gefängnisse furchtbar schlapp sein, sonst wäre Limpy Boy nicht ein solcher Klugscheißer. Ich meine, bloß weil Sie sich ausziehen mussten und man Sie abgeschrubbt, unter den Fingernägel nachgesehen und ausgiebig jede Körperöffnung, die sich geöffnet hat, und ein paar, die sich nicht geöffnet haben, untersucht hat ... Das heißt noch lange nicht, dass ich dem Ninjahacker die Hände losmache. Er könnte schließlich eine Kanone in die Fingerknochen eingebaut haben oder sowas. Wussten Sie, dass man in den vergangen zwei Wochen fünfmal versucht hat, mich umzubringen? All diese Moderatorenheinis, die es auf den guten alten Huey abgesehen haben ... Alle wollen sie Colonel Dies und General Das werden; ich weiß nicht, irgendwann wird's lästig.«

»Vielleicht sollten wir dann besser nicht im Freien rumstehen«, meinte Oscar. »Es gibt auch eine Menge Leute, die es auf mich abgesehen haben, und es wäre doch schade, wenn Sie von einem Querschläger getroffen würden.«

»Dafür habe ich ja die ganzen Aufpasser, mein Sohn! Die sind zwar nicht so helle wie Sie, dafür aber wesentlich loyaler. Wissen Sie was, Soap Boy? Ich mag Sie. Selbstgestrickte wissenschaftliche Forschung ohne kommerziellen Hintergrund, die aber trotzdem Auswirkungen hat, macht mir Spaß. Ich habe mich ernsthaft für Sie interessiert; ich habe sogar Hautproben von Ihnen. Mann, ich hab einen ganzen Quadratmeter von Ihrer Haut, der unten in einer der Salzgruben lebt. Genug, um eine Trommel damit zu bespannen. Sie sind schon ein besonderes Exemplar, o ja. Teile von Ihrer DNS sind verkehrt eingebaut, rückwärts sozusagen, oder kommen doppelt vor ... und *keine Introns*, das ist wirklich cool. Ich kenne niemanden, der ohne Introns auch nur *überleben* könnte.«

»Ich würde es Ihnen auch nicht empfehlen, Gouverneur. Es gibt Nebenwirkungen.«

»Oh, ich weiß, Ihre Gesundheit ist ein wenig angeschlagen, Brainy Boy. Ich hab mich bemüht, Rücksicht zu nehmen. Hab eine Menge medizinischer Tests mit Ihrer DNS durchgeführt. Wollte Ihnen bestimmt nicht weh tun.« Huey blinzelte. »Sie können mir doch folgen, oder? Sie sind nicht verwirrt oder so.«

»Nein, Gouverneur. Ich kann Ihnen folgen. Ich bin ganz bei der Sache.«

»Sie glauben doch nicht etwa, ich wollte Sie verarschen, oder? Ich meine, bloß weil ich ein Negerarsch bin, heißt das noch lange nicht, ich könnte keine DNS knacken, Mann.«

»Solange Sie ihn nicht klonen und eine Armee draus machen«, sagte Kevin.

»Hab meine eigene Armee, nein, danke.« Huey hob seinen leinengewandeten Arm und tätschelte die Ausbeulung in seiner Achselhöhle. »Man braucht heutzutage eine ganze Scheißarmee, um am Leben zu bleiben, so traurig das ist.« Er wandte sich an Oscar. »Das ist das Problem mit den verdammten Moderatoren. Das sind Prolo-Gangs, eine richtige Nacht-und-Nebel-Armee. Tagsüber heißt es Alle-Macht-dem-Volk und revolutionäre Justiz. Aber das läppert sich zusammen, verstehen Sie? Da kommt was bei rum. Endlich bietet sich uns die Gelegenheit, unsere eigenen Regeln zu machen und dem kleinen Mann mal eine echte Chance zu geben.«

Huey schnaubte. »Dann taucht auf einmal der neue Präsident auf und beliebt in seiner unermesslichen Güte, sie zur Kenntnis zu nehmen. Wirft ihnen einen Brocken vor oder sogar zwei. Sie fallen übereinander her, sie salutieren vor seinen Socken, salutieren vor seinen Unterhosen. Sie bringen für den Mann ihre eigenen Brüder um. Das ist ekelhaft.«

»Der Mann ist ein Spieler. Er hat Talent, Huey.«

»Zum Teufel damit! Der Mann ist ein niederländischer Agent! Er hat das Land an eine ausländische Macht verkauft! Was glauben Sie eigentlich, weshalb die Niederländer so schnell aufgegeben haben? Ohne einen einzigen Schuss abgefeuert zu haben? Wir reden hier über die *Niederländer*! Wenn jemand in ihr Land einmarschiert, dann fluten sie ihr Land und sterben in den Gräben, mit langen, spitzen Stöcken in den Händen. Sie haben so schnell aufgegeben, weil sie die ganze Sache von Anfang an geplant hatten.«

»Das ist eine interessante Theorie, Gouverneur.«

»Sie sollten sich irgendwann mal mit den Franzosen über diese Theorie unterhalten. Die Franzosen, die verstehen sich auf Theorien. Die Franzosen wissen Bescheid. Wir amüsieren sie, die halten uns Amerikaner für geborene Clowns, die finden noch unsere miesesten Komödianten komisch. Aber vor den Niederländern haben sie Angst. Das ist das Problem mit dem modernen Amerika. Wir haben uns eingeigelt, wir sind engstirnig geworden. Wir wissen nicht mehr, was vor sich geht. Scheiße, wir waren in der Wissenschaft mal weltweit führend … führend auf allen Gebieten. Länder wie Frankreich kommen auch ohne Wissenschaft zurecht. Die mampfen einfach ein bisschen mehr guten Käse und lesen mehr Racine. Aber Amerika ohne Wissenschaft, das ist ein einziges großes Nebraska. Mit Menschen, die in Indianerzelten leben. Na, wenigstens wollen die Zeltleute noch was. Sollen *sie* die Wissenschaft betreiben. Sollen *sie* mit dem Problem fertig werden.«

»Diese Theorie ist noch interessanter.«

»Ja, klar, *yeah.* In der Beziehung GLAUBEN SIE MIR«, dröhnte der Gouverneur. »Sie haben mir die verdammten Kleider gestohlen, Sie Unglücksmensch! Sie haben mir die Forschungseinrichtung gestohlen. Sie haben meine Daten gestohlen. Es gab nur eine Sache, von der Sie nichts wussten, eine verdammt wichtige Sache, an die Sie nicht herangekommen sind! Und deshalb hab ich Sie Ihnen *gegeben.*«

»Ich verstehe.«

»Sie können Huey nicht vorwerfen, er sei knickerig. Sie

haben mich bloßgestellt, wo Sie nur konnten. Haben mich kreuz und quer durch die Presse gejagt. Haben mir einen Senator auf den Hals gehetzt. Haben den Präsidenten gegen mich aufgewiegelt. Sie sind ein umtriebiger Bursche. Aber wissen Sie was? Sie haben keinen MUMM, Mann! Sie haben keine SEELE! Sie GLAUBEN nicht! In ihrem Eierkopf ist keine einzige neue Idee. Sie sind wie ein verdammter Otter, der ein Bibernest ausräumt und die kleinen Biber frisst. Aber ich habe große Neuigkeiten für Sie, Soapy. Sind sind jetzt der wahre Biber.«

»Gouverneur, das ist wirklich faszinierend. Sie sagen, Sie hätten mich studiert; also, ich habe Sie ebenfalls studiert. Ich habe eine Menge in Erfahrung gebracht. Sie sind ein Mann von großer Tatkraft und Begabung. Unverständlich ist mir allerdings, weshalb Sie ihre Ziele auf solch absurde, geschmacklose, unzivilisierte Weise verfolgen.«

»Mein Sohn, das lässt sich leicht beantworten. Und zwar weil ich ein scheißarmer, scheißignoranter Hinterweltler aus einem überschwemmten Sumpf bin! Uns Provinzlern des einundzwanzigsten Jahrhunderts ist nichts mehr in den Schoß gefallen. Das Öl haben sie uns rausgepumpt, die Bäume haben sie gefällt, die Fische gefangen, den Boden vergiftet, den Mississippi in eine riesige Kloake verwandelt, die den Golf in fünfhundert Meilen Umkreis zum Umkippen gebracht hat. Dann kamen die Hurrikane, und das Meer erhob sich! Was, zum Teufel, haben Sie von uns erwartet, als Sie da oben in Boston das Silberbesteck poliert haben? Wir Cajuns brauchen eine Perspektive, genau wie alle anderen auch. Wir leben hier seit vierhundert Jahren! Und im Gegensatz zu den Eierköpfen aus Boston haben wir nicht vergessen, Kinder zu zeugen. Wenn Sie noch richtig ticken würden, dann hätten sie diesen bedauernswerten Architekten sausen lassen und stattdessen *für mich* gearbeitet.«

»Ihre Methoden haben mir nicht gefallen.«

»Mann, Sie haben Sie doch *selbst* eingesetzt, und nicht

zu knapp. Scheiße, ich hab's mit den Methoden nicht allzu genau genommen. Wenn Sie einen besseren Vorschlag haben, spucken Sie ihn aus! Lassen Sie uns drüber reden.«

»Hey, Huey«, sagte Kevin. »Wie steht's mit mir? Ich habe auch so meine Methoden.«

»Sie sind ein Mann von gestern, Mr. Whitey. Sie sind der Handlanger, Sie können von Glück sagen, dass Sie einen verdammten Job haben. Lassen Sie mich mit dem genetischen Wunderknaben reden. Hier ist das Hirn gefragt. Das geht nur Erwachsene was an.«

»Hey, Huey!« Kevin grinste. »Meine Methoden funktionieren noch. Ich habe Sie wegen der Haitianer geoutet. Ich habe das gedeichselt, ich hab Leute über die Grenze eingeflogen.«

Huey legte angewidert die Stirn in Falten. »Was ich meine, ist folgendes«, wandte er sich an Oscar. »Wir sitzen beide im selben Boot. Hätte ich das Labor behalten, hätte ich ein neues Bewusstsein in großem Maßstab verbreiten können. Aber das werde ich *trotzdem* tun – ich werde die Bewohner dieses Bundesstaates zu den gescheitesten, tüchtigsten, kreativsten Menschen auf Gottes grüner Erde machen. Sie haben mir einen ganz schönen Dämpfer verpasst – aber Scheiße, Mann, das ist jetzt Geschichte. Jetzt bleibt Ihnen nichts anderes mehr übrig, als dem guten alten Huey zu helfen. Weil Sie an der Macht kleben, ständig um Nachsicht betteln, ihre Vergangenheit verstecken. Jetzt sind Sie ein Freak in zweifacher Hinsicht. Aber wenn Sie sich jetzt auf Hueys Seite schlagen – und wenn Sie Ihre Geliebte mitbringen, welche die eigentliche Quelle all dieser Wohltaten ist und im selben Boot sitzt wie Sie –, dann können Sie Ihr Leben von Grund auf neu anpacken. Dann ist der Himmel die Grenze.«

»Zunächst müsste ich erst mal meinen Zorn bezähmen, Etienne.«

»Ach, Unsinn! Wahre Spieler kennen keinen Groll. Weshalb sollten Sie sich über mich ärgern? Ich akzeptiere

Sie wirklich. Ich *liebe* Ihr verdammtes Vergangenheitsproblem. Wissen Sie, ich hab Sie endlich durchschaut. Wenn Amerika zur Ruhe kommt und völlig normal wird, dann sind Sie endgültig draußen. Sie werden sich immer die Nase an der Glasscheibe plattdrücken und anderen Leuten beim Champagnertrinken zusehen. Nichts, was Sie tun, wird von Dauer sein. Sie werden ein Monstrum sein, ein Schatten, und zwar bis an Ihr Lebensende. Aber wenn Sie von Anfang an bei der bevorstehenden Revolution des menschlichen Geistes mitmischen, mein Sohn, dann können Sie das gottverdammte Massachusetts haben. Ich schenk's Ihnen.«

»Hey, Huey! Yo! Waren Sie schon immer so verrückt, oder kommt das vom Dope?«

Huey überging Kevins Einwurf, doch seine Miene verfinsterte sich noch mehr. »Ich weiß, Sie können mich deswegen angreifen. Klar, nur zu. Posaunen Sie ruhig raus, was für ein Freak Sie jetzt sind. Erzählen Sie den Leuten, dass sich die ehemalige Geliebte Ihres Senators – Moira ist jetzt übrigens in Frankreich – wegen des schmutzigen Tricks, mit dem Sie seinen armseligen Arsch gerettet haben, an Ihnen gerächt hat. Treten Sie als Feuerschlucker vor die Öffentlichkeit hin und stecken Sie sich nur selbst in Brand. Oder nehmen Sie Vernunft an und kommen Sie zu mir an Bord! Sie werden genau das Gleiche tun wie vorher auch. Aber anstatt die Leute zu einer neuen Lebensweise zu beschwatzen – Scheiße, Worte bleiben sowieso nicht haften –, können Sie sie ihnen jetzt ins *Gehirn* blasen. Dann gibt es für sie kein Zurück mehr. Ebensowenig wie für Sie.«

»Weshalb sollte ich Tausende von Menschen in Monster verwandeln? Weshalb sollten sie so unglücklich werden wie ich?«

»Wieso unglücklich? Die Methode funktioniert! Sie funktioniert großartig!«

»Hey, Huey! Geben Sie auf, Mann! Ich *kenne* diesen Burschen. *Den* werden Sie niemals glücklich machen! Der weiß nicht mal, was das Wort bedeutet! Damit kommen Sie nicht durch, Mann – dem geht's jetzt *doppelt so schlecht* wie früher!«

Huey riss der Geduldsfaden. Er gab seinen Bodyguards ein Zeichen. Zwei mit Pistolen bewaffnete Schläger traten aus dem vergoldeten Schatten des eleganten Hotelzimmers. Kevin verstummte.

»Macht ihm die Hände los«, befahl Huey einem der Bodyguards. »Bringt ihm Hut und Mantel. Er ist ein Spieler. Wir führen eine ernsthafte Unterhaltung.«

Der Bodyguard band Oscars Hände los. Oscar massierte sich die Handgelenke. Der Bodyguard legte Oscar eine dunkle Jacke um die Schultern.

Huey rückte ein wenig näher. »Oscar, lassen Sie uns Klartext reden. Das ist ein großes Geschenk. Sicher, anfangs ist es ziemlich schwer, genau wie Fahrrad fahren. Im Grunde ist es Multitasking. Ich behaupte nicht, es sei perfekt. Nichts Technisches ist je perfekt. Es geht hier um etwas ganz Reales. Es beschleunigt den Herzschlag – der Chip muss ein bisschen höher getaktet werden. Und es ist wirklich Multitasking, also haken manche Operationen bisweilen … Während andere plötzlich an die Oberfläche gelangen … Und hin und wieder fahren sich zwei simultane Gedankenströme einfach fest; dann bleiben Sie an dem Punkt stehen und müssen den Arbeitsspeicher löschen. Aber wenn Sie sich eine ordentliche Kopfnuss verpassen, dann booten Sie gleich wieder.«

»Ah, ja.«

»Glauben Sie mir, ich rede wirklich offen mit Ihnen. Das ist kein dummes Zeug, sondern ich sage, was Sache ist. Klar, Sie haben gewisse Sprachprobleme und neigen dazu, vor sich hinzumurmeln. Aber, mein Sohn … Sie sind *doppelt so tüchtig wie zuvor!* Sie können zweisprachig denken! Wenn Sie dran arbeiten, können Sie mit Ihren beiden Händen erstaunliche Dinge gleichzeitig tun. Und am besten ist, wenn Sie zweigleisig denken und die Züge fangen an, *Fahrgäste auszutauschen*. Darum geht's doch überhaupt bei der Intuition – dass man etwas weiß, ohne zu wissen, dass man's weiß. Das hat was mit dem Unbewussten zu tun – mit Gedanken, von denen man nichts weiß. Aber wenn man wirklich Nägel mit Köpfen macht und über zwei Dinge gleichzeitig nachdenkt – dann verlaufen die Vorstellungen ineinander. Sie vermischen sich. Sie befruchten einander. Sie tragen wahrhaft reiche Frucht. Das ist Inspiration. Das ist die schönste geistige Regung, derer Sie überhaupt fähig sind. Das einzige Problem dabei ist, dass die Gedanken bisweilen so großartig sind, dass Sie leichte Probleme mit der Selbstbeherrschung bekommen.«

»Ja, das mit der Selbstbeherrschung ist mir bereits aufgefallen.«

»Nun, mein Sohn, die meisten Menschen stellen ihr Licht unter den Scheffel und handeln niemals impulsiv. Deshalb landen sie am Ende ja auch in Gräbern ohne Grabstein. Ein richtiger Spieler zeigt Initiative, er ist ein Mann der Tat. Ja, klar, ich geb's zu: das mit der Impulsivität ist eine zweischneidige Angelegenheit. Deshalb braucht ein großer Spieler gute Berater. Und wenn Sie keinen spitzenmäßigen, mit allen Wassern gewaschenen politischen Berater haben, dann können Sie die Rolle vielleicht *selber* übernehmen.«

»Heeeey!« schrie Kevin. Huey hatte er abgeschrieben; jetzt wandte er sich plötzlich an die unter dem Balkon versammelte Menschenmenge. »Hey, *Leute*! Euer Gouverneur hat den Verstand verloren! Er will euch vergiften und alle in verrückte Zombies verwandeln!«

Die Bodyguards packten Kevins gefesselte Arme und prügelte auf ihn ein.

»Ich werde gefoltert!« schrie Kevin. »Die Cops foltern mich!«

Huey drehte sich um. »Verflucht noch mal, Boozoo, schlag ihn doch nicht in der Öffentlichkeit! Bring ihn erst nach drinnen. Und du, Zach, hör auf, jedesmal deine verdammten Fäuste einzusetzen. Nimm den Totschläger. Dafür ist er schließlich da.«

Obwohl er gefesselt war, gab Kevin sich nicht so leicht geschlagen. Er wirbelte auf der Stelle herum, hüpfte auf und ab. Sein Geheul nutzte ihm wenig, denn die Menge war von den Kopfhörern in Beschlag genommen. Doch es tanzten nicht alle, und einige blickten zum Balkon hoch.

Boozoo holte den Totschläger hervor. Kevin trat unbeholfen nach ihm. Boozoo wich einen Schritt zurück, stolperte über den Fuß eines anderen Aufpassers, verfing sich plötzlich in den Beinen eines weißen Balkonstuhls aus Metall. Er fiel nach hinten, schlug mit voller Wucht auf dem Boden auf. Der zweite Bodyguard wollte vorspringen, kam jedoch dem um sich schlagenden Boozoo in die Quere, stürzte auf die Knie und heulte auf.

»Ach, *Scheiße*«, grummelte Huey. Er zog eine verchromte Automatikpistole unter dem Jackett hervor und schoss geistesabwesend auf Kevin. In die Brust getroffen, wurde Kevin rückwärts geschleudert, krachte gegen das Geländer und stürzte in die Tiefe.

Huey trat verdutzt ans Geländer, verdrehte den Kopf und blickte nach unten. Die Pistole funkelte noch immer in seiner Hand. Die Feiernden sahen die Pistole und spritzten entsetzt auseinander.

»O je«, stöhnte der Gouverneur.

»Ich weiß immer noch nicht, was ich mit ihm anfangen soll«, sagte der Präsident. »Er hat am hellichten Tag vor tausend Augenzeugen einen Menschen ermordet, aber er hat immer noch Anhänger. Am liebsten würde ich ihn ja einsperren, aber … na ja. Wir haben so viele Leute durchs Gefängnissystem durchgeschleust, das ist eine bedeutende demographische Gruppe.«

Oscar und der Präsident der Vereinigten Staaten machten einen Spaziergang im Garten des Weißen Hauses. Ebenso wie das Weiße Haus wurde auch der Rosengarten regelmäßig nach Wanzen abgesucht. Viel half es nicht, aber solange sie in Bewegung blieben, war es machbar.

»Der Sinn für Anstand hat ihm immer schon gefehlt,

Mr. President. Selbst in Louisiana weiß jeder, dass Huey zu weit gegangen ist. Man wird bis nach seinem Tod warten, bevor man eine Brücke nach ihm benennt.«

»Was halten Sie von Washington, Oscar? Ist das jetzt eine andere Stadt, was meinen Sie?«

»Ich muss gestehen, es stört mich, dass ausländische Truppen in der Hauptstadt der Vereinigten Staaten stationiert sind, Mr. President.«

»In dem Punkt bin ich Ihrer Meinung. Aber das hat das Problem gelöst. Leute, die auf der Straße wohnen und ganze Stadtteile abriegeln … Das darf eine Regierung in der Haupstadt nicht dulden. Amerikanische Truppen hätten nicht mit der notwendigen Härte durchgreifen können, um die Macht der dezentralen Netzwerkgangs zu brechen. Die Holländer aber räumen auf den Straßen auf, und wenn es zehn Jahre dauert. Die ziehen die Sache durch.«

»Das ist jetzt eine andere Stadt, Sir. Viel ordentlicher als früher.«

»Sie könnten hier leben, nicht wahr? Wenn das Gehalt stimmen würde? Wenn sich das Team des Weißen Hauses um Sie kümmern würde.«

»Ja, Sir; ich glaube, ich könnte überall leben, wohin die Pflicht mich ruft.«

»Das hier ist jedenfalls nicht Louisiana.«

»Eigentlich mag ich Louisiana, Mr. President. Ich halte mich noch immer über die dortige Entwicklung auf dem Laufenden. Der Staat hat in vielerlei Hinsicht Leitfunktion. Ich habe in Louisina ein paar sehr gute Erfahrungen gemacht.«

»Tatsächlich.«

»Wissen Sie, die Niederländer wurden so hart und entschlossen, als der Meeresspiegel stieg. Ich denke, in Louisiana tut sich was. Allmählich glaube ich, es hat eine Menge für sich, sich im Schlamm zu suhlen.«

Der Präsident starrte ihn an. »Sie haben doch wohl nicht vor, öfters im Schlamm zu baden.«

»Bloß hin und wieder, Sir.«

»Bei einer unserer früheren Unterhaltungen habe ich Ihnen gesagt, wenn Sie sich an Ihre Anweisungen hielten, würde ich Ihnen einen Posten im Weißen Haus verschaffen. Seitdem hat Ihr Werdegang einige interessante Wendungen genommen, ohne dass mir indes irgendwelche Zweifel an Ihrer Befähigung gekommen wären. Diese Regierung hat mit Bigotterie – oder Skandalen – nichts am Hut, und nun, da die verfassungsmäßige Ordnung einigermaßen wiederhergestellt ist, beabsichtige ich, den Agenten- und Cowboyunsinn nach Möglichkeit zurückzuschrauben. Ich regiere dieses Land jetzt wirklich – auch wenn ich hin und wieder auf niederländische Truppen zurückgreifen muss –, und wenn ich das Oval Office verlasse, will ich ein vernünftiges, regierbares, anständiges und manierliches Land hinterlassen. Und ich glaube, Sie könnten dabei eine Rolle spielen. Möchten Sie mehr darüber hören?«

»Sehr gern, Sir.«

»Wie Ihnen wohl bewusst ist, gibt es in diesem Land noch immer *sechzehn verdammte Parteien*! Und ich habe nicht vor, mich der Wiederwahl mit der Rückendeckung einer Würstchenpartei wie den Sozpats zu stellen. Wir brauchen eine radikale Neuordnung des Parteiengefüges und eine grundlegende politische Konsolidierung. Wir müssen die verkrusteten Strukturen aufbrechen und ein praktikables, vernünftiges, bipolares System etablieren. Dabei steht die Normalität gegen alles andere.«

»Ich verstehe, Sir. Genau wie in der guten alten Zeit. Stehen Sie nun links oder rechts?«

»Ich stehe *unten*, Oscar. Ich stehe mit beiden Beinen auf dem Boden, und ich weiß, wo ich stehe. Alle anderen können meinetwegen oben stehen. Sie sollen ruhig abheben und mit ihren Vogelhirnen verrückte High-tech-Ideen ausbrüten, und die, welche auf den Boden fallen, ohne zu zerbrechen, die gehören mir.«

»Mr. President, ich gratuliere Ihnen zu dieser Formulierung. Ihnen hat sich hier ein Möglichkeitshorizont eröffnet, der es Ihnen gestattet, zu tun, was Ihnen beliebt, und was Sie da sagen, klingt machbar.«

»Meinen Sie? Gut. Das ist Ihre Rolle. Sie werden als Mittelsmann zwischen dem Weißen Haus und der gegenwärtigen Parteienstruktur fungieren. Sie werden die Radikalen und Verrückten aussondern und sie im oberen Flügel sammeln.«

»Ich bin nicht untenorientiert, Sir?«

»Oscar, wenn es kein Oben gibt, gibt es auch kein Unten. Es funktioniert nur, wenn ich meine eigene Opposition erschaffe. Der obere Block ist von ausschlaggebender Bedeutung, wenn das Spiel funktionieren soll. Der obere Flügel muss brillant sein. Er muss wahrhaft attraktiv sein. Er muss visionär sein und nahezu vernünftig. Und die praktische Umsetzung seiner Ziele darf ihm niemals, unter keinen Umständen, gelingen.«

»Ich verstehe.«

»Besondere Sorge bereitet mir die Koalition zwischen Prolos und Wissenschaftlern. Diese Leute sind eigensinnig. Sie erpressen bereits ganze Industrien mit der Drohung, sie auszuforschen. Das ist gegenwärtig die einzige wahrhaft neue und kraftvolle politische Bewegung. Die kann ich unmöglich in mein Lager aufnehmen. Ich kann sie nicht bestechen. Ich kann sie nicht beschwatzen. Die sind naturgemäß radikal, weil sie die aktuelle Entsprechung der Triebkraft darstellen, welche die westliche Gesellschaft in den vergangenen sechs Jahrhunderten transformiert hat. Sie zu vernichten wäre kriminell, das würde das Land lobotomisieren. Sie gewähren zu lassen, wäre allerdings unverantwortlich.«

Der Präsident holte tief Luft. »Weil die Spin-offs ihrer Forschung den amerikanischen Kapitalismus aufgebaut und anschließend ruiniert haben, weil sie den Meeresspiegel haben ansteigen lassen, den Boden vergiftet, die Ozonschicht zerstört, Radioaktivität freigesetzt, den Himmel mit Kondensstreifen und den Boden mit Beton versiegelt haben, weil sie für die Überbevölkerung, den Reproduktionskollaps und das Feuer in Wyoming verantwortlich sind … Nein, es ist sogar noch schlimmer. Noch viel, viel schlimmer. Jetzt liegen unsere Gehirne wie eine jungfräuliche Neue Welt offen vor ihnen ausgebreitet, und jeder einzelne Mensch ist ein Hinterweltler, ein unzivilisierter Indianer. Irgend jemand muss sich ernsthaft mit diesen Leuten befassen. Und ich finde, Sie sind genau der Richtige dafür.«

»Ich glaube, ich verstehe, was Sie meinen, Sir.«

»Die haben keine Ahnung von den politischen Realitäten, aber wenn man nichts unternimmt, werden sie der Willkür Tür und Tor öffnen. Ich meine: man muss subtil vorgehen. Ihnen eine attraktive Perspektive eröffnen, damit sie sich weniger wie Dr. Frankenstein und mehr wie Künstler verhalten. Moderne Poesie, das wäre ausgezeichnet. Kostet so gut wie nichts, bewirkt hohe Erregung in sehr kleinen Gruppen, hat absolut keine sozialen Auswirkungen. Also, ich denke an die Mathematik. Nichts Praktisches, völlig abgehoben und abstrakt.«

»Der abstrakten Mathematik kann man nicht trauen, Sir; sie hat bisher noch immer zu praktischen Anwendungen geführt.«

»Dann Computersimulation. *Äußerst* zeitaufwändige, komplizierte, detailreiche Simulationen, die in der Realität niemandem schaden können.«

»Ich glaube, das wäre schon eher geeignet, das von Ihnen gewünschte Ergebnis zu erzielen, Sir, aber offen gesagt nimmt kein Wissenschaflter die Cybernetik mehr ernst. Dieser Forschungspfad ist völlig ausgelatscht, das ist ein alter Hut. Selbst die Bioforschung und die Genetik sind mittlerweile weitgehend ausgereizt. Jetzt geht es um die Hirnforschung, Sir. Das ist das Einzige, was ihnen noch bleibt.«

»Sie haben darunter zu leiden gehabt. Vielleicht könnten Sie sie überreden, etwas Netteres auszuprobieren. Etwas Phantastischeres.«

»Mr. President, da wäre noch etwas. Wenn ich Sie richtig verstanden habe, erwarten Sie von mir, dass ich sie infiltiere und verrate?«

»Oscar, ich bitte Sie, Politiker zu sein. Es ist nicht Ihr Job, der Willkür Tür und Tor zu öffnen. Das gehört nicht zu Ihrem Berufsbild. Es geht um Gerechtigkeit, um Ruhe im Land und um die Steigerung des allgemeinen Wohlstands. Eine Aufgabe, an der wir Politiker eindeutig gescheitert sind. Wissen Sie was? Es ist nicht schön, einem Land dabei zuzusehen, wie es durchdreht. Aber sowas kommt vor. Das passiert bisweilen auch großen Ländern, den größten Völkern der Erde. Japan, Deutschland, Russland, China … und wir Amerikaner hatten gerade eine ganz üble Kugel im Lauf. Wir sind immer noch ganz benommen. Dabei hatten wir noch Glück. Beim nächsten Mal könnte der Schuss losgehen.«

»Sir, glauben Sie nicht, man sollte der wissenschaftlichen Gemeinde – so wie die Dinge liegen – reinen Wein einschenken? Sie besteht aus Bürgern dieses Landes, oder nicht? Das sind ziemlich helle Leute, wenn auch ein wenig engstirnig. Ich glaube nicht, dass eine Täuschungstaktik auf längere Sicht Erfolg hätte.«

»Auf längere Sicht sind wir alle tot, Oscar.«

»Mr. President, Sie bieten mir da wirklich einen Traumjob an. Ich bin mir der Bedeutung bewusst und fühle mich geehrt durch Ihr Vertrauen. Ich glaube sogar, ich wäre der geeignete Mann dafür. Aber bevor ich mich auf eine so – wie soll ich sagen? Auf eine so utilitaristische, macchiavellistische Unternehmung einlasse, möchte ich etwas von Ihnen wissen. Ich möchte, dass Sie offen zu mir sind. Werden Sie von den Niederländern bezahlt?«

»Die Niederländer haben mir nie etwas gezahlt.«

»Aber es gab eine Übereinkunft, nicht wahr?«

»Könnte man so sagen … Ich sollte Sie mal nach Colorado mitnehmen. Ich sollte Ihnen das Bauholz zeigen. Wissen Sie, seit wir amerikanische Eingeborene ins Drogen-

und Casinogeschäft eingestiegen sind, haben wir kleine Gebiete dieses unseres großen Landes zurückgekauft. Überwiegend billige Gebiete, die Teile, die für kommerzielle Nutzung nicht mehr infrage kamen. Lässt man sie lange genug in Ruhe, sagen wir, sieben Generationen lang, dann erholen sie sich bisweilen wieder ein wenig. Aber es wird nie mehr so wie früher sein. Die Artenvernichtung ist unumkehrbar. Ein futuristischer Sumpf voller selbsterschaffener Monster ist wirklich nicht das Gleiche wie ein ursprüngliches Feuchtgebiet. Wir haben für billiges Geld den Büffel ausgerottet und die einheimischen Blumen, das Gras und die Urwälder, und jetzt ist das alles unwiederbringlich verloren. Und das ist schlimm. Sehr schlimm. So schlimm, dass wir es nie wieder gutmachen können. Das ist wie ein schauriges Kriegsverbrechen. Es lastet auf Amerika wie der Völkermord auf Deutschland, wie die Sklaverei auf dem Süden. Wir haben unsere Mitgeschöpfe in Spielzeuge verwandelt. Und die Niederländer haben in dieser Beziehung Recht. All die Leute, deren Häuser im Moment von Überschwemmungen bedroht sind, haben völlig Recht, moralisch, ethisch und praktisch. Ja, wir Amerikaner haben mehr Treibhausgas in die Atmosphäre entlassen als jedes andere Land der Welt. Wir sind das größte Einzelproblem. Ja, ich beabsichtige, die niederländische Politik teilweise auf dieses Land zu übertragen. Nicht alles, bloß das, was ich für vernünftig halte. Und dieser Wandel wäre niemals möglich geworden, wenn sie unser Land erobert hätten. Die einzige Möglichkeit bestand darin, die Niederlande zu erobern.«

»Dann sind Sie also wirklich ein holländischer Agent.«

»Oscar, das Land *gehört* uns. Sie haben kapituliert. Wir sind ein großes, allmählich ertrinkendes Land, das ein kleines, rasch ertrinkendes Land erobert hat. Das ist die Realität, das ist die Welt, in der wir leben.«

»Mr. President, ich bin ganz Ihrer Meinung. Ich bin froh, dass ich die Wahrheit jetzt kenne. Es ist eine vernichtende Wahrheit, die soeben meinen ganzen Ehrgeiz zerstört hat, aber ich bin froh, dass ich jetzt Bescheid weiß. Das ist mein höchster persönlicher Wert, und den will ich nicht verraten. Ich will den Job nicht.«

»Dann werden Sie nie wieder in dieser Stadt arbeiten, mein Sohn. Dafür werde ich sorgen.«

»Das weiß ich, Mr. President. Ich danke Ihnen für Ihr freundliches Angebot.«

Der Mississippi hatte New Orleans in zwei Hälften geteilt, was den unkonventionellen Charme der Stadt aber bloß erhöht hatte. Die gespenstische Isolierung des Französischen Viertels war durch den Umstand, dass es nun eine Insel war, noch gesteigert worden; es erinnerte jetzt an Venedig, einschließlich der Gondeln.

Die offiziellen Paraden auf der Canal Street gingen gesittet vonstatten, doch auf der Bourbon Street, wo es zu spontanen Zusammenkünften kam, die keinen anderen Zweck verfolgten, als sich zu amüsieren, war es sehr laut.

Greta trat von den Fensterläden weg, deren grüne Farbe abblätterte. »Es tut so gut, hier zu sein«, sagte sie.

Oscar genoss die Mardi Gras-Feiern. Als einziger Nüchterner in einer riesigen, drängelnden Menschenmenge Betrunkener fühlte er sich wohl. Dabei sein, aber nicht ganz zugehörig. Das war das Leitmotiv seines Lebens. »Weißt du, ich hatte uns Plätze auf einem der Paradeflöße besorgen können. Wir hätten Perlen, Armreifen und Software unters Volk werfen können. Das hätte bestimmt Spaß gemacht.«

»Noblesse oblige«, murmelte sie.

»Das ist eine hiesige Teamgeschichte. Eine ganz, ganz alte Tradition. Die Tanzkarten sind seit Mitte des achtzehnten Jahrhundert für die Debütantinnen reserviert, aber man hat mir gesagt, ein Platz auf einem Floß wäre durchaus zu ergattern. Wenn man weiß, an wen man sich wenden muss.«

»Vielleicht nächstes Jahr«, sagte sie. An der mahagonigetäfelten Tür wurde leise geklopft. Hotelangestellte in weißen Jacketts und mit Sträußchen im Knopfloch schoben einen ratternden Servierwagen aus Sandelholz in den Raum. Austern, Shrimps, eisgekühlter Champagner. Greta ging ins Schlafzimmer hinüber, um sich umzuziehen. Die Einheimischen machten sich lautlos am leinengedeckten Tisch zu schaffen, zündeten den Kerzenleuchter an, öffneten die Flasche, füllten die Gläser. Oscar geleitete sie geduldig auf den Flur. Dann schaltete er das Licht aus.

Greta kam zurück und nahm den Kerzenleuchter in Augenschein. Sie trug ein dunkelbraunes Spitzenkleid aus der Zeit vor dem Bürgerkrieg und eine federbesetzte Gesichtsmaske. Die Maske gefiel ihm ausnehmend gut. Selbst mitten im Mardi Gras verlor sie nicht ihre Faszination.

»Schokotrüffel?« meinte sie lüstern.

»Hab ich nicht vergessen. Später.« Oscar hob das Champagnerglas, bewunderte die goldenen Bläschen, setzte es wieder ab.

»Du trinkst noch immer keinen Alkohol, nicht wahr?«

»Nur zu. Ich bewundere ihn bloß. Mit einem Auge.«

»Ich nippe mal eben«, sagte sie und leckte sich unter dem federbesetzten unteren Rand der Maske über die breite Oberlippe. »Ich habe ein kleines Problem mit der Selbstbeherrschung …«

»Warum solltest du dich zügeln? Es ist Mardi Gras.«

Sie setzte sich. Sie probierten vom Shrimpcocktail. Es gab auch unglaublich scharfe kleine Meerrettichscheiben. »Hab ich dir schon erzählt, dass ich mich einer Zellreinigung unterzogen habe?«

»Du machst Witze.«

»Ich hab's gehasst, weißt du. Weil ich mich nicht selbst dazu entschlossen habe. Außerdem hatte ich hohen Blutdruck, und es bestand die Gefahr eines Schlaganfalls. Deshalb hab ich das Gehirngewebe reinigen lassen.«

»Und, wie war's?«

»Es fühlte sich alles ganz normal an. Sehr flach. Als lebte man in einer Schwarz-weiß-Welt. Ich musste den früheren Zustand wiederherstellen, es macht mir nichts mehr aus, ich musste einfach.« Sie legte ihre langen, bleichen Hände auf den Tisch. »Wie steht's mit dir? Kannst du aufhören?«

»Ich will nicht aufhören. Ich find's gut.«

»Es ist schlecht für dich.«

»Nein, ich liebe die Zweigleisigkeit. Das gefällt mir wirklich an diesem kleinen Geschenk oder Gebrechen. All die anderen Beschwernisse, die elenden kleinen Vorurteile, die Rassenprobleme, das ethnische Problem … Es ist nicht so, dass dies alles verschwinden würde, weißt du. Das wäre zu viel erwartet. Diese Probleme werden niemals verschwinden, aber die neuen Probleme drängen die alten in den Hintergrund. Außerdem bin ich jetzt multitaskingfähig. Ich kann wirklich zwei Dinge gleichzeitig tun. Ich bekomme viel mehr geschafft. Ich kann fulltime an einer Sache arbeiten, während ich mich fulltime für ihre Legalisierung einsetze.«

»Dann verdienst du also wieder Geld.«

»Ja, das habe ich vor.« Oscar seufzte. »Das ist uramerikanisch. Das ist mein einziger Weg in die Legitimität. Mit echtem Geld kann ich Kandidaten finanzieren, Prozesse führen, Stiftungen gründen. Es hat keinen Zweck, uns mit unseren Bären und Tambourins am Rand der Gesellschaft herumzudrücken und für ein paar Almosen zu tanzen. Die Hirnforschung wird sich in Kürze zu einer Industrie weiterentwickeln. Zu einer massiven, erderschütternden, neuen amerikanischen Industrie. Irgendwann wird es die größte Industrie überhaupt sein.«

»Du willst meine wissenschaftlichen Erkenntnisse industriell nutzen? Obwohl es derzeit illegal ist, obwohl die Leute es für gefährlich halten, sich damit überhaupt zu beschäftigen? Wie stellst du dir das vor?«

»Du kannst mich nicht daran hindern.« Oscar senkte die Stimme. »Niemand kann mich hindern. Die Entwicklung wird ganz allmählich vonstatten gehen, ganz behutsam, so still und leise, dass man zunächst gar nichts davon mitbekommt. Bloß ein behutsames Lüften des Schleiers. Ganz sachte, ganz subtil. Ich werde den Schleier vom Reich des abstrakten Wissens heben und dieses in die reale, schmutzige Welt des Schweißes und der Hitze verpflanzen. Es wird nicht schmutzig und gemein sein, sondern schön und unvermeidbar erscheinen. Die Menschen werden es haben wollen, sie werden danach verlangen. Irgendwann werden sie darum flehen. Und am Ende, Greta, wird es vollständig mir gehören.«

Ein langes Schweigen. Geta fröstelte heftig auf ihrem Stuhl, und die Federmaske rutschte herab. Sie konnte ihm nicht in die Augen sehen. Sie nahm eine silberne Muschelgabel in die Hand, probierte von dem reglosen grauen Klecks auf ihrem Teller und legte die Gabel wieder weg. Dann blickte sie ihn forschend an. »Du bist älter geworden.«

»Ich weiß.« Er lächelte. »Soll ich die Maske wieder aufsetzen?«

»Geht es in Ordnung, sich wegen dir Sorgen zu machen? Das tue ich nämlich.«

»Das geht in Ordnung, aber nicht während des Mardi Gras.« Er lachte. »Du möchtest dir Sorgen machen? Mach dir Sorgen um die Leute, die mir in die Quere kommen.« Er schluckte eine Muschel.

Erneutes langes Schweigen. Mittlerweile hatte er sich daran gewöhnt. Greta kannte alle möglichen Arten des Schweigens. »Wenigstens lässt man mich jetzt wieder im Labor arbeiten«, murmelte sie. »Es steht nicht zu befürchten, dass man mich wieder mit einer leitenden Position betrauen wird. Ich wünschte nur, ich wäre besser in meiner Arbeit. Das ist das Einzige, was ich bedaure. Ich wünschte, ich hätte mehr Zeit und wäre besser.«

»Aber du bist von allen die Beste.«

»Ich werde alt, das spüre ich. Ich spüre, wie mein Verlangen schwindet, dieses verzehrende Gift. Ich wünschte bloß, ich wäre besser, Oscar, mehr nicht. Man sagt, ich sei ein Genie, aber ich bin immerzu unzufrieden. Daran kann ich nichts ändern.«

»Das muss schlimm sein. Soll ich dir ein Privatlabor besorgen, Greta? Du hättest mehr Freiraum, du könntest es selber leiten. Vielleicht würde dir das helfen.«

»Nein, danke.«

»Ich könnte dir ein hübsches Labor bauen. An einem Ort, wo es uns beiden gefällt. Wo du dich konzentrieren kannst. Vielleicht in Oregon.«

»Ich weiß, dass du ein Institut bauen könntest, aber ich will dir nicht auf der Tasche liegen.«

»Du bist so stolz«, sagte er traurig. »Es wäre machbar. Wir könnten heiraten.«

Sie schüttelte ihren maskierten Kopf. »Wir werden nicht heiraten.«

»Wenn du eine Woche Zeit für mich hättest, eine Woche im Vierteljahr. Das ist nicht viel verlangt. Vier Wochen im Jahr.«

»Vier ganze Wochen im Jahr würden wir einander nicht ertragen. Und zwar weil wir beide besessen sind. Du hast keine Zeit für eine richtige Ehe, und ich auch nicht. Und selbst wenn wir heirateten, selbst wenn es klappen würde, dann würdest du doch bloß mehr wollen.«

»Ja, schon. Das stimmt. Natürlich würde ich mehr wollen.«

»Ich sag dir, wie es laufen würde, denn ich habe das schon erlebt. Du wärst der Hausmann, Oscar. Ich würde meine Achtzig-Stunden-Woche abreißen, und du würdest dich um mich kümmern, wenn ich denn mal da bin. Vielleicht könnten wir Kinder adoptieren. Ich würde niemals Zeit für deine Kinder haben, aber meine Schuldgefühle wären ausreichend groß, um ihnen Weihnachtsgeschenke zu besorgen. Du würdest dich ums Haus kümmern und ums Geld und vielleicht um den Ruhm, und du würdest für uns kochen und wer weiß noch was tun.

Wahrscheinlich würdest du auf diese Weise dein Leben erheblich verlängern.«

»Du glaubst, das gefiele mir nicht«, sagte er. »Ich fände das gar nicht so schlecht. Es klingt authentisch. Das Problem dabei ist, es ist unmöglich. Ich kann keine Familie zusammenhalten. Ich kann nicht sesshaft werden. Ich habe noch nie erlebt, dass es funktioniert hätte. Seit vergangenem August hatte ich Affären mit drei verschiedenen Frauen. Früher sind die Frauen aufeinander gefolgt. Damit komme ich nicht mehr klar. Jetzt laufen die Affären parallel nebeneinander her. Dir den Ring und den Brautschleier zu geben, würde mich nicht ändern. Das ist mir mittlerweile klar, ich muss das zugeben. Ich habe keinen Einfluss darauf, ich kann es nicht kontrollieren.«

»Ich hasse deine Frauen«, sagte sie. »Andererseits stelle ich mir vor, wie sie für mich empfinden müssen, wenn sie denn überhaupt von mir erfahren. Das ist zumindest ein kleiner Trost.«

Er zuckte zusammen.

»Du hast mich nicht glücklich gemacht. Du hast mich kompliziert gemacht. Ich bin sehr kompliziert geworden. Jetzt fliege ich zum Mardi Gras, um mich mit meinem Geliebten zu treffen.«

»Ist das so schlimm?«

»Ja, es ist schlimm. Ich empfinde jetzt so viel Schmerz. Andererseits fühle ich mich viel wacher als zuvor.«

»Glaubst du, wir haben eine gemeinsame Zukunft, Greta?«

»Ich bin nicht die Zukunft. Dort draußen ist eine Frau, die sich herausgeputzt hat und stark betrunken ist. Heute wird sie mit ihrem Mann schlafen, und wenn sie klug sein sollte, wird sie sagen: Ach, was soll's. Sie wird beim Mardi Gras schwanger werden. *Sie* ist die Zukunft. Ich bin nicht die Zukunft, ich war nie die Zukunft. Ich bin nicht mal die Wahrheit. Ich bin bloß eine Tatsache.«

»Ich glaube, ich bin doch ein Mensch«, sagte Oscar, »denn ich nehme die Fakten nur häppchenweise auf.«

»Wir werden niemals heiraten, aber irgendwann werden wir das hinter uns gelassen haben. Dann könnte ich mit dir am Strand spazierengehen. Etwas für dich empfinden, einfach als Mensch, auf eine stillere, einfachere Weise. Wenn ich etwas derartiges zu geben habe, dann am Ende meines Lebens. Wenn ich alt bin, wenn der Ehrgeiz schwindet.«

Oscar erhob sich und ging zur Glastür. Ihre Bemerkung schmerzte ihn, denn er war sich ganz sicher, dass es genauso kommen würde, später, wenn sie einmal alt wäre. Weisheit und Gemeinsamkeit. Aber sie würde dies mit jemand anderem erleben. Nicht mit ihrem Geliebten. Sondern mit einem zu ihr aufblickenden Doktoranden oder vielleicht einem Biografen. Bestimmt nicht mit ihm. Er trat auf den Balkon, schob die Manschetten hoch und stützte sich auf das prächtige schmiedeeiserne Geländer.

Eine große Festgruppe arbeitete sich unter der blauweißen Fahne einer nicht mehr existierenden multinationalen Bank systematisch die Bourbon Street entlang. Die grimmig dreinschauenden Feiernden trugen nüchterne dreiteilige Maßanzüge und polierte Schuhe. Die meisten derartigen Gruppen schleuderten billige Perlen unters Volk, die Prolos aber ließen sich nicht lumpen: sie warfen mit Bargeld.

»Sieh dir mal diese Typen an!« rief Oscar.

Greta trat zu ihm. »Wie ich sehe, tragen sie Ferienkleidung.«

Eine an einem Angelgewicht befestigte Fünf-Dollar-Note kam von der Straße hochgeflogen und prallte von Oskars Schulter ab. Er hob sie auf. Es war tatsächlich richtiges Geld. »So etwas sollte man denen nicht gestatten. Das könnte einen Tumult auslösen.«

»Sei kein Griesgram. Ich fühle mich jetzt besser. Los, bringen wir das Bett zum Einsturz.«

Sie zog ihn ins Schlafzimmer. Die schwüle Luft vibrierte vor erotischer Spannung. »Soll ich die Maske aufbehalten?«

Er zog das Jackett aus. »Aber ja. Die Maske passt zu dir.«

Er machte sich besonders umsichtig und einfallsreich ans Werk. Während der langen Trennung hatte er genügend Zeit gehabt, sich diese Begegnung vorzustellen. Er hatte ein erotisches Schema mit mehreren Ebenen und einer Reihe variabler Subroutinen ausgetüftelt. Die Laken waren schweißdurchtränkt, und Gretas Halsadern traten hervor. Mit einem erstickten Schrei riss sie sich die Maske von den Augen, sprang aus dem Bett und eilte hinaus.

Er folgte ihr voller Besorgnis. Sie wühlte hektisch in ihrer Handtasche, zog einen Bleistiftstummel hervor.

»Was …« setzte er mit sanfter Stimme an.

»Pst!« Sie kritzelte etwas auf die Rückseite des New-Orleans-Reiseführers. Oscar legte sich einen Baumwollbademantel um die Schultern, schlüpfte in die Pantoffeln und trank eine halbe Flasche kaltes Mineralwasser. Als das Pulsieren in seinen Schläfen nachgelassen hatte, trat er wieder auf den Balkon.

Auf der Bourbon Street spielten sich erstaunliche Szenen ab. Der in einzelne Segmente unterteilte Balkon erstreckte sich über die ganze Länge des kleinen Hotels. Vier Frauen und drei weitere Männer hielten sich darauf auf. Zwischen den Zuschauern und der Menschenmenge auf der Straße fand ein bizarres Wechselspiel statt.

Frauen entblößten im Austausch gegen Plastikperlen vor Fremden ihre Brüste. Männer brüllten mit heiserer Stimme und verteilten Perlen. Die Frauen auf der Straße entblößten sich vor den Männer auf den Balkons, und die Frauen auf den Balkons entblößten sich vor den Männern auf der Straße. Es wurde nicht gefummelt, es gab keine Anmache; Kameras blitzten, und grellbunte Halsketten flogen, doch bei alldem galt ein rituelles Rührmichnichtan. Das Ganze wirkte eigentümlich alt und wunderlich, etwa wie untergehakte Tänzer bei einem Square dance.

Ein hübscher Rotschopf auf dem Balkon gegenüber

quälte die Schar seiner Bewunderer. Die Frau küsste ihren Freund, einen grinsenden Betrunkenen im Teufelskostüm, dann beugte sie sich vor, ließ ihre zahlreichen goldenen, grünen und purpurfarbenen Halsketten über das Geländer baumeln und zupfte neckisch am Saum ihrer Bluse. Die Männer auf der Straße johlten lüstern und brüllten im Chor ihr Begehren hinaus.

Als sie die Menge bis zur Raserei gereizt hatte, schlang sie sich die Perlenketten um die Schultern und entblößte den Oberkörper. Das Warten hatte sich gelohnt. Ganz langsam liebkoste die Fremde ihre eine Brustwarze. Oscar fühlte sich wie ein Fisch am Haken.

Er trat wieder ins Hotelzimmer. Greta hatte ihre Kritzelei beendet. Ihr Gesicht war blass und nachdenklich.

»Was hattest du?« fragte er.

»Das war eigenartig.« Sie legte den Bleistift weg. »Ich habe nachgedacht. Ich kann während des Sex über Neurologie nachdenken.«

»Tatsächlich?«

»Also, es ist eher so, als *träumte* ich davon. Du hast mich sehr erregt, und ich war kurz vorm Kommen … du weißt doch, wie wundervoll es sein kann, unmittelbar vor dem Höhepunkt zu verweilen? Und gleichzeitig habe ich intensiv über die Wellenausbreitung in den Zellen des Stütz- und Hüllgewebes nachgedacht. Dann begriff ich plötzlich, dass die übliche Story mit den Kalziumwellen in der Neuroglia falsch ist, und ich stand kurz davor, ganz kurz davor, und da blieb ich *stecken*. Ich blieb kurz davor stecken. Ich konnte nicht loslassen und konnte nicht richtig kommen, und das Lustgefühl wurde immer intensiver. Ein Tosen war in meinem Kopf, mir wäre beinahe schwarz vor Augen geworden. Und dann wurde es mir mit einem Mal klar. Ich musste aufspringen und es notieren.«

Er trat an den Tisch. »Und wie funktioniert's?«

»Ach«, sie schob den Zettel weg, »das ist bloß so eine Idee. Ich meine, jetzt, da ich es niedergeschrieben habe, erscheint es mir unmöglich, dass sich ein neurogliales Synzytium dergestalt verhält. Das ist ein kluger Gedanke, aber er stimmt nicht mit den Tracer-Untersuchungen überein.« Sie seufzte. »Es hat sich so gut angefühlt. Als es passierte. Mein Gott, war das gut.«

»Das wirst du nicht jedesmal erleben.«

»Nein. So viele gute Ideen habe ich nicht mehr.« Sie schaute hoch, die zerbissenen Lippen noch ganz geschwollen. »Denkst du dabei nicht auch an etwas anderes?«

»Doch, schon.«

»Und woran?«

Er zog sie ein wenig näher. »An andere Dinge, die ich mit dir anstellen könnte.«

Sie legten sich wieder ins Bett. Diesmal hatte sie einen Blackout. Er bemerkte nicht, wie sie das Bewusstsein verlor, denn ihr Körper bewegte sich noch immer rhythmisch, doch sie verdrehte die Augen. Als sie ihn ansprach, hatte er seinerseits einen Blackout.

»Bist du bei mir?« flüsterte sie blicklos.

»Ja, ich bin da«, keuchte er. Sie hatten sich miteinander vermischt, auf einer so tiefen, dem Bewusstsein unzugänglichen Ebene, dass sie kaum imstande waren, sich zu manifestieren. Aber sie hatten einen guten Moment gewählt, um die zentrale Bühne des Geistes in Beschlag zu nehmen. Ihre schwitzenden Leiber kamen zur Ruhe, verschmolzen miteinander in einem Zustand tiefer Entspannung. Auf einmal war alles ganz einfach, ein weites, mondbeschienenes Meer der Sexualität, das an eine ferne Küste schwappte. Sie atmeten im gleichen Rhythmus.

Als er erwachte, war es zehn Uhr morgens. Morgenlicht sickerte durch die Ritzen der Fensterläden und malte ein Streifenmuster an die Decke. Greta regte sich und gähnte, stupste mit dem Fuß gegen seinen Knöchel. »Es tut gut, hinterher ein Schläfchen zu machen.«

»Anscheinend wird es uns zur Gewohnheit, ohnmächtig zu werden.«

»Ich glaube, das Träumen tut uns gut.« Sie richtete sich auf. »Duschen …« Ihre Stimme wurde leiser, als sie davontappte. »Oh, es gibt hier ja sogar ein Bidet! Das ist toll.«

Er folgte ihr ins Bad. »Wir waschen uns. Wir ziehen uns an«, meinte er fröhlich. Der Sex lag jetzt hinter ihnen, sehnsüchtig erwartet, aber im Rückblick auch ein wenig belastend. Trotzdem fühlte er sich gut. Sie waren geläutert, die Spannung hatten sie sich ausgetrieben; jetzt hatten sie Spaß miteinander. »Wir setzen die Masken auf, wir gehen aus und trinken Kaffee. Ich fotografiere dich auf der Straße, das ist lustig.«

»Gute Idee.« Sie begutachtete im Spiegel ihre ruinierte Frisur und schnitt eine Grimasse. »Ein Martini zu viel …«

»Du siehst großartig aus. Ich fühle mich gut, ich bin ja so glücklich.«

»Ich auch.« Sie trat in die Dusche, das Wasser begann zu rauschen.

»Wir machen Urlaub«, sagte er versonnen. »Wir machen gemeinsam ein bisschen Urlaub, wir leben für den Augenblick, wir sind nicht anders als andere Menschen auch.«

Als sie angekleidet waren, traten sie auf den Balkon hinaus, wo sich um diese Zeit viele freundliche Fremde drängten. Als sich Greta blicken ließ, wurde sie von der Straße her sogleich mit lautem Grölen begrüßt.

Greta riss hinter ihrer Federmaske schockiert die Augen auf. »Du meine Güte«, sagte sie. »Ich habe immer gewusst, dass Männer nur das Eine wollen, aber dass sie es in aller Öffentlichkeit *hinausbrüllen* … Ich kann's einfach nicht glauben.«

»Wenn du magst, zeig dich doch. Du bekommst Perlen dafür.«

Sie überlegte kurz. »Ich wäre dazu fähig, wenn *du* auf die Straße hinuntergehen und zu mir hochbrüllen würdest.«

»Das ist ein Wort. Warte, ich hole die Kamera.«

Sie lächelte durchtrieben. »Aber Sie müssen mir Perlen zuwerfen, Mister. Und sie müssen sehr hübsch sein.«

»Ich nehme die Herausforderung gerne an«, sagte Oscar.

Eine Kette mit grünen und goldenen Perlen flog zu Greta hoch. Sie versuchte, die Halskette aufzufangen, verfehlte sie jedoch. Auf der Straße hüpfte ein großer Mann mittleren Alters, mit Schnurrbart und Maske, auf und nieder und brüllte zu ihr hoch. Er schwenkte hektisch die Arme, als versuchte er, ein Flugzeug auf sich aufmerksam zu machen.

»Schau dir diesen Clown an«, meinte Oscar grinsend. »Der ist ganz aus dem Häuschen.«

Der Mann und seine lächelnde Begleiterin kämpften sich heldenhaft durchs Gewühl, bis sie unmittelbar unterhalb des Balkons eingekeilt waren.

»Dr. Penninger!« schrie der Mann. »Hey, zeigen Sie uns Ihr Gehirn!«

»Mist, jetzt hat er es verdorben«, sagte Oscar verärgert. »Das sind Paparazzi.«

»Hey, Oscar!« rief der Mann aufgekratzt. Er nahm die Maske ab. »Sieh mal, sieh mal!«

»Kennst du den?« fragte Greta.

»Nein …« Plötzlich machte Oscar große Augen. »Hey! Doch, den kenne ich! Yosh! Das ist Yosh Pelicanos.« Er beugte sich weit vor und rief in die Tiefe: »Yosh! Grüß dich!«

»Seht mal!« rief Yosh aufgeregt und deutete auf die maskierte und kostümierte Brünette an seiner Seite. »Das ist Sandra!«

»Was redet der da?« fragte Greta.

»Das ist seine *Frau*«, meinte Oscar erstaunt. »Das ist seine Frau Sandra.« Er legte die Hände trichterförmig um den Mund und schrie: »Sandra! Hallo! Schön, dich zu sehen!«

»Mir geht's wieder besser!« rief Sandra. »Mir geht es sehr viel besser.«

»Das ist großartig!« erwiderte Oscar. »Das ist wunderbar! Kommt hoch, Yosh! Kommt hoch und trinkt einen Schluck mit uns!«

»Keine Zeit!« rief Yosh. Seine Frau wurde von den Passanten mitgerissen. Pelicanos ergriff ihre Hand und schirmte sie einen Moment ab. Sandra wirkte ein wenig unsicher im Gewühl, was in Anbetracht des neunjährigen Aufenthalts in einer psychiatrischen Klinik auch nicht weiter verwunderlich war.

»Wir müssen jetzt miteinander schlafen!« rief Sandra mit scheuem, aber strahlendem Lächeln.

»Gott segne Sie, Dr. Penninger!« brüllte Pelicanos, schwenkte die Maske und wich zurück. »Sie sind ein wahres Genie! Danke, dass es Sie gibt! Danke, dass Sie so sind, wie Sie sind!«

»Wer sind diese Leute?« fragte Greta. »Weshalb hast du sie eingeladen?«

»Das war mein Majordomus. Und seine Frau. Seine Frau war schizophren.«

»Das war seine Frau?« Greta stockte. »Also, dann hat sie bestimmt das NCR-40-Autoimmunsyndrom gehabt. Das spricht auf die Aufmerksamkeitstherapie mittlerweile recht gut an. Sie wird wieder vollständig gesund werden.«

»Dann wird er auch gesund werden.«

»Wenn er sich wieder beruhigt, geht es ihm bestimmt prima. Außerdem sieht er recht gut aus.«

»Ich hätte ihn beinahe nicht erkannt. Ich habe ihn noch nie so glücklich erlebt.« Oscar zögerte. »*Du* hast ihn glücklich gemacht.«

»Na ja, vielleicht gebührt mir das Verdienst ja wirklich.« Sie lächelte. »Aber es war nicht meine Absicht, ihn glücklich zu machen. Die Wissenschaft heimst die Verdienste für Dinge ein, die sie gar nicht beabsichtigt hat. Man kann der Wissenschaft nicht zugute halten, dass sie bisweilen der Menschheit hilft. Andererseits heißt das aber auch nicht, dass man der Wissenschaft vorwerfen dürfte, sie füge der Menschheit Schaden zu.«

»Ich weiß nicht, ob ich dem zustimmen kann. Das ist unpolitisch gedacht.«

Greta nahm einen großen Schluck Champagner. Die Männer auf der Straße brüllten noch immer zu ihr hoch, sie aber strafte sie mit Nichtbeachtung. »Schau mal«, sagte sie unvermittelt. Sie drückte sich die Federmaske mit ihren langen Fingern ans Gesicht. Hinter der eulenhaften Verkleidung bewegten sich ihre Augen plötzlich in die entgegengesetzte Richtung.

Oscar zuckte zusammen. »Wow! Wie hast du das gemacht?«

»Ich kann das neuerdings. Ich habe geübt. Ich kann sogar zwei Dinge gleichzeitig betrachten. Sieh nur.« Sie verdrehte die Augen in den Höhlen wie ein Chamäleon.

»Allmächtiger! Und das schaffst du, einfach indem du es dir vorstellst?«

»Das ist die Macht des Geistes.«

»Unglaublich. Nein, sieh mich wieder an. Mit beiden Augen. Und jetzt mit einem Auge. Du meine Güte, so etwas Schockierendes habe ich noch nicht gesehen. Da kriege ich eine Gänsehaut. Mach das noch mal, Schatz. Mein Gott! Ich muss die Kamera holen.«

»Das macht dir keine Angst? Ich habe das bisher noch niemandem gezeigt.«

»Klar macht mir das Angst! Ich bin wie gelähmt vor Schreck. Es ist wundervoll. Wieso bin ich der einzige Mann auf der Welt, der weiß, wie sexy das ist?« Er lachte. »Das ist umwerfend. Komm her und küss mich!«